7天学会

本书特色

边学边练，7天就能学会

知识点精炼够用，实例相当丰富

图书+视频光盘，轻松搞定学习

轻松学得快丛书

Flash 动画制作

三虎工作室 编著

科学出版社
www.sciencep.com

北京希望电子出版社
Beijing Hope Electronic Press
www.bhp.com.cn

内 容 简 介

本书从软件基础操作入门启始，以大量实际网页制作案例为核心，以上机实践提高读者应用水平为目标，全面细致地介绍Flash 网页动画制作软件的使用方法和技巧。内容包括走进 Flash 动画设计、绘制与编辑图形对象、填充图形对象、制作基本动画和特殊动画、Action 脚本应用、Flash 常用组件应用、特效文字动画与、鼠标控制动画、按钮和导航菜单控制、测试与发布动画、广告动画等。

本书内容详实、结构清晰、案例丰富，通过“步骤引导、图解操作”的讲解方式做到理论与实践相结合，从而使读者能在短时间内充分掌握Flash 网页动画的操作技巧。

本书光盘内容为部分案例素材、源文件和免费赠送的教学视频。

本书适合网页动画制作、多媒体课件制作以及网站建设的初、中级读者自学用书，还可作为大专院校相关专业和培训班的教材。

需要本书或技术支持的读者，请与北京清河6号信箱（邮编：100085）发行部联系，电话：010-62978181（总机）转发行部、010-82702675（邮购），传真：010-82702698，E-mail：tbd@bhp.com.cn。

图书在版编目（CIP）数据

7天学会Flash动画制作 / 三虎工作室编著．—北京：科学出版社，2010

(轻松学得快)

ISBN 978-7-03-026076-5

Ⅰ. 7… Ⅱ. 三… Ⅲ. 动画—设计—图形软件， Flash Ⅳ. TP391.41

中国版本图书馆CIP数据核字（2009）第212814号

责任编辑：孙 倩　　/责任校对：王忠江

责任印刷：密 东　　/封面设计：迪一广告

科学出版社 出版

北京东黄城根北街16号

邮政编码：100717

http://www.sciencep.com

北京市密东印刷有限公司印刷

科学出版社发行　各地新华书店经销

*

2010年1月第 1 版　　开本：787mm×1092mm 1/16

2010年1月第1次印刷　　印张：20.5（6面彩插）

印数：1-3 000册　　字数：466千字

定价 39.00 元(配1张光盘)

本书精彩案例展示

浪漫金秋▲

制作手提袋元件▲

制作生日贺卡▶

▲卡通人物绘制

◀圣诞老人绘制

▼ 变色文字效果

樱
桃

▼ 镂空发光字效果

▲ 浮雕文字

阴影模糊文字特效 ▼

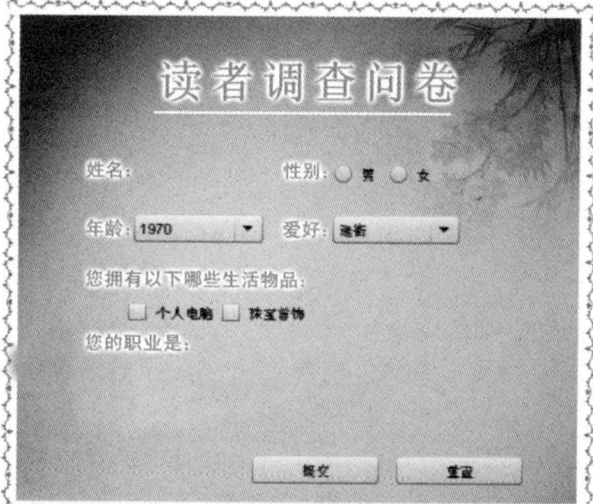

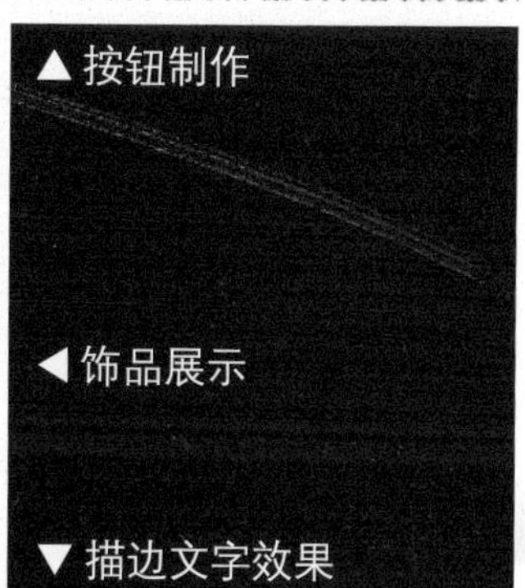

◀ 啤酒广告

▼ 男孩的幻想

▼ 香水蝴蝶

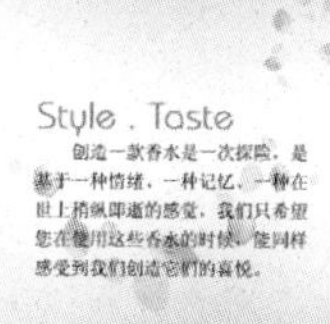

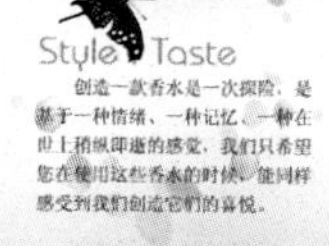

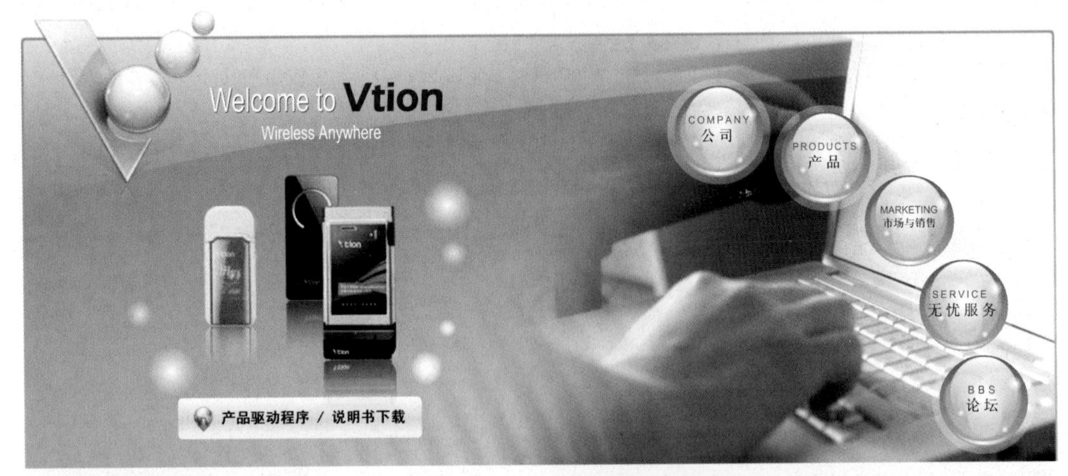
Welcome to Vtion
Wireless Anywhere
COMPANY 公司
PRODUCTS 产品
MARKETING 市场与销售
SERVICE 无忧服务
BBS 论坛
产品驱动程序 / 说明书下载

SAMSUNG
三星照相机

SAMSUNG
三星照相机
Digimax U-CA 3

SAMSUNG
三星照相机
三星DC
美精灵
全国选拔赛
Digimax U-CA 3

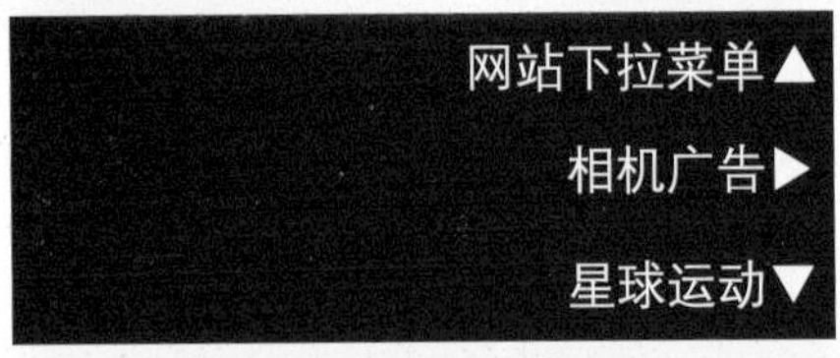
网站下拉菜单▲
相机广告▶
星球运动▼

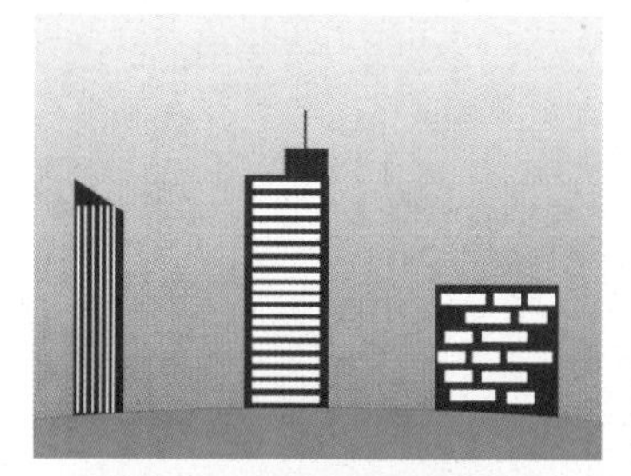

▲ 重建家园

新年贺卡▶

3D 粒子球▼

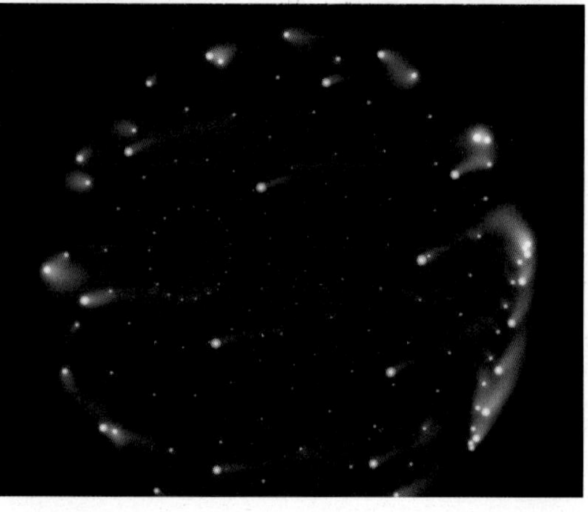

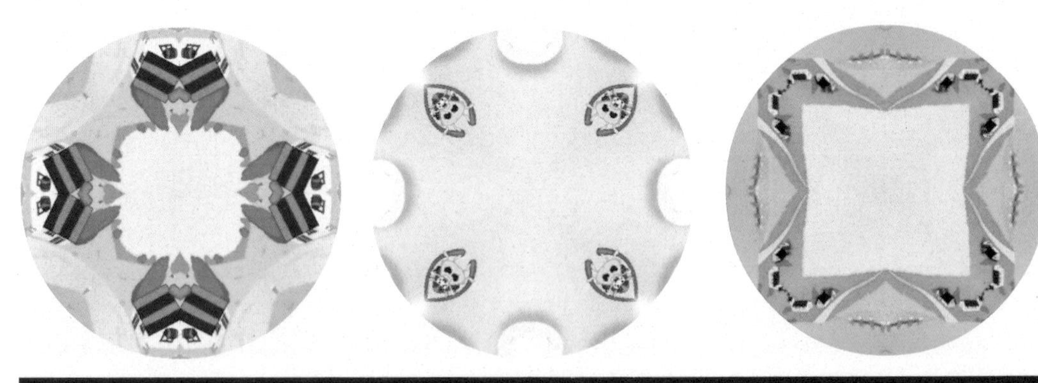

▲ 万花筒

▼ 大雁南飞

▲蝶恋花

◀雨滴特效动画

前 言

Preface

随着信息技术的迅猛发展，电脑办公和电脑设计已成为现代人生活和工作的一大基本技能。在竞争日益激烈的今天，谁掌握的基本技能越多，谁就获得了更多的谋生手段。因此，人们在繁忙的工作和生活中必须不断学习新知识，掌握新技术，这样才不会被社会所淘汰。

想去培训校学习又没有时间，如果经常让朋友、同事来指导又怕麻烦他们，为此，我们为读者精心策划了《轻松学得快》这套自学丛书。《轻松学得快》丛书立意新颖、构思独特，采用“图书+视频光盘”立体化教学模式，针对电脑软件操作和电脑设计的学习特点，采用“零起点学习软件操作基础，范例精讲提高软件驾驭能力，上机实战提升专业设计技能”这一循序渐进的教学过程，引导初学者 7 天时间掌握软件基本操作技能，从而进入设计的大门，因此，本套丛书非常适合电脑初级读者学习。

丛书特色

《轻松学得快》丛书从实际应用的角度出发，以时间为写作线索，采用“基础导读”+“范例精讲”+“上机实战”+“巩固与练习”的编写结构，突出边学边练、学练结合的自学特点，充分发挥了读者的主观能动性，快速提高读者的学习效率。

● 基础导读

用最直接、最精练的方式讲解了软件的基础知识、概念、工具或行业知识，使读者可以快速了解软件的基础知识、熟悉并掌握软件的基础操作。

● 范例精讲

这部分精心安排的一个或几个典型实例，使读者达到深入了解各软件功能的目的，同时引导读者在短时间内提高软件操作技能。

● 上机实战

精心安排的上机实战案例，给出操作步骤提示，边学边练，以进一步提高软件的应用水平。

● 巩固与练习

这部分通过将掌握到的知识应用到实际中，使读者进一步强化所学知识、巩固所学知识，做到学以致用。

● 易学易懂

本套丛书不仅结构科学，而且语言简洁，图文互解，步骤清晰，易学易懂。

● 科学分配学习时间

针对电脑软件技术这一教学特点，重在培养读者的实际动手能力，因此，根据各软件的特点，我们精心安排了“基础操作”、“范例精讲”、“上机实战”以及“巩固与练习”各模块的科学学习时间，极大地提高了学习效率。

● 提供视频教学光盘

为了提高读者的学习效率，达到轻松易学的效果，本丛书提供了视频教学光盘，这样读者就可以像看电影一样轻松学习软件操作，同时，光盘还收录了书中用到的部分素材资料，极大地方便了读者自学。

本书作者

本书由三虎工作室编著，参与本书编写的有胡小春、朱世波、蒋平、王政、唐蓉、尹新梅、刘晓忠、马秋去、刘传梁、毕涛、李勇、牟正春、李晓辉、李波等。

目 录

Contents

第1天

01 走进Flash动画设计

02 绘制与编辑图形对象

第2天

03 填充图形对象

04 制作动画前的准备

第3天

05 制作基本动画

06 制作特殊动画

第4天

07 Action 脚本应用

08 Flash 常用组件应用

第 5 天

09 特效文字动画

10 鼠标控制动画

第 6 天

11 按钮和导航菜单控制

12 测试与发布动画

第 7 天

13 综合实例

Chapter 01

走进 Flash 动画设计

学习内容

基础导读	90 分钟
范例精讲	30 分钟
上机实战	15 分钟
巩固与练习	15 分钟

学习重点

- 认识 Flash 动画
- Flash CS4 的工作环境
- Flash CS4 的文件管理
- 设置工作环境
- Flash CS4 的新增功能
- 范例精讲 1——自定义个性工具栏
- 范例精讲 2——设置舞台显示比例
- 上机实战——绘制装饰性图案

精彩实例效果展示

◀ 网页广告

◀ MTV 动画

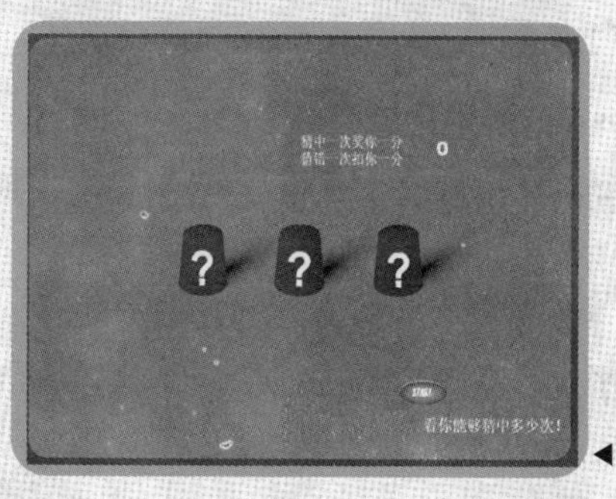

◀ 动态网页

1.1 基础导读

本章将介绍 Flash CS4 的一些基础知识，主要内容包括 Flash 动画的特点、Flash CS4 的工作环境、文件管理、工作环境的设置以及新增功能等，主要是对 Flash CS4 有一个初步的认识。

1.1.1 认识 Flash 动画

Flash CS4 是 Adobe 公司合并 Macromedia 公司后，在 Flash CS3 基础上进行重新整合推出的一款优秀的网页动画设计软件。Flash CS4 作为一款多媒体矢量动画软件，基于矢量图形编辑和动画创作以及多媒体创意，不但能产生动画效果，还使制作的动画独立于浏览器之外，只要给浏览器加入相应的插件就可以观看 Flash 动画，能有效地实现多媒体之间的交互。此外，Flash 在播放时不像 GIF 动画那样需要把整个文件下载完了才能播放，而是能够在播放的同时自动将后面部分文件下载。

与其他动画设计软件相比，Flash CS4 有着自身的独特特点。下面将介绍 Flash 动画的特点以及其应用领域。

1. Flash 动画的特点

一般提到的 Flash 主要指 Flash 的制作、播放软件及相关插件，或者用该软件制成的动画作品（即 Flash 动画）。

Flash 动画的主要特点可以归纳为如下几点。

- 动画作品文件数据量非常小：由于 Flash 作品中的对象一般为矢量图形，所以即使动画内容很丰富，其数据量也非常小。
- 适用范围广：Flash 动画不仅应用于制作 MTV、小游戏、网页、动画、情景剧和多媒体课件等，还可将其制作成项目文件，运用于多媒体光盘或展示。
- 图像质量高：Flash 动画大多由矢量图形制作而成，可以真正无限制的放大且不影响其质量，因此图像的质量很高。
- 交互性强：Flash 制作人员可以轻易地为动画添加交互效果，让用户直接参与，从而极大地提高用户的兴趣。
- 下载时间短：Flash 动画以“流”的形式进行播放，所以可边下载边播放动画，而不必等待全部动画下载完毕后才开始播放。
- 可以跨平台播放：制作好的 Flash 作品放置在网页上后，不论使用哪种操作系统或平台，访问者看到的内容和效果都是一样的。

2. Flash 的应用领域

随着 Flash 功能的不断增强，Flash 也被越来越多的领域所应用。目前 Flash 的应用领域主要有以下几个方面。

- 网页广告：一般网页广告都具有短小、精悍、表现力强等要求，而 Flash 恰到好处地满足了这些要求，因此在网页广告的制作中得到广泛的应用。图 1-1 就是一个短小的 Flash 网页广告。

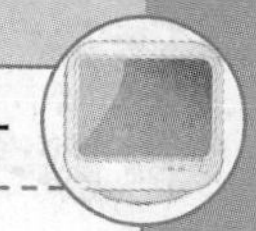

图 1-1　网页广告

- 网络动画：由于 Flash 对矢量图的应用和对视频、声音的良好支持以及以“流”媒体的形式进行播放，使得 Flash 制作的作品非常适合网络环境下的传输，也使 Flash 成为网络动画的重要制作工具之一。图 1-2 就是一个用 Flash 制作的贺卡动画。
- 动态网页：Flash 具备的交互功能使用户可以配合其他工具软件制作出各种形式的动态网页。图 1-3 就是一个用 Flash 制作的动态网页。

图 1-2　贺卡动画

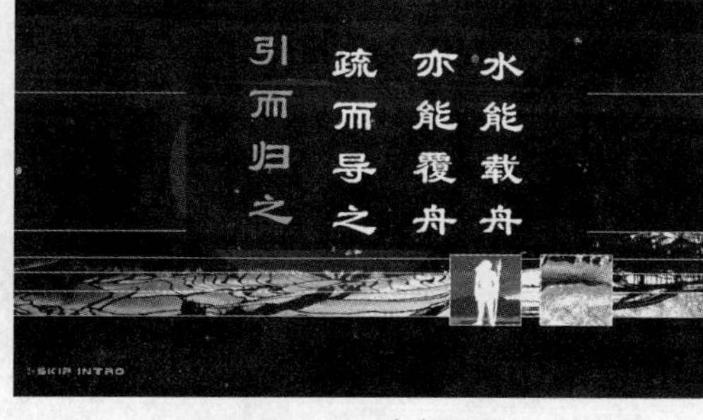

图 1-3　动态网页

- 在线游戏：Flash 中的 Actions 语句可以编制一些游戏程序，再配合以 Flash 的交互功能，能使用户通过网络进行在线游戏。图 1-4 就是一个用 Flash 制作的在线游戏。
- 多媒体教学：Flash 素材的获取方法很多，可为多媒体教学提供更易操作的平台，目前已被越来越多的教师和学生所熟识。图 1-5 就是一个用 Flash 制作的多媒体课件。

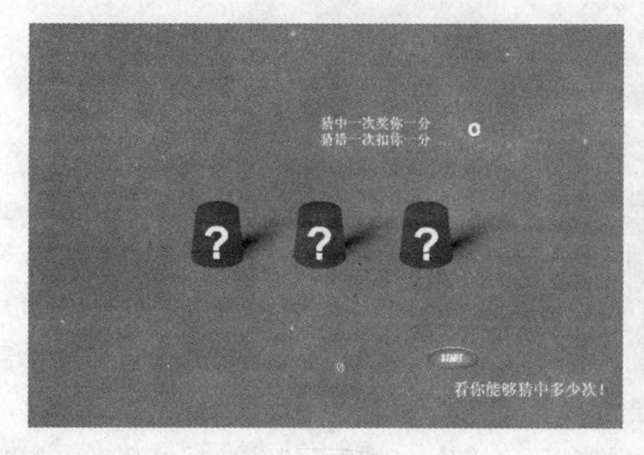

图 1-4　游戏

图 1-5　多媒体教学

1.1.2 Flash CS4 的工作环境

安装并进入 Flash CS4 之后，首先进入的是初始界面，在弹出的界面中可以打开最近的项目或新建一个 Flash 文件，还可以从模板创建 Flash 文件，如图 1-6 所示。

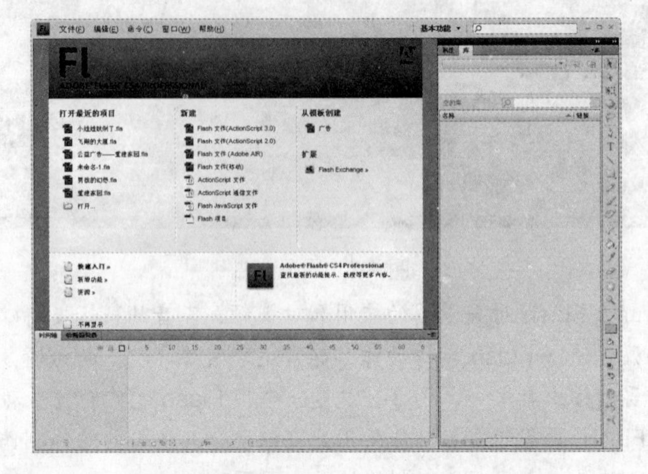

图 1-6 Flash CS4 的初始界面

1. Flash CS4 的工作界面组成

双击 FLA 格式的 Flash 文档，也可启动 Flash CS4 并打开一个 Flash 动画，进入中文版 Flash CS4 的基本工作界面，如图 1-7 所示。

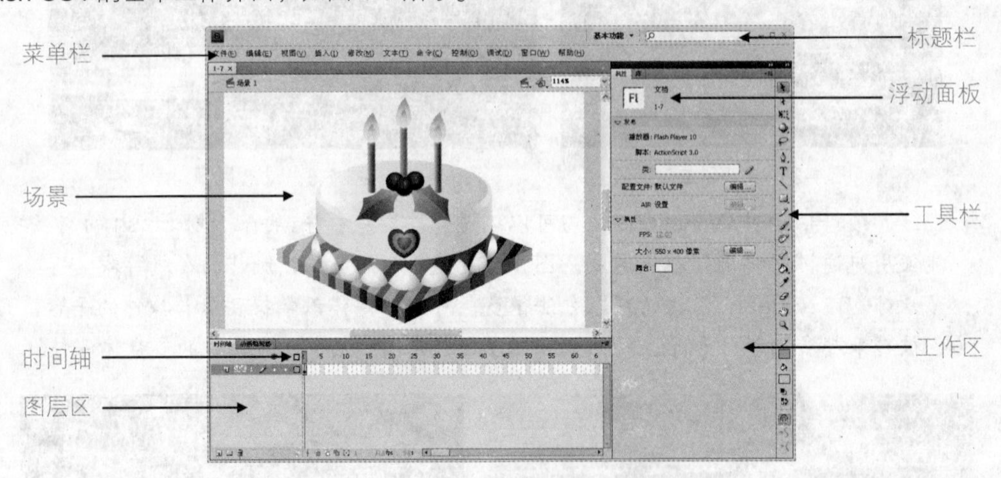

图 1-7 Flash CS4 的基本工作界面

- 标题栏：主要包括软件名称、基本功能、“搜索”文本框和窗口控制按钮 – □ × 信息。
- 菜单栏：主要由文件、编辑、视图、插入、修改、文本、命令、控制、窗口和帮助菜单组成，Flash 中的所有命令都可从这些菜单中找到。
- 工具栏：在基本工作界面中，工具栏位于窗口的右侧（也可将其拖动到其他任意位置）。该工具栏中包括了 Flash 中最常用的绘图工具，可用于组件、对象的绘制和编辑。
- 时间轴：时间轴主要用于创建动画和控制动画的播放。时间轴左侧为图层区，右侧为时间线控制区，由播放指针、帧格、时间轴标尺及状态栏组成，如图 1-8 所示。

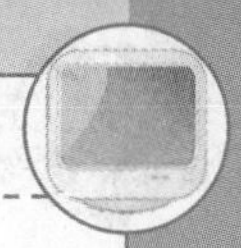

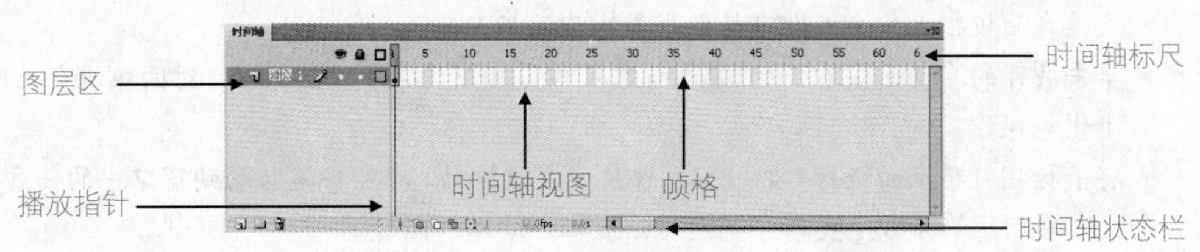

图 1-8　时间轴

- 场景：场景是用来进行创作的编辑区，如矢量图形的制作和编辑以及动画的制作和展示都在场景中进行。场景主要由舞台（白色区域）和舞台外部的一大片灰色区域（一般称其为工作区）组成。另外，在场景中除可以编辑作品中的图形对象外，还可以设置一些用于帮助图形绘制、编辑操作的辅助构件，如标尺、网格线等，还可以通过其右上角的调整框114%改变当前作品在场景上的显示比例。
- 图层区：图层区用于对动画中的各图层进行控制和操作。当舞台中有很多对象时，又需要将其按一定的上下层顺序放置时，即可将它们放置在不同的层中。
- 常用面板：Flash CS4 中包括了许多浮动面板，如“属性”面板、“混色器”面板、“行为”面板等。这些面板主要用于对舞台中对象的各种属性进行设置。关于它们的使用方法，将在后面具体讲解。

> 提示
>
> 工作区中的内容在最终播放动画时是不会显示出来的。工作区就像舞台的“后台”，在其中可以做许多准备或辅助工作，但真正表现出来的只是舞台上的内容。

在动画制作过程中，常常需要利用 Flash 提供的各功能面板来对舞台中的对象进行各种编辑操作和属性设置。

在如图 1-9 所示“窗口”菜单中可看到 Flash CS4 中的所有面板，在某一组面板的子菜单下选择某一选项即可打开相应的面板。若要隐藏某个面板，只需在“窗口”菜单中再次单击该面板名称即可。若要隐藏所有面板，则直接执行“窗口”|“隐藏面板”命令即可。此外，按 Tab 键可以隐藏除工作区和时间轴面板之外所有的面板，再按 Tab 键可以还原面板设置。

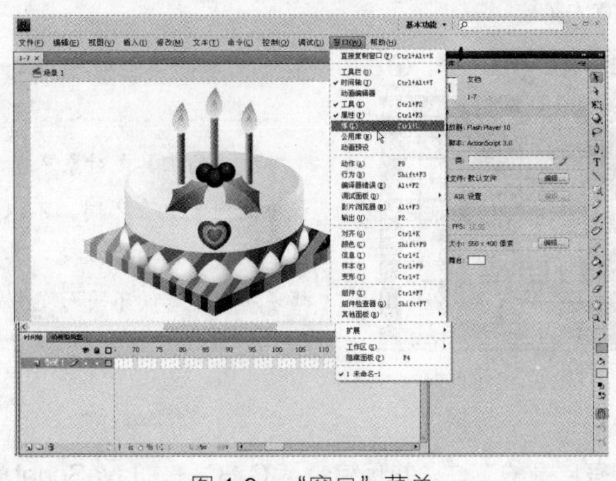

图 1-9　“窗口”菜单

Flash 中的面板都是浮于工作界面上方的，不但可以隐藏或显示它们，还可以将其展开或折叠起来，甚至改变面板的位置。其具体操作方法如下。

1st Day
2nd Day
3rd Day
4th Day
5th Day
6th Day
7th Day

- 直接在面板栏上单击，即可展开或最小化面板。
- 单击展开的浮动面板右侧的图标即可弹出相应的菜单，在其中可对面板进行关闭、最小化等操作。
- 将鼠标指针移至面板标题栏上，按住鼠标左键拖动，即可将其移动到窗口中的任意位置。

面板中最常用的面板主要有“属性”面板和“动作”面板。

2. Flash CS4的常用面板简介

（1）“属性”面板

启动Flash CS4后，即可见到默认的如图1-10所示“属性”面板。该面板中显示了文档的名称、背景大小、背景色和帧频等信息，在该面板中可进行以下的操作。

单击“大小”后的“编辑”按钮，打开“文档属性”对话框，如图1-11所示，在其中可以设置文档的大小、背景颜色和帧频等内容。

图1-10 “属性”面板

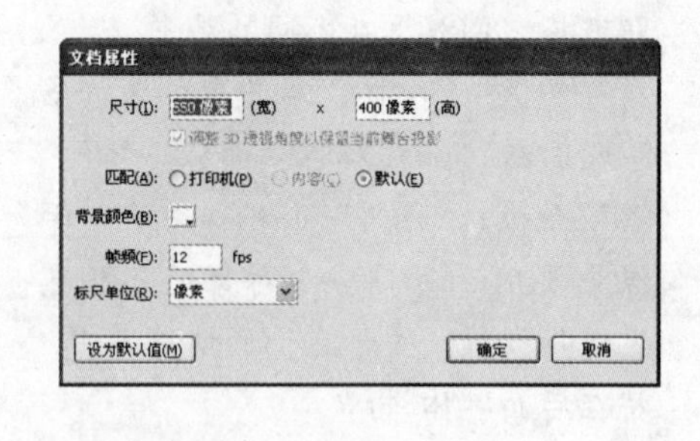

图1-11 “文档属性”对话框

单击“背景颜色”后的图标，将弹出如图1-12所示的“颜色”列表框，在其中单击某个颜色图标即可为舞台设置相应的背景颜色。

在“FPS”后的FPS: 12.00文字上单击，即可设置动画的帧频，帧频越大，播放速度也越快，默认的帧频为12fps（帧/秒）。

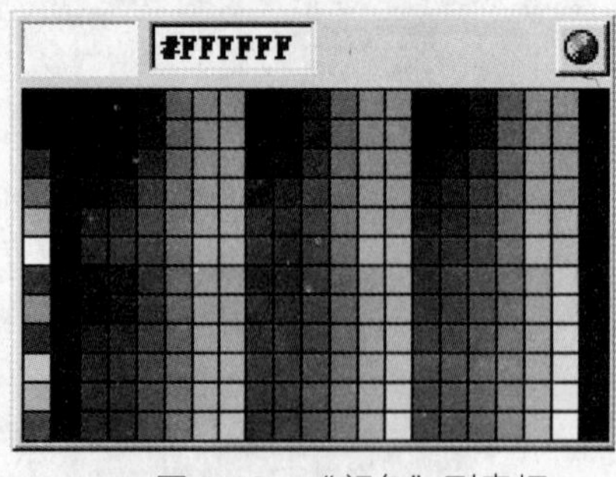

图1-12 “颜色”列表框

> **提示**
> 选择的工具或对象不同，“属性”面板中的内容也会不同。不仅“属性”面板会随着不同对象改变，其他面板也会随着所选对象的不同而发生变化。

（2）“动作”面板

Flash脚本语法具有自身的个性，并且综合了C、C++、JavaScript等编程语言的特点，使其使用起来更容易，用户只需要短短的几行脚本（ActionsScript）即可实现自己的意愿。其编写很简单，只需在如图1-13所示的“动作”面板中写入所需语言即可。

"动作"面板位于标题栏中"窗口"的下拉列表中，单击右键即可打开。"动作"面板的标题栏上的名称随着选中对象的不同而相应变化。若动作脚本是作用在当前帧上的，其名称为"动作-帧"；若动作是作用在影片剪辑或按钮上的，其标题栏也将变成"动作-影片剪辑"或"动作-按钮"。标题栏下的脚本下拉列表框中包含了当前时间轴中所有脚本程序的位置，右边的按钮用于锁定和解锁当前脚本。

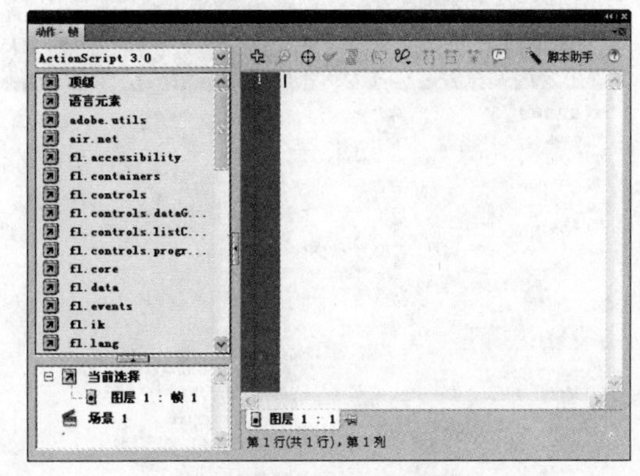

图 1-13　"动作"面板

脚本下拉列表框左边是 Flash 中所有脚本，按不同的类别包含在不同的脚本夹中。关闭的脚本夹用图标表示，单击任意脚本夹，显示出展开的脚本夹（用图标表示），可以添加到脚本编辑区中的脚本用图标表示。在脚本上双击鼠标可以将该脚本添加到右边的脚本编辑区中。

在 Flash 中还有其他的面板也比较重要，由于篇幅原因在此不赘述。

1.1.3　Flash CS4 的文件管理

用户在使用 Flash 工作时，可以创建新文件或打开已有文件，以及对文件进行保存或关闭文件等。

1. 新建文件

在 Flash 中，新建文件有以下 4 种方法。

- 选择"文件"|"新建"命令。
- 按 Ctrl + N 组合键。
- 在主工具栏上单击"新建"按钮。
- 在 Flash 的初始界面上单击"Flash 文件"按钮，如图 1-14 所示。

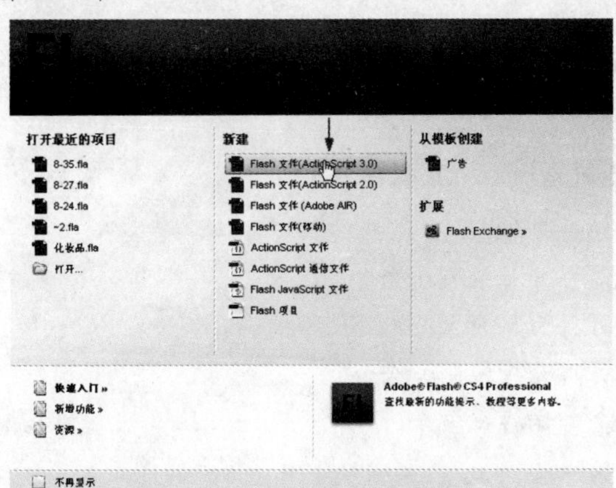

图 1-14　在初始界面新建文档

使用以上任意一种方法即可新建一个 Flash 新的空白文档。

此外，在 Flash 中还可以通过模板创建各类广告文档，其具体操作如下。

01 在Flash的初始界面中单击“广告”按钮，如图1-15所示。

02 打开“从模板新建”对话框，如图1-16所示。

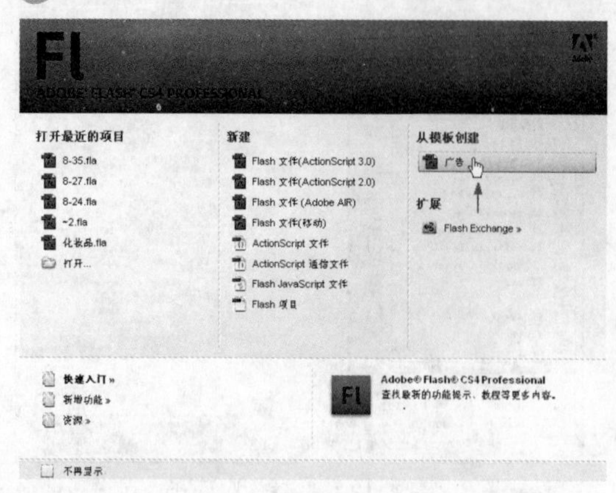

图1-15　单击“广告”按钮

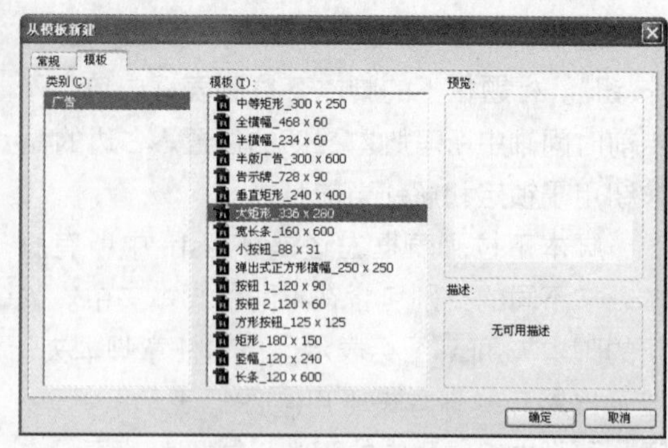

图1-16　“从模板新建”对话框

03 在“模板”列表框中选择“全横幅_468×60”选项，并可以在“预览”框中查看所选模板的尺寸，如图1-17所示。

04 单击“确定”按钮，完成全横幅广告文档的新建，如图1-18所示。

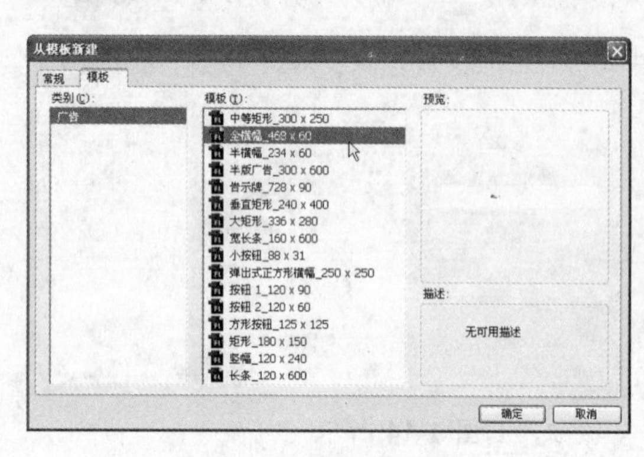

图1-17　选择模型

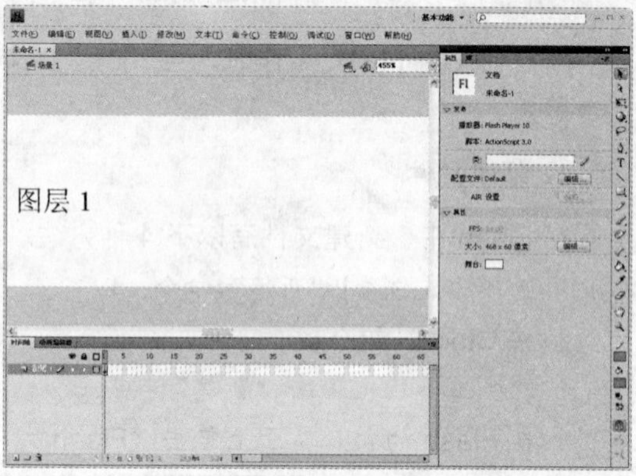

图层 1

图1-18　新建的全横幅广告文档

2. 保存文件

在Flash中，保存文件有以下几种方法。

- 选择“文件”|“保存”命令。
- 选择“文件”|“保存并压缩”命令。
- 选择“文件”|“另存为”命令。
- 选择“文件”|“另存为模板”命令。
- 选择“文件”|“全部保存”命令。
- 按Ctrl + S组合键。

使用以上任意一种方法即可保存文件。其中，全部保存可以保存Flash中打开的所有文档。例如，将上面新建的全横幅广告文件进行保存，其具体操作步骤如下。

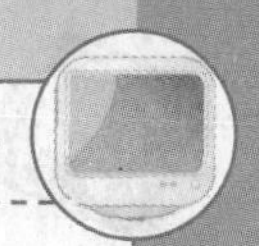

01 选择“文件”|“保存”命令，如图 1-19 所示。

02 打开“另存为”对话框，如图 1-20 所示。

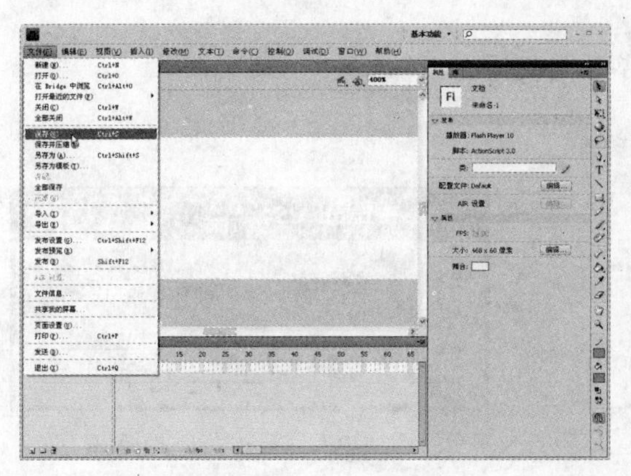

图 1-19　执行命令

图 1-20　“另存为”对话框

03 设置好保存路径，在“文件名”文本框中输入“全横幅广告”，“保存类型”保持默认，如图 1-21 所示。

04 单击“保存”按钮，完成“全横幅广告”文档的保存。

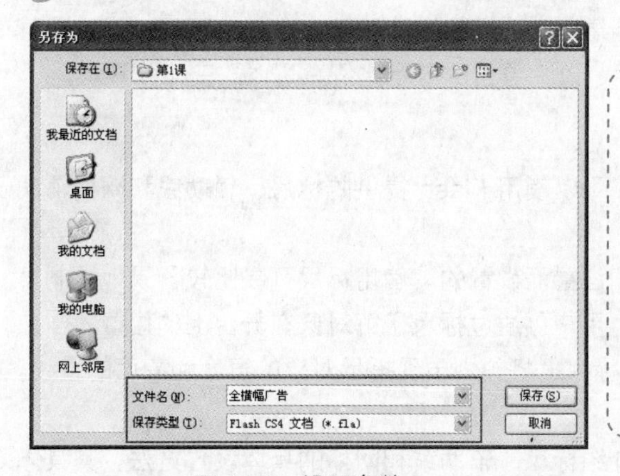

图 1-21　设置参数

提示

“保存类型”下拉列表框中有“Flash CS4 文档”和“Flash CS3 文档”两种选项类型可供选择。保存为“Flash CS3 文档”格式是为了使用生成的文件与其他一些软件保持良好的兼容性。新版的格式往往不被其他同期发布的软件所支持，所以可以根据需要设置保存格式。

3. 打开文件

在 Flash 中，打开文件有以下 6 种方法。

- 在资源管理器中直接双击文件的图标将其打开。
- 将文件拖放到 Flash 应用程序图标上。
- 单击“文件”|“打开”命令。
- 按 Ctrl + O 组合键。
- 在主工具栏上单击“打开”按钮。
- 在 Flash 的初始界面上单击“打开”按钮。

使用以上任意一种方法即可打开一个 Flash 文档。

4. 关闭文件

在 Flash 中，关闭文档有以下 9 种方法。

- 选择“文件”|“关闭”命令。
- 选择“文件”|“全部关闭”命令。
- 选择“文件”|“退出”命令。
- 在标题栏上单击应用程序的图标，在弹出的快捷菜单中选择“关闭”命令。
- 按 Ctrl + W 组合键。
- 按 Ctrl + Alt + W 组合键。
- 快捷键：按 Alt + F4 组合键。
- 单击标题栏上的“关闭”按钮。
- 单击场景中的“关闭”按钮。

使用以上任意一种方法即可关闭 Flash 文档，如果在关闭之前，用户编辑过文档而没进行保存，则会弹出如图 1-22 所示的提示对话框。

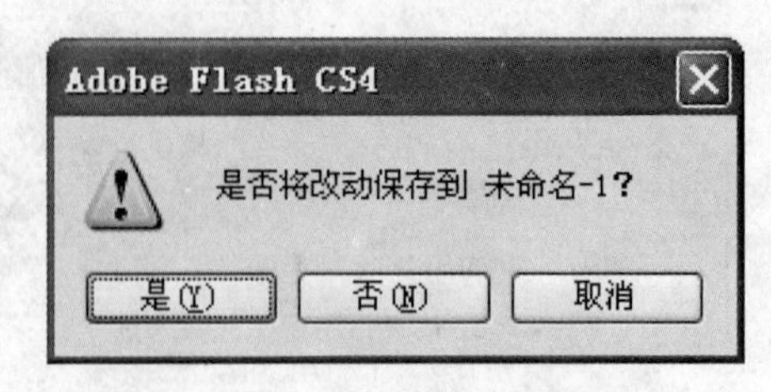

图 1-22　Flash 提示对话框

在该对话框中单击“是”按钮可以保存修改过的文档；单击“否”按钮可以不进行保存；单击“取消”按钮，取消用户的操作。

1.1.4　设置工作环境

设置工作环境，可以为后面的动画创作创建一个很好的设计环境。在 Flash CS4 中，通过设置标尺、辅助线、网格、舞台的大小和颜色、改变舞台的显示比例，可以改变工作环境。

1. 设置标尺、辅助线和网格

要在 Flash 中绘制比较规则的图形对象，可以使用 Flash 提供的标尺、辅助线和网格辅助工具，这些工具可以辅助设计。

标尺和网格是为了方便调整对象的大小和位置而设置的。使用标尺可以比较容易地控制舞台上各个对象的位置。在制作动画的过程中，用户可通过标尺了解对象在舞台上的位置。当在舞台上移动、缩放和旋转对象时，左标尺和上标尺上将分别出现指示对象的宽度和高度的直线。可以根据需要改变标尺的度量单位。

下面以排列经典表情头像为例，向用户介绍标尺、辅助线和网格的具体设置方法，其具体操作步骤如下。

01 按 Ctrl + O 组合键，打开“1-23.fla”素材文档，如图 1-23 所示。

02 选择“视图”|“标尺”命令，如图 1-24 所示。

图 1-23　打开的素材文档

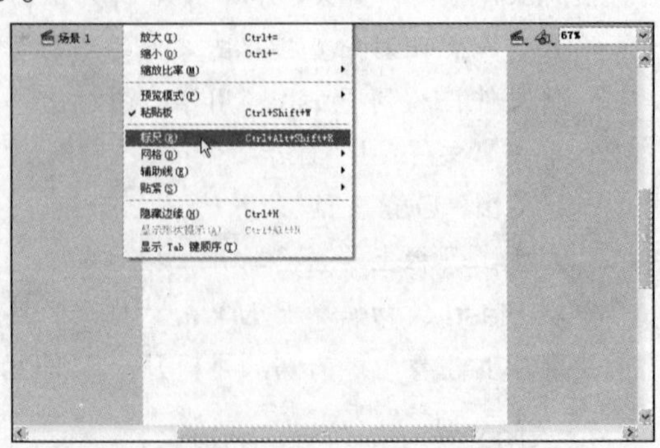
图 1-24　选择“标尺”命令

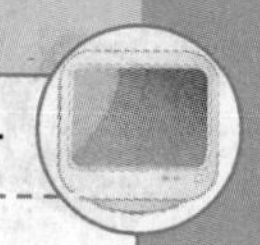

03 完成命令的执行，显示标尺，如图 1-25 所示。

04 选择“视图”|“网格”|“显示网格”命令，如图 1-26 所示。

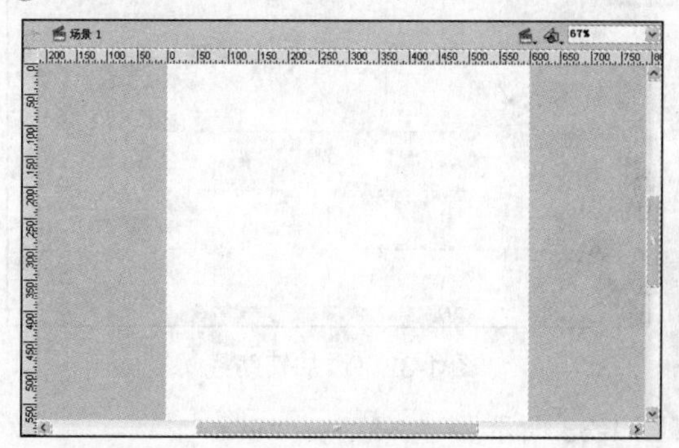

图 1-25　显示尺寸

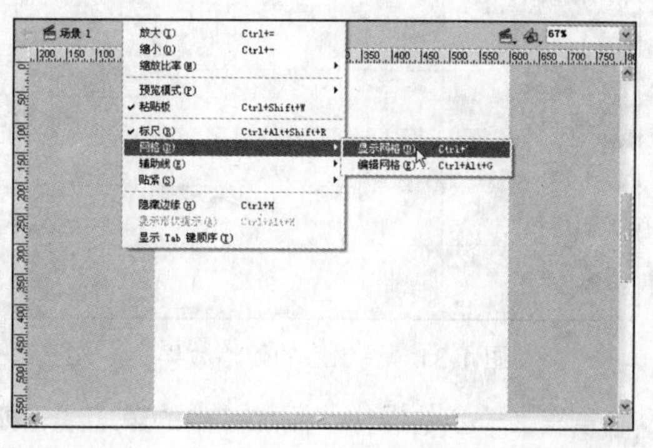

图 1-26　选择“显示网络”命令

05 完成命令的执行，显示网格，如图 1-27 所示。

06 选择“视图”|“网格”|“编辑网格”命令，打开“网格”对话框，如图 1-28 所示。

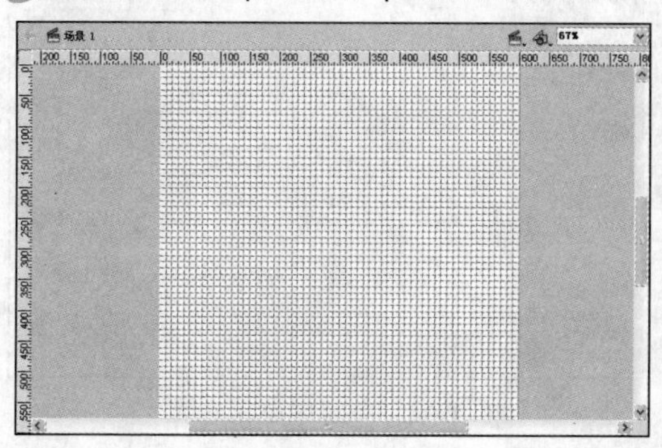

图 1-27　显示网格

网格
颜色：
显示网格(G)
在对象上方显示
贴紧至网格
10 像素
10 像素
贴紧精确度：一般
确定
取消
保存默认值

图 1-28　“网格”对话框

07 单击“颜色”按钮，在弹出的颜色列表框中，设置网格颜色为“橘红色”，如图 1-29 所示。

08 勾选“贴紧至网格”复选框，设置“水平”和“垂直”距离均为 100 像素，如图 1-30 所示。

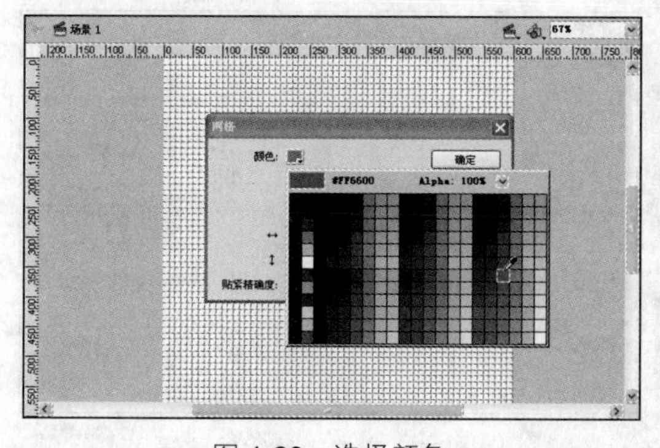

图 1-29　选择颜色

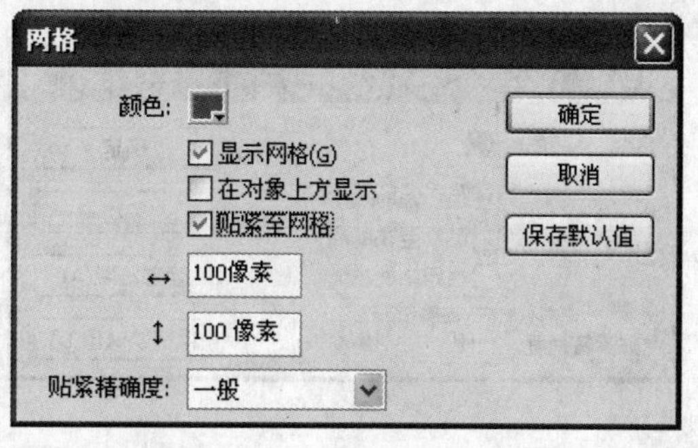

图 1-30　设置其他参数

09 单击“确定”按钮，完成网格线的编辑，效果如图 1-31 所示。

10 将鼠标指针移至左标尺，按住鼠标左键并向右拖曳至水平标尺 100 处释放，添加辅助线，如图 1-32 所示。

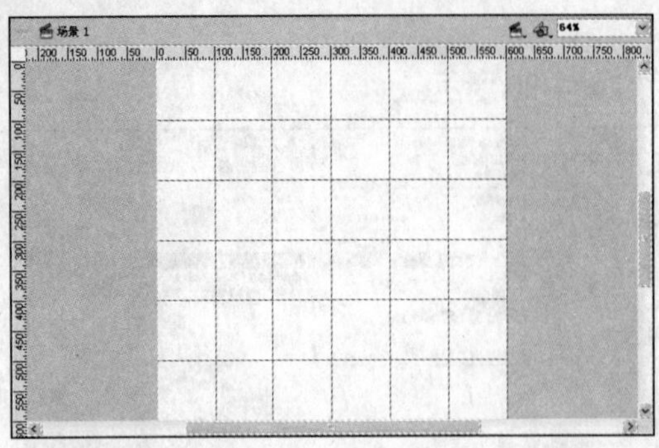

图 1-31　编辑后的网格效果

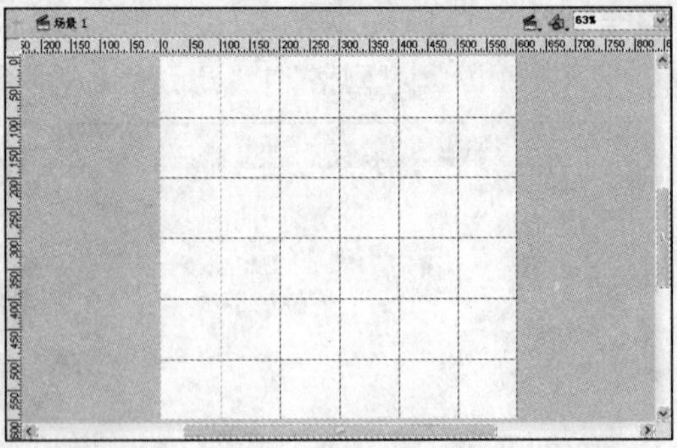

图 1-32　添加辅助线

⑪重复上一步的操作，添加其他的辅助线，如图 1-33 所示。

⑫再次选择“视图”|“网格”|“显示网格”命令，隐藏网格；再次选择“视图”|“标尺”命令，隐藏标尺，效果如图 1-34 所示。

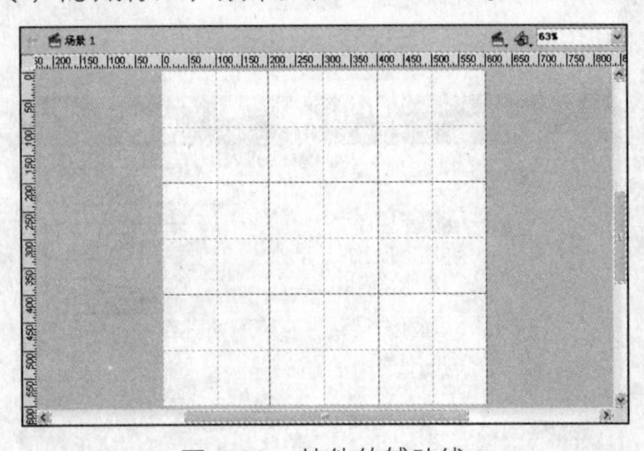

图 1-33　其他的辅助线

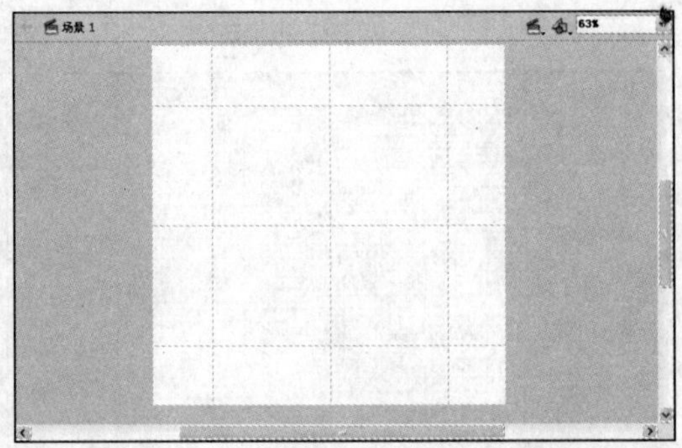

图 1-34　隐藏标尺和网格

⑬选择“视图”|“辅助线”|“编辑辅助线”命令，打开“辅助线”对话框，单击“颜色”按钮，在弹出的“颜色”列表框中，设置网格颜色为“蓝色”，如图 1-35 所示。

⑭选择“确定”按钮，完成辅助线颜色的编辑，效果如图 1-36 所示。

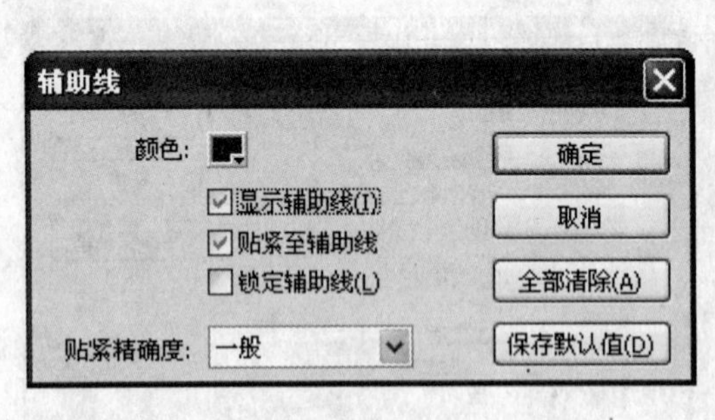

图 1-35　“辅助线”对话框

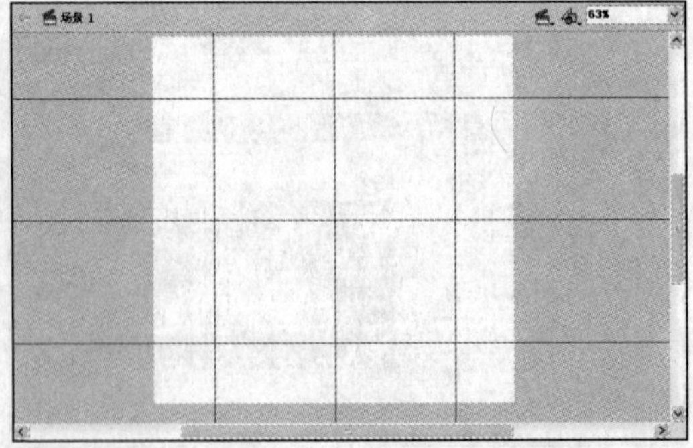

图 1-36　完成辅助线的编辑

⑮将“库”面板中的“头像 1”元件拖曳至舞台，放置在舞台左上方水平和垂直辅助线的相交处，如图 1-37 所示。

⑯保持“头像 1”实例为选择状态，在“属性”面板中设置其“宽度”和“高度”均为 150，效果如图 1-38 所示。

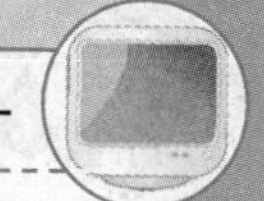

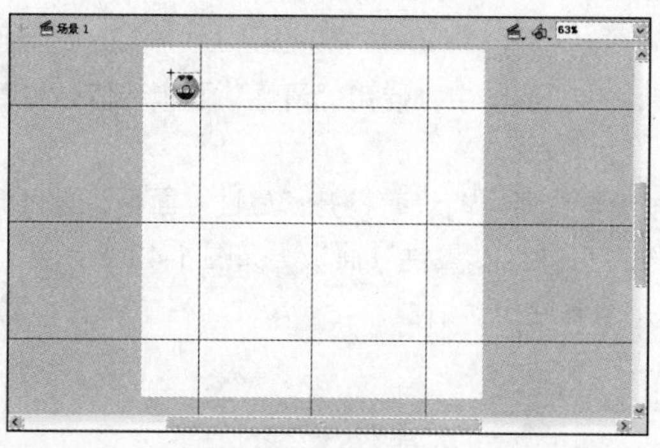

图 1-37　添加实例

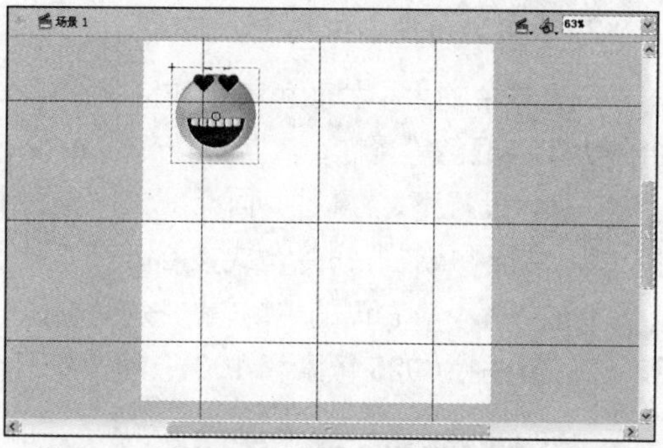

图 1-38　调整实例的大小

⑰使用“选择工具”选择头像实例，将其中心点与辅助线的交点贴紧，如图 1-39 所示，调整实例的位置。

⑱重复步骤（15）~（17）的操作，依次将“库”面板中的“头像 2 ~9”元件拖曳至舞台，调整其大小，并贴紧辅助线交点，效果如图 1-40 所示。

图 1-39　调整实例的位置

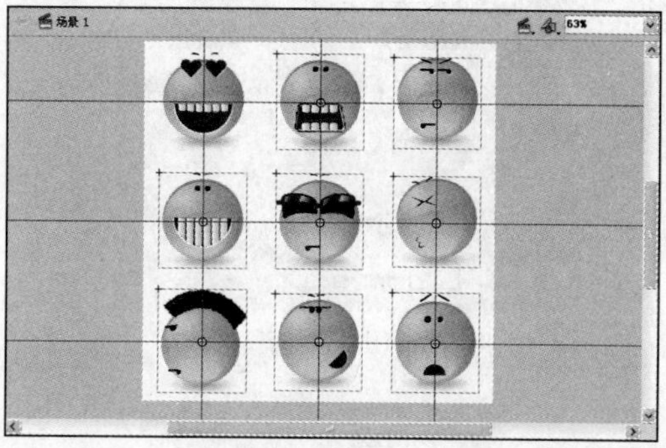

图 1-40　添加其他的实例并贴紧辅助线交点

⑲选择执行“视图” | “辅助线” | “显示辅助线”命令，如图 1-41 所示。

⑳完成命令的执行，将辅助线隐藏，如图 1-42 所示。

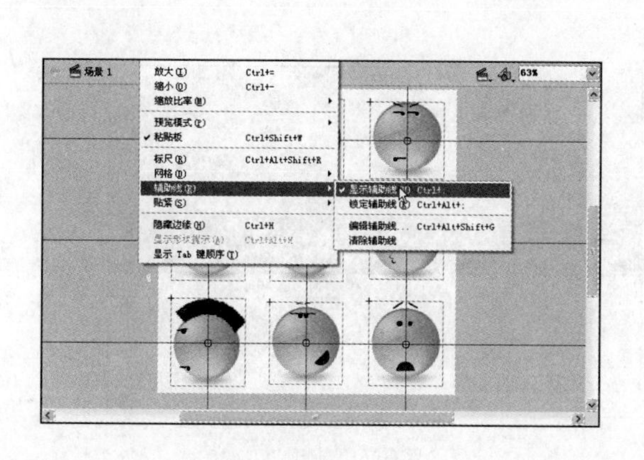

图 1-41　执行命令

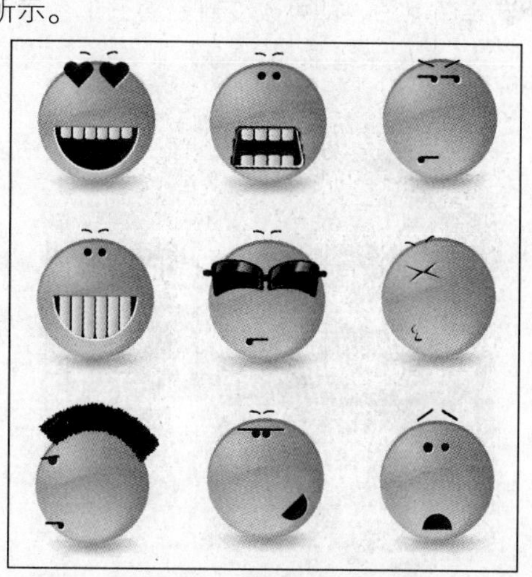

图 1-42　隐藏辅助线的效果

在排列“经典表情头像”范例制作中，综合介绍了标尺、网格和辅助线的辅助特点，读者在动画创作时，可以执行“视图”菜单中的其他相应命令，以便能更好的辅助动画设计。

2. 设置舞台大小和颜色

设置舞台的大小和颜色是创作动画的第一步，在 Flash 中，使用“属性”面板可以设置舞台的大小、颜色等属性，其具体操作步骤如下。

01 在默认设置下，“属性”面板在工作界面中显示。如果当前没有打开“属性”面板，通过选择“窗口”|“属性”命令，或按 Ctrl + F3 组合键即可弹出“属性”面板，如图 1-43 所示。

02 单击“大小”右侧的“编辑”按钮，打开“文档属性”对话框，在“尺寸”栏中设置“宽”和“高”分别为 925 像素和 100 像素，如图 1-44 所示。

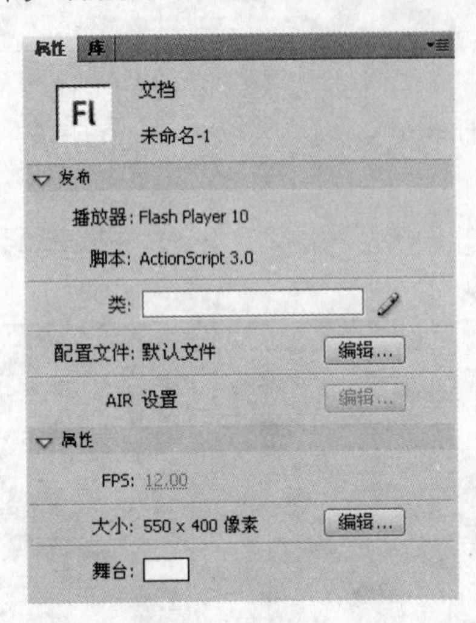

图 1-43 “属性”面板

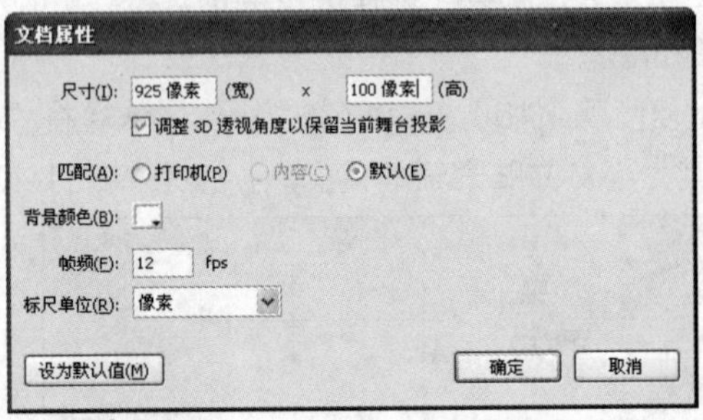

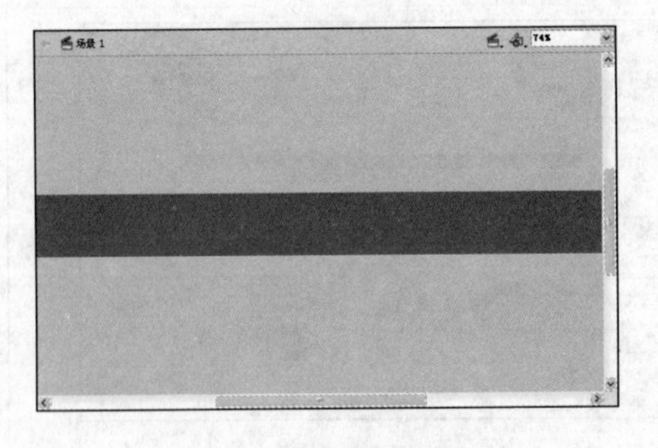

图 1-44 “文档属性”对话框

03 单击“确定”按钮，改变舞台的大小。

04 在“属性”面板中单击“舞台”右侧的“背景颜色”图标，在弹出的“颜色”列表框中选择“桃红色”，如图 1-45 所示。

05 选择颜色后，即可改变舞台背景的颜色，如图 1-46 所示。

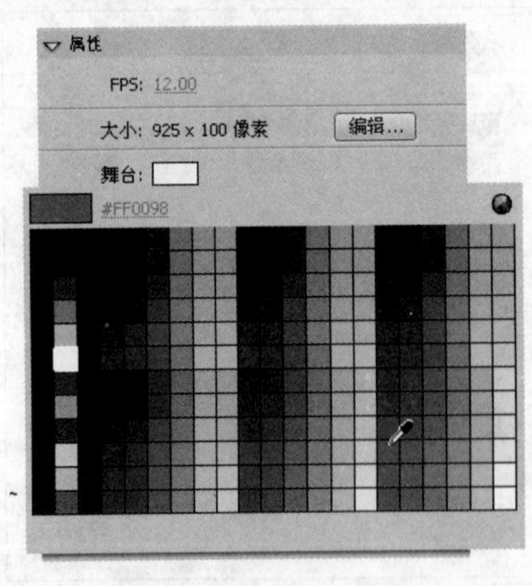

图 1-45 选择颜色

图 1-46 改变舞台的颜色

06 在“FPS”栏中设置“帧频”，这里保持默认值 12。数值越大，动画播放速率越快，对于网站来说，一般在 12 帧/秒。此时的“属性”面板如图 1-47 所示。

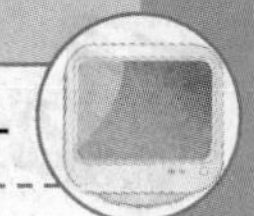

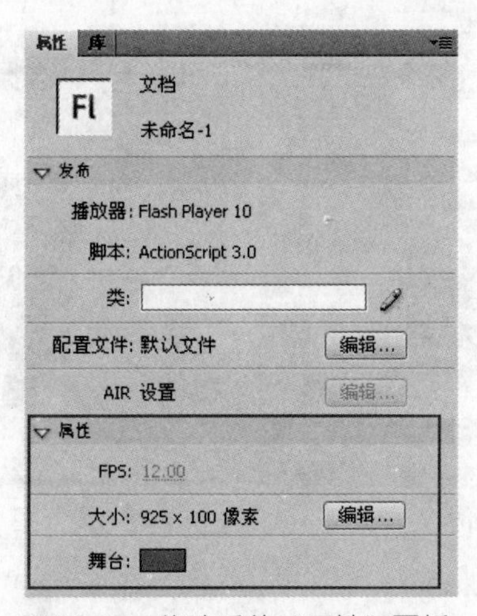

图 1-47　修改后的“属性”面板

此外，通过单击“修改”|“文档”命令，或按 Ctrl+J 组合键，在打开的“文档属性”面板中也可直接设置文档的属性，改变舞台的大小和颜色。其操作步骤与通过“属性”面板设置文档属性的操作步骤基本一致，唯一的区别是使用菜单命令设置文档属性只在“文档属性”对话框中进行，而不必在“属性”面板中进行设置。

3. 改变场景的显示比例

场景在默认情况下是按 100%的比例显示的，如图 1-48 所示。在创作动画时，用户可以根据需要改变场景的显示比例。

在 Flash CS4 中，可以根据需要选择不同的工作区界面。由于工作界面中的面板较多，留给舞台的视窗有时无法看到整个舞台，这就要设置适合的舞台显示比例。用户在工作区右上方的舞台视窗百分比下拉菜单中选择一个设置，便可满足总览整个舞台的需要，但舞台中的对象将会变小，如图 1-49 所示。

图 1-48　100%显示　　图 1-49　显示全部

在默认的工作界面中，工作区的视窗是比较小的，界面被时间轴和大量的功能面板所占据。要将工作区的视窗变大，有以下两种方法。

- 将所有功能面板缩略成按钮图标，这样就能节约出大量的视窗，如图 1-50 所示。
- 按 F4 键，隐藏所有的面板和时间轴，如图 1-51 所示。

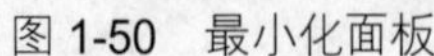
图 1-50　最小化面板

图 1-51　隐藏面板

1.1.5 Flash CS4 的新增功能

Flash CS4 是 Adobe 公司出品的 Flash 的最新版本，增加了一些新功能，下面介绍主要的新增功能功能。

1. 基于对象的动画

基于对象的动画不仅可以简化 Flash 中的设计过程，还提供了更大程度的控制。补间此时将直接应用于对象而不是关键帧，从而精确控制每个单独的动画属性。

2. 补间动画预设

对任何对象应用预置的动画可更快地开始项目。从数十种预设中进行选择，或创建用户自己的预设。在团队中共享预设可节省创建动画的时间。例如，在“动画预设”面板中预览“从底部模糊飞入”的预设动画，如图 1-52 所示。

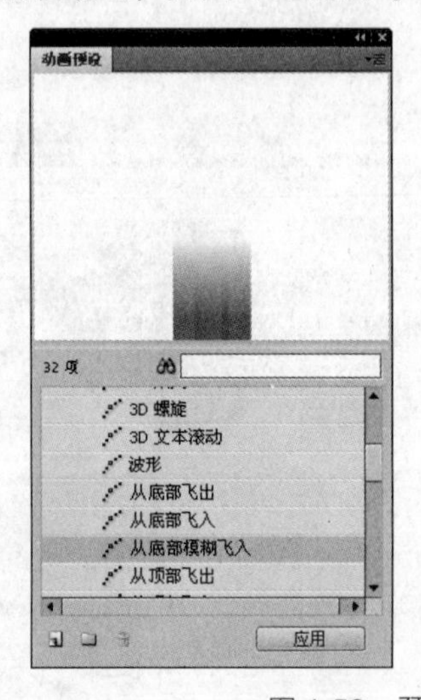

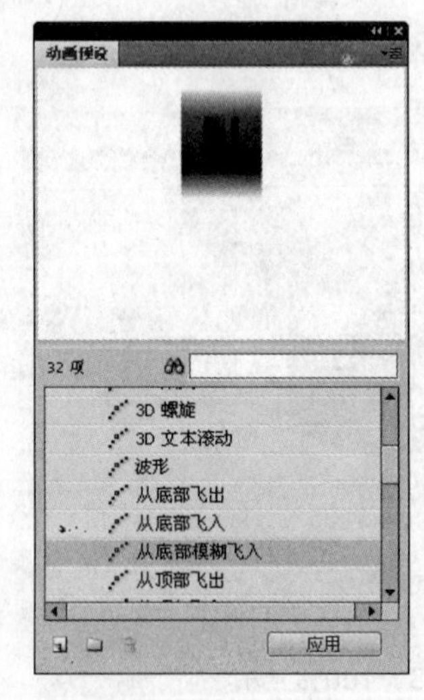

图 1-52　预览预设动画

3. “动画编辑器”面板

使用关键帧编辑器体验对每个关键帧参数（包括旋转、大小、缩放、位置、滤镜等）的完全单独控制。也可以使用关键帧编辑器借助曲线以图形化方式控制缓动。选择时间轴中的补间

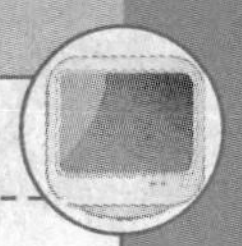

范围，此时的“动画编辑器”面板如图 1-53 所示。

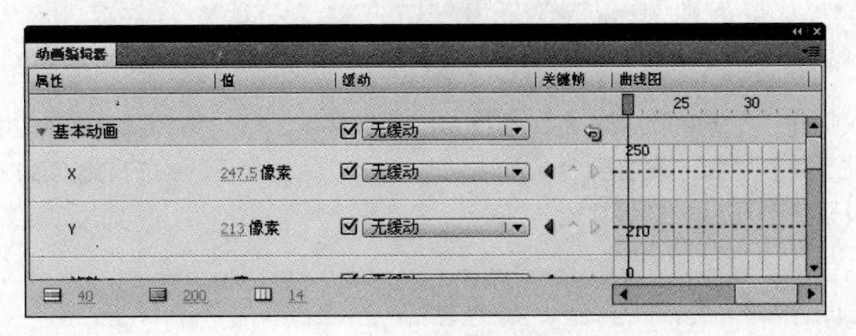

图 1-53　“动画编辑器”面板

4. 使用“骨骼工具”进行反向运动

使用一系列链接的对象轻松创建链形效果，或使用骨骼工具快速扭曲单个对象。反向运动 (IK) 是一种使用骨骼的有关节结构对一个对象或彼此相关的一组对象进行动画处理的方法。使用骨骼，元件实例和形状对象可以按复杂而自然的方式移动，只需做很少的设计工作。例如，通过反向运动可以更加轻松地创建人物动画，如胳膊、腿和面部表情动画。

5. 3D 变形

使用新的“3D 变形工具”在 3D 空间内对 2D 对象进行动画处理。“变形工具”（包括“旋转工具”和“平移工具”）允许用户在 X、Y 和 Z 轴上进行动画处理。应用局部或全局旋转可将对象相对于对象本身或舞台旋转。

Flash CS4 允许用户通过在舞台的 3D 空间中移动和旋转影片剪辑来创建 3D 效果。Flash CS4 通过在每个影片剪辑实例的属性中包括 z 轴来表示 3D 空间。通过使用“3D 平移工具”和“3D 旋转工具”沿着影片剪辑实例的 z 轴移动和旋转影片剪辑实例，可以向影片剪辑实例中添加 3D 透视效果。在 3D 术语中，在 3D 空间中移动一个对象称为平移，在 3D 空间中旋转一个对象称为变形。在对影片剪辑应用了其中的任一效果后，Flash 会将其视为 3D 影片剪辑。

6. 使用 “Deco 工具”进行装饰性绘画

“Deco 工具”可以轻松将任何元件转换为即时设计工具。无论是使用“刷子工具”或“填充工具”应用的图案，还是通过将一个或多个元件与 Deco 工具一起使用来创建类似万花筒的效果，Deco 都提供了使用元件进行设计的新方法。

例如，使用“Deco 工具”在礼物的下面绘制网格填充，使用“喷涂刷工具”，设置“颜色”为“白色”，在礼物上单击，添加喷涂小白点，效果如图 1-54 所示。

此外，在 Flash CS4 中其他的增强功能还有“Adobe Kuler”面板、Adobe® AIR™ 的创作、“示例声音”库、垂直显示的“属性”面板、新的项目面板、支持 H.264 的 Adobe Media Encoder、Adobe ConnectNow 集成、在 Soundbooth 中编辑、增强的元数据支持、XFL 导入、JPEG 解决、经过改进的“库”面板等。

图 1-54　装饰性绘画

1.2 范例精讲

在前面我们介绍了 Flash CS4 的工作界面和工作环境、管理文档以及新增功能等。下面以“自定义个性工具栏”和“设置舞台显示比例”动画范例向读者介绍 Flash CS4 的“自定义工具面板”和设置舞台显示比例等功能。

1.2.1 自定义个性工具栏

本范例向读者讲解了利用“自定义工具面板”功能自定义个性工具栏，如右图所示。

难度系数 ✓✓✓

学习时间 15 分钟

学习目的 了解“自定义工具面板”命令

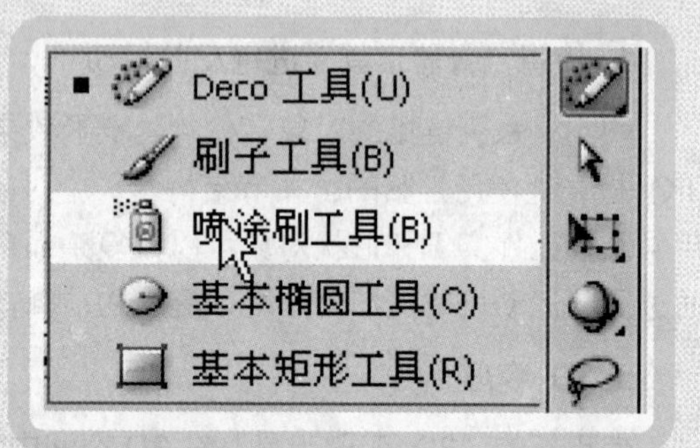

制作步骤

01 选择“编辑”|“自定义工具面板”命令，如图 1-55 所示。

02 打开“自定义工具栏”对话框，如图 1-56 所示。

03 选择右侧的“选择工具”图标，在“可用工具”拉列表框中选择“Deco 工具”选项，如图 1-57 所示。

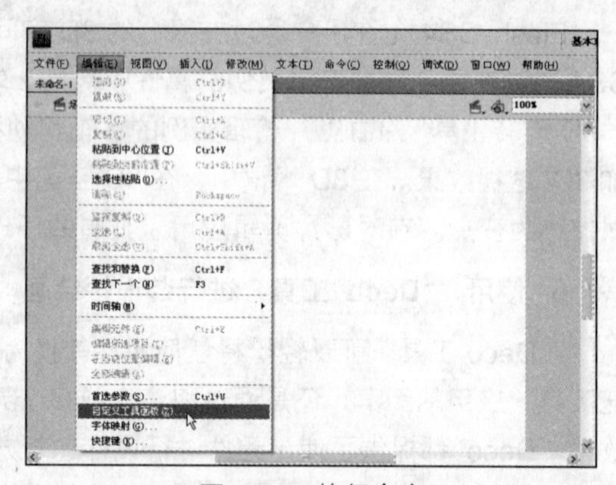

图 1-55 执行命令

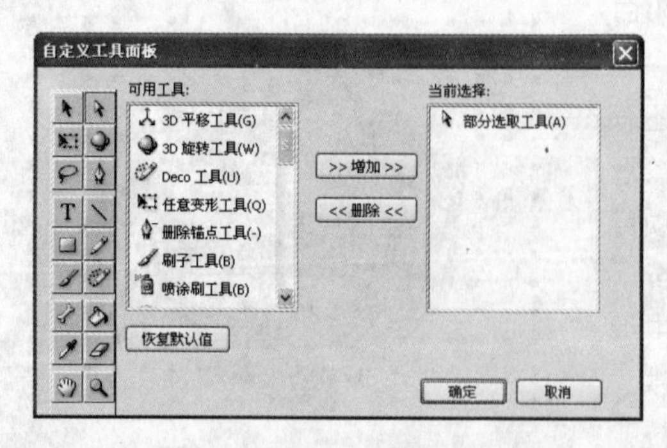

图 1-56 “自定义工具面板”对话框

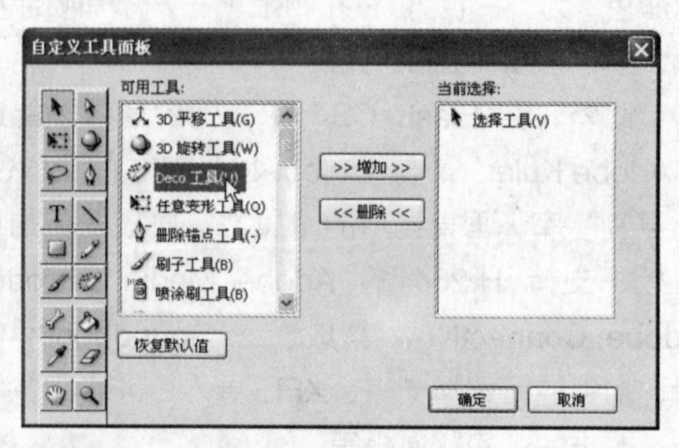

图 1-57 选择“Deco 工具”

04 单击“增加”按钮，将选择的“Deco 工具”添加到“当前选择”列表框中，如图 1-58 所示。

05 重复步骤 03 ~ 步骤 04 的操作，依次增加“刷子工具”、“喷涂刷工具”、“基本椭圆工具”、“基本矩形工具”，如图 1-59 所示。

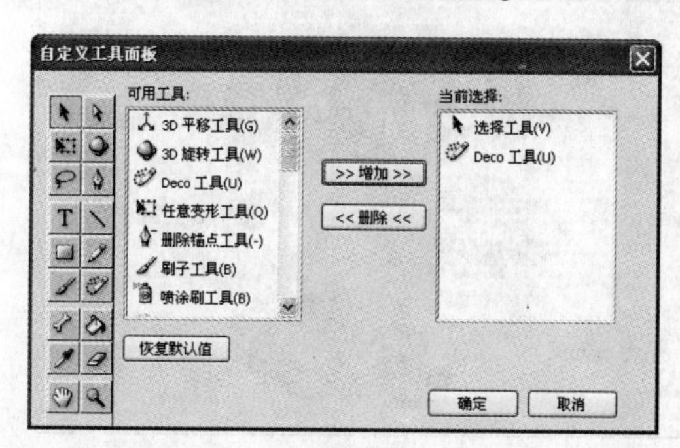

图 1-58　增加所选择的工具

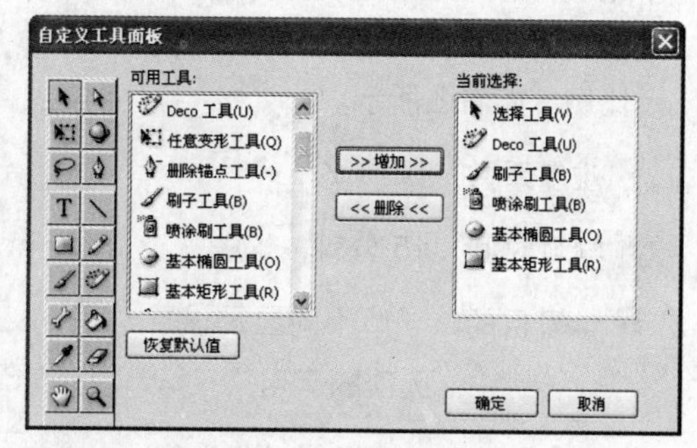

图 1-59　增加其他工具

06 在“当前选择”列表框中选择“选择工具”，单击“删除”按钮，如图 1-60 所示。

07 完成单击，删除选择工具，如图 1-61 所示。

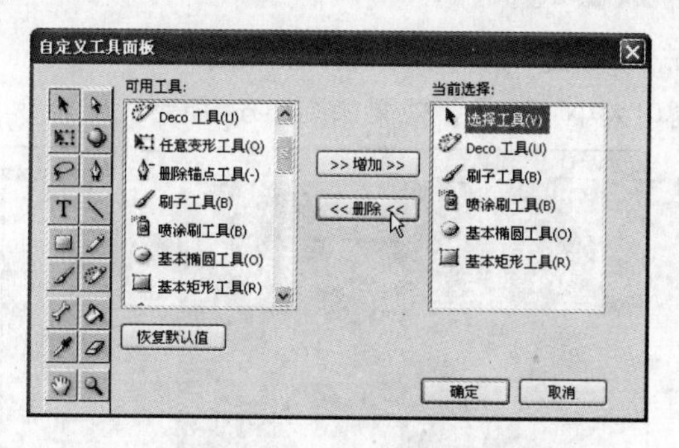

图 1-60　选择要删除的工具

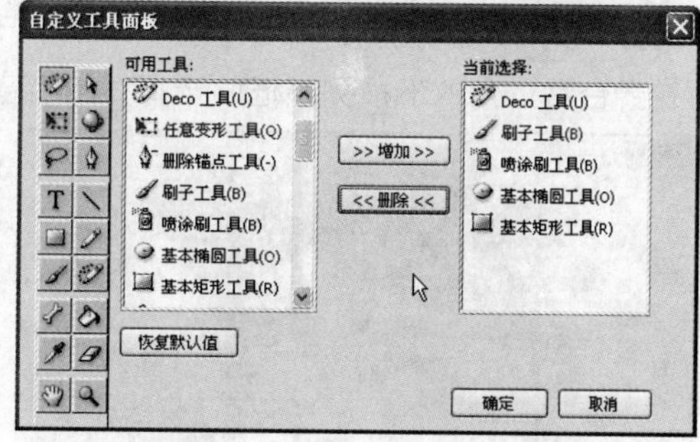

图 1-61　删除“选择工具”

08 单击“确定”按钮，完成工具栏的自定义，此时单击工具箱中“Deco 工具”图标右下角的小三角形，即可查看自定义的工具，如图 1-62 所示。

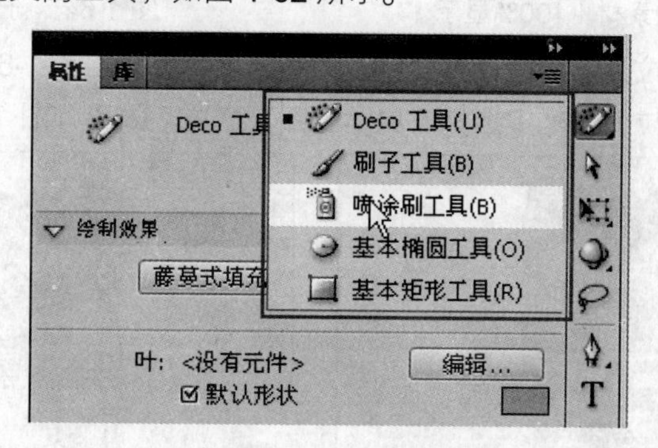

图 1-62　自定义的工具面板

在“自定义工具栏”对话框中单击“恢复默认值”按钮，可以将定义好的工具栏恢复为默认状态。

1.2.2 设置舞台显示比例

本范例向读者讲解了利用舞台视窗百分比下拉菜单功能设置舞台的显示比例，如右图所示。

难度系数 ☑☑☑

学习时间 15分钟

学习目的 了解不同显示设置选项的运用

制作步骤

01 选择“文件”|“打开”命令，打开“情人节快乐.fla”素材，如图1-63所示。

02 在舞台右上角的下拉列表框中选择“符合窗口大小”选项，效果如图1-64所示。

图1-63 打开的素材（100%显示）

图1-64 符合窗口大小显示

03 在舞台右上角的下拉列表框中选择“显示帧”选项，效果如图1-65所示。

04 在舞台右上角的下拉列表框中选择“显示全部”选项，效果如图1-66所示。

图1-65 显示帧

图1-66 显示全部

05 在舞台右上角的下拉列表框中选择200%选项，以200%放大视图，效果如图1-67所示。

06 选择工具箱中的“手形工具”，在舞台上单击鼠标左键并向下拖曳鼠标，将视图向下移动，效果如图 1-68 所示。

图 1-67　以 200%显示

图 1-68　向下移动视图

按住空格键，将鼠标指针移到舞台上，此时鼠标指针会变成手的形状，拖曳鼠标即可改变舞台的可视区域。空格键可以临时激活“手形工具”，而忽略工具箱中当前选择的工具。

1.3　上机实战——绘制装饰性图案

下面以“绘制装饰性图案”动画范例向读者介绍 Flash 的“文档属性”、“Deco 工具”和“属性”面板等功能。

最终效果

本范例通过绘制“装饰性图案”动画向读者讲解了“Deco 工具”和“属性”面板制作藤蔓图案动态填充的效果。如下图所示。

解题思路

通过新建文档、修改文档的大小和颜色、使用“Deco 工具”和“属性”面板，制作藤蔓图案动态填充的效果。

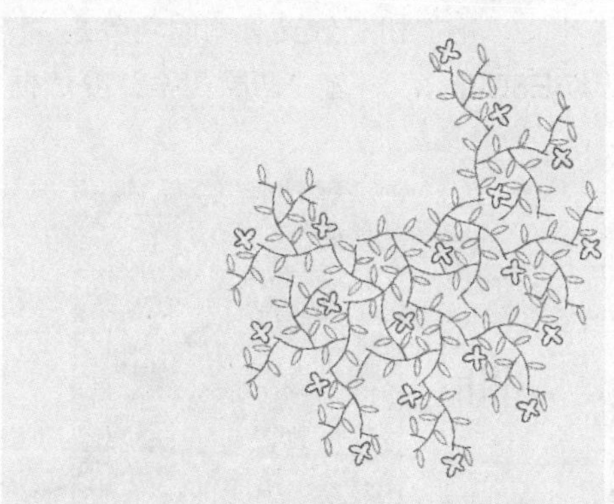

步骤提示

01 选择“文件”|“新建”命令，如图 1-69 所示。

02 打开“新建文档”对话框，如图 1-70 所示，保持默认选项，单击“确定”按钮，新建一个 Flash 文档。

图 1-69　执行命令

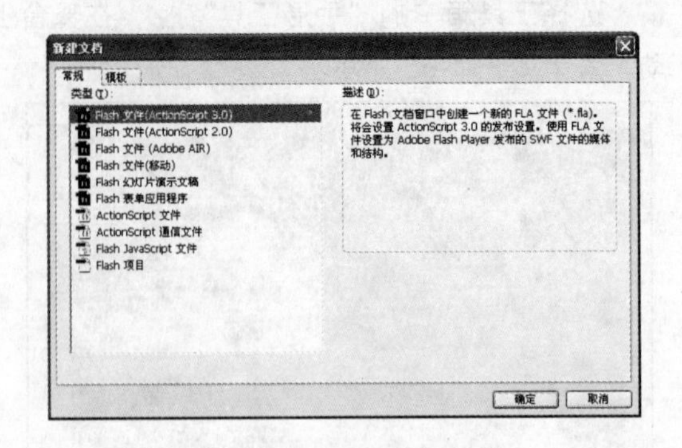

图 1-70　“新建文档”对话框

03 按 Ctrl + J 组合键，打开“文档属性”对话框，修改“尺寸”栏中的“宽”值为 500，单击“背景颜色”后的，在弹出的“颜色”列表中选择“淡黄色”，如图 1-71 所示。

04 完成“背景颜色”的设置，单击“确定”按钮，完成文档的修改，如图 1-72 所示。

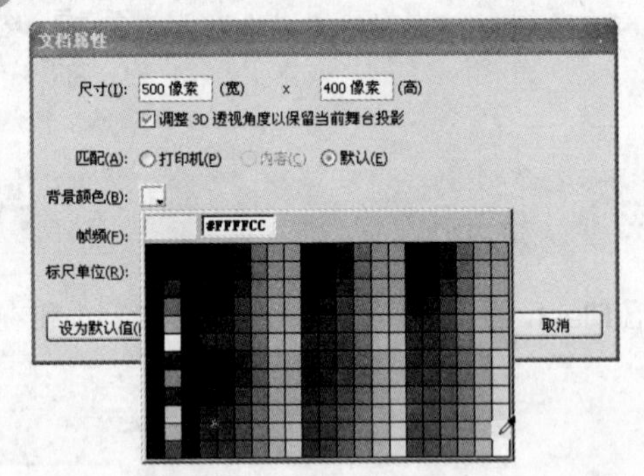

图 1-71　选择背景颜色

图 1-72　修改后的文档

05 单击工具栏中的“Deco 工具”按钮，在“属性”面板中设置“绘图效果”为“藤蔓式填充”，如图 1-73 所示。

06 在“属性”面板中依次设置各参数，其中“叶”、“花”和“分支”的颜色分别为“绿色”（#62C617）、“桃红”（#62C617）和“深绿”（#3E8C0F），勾选“动画图案”复选框，并设置“帧步骤”为 10，如图 1-74 所示。

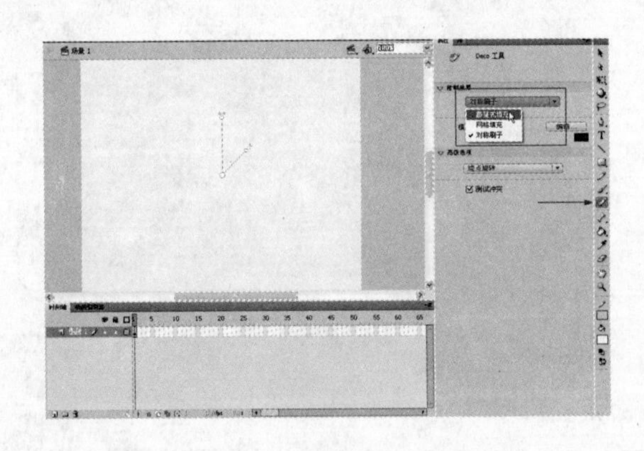

图 1-73　选择藤蔓式填充

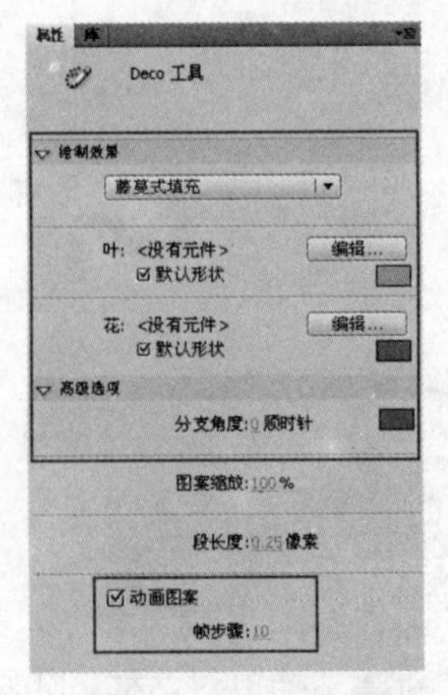

图 1-74　设置参数

07 将鼠标指针移至舞台并单击鼠标左键，将按设置好的参数进行动态填充，并自动在“时间轴”中增加关键帧，如图 1-75 所示。

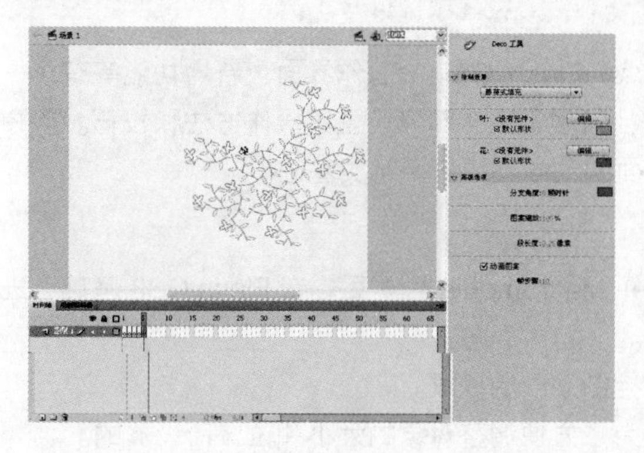
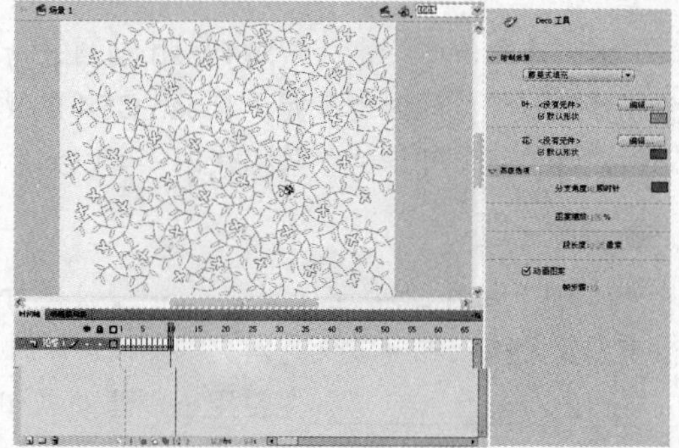

图 1-75　动态式填充藤蔓

08 完成填充后，各藤蔓图形呈选择状态，如图 1-76 所示。

09 选择工具栏中的“选择工具”，按 Esc 键，取消对象的选择，如图 1-77 所示。

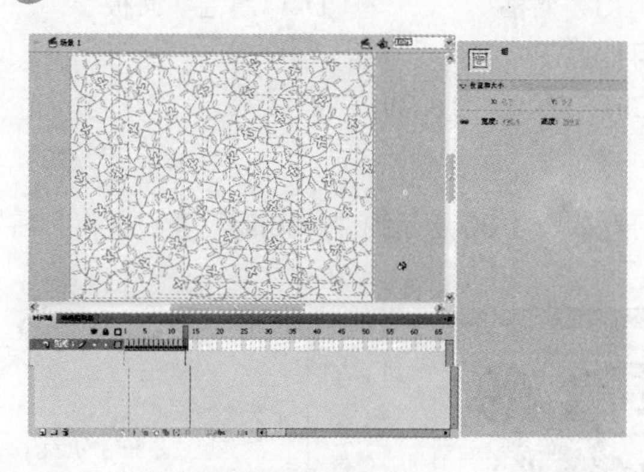

图 1-76　填充完毕

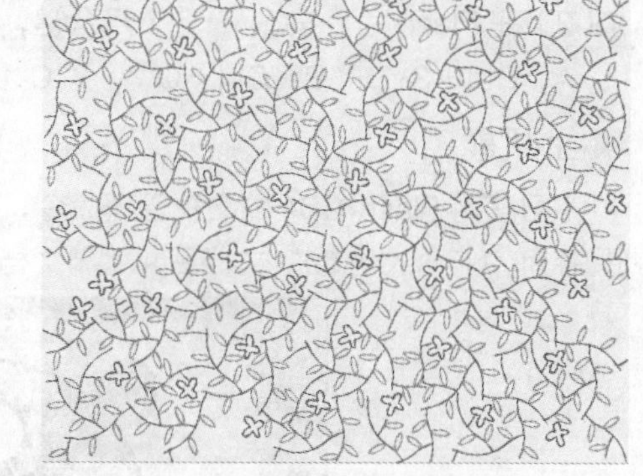

图 1-77 取消对象为选择状态

10 按 Ctrl + S 组合键，打开“另存为”对话框，设置保存路径和文件名，如图 1-78 所示。

11 单击“保存”按钮，保存文档；按 Ctrl + Enter 组合键，测试制作后的装饰性图案，如图 1-79 所示。

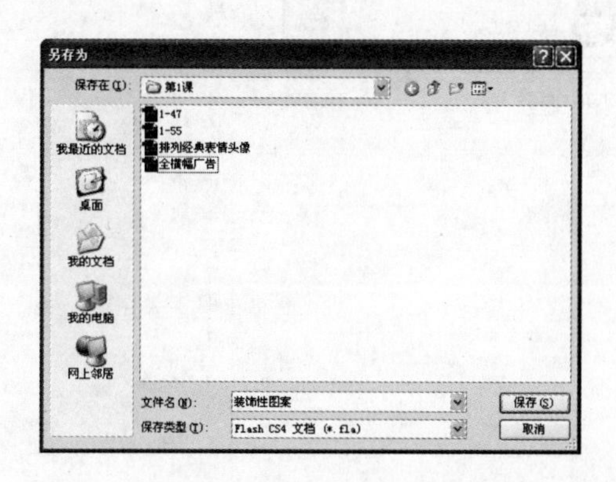

图 1-78　“另存为”对话框

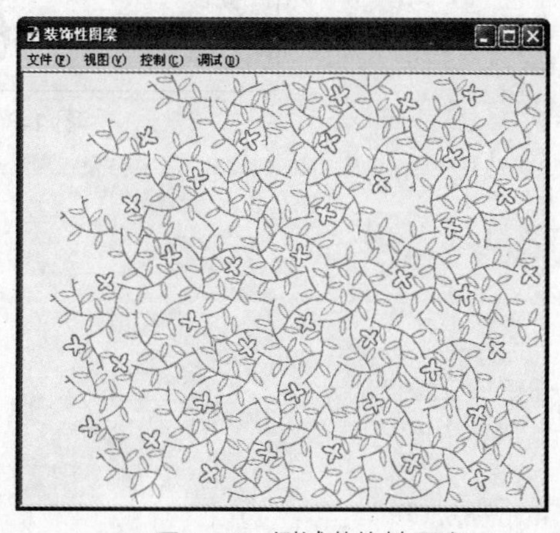

图 1-79　测试装饰性图案

1st Day
2nd Day
3rd Day
4th Day
5th Day
6th Day
7th Day

1.4 巩固与练习

通过本章的学习，用户对Flash动画的特点、Flash CS4的工作界面、新增功能等有了一个初步的认识，同时也掌握了Flash CS4的文档管理、工作环境设置等操作方法和技巧。用户通过对这些基础知识的了解和认识，可以为后面的动画创作打好坚实基础。

填空题

（1）Flash CS4是＿＿＿＿＿＿公司合并Macromedia公司后，在Flash CS3基础上进行重新整合推出的一款优秀网页动画设计软件。

（2）＿＿＿＿＿＿主要用于创建动画和控制动画的播放。

（3）＿＿＿＿＿＿和＿＿＿＿＿＿是为了方便调整对象的大小和位置而设置的。

选择题

（1）使用Flash CS4提供的（　　）辅助工具，可以在动画创作时进行辅助设计。

A．标尺　　B．辅助线　　C．网格　　D．“属性”面板

（2）在Flash中，按（　　）组合键，可以关闭文档。

A．Ctrl＋S　　B．Ctrl＋O　　C．Ctrl＋D　　D．Ctrl＋W

上机题

练习使用Flash CS4的文档管理命令，打开如图1-80所示的“1-80.fla”素材文件，将其另存为“卡通人物.fla”文档后并关闭文档。

图1-80　打开的素材

Chapter 02

绘制与编辑图形对象

学习内容

- 基础导读 | 90分钟
- 范例精讲 | 90分钟
- 上机实战 | 60分钟
- 巩固与练习 | 30分钟

学习重点

- 矢量图与位图
- 绘制各种图形
- 使用工具
- 编辑图形对象
- 范例精讲 1　绘制小孩笑脸头像
- 范例精讲 2　绘制浪漫金秋
- 上机实战 1　绘制卡通小狗
- 上机实战 2　绘制梦幻背景

精彩实例效果展示

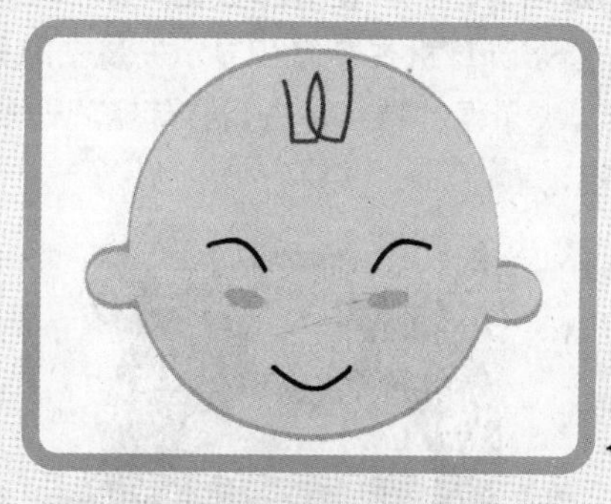
小孩笑脸

浪漫金秋

梦幻背景

2.1 基础导读

Flash 不仅具有强大的动画制作功能，同时还具有强大的矢量绘图功能。本章将介绍如何使用 FlashCS4 软件进行矢量图形的绘制与编辑。熟练掌握 Flash 的绘图方法和技巧是制作 Flash 动画的前提和基础，希望大家认真学习并熟练掌握。

2.1.1 矢量图与位图

Flash CS4 是一个动画制作及图像处理的软件，因此，在使用 Flash CS4 之前，需要了解一些图像处理方面的概念，如位图图像与矢量图。下面介绍 Flash CS4 中最常用的术语及其功能。

1. 矢量图

一般的图形根据其显示原理的不同可以分为矢量图和位图两种。

矢量图是由计算机根据矢量数据计算后生成的，它用包含颜色和位置属性的直线或曲线来描述图像。所以计算机在存储和显示矢量图时只需记录图形的边线位置和边线之间的颜色这两种信息即可。矢量图的特点是占用存储空间非常小，且无论放大多少倍都不会出现马赛克效果，如图 2-1 所示。

图 2-1 矢量图

矢量图图形的复杂程度直接影响矢量图文件的大小，图形的显示尺寸可以进行无限缩放，且缩放不影响图形的显示精度和效果。当图形不是很复杂时，最好采用矢量图形，这样可有效减少文件的大小。

2. 位图

位图是由计算机根据图像中每一点的信息生成的，要存储和显示位图就需要对每一个点的信息进行处理，这样的点就称为像素（例如一幅 200×300 像素的位图就有 60,000 个像素点，计算机要存储和处理这幅位图就需要记住 6 万个点的信息）。位图一般用在对色彩丰富度或真实感要求比较高的场合。但位图的体积较之矢量图要大得多，且位图在放大到一定倍数时会出现明显的马赛克现象，每一个马赛克实际上就是一个放大的像素点，如图 2-2 所示。

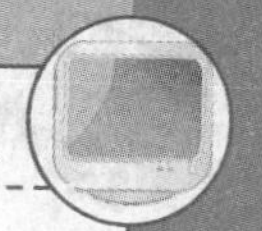

图 2-2　位图

2.1.2　绘制直线

Flash CS4 中的“线条工具”主要用于绘制任意的矢量线段。下面就来绘制一条系统默认的直线，其操作步骤如下。

（1）单击工具栏中的“线条工具”按钮，将鼠标移动到场景中。

（2）当鼠标变为“十”形状时，按住鼠标左键向任意方向拖动（如图 2-3 所示），拖至适当的位置后，释放鼠标即可，绘制出的线条如图 2-4 所示。

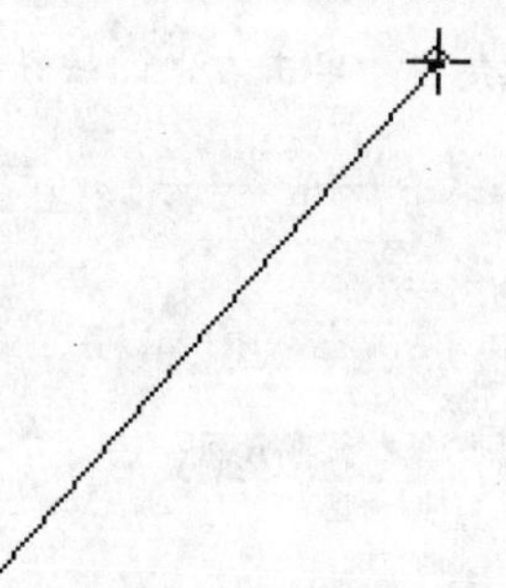

图 2-3　拖动鼠标

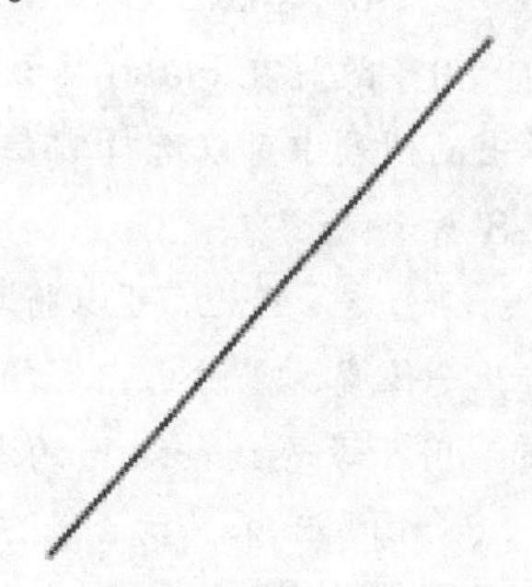

图 2-4　绘制出的直线

提示

若要绘制出与水平方向成 45°角的线段，在绘制直线时按住 Shift 键即可。

通过“属性”面板还可对直线的样式、颜色、粗细等进行修改，其操作步骤如下。

（1）单击工具栏中的“选择工具”按钮，选中刚绘制的直线。

（2）此时的“属性”面板如图 2-5 所示，按照需要为直线进行设置。

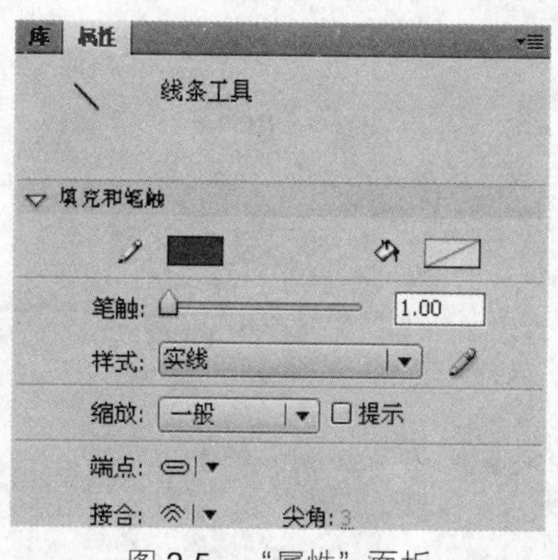

图 2-5　“属性”面板

该面板中主要选项的含义如下。

- ：用于设置线段的颜色。单击"颜色"按钮，在弹出的"颜色"列表框中可以选择线的颜色。
- 笔触：用于设置线段的粗细。拖动滑块或在文本框中直接输入数值，可以调整线条的粗线。
- 样式：用于设置线段的样式，单击右侧的按钮或小三角形，在弹出的列表中可以选择需要的样式，如图 2-6 所示。
- "编辑笔触样式"按钮：单击该按钮，打开"笔触样式"对话框，如图 2-7 所示，在该对话框中可以对线条的缩放、宽度、类型等进行设置。

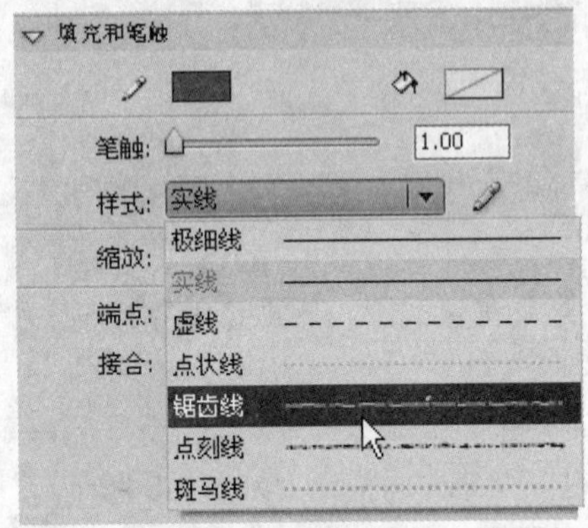

图 2-6 笔触样式的类型

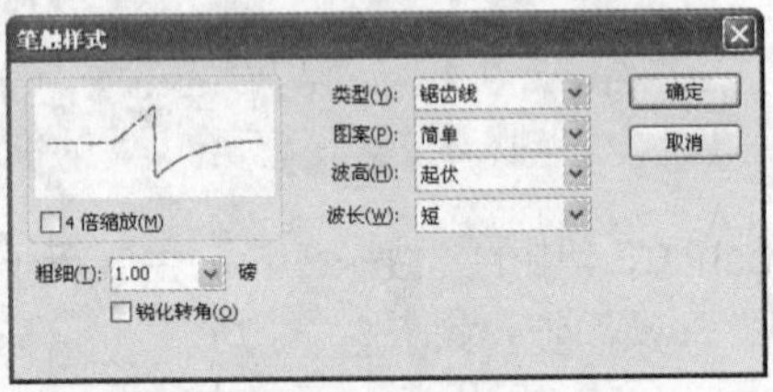

图 2-7 "笔触样式"对话框

- 缩放：用于设置在 Flash 播放器中包含笔触缩放的类型。单击右侧的按钮或小三角形，在弹出的列表中可以选择需要的类型，如图 2-8 所示。
- 提示：勾选该复选框，可以将笔触锚记点保持为全像素，以防止出现模糊线。
- 端点：用于设置线条端点的形状，包括"无"、"圆角"和"方形"三种，如图 2-9 所示。

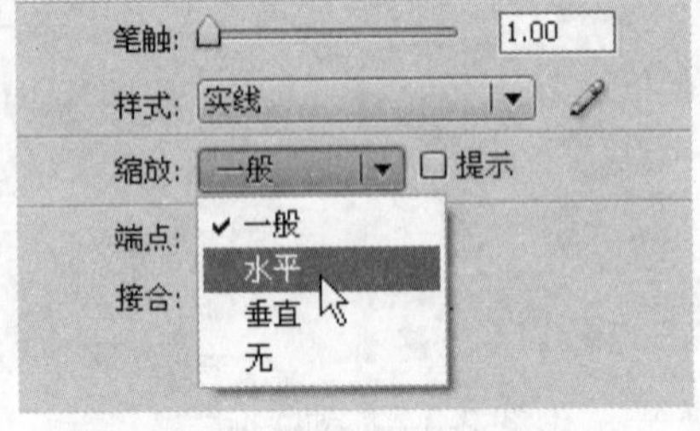

图 2-8 缩放类型

- 接合：用于设置线条之间接合的形状，包括"尖角"、"圆角"和"斜角"三种，如图 2-10 所示，当选择"尖角"时，可设置尖角参数。

图 2-9 端点类型

图 2-10 接合类型

2.1.3 绘制矩形和正方形

"矩形工具"主要用于绘制矩形。如果按住 shift 键绘制可以创建正方形。在默认情况下，使用"矩形工具"绘制的图形包括笔触和填充两个部分。下面以绘制矩形为例，向读者介绍"矩

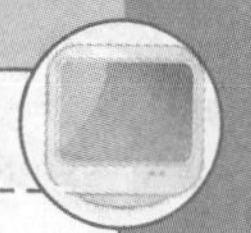

形工具”的使用方法，具体操作步骤如下。

01 单击工具栏中的“矩形工具”按钮。

02 在“属性”面板中的“矩形选项”栏中设置参数为10，如图2-11所示。

03 将鼠标移至舞台中，当鼠标变为“十”形状时，按住鼠标左键向右下角拖曳，如图2-12所示。

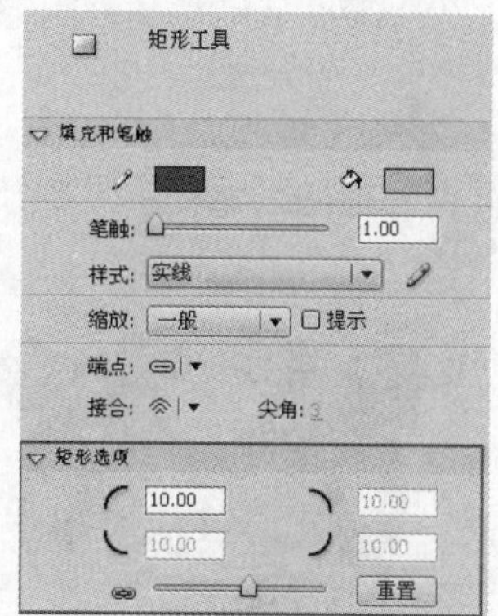

图2-11　设置圆角参数

图2-12　拖　鼠标

04 释放鼠标，绘制圆角矩形，如图2-13所示。

05 使用“选择工具”选择刚绘制的矩形，在“属性”面板中设置“笔触颜色”、“填充颜色”、“笔触高度”分别为“深褐色”、无和10，如图2-14所示。

图2-13　圆角矩形

图2-14　绘制矩形

06 在“属性”面板中设置线型“样式”为“点刻线”，如图2-15所示。

07 适当的调整矩形框的位置，按Esc键，取消选择矩形，效果如图2-16所示。

图2-15　设置线型样式

图2-16　完成矩形的属性修改

2.1.4 绘制椭圆和圆

“椭圆工具”主要用于绘制椭圆和圆，椭圆和圆在绘制时的唯一区别是，绘制圆时要按住 Shift 键。下面以绘制圆为例，讲解“椭圆工具”的使用方法，其操作步骤如下。

01 单击工具栏中的“椭圆工具”按钮，此时“属性”面板即显示椭圆的相关属性，如图 2-17 所示。

02 将鼠标移至场景中，当指针变为“+”时，按住 Shift 键并拖动鼠标，如图 2-18 所示。

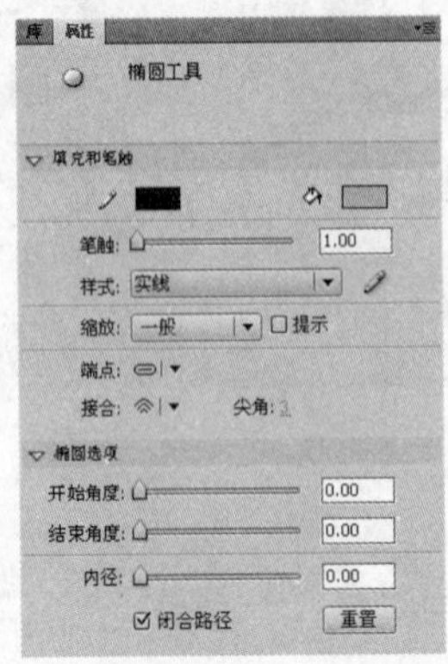

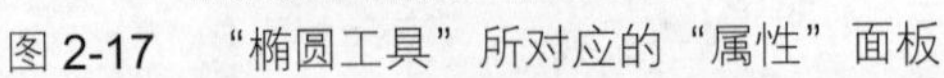

图 2-17 “椭圆工具”所对应的“属性”面板

图 2-18 拖曳鼠标

03 当圆的大小符合自己所需时释放鼠标，绘制默认参数的圆，如图 2-19 所示。

04 使用“选择工具”选择刚绘制的椭圆，在“属性”面板中设置“宽度”和“高度”均为 400，“填充颜色”为无，“笔触高度”为 2，效果如图 2-20 所示。

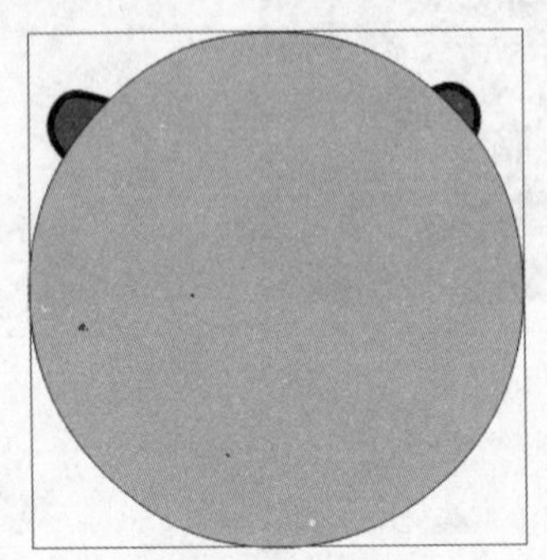

图 2-19 绘制圆

图 2-20 修改参数后效果

选择绘制的椭圆，在“属性”面板可对对椭圆的大小、在场景中的位置、边框线的颜色、线型样式、粗细及填充色等进行具体设置。在场景中移动椭圆或圆的同时，“属性”面板中 X、Y 的值会自动改变。同样，在“属性”面板中对椭圆进行设置后，场景中的图形也将出现相应的变化。

2.1.5 改变椭圆形状属性

在 Flash CS4 中，可以轻松修改或者绘制不同形状的椭圆弧。在工具箱中选择“基本椭圆

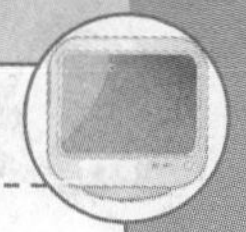

工具”，此时“属性”面板即显示椭圆的相关属性，如图 2-21 所示。这里可以设置椭圆的形状、线型与填充颜色等属性。

此外，通过在“属性”面板中的“椭圆选项”栏中设置相应参数，还可以绘制扇形、半圆形及其他有创意的形状，如图 2-22 所示。

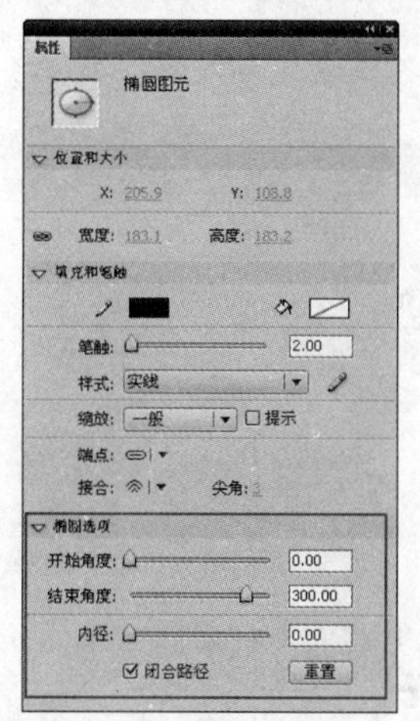

图 2-21　椭圆所对应的“属性”面板

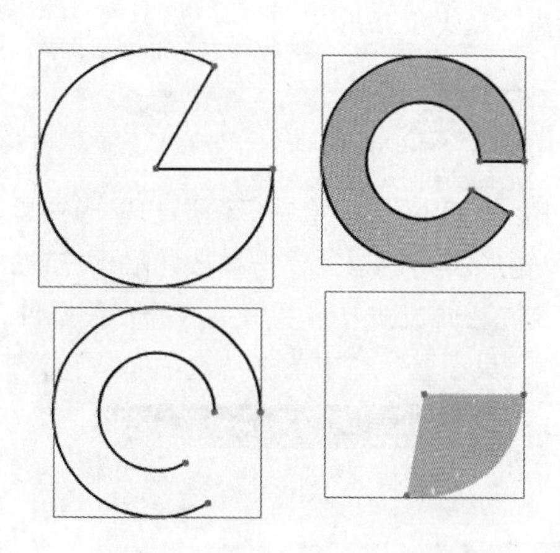

图 2-22　使用“椭圆工具”绘制的图形

2.1.6　绘制基本矩形

在 Flash CS4 中，绘制基本矩形的具体方法如下。

01 在“矩形工具”上单击并按住鼠标左键，然后在弹出的菜单中选择“基本矩形工具”，此时“属性”面板即显示基本矩形的相关属性，如图 2-23 所示。

02 直接在舞台上拖动鼠标，即可绘制基本矩形。

此外，在使用“基本矩形工具”拖动时可更改圆角半径，通过按↑键和↓键，可改变圆角的半径。当圆角达到所需圆度时，释放鼠标即可绘制圆角矩形，如图 2-24 所示。

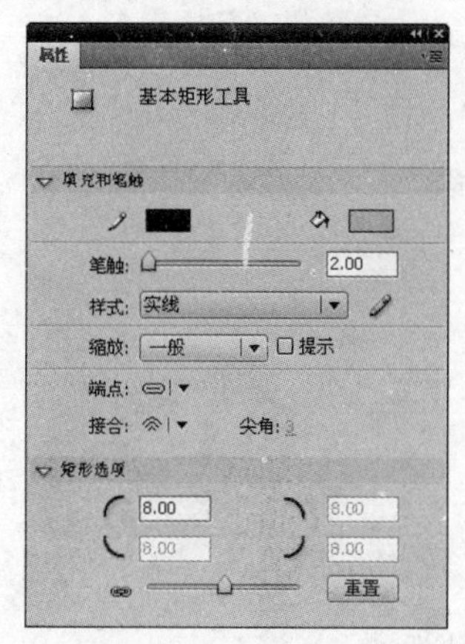

图 2-23　基本矩形所对应的“属性”面板

图 2-24　绘制圆角矩形

使用“选择工具”选中绘制的基本矩形，可在“属性”面板中进一步修改形状或指定填充和笔触颜色。

在基本矩形所对应的“属性”面板中，主要选项的含义如下。

- 矩形边角半径　用于指定矩形的圆角半径。可以在每个文本框中输入内径的数值。如果输入负值，则创建的是反半径。 还可以取消选择“将边角半径控件锁定为一个控件”，然后分别调整每个角半径。
- 重置：重置“基本矩形工具”的所有圆角设置，并将在舞台上绘制的基本矩形形状恢复为原始大小和形状。

2.1.7　绘制多边形和星形

在 Flash CS4 中，绘制多边形和星形的具体操作步骤如下。

01 在“矩形工具”上单击并按住鼠标左键，然后在弹出的菜单中选择“多角星形工具”，此时“属性”面板即显示多角星形的相关属性，如图 2-25 所示。

02 在“工具设置”栏中单击“选项”按钮，打开“工具设置”对话框，如图 2-26 所示。

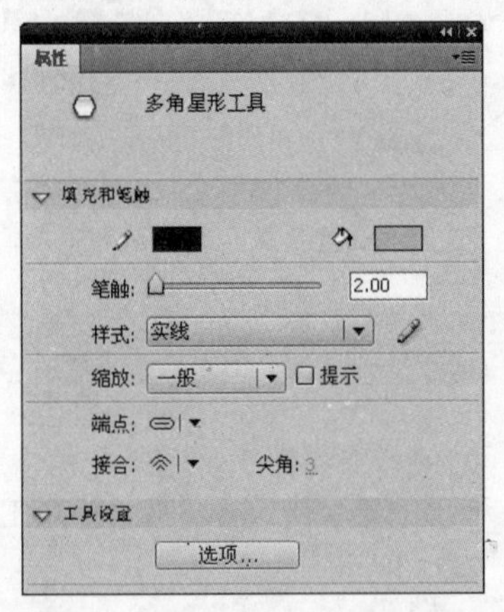

图 2-25　“多角星形工具”所对应的“属性”面板

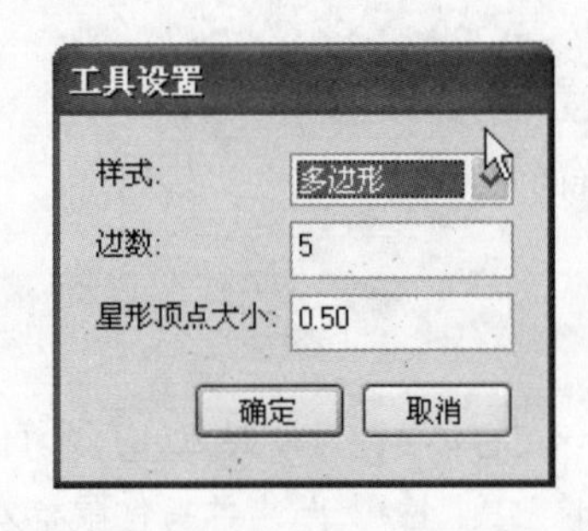

图 2-26　“工具设置”对话框

03 在“样式”下拉列表框中包含“多边形”和“星形”两个选项，选择其中的一个选项，即可绘制相应的图形，这里选择“星形”。

04 在“边数”文本框中可以输入数字，其范围为 3～32，这里输入 9。

05 在“星形顶点大小”文本框中可以输入数字，其范围为 0～1，这里输入 0.8。

06 单击“确定”按钮，在舞台上拖曳鼠标，即可绘制星形图形，如图 2-27 所示。

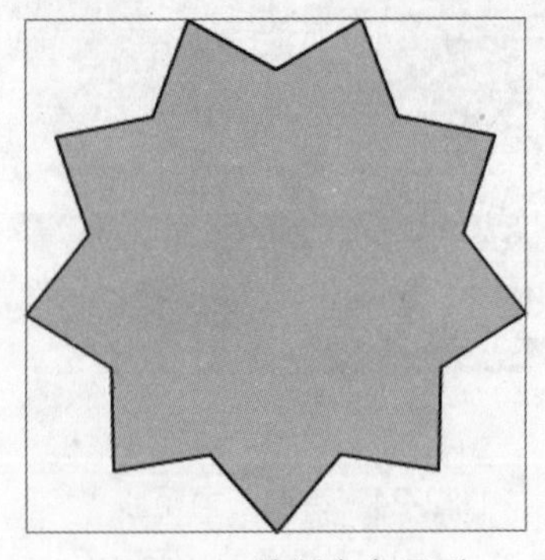

图 2-27　绘制多角星形

> **提示**
>
> 在“星形顶点大小”用于指定星形顶点的深度，数字越接近 0，创建的顶点就越深（像针一样）。如果是绘制多边形，应保持此设置不变（它不会影响多边形的形状）。

2.1.8 使用“钢笔工具”绘图

在 Flash CS4 中，要绘制精确的路径（如直线或平滑流畅的曲线），可使用“钢笔工具”。使用“钢笔工具”绘画时，通过调整线条上的点可以调整直线段和曲线段。

在使用“钢笔工具”进行绘图时，需要了解“钢笔工具”在绘图时的状态，其显示的不同指针反映了当前的绘制状态。在 Flash CS4 中，主要有以下几种指针指示状态：

- 初始锚点指针：选中“钢笔工具”后看到的第一个指针。指示下一次在舞台上单击鼠标时将创建初始锚点，它是新路径的开始（所有新路径都以初始锚点开始）。
- 连续锚点指针：指示下一次单击鼠标时将创建一个锚点，并用一条直线与前一个锚点相连接。
- 添加锚点指针：指示下一次单击鼠标时将向现有路径添加一个锚点。
- 删除锚点指针：指示下一次在现有路径上单击鼠标时将删除一个锚点。
- 连续路径指针：从现有锚点扩展新路径。
- 闭合路径指针：在正绘制的路径的起始点处闭合路径。只能闭合当前正在绘制的路径，并且现有锚点必须是同一个路径的起始锚点。
- 连接路径指针：表示可以将当前路径与另一条路径进行连接。
- 回缩贝塞尔手柄指针：当鼠标位于贝塞尔手柄的锚点上方时才出现此指针。单击鼠标将回缩贝塞尔手柄，并使得穿过锚点的曲线路径恢复为直线段。
- 转换锚点指针：将不带方向线的锚点转换为带有独立方向线的锚点。若要启用转换锚点指针，可通过按 Shift + C 组合键切换“钢笔工具”。

在范例中将具体介绍使用“钢笔工具”绘制直线和曲线的方法、技巧，这里将不再赘述。

2.1.9 使用“铅笔工具”绘画

在 Flash 绘制曲线和任意形状的图形主要由“铅笔工具”来实现，其操作步骤如下。

01 单击工具栏中的“铅笔工具”按钮。

02 选择一种铅笔样式后，将鼠标移至场景中，当鼠标变为形状时，按住鼠标左键进行拖动即可绘制出相应的图形。

单击“铅笔工具”后单击工具栏下方“铅笔模式”按钮右下角的小三角形，在弹出的菜单中即可选择一种铅笔样式，如图 2-28 所示，各选项的具体含义如下。

图 2-28 铅笔模式

- 伸直：该模式可使绘制的任意矢量线图形自动生成和它最接近的规则图形。图 2-29 所示是“铅笔工具”绘制中的形状，而图 2-30 所示则是选择伸直选项后的效果。
- 平滑：该模式可使绘制的图形或线条变得平滑。图 2-31 所示是“铅笔工具”绘制中的形状，而图 2-32 则是选择平滑选项后绘制的效果。

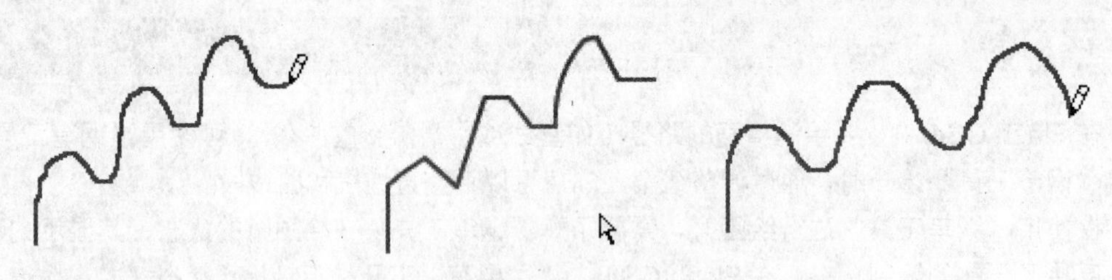

图 2-29　绘制状态　　图 2-30　伸直效果　　图 2-31　绘制状态

- 墨水瓶：该模式可绘制出未经任何修改的手绘线条。其绘制前后的差别很小，图 2-33、图 2-34 所示分别为选择墨水瓶选项后绘制时和绘制后的效果。

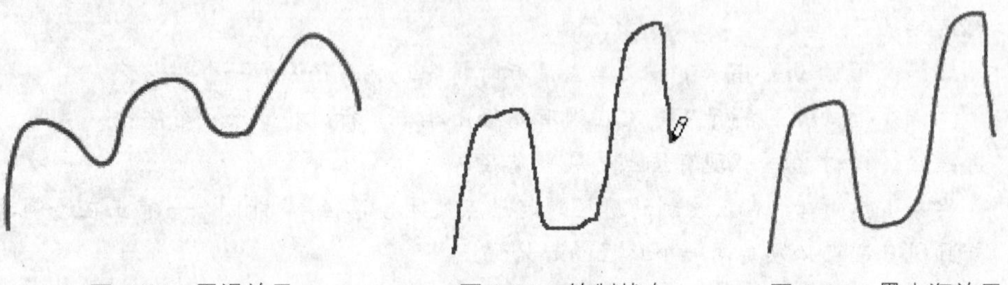

图 2-32　平滑效果　　图 2-33　绘制状态　　图 2-34　墨水瓶效果

2.1.10　使用刷子工具涂色

“刷子工具”可以绘制类似于刷子的笔触。它可以创建特殊效果，包括书法效果。使用“刷子工具”功能键可以选择刷子大小和形状。

在 Flash CS4 中，使用“刷子工具”涂色的具体操作步骤如下。

01 单击工具栏中的“刷子工具”按钮。

02 在“属性”面板或工具栏中设置一种“填充颜色”。

03 单击工具栏下方“刷子模式”按钮，在弹出的下拉菜单中选择一种涂色模式，如图 2-35 所示。

04 单击工具栏下方“刷子大小”按钮，在弹出的下拉菜单中选择刷子的大小，如图 2-36 所示。

05 单击工具栏下方“刷子形状”按钮，在弹出的下拉菜单中选择刷子的形状，如图 2-37 所示。

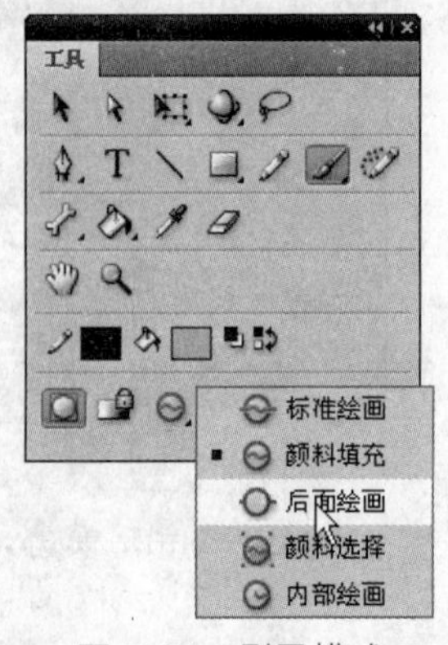

图 2-35　刷子模式

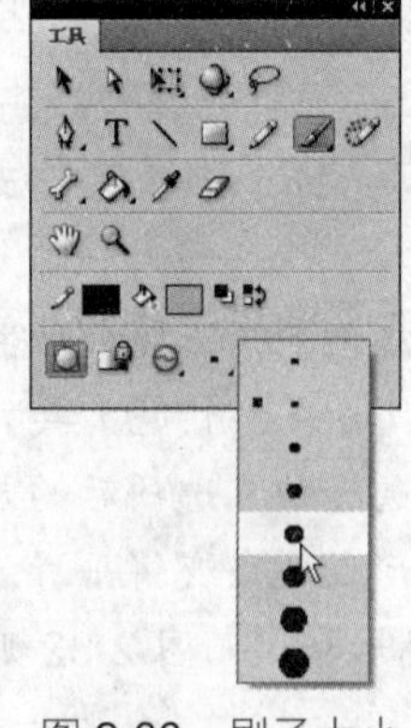

图 2-36　刷子大小

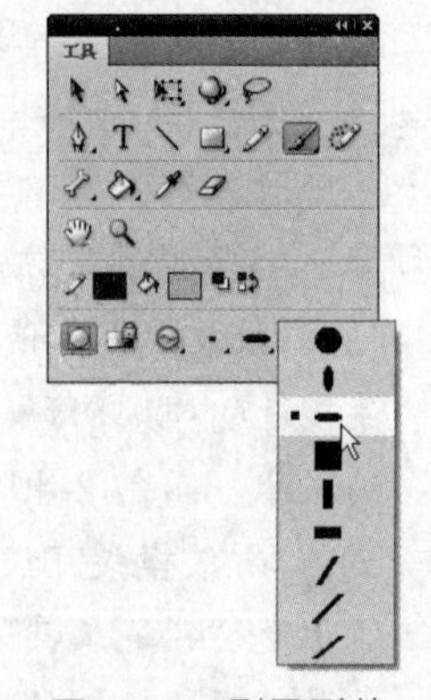

图 2-37　刷子形状

06 完成刷子涂色模式、大小以及形状的选择后，直接在舞台上拖曳鼠标，即可进行涂色。

单击“刷子模式”按钮，弹出“刷子模式”下拉菜单，在该下拉菜单中，各命令的含义

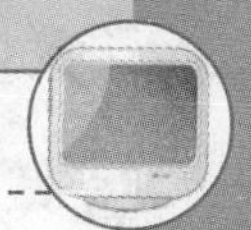

如下。

- 标准绘画：使用该模式绘图，在笔刷所经过的地方，线条和填充全部被笔刷填充所覆盖，如图2-38（b）图所示。
- 颜料填充：使用该模式只能对填充部分或空白区域填充颜色，不会影响对象的轮廓，如图2-38（c）图所示。
- 后面绘画：使用该模式可以在舞台上同一层中的空白区域填充颜色，不会影响对象的轮廓和填充部分，如图2-38（d）图所示。
- 颜料选择：必须要先选择一个对象，然后使用刷子工具在该对象所占有的范围内填充（选择的对象必须是打散后的对象），如图2-38（e）图所示。

（a）原图　（b）标准绘画　（c）颜料填充

（d）后面绘画　（e）颜料选择

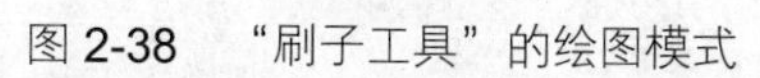

图2-38　“刷子工具”的绘图模式

- 内部绘画：该模式分为3种状态。当“刷子工具”的起点和结束点都在对象的范围以外时，“刷子工具”填充空白区域；当“刷子工具”的起点和结束点当中有一个在对象的填充部分以内时，则填充“刷子工具”所经过的填充部分（不会对轮廓产生影响）；当“刷子工具”的起点和结束点都在对象的填充部分以内时，则填充“刷子工具”所经过的填充部分。

2.1.11 使用装饰性绘画工具绘制图案

使用装饰性绘画工具，可以将创建的图形形状转变为复杂的几何图案。装饰性绘画工具使用算术计算（称为过程绘图），在Flash CS4中，装饰性绘画工具分别是“喷涂刷工具”和“Deco工具”。

1．喷涂刷工具

喷涂刷的作用类似于粒子喷射器，使用它可以一次将形状图案“刷”到舞台上。默认情况下，喷涂刷使用当前选定的填充颜色喷射粒子点。此外，还可以使用“喷涂刷工具”将影片剪辑或图形元件作为图案应用。

在Flash CS4中，选择“喷涂刷工具”，在“属性”面板中设置相应参数（如图2-39所示），直接在舞台上单击鼠标左键，即可将喷涂图案。

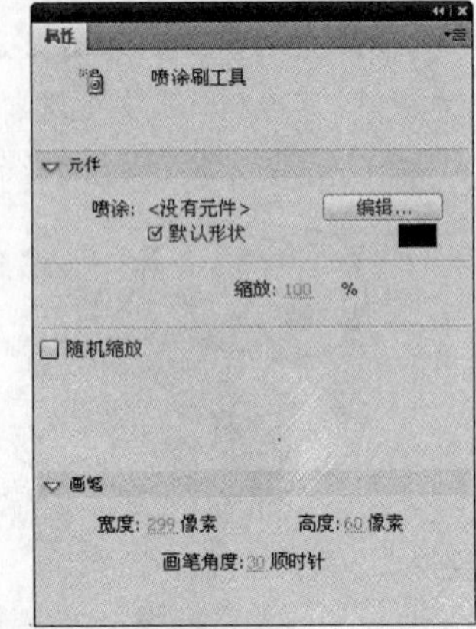

图2-39　“喷涂刷工具”的“属性”面板

在图2-39所示的“属性”面板中，主要选项的含义如下。

- 编辑：单击该按钮，打开“交换元件”对话框，如图2-40所示，用户可以选择影片剪辑或图形元件以用作喷涂刷粒子。选中“库”面板中的某个元件时，其名称将显示在编辑按钮的旁边。
- 颜色选取器：选择用于默认粒子喷涂的填充颜色。使用库中的元件作为喷涂粒子时，将禁用颜色选取器。
- 缩放：缩放用作喷涂粒子的宽度和高度。
- 随机缩放：指按随机缩放比例缩放每个粒子的大小。
- 旋转元件：围绕中心点旋转基于元件的喷涂粒子。当选择元件作为喷涂刷粒子时才出现此属性。
- 随机旋转：指定按随机旋转角度将每个基于元件的喷涂粒子放置在舞台上。此属性同样针对元件而言。

2．Deco工具

使用“Deco工具”可以对舞台上的选定对象应用效果。在选择“Deco工具”后，可以从“属性”面板中选择效果，如图2-41所示，然后设置相应的参数，直接在舞台上单击即可绘制图案。

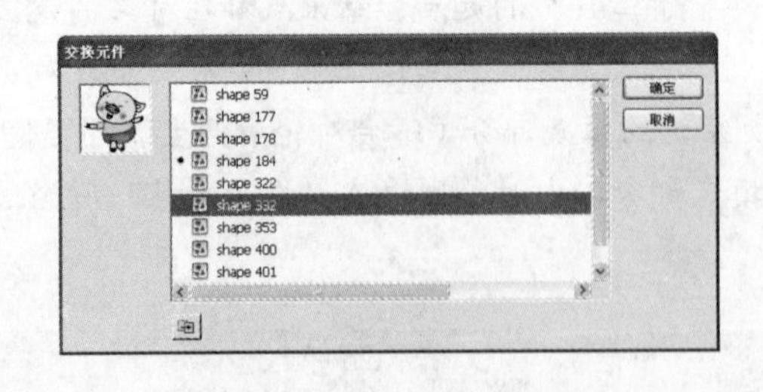

图2-40　“交换元件”对话框

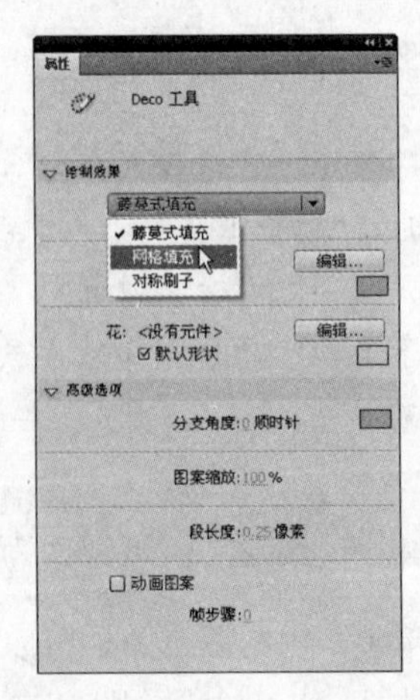

图2-41　Deco工具所对应的“属性”面板

在 Flash CS4 中，使用“Deco 工具”可以绘制以下 3 种图案效果。

- 对称刷子效果：可使用对称效果来创建圆形用户界面元素（如模拟钟面或刻度盘仪表）和漩涡图案。对称效果的默认元件是 25×25 像素、无笔触的黑色矩形形状，如图 2-42 所示。
- 网格填充效果：使用网格填充效果可创建棋盘图案、平铺背景或用自定义图案填充的区域或形状，如图 2-43 所示。
- 藤蔓式填充效果：利用藤蔓式填充效果，可以用藤蔓式图案填充舞台、元件或封闭区域，如图 2-44 所示。

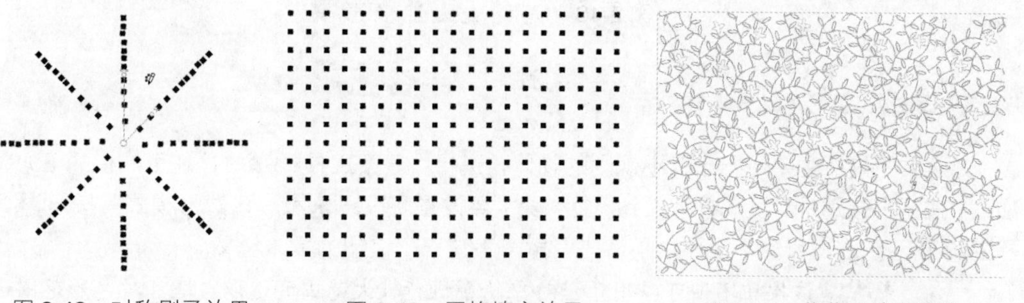

图 2-42 对称刷子效果　　图 2-43 网格填充效果　　图 2-44 藤蔓式填充效果

2.1.12 使用橡皮擦工具

使用“橡皮擦工具”可以像使用真实橡皮擦一样，在舞台上擦掉矢量图形。在 Flash CS4 中，单击工具栏中的“橡皮擦工具”按钮，在工具栏的下方将显示“橡皮擦模式”、“水龙头”和“橡皮擦形状”三个按钮，其中“橡皮擦模式”和“橡皮擦形状”所对应的下拉菜单（如图 2-45 所示）与“刷子工具”所对应的“刷子模式”和“刷子形状”相似，这里不再赘述。

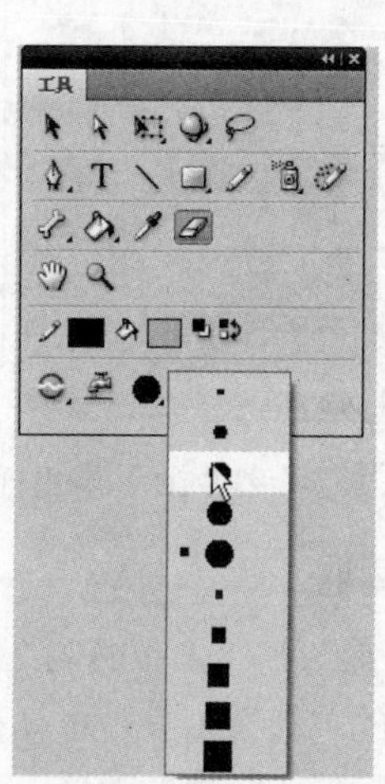

图 2-45 “橡皮擦模式”和“橡皮擦形状”所对应的下拉菜单

“水龙头” 按钮的功能非常强大，单击该按钮，然后选择线条或填充图形，即可将整个线条或填充图形删除，相当于一步就执行了选择和删除两个命令。例如，在激活该按钮的状态下，在多个选择的线条和填充图形上单击鼠标左键，即可将所有的选择全部删除，如图 2-46 所示。

图 2-46　使用水龙头删除图形

2.1.13　使用套索工具

“套索工具”主要用于选取不规则的物体，选择“套索工具”后，在工具栏的下方将出现三个按钮，分别是“魔术棒”按钮、“魔术棒设置”按钮和“多边形模式”按钮，如图 2-47 所示。在进行实际操作之前，先了解一下这三个按钮的具体含义。

- 魔术棒：该按钮不但可以用于沿对象轮廓进行较大范围的选取，还可对色彩范围进行选取。
- 魔术棒设置：该按钮主要对魔术棒选取的色彩范围进行设置。单击该按钮，弹出“魔术棒设置”对话框，如图 2-48 所示。在该对话框中，“阈值”用于定义选取范围内的颜色与单击处像素颜色的相近程度，“平滑”用于指定选取范围边缘的平滑度。

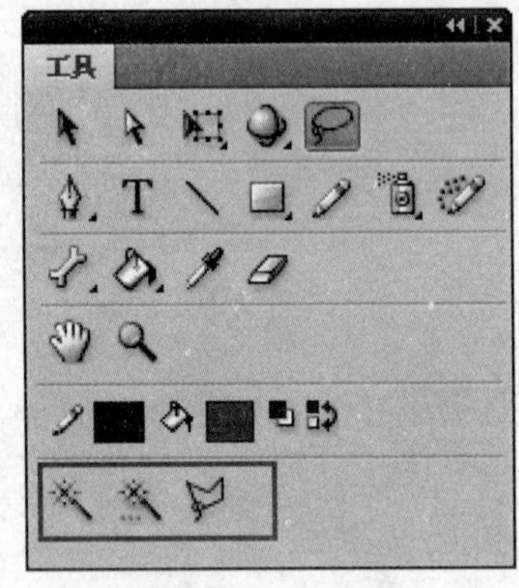

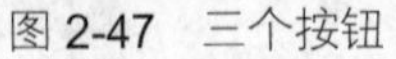

图 2-47　三个按钮

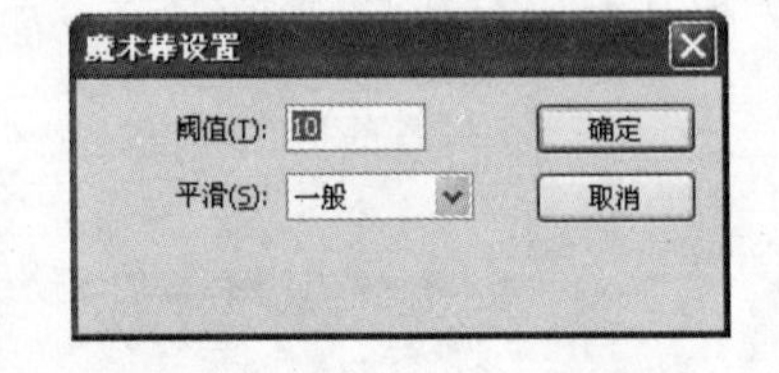

图 2-48　“魔术棒设置”对话框

- 多边形模式：该按钮主要用于对不规则图形进行比较精确的选取。

1．较大范围选取

使用“套索工具”在较大范围内选择的具体操作步骤如下。

01 单击工具栏中的“套索工具”按钮，此时舞台中的鼠标指针变为形状。

02 确定要选中的图形为打散的图形。如果是群组的图形，按 Ctrl + B 组合键可将图形打散。

03 按下鼠标左键随意拖动光标（如果想绘制直线线段，按下 Alt 键，然后单击起始点和终点即可），绘制如图 2-49 所示的选取范围。

04 当绘制的曲线包含要选取的范围后，释放鼠标左键即可。为了让读者明显地看到该操作的效果，将刚才选取的块拖动到一边，即可得到如图 2-50 所示效果。

图 2-49　选取范围

图 2-50　移动选取的范围

2. 选取色彩范围

同选取较大范围一样，在选取之前也要先确认图形已被打散，然后进行以下的操作。

01 单击工具栏中的“套索工具”按钮，在工具栏的下方单击“魔术棒”按钮，此时舞台中的鼠标指针变为形状。

02 单击“魔术棒设置”按钮，弹出“魔术棒设置”对话框。

03 在该对话框的“阈值”文本框中输入色彩选取的范围，在“平滑”文本框中选取“一般”选项，单击“确定”按钮。

04 在左侧的樱桃上单击鼠标左键，魔术棒将选取与单击处颜色相近的区域，图 2-51 为阈值设置为 30 时，选择颜色后得到的效果。

图 2-51　魔术棒选取

3. 精确选取

首先确认图形已被打散，然后进行以下的操作。

01 单击工具栏中的“套索工具”按钮。

02 在工具栏的下方单击“多边形模式”按钮，当鼠标指针变为形状时，在对象中通过单击，选择一个起点。

03 拖动光标，有一条直线跟随光标移动，单击即可确定第一条线段的末端点。

04 继续移动鼠标，再次单击即可确定第二条线段的末端点，如此反复，绘制出其他各条边，组成一个多边形区域，如图 2-52 所示。

05 双击鼠标即可关闭选定区域，图 2-53 为移动选取后的效果。

图 2-52　选取范围

图 2-53　移动选取的范围

2.1.14 使用任意变形工具

“任意变形工具”主要用于对图形进行缩放、旋转、倾斜、翻转、透视和封套等操作，其对象既可以是矢量图，也可以是位图、文字等。

1．缩放对象

使用“任意变形工具”缩放对象的具体操作如下。

01 单击工具栏中的“任意变形工具”按钮，在要缩放的对象上单击，对象周围将出现如图2-54 所示的 8 个控制点。

02 将鼠标移到四角的控制点上，鼠标变为双向箭头，向内向外拖动该箭头即可，如图 2-55 所示。向图形内部拖动鼠标会缩小图形，向外拖动鼠标则会放大图形。

03 用鼠标拖动水平和垂直平面上的 4 个控制点，可改变图形在水平或垂直方向上的大小。

04 按住 Shift 键再拖动四角的控制点可等比例缩放图形，如图 2-56 所示。

05 按 Alt 键拖动四角的控制点可以以对象的中心点为中心缩放对象。

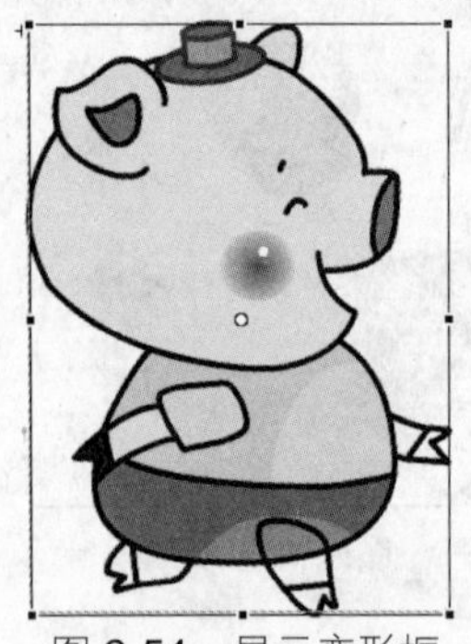

图 2-54　显示变形框

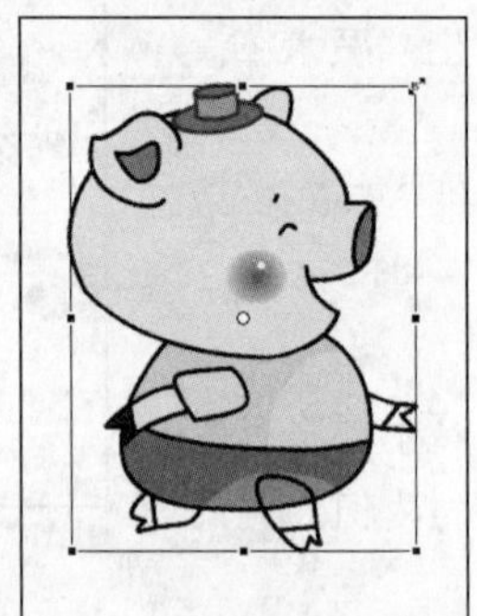

图 2-55　缩小图形对象

图 2-56　等比例缩放对象

2．倾斜对象

使用“任意变形工具”倾斜对象的具体操作步骤如下。

01 单击工具栏中的“任意变形工具”按钮，在工具栏下方单击“旋转与斜线”按钮。

02 将鼠标移动到要倾斜的图形上，鼠标指针变为⇌形状，如图 2-57 所示。

03 按住鼠标任意拖动，对象将沿鼠标拖动方向倾斜，得到如图 2-58 所示的效果。

04 当按住鼠标任意拖动时，若按住 Alt 键将使对象沿对称点倾斜，得到如图 2-59 所示效果。

05 当按住鼠标任意拖动时，若按住 Shift 键将使对象沿中心点倾斜，得到如图 2-60 所示效果。

图 2-57　指针形状

图 2-58　倾斜图形

图 2-59　对称点倾斜

图 2-60　中心点倾斜

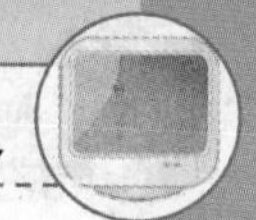

3．旋转对象

使用“任意变形工具”旋转对象的具体操作步骤如下：

01 单击工具栏中的“任意变形工具”按钮，在工具栏下方单击“旋转与斜线”按钮。

02 使用“任意变形工具”选择要旋转的图形，将鼠标放置在变形框的角点处，当鼠标指针变为形状时，如图 2-61 所示。

03 拖动鼠标旋转对象，对象将沿鼠标拖动方向旋转，如图 2-62 所示。

04 释放鼠标，完成图形的旋转，如图 2-63 所示。

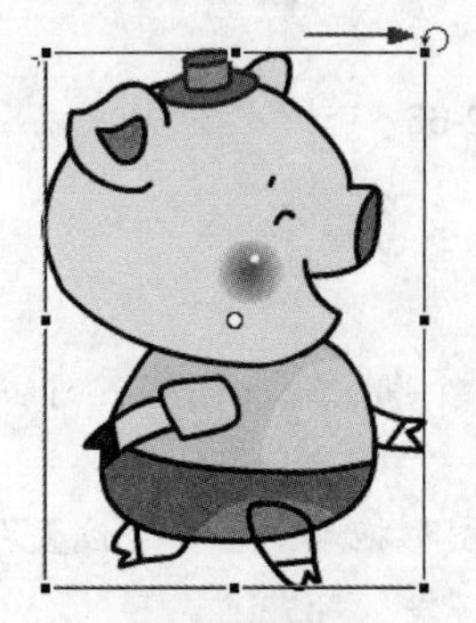

图 2-61　旋转指针形状

图 2-62　旋转时的状态

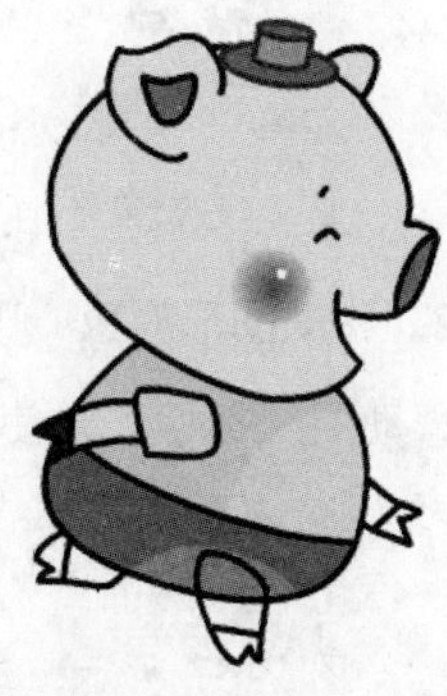

图 2-63　旋转后的效果

（3）当按住鼠标任意拖动时，按住 Shift 键将使对象沿中心点旋转；按 Alt 键将使对象沿对称点旋转。

在工具栏的下方，除了有“旋转和倾斜”按钮和“缩放”按钮，还有另外两个按钮，这两个按钮只对在绘制模式状态下绘制的图形、打散后的文字和位图有效，它们的具体含义如下。

- “扭曲”按钮：用于使对象扭曲变形。操作时，只需单击该按钮，然后拖动对象外框上的控制柄即可。
- “套封”按钮：用于对对象进行更细微的变形。单击该按钮，当对象周围出现很多控制柄时，拖动这些控制柄即可进行细微的变形。

在用“任意变形工具”改变图形形状时，如果按住 Alt 键可以使图形的一边保持不变（即图形只能左右变形或上下变形），以便于用户定位。

2.1.15　编辑图形对象

1．选取图形对象

使用“选择工具”可以选择对象。在 Flash CS4 中，根据图形对象的不同，被选择的图形显示的状态也不相同，具体有以下 4 种。

- 如果对象是元件或组合物体，只需在对象上单击即可。被选取的对象四周出现淡蓝色的实线框，效果如图 2-64 所示。
- 如果所选对象是被打散的，则按下鼠标左键拖动鼠标指针框选要选取的部分，被选中的部分以点的形式显示，效果如图 2-65 所示。
- 如果选取的对象是从外导入的，则以蓝色的实线框显示，效果如图 2-66 所示。

图 2-64　选择元件

图 2-65　选择打散的图形

图 2-66　选择位图

- 如果要选取多个图形对象，只需要用鼠标框选即可。

2．移动图形对象

移动图形不但可以使用不同的工具，还可以使用不同的方法，下面介绍几种常用的移动图形的方法。

- 使用“选择工具”：用“选择工具”选中要移动的图形，将图形拖动到下一个位置即可，如图 2-67 所示。
- 使用“部分选取工具”：用“部分选取工具”选中要移动的图形，其图形外框将出现一圈绿色的带节点的框线，此时，把鼠标移动到该框线上，将图形拖动到下一个位置即可，如图 2-68 所示。

图 2-67　使用“选择工具”移动

图 2-68　使用“部分选取工具”移动

- 使用“任意变形工具”：用“任意变形工具”选中要移动的图形，当鼠标指针变为✥时，将图形拖动到下一个位置即可，如图 2-69 所示。
- 使用快捷菜单：选中要移动的图形，单击鼠标右键，在弹出的快捷菜单中选择“剪切”命令，如图 2-70 所示，单击选中要移动的目的方位，再单击鼠标右键，在弹出的快捷菜单中选择“粘贴”命令即可。

图 2-69　使用“任意变形工具”移动

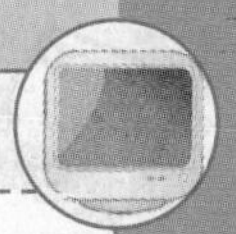

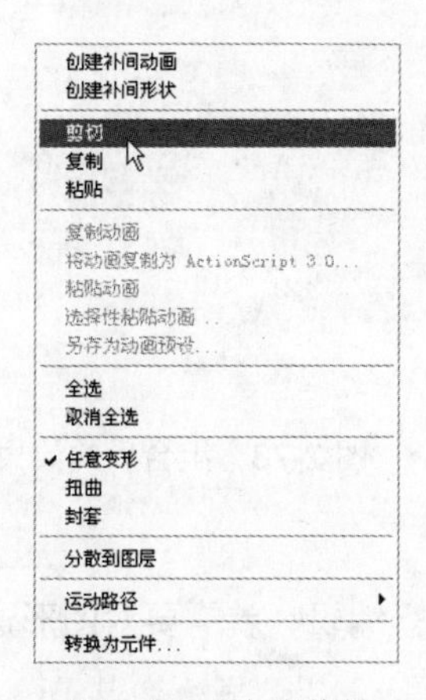

图 2-70　快捷菜单

选择舞台中的图形，按 Ctrl + X 组合键剪切图形，再按 Ctrl + V 组合键粘贴图形，同样可以移动图形对象。

3. 复制图形对象

复制图形可以使用不同的工具和方法，下面介绍几种最常见的方法：

- 使用"选择工具"：用"选择工具"选中要复制的图形，按住 Alt 或 Ctrl 键的同时拖曳鼠标，鼠标指针的右下侧变为"+"号时，将图形拖动到下一个位置即可，如图 2-71 所示。

图 2-71　复制对象

- 使用"任意变形工具"：用"任意变形工具"选中要复制的图形，按住 Alt 键的同时，指针的右下侧变为"+"号，将图形拖动要复制到的位置即可。
- 使用快捷键：选中要移动的图形，按 Ctrl + C 组合键复制图形，然后按 Ctrl + V 组合键粘贴图形。

若要将动画中某一帧中的内容粘贴到另一帧中的相同位置，只需选中要复制的图形，切换到动画的另一帧中，用鼠标右键单击空白处，在弹出的快捷键菜单中选择"粘贴到当前位置"命令即可。

4. 组合图形对象

为了保证 Flash 中多个图形在进行操作时的相对位置不变，一般需要将其组合起来使用，其具体操作步骤如下。

01 选择要组合的图形，如图 2-72 所示。

02 选择"修改" | "组合"命令，或按 Ctrl + G 组合键，即可将选择的几个图形组合为一个图形，其图形外边框有一蓝色边框，如图 2-73 所示。

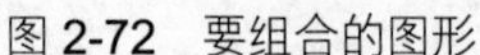

图 2-72 要组合的图形

图 2-73 组合后的效果

5. 打散图形对象

如果需要对组合图形中的某一个图形或某一部分进行编辑，就需要对图形进行打散，其具体操作如下。

01 选择要打散的图形。

02 选择“修改”|“分离”命令，或按 Ctrl + B 组合键即可将图形打散。

6. 变形图形对象

使用“选择工具”、部分“选取工具”可对图形进行变形，下面将介绍这两种工具的使用方法。

（1）在 Flash CS4 中，使用“选择工具”变形图形的具体操作步骤如下。

01 打开一幅需要变形的图形，选中图形区域。

02 将鼠标指针移到矩形的左上角，指针变为形状，如图 2-74 所示。

03 按住鼠标左键并向右下角拖动，改变边框的形状，如图 2-75 所示。

04 释放鼠标左键，即可得到如图 2-76 所示效果。

图 2-74 指针形状

图 2-75 向右下角拖曳

图 2-76 改变边框的形状

05 将鼠标指针指向三角形的右边线，此时鼠标指针变为形状，如图 2-77 所示。

06 按住鼠标左键并向右上角拖动，改变边线的弧度形状，如图 2-78 所示，释放鼠标左键，即可将右边线变为弧线。

07 重复步骤 05 ~ 步骤 06 的操作，将左侧的边线向左上方拖曳，更改为弧线，效果如图 2-79 所示。

图 2-77 指针形状

图 2-78 向上拖曳

图 2-79 将直线转换为弧线

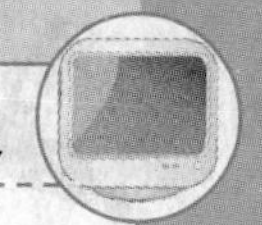

（2）在 Flash CS4 中，使用“部分选取工具”变形图形的具体操作步骤如下。

01 选中要改变形状的矢量图形，此时图形的边框将出现带节点的绿色边框。

02 单击其中一个节点，节点两侧出现两个控制柄，如图 2-80 所示，拖动该节点或调整控制柄可改变图形形状。

03 按住鼠标左键并向右上角拖动，改变边线形状，释放鼠标左键，即可改变图形的形状，如图 2-81 所示。

图 2-80　调出控制柄

图 2-81　变形图形

提示

使用“部分选取工具”也要注意在不同情况下鼠标指针的含义及作用，这样有利于用户快捷地使用“部分选取工具”。

- 当鼠标指针移到某个节点上时，鼠标指针变为形状，这时按住鼠标左键拖动可以改变该节点的位置。
- 当鼠标指针移到没有节点的曲线上时，鼠标指针变为形状，这时按住鼠标左键拖动可以移动整个图形的位置。
- 当鼠标指针移到节点的调节柄上时，鼠标指针变为形状，按住鼠标左键拖动可以调整与该节点相连的线段的弯曲程度。

2.2　范例精讲

Flash 作为矢量图形编辑和动画制作软件，只掌握动画制作方法是远远不够的，要制作出精美的动画，必须要有一定的手绘技术。下面我们通过几个手绘实例来练习初学者如何使用 Flash 的绘图工具绘制漂亮的场景和人物对象等。

2.2.1　绘制人物头像——小孩笑脸头像

本例将使用“钢笔工具”、“线条工具”、“颜料桶工具”、“选择工具”以及复制命令绘制如右图所示的小孩笑脸头像。

难度系数 

学习时间　30 分钟

学习目的　练习“钢笔工具”、“颜料桶工具”、“线条工具”等工具的使用方法。

制作步骤

01 按 Ctrl + N 组合键，新建 Flash 文档，新建“未命名 1.fla”文档。

02 单击工具栏中的“钢笔工具”按钮，在舞台上绘制一个人物头像轮廓，如图2-82所示。

03 使用“颜料桶工具”，设置“填充颜色”为“黄色”（#FECC72），在头像轮廓内单击鼠标左键，填充颜色，如图2-83所示。

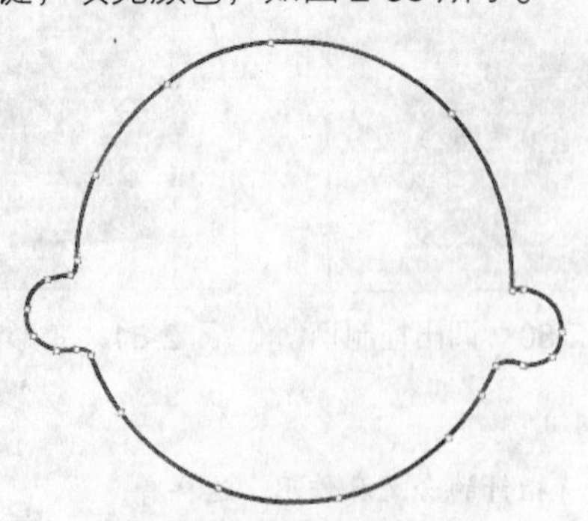

图2-82　绘制头像轮廓

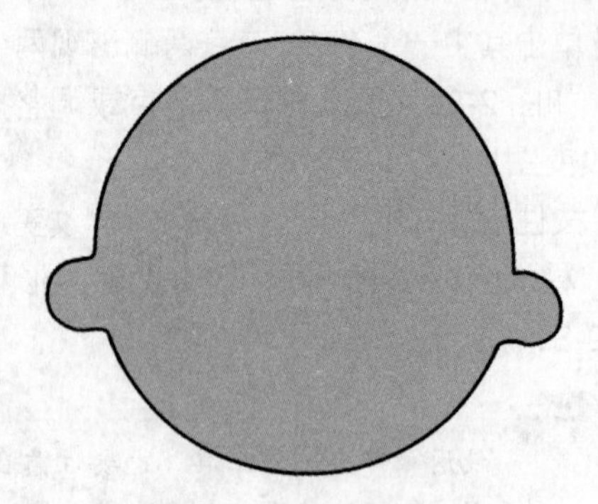

图2-83　填充颜色

04 使用“选择工具”，在轮廓上单击鼠标左键，将其选中并设置其“笔触颜色”为无，效果如图2-84所示。

05 选择人物头像，按Ctrl+C组合键，复制头像；在“时间轴”上单击“新建图层”按钮新建“图层2”，按Ctrl+Shift+V组合键，在当前位置粘贴头像，选择工具箱中的“任意变形工具”，选择粘贴后的头像，如图2-85所示。

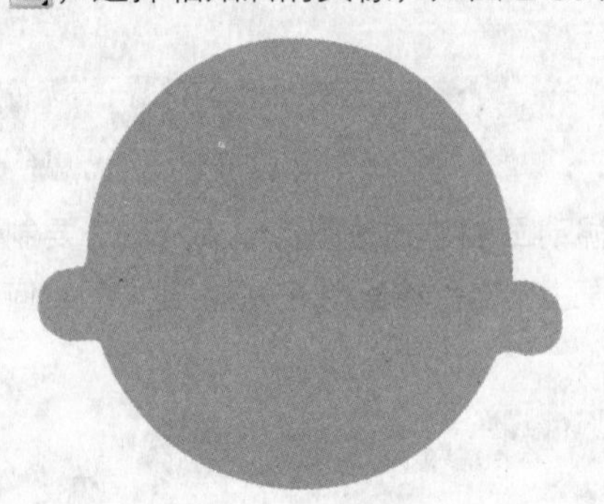

图2-84　去除轮廓

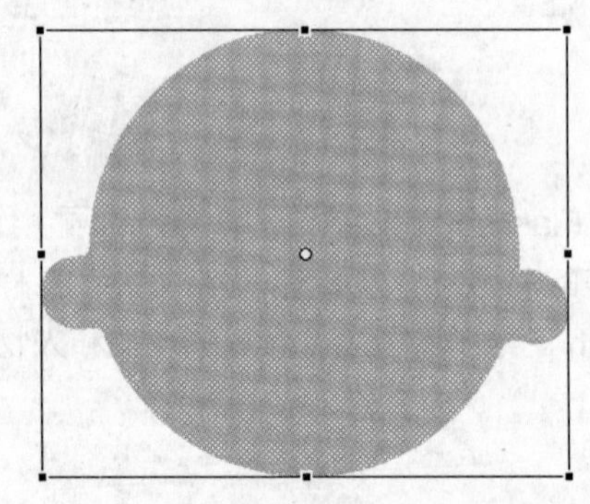

图2-85　使用“任意选择工具”选择对象

06 适当将变形控制框调小，并将“图层2”中的头像颜色更改为“浅黄色”（#FEE6B6），效果如图2-86所示。

07 新建“图层3”，使用“线条工具”，设置“笔触颜色”和“笔触高度”分别为“黑色”和3，在人物头像上绘制三条直线作为人物的眼睛和嘴，如图2-87所示。

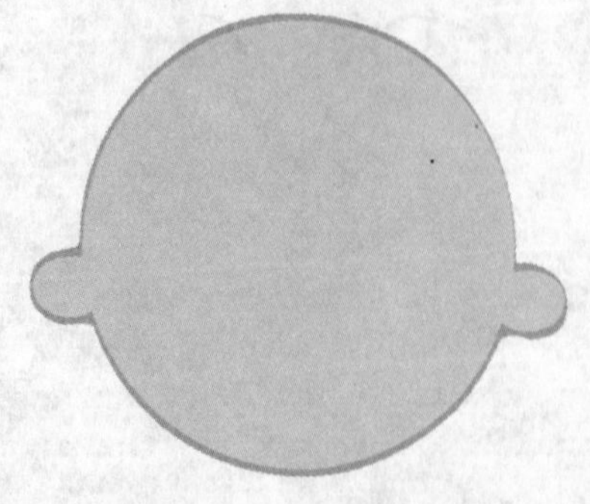

图2-86　改变填充颜色

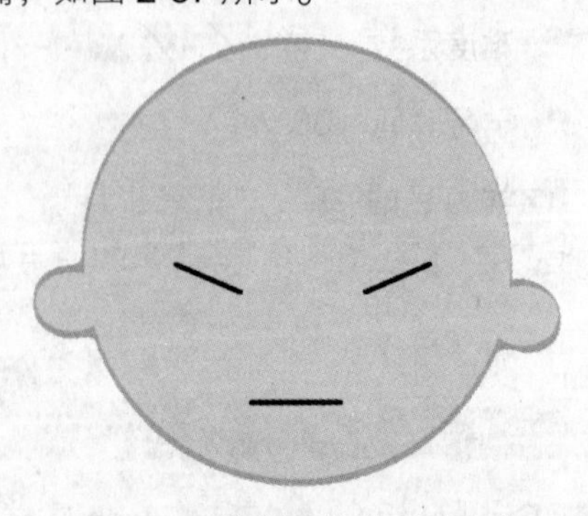

图2-87　绘制人物的眼睛和嘴

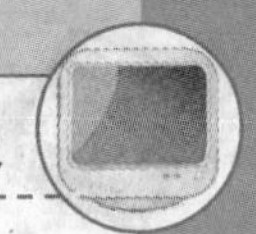

08 按 Esc 键，取消直线为选择状态。

09 选择“选择工具”，将鼠标指针放置在作为嘴唇的直线下方，此时鼠标指针右下角出现一个小圆弧，如图 2-88 所示。

10 向下拖曳鼠标即可将直线转换为弧线，如图 2-89 所示。

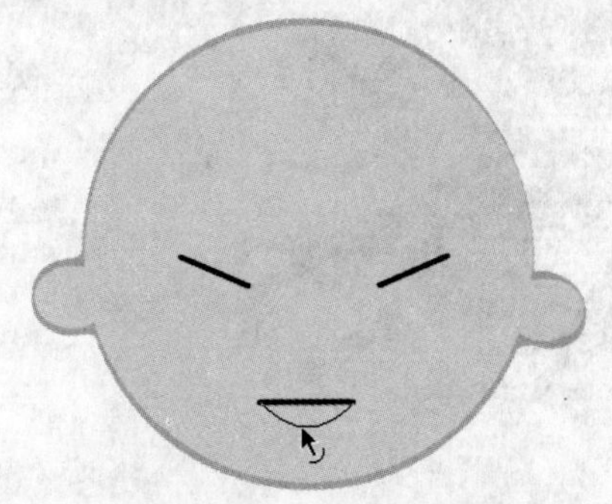

图 2-88　拖曳鼠标

图 2-89　将直线转换为弧线

11 重复步骤（9）~（10）的操作，使用“选择工具”，依次将作为人物眼睛的两条直线转换为弧线，如图 2-90 所示。

12 新建“图层 4”，选择工具箱中的“铅笔工具”，设置“笔触颜色”和“笔触高度”分别为“褐色”（#BF7B00）和 3，在人物头像上绘制线条作为头发，如图 2-91 所示。

图 2-90　将直线转换为弧线

图 2-91　绘制头像的头发

13 新建“图层 5”，选择工具箱中的“椭圆工具”，设置“笔触颜色”和“填充颜色”分别为无和“浅红色”（#FDCDA1），在眼睛下方绘制一个小椭圆作为人物的脸颊，使用“任意变形工具”适当调整椭圆的旋转角度，效果如图 2-92 所示。

14 使用“选择工具”选择脸颊图形，按住 Ctrl 键并向右拖曳鼠标，复制脸颊图形，使用“任意变形工具”适当调整其旋转角度，效果如图 2-93 所示。

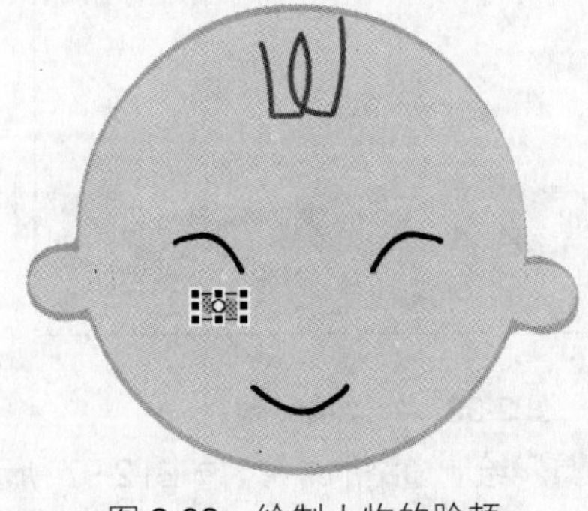

图 2-92　绘制人物的脸颊

图 2-93　复制人物的脸颊

1st Day
2nd Day
3rd Day
4th Day
5th Day
6th Day
7th Day

2.2.2 绘制自然风景——浪漫金秋

本例将利用前面所学“椭圆工具”、“铅笔工具”、“钢笔工具”、“选择工具”以及“颜料填充工具”绘制作如图所示场景。

难度系数 ☑ ☑ ☑

学习时间 30 分钟

学习目的 练习“椭圆工具”、“铅笔工具”、“钢笔工具”、“选择工具”以及“颜料填充工具”等工具的使用方法和技巧。

制作步骤

01 按 Ctrl＋N 组合键，新建 Flash 文档，新建“未命名 1.fla”文档。

02 新建“图层 2”，并将其更名为“土地”，使用“椭圆工具”，在舞台上绘制两个椭圆，如图 2-94 所示。

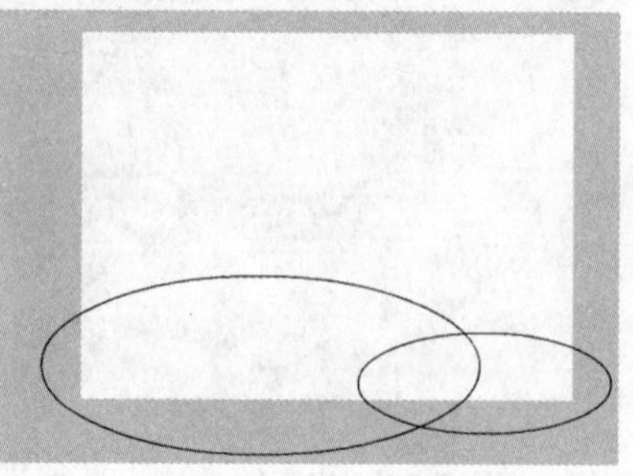

图 2-94 绘制椭圆

03 使用“选择工具”选择绘制好的椭圆，按下 Shift＋F9 组合键打开“颜色”面板。在“颜色”面板中，设置其“填充颜色”为“草绿”至“金黄”的“线性”渐变填充，如图 2-95 所示。

04 设置完成后并删除超出过舞台的区域，如图 2-96 所示。

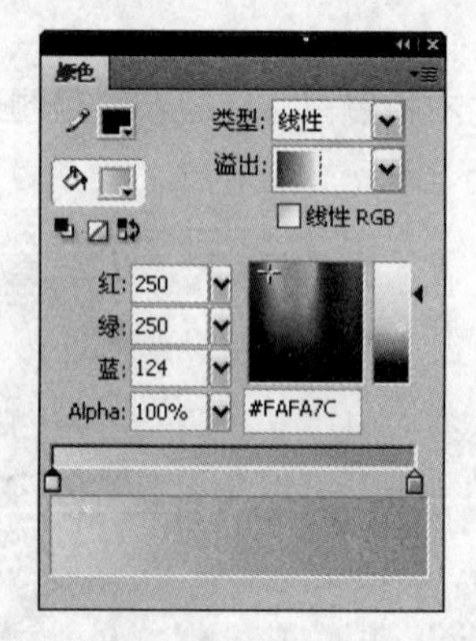

图 2-95 “颜色”面板

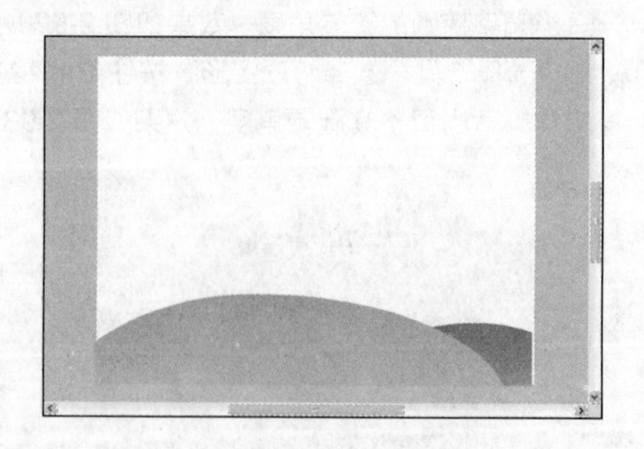

图 2-96 修改填充颜色

05 在“时间轴”面板上新建“道路”图层，使用“钢笔工具”绘制道路的外形，如图 2-97 所示。

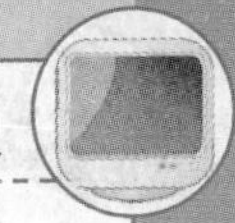

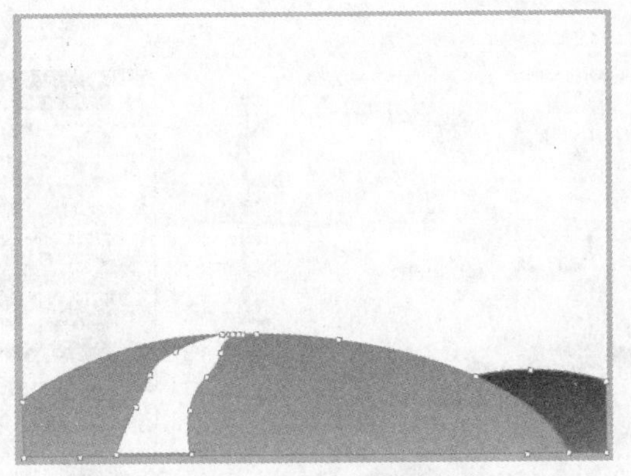

图 2-97　绘制基本道路轮廓

06 接着绘制另一条道路，并使用“选择工具”在道路图形上拖动来调整道路的角度和边线圆滑度，如图 2-98 所示。

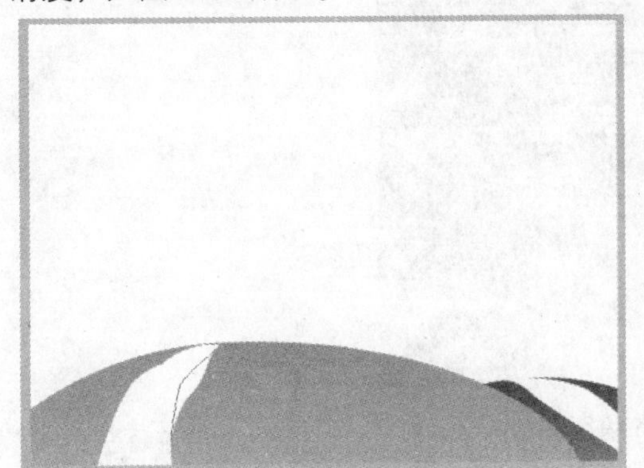

图 2-98　调整道路的圆滑度

道路符合视觉规律。近大远小，为了让画面感觉显得更宽阔。读者可以将道路的末尾处修改地更加细小，这样画面视觉范围就扩大了。

07 调整道路的角度和边线后的效果如图 2-99 所示。

08 使用“选择工具”选中 2 个道路图形，单击“工具”面板中的“填充颜色”按钮，在弹出的列表中选择“灰色”，如图 2-100 所示。

09 为道路设置颜色后的效果如图 2-101 所示。

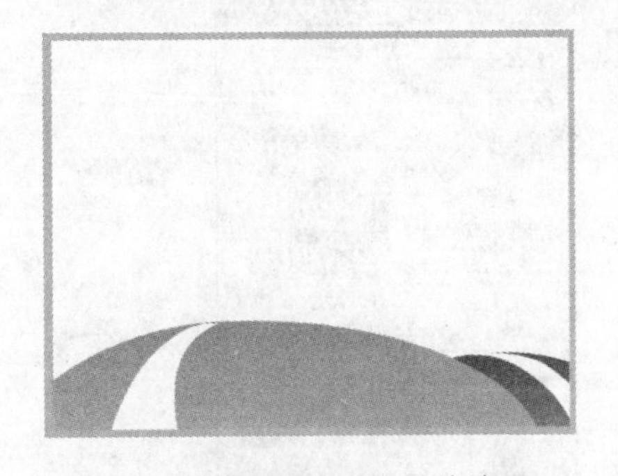

图 2-99　调整道路后的效果

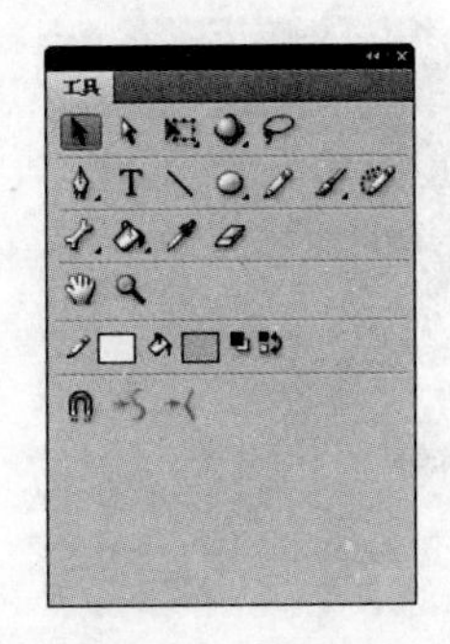

图 2-100　“工具”面板

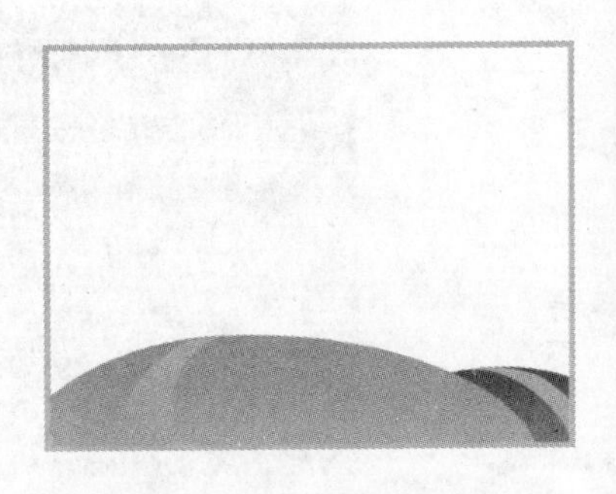

图 2-101　填充效果后的效果

10 双击“图层 1”的名称，使其变为可编辑状态，然后将“图层 1”更名为“背景”图层。接着使用“矩形工具”，绘制一个与舞台等大的矩形，如图 2-102 所示。

11 使用“选择工具”选中背景矩形，在“颜色”面板中，按 Shift＋F9 组合键打开“颜色”面板，在“颜色”面板中设置其“填充颜色”为“金黄”至“浅黄”的“线性”渐变填充，如图

2-103 所示。

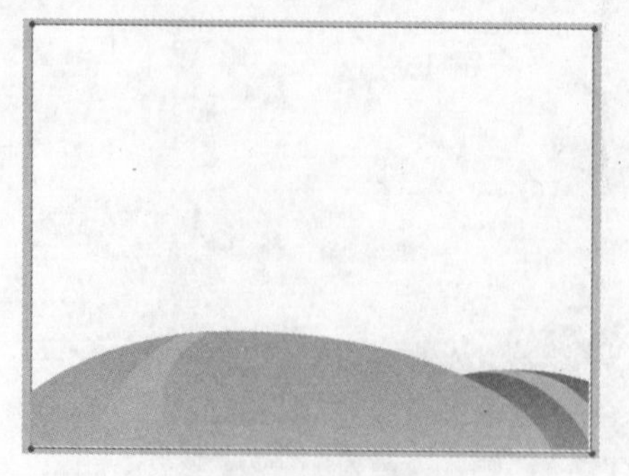

图 2-102 绘制矩形

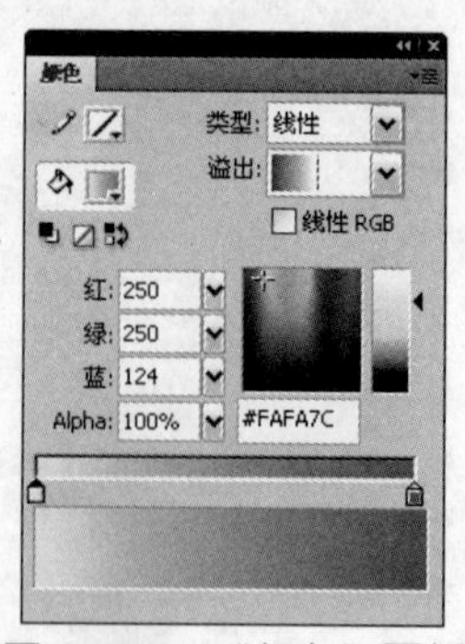

图 2-103 “颜色”面板

12 设置“渐变填充”颜色后的效果如图 2-104 所示。

图 2-104 修改填充颜色

13 选择“道路”图层，单击“新建图层”按钮，新建“阳光”图层，使用“椭圆工具”在舞台的右上角绘制一个适当大小的圆，如图 2-105 所示。

14 使用“选择工具”选择绘制好的圆，在“颜色”面板中设置其“填充颜色”为“金黄”、“金黄”、“透明”的“放射状”渐变填充，秋日阳光尽量显得大一些这样有种温馨温暖的感觉，如图 2-106 所示。

图 2-105 绘制太阳轮廓

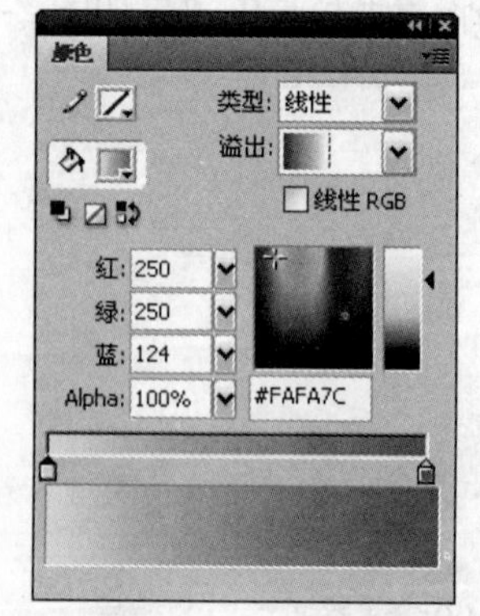

图 2-106 “颜色”面板

15 设置渐变填充后的效果如图 2-107 所示。

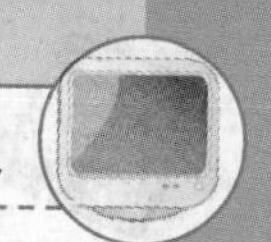

图 2-107　修改填充颜色

16 新建“树木”图层，使用“钢笔工具”绘制一个树木轮廓，如图 2-108 所示。

17 使用“选择工具”、“刷子工具”将树木外形线条修改；使用“颜料桶工具“将树木填充为“深棕色”，如图 2-109 所示。

图 2-108　绘制树木轮廓

图 2-109　修改树枝并填充

18 选择“工具”面板中的“刷子工具”，设置填充颜色为“浅棕色”，如图 2-110 所示。

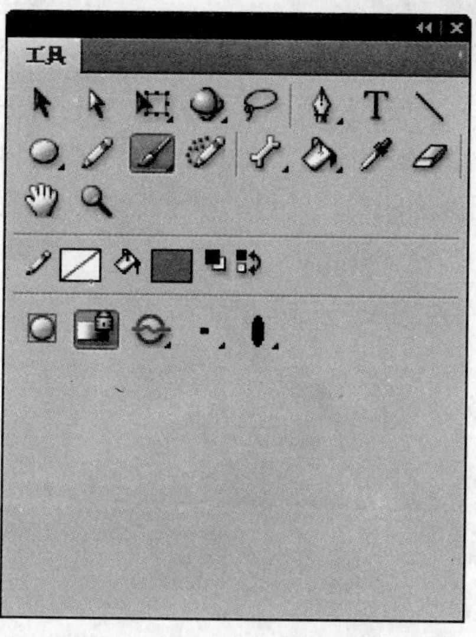

图 2-110　“工具”面板

19 使用“刷子工具”在树木的枝干上进行涂抹，使其造成一种渐变的效果，如图 2-111 所示。

20 将“刷子工具“的填充颜色分别设为深红色和水绿色，然后使用“刷子工具”为树木加上

即将掉落的红叶和新长出的树叶，如图 2-112 所示。

图 2-111　添加阴影渐变效果

图 2-112　绘制树叶

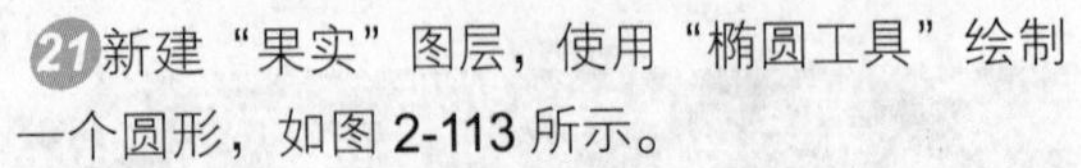

21 新建“果实”图层，使用“椭圆工具”绘制一个圆形，如图 2-113 所示。

22 使用“选择工具”选择圆形，在“颜色”面板中，设置其“填充颜色”为“红”、“金黄”的“放射状”渐变填充,如图 1-114 所示。

刷子工具使用如果过于粗。读者可以将画面放大后再使用刷子工具，这样线条就会细腻很多。

图 2-113　绘制圆形

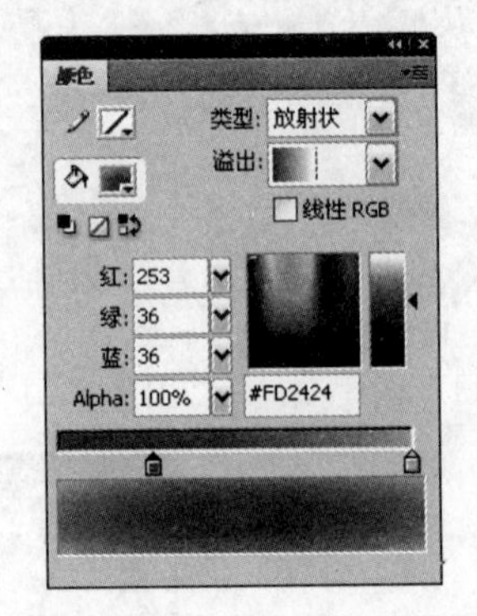

图 2-114　“颜色”面板

23 使用“选择工具”调整圆形的四周，使用“刷子工具”在圆形上刷出苹果的叶托和光泽效果，如图 2-115 所示。

图 2-115　绘制果实细节

24 选中绘制好的果实，按下 Ctrl + D 组合键再复制出一些果实，使用“任意变形工具”改变果实的大小和方向，旋转在树枝上，如图 2-116 所示。

25 使用“椭圆工具”、“刷子工具”绘制蜻蜓，选择其翅膀，在“颜色”面板中，设置其“填充颜色”为“红”、“透明”的“线性”渐变填充颜色，如图 2-117 所示。

图 2-116　复制果实

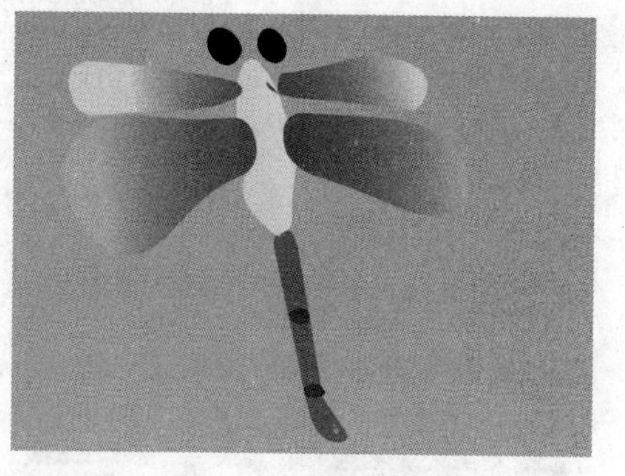

图 2-117　绘制蜻蜓

26 使用“选择工具”选择绘制好的蜻蜓图形，将其复制，使用“任意变形工具”将蜻蜓图形进行变形，以适合画面要求，如图 2-118 所示。

27 新建“云朵”图层，使用“钢笔工具”，绘制一个云朵外形，如图 2-119 所示。

图 2-118　复制蜻蜓

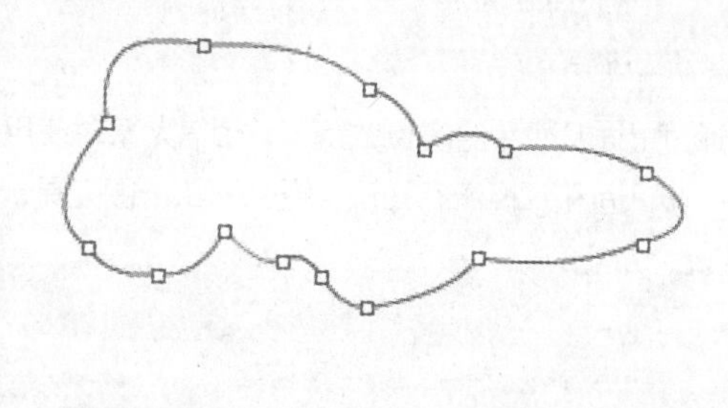

图 2-119　绘制云朵

28 使用“选择工具”调整云朵边线圆滑度，在“颜色”面板中，设置其“填充颜色”为“白色”(Alpha 值为 60%)，如图 2-120 所示。

29 云朵设置完成后的效果如图 2-121 所示。

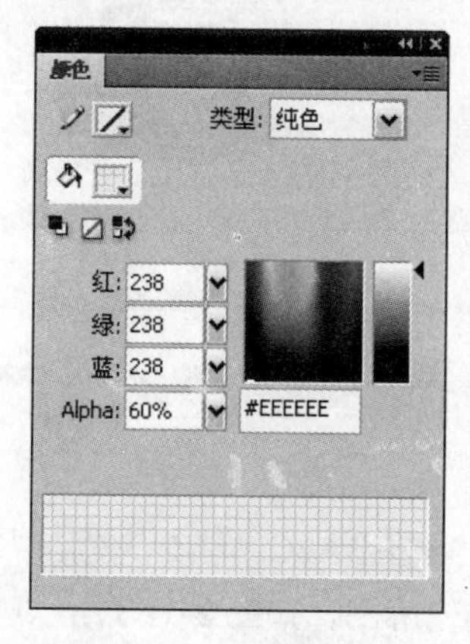

图 2-120　“颜色”面板

图 2-121 制作云朵

30 使用“选择工具”选择绘制好的云朵图形，按下 Ctrl + D 组合键将其复制，使用“任意变形工具”调整云朵图形的大小，至此，完成浪漫金秋画面的绘制，如图 2-122 所示。

图 2-122 复制云朵

提示

金秋色调应该以金黄色和红色为主，凸显丰收的感觉，读者可以根据自己个人喜好来改变绘制的图案。

2.3 上机实战

通过上面几个手绘实例的练习，相信大家对使用 Flash 进行场景绘制和图形对象有了一定的掌握，为了进一步巩固和掌握所有知识，更加熟练绘图工具，请按步骤提示完成下面实例的制作。

2.3.1 绘制动物头像——卡通小狗

最终效果

本例主要练习使用“钢笔工具”、“椭圆工具”、“颜料桶工具”、“墨水瓶工具”以及“选择工具”，完成后的效果如图所示。

解题思路

首先使用“钢笔工具”、“椭圆工具”以及“选择工具”，绘制出小狗欢快行走的轮廓图，然后使用“颜料桶工具”和“墨水瓶工具”，填充小狗的衣服并修改轮廓颜色。

步骤提示

01 按 Ctrl + N 组合键，新建 Flash 文档。

02 设置“笔触颜色”和“笔触高度”分别为“浅黄色”（#EEBA6C）和 2，使用“钢笔工具”、“椭圆工具”以及“选择工具”，绘制出小狗欢快行走的轮廓图，如图 2-123 所示。

03 设置“笔触颜色”为“咖啡色”（#6C3615），使用“线条工具”和“选择工具”，绘制出小狗的眼睛和眉毛形状，如图 2-124 所示。

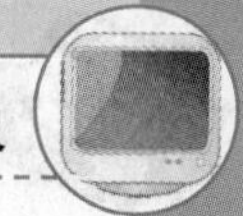

图 2-123　绘制小狗的基本轮廓

图 2-124　绘制小狗的眼睛和眉毛形状

04 设置"笔触颜色"和"填充颜色"分别为"洋红"（#F176E2）和"紫色"（#A0108E），使用"颜料桶工具"和"墨水瓶工具"，填充小狗的衣服并修改轮廓颜色，如图 2-125 所示。

05 设置"填充颜色"为"浅灰黄"（#DBB884），使用"颜料桶工具"，填充小狗的耳朵和眼睛部位，如图 2-126 所示。

06 设置"填充颜色"为"咖啡色"（#6C3615），使用"颜料桶工具"，填充小狗的鼻子部位，如图 2-127 所示。

图 2-125　填充衣服

图 2-126　填充耳朵和眼睛

图 2-127　填充鼻子

2.3.2　绘制梦幻场景——梦幻背景

最终效果

本例将练习"矩形工具"、"钢笔工具"、"选择工具"、"颜料桶工具"的使用，完成后的效果如图所示。

解题思路

首先绘制背景并填充颜色，然后绘制并填充太阳图案，最后将水果盘、瓶子等三个元件依次拖曳至舞台，并调整其位置。

1st Day
2nd Day
3rd Day
4th Day
5th Day
6th Day
7th Day

步骤提示

01 新建一个“宽”和“高”分别为550和390、“帧频”为12的Flash文档。

02 使用“矩形工具”，绘制一个“深蓝”（#0075C2）至“浅蓝”（#82C1EA）的“线性”渐变填充矩形，如图2-128所示。

图2-128　绘制渐变矩形

03 新建“图层2”，使用“钢笔工具”、“选择工具”和“颜料桶工具”，绘制一个“填充颜色”为“深蓝”（#0068B7）的波浪图形，如图2-129所示。

04 新建“图层3”，使用“钢笔工具”、“选择工具”和“颜料桶工具”，绘制一个“填充颜色”为“深蓝”（#1D2088）的波浪图形，如图2-130所示。

图2-129　绘制波浪图形

图2-130　绘制波浪图形

05 新建“图层4”，使用“钢笔工具”、“选择工具“和”颜料桶工具“，绘制一个“填充颜色”为“淡天蓝”（#82C1EA）至“天蓝”（#82C1EA）的“线性”填充图案，如图2-131所示。

06 新建“图层5”，使用“钢笔工具“、”选择工具“和”颜料桶工具“，绘制一个“填充颜色”为“黄色”（#FDD000）的太阳图案，如图2-132所示。

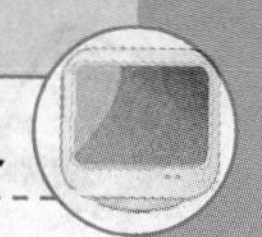

图 2-131　绘制图案

图 2-132　绘制太阳图案

07 新建“图层 6”，使用“钢笔工具“、”选择工具“和”颜料桶工具“，绘制一个“填充颜色”为“淡黄色”（#FFF67F）的太阳图案，如图 2-133 所示。

08 新建“图层 7”，按下 Clrl+L 组合键打开“库”面板，然后将“库”面板中的三个元件依次拖曳至舞台，并调整实例的位置，如图 2-134 所示。

图 2-133　绘制太阳图案

图 2-134　添加实例

2.4 巩固与练习

本课通过实例介绍了 Flash 中基本图形的绘制方法，基本工具的具体使用。下面的习题有助于当前知识的巩固。

填空题

（1）一般的图形根据其显示原理的不同可以分为______和______两种。

（2）______的作用类似于粒子喷射器，使用它可以一次将形状图案“刷”到舞台上。

（3）使用______工具可以像使用真实橡皮擦一样，在舞台上擦掉矢量图形。

选择题

（1）在 Flash CS4 中，使用（　）可对图形进行变形。

A．选择工具　　B．刷子工具　　C．部分选取工具　　D．椭圆工具

（2）在 Flash CS4 中，使用（　）工具可以绘制对称刷子、网格填充和藤蔓式填充 3 种图案效果。

A．直线　　B．Deco　　C．喷涂刷　　D．铅笔

上机题

练习人物图像的绘制，绘制小孩惊讶图像效果。在绘制过程中主要使用了椭圆工具、刷子工具、钢笔工具、选择工具、颜料桶工具，最终的图像效果如图 2-135 所示。

图 2-135　最终效果

Chapter 03

填充图形对象

学习内容

基础导读 | 45分钟
范例精讲 | 90分钟
上机实战 | 45分钟
巩固与练习 | 30分钟

学习重点

- 熟悉填充工具
- 填充图形对象
- 范例精讲1 填充卡通树
- 范例精讲2 填充插画美女
- 上机实战1 填充卡通人物
- 上机实战2 制作梦幻树

精彩实例效果展示

插画美女

卡通人物

梦幻树

3.1 基础导读

在 Flash CS4 中，提供了多种工具填充图形对象，如“颜料桶工具”、“滴管工具”以及“墨水瓶工具”等，使用这些工具可以制作出丰富的填充效果。此外，结合面板使用不同的填充工具，还可以进行纯色填充、渐变色填充、采样色填充等。本章将介绍填充图形的基本知识。

3.1.1 熟悉填充工具

在 Flash CS4 中用于图形填充的工具主要有“颜料桶工具”、“滴管工具”和“墨水瓶工具”等。

1. 颜料桶工具

“颜料桶工具”主要用于对矢量图的某一区域进行填充，下面以重新填充如图 3-3 所示女孩裙子颜色为例进行讲解，其操作步骤如下。

01 按 Ctrl + O 组合键，打开需要填充颜色的图形，如图 3-1 所示。

02 接着单击工具栏中的“颜料桶工具”按钮。在工具栏中单击“填充颜色”按钮，在弹出的颜色列表中选择一种需要的颜色。

03 单击“空隙大小”按钮右下角的三角形按钮，在弹出的如图 3-2 所示的列表中选择对何种情况的图形进行填充。

04 将鼠标移至场景中，当鼠标指针变为形状时，在女孩子裙子的区域中单击鼠标左键即可完成对该图形的填充，效果如图 3-3 所示。

图 3-1 打开的素材

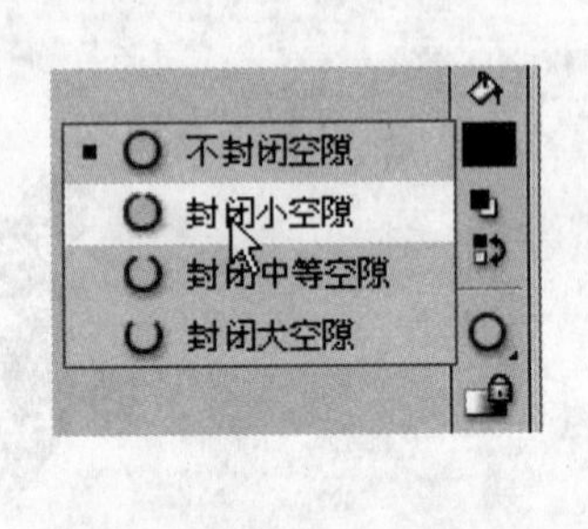

图 3-2 空隙大小

图 3-3 填充颜色

在如图 3-2 所示的列表中各选项功能及含义如下。

- 不封闭空隙：用于填充完全封闭的图形。
- 封闭小空隙：用于填充存在小缺口的图形。
- 封闭中等空隙：用于填充存在中等大小缺口的图形。
- 封闭大空隙：用于填充存在较大缺口的图形。

2. 滴管工具

“滴管工具”类似于经常用到的格式刷，可以使用“滴管工具”获得某个对象的笔触和填充颜色属性，并且可以立刻将这些属性应用其他对象上。

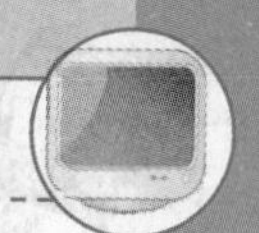

下面以获取图 3-3 中小女孩发夹线条的颜色和填充颜色并分别应用到头发、衣领上为例进行讲解。其操作步骤如下。

01 按 Ctrl + O 组合键，打开小女孩图形。单击工具栏上的“滴管工具”按钮。

02 将鼠标移至场景中，当鼠标指针变为形状时，将鼠标移动到小女孩发夹线条旁，如图 3-4 所示，单击鼠标左键获取笔触颜色。

03 将鼠标移到小女孩头发的边沿部位，鼠标指针变为，如图 3-5 所示。

04 在浅色部位单击鼠标左键，即可为色块填充上刚才获取的线条颜色，效果如图 3-6 所示。

图 3-4　吸取轮廓颜色

图 3-5　移动描边位置

图 3-6　描边轮廓

05 单击工具栏上的“滴管工具”按钮，将鼠标移至发夹填充区域中，此时当鼠标指针变为形状，如图 3-7 所示，单击鼠标左键，吸取填充颜色。

06 将鼠标移动到图女孩衣领区域，此时鼠标指针变为形状，如图 3-8 所示。

07 在衣领的左侧和右侧部位分别单击，即可为该区域填充上发夹的填充颜色，效果如图 3-9 所示。

图 3-7　吸取填充颜色

图 3-8　移至要填充的区域

图 3-9　填充颜色

3. 墨水瓶工具

“墨水瓶工具”主要用于创建形状边缘的轮廓，并可设定轮廓的颜色、宽度和样式。“墨水瓶工具”仅影响矢量图形。

使用“墨水瓶工具”为对象添加边框的具体操作步骤如下。

01 打开一幅姐妹花图形，如图 3-10 所示。

02 单击工具栏中的“选择工具”按钮，选中“姐妹花”文字，连续两次按 Ctrl + B 组合键将其打散，如图 3-11 所示。

图 3-10　打开的图形

图 3-11　打散文本

03 单击工具栏中的“墨水瓶工具”按钮，接着单击“笔触颜色”按钮，在弹出的如图 3-12 所示颜色列表中选择一种将要作为填充色的颜色。

04 将鼠标移至场景当中，当鼠标指针变为形状时，将鼠标指针移到要填充的线段上（打散后的文本上），用鼠标左键单击即可对该线条进行填充，效果如图 3-13 所示。

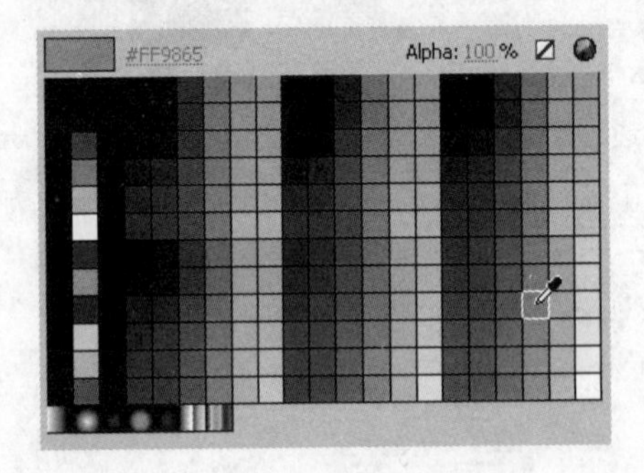

图 3-12　选择颜色

图 3-13　描边文本

05 选择左边小女孩头上的小花作为要描边颜色的图形，单击工具栏中的“墨水瓶工具”按钮。

06 接着单击“笔触颜色”按钮，在弹出的颜色列表中选择一种将要作为填充色的颜色，如图 3-14 所示。

07 将鼠标指针移到要添加边框的图形的任意位置，单击鼠标左键即可为选择的小花添加上指定颜色的边框，如图 3-15 所示。

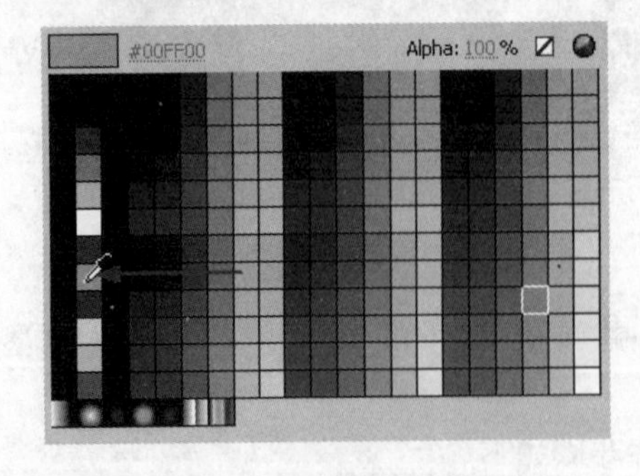

图 3-14　选择颜色

图 3-15　描边小花朵

3.1.2 填充图形对象

在 Flash CS4 中，结合面板使用不同的填充工具，还可以进行纯色填充、渐变色填充、采样色填充等操作。

1. 纯色填充

在 Flash CS4 中，纯色填充可以使用工具箱的工具、按钮以及面板进行操作，以下以填充动物头像为例进行讲解，其操作步骤如下。

01 按 Ctrl + O 组合键，打开动物头像图形，如图 3-16 所示。

02 单击工具栏上的“颜料桶工具”按钮，然后单击“填充颜色”按钮，在弹出的颜色列表中选择一种需要的颜色，如图 3-17 所示。

图 3-16 打开的轮廓

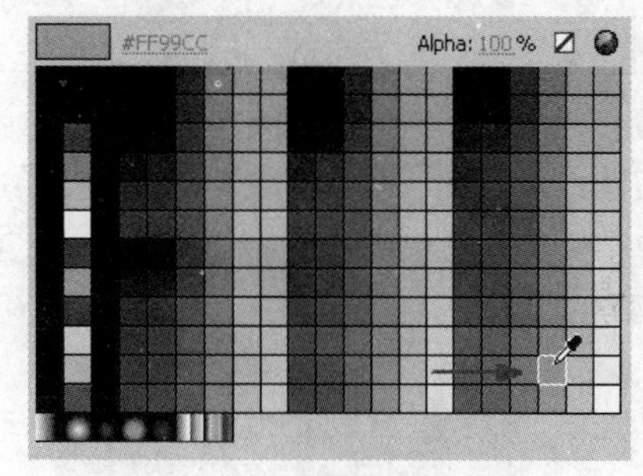

图 3-17 选择颜色

03 在头像轮廓中的鼻子、颈项、嘴巴以及头上的小装饰品轮廓上分别单击鼠标左键，填充颜色，如图 3-18 所示。

04 单击工具箱中的“黑白”按钮，设置“笔触颜色”和“填充颜色”分别为“黑色”和“白色”，单击“交换颜色”按钮，交换“笔触颜色”和“填充颜色”。

05 在动物头像的面部单击鼠标左键，填充颜色，如图 3-19 所示。

图 3-18 填充颜色

图 3-19 填充颜色

2. 渐变色填充

在 Flash CS4 中，使用“颜料桶工具”还可对图形进行渐变颜色的填充，下面以填充气球的颜色为渐变色为例进行讲解，其操作步骤如下。

01 按 Ctrl + O 组合键，打开气球轮廓图形，如图 3-20 所示。

02 单击“填充颜色”按钮，在弹出的颜色列表中选择最下方“亮度渐变填充”按钮或“颜色渐变填充”按钮中的一种颜色，如图 3-21 所示。

在使用“颜色渐变填充”按钮对图形进行填充时，可以按住鼠标左键，当鼠标指针变为形状后，拖动鼠标，可使渐变颜色的渐变方向、渐变深度发生改变。

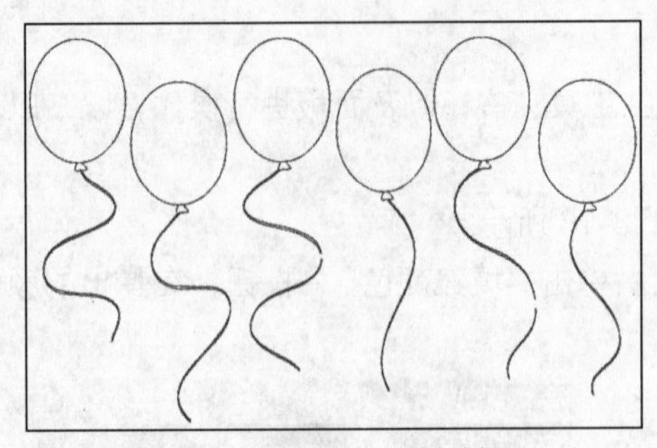

图 3-20 打开的素材

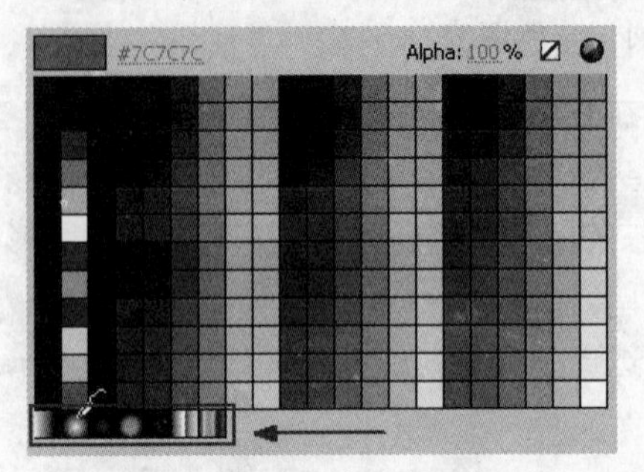

图 3-21 默认的渐变颜色

03 选择“窗口”|“颜色”命令，打开“颜色”面板，在面板中设置渐变颜色，如图 3-22 所示。

04 单击工具栏上的“颜料桶工具”按钮，在第一个气球轮廓内单击鼠标左键，填充放射状渐变颜色，如图 3-23 所示。

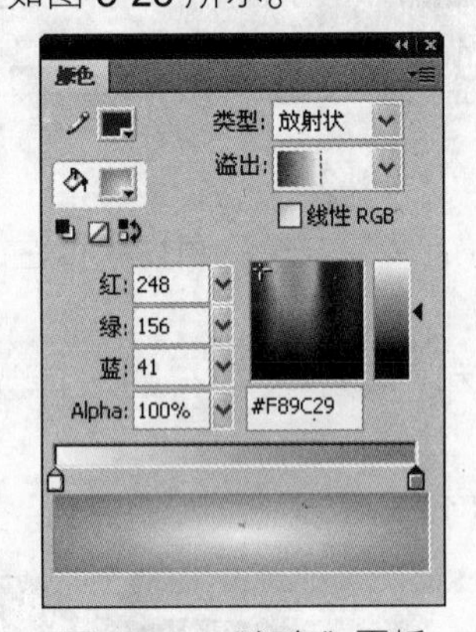

图 3-22 “颜色”面板

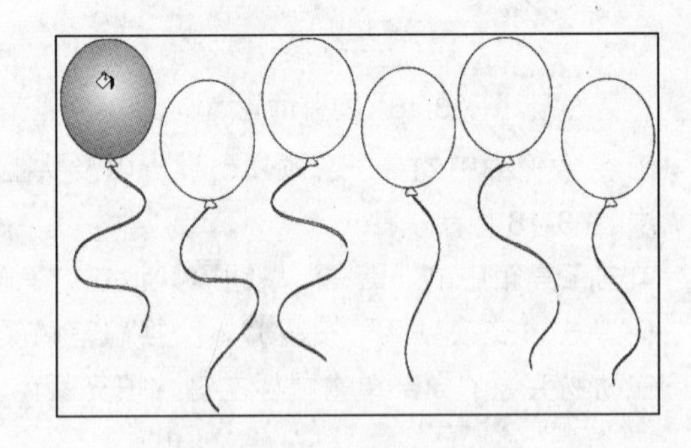

图 3-23 填充渐变色

05 单击工具栏上的“渐变变形工具”按钮，选择舞台中的渐变，调整渐变变形框的形状和位置，如图 3-24 所示。

06 单击工具栏上的“颜料桶工具”按钮，依次在其他几个气球内单击鼠标左键，填充设置好的放射状渐变颜色，如图 3-25 所示。

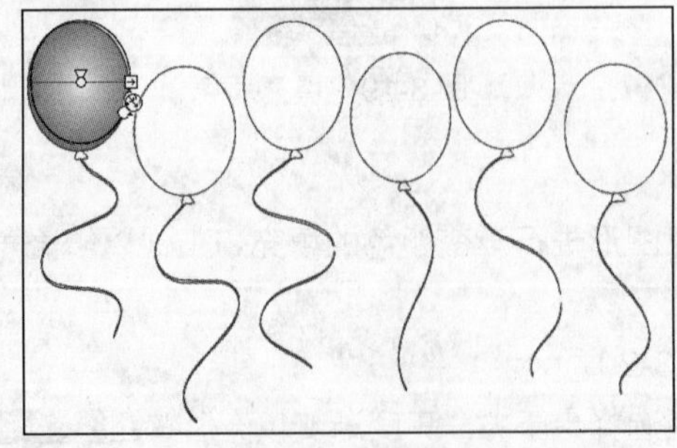

图 3-24 调整渐变

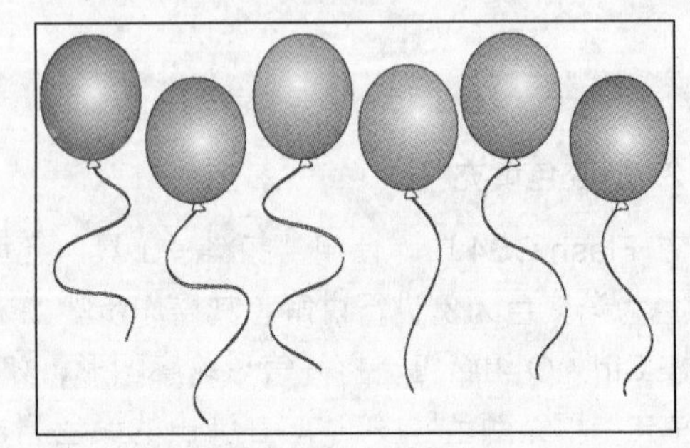

图 3-25 填充渐变色

07 单击工具栏中的“选择工具”按钮，选择第二个气球中的渐变填充，在“颜色”面板中

修改滑块上第二个颜色桶中的颜色，如图 3-26 所示。

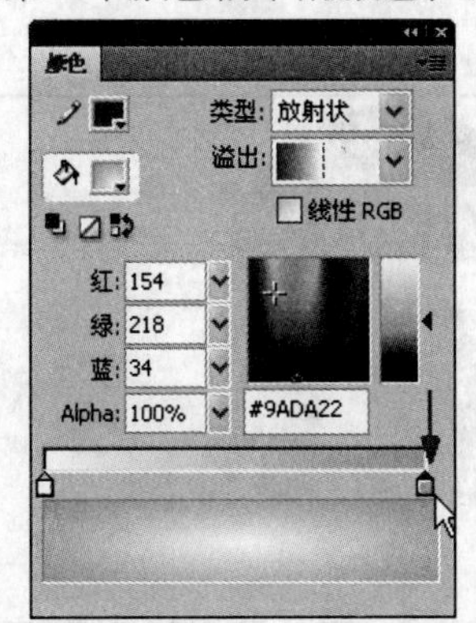

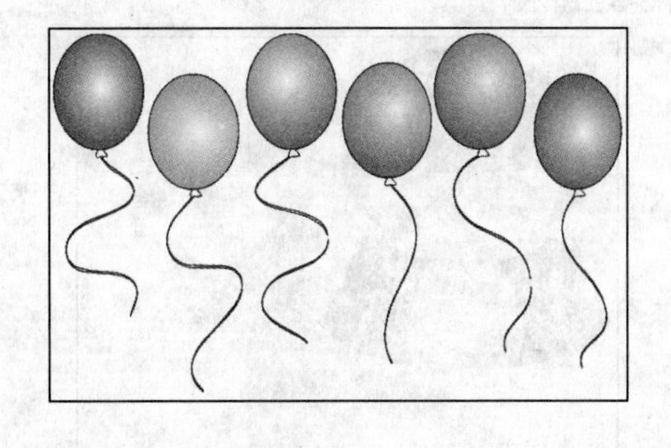

图 3-26 修改渐变颜色

08 参照第二个气球中渐变色的颜色修改，依次修改后面几个气球的颜色，如图 3-27 所示。

09 参照第一个气球中渐变色的调整，单击“渐变变形工具”按钮，依次调整其他各个气球中的渐变，并调整渐变变形框的形状和位置，效果如图 3-28 所示。

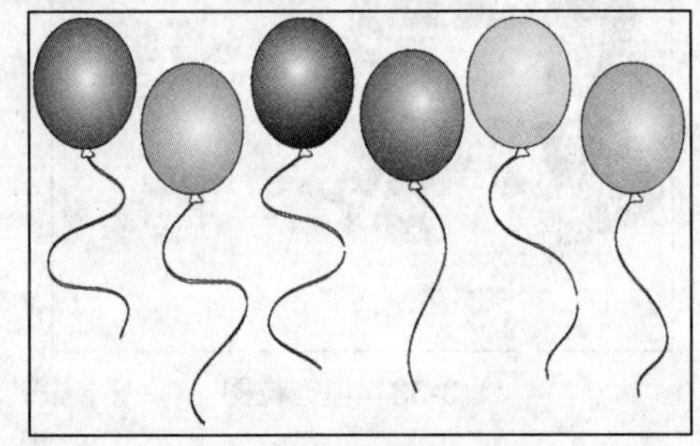

图 3-27 修改渐变颜色

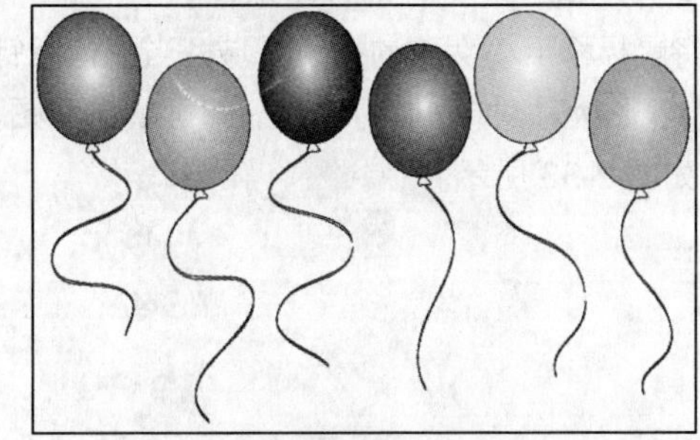

图 3-28 调整其他气球中的渐变

10 单击工具栏上的“颜料桶工具”按钮，分别对各个气球下面的飘带（填充“暗红色”）及被扎部（填充与气球相对应的颜色）进行填充，如图 3-29 所示。

11 单击工具栏中的“选择工具”按钮，按住 Shift 键，依次在气球轮廓线上双击鼠标左键，选择所有气球的轮廓线，接着单击“笔触颜色”按钮，在弹出的颜色列表中选择右上角的“无”，去除轮廓，如图 3-30 所示。

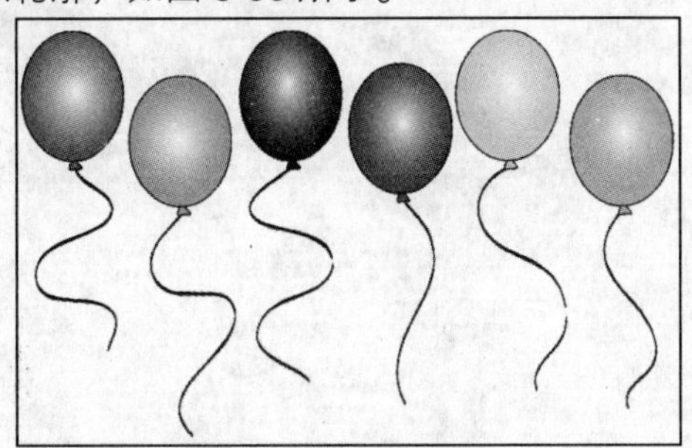

图 3-29 填充飘带

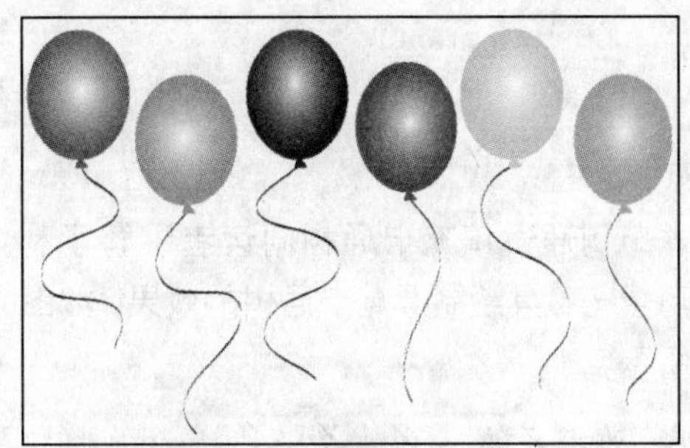

图 3-30 却除轮廓

3. 采样色填充

在 Flash CS4 中，使用“滴管工具”不但可以对纯色进行采样，而且还可以对位图进行采样，用获取到的位图对图形进行填充，其具体操作步骤如下。

01 按 Ctrl＋O 组合键，打开一幅包含位图的素材，如图 3-31 所示。

02 单击工具栏中的“选择工具”按钮，选择右侧的位图，按 Ctrl + B 组合键将其打散，如图 3-32 所示。

图 3-31　打开的素材

图 3-32　打散位图

03 单击工具栏上的“滴管工具”按钮，将鼠标移到打散后的位图中，此时鼠标指针变为形状，单击鼠标左键，对位图采样。

04 将鼠标移至小女孩的裙子区域，当鼠标指针变为形状时，单击鼠标左键，即可填充位图，效果如图 3-33 所示。

图 3-33　填充位图

3.2 范例精讲

在 Flash CS4 中，使用不同的填充工具可以填充不同的绘图效果，还可以根据用户的需要设置渐变色或位图图案，绘制出更为丰富的图形效果。下面以填充卡通树和插画美女范例向用户介绍填充知识的具体应用。

3.2.1 填充卡通树

本范例通过填充卡通树向读者讲解了利用填充工具绘制漂亮卡通树的效果，如图所示。

难度系数 ✓ ✓ ✓

学习时间 30 分钟

学习目的 掌握“颜料桶工具”、“填充颜色”按钮的使用。

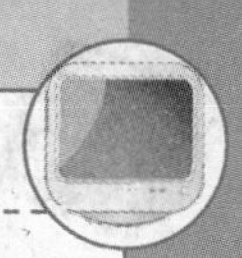

制作步骤

01 打开一幅卡通树轮廓图形，如图 3-34 所示。

02 在“时间轴”面板上单击“图层 1”并隐藏“图层 2”。

03 单击工具栏上的“颜料桶工具”按钮，设置填充颜色为“蓝色”（#009D85）。

04 将颜料桶移至树干区域，单击鼠标左键，填充颜色，效果如图 3-35 所示。

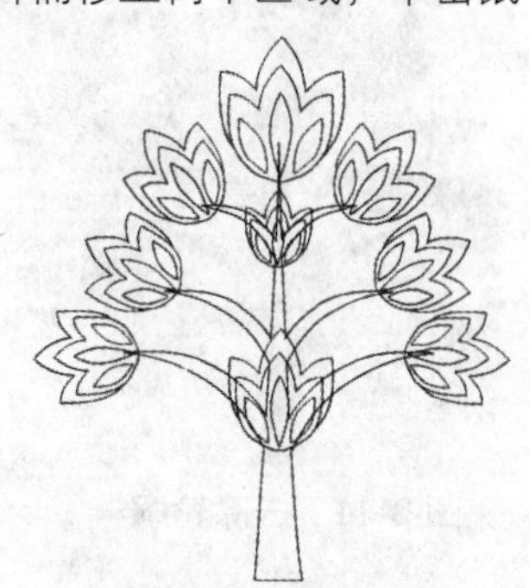

图 3-34 打开的素材

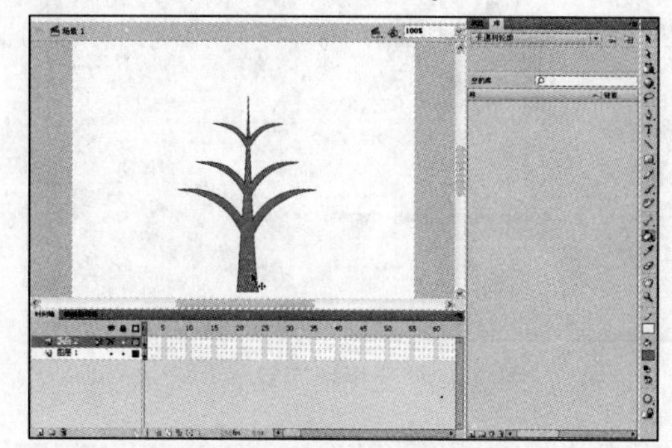

图 3-35　填充树干

05 单击“图层 2”，隐藏“图层 1”，如图 3-36 所示。

06 单击工具栏上的“颜料桶工具”按钮，设置填充颜色为“蓝色”（#009D85）。

07 将颜料桶移至舞台，依次在各树叶造型最外面的形状区域单击鼠标左键，填充颜色，效果如图 3-37 所示。

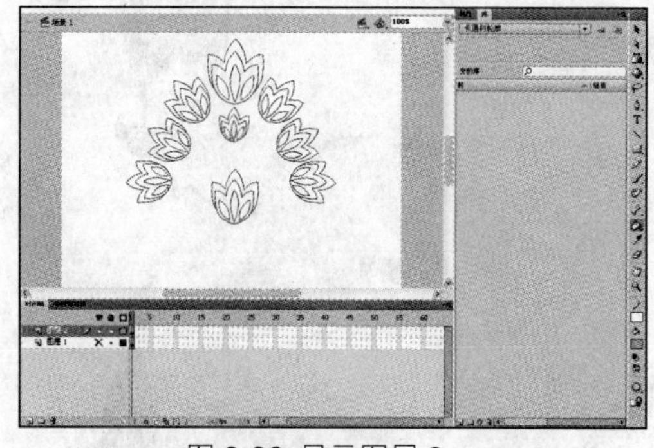

图 3-36 显示图层 2

图 3-37　填充颜色

08 用类似的方法，设置“填充颜色”为“黄绿色”（#CDD200），填充树叶造型中间的形状，效果如图 3-38 所示。

09 用类似的方法，设置“填充颜色”为“黄色”（#FFF100），填充树叶造型最里面的形状，效果如图 3-39 所示。

图 3-38　填充颜色

图 3-39　填充颜色

10 显示“图层1”。

11 单击工具栏中的“选择工具”按钮。

12 按住Shift键，依次在舞台上的轮廓处双击鼠标左键，选中所有的轮廓，如图3-40所示。

13 按Delete键，删除轮廓，效果如图3-41所示。

图3-40 选择所有轮廓

图3-41 去除轮廓

3.2.2 填充插画美女

本范例通过填充插画美女向读者讲解了利用填充工具绘制漂亮插画美女的效果，如图所示。

难度系数 ☑☑☑

学习时间 30分钟

学习目的 **掌握**“颜料桶工具“、“填充颜色”按钮、滴管工具、“笔触颜色”按钮等的使用。

制作步骤

01 打开一幅填充插画美女轮廓图形，如图3-42所示。

02 单击工具栏上的“颜料桶工具”按钮，设置填充颜色为“米白色”（#F3E3CF）。

03 将颜料桶移至舞台，依次在美女脸部、左手及左脚区域单击鼠标左键，填充颜色，效果如图3-43所示。

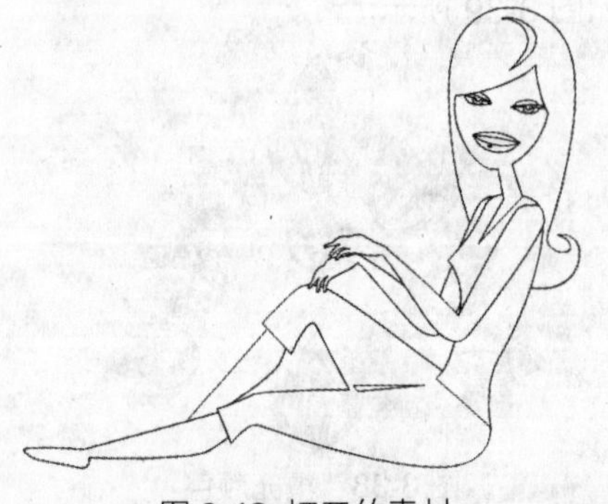

图3-42 打开的素材

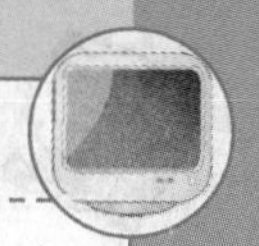

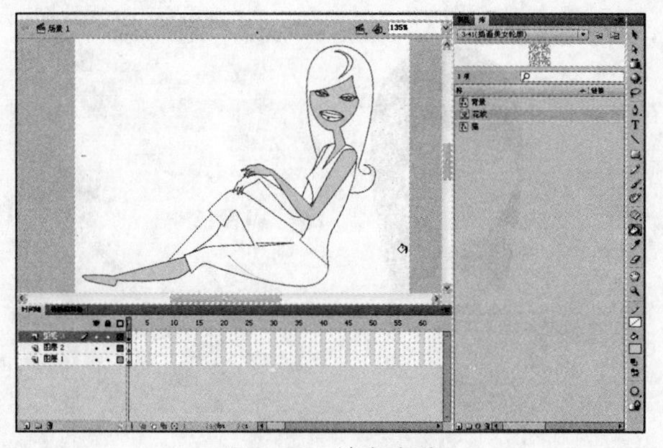

图 3-43　填充皮肤

04 用类似的方法，设置“填充颜色”为“暗红色”(#720A00)，填充头发区域，效果如图 3-44 所示。

05 用类似的方法，设置“填充颜色”为“浅棕红色”(#720A00)，填充头发中的反光区域，效果如图 3-45 所示。

图 3-44　填充头发

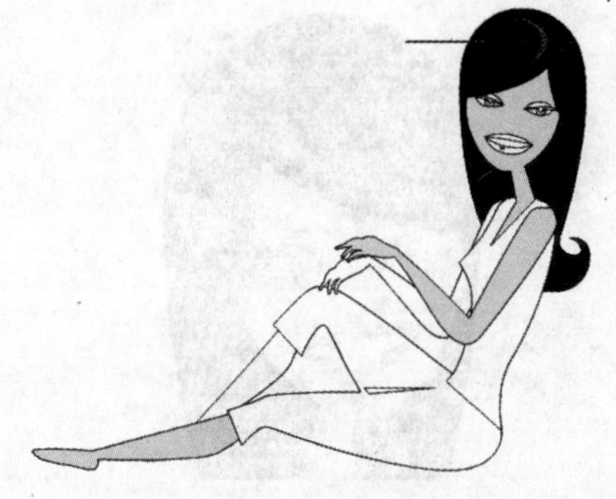

图 3-45　填充发光区域

06 用类似的方法，设置“填充颜色”为“浅皮肤色”(#E2C39C)，填充人物的右手和右脚区域，效果如图 3-46 所示。

07 用类似的方法，依次设置“填充颜色”为“浅柠檬青”(#E5DFAE)和“柠檬青”(#CEC56F)，填充裤子区域，效果如图 3-47 所示。

图 3-46　填充皮肤

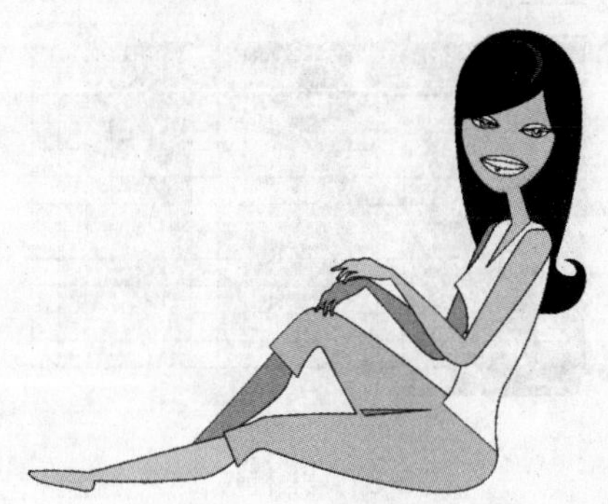

图 3-47　填充裤子

08 单击工具栏上的“缩放工具”按钮。

09 在人物头部区拖动鼠标，放大视图，如图 3-48 所示。

图 3-48　放大视图

⑩单击工具栏上的“颜料桶工具”按钮，设置填充颜色为“橘红色”(#EB6120)。

⑪ 将颜料桶移至舞台，依次在美女的上嘴唇和下嘴唇区域单击鼠标左键，填充颜色，效果如图 3-49 所示。

⑫用类似的方法，填充人物脸部的眼睛和嘴唇发光区域，效果如图 3-50 所示。

图 3-49　填充嘴唇

图 3-50　填充脸部其他区域

⑬单击工具栏上的“颜料桶工具”按钮。

⑭单击“填充颜色”按钮，在弹出的颜色列表中选择最下方的位图填充，如图 3-51 所示。

⑮将颜料桶移至舞台，依次在人物衣服区域单击鼠标左键，填充位图，效果如图 3-52 所示。

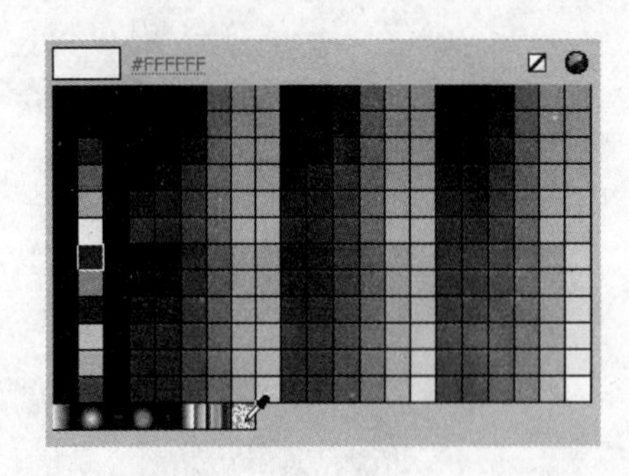

图 3-51　采样位图

图 3-52　填充位图

⑯单击工具栏上的“渐变变形工具”按钮。

⑰选择手臂下方的衣服。

⑱调整渐变变形框的形状和位置，改变位图填充效果，如图 3-53 所示。

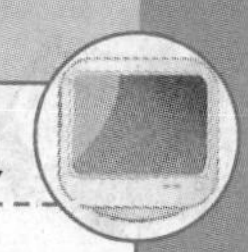

图 3-53　调整位图填充

19 用类似的方法，使用“渐变变形工具“，调整手臂上方衣服中的图案渐变框的大小和位置，效果如图 3-54 所示。

20 单击工具栏中的“选择工具”按钮 。

21 按住 Shift 键，依次在舞台上的轮廓处双击鼠标左键，选中所有的轮廓，按 Delete 键，删除轮廓，效果如图 3-55 所示。

图 3-54　调整位图填充

图 3-55　去除轮廓

22 在时间轴中选择“图层 1”。

23 在“库”面板中选择“背景”图形元件。

24 将“背景”图形元件拖曳至舞台，放置在舞台的正中央，效果如图 3-56 所示。

25 用类似的方法，选择“图层 2”，将“猫”元件拖曳至舞台，放置在舞台的右下角，效果如图 3-57 所示。

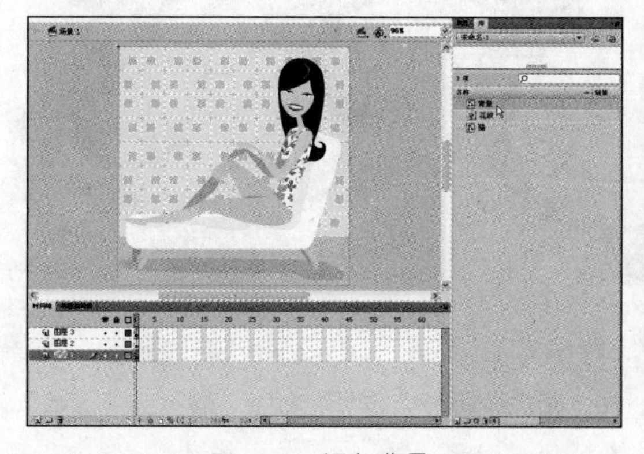

图 3-56　添加背景

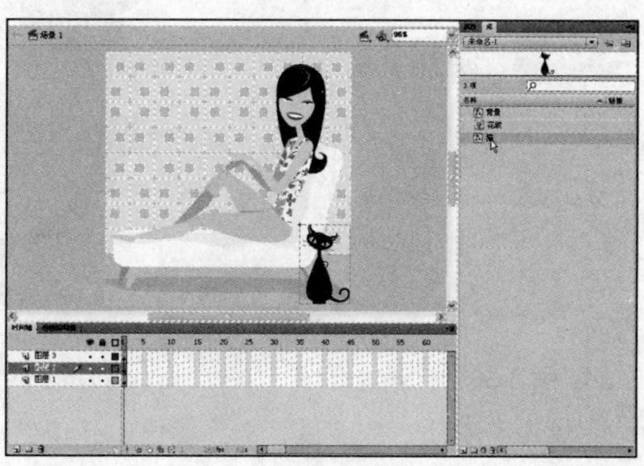

图 3-57　添加小猫

3.3 上机实战

通过上面几个手绘实例的练习，相信大家对使用 Flash 填充图形对象有了一定的掌握，为了进一步巩固和掌握所有知识，请按步骤提示完成下面填充卡通人物和梦幻树的范例。

3.3.1 填充卡通人物

最终效果

本范例通过填充卡通人物向读者讲解了利用“填充工具“绘制漂亮卡通人物的效果，如右图所示。

解题思路

首先打开人物轮廓图形，然后设置不同的填充颜色、笔触颜色、笔触高度和笔触样式，最后填充出活泼可爱的卡通造型效果。

步骤提示

01 打开一幅卡通人物轮廓图形，如图 3-58 所示。

02 单击工具栏上的“颜料桶工具”按钮，设置填充颜色，填充卡通人物的衣服及帽子，如图 3-59 所示。

03 设置“填充颜色”为“皮肤色”（#FEDEBA），依次在人物的脸部、手和脚区域单击鼠标左键进行填充，如图 3-60 所示。

04 使用“颜料桶工具”和“墨水瓶工具“，设置“笔触颜色”和“填充颜色”为“深褐色”（#8F1F00）、“笔触高度”为 2，在头发以及小熊帽子上的眼睛和鼻孔处单击，效果如图 3-61 所示。

图 3-58 打开的素材

图 3-59 填充颜色

图 3-60 填充皮肤

05 填充脸部两边的红晕，选择嘴巴的轮廓线，在“属性”面板中将其“样式”修改为“虚线”，如图 3-62 所示。

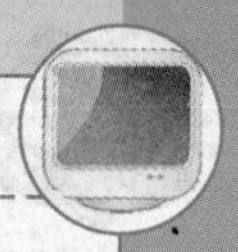

图 3-61　填充并描边

图 3-62　修改轮廓样式

3.3.2　制作梦幻树

最终效果

本范例通过填充卡通树来练习“填充工具”和填充颜色的使用技巧和方法，完成后的效果如图所示。

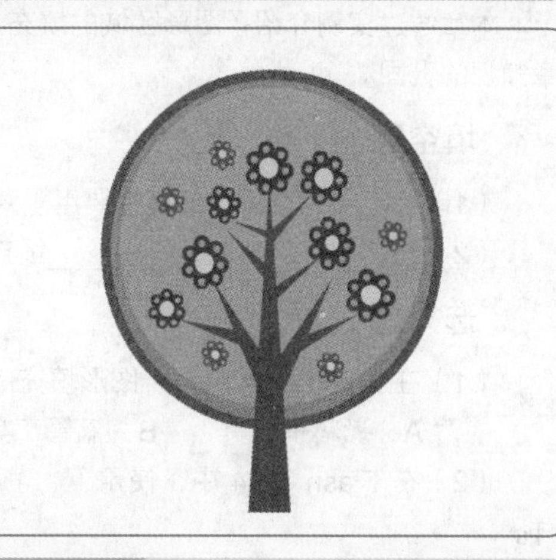

解题思路

首先打开轮廓图形，然后选择“填充工具”并设置填充颜色，最后填充图形对象。

步骤提示

01 打开一幅梦幻树轮廓图形，如图 3-63 所示。

02 选择“图层 1”，单击工具栏上的“颜料桶工具”按钮，设置填充颜色，填充树干上的树叶，如图 3-64 所示。

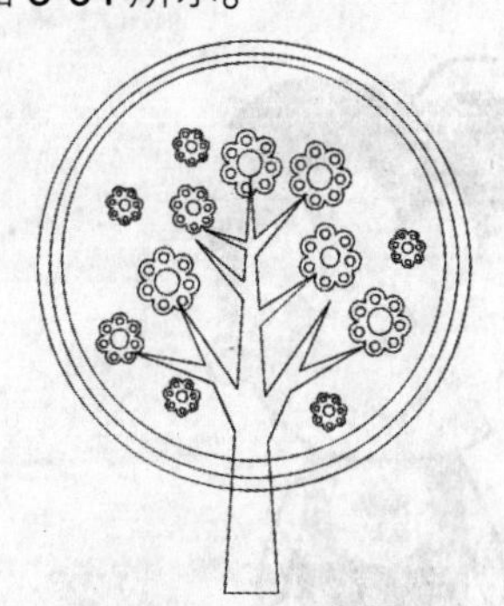

图 3-63　打开的素材

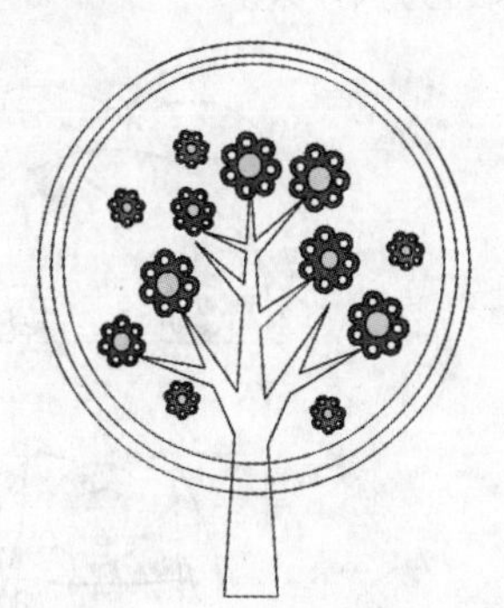

图 3-64　填充树叶

03 选择“图层 2”，设置填充颜色，填充树干，如图 3-65 所示。

04 选择“图层 3”，设置填充颜色，填充其他区域，如图 3-66 所示。

05 使用“选择工具”，选择所有的轮廓线，将其删除，效果如图 3-67 所示。

图 3-65　填充树干

图 3-66　填充其他区域

图 3-67　删除轮廓线

3.4 巩固与练习

本章通过实例介绍了图形区域的填充与描边的基本操作方法和技巧。下面的习题用于对本章知识的巩固。

填空题

（1）____________工具主要用于对矢量图的某一区域进行填充。

（2）在 Flash CS4 中，_______填充可以使用工具箱的工具、按钮以及面板进行操作。

选择题

（1）在 Flash CS4 中用于图形填充的工具主要有（　）、（　）和（　）等。

A．颜料桶工具　　B．滴管工具　　C．墨水瓶工　　D．刷子工具

（2）在 Flash CS4 中，使用（　）不但可以对纯色进行采样，而且还可以对位图进行采样。

A．颜料桶工具　　B．滴管工具　　C．墨水瓶工　　D．刷子工具

上机题

练习使用颜料桶工具和墨水瓶工具，为图 3-68 所示左边的卡通男孩轮廓上色，绘制成右边漂亮的卡通男孩效果。

图 3-68　卡通男孩

第2天

Chapter 04

制作动画前的准备

学习内容

基础导读 | 90分钟
范例精讲 | 90分钟
上机实战 | 45分钟
巩固与练习 | 30分钟

学习重点

- 帧
- 图层
- 场景
- 元件
- 认识库
- 声音的基本操作
- 范例精讲1 制作万花筒效果
- 范例精讲2 制作声音按钮
- 上机实战1 制作手提袋元件
- 上机实战2 制作生日贺卡

精彩实例效果展示

万花筒

声音按钮

生日贺卡

4.1 基础导读

本章将学习 Flash 动画制作的基础知识，如认识帧、图层、场景、元件、库、声音以及声音的基本编辑与控制等。通过本章的学习，读者可以掌握动画中各种类型帧的编辑；图形元件、影片剪辑元件和按钮元件的创建与编辑；图层的创建与编辑、“库”面板的使用以及贺卡的制作方法与技巧等。

4.1.1 帧

帧是组成 Flash 动画最基本的单位，下面就对 Flash 中的帧进行详细介绍。

1．帧的类型

在 Flash 中，帧主要有两种，即普通帧和关键帧。其中关键帧又有两种，一种是包含内容的关键帧，这种关键帧在时间轴中以一个实心的小黑点来表示；另一种是空白关键帧，其在时间轴中以一个空心圆表示。在时间轴中帧的标志如图 4-1 所示。

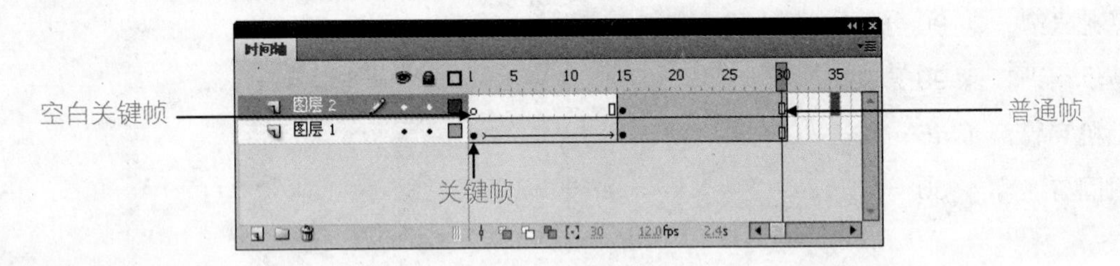

图 4-1　帧类型

- 普通帧：普通帧一般处于关键帧后方，其作用是延长关键帧中动画的播放时间，一个关键帧后的普通帧越多，该关键帧的播放时间越长。
- 关键帧：关键帧是指在动画播放过程中，呈现关键性动作或关键性内容变化的帧。关键帧定义了动画的变化环节。
- 空白关键帧：这是 Flash 中的另一种关键帧，该关键帧中没有任何内容，其前面最近一个关键帧中的图像只延续到该空白关键帧前面的一个普通帧。

2．帧的基本操作

在 Flash CS4 中，对帧的操作主要包括选择帧、创建关键帧、复制帧、移动帧、删除帧等。

（1）选择帧

Flash 中选择帧的方法主要有以下 3 种。

- 若要选中单个帧，只需单击帧所在位置即可。
- 若要选择连续的多个帧，只需按住 Shift 键然后分别选中连续帧中的第 1 帧和最后一帧即可，如图 4-2 所示。
- 若要选择不连续的多个帧，只需按住 Ctrl 键，然后依次单击要选择的帧即可，如图 4-3 所示。

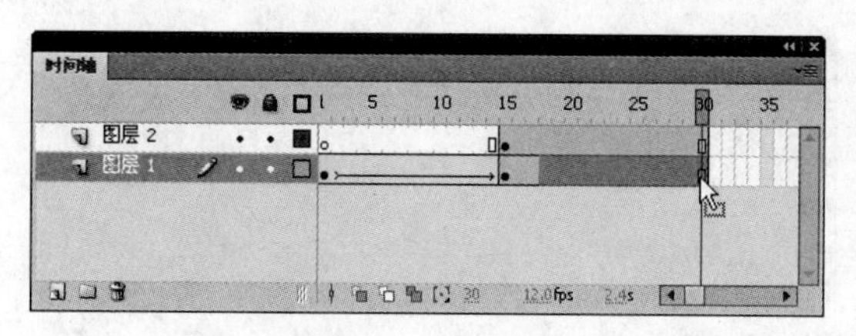

图 4-2　选择连续的帧

图 4-3　选择不连续的多个帧

（2）插入关键帧

Flash 中创建“或插入”关键帧的常用方法主要有以下 7 种。

- 选择“插入”|“时间轴”|“关键帧”命令，即可在选中的时间轴位置插入关键帧。
- 在需要创建关键帧的帧上单击鼠标右键，在弹出的快捷菜单上选择“插入关键帧”命令。
- 按 F6 键创建关键帧。
- 按 F7 键创建空白关键帧。
- 若前一个关键帧中没有内容，直接插入关键帧即可得到空白关键帧。
- 在某一帧上单击鼠标右键，在弹出的快捷菜单中选择“插入空白关键帧”命令即可。
- 若前一个关键帧中有内容，在时间轴上选中一个帧，然后选择“插入”|“时间轴”|“空白关键帧”命令。

（3）复制帧

Flash 中复制帧的方法有以下两种。

- 选中要复制的帧，然后按住 Alt 键将其拖动到要复制的位置。
- 在时间轴中用鼠标右键单击要复制的帧，在弹出的快捷菜单中选择“复制帧”命令，然后用鼠标右键单击目标帧，在弹出的快捷菜单中选择“粘贴帧”命令。

对普通帧和关键帧都可以采用这种方法进行复制，不过不论是复制的普通帧或关键帧，复制后的目标帧都为关键帧。

（4）移动帧

Flash 中移动帧的方法有以下两种。

- 选中要移动的帧，然后按住鼠标左键将其拖到要移动到的位置即可。
- 选择要移动的帧，然后单击鼠标右键，在弹出的快捷菜单中选择“剪切帧”命令，然后在目标位置再次单击鼠标右键，在弹出的快捷菜单中选择“粘贴帧”命令。

（5）插入帧

插入帧的方法有以下 4 种。

- 在关键帧后面任意选取一个帧，单击鼠标右键，在弹出的快捷菜单中选择“插入帧”命令或按 F5 键。
- 在要插入帧的位置单击鼠标右键，在弹出的快捷菜单中选择“插入关键帧”命令或按 F6 键，可在当前位置插入关键帧。
- 在要插入帧的位置单击鼠标右键，在弹出的快捷菜单中选择“插入空白关键帧”命令或按 F7 键，可在当前位置插入空白关键帧，并将空白关键帧后的内容清除，如图 4-4 所示。

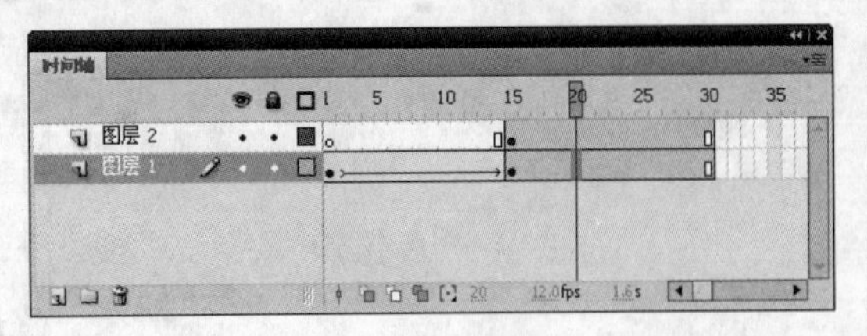

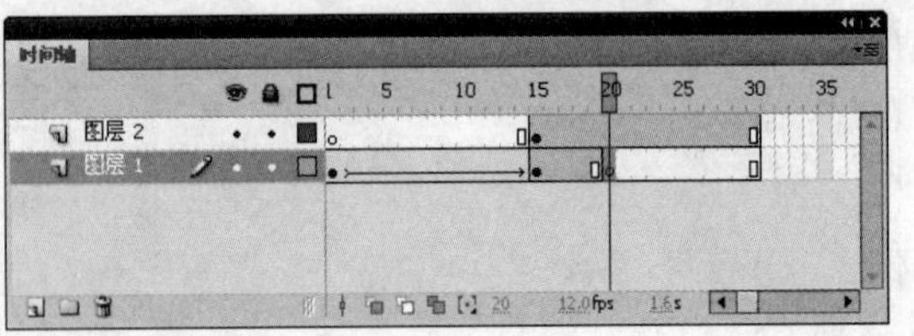

图 4-4　插入空白关键帧

- 在两个关键帧之间用鼠标拖动关键帧的位置也可在关键帧之间插入帧。

此外，在 Flash CS4 中，如果要删除或清除帧，则在选择的帧上单击鼠标右键，在弹出的快捷菜单中选择“删除帧”或“清除帧”命令即可。

清除关键帧可以将选中的关键帧转化为普通帧。其方法是选中要清除的关键帧，然后单击鼠标右键，在弹出的快捷菜单中选择“清除关键帧”命令。

4.1.2　图层

Flash 动画通常有多个图层，在学习制作动画前，下面先来学习一些图层的相关知识。

1. 图层的作用

Flash 每一个层之间相互独立，都有自己的时间轴，包含自己独立的多个帧。当修改某一图层时，不会影响到其他图层上的对象。为了便于理解也可以将图层比喻为一张透明的纸，而动画里的多个图层就像一叠透明的纸。

时间轴上的图层控制区如图 4-5 所示，各部分的含义如下。

- ：该按钮用于隐藏或显示所有图层，单击它即可在两者之间进行切换，单击其下的图标可隐藏当前图层，隐藏的图层上将标记一个符号。
- ：该按钮用于锁定所有图层，再次单击该按钮可解锁，单击其下的图标可锁定当前图层，锁定的图层上将标记一个符号。
- ：单击该按钮可用图层的线框模式隐藏所有图层，单击其下的图标可以线框模式隐藏当前图层，图层上标记变为，其效果如图 4-6 所示。

图 4-5　图层控制区

图 4-6　线框显示小孩

- ：单击该按钮可使图层处于不可编辑状态。
- ：用于新建普通层。

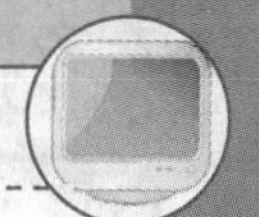

- ：用于新建图层文件夹。
- ：用于删除选中的图层。

> 图层的各层之间都是彼此独立的，把一系列复杂的动画进行划分，将它们分别放在不同的图层上，然后依次对每个层上的对象进行编辑，不但可以简化烦琐的工作，也方便以后的修改，从而有效地提高了工作效率。

2. 图层的类型

图层主要包括普通层、引导层和遮罩层3种类型。

- 普通层：普通层的图标为，在图层区中单击图标即可新建一个普通图层。
- 引导层：引导图层的图标为形状，它下面的图层中的对象则被引导。在图层控制区中选择一个图层并单击鼠标右键，在弹出的快捷菜单中选择“添加传统运动引导层”命令，即可新建一个引导图层，如图4-7所示。引导层中的所有内容只是用于在制作动画时作为参考线，并不出现在作品的最终效果中。
- 遮罩层：遮罩层图标为，被遮罩图层的图标表示为。在图4-7所示的“图层3”上单击鼠标右键，选择“遮罩层”，即可将“图层3”设置为遮罩层，“图层2”成为被遮罩层，如图4-8所示。在遮罩层中创建的对象具有透明效果，如果遮罩层中的某一位置有对象，那么被遮罩层中相同位置的内容将显露出来，被遮罩层的其他部分则被遮住。

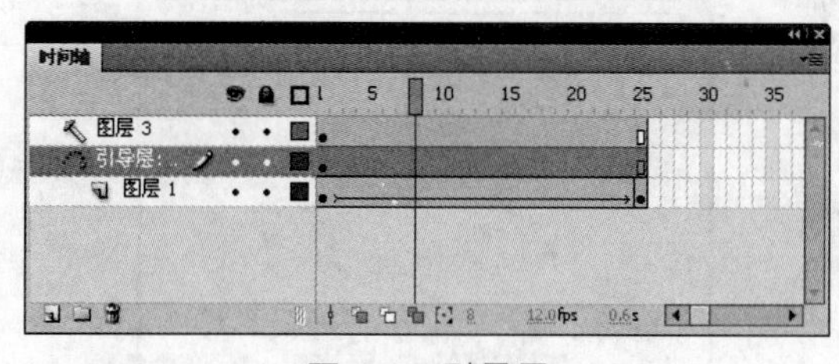

图4-7　引导层

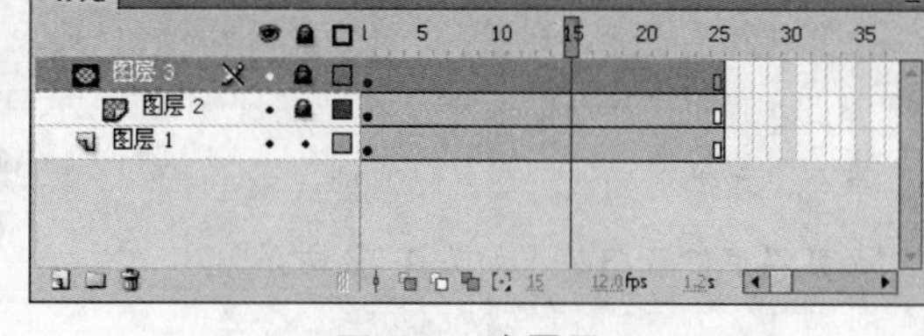

图4-8　遮罩层

3. 图层的基本操作

我们已对图层有一个大概的了解，下面介绍新建、选取、重命名、移动、复制、删除、隐藏、显示图层及设置图层属性等基本操作的具体方法。

（1）新建图层

一般系统默认的图层为“图层1”，对于复杂的Flash动画，一个图层是远远不能得到想要的效果的，此时就可根据需要新建更多的图层。新建图层的方法主要有以下3种。

- 选择“插入”|“时间轴”|“图层”命令。
- 在图层控制区的底部单击“新建图层”按钮。
- 在图层控制区选择已有的图层，单击鼠标右键，在弹出的快捷菜单中选择“插入图层”命令。

（2）移动图层

为了得到满意的动画效果，有时需要对图层进行移动以改变它们的播放顺序。选择要移动的图层譬如“图层1“，按住鼠标左键不放，此时图层以一条粗横线表示，如图4-9所示，将其拖曳到“图层3”的上方，释放鼠标左键即可，完成图层的移动，如图4-10所示。

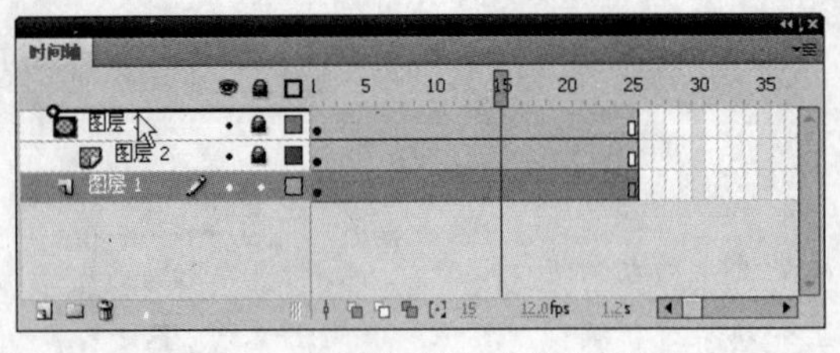

图 4-9　选择并向上拖曳图层

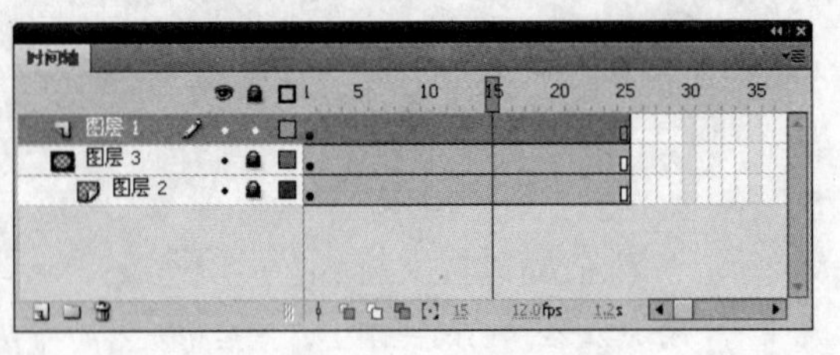

图 4-10　移动“图层 1”

（3）重命名图层

Flash 默认的图层名是以“图层 1”、“图层 2”等命名的，为了便于区分各图层放置的内容，可为各图层取一个直观好记的名称，这就需要对图层进行重命名。

在 Flash CS4 中，要重命名图层，只需在该图层的原始名称上双击鼠标左键，使其进入编辑状态，在文本框中输入新名称，然后在其他图层单击即可，如图 4-11 所示。

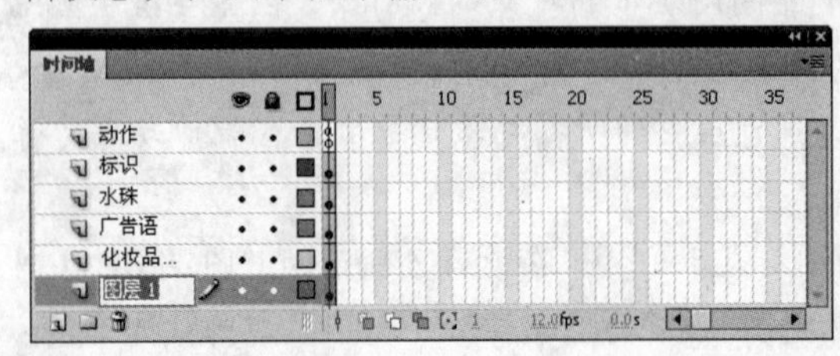

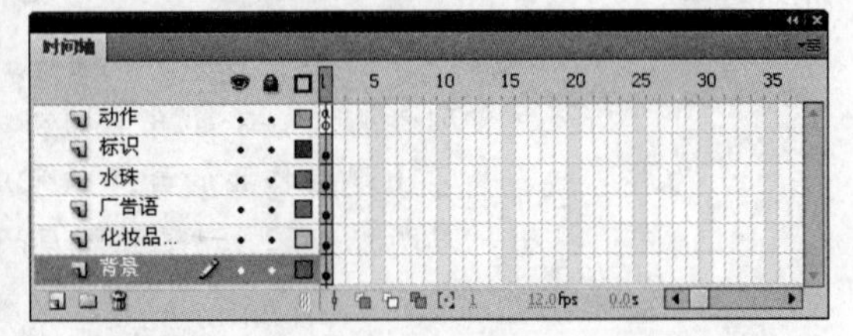

图 4-11　重命名图层

选择要重命名的图层，单击鼠标右键，在弹出的快捷菜单中选择“属性”命令，在弹出的“图层属性”对话框中也可以重命名图层，如图 4-12 所示。

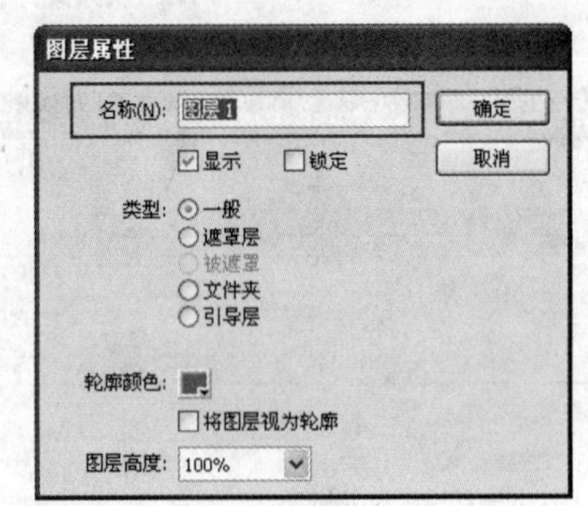

图 4-12　“图层属性”对话框

（4）删除图层

对于不需要的图层上，可以将其删除掉，其方法主要有如下 3 种。

- 选择要删除的图层，按住鼠标左键不放，将其拖动到“删除”按钮上释放鼠标即可删除所选图层。
- 选择要删除的图层，然后单击“删除”按钮按钮，即可将选择的图层删除。
- 选择要删除的图层，单击鼠标右键，在弹出的快捷菜单中选择“删除图层”命令。

（5）锁定图层

除了隐藏图层外，还可以用锁定图层的方法防止修改已编辑好的图层中的内容。选定要锁定的图层，单击图标下方该层的图标，图标变为图标时，该图层处于锁定状态，再次单击该层中的图标即可解锁。

4．图层文件夹

在 Flash CS4 中制作比较大型的动画时，为了便于管理其中的图层，可以创建图层文件夹将图层进行分类，这样易于管理动画中的对象。在图层控制区底部单击"新建文件夹"按钮，即可创建一个新的图层文件夹，如图 4-13 所示。

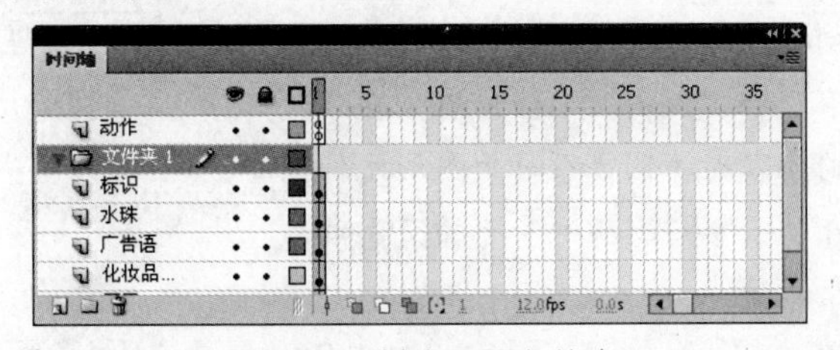

图 4-13　创建图层文件夹

4.1.3　场景

场景是一段相对独立的动画。整个 Flash 动画可以由一个场景组成，也可以由多个场景组成。当动画中有多个场景时，整个动画会按照场景的顺序播放。当然，也可以用脚本程序对场景的播放顺序进行控制。

在 Flash CS4 中，创建场景的方法有以下 3 种。

- 选择"插入"|"场景"命令。
- 按 Shift + F2 组合键，在打开的"场景"面板中单击"添加场景"按钮。
- 在"场景"面板中单击"重制场景"按钮，可以创建所选择场景的副本，如图 4-14 所示。

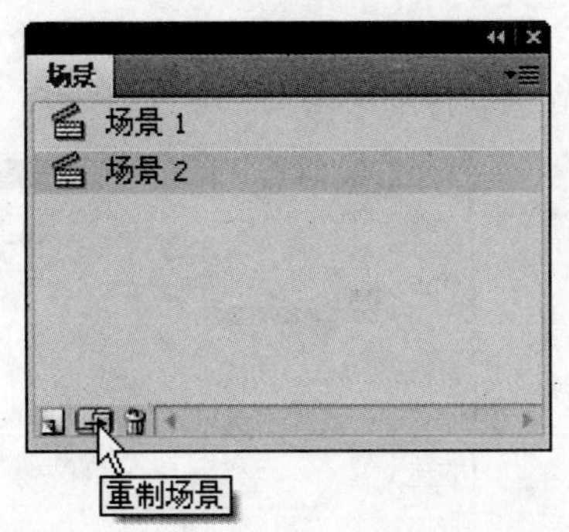

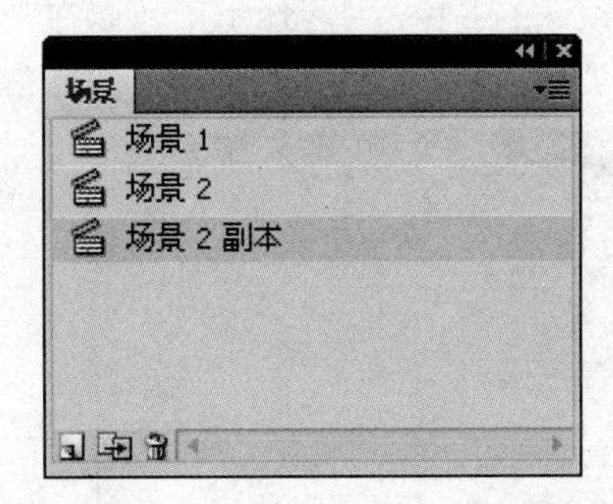

图 4-14　重制场景

播放动画时，Flash 将按照场景的排列顺序来播放，最上面的场景最先播放。如果要调整场景的播放顺序，只需选中场景后上下拖动即可。

4.1.4　元件

1. 元件的类型

Flash 中常见的元件主要有如下 3 种。

- 图形元件：图形元件主要用于创建可反复使用的图形，是制作动画的基本元素之一，它可以是静止的图片，也可以是由多个帧组成的动画，但它不能添加交互行为和声音控制。
- 影片剪辑：影片剪辑元件是一段可独立播放的动画，是主动画的一个组成部分，当播放主动画时，影片元件也在循环播放。

- 按钮元件：按钮元件用于响应鼠标事件，创建动画的交互控制按钮。主要包括“弹起”、“指针经过”、“按下”和“点击”4种状态，在不同状态上创建的内容也不同。不同于图形元件和影片剪辑元件，可为按钮添加事件的交互动作，使其具有交互功能。

在如图 4-15 所示的“库”面板中即包含了上述 3 种元件。

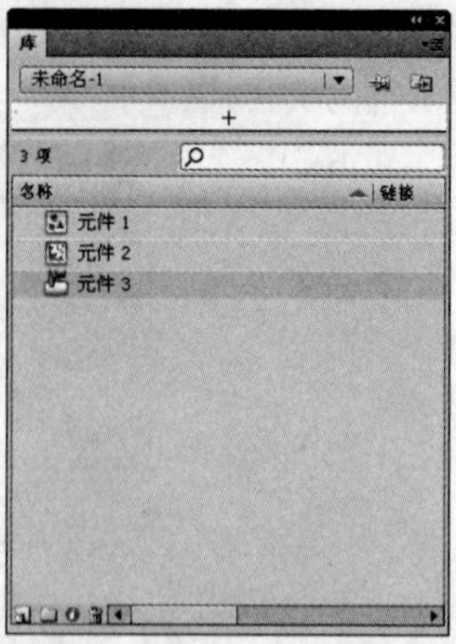

图 4-15　“库”面板中的 3 种元件

2. 创建元件

Flash 中每种元件都有其各自的时间轴、舞台及图层。在创建元件时首先要选择元件的类型，创建何种元件取决于在影片中如何使用该元件。

创建元件时，可以从场景中选择若干个对象，然后将其转换为元件；也可以直接创建一个空白的元件，然后进入元件编辑模式编辑元件的内容。下面以创建一个图形元件为例来介绍创建元件的方法和技巧，其具体操作步骤如下。

01 新建一个 Flash 文件。

02 选择“插入”|“新建元件”命令，或按 Ctrl+F8 组合键，打开“创建新元件”对话框，如图 4-16 所示。

03 元件默认的名称为“元件 1”，可以在“名称”文本框中直接修改元件名，这里输入“图案”。

04 在“类型”下拉列表框中选择“图形”选项，如图 4-17 所示。

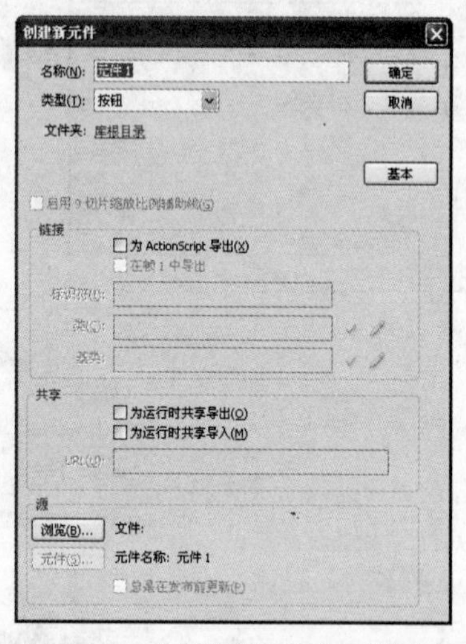

图 4-16　“创建新元件”对话框

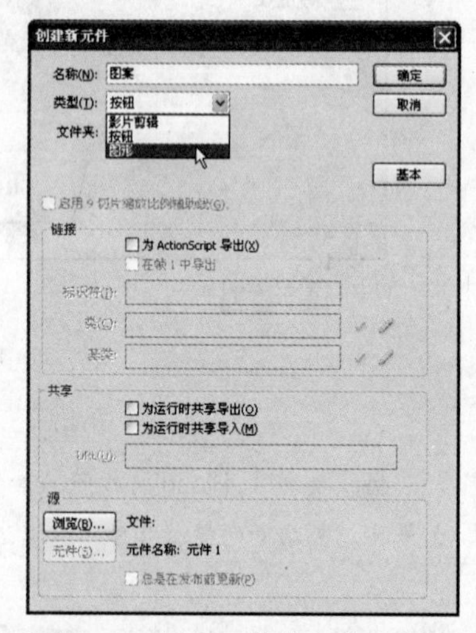

图 4-17　设置元件的名称和类型

05 单击“确定”按钮，即可进入图形元件编辑状态，此时在“场景 1”名称的右侧多了一个“图案”名称，并在舞台中心出现了一个“+”图形，表示元件的中心点，如图 4-18 所示。

06 使用“Deco 工具”，设置相应的参数，在元件所对应的舞台上单击，创建图案，如图 4-19 所示。

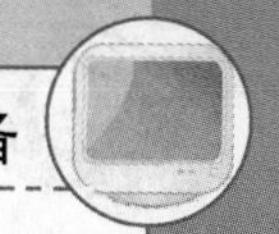

图 4-18　进入元件编辑模式

图 4-19　绘制图案

07 选择“编辑”|“编辑文档”命令，或直接单击场景的名称，即可返回到场景所对应的舞台，如图 4-20 所示。

08 从“库”面板中将刚创建的“图案”元件拖曳至舞台，放置在舞台的正中心，效果如图 4-21 所示。

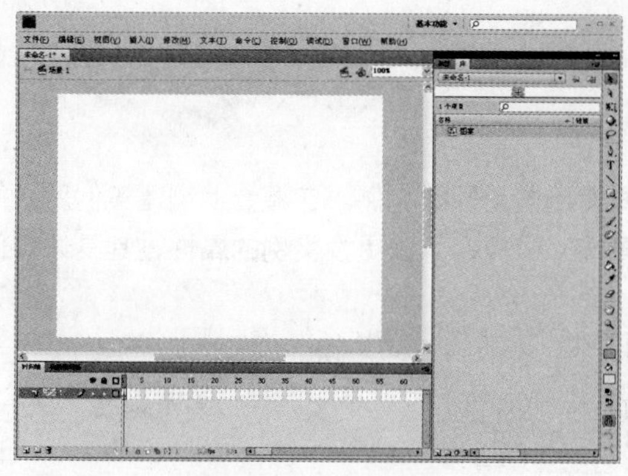

图 4-20　返回主场景

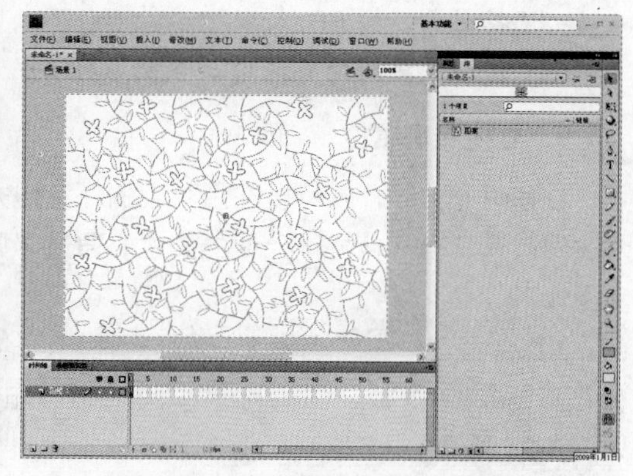

图 4-21　将创建的元件应用于舞台

按钮元件是一种特殊的元件，具有一定的交互性，是一个具有 4 帧的影片剪辑。按钮在时间轴上的每帧都有一个固定的名称。在“创建新元件”的“类型”下拉列表框中选择“按钮”选项，并单击“确定”按钮，进入按钮元件的编辑模式，此时的时间轴如图 4-22 所示。

按钮元件所对应时间轴上各帧的含义分别如下。

- 弹起：表示鼠标指针没有滑过按钮或者单击按钮后又立刻释放时的状态。
- 指针经过：表示鼠标指针经过按钮时的外观。
- 按下：表示鼠标单击按钮时的外观。
- 点击：用来定义可以响应鼠标事件的最大区域。如果这一帧没有图形，鼠标的响应区域则由指针经过和弹出两帧的图形来定义。

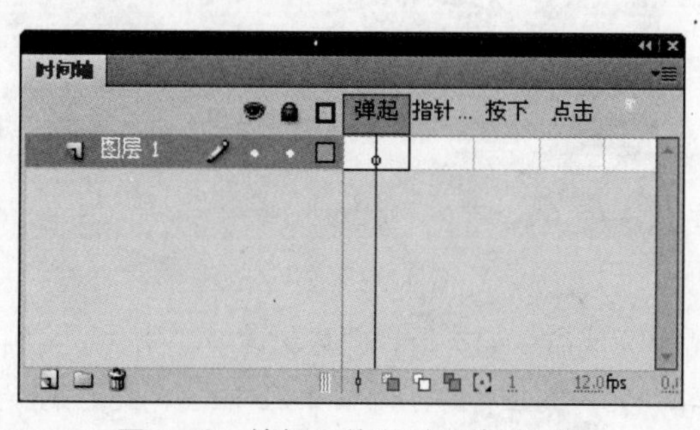

图 4-22　按钮元件所对应的时间轴

创建按钮元件与创建图形元件的步骤基本一致，只需定义时间轴上的 4 个关键帧。

影片剪辑元件就像是 Flash 中嵌套的小型影片一样，使用它可以创建重用的动画片断，它具有和主时间轴相对独立的时间轴属性。创建影片剪辑元件的方法与创建图形元件的方法相同。

3. 删除元件

在 Flash CS4 中，对于多余的元件，可以在“库”面板中将其删除。删除元件有以下两种方法。

- 在“库”面板中选择要删除的元件，单击“删除”按钮，或将其拖曳至面板底部的“删除”按钮。
- 在“库”面板中选择要删除的元件，单击鼠标右键，在弹出的快捷菜单中选择“删除”命令。

4. 转换元件

在 Flash CS4 中，可以直接将已有的图形转换为元件，其方法有以下 4 种。

- 选择要转换为元件的对象，选择“修改”|“转换为元件”命令。
- 在选择的对象上单击鼠标右键，在弹出的快捷菜单中选择“转换为元件”命令。
- 选择对象，按 F8 键。
- 直接将选择的对象拖曳至“库”面板中。

5. 更换实例属性

在创建元件后，就可以在影片中的任意地方使用该元件的实例。在舞台上创建实例后，每个实例都有其自身独立于元件的属性。通过“属性”面板，可以更换实例的属性，其具体操作步骤如下。

01 在舞台上选择由“小猪 1”图形元件创建的实例，如图 4-23 所示。

02 在“属性”面板的“实例行为”按钮上单击，在弹出的下拉菜单中选择“影片剪辑”命令，如图 4-24 所示。

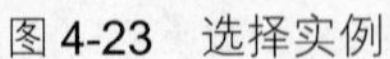
图 4-23　选择实例

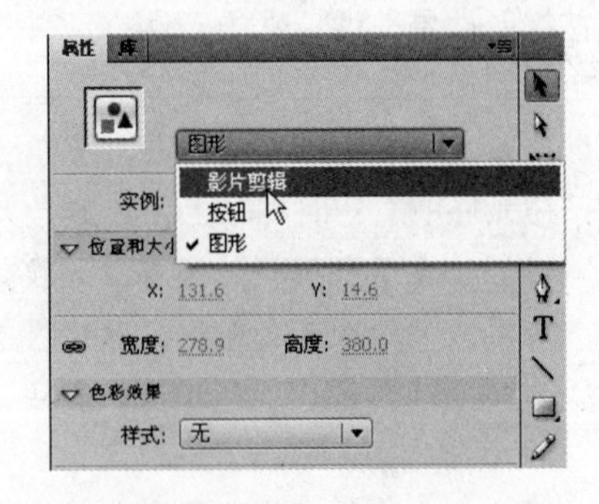

图 4-24　选择命令

03 完成命令的执行，即可更改“小猪 1”实例的属性，由“图形”元件的图标变为“影片剪辑”元件的图标，如图 4-25 所示，此时的实例具有影片剪辑实例的属性。

04 单击“属性”面板中的“交换”按钮，打开“交换元件”对话框，选择“小猪 2”元件，如 4-26 所示。

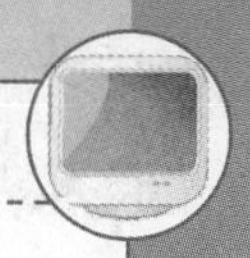

图 4-25　更改实例的属性

图 4-26　“交换元件”对话框

05 单击“确定”按钮，即可将舞台中所对应的“小猪 1”实例替换为“小猪 2”实例，如图 4-27 所示。

图 4-27　交换实例

提示

不论是更改舞台中实例的属性，还是将舞台中的实例通过交换元件更改实例，都不影响“库”面板中原有元件的属性。

6. 利用文件夹管理元件

利用“库”面板中的文件夹可以管理元件，也可以解决库冲突。如果要新建一个“库”文件夹，只需在“库”面板中单击“新建文件夹”按钮，在其后高亮显示的文本框中输入新文件夹的名称即可。如果要将元件放入文件夹中，只要选取该元件，按住鼠标左键拖动该元件至文件夹中即可，如图 4-28 所示。

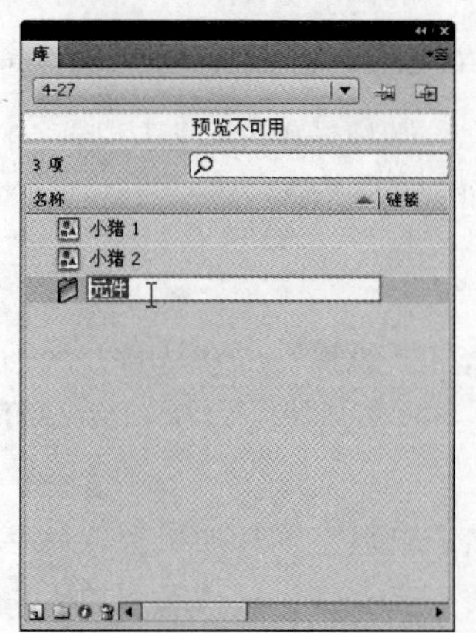

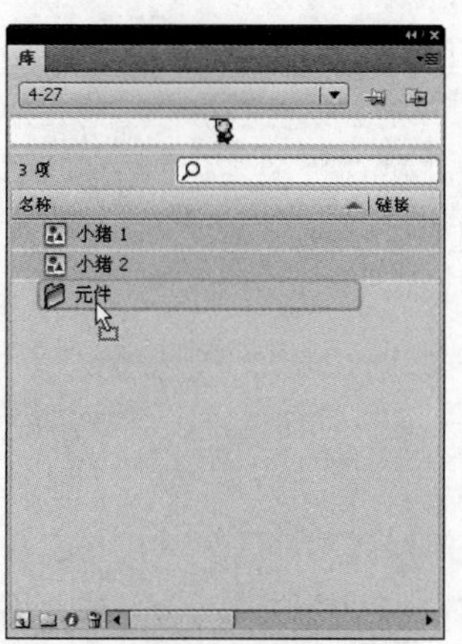

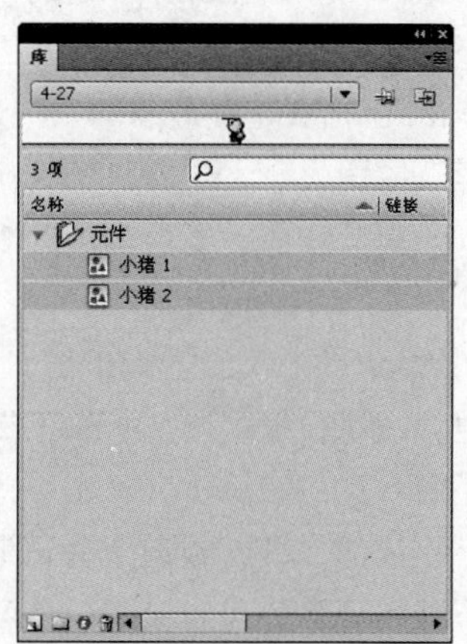

图 4-28　创建文件夹

4.1.5 认识库

在 Flash 中，“库”面板的作用是存放和组织可重复使用的元件、位图、声音和视频文件等，它可以有效地提高工作效率。若将元件从库中拖放到场景中，将生成该元件的一个实例。

在 Flash CS4 中，选择“窗口”|“库”命令，或按 Ctrl＋L 组合键，即可打开“库”面板。

在 Flash CS4 中，“库”面板中各按钮的作用如下。

- ▲、▼按钮：用于改变各元件的排列顺序。
- 按钮：单击该按钮，可以新建“库”面板。
- 按钮：用于新建元件，并打开“创建新元件”对话框。
- 按钮：用于新建文件夹。
- 按钮：用于打开相应的元件属性对话框。
- ：用于删除元件或文件夹。

用户一般可先将所需要的素材导入到元件库中，而不必等到使用时再调用素材。将素材导入到库的具体操作如下。

01 选择“文件”|“导入”|“导入到库”命令。

02 在打开的“导入到库”对话框中“查找范围”下拉列表框中选择素材所在的位置，再在其下面的列表框中选择需要的素材。

03 单击“打开”按钮，即可将选择的所有素材导入到当前动画的元件库中。

4.1.6 声音的基本操作

声音是 Flash 动画不可或缺的一部分。制作 MTV 需要音乐，制作游戏需要各类音效。在 Flash 中可直接引用的音频格式有 WAV、MP3、AIFF 和 AU4 等，但 AIFF 和 AU4 格式的音频素材使用频率很低。

1. 了解声音文件

下面向大家介绍适合 Flash CS4 引用的常用的 WAV 和 MP3 音频格式。

（1）MP3 格式

MP3 是使用最为广泛的一种数字音频格式。对于追求体积小，音质好的 Flash MTV 来说，MP3 格式是最理想的一种声音格式。经过压缩，体积很小。虽然 MP3 经过了破坏性的压缩，但是其音质仍然大体接近 CD 的水平。

由于其体积小、声音质量好，而且传输方便，所以现在大量的计算机音乐都以 MP3 格式出现。

（2）WAV 格式

WAV 是微软公司和 IBM 公司共同开发的 PC 标准声音格式。它直接保存对声音波形的采样数据，没有压缩数据，所以音质一流。但其体积大，占用磁盘空间多，使得它在 Flash MTV 中得不到广泛的应用。

在制作 MTV 或游戏时，调用声音文件需要占用一定数量的磁盘空间和随机存取储存器空间，建议读者使用比 WAV 或 AIFF 格式压缩率高的 MP3 格式声音文件，这样可以减小作品体积，从而有效提高作品下载的传输速率。

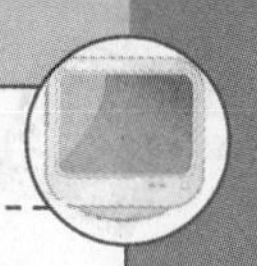

2. 导入声音文件

在 Flash 动画中可以添加声音，以增强 Flash 作品的吸引力。导入音频的具体操作如下。

01 选择“文件”|“导入”|“导入到库”命令，打开“导入到库”对话框。

02 在“查找范围”下拉列表中选择音频文件的路径，列表框中将显示出该文件夹下的所有音频文件，选择需要导入的声音文件，如图 4-29 所示。

03 单击“打开”按钮，将音频文件导入到“库”面板中，此时在“库”面板中可以看到一个“喇叭”图标，表示已成功导入音频文件，“喇叭”图标后的字符串就是导入的音频文件名，如图 4-30 所示。

图 4-29 选择音频文件

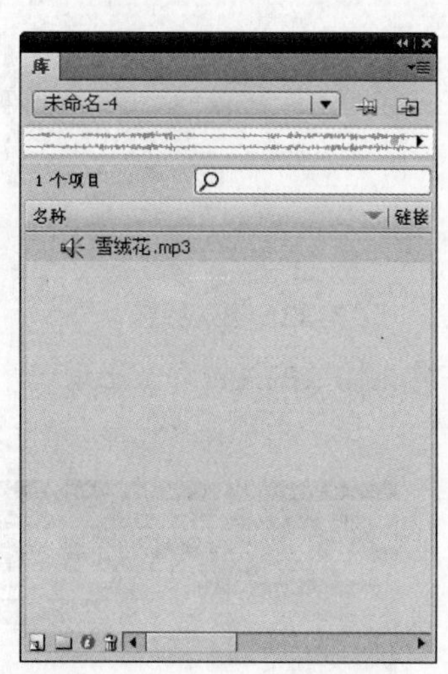

图 4-30 查看导入的音频文件

3. 在关键帧中添加声音

在 Flash 动画中，可以将导入的声音添加到关键帧中，其具体操作步骤如下。

01 单击“新建图层”按钮，新建“图层 2”，并将其重命名为“音乐”图层。

02 在“音乐”图层的第 30 帧插入空白关键帧并单击选择该帧，在“属性”面板的“声音”栏中，设置“声音”为“雪绒花.mp3”，如图 4-31 所示。

03 添加音频文件后，“音乐”图层上显示音频波形，如图 4-32 所示。

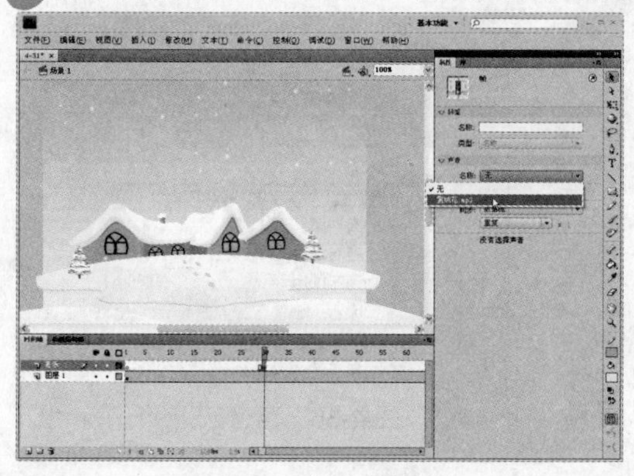

图 4-31 选择声音

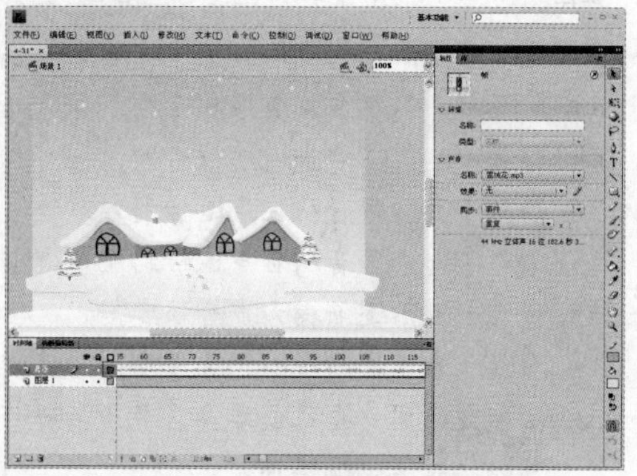

图 4-32 添加声音至关键帧

04 选择“音乐”图层的第 923 帧，按 F6 键插入关键帧，作为要停止播放声音的位置，如图 4-33 所示。

05 选择刚插入的关键帧，在“属性”面板的“声音”栏中设置与起始帧相同的音频文件，在“同步”下拉列表框中选择“停止”选项，如图 4-34 所示。

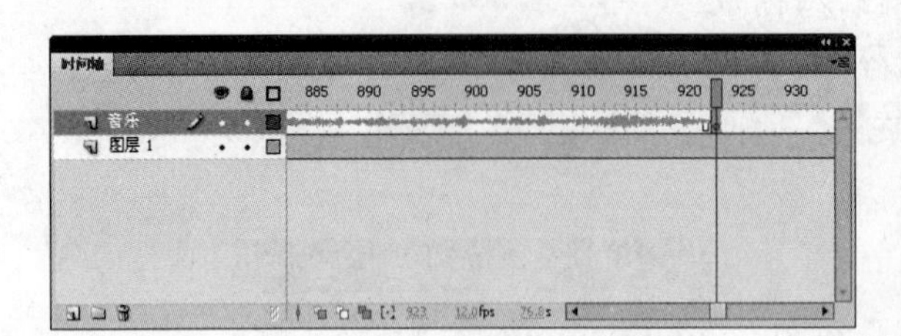

图 4-33 插入关键帧

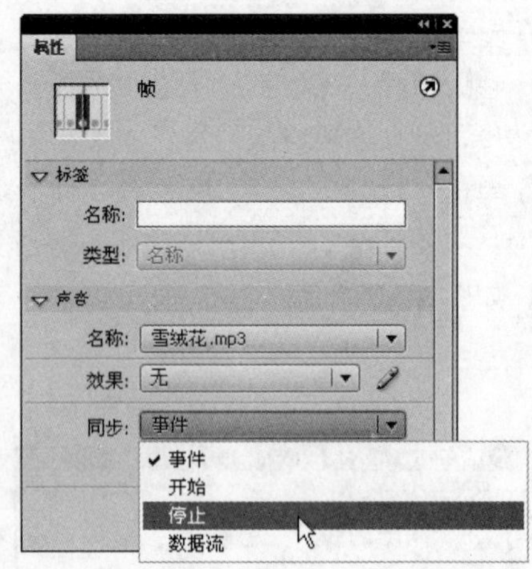

图 4-34 设置同步方式

06 此时，在停止播放的关键帧上出现一个小锁，当声音播放到该帧时，将停止声音的播放，如图 4-35 所示。

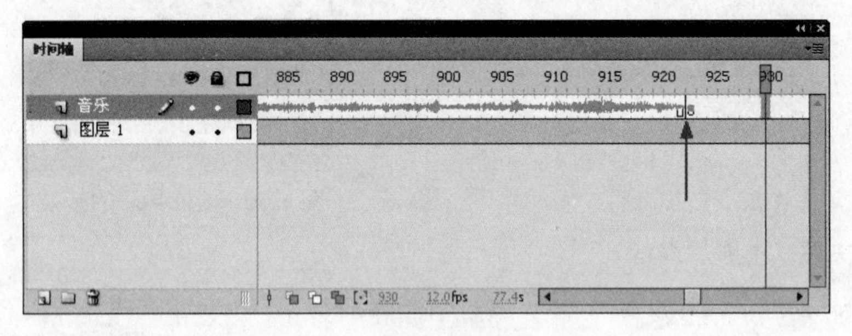

图 4-35 显示停止小锁

4．设置声音属性

在“属性”面板的“效果”下拉列表框中可以设置音频效果，如图 4-36 所示。

在“效果”下拉列表框中各选项的含义如下。

- 无：不使用任何效果。
- 左声道：只在左声道播放音频。
- 右声道：只在右声道播放音频。
- 向右淡出：声音从左声道传到右声道。
- 向左淡出：声音从右声道传到左声道。
- 淡入：表示逐渐增大声音强度。
- 淡出：表示逐渐减小声音强度。
- 自定义：用户自己创建声音效果，并可利用音频编辑对话框编辑音频。

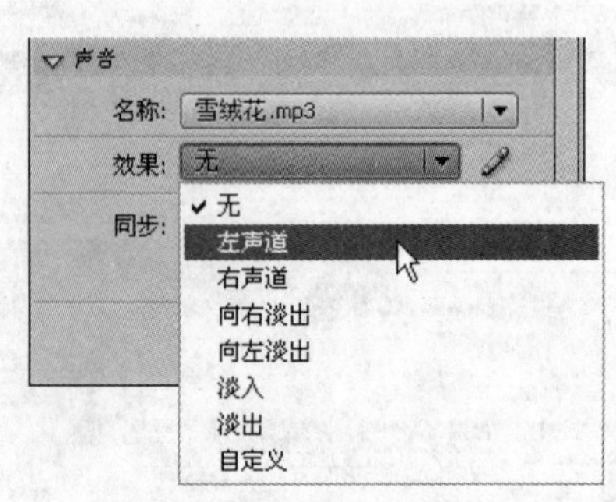

图 4-36 声音效果

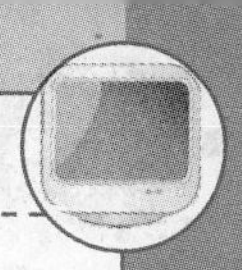

4.2 范例精讲

通过插入帧、新建图层和创建元件，使用“库”面板存放和组织可重复使用的元件、位图、声音和视频文件等，可以创建丰富的动画效果。下面以“万花筒效果”和“声音按钮”动画范例向读者介绍帧、图层、元件、“库”面板等动画知识的具体应用。

1st Day
2nd Day
3rd Day
4th Day
5th Day
6th Day
7th Day

4.2.1 制作万花筒效果

本范例通过创建“万花筒效果”动画向读者讲解了利用帧、元件、图层功能制作出模拟万花筒转动的效果，如下图所示。

难度系数 ☑ ☑ ☑

学习时间 45 分钟

学习目的 练习帧、元件、图层、“新建元件”命令、“变形”子菜单中的命令、传统补间动画以及“基本椭圆工具”。

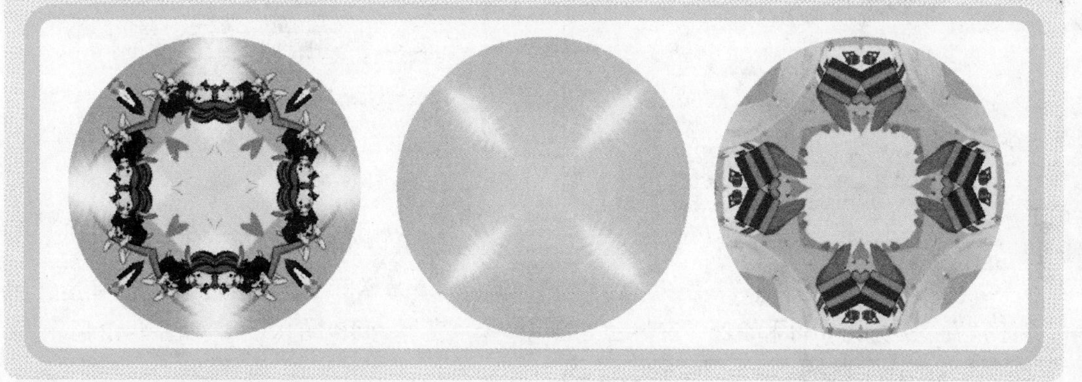

制作步骤

01 按 Ctrl + N 组合键，新建 Flash 文档，按 Ctrl + J 组合键，修改文档的“宽”和“高”分别为 400 和 400。

02 选择“文件”|“导入”|“导入到库”命令，将素材文件夹中的“背景.jpg”素材导入到“库”面板，效果如图 4-37 所示。

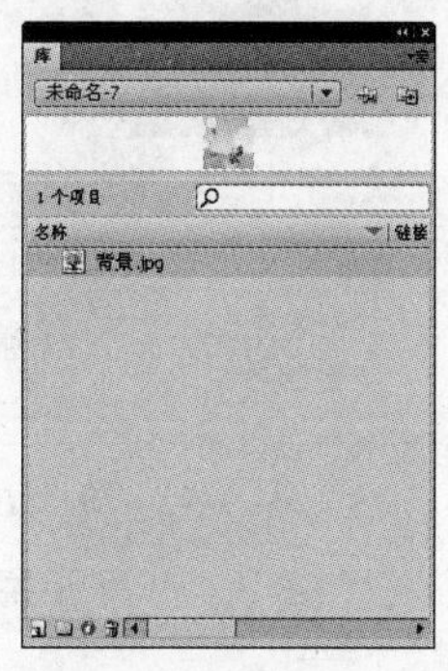

图 4-37 导入位图至“库”面板

03 按 Ctrl + F8 组合键，新建一个“元件 1”图形元件，将背景图片拖曳至舞台，4-38 所示。

04 选择“插入”|“新建元件”命令，新建一个“转动”影片剪辑元件，并进入该元件的编辑模式，如图 4-39 所示。

图 4-38 新建“元件 1”

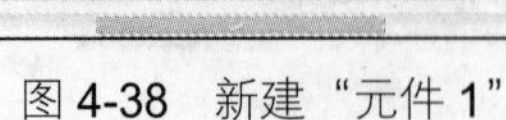

图 4-39 进入新建元件的编辑模式

05 将“库”面板中已创建的“元件 1”元件拖曳至舞台，放置在舞台的正中央，如图 4-40 所示。

06 在“图层 1”的第 50 帧处按下 F6 键插入关键帧，选择第 1 帧并单击鼠标右键，在弹出的快捷菜单中选择“创建传统补间”命令，创建传统补间动画。

07 选择“图层 1”中的第 30 帧，在“属性”面板中设置补间参数，如图 4-41 所示。

图 4-40 添加实例

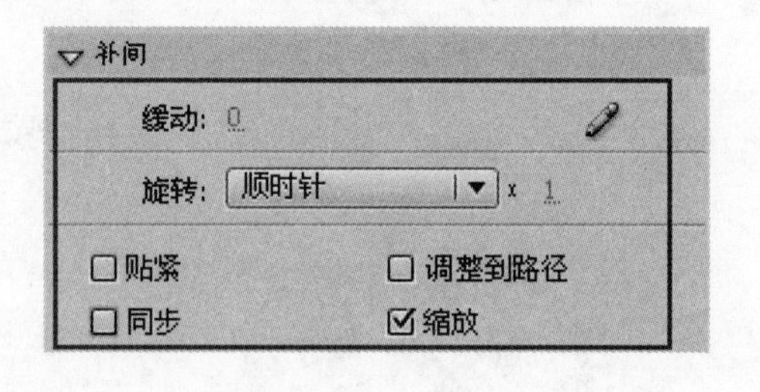

图 4-41 设置补间参数

08 单击“新建图层”按钮，新建“图层 2”，使用“基本椭圆工具”，设置“开始角度”和“结束角度”分别为 180 和 225，在舞台上绘制一个“宽”为 156 的扇形，如图 4-42 所示。

图 4-42 绘制扇形

提示

这里所绘制的扇形是宽为 156 的圆的八分之一。

09 选择“图层 2”并单击鼠标右键，在弹出的快捷菜单中选择“遮罩层”命令，创建遮罩层，如图 4-43 所示。

10 选择“编辑”|“编辑文档”命令，返回主场景编辑区。将已创建的“转动”影片剪辑元件拖曳至舞台，如图 4-44 所示。

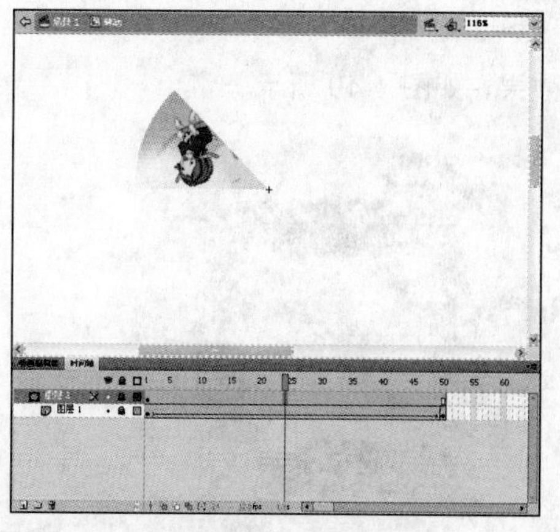

图 4-43　创建遮罩动画

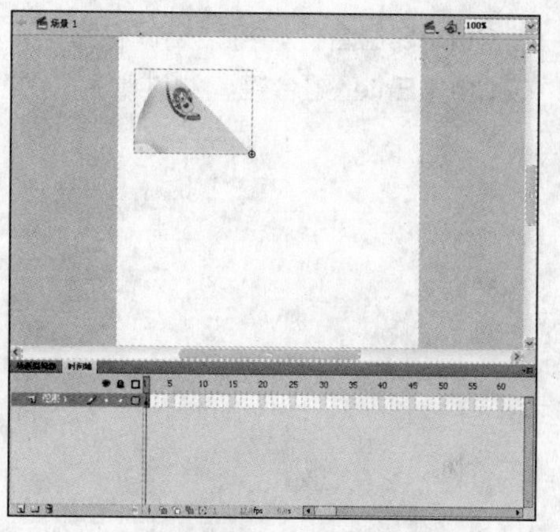

图 4-44　添加实例

11 保持实例为选择状态，按 Ctrl＋D 组合键，再制实例。选择再制的实例，并选择“修改”|“变形”|“垂直翻转”命令，将其翻转，如图 4-45 所示。

12 使用“选择工具”，将舞台上的两个实例组合成一个四分之一的圆，如图 4-46 所示。

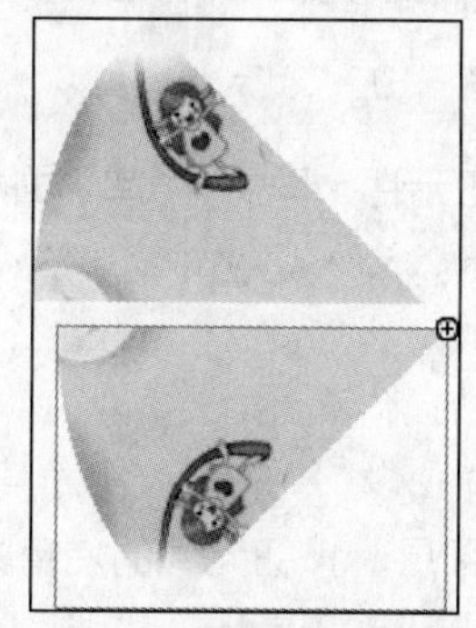

图 4-45　垂直翻转实例

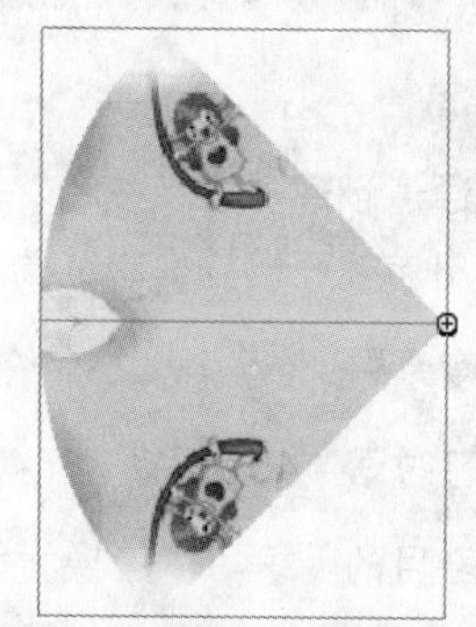

图 4-46　组合实例

13 选择舞台中的两个实例，按 Ctrl＋D 组合键，再制实例。选择再制的实例，执行“顺时针旋转 90 度”命令，将其旋转，并将旋转后的实例与原来的两个实例组合成一个二分之一的圆，如图 4-47 所示。

14 选择舞台中的 4 个实例，按 Ctrl＋D 组合键，再制实例。选择再制的实例，在“变形”面板中设置“旋转角度”为 180，将其旋转，并将旋转后的实例与原来的 4 个实例组合成一个圆，如图 4-48 所示。

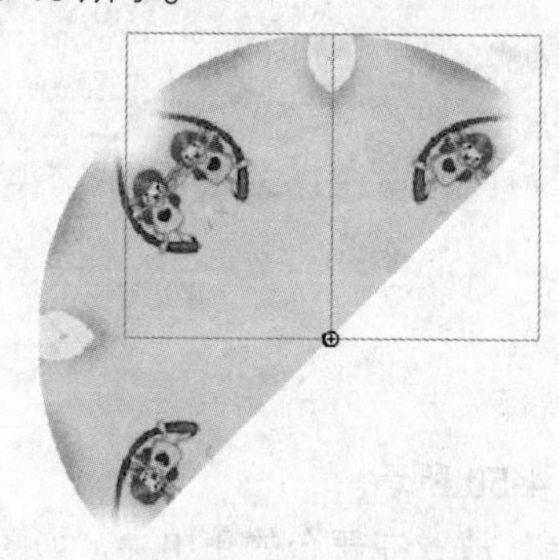

图 4-47　复制、旋转、移动实例

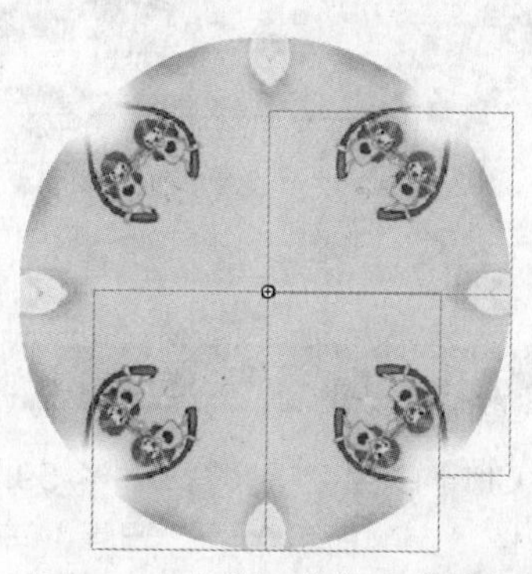

图 4-48　复制、旋转、移动实例

15 按 Ctrl + S 组合键，将文档保存为“万花筒”。

16 按 Ctrl + Enter 组合键，测试影片，预览万花筒效果，如图 4-49 所示。

图 4-49 预览万花筒效果

4.2.2 制作声音按钮

本范例通过创建“声音按钮”动画向读者讲解了利用按钮元件、图层、“库”面板等功能制作出游戏开始界面中的声音按钮的过程，如下图所示。

难度系数 ☑ ☑ ☑

学习时间 45 分钟

学习目的 练习“转换为元件”命令、“库”面板、图层、按钮元件的使用方法。

制作步骤

01 按 Ctrl + O 组合键，打开“4-59.fla”素材文件，如图 4-50 所示。

02 选择“库”面板中的“背景”元件，将其拖曳至舞台，放置在舞台的正中央，如图 4-51 所示。

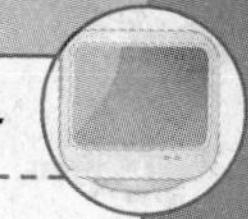

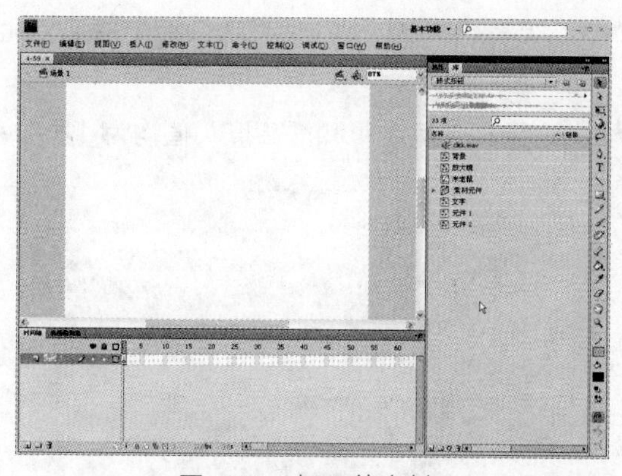

图 4-50　打开的素材

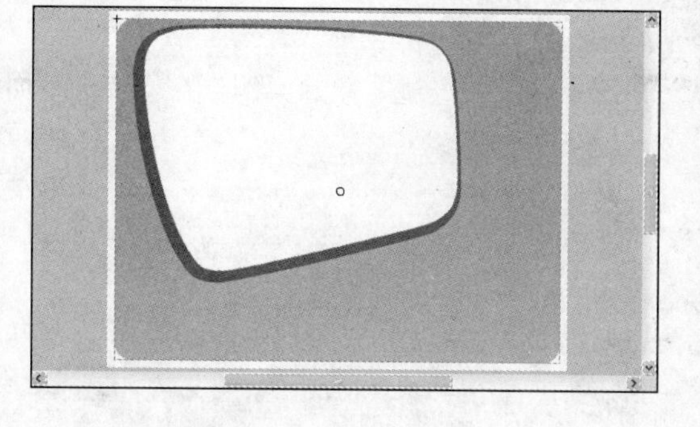

图 4-51　添加“背景”实例

03 选择“库”面板中的“文字”元件，将其拖曳至舞台，放置空白的图框内，如图 4-52 所示。

图 4-52　添加“文字”实例

04 选择“库”面板中的“元件 1”元件，将其拖曳至舞台，放置在适当的位置，如图 4-53 所示。

05 保持“元件 1”实例为选择状态，按 F8 键，将其转换为“开始”按钮元件。

06 在“开始”实例上双击鼠标左键，进入“开始”按钮编辑区，如图 4-54 所示。

图 4-53　添加“元件 1”实例

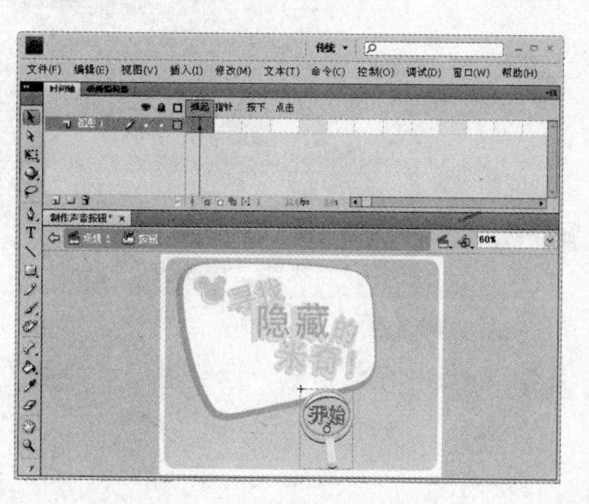

图 4-54　进入“开始”按钮编辑区

07 选择“指针经过”帧，按 F6 键插入关键帧，选择“点击”帧，按 F7 插入空白关键帧，如图 4-55 所示。

08 选择“指针经过”帧的实例，在“变形”面板中设置其“宽度”和“高度”值均为 120%，如图 4-56 所示。

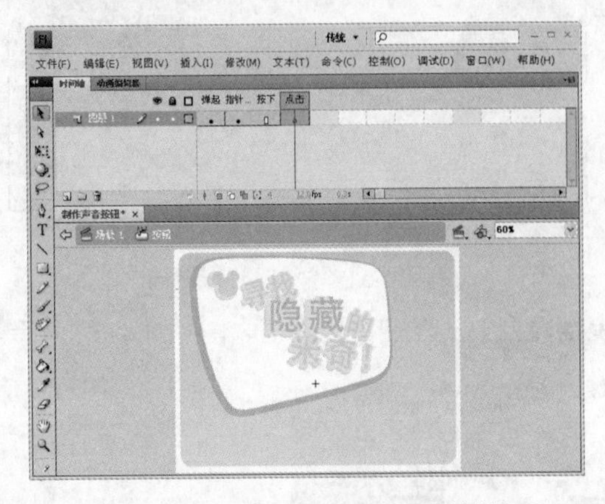

图 4-55 插入关键帧和空白关键帧

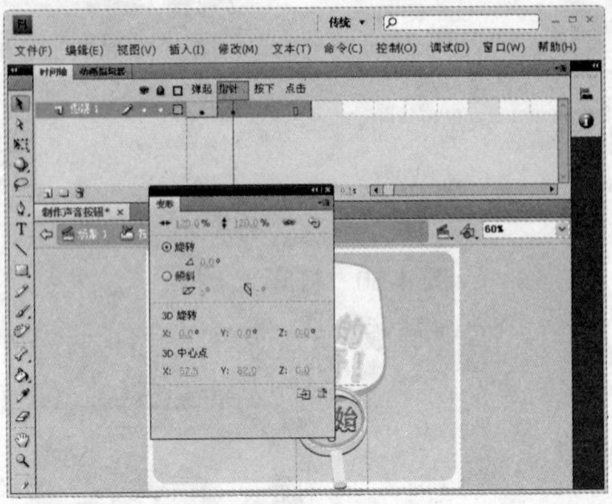

图 4-56 变形实例

09 选择“点击”帧，将“库”面板中的“放大镜”元件拖曳至舞台，放置在适当的位置，如图 4-57 所示。

10 单击“新建图层”按钮，新建“图层 2”，在该图层的“指针经过”帧和“点击”帧按 F7 键插入空白关键帧。

11 选择“指针经过”帧，在“属性”面板的“声音”下拉列表框中选择“click.wav”，如图 4-58 所示。

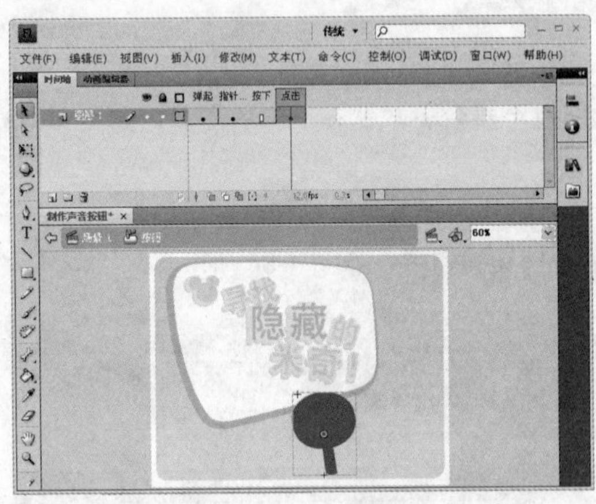

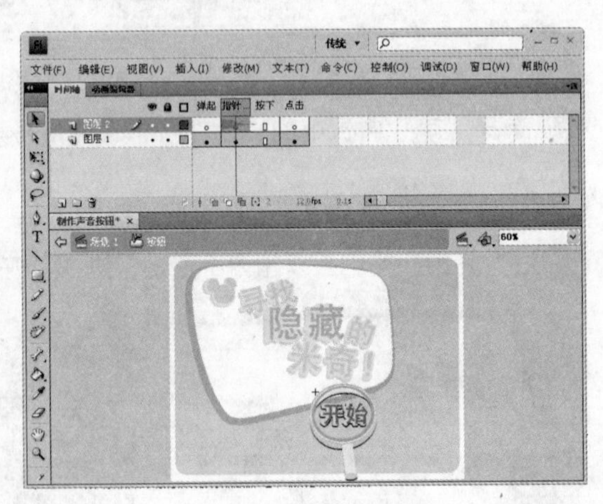

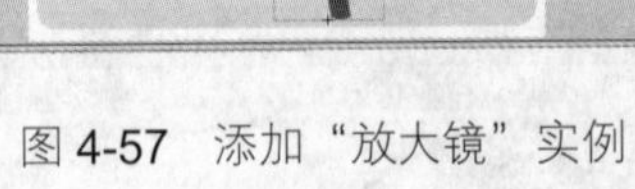

图 4-57 添加“放大镜”实例

图 4-58 选择声音

12 添加声音后，此时的时间轴如图 4-59 所示。

13 按 Ctrl + E 组合键，返回主场景编辑区。参照“开始”按钮元件的创建，创建“游戏玩法”按钮元件，同样的为该按钮添加声音，如图 4-60 所示。

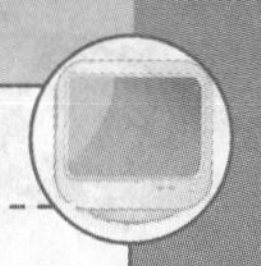

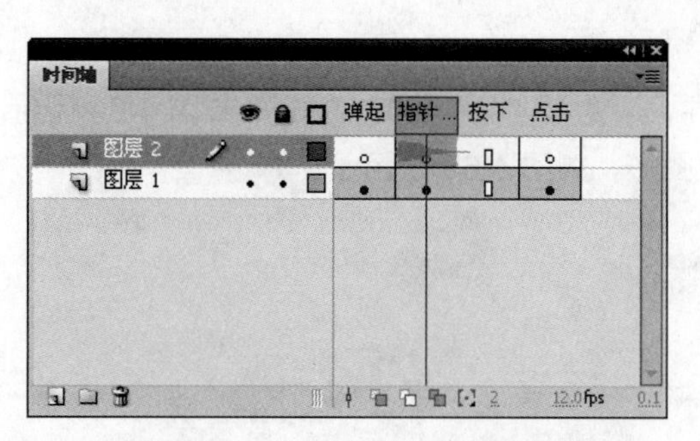

图 4-59　添加声音后的时间轴

图 4-61　预览效果

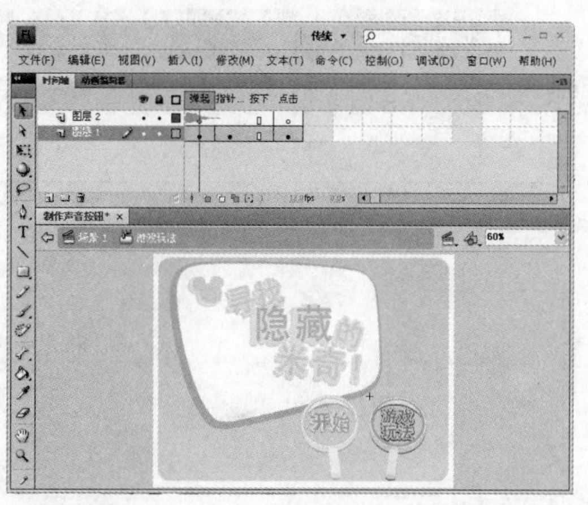

图 4-60　创建"游戏玩法"按钮元件

14 按 Ctrl + E 组合键，返回主场景编辑区。按 Ctrl + Shift + S 组合键，将文档另存为"声音按钮"。

15 按 Ctrl + Enter 组合键，测试影片，当鼠标经过按钮时，按钮变大并且可以听到声音，效果如图 4-61 所示。

4.3 上机实战

通过上面两个实例的练习，相信大家对 Flash 动画的元件和声音的应用有了一定的掌握，为了进一步巩固和掌握所有知识，请按步骤提示完成下面"手提袋元件"和"生日贺卡"动画范例的制作。

4.3.1 制作手提袋元件

最终效果

本范例通过制作"手提袋元件"向读者讲解利用"新建元件"命令、"库"面板功能制作两幅画面作为"手提袋"图形元件，如右图所示。

解题思路

通过执行"新建元件"命令，将打开的素材选择、复制并粘贴至元件编辑区，然后通过"库"面板创建实例，制作出手提袋元件。

1st Day
2nd Day
3rd Day
4th Day
5th Day
6th Day
7th Day

步骤提示

01 按Ctrl + F8组合键，新建“手提袋”图形元件，并进入该元件的编辑模式，如图4-62所示。

02 选择“文件”|“打开”命令，打开一幅素材图形，如图4-63所示。

图4-62 进入元件编辑区

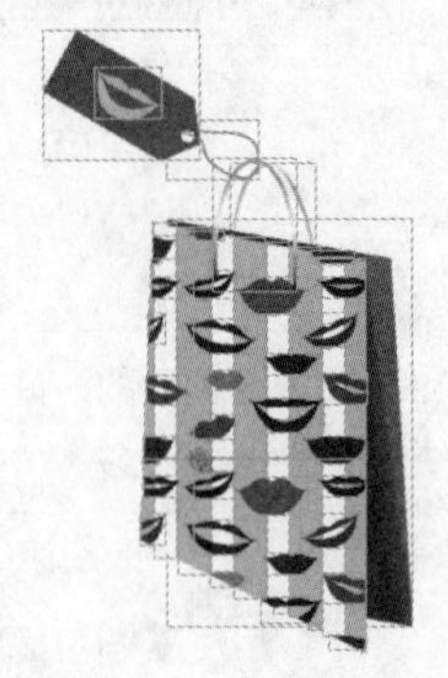

图4-63 打开的素材图形

03 选择打开的图形，执行“复制”命令，将其复制。执行粘贴命令，将复制的图形粘贴至元件编辑区中，如图4-64所示。

04 选择“编辑”|“编辑文档”命令，返回主场景舞台。创建好“手提袋”图形元件后，在“库”面板中即可预览，如图4-65所示。

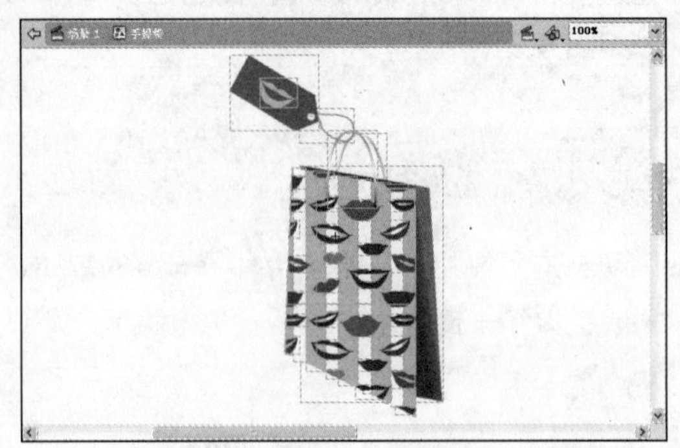

图4-64 粘贴图形至元件编辑区

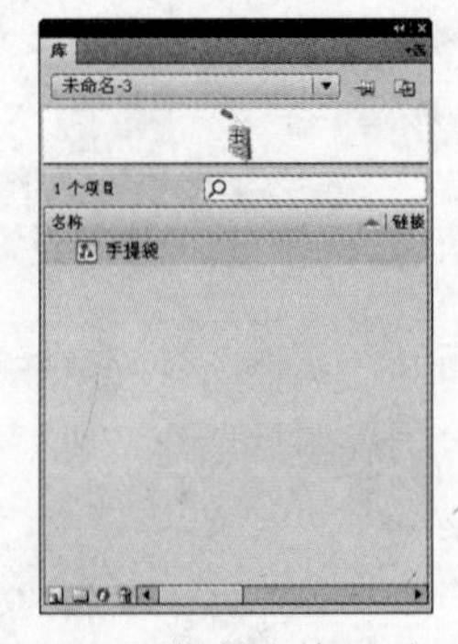

图4-65 预览创建的图形元件

05 在“库”面板中选择“手提袋”元件并向舞台拖曳，在适当位置释放鼠标，创建“手提袋”实例，如图4-66所示。

06 使用“选择工具”选择实例，按住Ctrl键并向右拖曳鼠标，复制实例，如图4-67所示。

图4-66 创建实例

图4-67 复制实例

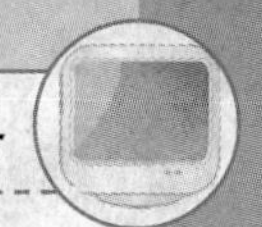

4.3.2　制作生日贺卡

最终效果

本范例通过“生日贺卡”动画向读者讲解了利用外部库，导入影片剪辑元件，并导入音乐制作出生日贺卡动画效果，如下图所示。

解题思路

首先通过执行“打开外部库”命令，导入“生日快乐”和“蜡烛”影片剪辑元件，然后为影片添加音乐，制作出生日贺卡动画。

步骤提示

01 按 Ctrl＋O 组合键，打开“4-69.fla”素材文件，如图 4-68 所示。

图 4-68　打开的素材

02 选择“文件”|“导入”|“打开外部库”命令，弹出“作为库打开”对话框，选择要导入的素材文件，如图 4-69 所示。

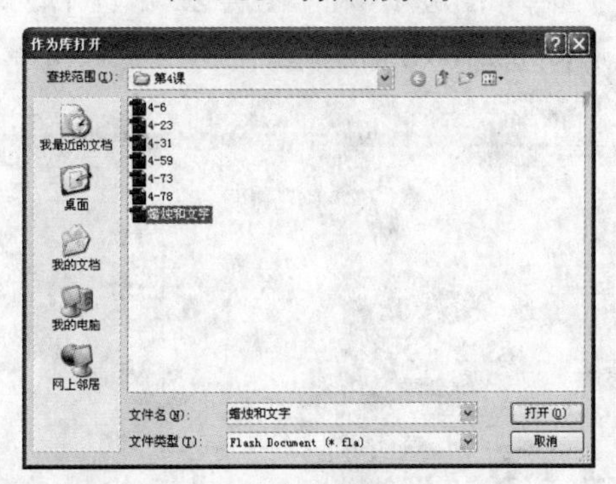

图 4-69　选择要导入的文件

03 单击“打开”按钮，打开外部库，如图 4-70 所示。

04 选择外部库中的“蜡烛”和“生日快乐”元件，将其直接拖曳至舞台，如图 4-71 所示。

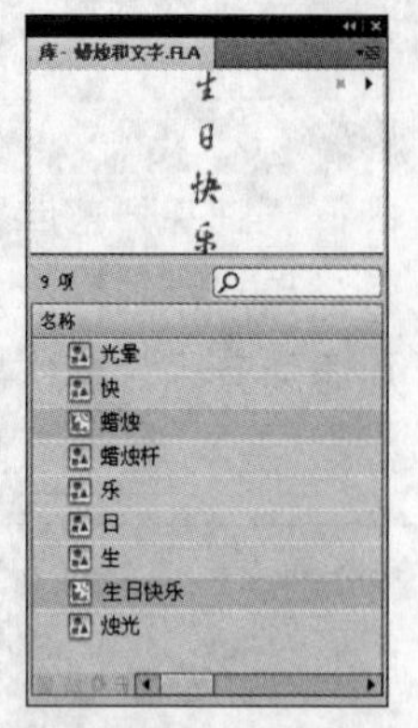

图 4-70 打开的外部库

图 4-71 拖曳外部库中的元件

05 释放鼠标，将“蜡烛”和“生日快乐”元件添加至当前文档，关闭外部库，调整舞台中“蜡烛”和“生日快乐”实例的位置，如图 4-72 所示。

06 新建“图层 2”，选择“文件”|“导入”|“导入到库”命令，打开“导入到库”对话框，选择音频文件，如图 4-73 所示。

图 4-72 调整实例的位置

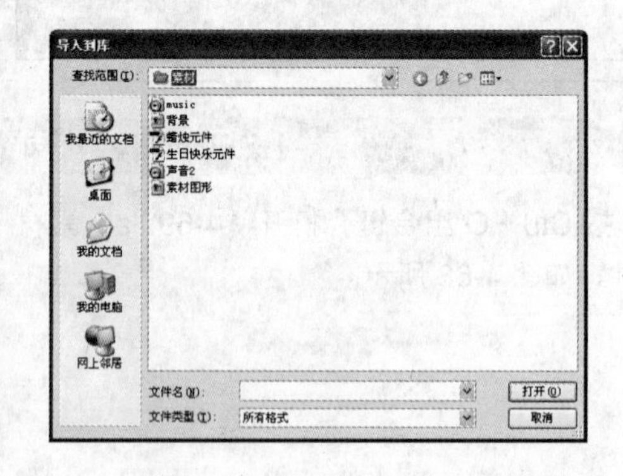

图 4-73 选择音频文件

07 单击“打开”按钮，导入音频文件至“库”面板中，选择“图层 2”的第 1 帧，将导入的音频文件直接拖曳至舞台，如图 4-74 所示。

08 选择“图层 1”和“图层 2”的第 175 帧，按 F5 键插入帧，此时时间轴上显示导入的音频波形，如图 4-75 所示。

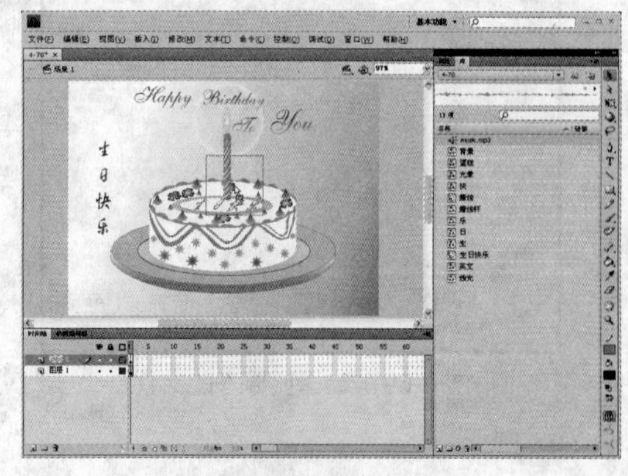

图 4-74 导入音频文件

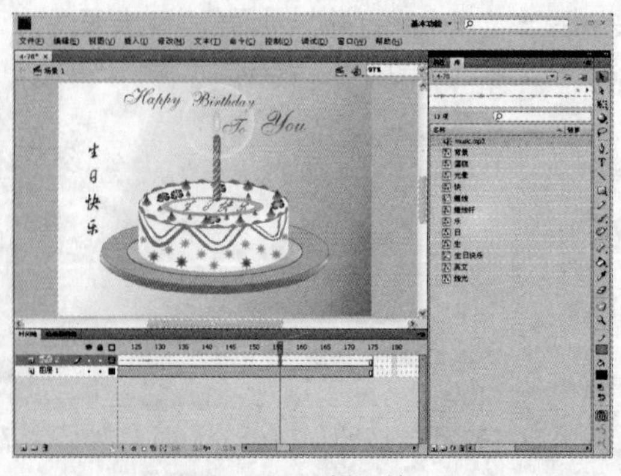

图 4-75 插入帧

09 选择“图层 2”中第 1 帧至第 175 帧之间的任意一帧，在“属性”面板中设置声音的属性，如图 4-76 所示。

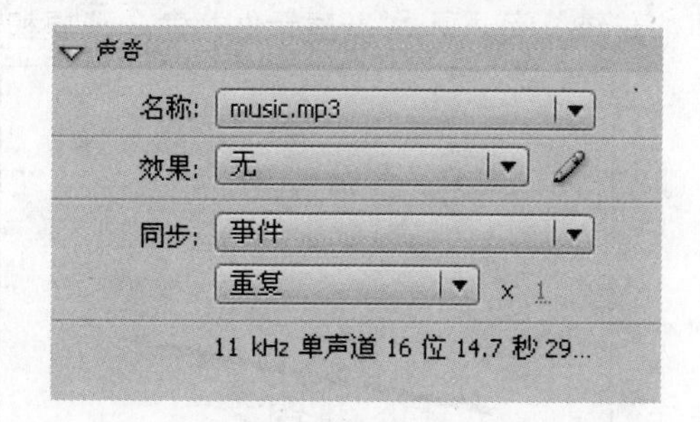

图 4-76　设置声音属性

10 按 Ctrl＋Shift＋S 组合键，将文档另存为“生日贺卡”。

11 按 Ctrl＋Enter 组合键，测试影片，效果如图 4-77 所示。

图 4-77　预览贺卡

1st Day
2nd Day
3rd Day
4th Day
5th Day
6th Day
7th Day

4.4 巩固与练习

本章通过实例介绍了帧、图层、场景、元件、“库”面板以及声音等知识在动画中的具体应用。

填空题

（1）在 Flash 中，帧主要有两种，即______帧和______帧。

（2）当动画中有多个场景时，整个动画会按照______的顺序播放。

（3）__________元件是一段可独立播放的动画，是主动画的一个组成部分。

选择题

（1）图层主要包括（　　）3 种类型。

A．普通层　　B．被遮罩层

C．引导层　　D．遮罩层

（2）（　　）元件主要包括“弹起”、“指针经过”、“按下”和“点击”4 种状态。

A．图形　　B．按钮

C．影片剪辑　　D．图层

上机题

练习影片剪辑元件的创建，制作跷跷板上的小球动画效果。在制作过程中主要使用绘图工具、传统补间动画，“新建元件”命令、帧和图层，最终的动画效果如图 4-78 所示。

图 4-78 最终效果

Chapter 05

制作基本动画

学习内容

- 基础导读 | 60分钟
- 范例精讲 | 60分钟
- 上机实战 | 90分钟
- 巩固与练习 | 30分钟

学习重点

- 逐帧动画
- 补间动画
- 形状补间动画
- 原始补间动画
- 范例精讲1 男孩的幻想
- 范例精讲2 飞翔的大雁
- 上机实战1 行驶在湖边的汽车
- 上机实战2 公益广告——重建家园

精彩实例效果展示

◀男孩的幻想

◀飞翔的大雁

◀湖边的汽车

5.1 基础导读

前面已经介绍了Flash CS4的基础操作、矢量图形的绘制与编辑以及动画制作前需要的准备工作。这里我们将介绍常见的Flash逐帧动画和补间动画的制作方法和技巧。只有熟练掌握了这些最基本的动画制作方法和技巧后，才能制作出一些特殊效果的动画。

5.1.1 逐帧动画

逐帧动画由位于同一图层的许多单个的关键帧组合而成。在每个帧上都有关键性变化的动画，适合制作相邻关键帧中对象变化不大的动画。在播放动画时，Flash 会一帧一帧地显示每一帧中的内容。

1．逐帧动画特点

逐帧动画具有如下特点。

- 逐帧动画会占用较大的内存，因此文件很大。
- 逐帧动画由许多单个的关键帧组合而成，每个关键帧均可独立编辑，且相邻关键帧中的对象变化不大。
- 逐帧动画中的每一帧都是关键帧，每个帧的内容都要进行手动编辑，工作量很大，如果不是特别需要，建议不采用逐帧动画的方式。

制作逐帧动画时，各个关键帧的内容也可任意改变，关键帧的数量可以自行设定，只要两个相邻关键帧上的内容连续合理即可。

2. 创建逐帧动画

在Flash CS4中，用户可以通过导入JPG格式的连续图像或导入GIF格式的图像创建逐帧动画，也可以自己动手绘制图形创建逐帧动画。

下面以制作Banner片头动画为例来介绍通过导入JPG格式的图像创建逐帧动画，其操作步骤如下。

01 按Ctrl＋N组合键，新建一个空白的Flash文档。

02 选择“修改”|“文档”命令，打开“文档属性”对话框，修改文档的“宽”和“高”值分别为328和88，如图5-1所示。

03 单击“确定”按钮，完成文档的修改。

04 选择“文件”|“导入”|“导入到舞台”命令，打开“导入”对话框，选择“image1.jpg”文件，如图5-2所示。

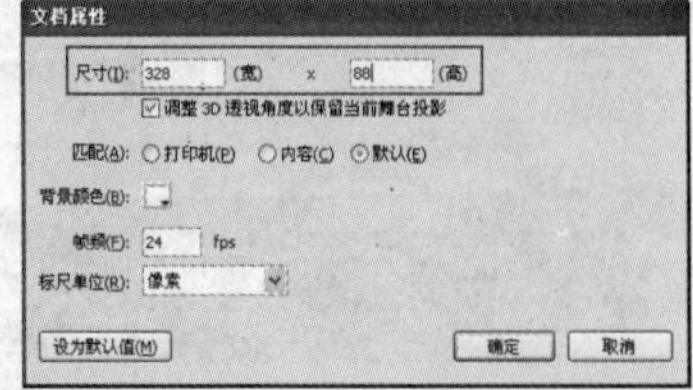

图5-1　修改文档尺寸

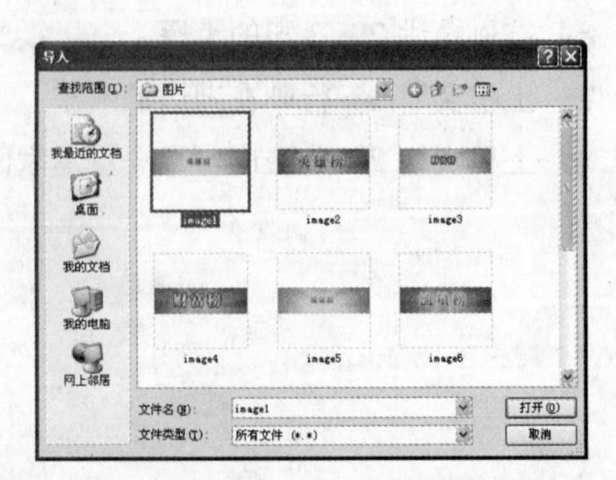

图5-2　“导入”对话框

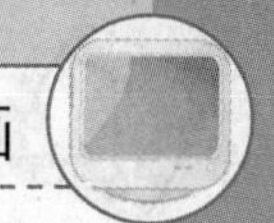

05 单击“打开”按钮，弹出 Flash CS4 提示对话框，如图 5-3 所示。

06 单击“是”按钮，将与“image1”文件同一序列号的“image2”～“image12”文件导入舞台每个导入文件为一个关键帧，如图 5-4 所示。

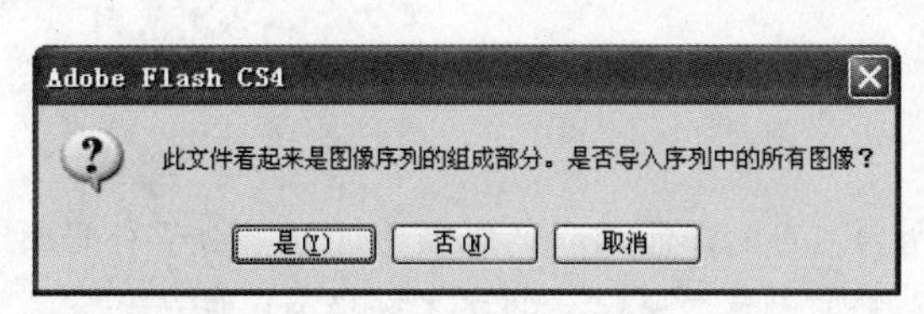

图 5-3　Flash CS4 提示对话框

图 5-4　导入同一序列号的位图

07 选择“时间轴”面板中的第 1 帧（第 1 个关键帧），连续按 9 次 F5 键，插入帧，如图 5-5 所示。

08 重复上一步的操作，分别在“图层 1”中其他关键帧后插入 9 帧普通帧，如图 5-6 所示。

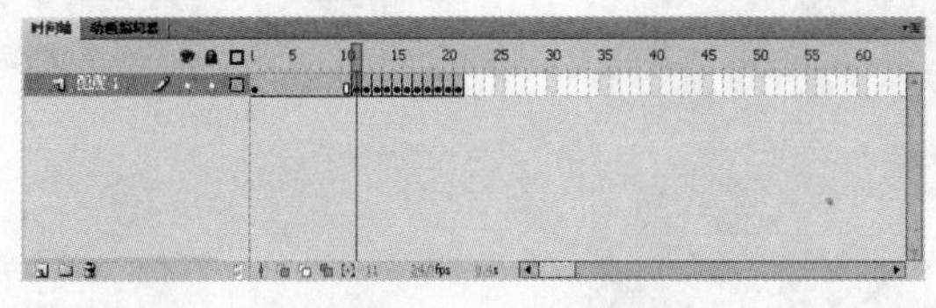

图 5-5　插入普通帧

图 5-6　插入普通帧

09 按 Ctrl＋S 组合键，保存文档。

10 按 Ctrl＋Enter 组合键，测试影片，效果如图 5-7 所示。

图 5-7　Banner 逐帧动画

5.1.2　动作补间动画

补间是通过为一个帧中的对象属性指定一个值并为另一个帧中的该对象相同属性指定另一个值创建的动画。Flash 自动计算这两个帧之间该属性的值。

1. 动作补间的特点

动作补间是根据同一对象在两个关键帧中大小、位置、旋转、倾斜、透明度等属性的差别计算生成的，主要用于组、图形元件、按钮、影片剪辑以及位图等，但不能用于矢量图形。

补间的对象类型包括影片剪辑、图形和按钮元件以及文本字段。可补间的对象的属性包括。

- 2D X 和 Y 位置。
- 3D Z 位置。
- 2D 旋转（绕 Z 轴）。
- 3D X、Y 和 Z 旋转。
- 倾斜 X 和 Y。
- 缩放 X 和 Y。
- 颜色效果。颜色效果包括 Alpha（透明度）、亮度、色调和高级颜色设置。由于补间颜色效果只能在元件上进行，若要在文本上补间颜色效果，请将文本转换为元件。
- 所有滤镜属性。

选择补间动画两关键帧间的任意一帧，即可在“属性”面板对补间动画进行更加细致的设置，该面板如图 5-8 所示，其中各主要选项的具体含义如下。

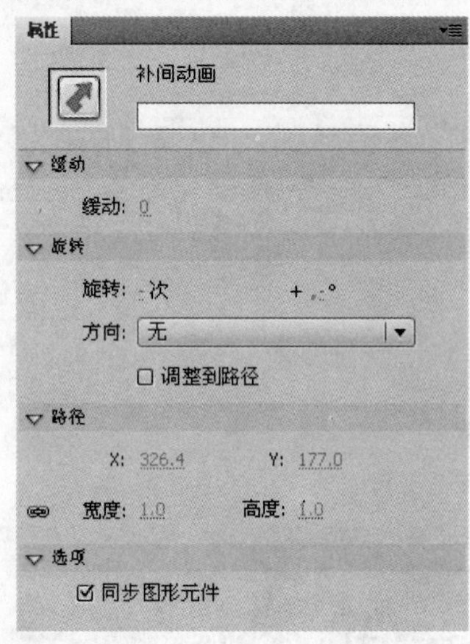

图 5-8 “属性”面板

- 实例名称：用于为实例命名。
- 缓动：用于设置动画缓动的时间。
- 旋转：在该列表区中，可以设置旋转的次数、角度、旋转的方法（无、顺时针或逆时针）以及是否调整到路径。
- 路径：可以设置运动路径 X 和 Y 的位置。
- 选项：在该列表区中，可以设置是否同步元件。

2. 创建补间动画

下面以创建旋转的矩形图块为例来介绍创建补间动画的方法和技巧，其操作步骤如下。

01 新建一个 Flash 文档。

02 单击工具栏中的“矩形工具”按钮，设置“填充颜色”和“笔触颜色”分别为“桃红色”（#FF6599）和无。

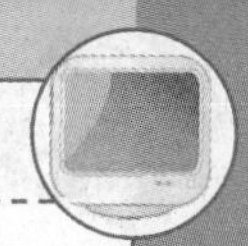

03 在舞台中央绘制一个“宽”和“高”分别为 300 和 200 的矩形块，如图 5-9 所示。

04 在“时间轴”面板中选择第 20 帧，按 F6 键插入关键帧。

05 选择“图层 1”中第 1 帧至第 20 帧之间的任意一帧，单击鼠标右键，在弹出的快捷菜单中选择“创建补间动画”命令，如图 5-10 所示。

图 5-9　绘制矩形块

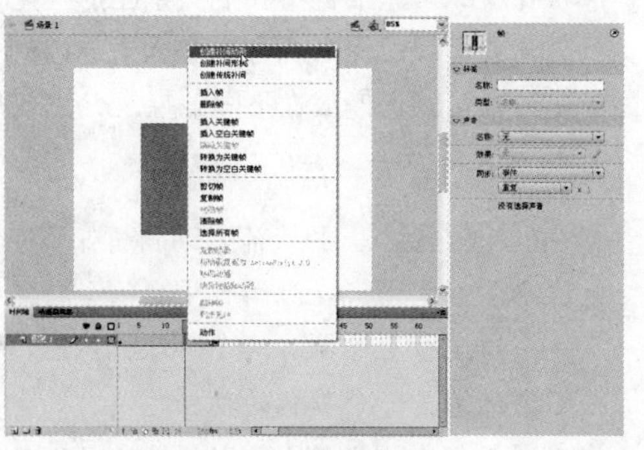

图 5-10　选择命令

06 在弹出的提示对话框中单击“确定”按钮，将矩形块转换为“元件 1”，并创建补间动画，如图 5-11 所示。

07 选择“图层 1”中第 1 帧至第 20 帧之间的任意一帧，在“属性”面板中设置补间属性，如图 5-12 所示。

图 5-11　创建补间动画

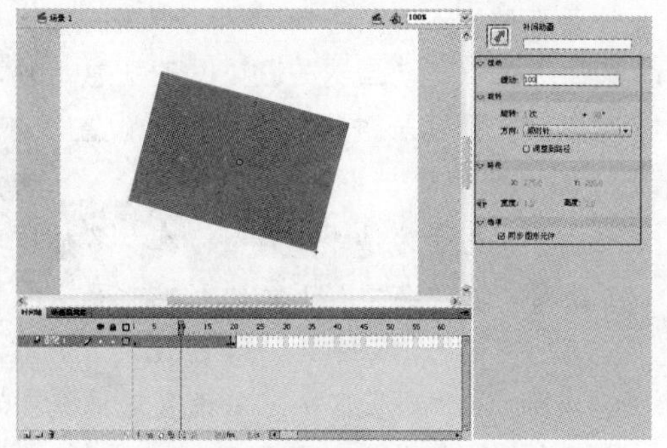

图 5-12　设置补间参数

08 按 Ctrl＋S 组合键，保存文档。

09 按 Ctrl＋Enter 组合键，测试影片，预览矩形块旋转的效果，如图 5-13 所示。

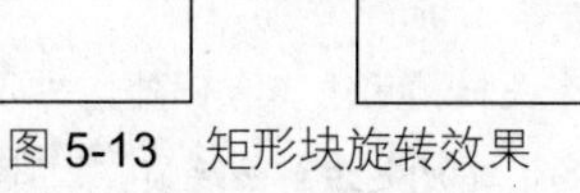

图 5-13　矩形块旋转效果

5.1.3 形状补间动画

除了上面介绍的动作补间动画，在 Flash 中还有一种非常重要的动画，那就是形状补间动画。形状补间动画是根据不同的矢量图形在两个关键帧中形状的差别计算生成的。形状补间的对象是分离的可编辑图形。可以是同一层上的多个图形，也可以是单个图形。如果要让多个图形同时变形，可将它们放在不同的层上分别变形。

1. 形状补间动画特点

在 Flash CS4 中，形状补间动画有如下特点。

- 在形状补间中，在时间轴中的一个特定帧上绘制一个矢量形状然后更改该形状，或在另一个特定帧上绘制另一个形状。然后，Flash 将内插中间的帧的中间形状，创建一个形状变形为另一个形状的动画。
- 补间形状最适合用于简单形状。避免使用有一部分被挖空的形状。需要试验使用的形状以确定相应的结果。可以使用形状提示来告诉 Flash 起始形状上的哪些点应与结束形状上的特定点对应。
- 也可以对补间形状内的形状的位置和颜色进行补间。
- 若要对组、实例或位图图像应用形状补间，需要分离这些元素。
- 若要对文本应用形状补间，需要将文本分离两次，从而将文本转换为对象。

选择形状补间动画两关键帧间的任意一帧，即可在“属性”面板对形状补间动画进行更加细致的设置，该面板如图 5-14 所示。

- 标签：用于为帧添加标签。在“名称”文本框输入帧的名称，在“类型”下拉列表框中可以设置帧标签的类型为“名称”、“注释”或“锚记”。
- 补间：在该列表区中可以设置动画缓动的时间及形状的混合模式（分布式或角形）。
- 声音：为补间动画添加声音时，便可以在该列表区中设置声音的相关属性。

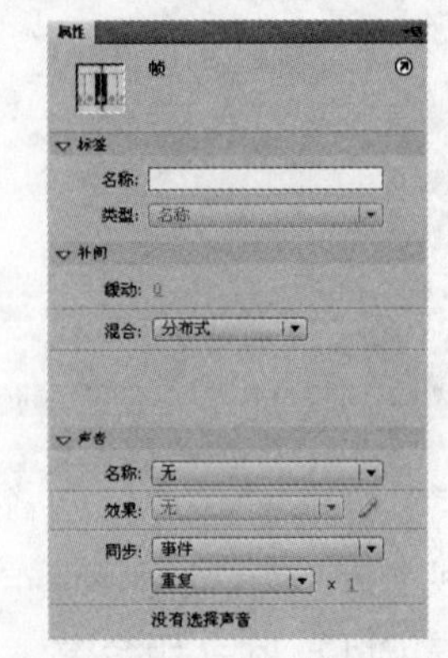

图 5-14 形状补间属性

简而言之，动作补间是物体从一个状态到另一个状态，如位置、倾斜角度等；形状补间是物体从一个物体变化到另一个物体，如圆渐变到正方形，红色渐变到蓝色等。

提示

与逐帧动画相比，动作补间动画和形状补间动画具有以下几个特点。

- 由于补间动画并不需手动地创建每个帧的内容，只需要创建两个帧的内容，两个帧之间的所有动画都由 Flash 创建，因此其制作方法简单方便。
- 由于补间动画除了两个关键帧用手工控制外，中间的帧都由 Flash 自动生成，技术含量更高，过渡更为自然连贯，因此其渐变过程也更为连贯。
- 补间动画文件更小，占用内存少。

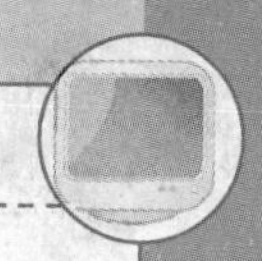

2. 创建形状补间动画

“变形文字”是一个简单的形变动画，其具体操作步骤如下。

01 新建一个名为“变形文字”的 Flash 文档，在“属性”中将影片属性设置为如图 5-15 所示。

02 单击工具栏中的“文本工具”按钮T，然后在“属性”面板中做如图 5-16 所示的设置。

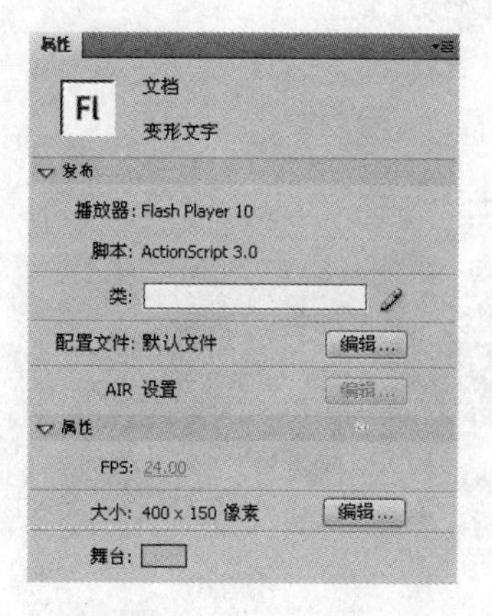

图 5-15　修改文档属性

图 5-16　设置文本属性

03 使用“文本工具”在场景中输入“动画制作”文字，如图 5-17 所示。

04 连续两次按 Ctrl + B 组合键将输入的文字打散为矢量图形，然后在第 30 帧插入空白关键帧。

05 在第 30 帧输入“变形文字”文字，将文字的颜色修改为棕红色，然后按两次 Ctrl + B 组合键将输入的文字打散，如图 5-18 所示。

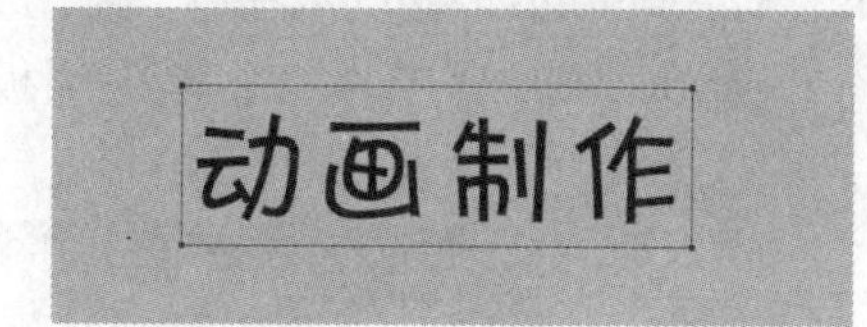

图 5-17　创建文字

图 5-18　创建文字

06 将第 1 帧复制到第 60 帧。

07 选择第 1 帧至第 30 帧之间的任意一帧，单击鼠标右键，在弹出的快捷菜单中选择“创建补间形状”选项，此时时间轴中将自动创建第 1~30 帧之间的形状补间动画，如图 5-19 所示。

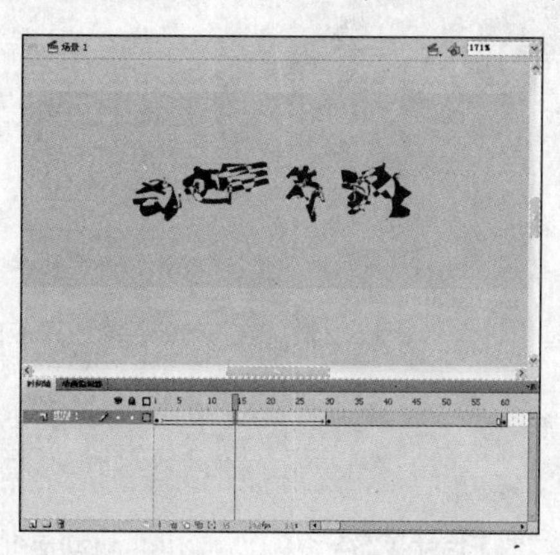

图 5-19　创建形状补间动画

08 选中第 30 帧，在“属性”面板中做同样的设置，创建第 30~60 帧之间的形状补间动画。

09 按 Ctrl + S 组合键，保存文档。按 Ctrl + Enter 组合键测试动画，可看到本例制作的变形文字效果，如图 5-20 所示。

图 5-20　变形效果

5.1.4　传统补间动画

传统补间与补间动画类似，只是前者的创建过程更为复杂，并可实现补间动画无法获得的某些类型的动画效果。

例如，在“时间轴”面板的“图层 2”中，选择第 1 帧至第 25 帧之间的任意一帧，选择“插入”|“传统补间”命令，即可创建传统补间动画。传统补间动画所对应的“时间轴”面板和“属性”面板如图 5-21 所示。

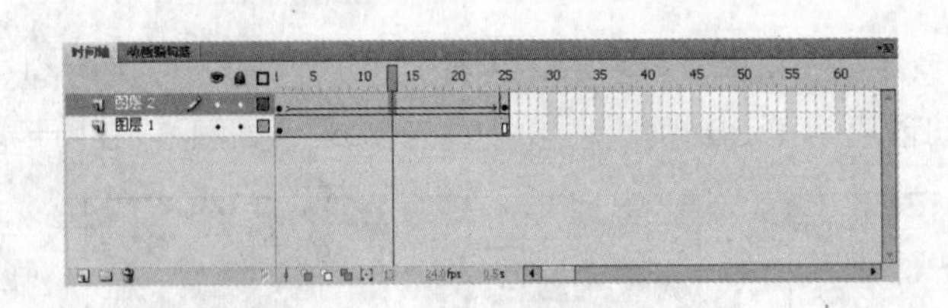

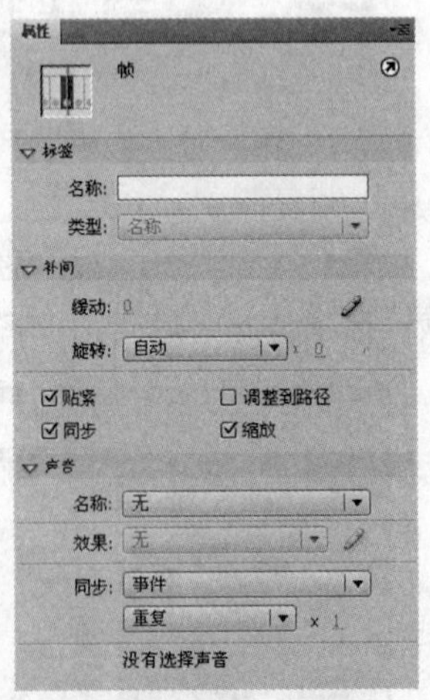

图 5-21　传统补间动画所对应的“时间轴”面板和“属性”面板

5.2　范例精讲

通过对 Flash CS4 逐帧动画和补间动画相关知识的学习和掌握，下面学习“男孩的幻想”和“飞翔的大雁”实例的制作方法和技巧，进一步掌握逐帧动画和补间动画的操作技能。

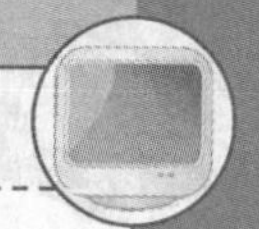

5.2.1 男孩的幻想

本范例通过创建“男孩的幻想”动画讲解如何利用“补间形状”功能制作出花朵变女孩、女孩变花朵的动画效果，动画效果如下图所示。

难度系数 ☑ ☑ ☑

学习时间 30 分钟

学习目的 练习“补间形状”、“复制帧”、“粘贴帧”、“翻转帧”、“Ctrl + B”等命令。

1st Day
2nd Day
3rd Day
4th Day
5th Day
6th Day
7th Day

制作步骤

01 按 Ctrl + O 组合键，打开一幅包含元件的文件，如图 5-22 所示。

02 选择“图层 1”，将“库”面板中的“背景”位图素材拖曳至舞台。

03 保持位图为选择状态，依次在“窗口”|“对齐”面板中单击、、，对齐舞台，效果如图 5-23 所示。

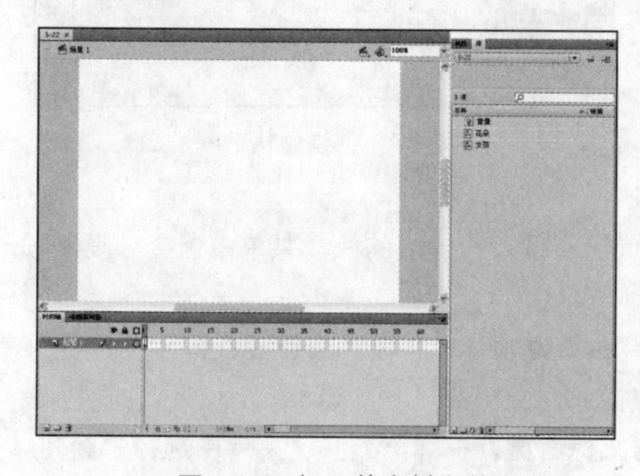

图 5-22　打开的素材文件

图 5-23　添加背景位图

04 在“时间轴”面板中单击“新建图层”按钮，新建“图层 2”。

05 选择“图层 2”的第 1 帧，将“库”面板中的“女孩”元件拖曳至舞台。

06 保持“女孩”实例为选择状态，在“属性”面板中修改其“宽”为 100（在宽和高锁定状态下），并调整实例的位置，效果如图 5-24 所示。

07 选择“图层 1”的第 80 帧，按 F5 键插入帧。

08 选择“图层 2”的第 25 帧，按 F7 键插入空白关键帧。

09 将“库”面板中的“花朵”元件拖曳至舞台，如图 5-25 所示。

图 5-24　添加女孩实例

图 5-25　添加花朵实例

10 选择“花朵”实例，在“属性”面板中修改其“宽”和“高”分别为 50 和 50.7，并放置在小女孩所在的位置，效果如图 5-26 所示。

11 按 Ctrl + B 组合键，分离“花朵”实例。

12 选择“图层 2”中第 1 帧所对应的“女孩”实例，按 Ctrl + B 组合键，分离实例。

13 选择“图层 2”的第 1 帧，选择“插入”|“补间形状”命令，创建形状补间动画，如图 5-27 所示。

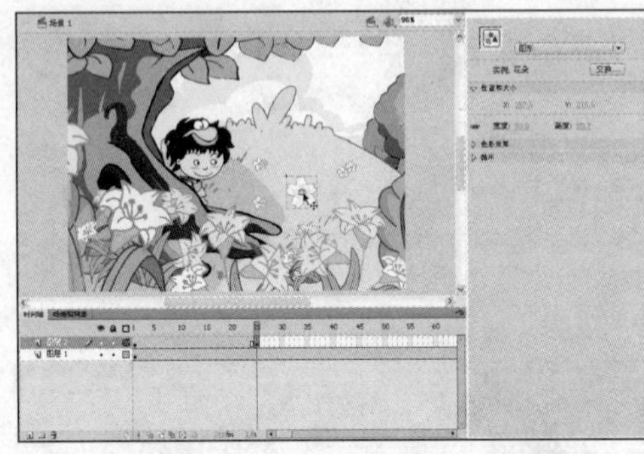

图 5-26　修改实例的大小和位置

图 5-27　创建形状补间动画

14 选择“图层 2”的第 40 帧，按 F5 键插入帧。

15 选择“图层 2”的第 1 帧至第 40 帧，单击鼠标右键，在弹出的快捷菜单中选择“复制帧”命令，如图 5-28 所示。

16 选择“图层 2”的第 41 帧，按 F7 键插入空白关键帧，单击鼠标右键，在弹出的快捷菜单中选择“粘贴帧”命令，如图 5-29 所示。

17 选择“图层 2”的第 41 帧至第 80 帧，单击鼠标右键，在弹出的快捷菜单中选择“翻转帧”命令，如图 5-30 所示。

18 选择“图层 2”的第 55 帧，舞台中的效果如图 5-31 所示。

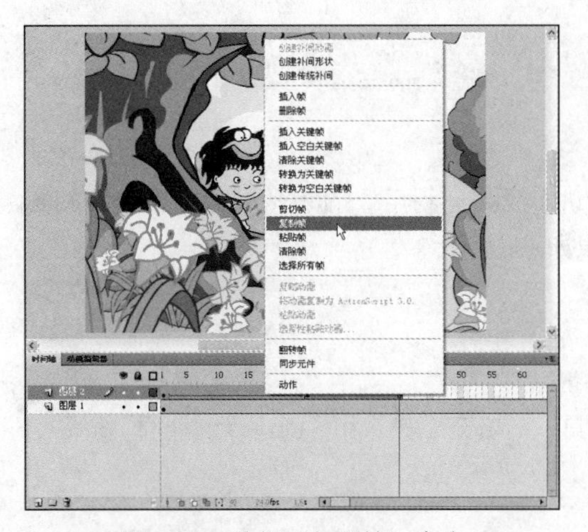

图 5-28　选择“复制帧”命令

图 5-29　选择“粘贴帧”命令

图 5-30　选择“翻转帧”命令

图 5-31　预览第 55 帧所对应的效果

在“图层 2”中通过复制、粘贴第 1 帧至第 40 帧，然后翻转第 41 帧至第 80 帧，制作出小女孩变花朵、花朵变小女孩的形状补间动画。

19 按 Ctrl + Shift + S 组合键，另存文档。

20 按 Ctrl + Enter 组合键，测试影片，预览女孩变花朵、花朵变女孩的效果，如图 5-32 所示。

图 5-32　预览变形动画

5.2.2 飞翔的大雁

本范例通过创建“飞翔的大雁”动画向读者讲解了如何利用“补间形状”和“传统补间”功能制作出大雁飞翔的动画效果，动画效果如下图所示。

难度系数 ☑ ☑ ☑

学习时间 30 分钟

学习目的 练习“钢笔工具”、“椭圆工具”、“填充工具”和“创建传统补间”命令。

制作步骤

01 按 Ctrl + N 组合键，新建一个 Flash 文档。

02 按 Ctrl + F8 组合键，新建“雁飞”影片剪辑元件。

03 单击工具栏上的“椭圆工具”按钮，绘制两个“填充颜色”为“深褐色”（#60534A）的椭圆，如图 5-33 所示。

04 单击工具栏上的“部分选取工具”按钮，使用“部分选取工具”调整两个椭圆的形状，如图 5-34 所示。

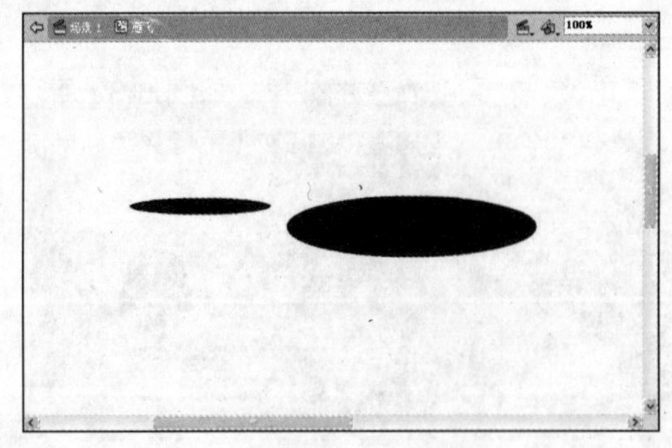

图 5-33 绘制椭圆

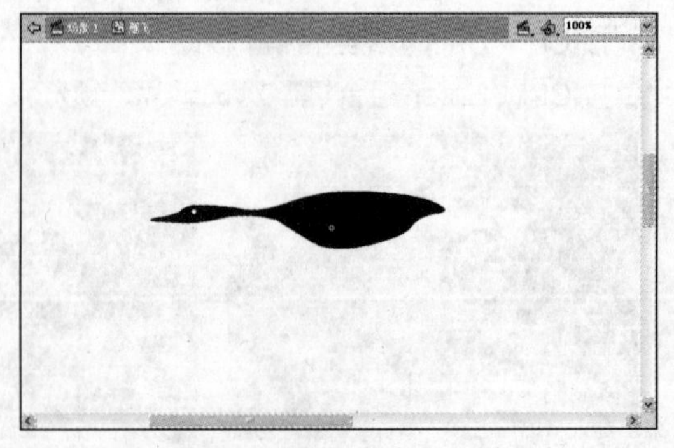

图 5-34 绘制大雁的基本外观、、

05 在“时间轴”面板中单击“新建图层”按钮，新建“图层 2”。

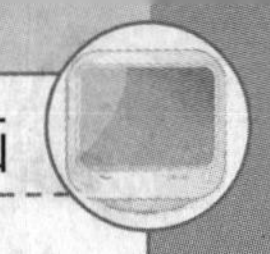

06单击工具栏上的“钢笔工具”按钮，绘制大雁一边的翅膀，如图 5-35 所示。

07新建“图层 3”，将其放置在“图层 1”的下方，即最底层。

08在“时间轴”面板中单击“图层 2”中“眼睛”图标所对应的小圆点，关闭该图层。

09使用“钢笔工具”，绘制大雁的另一支翅膀，如图 5-36 所示。

图 5-35 绘制大雁翅膀

图 5-36 绘制大雁的另一只翅膀

10选择“图层 1”的第 21 帧，按 F5 键插入帧。显示“图层 2”，隐藏“图层 3”。

11按住 Ctrl 键，依次在“图层 2”的第 8 帧、第 15 帧和第 21 帧单击鼠标，将其一起选中，按 F6 键插入关键帧。

12选择“图层 2”的第 8 帧，使用“部分选取工具”调整大雁翅膀的运动方向，如图 5-37 所示。

13选择“图层 2”的第 15 帧，使用“部分选取工具”调整大雁翅膀的运动方向，如图 5-38 所示。

图 5-37 调整大雁翅膀

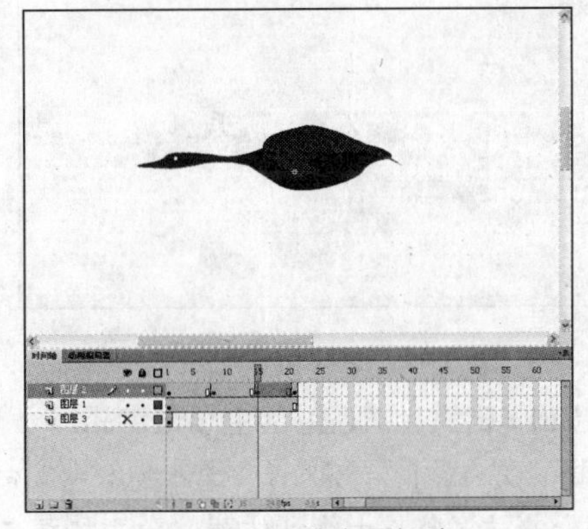

图 5-38 调整大雁翅膀

14选择“图层 2”的第 21 帧，使用“部分选取工具”调整大雁翅膀的运动方向，如图 5-39 所示。

15按住 Ctrl 键，依次在“图层 2”的第 2 帧、第 10 帧和第 18 帧单击鼠标，将其一起选中，单击鼠标右键，在弹出的快捷菜单中选择“创建补间形状”命令，如图 5-40 所示。

图 5-39 调整大雁翅膀

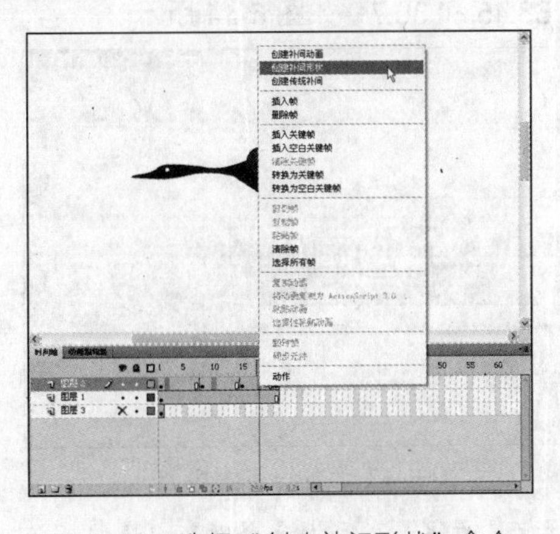

图 5-40 选择“创建补间形状”命令

大雁飞翔时翅膀的活动规律是“伸展—拍下—合拢”，读者可以略微改变关键帧翅膀颜色来模拟光线变化效果。

16 完成命令的选择后，在“图层2”的第1帧至第8帧、第8帧至第15帧、第15帧至第21帧之间创建形状补间动画，让翅膀的活动自然地过渡开来，如图5-41所示。

17 参照“图层2”中翅膀活动动画的制作，在“图层3”中创建关键帧，调整关键帧翅膀的形状，制作另一支翅膀的活动动画。关键帧长短关系到大雁飞翔翅膀挥动的速度，读者需要多调试几次，才能达到完美的效果。如图5-42所示。

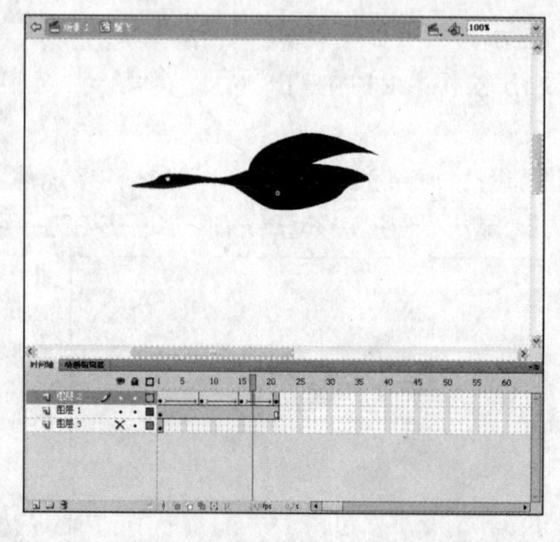

图5-41　创建形状补间动画

图5-42　创建“图层3”中的补间动画

18 按Ctrl+E组合键，返回主场景编辑区。

19 选择“文件”|“导入”|“导入到舞台”命令，选择素材文件夹中的相关背景素材，将其导入到舞台，并调整其大小和位置，效果如图5-43所示。

20 选择“图层1”的第60帧，按F5键插入帧。

21 按Ctrl+F8组合键，新建“人字形雁群”图形元件。

22 将“库”面板中的“雁飞”元件拖曳至舞台，在“属性”面板中设置其“宽”和“高”分别为68.45和30.7，如图5-44所示。

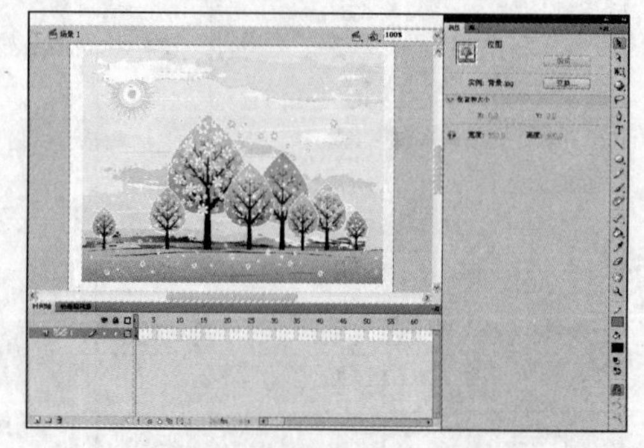

图5-43 添加背景图像

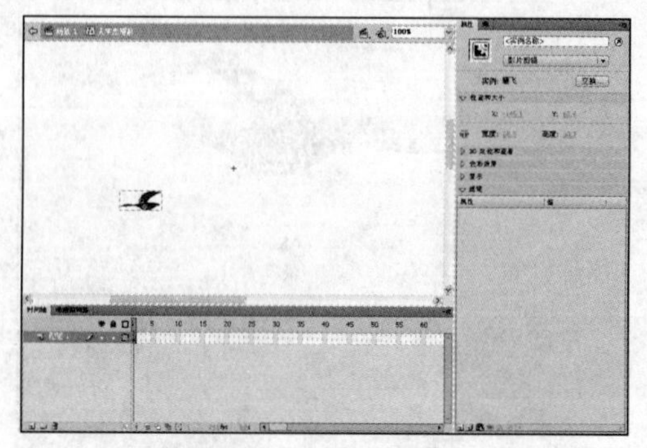

图5-44　添加雁飞实例

23 保持“雁飞”实例为选择状态，连续多次按Ctrl+D组合键复制实例，多次选择实例，并将

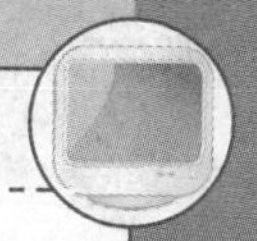

实例排列成“人”形，如图5-45所示。

24 按Ctrl+E组合键，返回主场景编辑区。

25 新建“图层2”，将“人字形雁群”元件拖曳至舞台，在“属性”面板中设置实例的大小和位置，如图5-46所示。

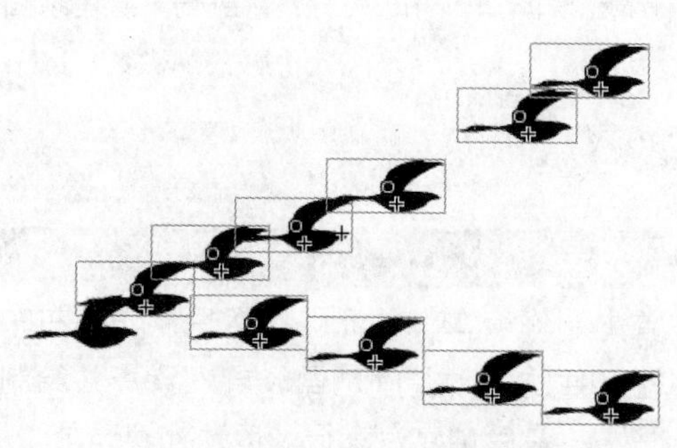

图5-45 复制排列实例

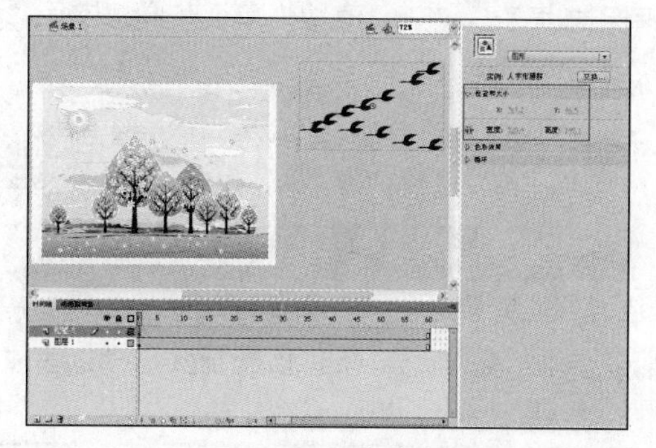

图5-46 添加实例

26 选择“图层2”的第60帧，按F6键插入关键帧。

27 选择“图层2”第60帧所对应的实例，在“属性”面板中设置实例的大小和位置，如图5-47所示。

28 选择“图层2”第1帧至第60帧之间的任意一帧，单击鼠标右键，在弹出的快捷菜单中选择“创建传统补间”命令，让大雁产生一种由近到远的视觉感受，如图5-48所示。

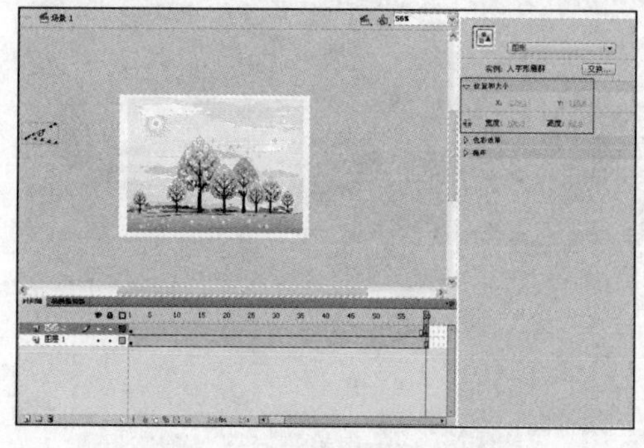

图5-47 调整实例的大小和位置

图5-48 创建传统补间动画

29 按Ctrl+S组合键，保存文档。

30 按Ctrl+Enter组合键，测试影片，预览大雁飞翔的效果，如图5-49所示。

图5-49 大雁飞翔效果

1st Day
2nd Day
3rd Day
4th Day
5th Day
6th Day
7th Day

5.3 上机实战

通过前面的学习，相信大家对 Flash 逐帧动画和补间动画有了一定的掌握，为了进一步巩固和掌握所学知识，请按步骤提示完成下面“行驶在湖边的汽车”和“公益广告——重建家园”动画实例的制作。

5.3.1 行驶在湖边的汽车

最终效果

本范例通过“行驶在湖边的汽车”动画向读者讲解如何利用补间功能制作运动动画的效果，动画效果如下图所示。

解题思路

首先制作汽车车体元件；然后制作汽车车轮元件的运动补间动画，导入背景并绘制马路；最后创建汽车行驶运动补间动画。

步骤提示

01 按 Ctrl + N 组合键，新建一个 Flash 文档。

02 按 Ctrl + F8 组合键，新建“汽车车身”影片剪辑元件，使用“钢笔工具”，绘制汽车的基本轮廓，如图 5-50 所示。

03 使用“选择工具”和“刷子工具”，修改汽车轮廓，使线条更加柔和，如图 5-51 所示。

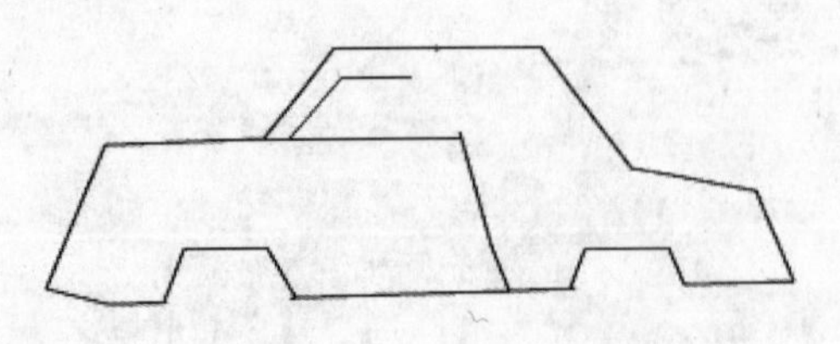

图 5-50 绘制汽车基本轮廓

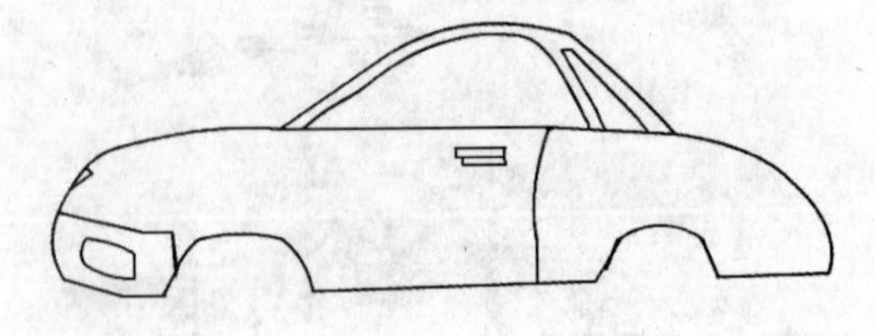

图 5-51 修改汽车轮廓

04 使用“颜料桶工具”，为汽车填充基本颜色给色值，如图 5-52 所示。

05 使用“钢笔工具”和“颜料桶工具”，为汽车添加细节，完成汽车车身的制作，效果如图 5-53 所示。

读者可以根据自己的喜好来绘制车辆。使用钢笔工具的时候勾勒更多的结构线条能够制作出更有真实质感效果的汽车。

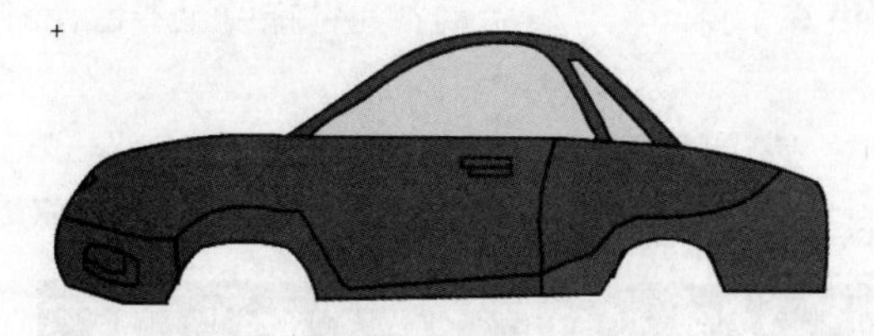

图 5-52　填充基本颜色

图 5-53　添加细节

06 按 Ctrl + F8 组合键，新建“车轮”影片剪辑元件，使用“椭圆工具”，绘制车轮的外形，如图 5-54 所示。

07 使用“钢笔工具”和“颜料桶工具”，绘制车轮的细节，如图 5-55 所示。

图 5-54　绘制轮车轮外形

图 5-55　绘制车轮的细节

08 使用“刷子工具”，深入塑造车轮外形，如图 5-56 所示。

09 按 Ctrl+F8 组合键新建“轮胎动”影片剪辑元件，将“车轮”元件拖曳至舞台，在“图层 1”的第 35 帧处插入关键桢，选择第 1 帧和第 35 帧之间的任意一帧，单击鼠标右键，在弹出的快捷菜单中选择“创建传统补间”命令，在“属性”面板中设置动画属性，如图 5-57 所示。

图 5-56　深入塑造车轮外形

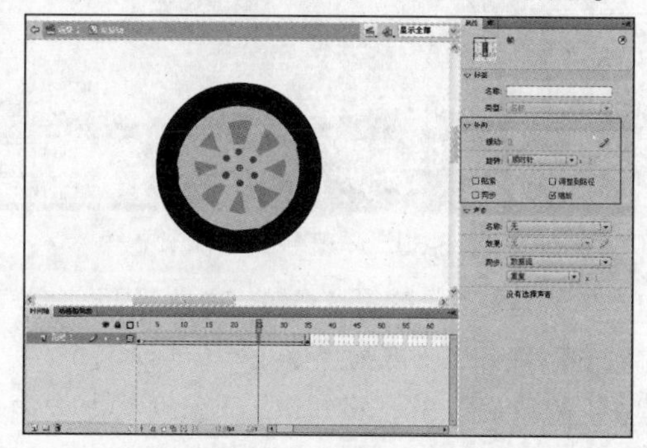

图 5-57　设置补间属性

如果车轮画得简单，则需要设置逆时针旋转。由于车轮旋转有种视觉假象，所以读者在让车轮转动的时候需要观察车轮是向前滚动还是向后，然后调整顺逆时针旋转关系。

⑩ 新建“汽车”影片剪辑元件，将创建好的“汽车车身”和“轮胎动”元件拖曳至舞台，将其组合成汽车，如图 5-58 所示。

⑪ 按 Ctrl + E 组合键，返回主场景编辑区，选择“文件”|“导入”|“导入到库”命令，将“背景.swf”文件导入到库，并将其拖曳至舞台，与舞台的右侧对齐，如图 5-59 所示。

图 5-58 合成汽车

图 5-59 添加背景

⑫ 在“图层 1”的第 1 帧至第 40 帧之间创建运动补间动画，在第 60 帧插入帧，调整第 40 帧所对应的实例，将其与舞台的左侧对齐，如图 5-60 所示。

⑬ 新建“图层 2”，使用“矩形工具”绘制一段马路，并将其转换为“马路”图形元件，如图 5-61 所示。

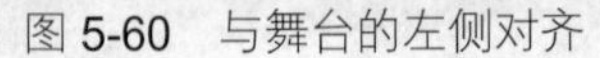

图 5-60 与舞台的左侧对齐

图 5-61 绘制马路

⑭ 在“图层 2”的第 1 至第 60 帧之间，创建与“图层 1”相同的运动补间动画，第 40 帧所对应的效果如图 5-62 所示。

⑮ 新建“图层 3”，将“汽车”元件添加至舞台，放置在舞台的右下角，如图 5-63 所示。

图 5-62 第 40 帧所对应的效果

图 5-63 添加汽车实例

16在“图层 3”的第 40 帧和第 60 帧插入关键帧，并在第 40 帧至第 60 帧之间创建传统补间动画，选择第 60 帧所对应的实例，将其移至舞台的左侧，如图 5-64 所示。

图 5-64 移动汽车至左侧

车轮转动速度和车移动速度有密不可分的关系。所以读者们制作完成后在观看动画时需要回到元件中调整车轮转动速度以配合整体画面效果。

17按 Ctrl＋S 组合键，保存文档。

18按 Ctrl＋Enter 组合键，测试影片，预览汽车运动的效果，如图 5-65 所示。

图 5-65 汽车运动效果

5.3.2 公益广告——重建家园

最终效果

本范例通过“公益广告——重建家园”动画向读者讲解如何利用补间功能制作形状和运动动画的效果，动画效果如下图所示。

解题思路

通过绘制土地、房子、树木、云朵等图形，然后制作相应的形状和运动补间动画，并为动画添加文字和声音，从而制作出重建家园的公益广告动画效果。

步骤提示

01 按 Ctrl+N 组合键，新建一个 Flash 文档。

02 在“图层 1”名称上双击鼠标左键，将其更名为“土地”。

03 单击工具栏中的“椭圆工具”按钮，设置“填充颜色”和“笔触颜色”分别为“绿色”和无，在舞台上绘制一个椭圆，如图 5-66 所示。

04 在“土地”图层的第 20 帧插入关键帧，使用“任意变形工具”，将该帧所对应的椭圆放大，如图 5-67 所示。

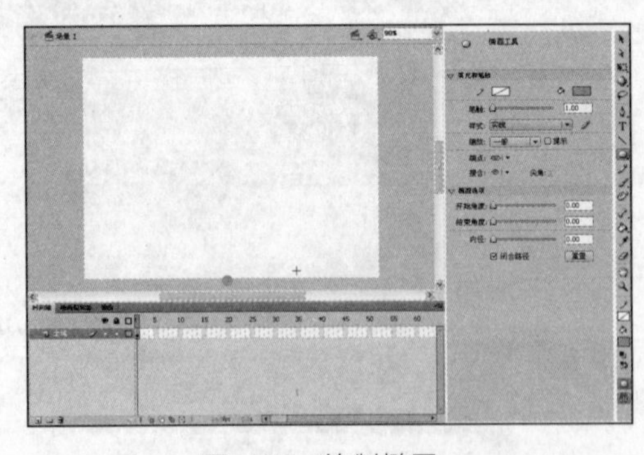

图 5-66 绘制椭圆

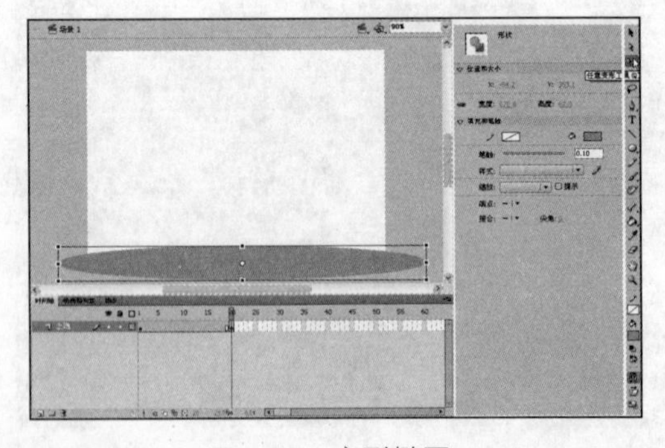

图 5-67 变形椭圆

05 在“土地”图层的第 190 帧插入帧，选择该图层的第 3 帧，单击鼠标右键，在弹出的快捷菜单中选择“创建补间形状”命令，创建形状补间动画，如图 5-68 所示。

06 新建“房子 1”图层，将其放置在“土地”图层的下方，在该图层的第 20 帧按 F7 键插入空白关键帧，使用矩形工具绘制一个矩形，如图 5-69 所示（暂时隐藏“土地”图层）。

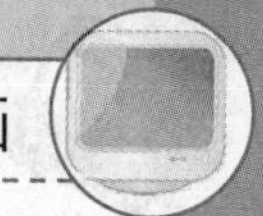

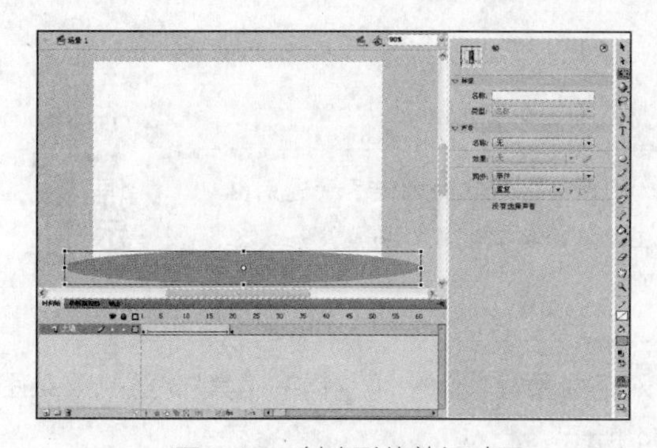

图 5-68　创建形状补间动画

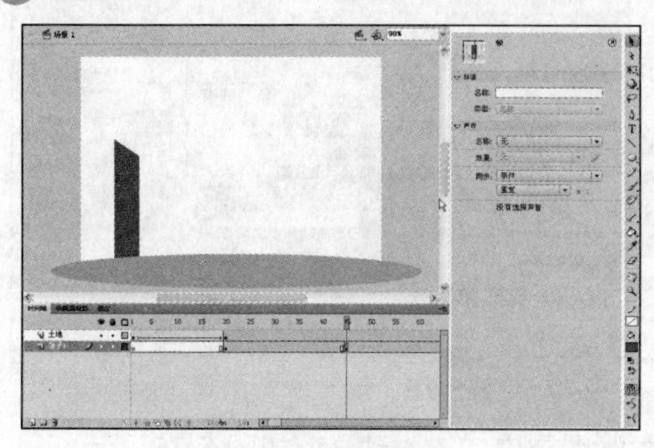

图 5-69　绘制矩形

07 显示“土地图层，在“房子 1”图层的第 45 帧按 F6 键插入关键帧，使用“任意变形工具”变形矩形，如图 5-70 所示。

08 在“房子 1”图层的第 20 帧至第 45 帧之间创建形状补间动画，如图 5-71 所示。

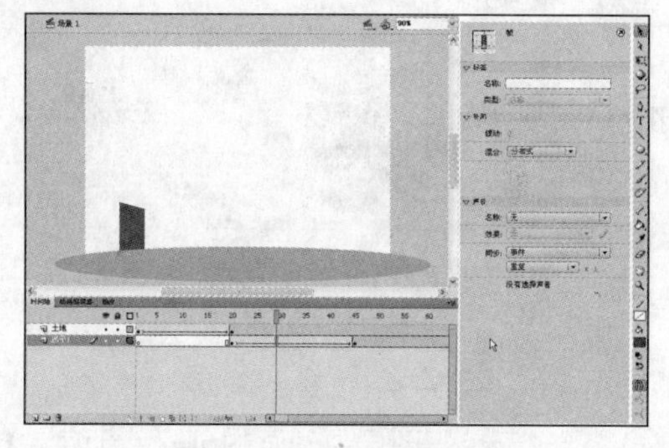

图 5-70　变形矩形

图 5-71　创建形状补间动画

09 参照“房子 1”图层中动画的创建，创建“房子 2”和“房子 3”图层中的动画，如图 5-72 所示。

10 新建“天空”图层，放置在图层最底部，在该图层的第 46 帧插入空白关键帧，使用“矩形工具”绘制一个与舞台等大的矩形，其“填充颜色”为“白色”至“蓝色”的线性渐变，如图 5-73 所示。

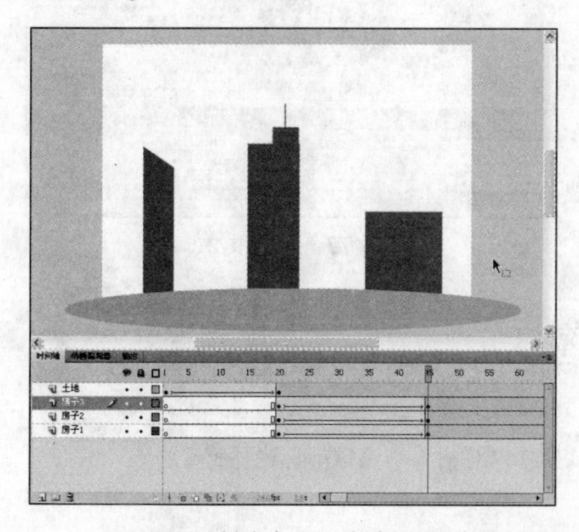

图 5-72　创建房子 2 和房子 3 动画

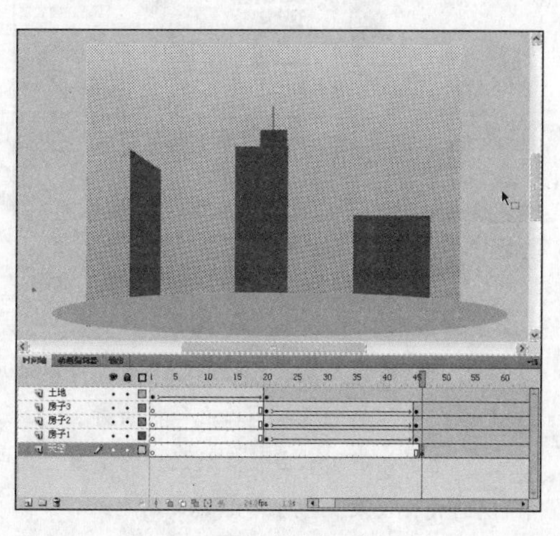

图 5-73　绘制天空

为了区分房屋的形状和变形的样子，在修改矩形变化形状的时候尽量避免出现一样的变化，让 3 个房屋各有特点。可以选择使用“矩形工具”为房屋加入各种各样的窗口效果。

11 新建“云朵”图层，在该图层的第 65 帧插入空白关键帧，使用“钢笔工具”，绘制云朵图形，并将其转换为“云朵”图形元件，如图 5-74 所示。

12 在“云朵”图层的第 65 帧至第 100 帧之间创建传统补间动画，第 100 帧所对应的云朵图形如图 5-75 所示。

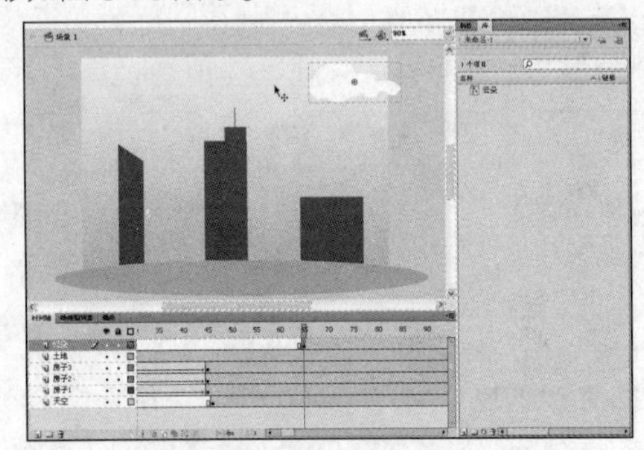

图 5-74　绘制云朵图形

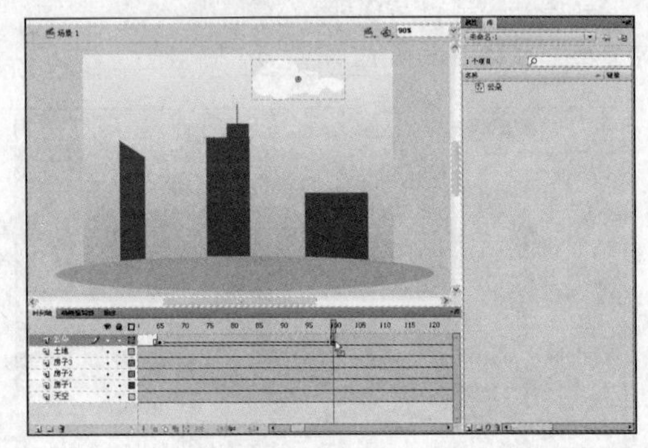

图 5-75　第 100 帧所对应的效果

13 参照“云朵”图层中动画的创建，创建“树木”图层中的树木动画，如图 5-76 所示。

14 新建“文字 1”图层，单击工具栏中的“文本工具”按钮 T，在“属性”面板中设置各参数，在舞台上创建“齐心协力”文本，如图 5-77 所示。

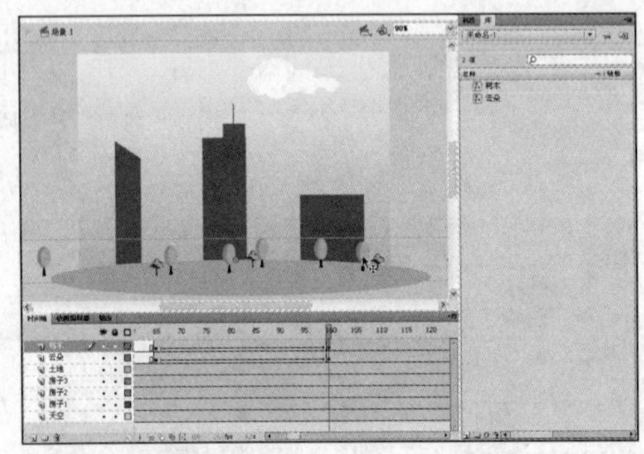

图 5-76　创建“树木”图层中的树木动画

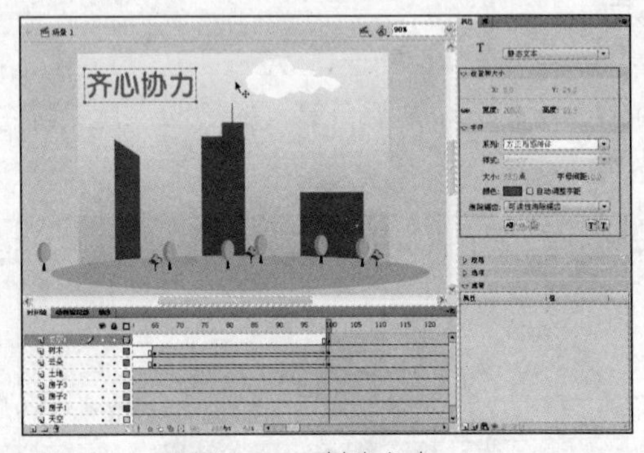

图 5-77　创建文本

在制作较为复杂的树木轮廓时，可以使用“椭圆工具”绘制各种不同大小的椭圆，叠加起来就能制作出伞状的树木。

为了体现树木成长的效果，在关键帧起始位置可以将树木尽量缩小，这样出现的成长效果就会自然得多。

15 保持文本为选择状态，按 F8 键，将其转换为“文本 1”图形元件。

16 在“文字 1”图层中的第 100 帧至第 127 帧创建传统补间动画，并将该图层第 100 帧所对应的实例水平向左移动，效果如图 5-78 所示。

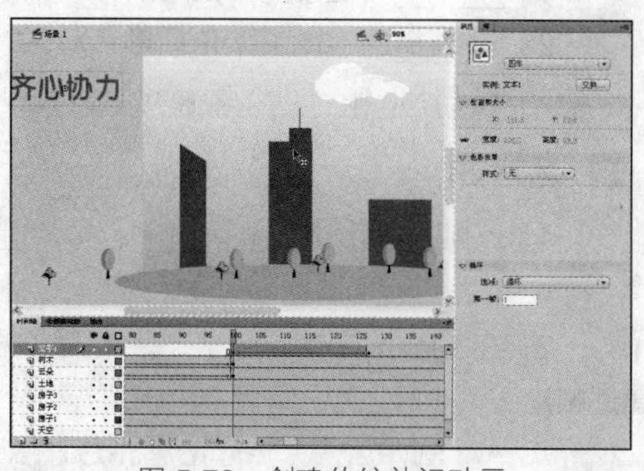

图 5-78　创建传统补间动画

17 参照“文字 1”图层中动画的创建，创建“文字 2”图层中的传统补间动画，如图 5-79 所示。

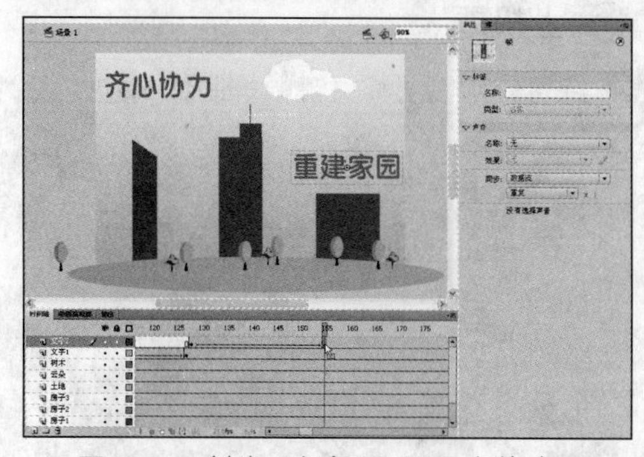

图 5-79　创建“文字 2”图层中的动画

18 新建“music”图层，在该图层的第 75 帧插入空白关键帧，将素材文件夹中的“MUSIC.WAV”音乐文件导入到舞台，并在“属性”面板中设置声音属性，如图 5-80 所示。

19 至此，公益广告动画的制作完成，保存并测试影片。

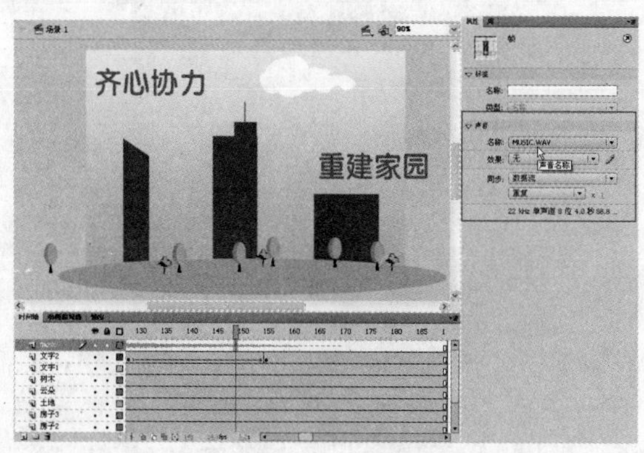

图 5-80　导入声音

5.4　巩固与练习

本章通过实例介绍了逐帧动画和补间动画这两大类基本动画的制作方法和技巧。

填空题

（1）______由位于同一图层的许多单个的关键帧组合而成。

（2）______的对象类型包括影片剪辑、图形和按钮元件以及文本字段。

（3）在 Flash 中，可以对补间形状内的形状的______和______进行补间。

选择题

（1）逐帧动画由许多单个的（　　）组合而成，每个关键帧均可独立编辑。

A．空白关键帧　　B．图层　　C．普通帧　　D．关键帧

（2）在 Flash CS4 中，用户可以通过导入（　　）的连续图像、导入（　　）的图像创建逐帧动画，也可以自己动手绘制图形创建逐帧动画。

A．SWF 格式　　B．JPG 格式　　C．GIF 格式　　D．DWG 格式

上机题

练习使用图层和关键帧，制作小娃娃跌倒之后并大哭的逐帧动画，如图 5-81 所示。

图 5-81　小娃娃跌倒了

Chapter 06

制作特殊动画

学习内容

基础导读	60分钟
范例精讲	60分钟
上机实战	60分钟
巩固与练习	30分钟

学习重点

- 引导动画
- 遮罩动画
- 滤镜动画
- 范例精讲 1　双蝶恋花
- 范例精讲 2　饰品展示
- 上机实战 1　制作十字切换效果
- 上机实战 2　香水蝴蝶

精彩实例效果展示

双蝶恋花

饰品展示

香水蝴蝶

6.1 基础导读

前面已经介绍了 Flash CS4 动画中最基础的逐帧动画和补间动画的制作方法。这里我们介绍 Flash CS4 动画中应用很广泛并且比较特殊的“引导动画”、“遮罩动画”、“滤镜动画”的制作方法和技巧。通过对这三种动画的学习大家就可以制作出像“探照灯”这类特殊效果的动画了。

6.1.1 引导动画

为了在绘画时帮助定位对象，可创建引导层，然后将其他图层上的对象与在引导层上创建的对象对齐。任何图层都可以作为引导层。图层名称左侧的辅助线图标表明该层是引导层；引导层不会导出，因此不会显示在发布的 SWF 文件中。

1. 引导动画的特点

引导动画主要通过引导层创建，引导层是一种特殊图层，在这个图层中有一条线，可以让某个对象沿着这条线运动，从而制作出沿曲线运动的动画。一般引导层上的内容只作为对象运动的参考线，不会在最终效果中呈现出来。

在 Flash CS4 中，选择图层后单击鼠标右键，在弹出的快捷菜单中选择“引导层”命令，即可将选择的图层转换为引导层。

在创建运动引导层时，应注意以下几点。

- 如果要控制传统补间动画中的对象的移动，需要创建运动引导层。
- 无法将补间动画图层或反向运动姿势图层拖动到引导层上。
- 将常规层拖动到引导层上会将引导层转换为运动引导层，并将常规层链接到新的运动引导层。
- 为了防止意外转换引导层，可以将所有的引导层放在图层顺序的底部。

一个引导层可以与多个图层链接。如果要取消与引导层的链接，将该图层拖到引导层上方即可。

取消引导层常用的方法有以下几种。

- 在引导层上单击鼠标右键，从弹出的快捷菜单中再次选择“引导层”命令，即可取消对该命令的选中状态。
- 在引导层上双击图层图标打开“图层属性”对话框，在“类型”栏中选中“一般”单选按钮即可。

2. 创建引导动画

下面以创建“蜻蜓飞舞”为例来介绍创建引导动画的方法和技巧，其操作步骤如下：

01 按 Ctrl＋O 组合键，打开包含元件的素材文件，如图 6-1 所示。

02 选择“库”面板中的“风景.jpg”位图，将其拖曳至舞台，调整其大小与位置，如图 6-2 所示。

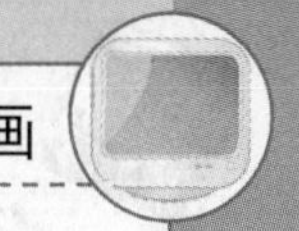

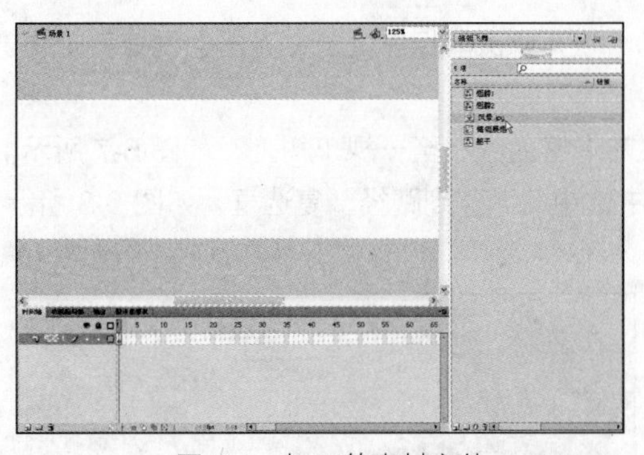

图 6-1　打开的素材文件

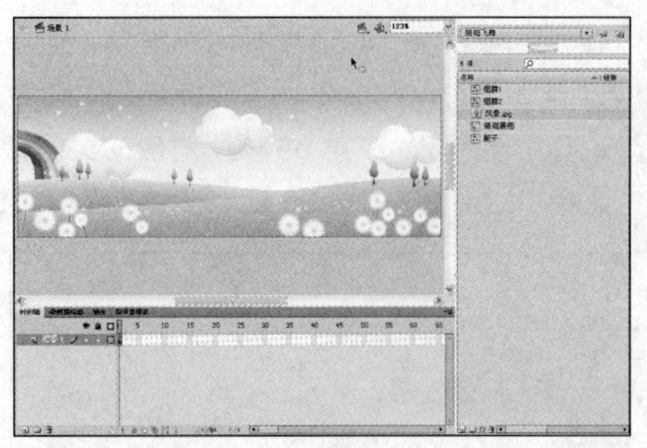

图 6-2　添加风景位图

1st Day
2nd Day
3rd Day
4th Day
5th Day
6th Day
7th Day

03 选择“图层 1”的第 105 帧，按 F5 键插入帧。

04 单击“新建图层”按钮 ，新建“图层 2”。

05 保持“图层 2”为选择状态，单击鼠标右键，在弹出的快捷菜单中选择“添加传统运动引导层”命令，如图 6-3 所示，创建“引导层: 图层 2”。

06 单击工具栏上的“钢笔工具”按钮 ，设置“笔触颜色”和“笔触高度”分别为“黑色”和 1，在舞台上绘制一条曲线，作为运动路径，如图 6-4 所示。

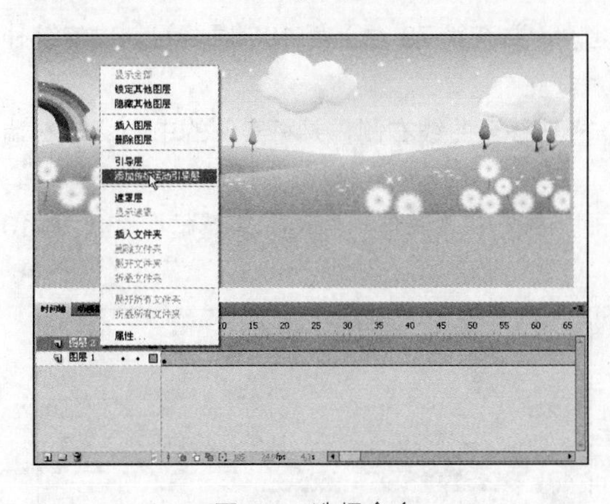

图 6-3　选择命令

图 6-4　绘制运动路径

07 选择“图层 2”，将“库”面板中的“蜻蜓展翅”元件拖曳至舞台，并调整其“宽”和“高”分别为 47 和 39.65，如图 6-5 所示。

08 使用“选择工具”，将“蜻蜓展翅”实例的中心点对齐曲线的左端点，如图 6-6 所示。

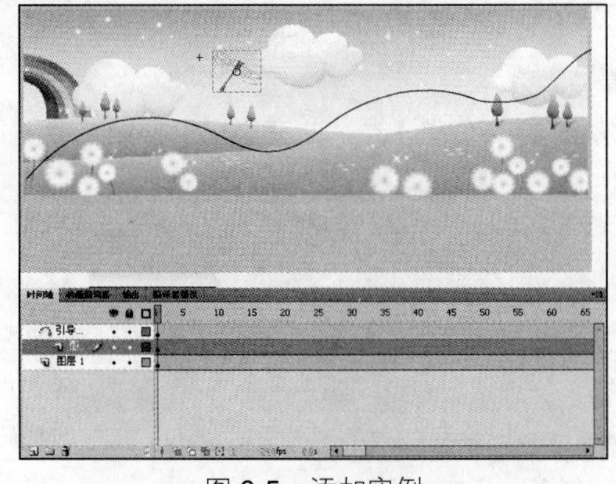

图 6-5　添加实例

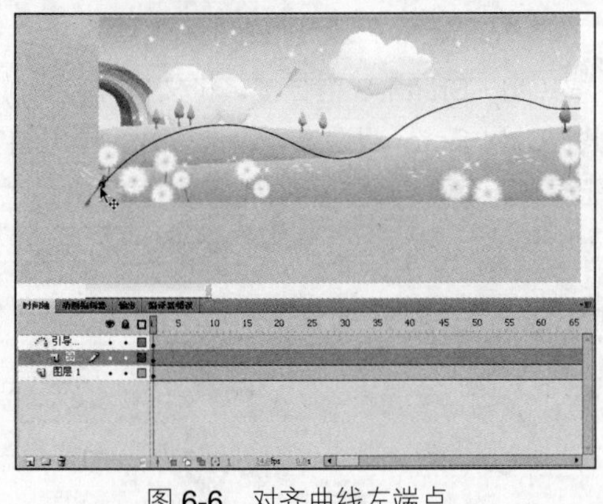

图 6-6　对齐曲线左端点

09 在“图层 2”的第 59 帧插入关键帧，选择第 1 帧并单击鼠标右键，在弹出的快捷菜单中选择“创建传统补间”命令，创建传统补间动画。

10 选择“图层 2”中第 59 帧所对应的实例，将其沿着曲线移至一棵小树上，如图 6-7 所示。

11 选择“图层 2”的第 35 帧，在“属性”面板中选中“调整到路径”复选框，如图 6-8 所示。

图 6-7 移动实例

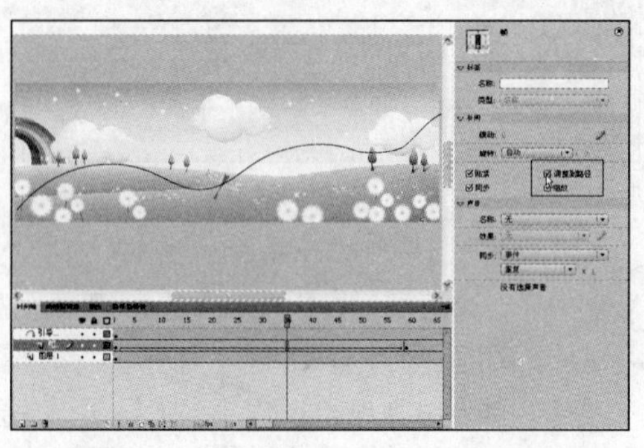

图 6-8 调整到路径

12 在“图层 2”的第 73 帧和第 105 帧插入关键帧，并在第 73 帧至第 105 帧之间创建传统补间动画。

13 选择“图层 2”中第 105 帧所对应的实例，将其移至曲线右侧，并将实例的中心点与右端点对齐，如图 6-9 所示。

14 选择“图层 2”的第 80 帧，在“属性”面板中选中“调整到路径”复选框，如图 6-10 所示。

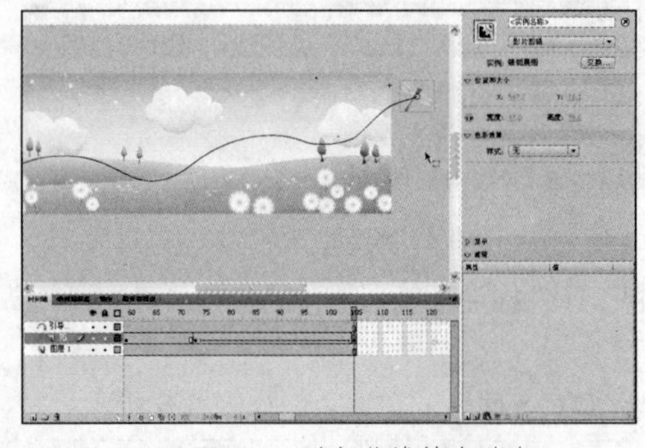

图 6-9 对齐曲线的右端点

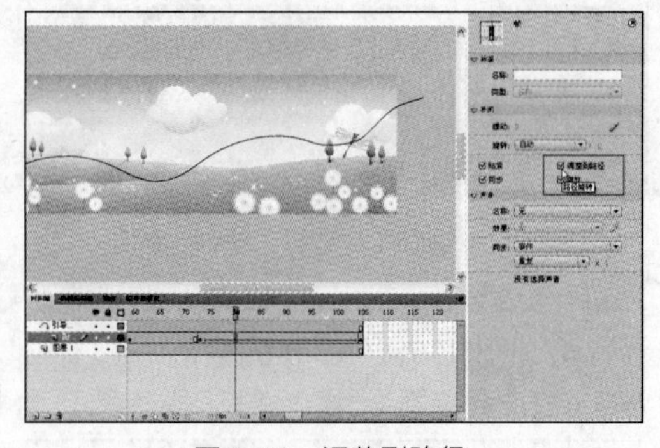

图 6-10 调整到路径

15 按 Ctrl + Shift + S 组合键，将文档另存为“蜻蜓飞舞”。

16 按 Ctrl + Enter 组合键，测试影片，预览蜻蜓从左侧向右侧飞舞，并在小树上停留一会，然后继续飞直至飞出画面，效果如图 6-11 所示。

图 6-11 预览蜻蜓飞舞动画

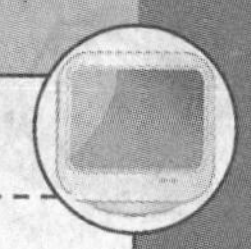

6.1.2 遮罩动画

遮罩动画是指在 Flash 动画中至少有一种遮罩效果的动画。它是 Flash 设计中对元件或影片剪辑控制的一个重要的部分，在设计动画时，要分清楚哪些元件需要运用遮罩，在什么时候运用遮罩。合理地运用遮罩效果会使动画看起来更流畅，更具有丰富的层次感和立体感。

1. 遮罩动画的特点

遮罩层是一种特殊的图层，当在遮罩层中绘制对象时，这些对象具有透明效果，可以把图形位置的背景显露出来。使用遮罩层后，遮罩层下面图层的内容就像透过一个窗口显示出来一样，这个窗口的形状就是遮罩层中内容的形状。

在 Flash CS4 中，选择图层，然后单击鼠标右键，在弹出的快捷菜单中选择“遮罩层”命令，即可将选择的图层转换为遮罩层。

在使用遮罩层时，应注意以下几点。

- 如果要获得聚光灯效果和过渡效果，可以使用遮罩层创建一个孔，通过这个孔可以看到下面的图层。 遮罩项目可以是填充的形状、文字对象、图形元件的实例或影片剪辑。
- 如果要创建遮罩层，请将遮罩项目放在要用作遮罩的图层上。
- 如果要创建动态效果，可以让遮罩层动起来。

取消遮罩层常用的方法有以下几种。

- 在引导层上单击鼠标右键，从弹出的快捷菜单中再次选择“遮罩层”命令，即可取消对该命令的选中状态。
- 在引导层上双击图层图标打开“图层属性”对话框，在“类型”栏中选中“一般”单选按钮即可。

提示

与填充和笔触不同，遮罩项目就像一个窗口一样，透过它可以看到位于它下面的链接层区域。除了透过遮罩项目显示的内容之外，其余的所有内容都被遮罩层的其余部分隐藏起来。一个遮罩层只能包含一个遮罩项目。遮罩层不能在按钮内部，也不能将一个遮罩应用于另一个遮罩。

2. 创建遮罩动画

下面以创建“动感水波”动画为例来介绍创建遮罩动画的方法和技巧，其操作步骤如下。

01 按 Ctrl + N 组合键，新建一个 Flash 文档。

02 选择“文件”|“导入”|“导入到舞台”命令，将“湖面.jpg”素材导入到舞台，调整其“宽”和“高”分别为 560 和 400，放置在舞台的正中央，如图 6-12 所示。

03 选择“图层 1”的第 150 帧，按 F5 键插入帧。

04 选择“图层 1”中的湖面位图，按 Ctrl+C 组合键复制，新建“图层 2”后，选择“编辑”|“粘贴至当前位置”命令，将湖面位图在当前位置粘贴。

05 选择“图层 2”中的位图和曲线，按 Ctrl + B 组合键，打散位图。

06 单击工具栏中的“铅笔工具”按钮，沿湖面绘制闭合曲线，如图 6-13 所示。

图 6-12　添加湖面位图

图 6-13　绘制闭合曲线

07 使用“选择工具”同时选择闭合曲线之外的位图以及闭合曲线，按 Delete 键将其删除，效果如图 6-14 所示（此时暂时隐藏“图层 1”的显示）。

08 选择“图层 2”中的图形，按←键和↓键，移动位图，使其与原位置稍微错位。

09 按 Ctrl + F8 组合键，新建“矩形条”图形元件，使用“矩形工具”，绘制“填充颜色”为“黑色”的矩形条，并设置其“宽”和“高”分别为 8 和 243.6，如图 6-15 所示。

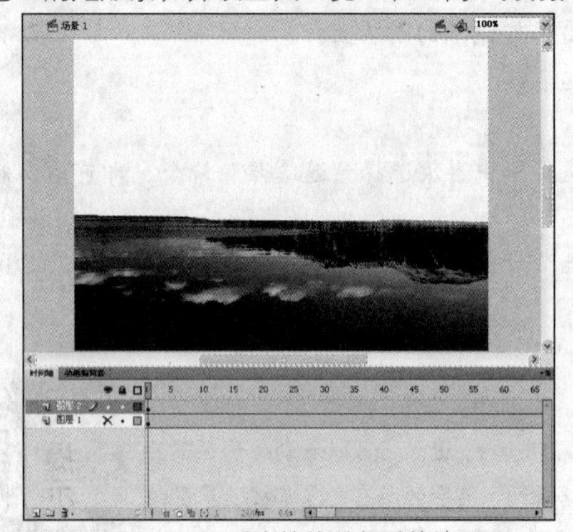

图 6-14　删除其他对象后的效果

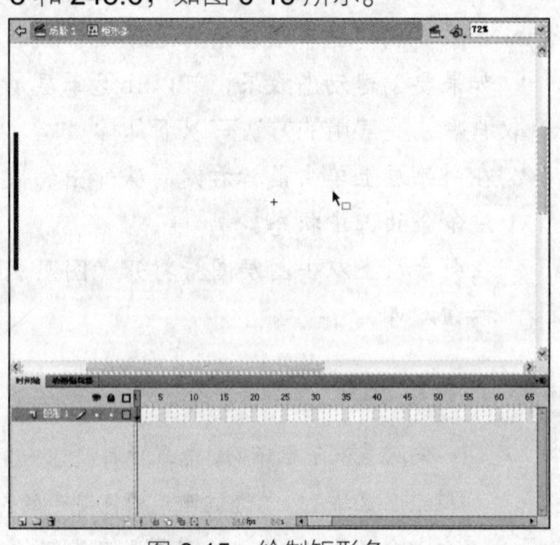

图 6-15　绘制矩形条

10 按 Ctrl + D 组合键，再制矩形条，然后调整所有矩形条的位置及水平间距，效果如图 6-16 所示。

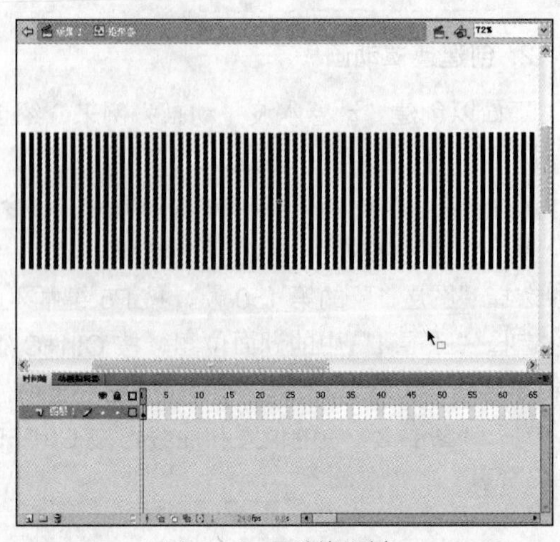

图 6-16　再制矩形条

⑪ 按 Ctrl + F8 组合键，新建“水纹”影片剪辑元件，将“矩形条”元件拖曳至舞台，依次单击“对齐”面板中的 和 ，对齐实例，如图 6-17 所示。

⑫ 在“图层 1”的第 150 帧插入关键帧，并在第 1 帧至第 150 帧之间创建传统补间动画。

⑬ 选择第 150 帧所对应的“矩形条”实例，在“属性”面板设置其 X 值为 854.8，如图 6-18 所示。

⑭ 按 Ctrl + E 组合键，返回主场景编辑区。

⑮ 新建“图层 3”，将“水纹”元件拖曳至舞台，在“变形”面板中设置“旋转”角度为 20.8°。

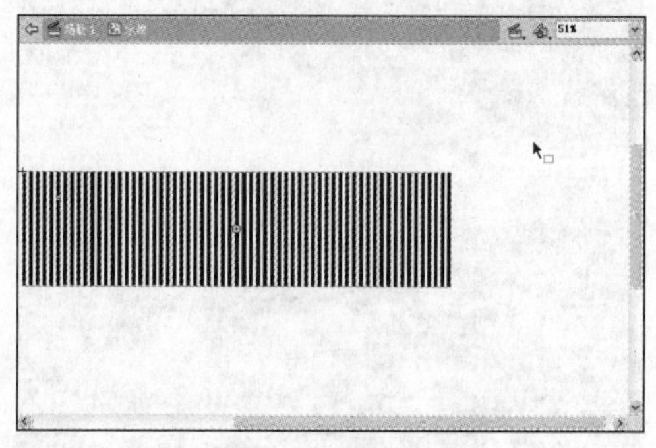

图 6-17　对齐实例

⑯ 在“属性”中设置其“宽度”、“高度”、X 和 Y 值分别为 1004.9、675.9、-290.4 和-100.3，效果如图 6-19 所示。

图 6-18　向右移动矩形条

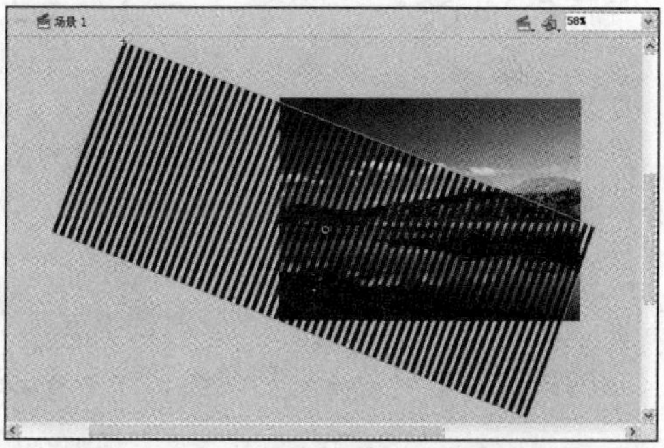

图 6-19　添加实例

⑰ 选择“图层 3”并单击鼠标右键，在弹出的快捷菜单中选择“遮罩层”命令，如图 6-20 所示，创建遮罩层。

⑱ 完成后，即可在“图层 2”和“图层 3”创建被遮罩和遮罩图层，效果如图 6-21 所示。

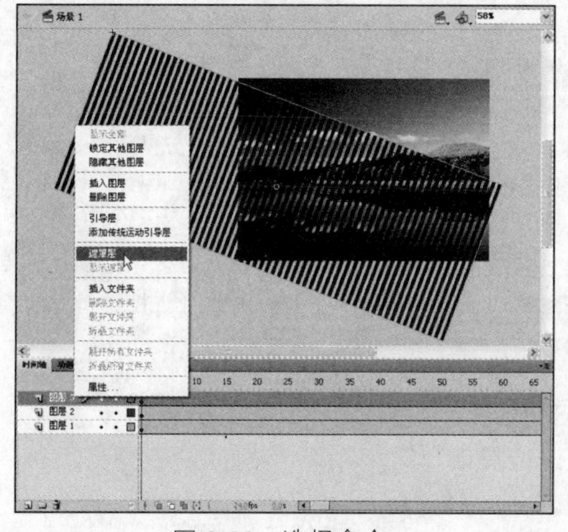

图 6-20　选择命令

图 6-21　遮罩层

⑲ 按 Ctrl + S 组合键，将文档保存为“动感水波”。

20 按 Ctrl + Enter 组合键，测试影片，预览水波荡漾的效果，如图 6-22 所示。

图 6-22　水波荡漾的效果

6.1.3　滤镜动画

使用 Flash CS4 提供的滤镜，可以为文本、按钮和影片剪辑增添有趣的视觉效果。

1. 认识滤镜

在 Flash CS4 中，用户可以使用滤镜为文本、按钮和影片剪辑的实例添加一些特殊的视觉效果。例如，投影、模糊、发光、斜角、渐变发光、渐变斜角和调整颜色等效果。

在 Flash CS4 中，用户可以直接从“属性”面板中的“滤镜”栏中为对象添加滤镜。选择要添加滤镜的对象，在“属性”面板中展开“滤镜”栏，在面板底部单击“添加滤镜”按钮，在弹出的快捷菜单中选择一种滤镜，如图 6-23 所示，然后设置相应的参数即可。

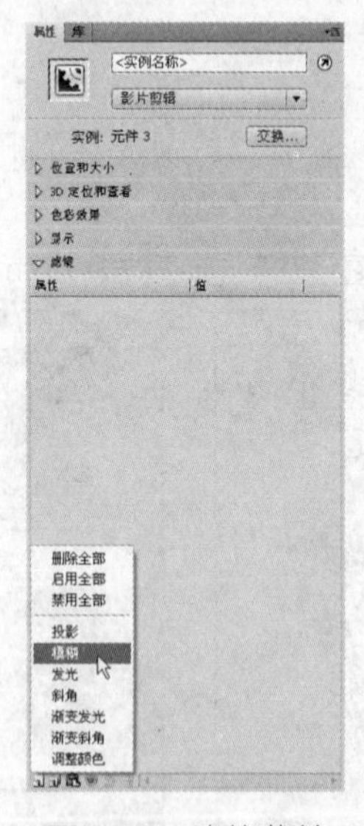

图 6-23　滤镜菜单

Flash CS4 中有 7 种类型的滤镜，下面对其进行具体介绍。

（1）投影

投影滤镜模拟对象投影到一个平面的效果，如图 6-24 所示。

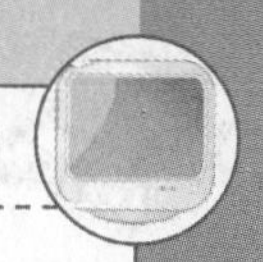

（a）原图

（b）添加投影滤镜效果

图 6-24　投影滤镜效果

（2）模糊

模糊滤镜可以柔化对象的边缘和细节，如图 6-25 所示。将模糊应用于对象，可以让它看起来好像位于其他对象的后面，或者使对象看起来像是运动的。

（a）原图

（b）添加模糊滤镜效果

图 6-25　模糊滤镜效果

（3）发光

发光滤镜可以使对象的边缘产生光线投射效果，既可以使对象的内部发光，也可以使对象的外部发光，如图 6-26 所示。

（a）原图

（b）添加发光滤镜效果

图 6-26　发光滤镜效果

（4）斜角

斜角滤镜可以使对象产生一种浮雕效果，使其看起来凸出于背景表面。如果用户将其阴影色与加亮色设置得对比非常强烈，则其浮雕效果更加明显，如图6-27所示。

（a）原图

（b）添加斜角滤镜效果

图6-27　斜角滤镜效果

（5）渐变发光

应用渐变发光，可以在发光表面产生带渐变颜色的发光效果，如图6-28所示。渐变发光要求渐变开始处颜色的 Alpha 值为 0。用户不能移动此颜色的位置，但可以改变该颜色。

（a）原图

（b）添加渐变滤镜效果

图6-28　渐变发光滤镜效果

（6）渐变斜角

渐变斜角滤镜效果与斜角滤镜效果相似，不同之处是斜角滤镜效果只能够更改其阴影色和加亮色，而渐变斜角滤镜效果可以添加多种颜色，如图6-29所示。

（a）原图

（b）添加渐变斜角滤镜效果

图6-29　渐变斜角滤镜效果

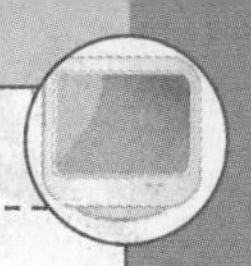

（7）调整颜色

使用调整颜色滤镜可以改变对象的各颜色属性，主要改变对象的亮度、对比度、饱和度和色相属性，可以更方便地为对象着色。

2. 给动画添加滤镜

在动画中添加滤镜可以在时间轴中让滤镜活动起来。由一个补间接合的不同关键帧上的各个对象，都有在中间帧上补间的相应滤镜的参数。如果某个滤镜在补间的另一端没有相匹配的滤镜（即相同类型的滤镜），则会自动添加匹配的滤镜，以确保在动画序列的末端出现该效果。

为了防止在补间一端缺少某个滤镜或者滤镜在每一端以不同的顺序应用时，Flash 会执行以下操作：

- 如果将补间动画用于已应用了滤镜的影片剪辑，当在补间的另一端插入关键帧时，该影片剪辑在补间的最后一帧上自动具有它在补间开头所具有的滤镜，并且层叠顺序相同。
- 如果将影片剪辑放在两个不同帧上，并且对于每个影片剪辑应用不同滤镜，且两帧之间又应用了补间动画，Flash 首先会处理带滤镜最多的影片剪辑。然后，Flash 比较应用于第一个影片剪辑和第二个影片剪辑的滤镜。如果在第二个影片剪辑中找不到匹配的滤镜，Flash 会生成一个不带参数并具有现有滤镜颜色的虚拟滤镜。
- 如果两个关键帧之间存在补间动画并已向其中一个关键帧中的对象添加了滤镜，则 Flash 会在到达补间另一端的关键帧时自动将一个虚拟滤镜添加到影片剪辑。
- 如果两个关键帧之间存在补间动画并已从其中一个关键帧中的对象上删除了滤镜，则 Flash 会在到达补间另一端的关键帧时自动从影片剪辑中删除匹配的滤镜。
- 如果补间动画起始处和结束处的滤镜参数设置不一致，Flash 会将起始帧的滤镜设置应用于插补帧。以下参数在补间起始和结束处设置不同时会出现不一致的设置：挖空、内侧阴影、内侧发光以及渐变发光的类型和渐变斜角的类型。

例如，如果使用投影滤镜创建补间动画，在补间的第一帧上应用挖孔投影，而在补间的最后一帧上应用内侧阴影，则 Flash 会更正补间动画中滤镜使用的不一致现象。在这种情况下，Flash 会应用补间的第一帧上所用的滤镜设置，即挖空投影。

3. 创建滤镜动画

下面以创建“生日快乐”动画为例来介绍创建滤镜动画的方法和技巧，其操作步骤如下。

01 按 Ctrl + N 组合键，新建一个 Flash 文档。

02 选择“文件”|“导入”|“导入到舞台”命令，将“生日背景.jpg”素材导入到舞台，放置在舞台的正中央，如图 6-30 所示。

03 按 Ctrl + F8 组合键，新建“文本”影片剪辑元件，进入该元件的编辑区。

04 使用“文本工具”，在舞台中创建文本“Happy Birthday”，设置其“字体”、“字体大小”、“字母间距”和“文本（填充）颜色”分别为“迷你简雪峰”、40、1 和“红色”，效果如图 6-31 所示。

图 6-30　导入生日背景

图 6-31　创建文本

05 保持文本为选择状态，按 Ctrl＋B 组合键，将文本块分离为单个文字。

06 在“图层 1”的第 4 帧、第 7 帧、第 10 帧、第 13 帧、第 16 帧、第 19 帧、第 22 帧、第 25 帧、第 28 帧、第 31 帧、第 34 帧、第 37 帧和第 40 帧插入关键帧，即每隔 3 帧插入关键帧，如图 6-32 所示。

07 选择第 1 帧所对应的文本，选择舞台中的“appy Birthday”，将其删除，只留下“H”文本。

08 选择第 4 帧所对应的文本，选择舞台中的“ppy Birthday”，将其删除，只留下“Ha”文本。

09 参照此操作，删除其他关键帧中多余的文本，此时，第 34 帧所对应的文本如图 6-33 所示。

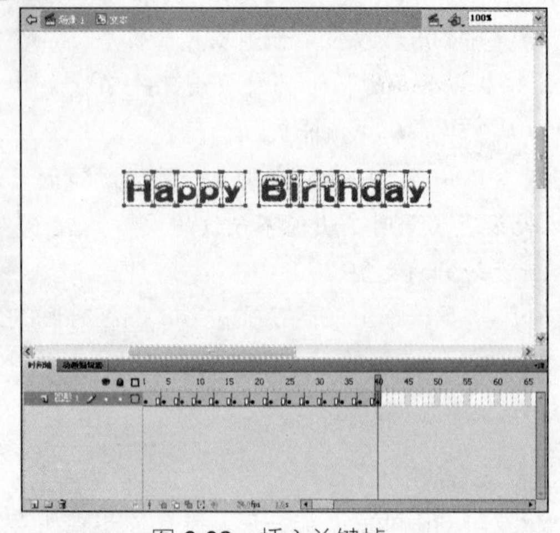

图 6-32　插入关键帧

图 6-33　第 34 帧所对应的效果

10 选择第 1 帧所对应的 H，在“变形”面板中设置其“宽度”和“高度”值均为 150%。

11 选择第 4 帧所对应的 a，在“变形”面板中设置其“宽度”和“高度”值均为 150%。

12 参照此操作，修改其他各关键帧中字母的大小，此时，第 34 帧所对应的字母效果如图 6-34 所示。

13 选择“图层 1”的第 80 帧，按 F5 键插入帧。

14 按 Ctrl＋E 组合键，返回主场景编辑区。

15 新建“图层 2”，将“文本”元件拖曳至舞台，放置在舞台的左上角，如图 6-35 所示。

16 保持“文本”实例为选择状态，在“属性”面板中展开“滤镜”栏，在面板底部单击“添加滤镜”按钮，在弹出的快捷菜单中选择“发光”命令，如图 6-36 所示。

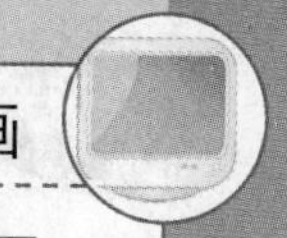

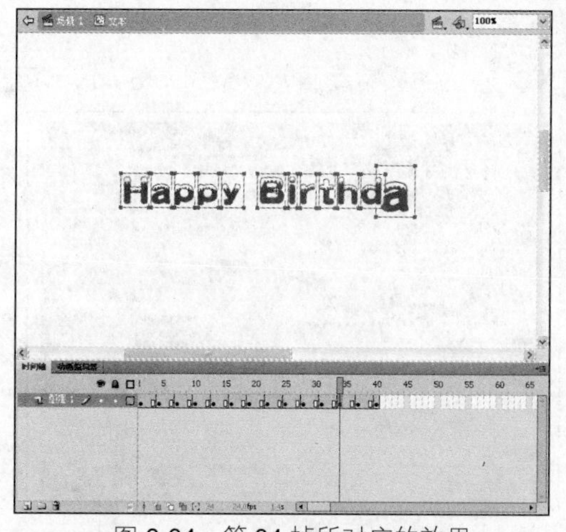

图 6-34　第 34 帧所对应的效果

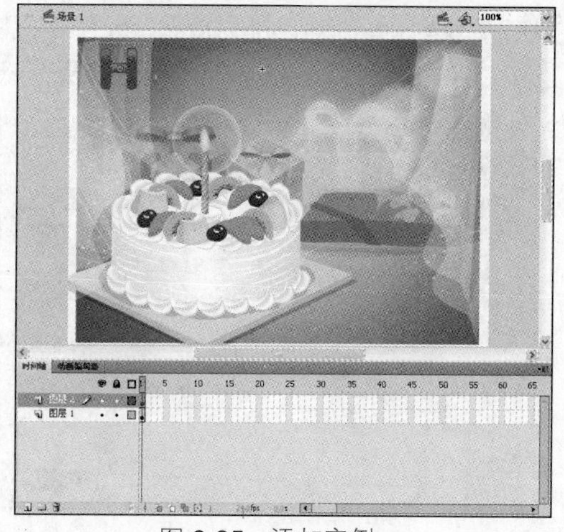

图 6-35　添加实例

17在“发光”参数设置区，设置“颜色”为“白色”，并设置其他参数，如图 6-37 所示。

18选择“窗口”|“动画预设”命令，打开“动画预设”面板，展开“默认预设”文件夹，选择“波形”动画，如图 6-38 所示。

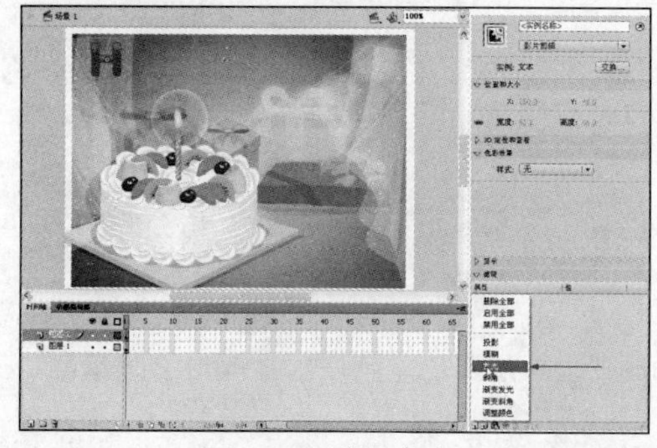

图 6-36　选择命令

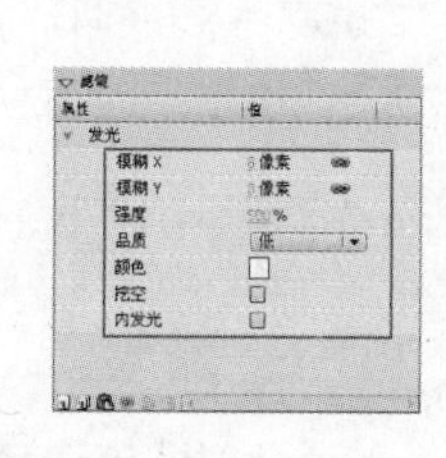

图 6-37　设置参数

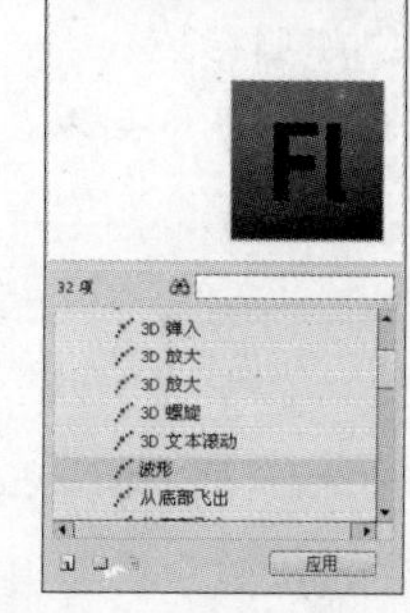

图 6-38　“动画预设”面板

19单击“应用”按钮，为“文本”实例添加“波形”动画，如图 6-39 所示。

20在“图层 1”的第 70 帧插入帧。使用“选择工具”选择“图层 2”中第 35 帧所对应的实例，将其移至波形线的左端点，如图 6-40 所示。

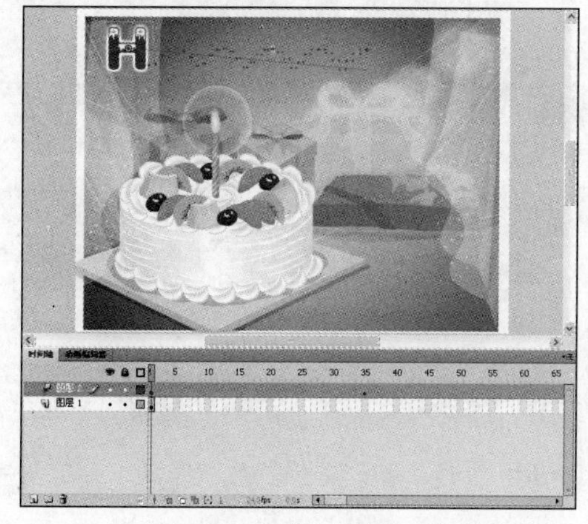

图 6-39　添加“波形”动画

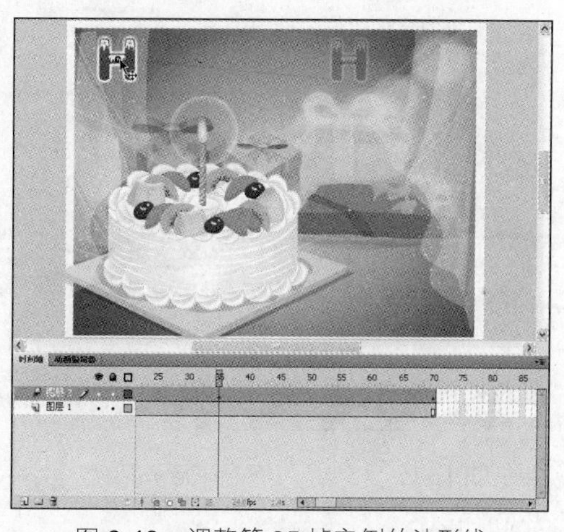

图 6-40　调整第 35 帧实例的波形线

21 按Ctrl+S组合键，将文档保存为“生日快乐”。

22 按Ctrl+Enter组合键，测试影片，预览添加发光滤镜的文字动画，效果如图6-41所示。

图6-41　预览动画

6.2 范例精讲

在Flash CS4中，使用“引导层”和“遮罩层”可以创建引导动画和遮罩动画，并且可以为实例添加滤镜效果，制作滤镜动画。下面以“双蝶恋花”和“饰品展示”动画范例来介绍引导动画、遮罩动画以及滤镜动画知识的具体应用。

6.2.1 蝶恋花

本范例通过创建“蝶恋花”动画向读者讲解利用“引导层”功能制作出蝴蝶沿引线运动的动画效果，如下图所示。

难度系数 ✓✓✓

学习时间 30分钟

学习目的 练习“引导层”命令、“水平翻转”命令、传统补间动画以及“钢笔工具”。

制作步骤

01 按Ctrl+N组合键，新建Flash文档，按Ctrl+J组合键，修改文档的“宽”和“高”分别为550和205。

02 选择“文件”|“导入”|“导入到舞台”命令，将素材文件夹中的“背景.jpg”素材导入到

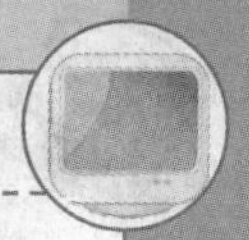

舞台，在锁定状态下，调整其“宽”为 550，效果如图 6-42 所示。

03 选择“文件”|“导入”|“打开外部库”命令，打开“作为库打开”对话框，选择素材文件夹中的“蝴蝶”文件，单击“打开”按钮，打开外部库，如图 6-43 所示。

04 选择外部库中的“蝴蝶 1”和“蝴蝶 2”元件，直接拖曳至当前文档的“库”面板中，如图 6-44 所示。

05 关闭外部库。按 Ctrl + F8 组合键，新建“蝴蝶展翅”影片剪辑元件。

06 将“库”面板中的“蝴蝶 1”元件拖曳至舞台，设置其 X 和 Y 值分别为-101.75 和 56.05，如图 6-45 所示。

图 6-42　添加背景位图

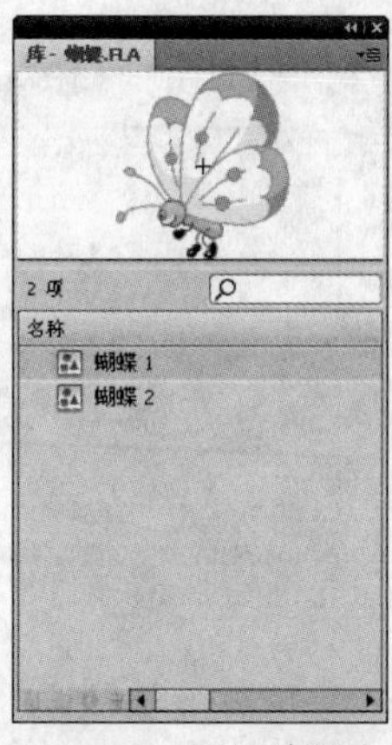

图 6-43　打开外部库

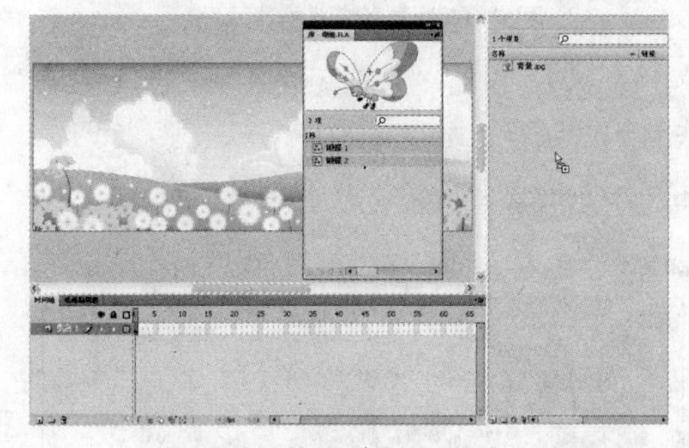

图 6-44　拖曳外部库中的元件

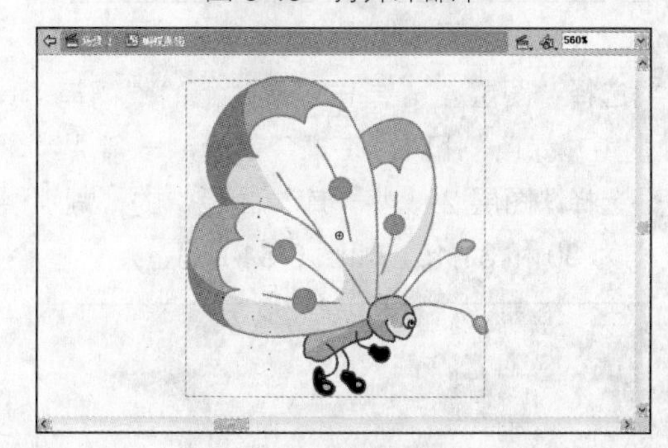

图 6-45　添加实例

07 在“图层 1”的第 4 帧插入空白关键帧，将“库”面板中的“蝴蝶 2”元件拖曳至舞台，设置其 X 和 Y 值分别为-101.75 和 56.05，如图 6-46 所示。

08 在“图层 1”的第 7 帧和第 10 帧插入空白关键帧，将“蝴蝶 1”和“蝴蝶 2”实例分别粘贴至空白关键帧，参照此操作，制作出蝴蝶展翅动画，如图 6-47 所示。

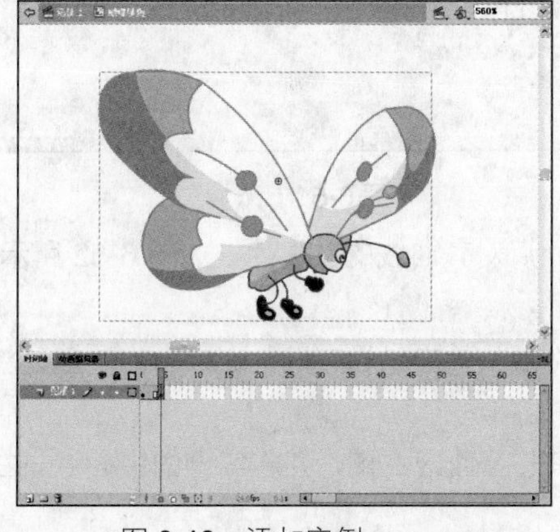

图 6-46　添加实例

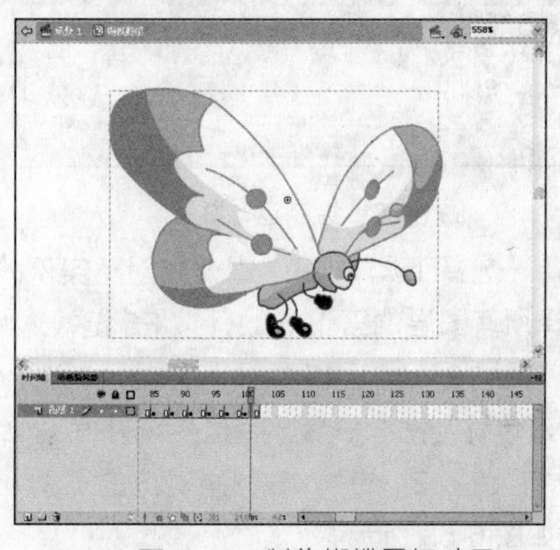

图 6-47　制作蝴蝶展翅动画

09 按 Ctrl＋E 组合键，返回主场景编辑区。

10 单击“新建图层”按钮，新建“图层 2”、“图层 3”和“图层 4”。

11 选择“图层 4”并单击鼠标右键，在弹出的快捷菜单中选择“引导层”命令，如图 6-48 所示，将其转换为引导层。

12 将“图层 3”和“图层 2”分别向上拖曳至引导层，将其转换为被引导层，如图 6-49 所示。

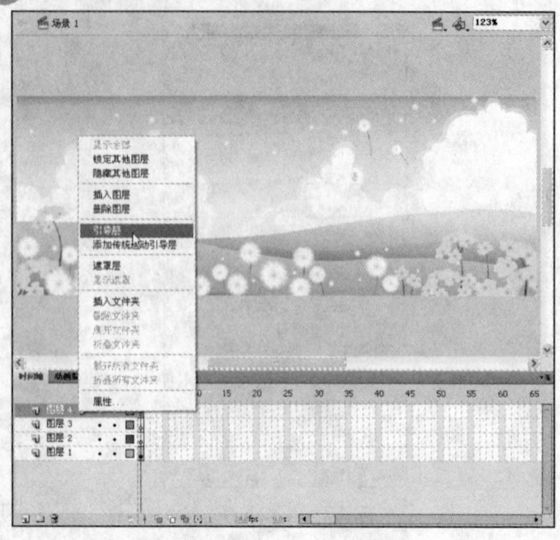

图 6-48 选择命令

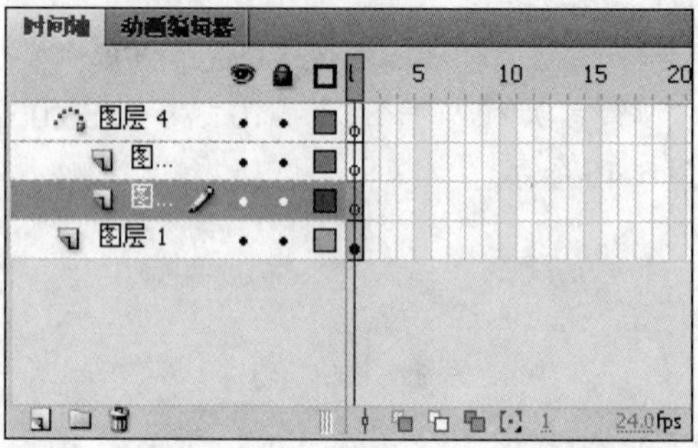

图 6-49 转换为被引导层

13 选择“图层 4”，单击工具栏上的“钢笔工具”按钮，设置“笔触颜色”和“笔触高度”分别为“绿色”和 1，在舞台上绘制一条曲线，作为运动路径，如图 6-50 所示。

14 选择“图层 2”，将“库”面板中的“蝴蝶展翅”元件拖曳至舞台，并调整其“宽”和“高”分别为 30 和 31.15，如图 6-51 所示。

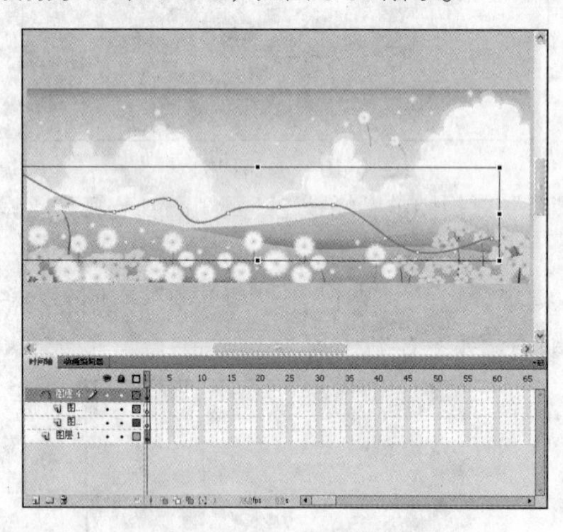

图 6-50 绘制运动路径

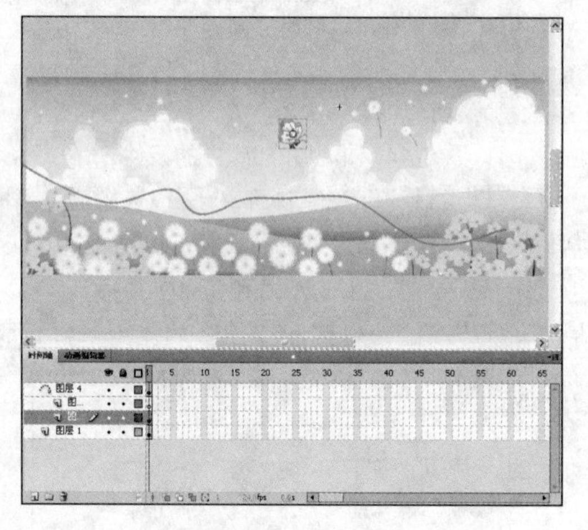

图 6-51 添加实例

15 使用“选择工具”，将“蝴蝶展翅”实例的中心点对齐曲线的左端点，如图 6-52 所示。

16 选择所有图层的第 105 帧，按 F5 键插入帧。

17 在“图层 2”的第 45 帧插入关键帧，选择第 1 帧并单击鼠标右键，在弹出的快捷菜单中选择“创建传统补间”命令，创建传统补间动画。

18 选择“图层 2”中第 45 帧所对应的实例，将其移至曲线右侧，并将实例的中心点与右端点对齐，如图 6-53 所示。

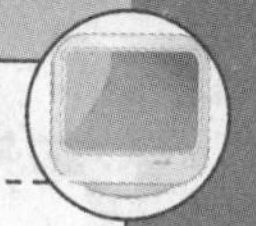

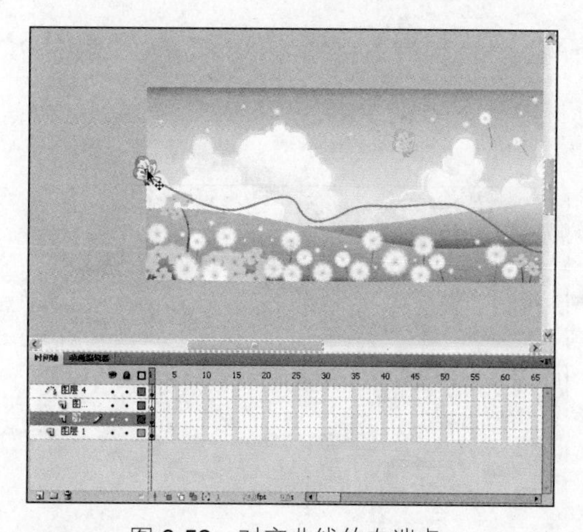

图 6-52　对齐曲线的左端点

图 6-53　对齐曲线的右端点

19 选择“图层 2”中的“蝴蝶展翅”实例，将其粘贴至“图层 3”。

20 保持“图层 3”中的“蝴蝶展翅”实例为选择状态，选择“修改”|“变形”|“水平翻转”命令，如图 6-54 所示。

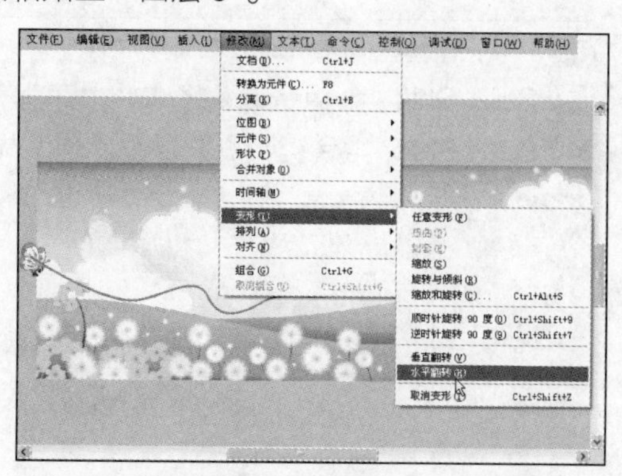

图 6-54　选择命令

21 将“蝴蝶展翅”实例水平翻转，并将其移至曲线的右侧，再将实例的中心点与右端点对齐，如图 6-55 所示。

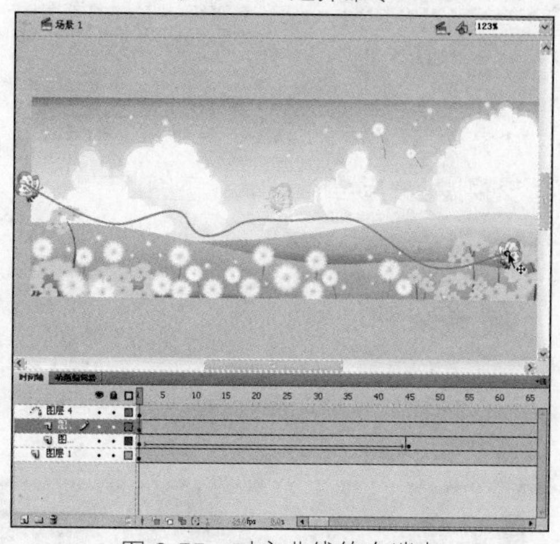

图 6-55　对齐曲线的右端点

22 在“图层 3”的第 45 帧插入关键帧，选择第 1 帧并单击鼠标右键，在弹出的快捷菜单中选择“创建传统补间”命令，创建传统补间动画。

23 选择“图层 3”中第 45 帧所对应的实例，将其移至曲线左侧，并将实例的中心点与左端点对齐，如图 6-56 所示。

24 选择“图层 3”的第 35 帧，在“属性”面板中勾选“调整到路径”复选框，如图 6-57 所示。

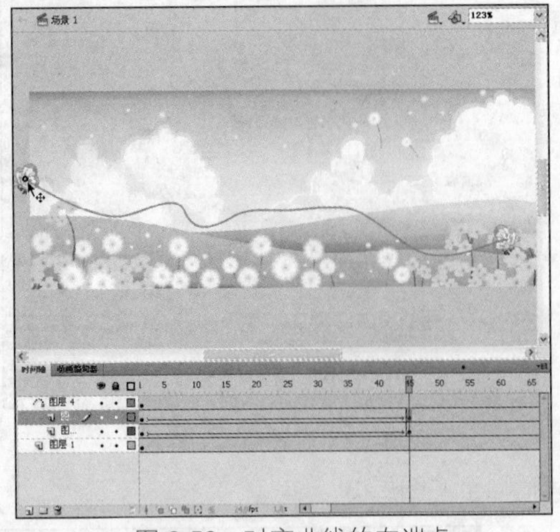

图 6-56　对齐曲线的左端点

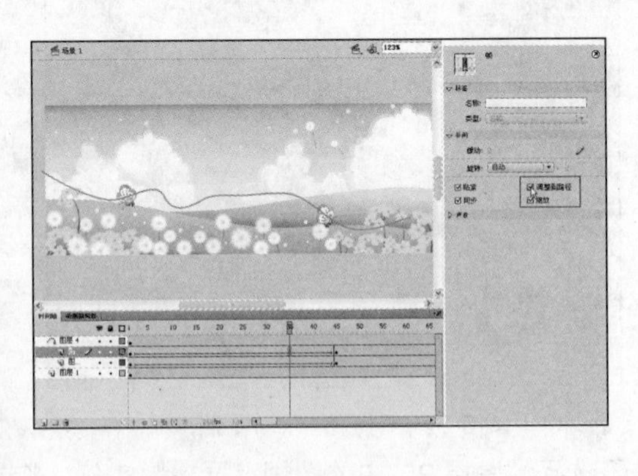

图 6-57　调整到路径

25 按 Ctrl + Shift + S 组合键，将文档另存为“双蝶恋花”。

26 按 Ctrl + Enter 组合键，测试影片，预览蝴蝶在花丛中来回飞舞，效果如图 6-58 所示。

图 6-58　预览双蝶飞舞动画

6.2.2 饰品展示

本范例通过创建“饰品展示”动画向读者讲解如何利用“遮罩层”功能制作出多种饰品交换展示的动画效果，如下图所示。

难度系数　☑ ☑ ☑

学习时间　30 分钟

学习目的　“遮罩层”命令、“对齐”面板、传统补间动画以及绘图工具。

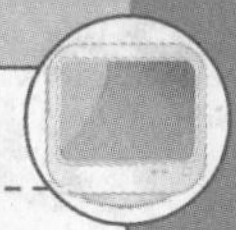

制作步骤

01 按 Ctrl＋N 组合键，新建 Flash 文档，按 Ctrl＋J 组合键，修改文档的“宽”和“高”分别为 657 和 322。

02 选择“文件”|“导入”|“导入到库”命令，将素材文件夹中的“image1.jpg”~“image4.jpg”素材导入到“库”面板。

03 按 Ctrl＋F8 组合键，新建“饰品 1”影片剪辑元件，将“image1.jpg”素材拖曳至舞台，依次单击“对齐”面板中的和按钮，对齐位图，如图 6-59 所示。

04 重复步骤（3）的操作，依次新建“饰品 2”~“饰品 4” 影片剪辑元件，并将“image2.jpg”~“image4.jpg”素材放置在相应的元件中，如图 6-60 所示。

图 6-59　创建“饰品 1”影片剪辑元件

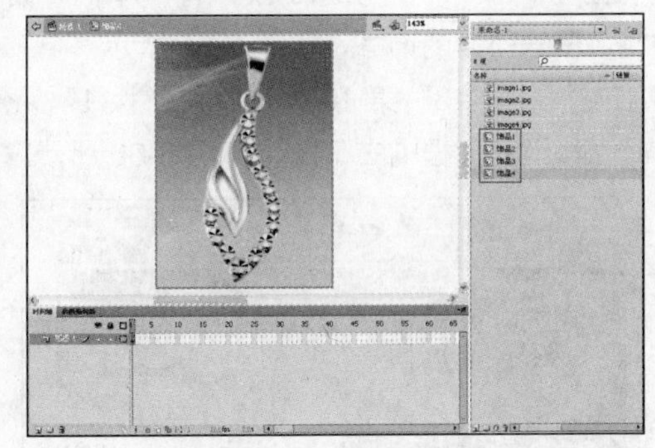

图 6-60　创建其他元件

05 按 Ctrl＋F8 组合键，新建“形状 1”影片剪辑元件，使用“绘图工具”，绘制遮罩形状 1，如图 6-61 所示。

06 按 Ctrl＋F8 组合键，新建“形状 2”影片剪辑元件，使用“绘图工具”，绘制遮罩形状 2，如图 6-62 所示。

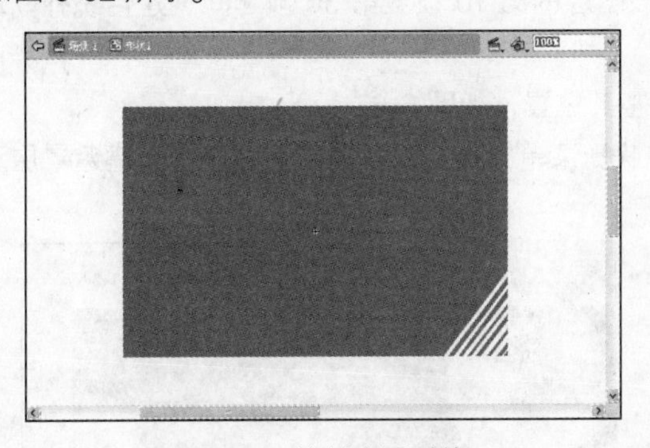

图 6-61　绘制遮罩形状 1

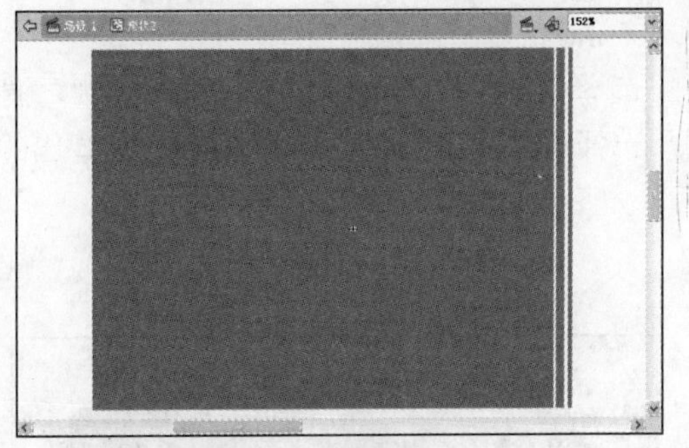

图 6-62　绘制遮罩形状 2

07 按 Ctrl＋F8 组合键，新建“形状 3”影片剪辑元件，使用绘图工具，绘制遮罩形状 3，如图 6-63 所示。

08 按 Ctrl＋E 组合键，返回主场景编辑区。

09 将“库”面板中的“饰品 1”元件拖曳至舞台，放置在舞台的正中央，如图 6-64 所示。

10 单击“新建图层”按钮，新建“图层 2”~“图层 7”。

11 选择“图层 1”的第 100 帧，按 F5 键插入帧。

12 在“图层 2”和“图层 3”的第 10 帧插入空白关键帧，第 60 帧处插入帧。

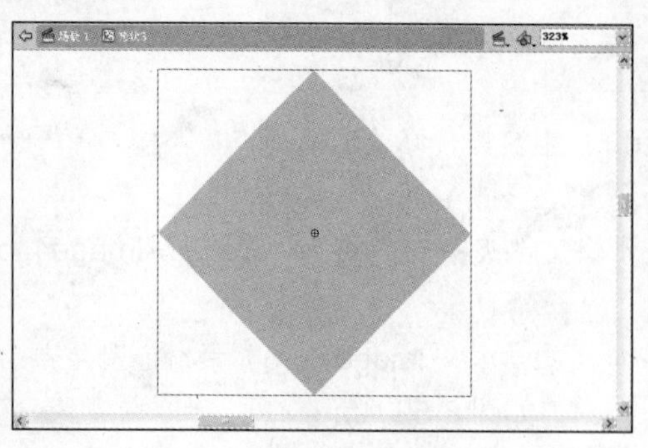
图 6-63　绘制遮罩形状 3

图 6-64　添加实例

⑬选择“图层 2”的第 10 帧，将“库”面板中的“饰品 2”元件拖曳至舞台，放置在舞台的右侧，覆盖前面的饰品，如图 6-65 所示。

⑭选择“图层 3”第 10 帧，将“形状 1”元件拖曳至舞台，选择“任意变形工具”并将变形中心点移至变形框的右下角，如图 6-66 所示。

图 6-65　添加“饰品 2”实例

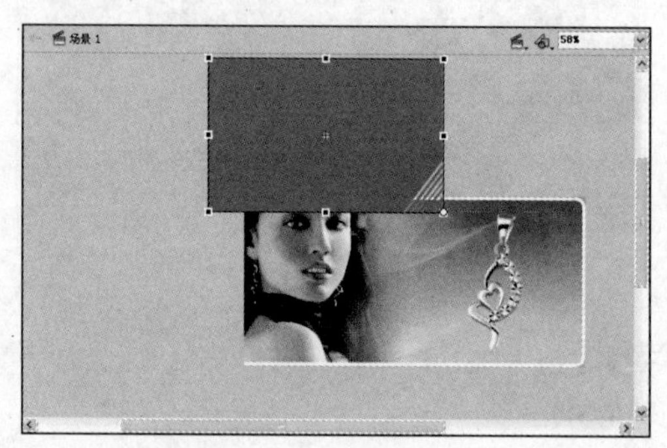
图 6-66　添加“形状 1”实例

⑮在“图层 3”的第 30 帧插入关键帧，并在该图层的第 10 帧至第 30 帧之间创建传统补间动画。

⑯选择“图层 3”第 30 帧所对应的实例，调整其位置，如图 6-67 所示。

⑰选择“图层 3”并单击鼠标右键，在弹出的快捷菜单中选择“遮罩层”命令，创建遮罩层动画，如图 6-68 所示。

图 6-67　调整实例的位置

图 6-68　创建遮罩动画

18 参照“图层 2”和“图层 3”所创建的遮罩动画，在“图层 4”和“图层 5”中分别添加“饰品 3”和“形状 2”实例，并创建遮罩动画，如图 6-69 所示。

19 参照“图层 2”和“图层 3”所创建的遮罩动画，在“图层 6”和“图层 7”中分别添加“饰品 4”和“形状 3”实例，并创建遮罩动画，如图 6-70 所示。

图 6-69　创建遮罩动画

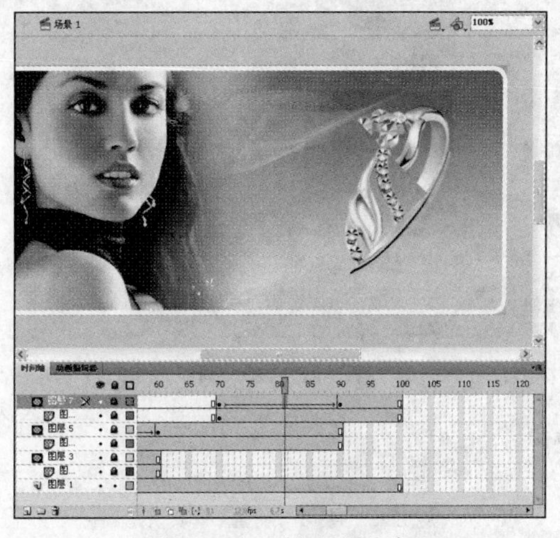

图 6-70　创建遮罩动画

20 按 Ctrl + S 组合键，将文档保存为“饰品展示”。

21 按 Ctrl + Enter 组合键，测试影片，预览饰品展示的效果，如图 6-71 所示。

图 6-71　预览动画

6.3 上机实战

通过上面两个实例的练习，相信大家对“ 遮罩动画”、“滤镜动画”等动画的制作有了一定的掌握，为了进一步巩固和掌握所有知识，请按步骤提示完成“十字切换效果”和“香水蝴蝶”动画的制作。

6.3.1 制作十字切换效果

最终效果	解题思路
本例通过“十字切换效果”动画向读者讲解利用形状补间和遮罩层功能制作两幅画面作十字切换的动画效果，如下图所示。	首先导入背景，然后制作旋转变形的矩形以及合成遮罩动画，最后制作出两幅画面成十字切换显示的动画效果。

1st Day
2nd Day
3rd Day
4th Day
5th Day
6th Day
7th Day

步骤提示

01 新建一个“宽”和“高”均为 400、“帧频”为 12 的 Flash 文档。

02 选择“文件”|“导入”|“导入到库”命令，选择两个背景文件，如图 6-72 所示，将其导入到当前文档的“库”面板中。

03 使用“矩形工具”，设置“填充颜色”为任意颜色，绘制一个“宽”和“高”均为 200 的正方形，如图 6-73 所示。

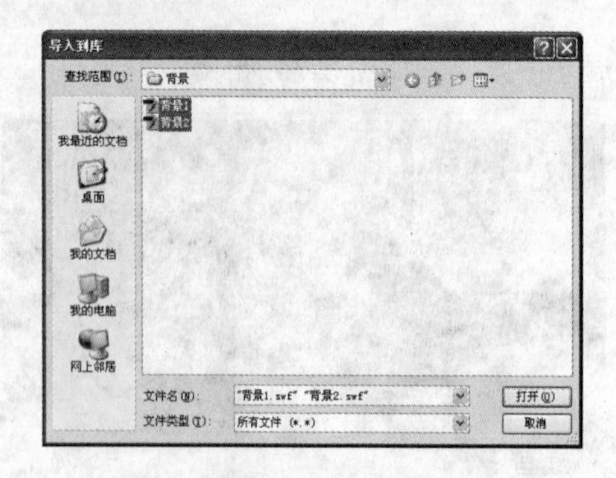

图 6-72 选择背景文件

图 6-73 绘制正方形

04 保持正方形为选择状态，按 F8 键，将其转化为“矩形”图形元件，并进入该元件的编辑区，如图 6-74 所示。

05 依次在“图层 1”的第 15 帧、第 16 帧、第 25 帧、第 40 帧和第 50 帧插入关键帧，并删除第 16 帧所对应的矩形。

06 在“图层 1”中的第 1 帧至第 15 帧、第 25 帧至第 40 帧之间创建形状补间动画。

07 分别设置第 15 帧和第 25 帧所对应矩形的“宽”为 1，如图 6-75 所示。

图 6-74 进入元件编辑区

08 按住 Ctrl 键，分别在第 1 帧至第 15 帧、第 25 帧至第 40 帧之间单击，同时选择两帧，并在“属性”面板中设置“混合”模式为“分布式”，如图 6-76 所示。

09 返回主场景编辑区，删除舞台中的图形。

10 新建“矩形组合”影片剪辑元件，将“矩形”元件拖曳至元件编辑区中，连续 3 次按 Ctrl + D 组合键，再制实例，将 4 个实例组合成一个“宽”和“高”均为 400 的矩形，如图 6-77 所示。

图 6-75　设置矩形的宽度

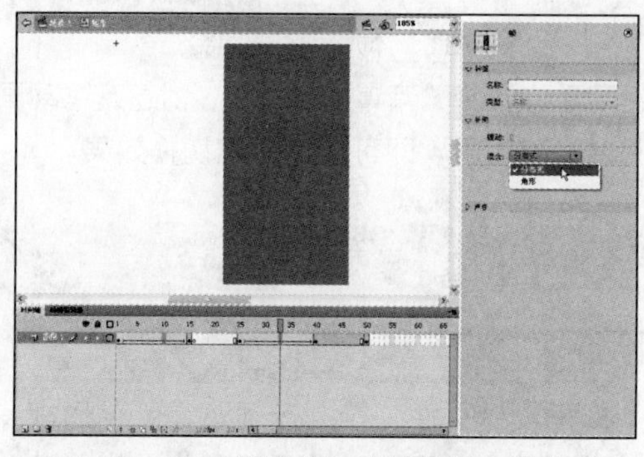

图 6-76　设置补间动画的混合模式

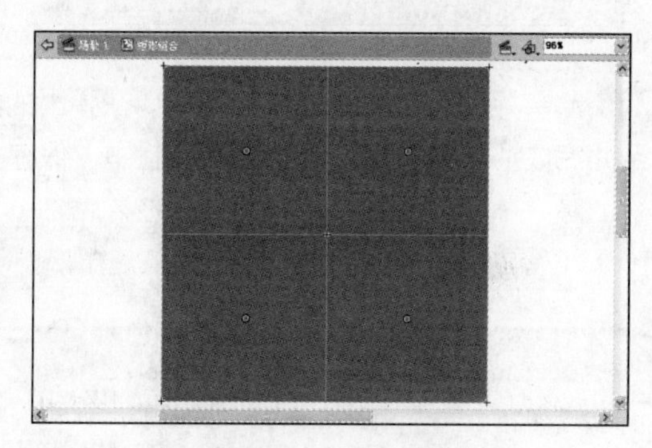

图 6-77　组合实例

11 选择右上角的矩形实例，在“变形”面板中设置其“旋转”角度为 90°。参照此操作，设置左下角和右下角实例的“旋转”角度分别为-90° 和 180°。

12 在“图层 1”的第 50 帧插入帧，选择第 30 帧，查看舞台中的图形，如图 6-78 所示。

13 按 Ctrl + E 组合键，返回主场景编辑，将导入“库”面板中的“背景 2”元件拖曳至舞台，调整其大小与舞台等大，放置在舞台的正中心，如图 6-79 所示。

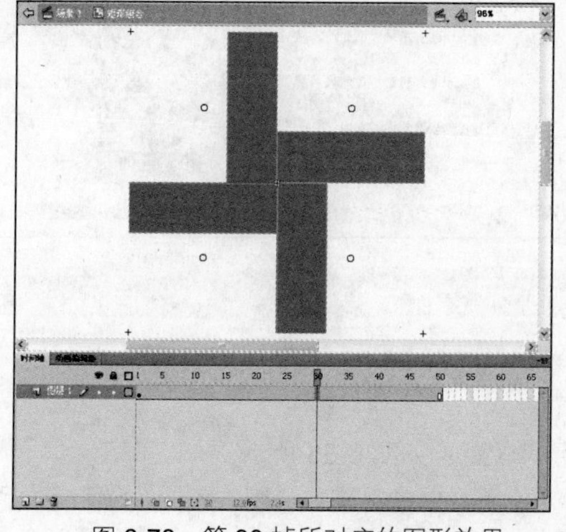

图 6-78　第 30 帧所对应的图形效果

图 6-79　添加“背景 2”实例

14 新建“图层 2”，将“背景 1”元件拖曳至舞台，并调整其大小和位置，如图 6-80 所示。

15 新建“图层 3”，将“矩形组合”元件拖曳至舞台，放置在舞台的正中央，如图 6-81 所示。

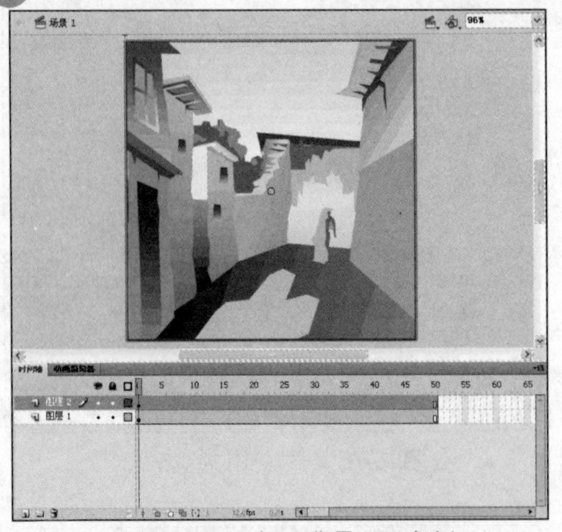

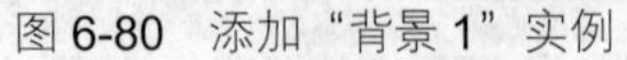
图 6-80　添加“背景 1”实例

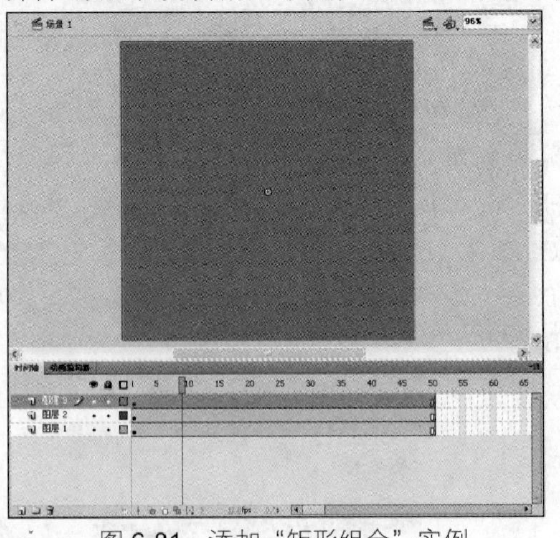

图 6-81　添加“矩形组合”实例

16 选择“图层 3”并单击鼠标右键，在弹出的快捷菜单中选择“遮罩层”命令，创建遮罩动画。至此完成“十字切换效果”动画的制作，保存并测试动画效果，即可预览十字切换效果。

6.3.2　香水蝴蝶

最终效果	解题思路
本例通过“香水蝴蝶”动画向读者讲解如何利用传统补间动画和引导层功能制作蝴蝶围着香水瓶飞舞的动画，如下图所示。	打开素材文件、绘制运动路径、变形蝴蝶以及创建引导动画，最后制作出蝴蝶围着香水瓶飞舞的效果。

步骤提示

01 按 Ctrl + O 组合键，打开一幅包含元件的素材文件，如图 6-82 所示。

02 选择“图层 1”的第 100 帧，按 F5 键插入帧。

03 将“库”面板中的位图素材拖曳至舞台，调整其位置，如图 6-83 所示。

04 新建“图层 2”和“图层 3”。选择“图层 3”，使用“钢笔工具”绘制一条曲线作为运动路径，如图 6-84 所示。

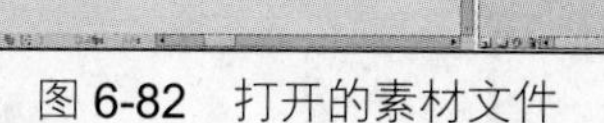
图 6-82　打开的素材文件

图 6-83　添加背景实例

05 选择“图层 2”，将“蝴蝶展翅”元件拖曳至舞台，在“变形”面板设置其缩放大小和旋转角度，如图 6-85 所示。

图 6-84　绘制运动路径

图 6-85　设置实例的变形值

06 使用“选择工具”，将“蝴蝶展翅”实例的中心点对齐曲线的左端点，如图 6-86 所示。

07 在“图层 2”的第 75 帧插入关键帧，并在该图层的第 1 帧至第 75 帧之间创建传统补间动画。

08 选择“图层 2”中第 75 帧所对应的实例，将其移至曲线端点处，并将实例的中心点与右端点对齐，并修改实例的“旋转”角度为 0° 如图 6-87 所示。

图 6-86　对齐曲线的左端点

图 6-87　对齐曲线的右端点

09 选择“图层 2”的第 1 帧至第 75 帧之间的任意一帧，在“属性”面板中勾选“调整到路径”复选框。

10 选择“图层 3”并单击鼠标右键，在弹出的快捷菜单中选择“引导层”命令，并将“图层 2”拖曳至“图层 3”的下方，创建引导动画，如图 6-88 所示。

11 至此完成“香水蝴蝶”动画的制作，保存并测试动画效果，即可预览蝴蝶围着香水瓶飞舞的效果。

图 6-88　创建引导动画

6.4 巩固与练习

本章通过实例介绍了创建引导动画、遮罩动画和使用滤镜的基本操作方法和技巧。

填空题

（1）____________不会导出，因此不会显示在发布的 SWF 文件中。

（2）____________是指在 Flash 动画中至少有一种遮罩效果的动画。

选择题

（1）在“图层属性”对话框，在“类型”栏中选中（　　）单选按钮也可取消引导层。

A．一般　　B．遮罩层　　C．引导层　　D．文件夹

（2）（　　）滤镜，可以在发光表面产生带渐变颜色的发光效果。

A．发光　　B．模糊　　C．渐变发光　　D．投影

上机题

练习遮罩动画的创建，制作瀑布动画效果。在制作过程中主要使用“遮罩层”命令、传统补间动画，最终的动画效果如图 6-89 所示。

图 6-89　最终效果

Chapter 07

Action 脚本应用

学习内容

基础导读	90 分钟
范例精讲	90 分钟
上机实战	45 分钟
巩固与练习	30 分钟

学习重点

- 认识变量、表达式和函数
- 场景/帧控制语句
- 属性设置语句
- 影片剪辑控制语句
- 循环控制语句
- 条件控制语句
- 声音控制语句
- 范例精讲 1　双蝶恋花打字机模拟动画
- 范例精讲 2　圣诞雪花动画
- 上机实战 1　制作十字切换效果新年贺卡动画
- 上机实战 2　雨滴特效动画

精彩实例效果展示

打字动画

雪花动画

新年贺卡

7.1 基础导读

前面学习了 Flash CS4 的各种基本动画的制作方法和技巧，下面学习 Flash 的脚本语言，体验和掌握 Flash 强大的交互功能。

7.1.1 ActionScript 概述

Flash 提供了一种动作脚本语言（ActionScript），通过其中相应语句的调用来实现一些特殊的功能。它是一种面向对象的编程语言。

Flash 中控制动画的播放和停止、动画中音效的大小、指定鼠标动作、实现网页的链接、制作精彩游戏以及创建交互的网页等操作，都可以用这些语言来实现。ActionScript 已经成为 Flash 中不可缺少的重要组成部分。

7.1.2 ActionScript 的基本语法

在 Flash 中 ActionScript 语句的基本语法如下。

- 点语法：在 Flash 的 ActionScript 2.0 中，点“.”用于指定对象的相关属性和方法，并标识指向的动画片段或变量的目标路径。如表达式“wyx._w”即表示动画片段“wyx”的_w 属性。点语法还有_root 和_parent 这两个特殊的别名，它们的具体含义如下。

  _root：用于创建一个绝对的路径，主要为主时间轴。

  _parent：用于对嵌套在当前动画中的动画片段进行引用，还可使用该别名创建一个相对的目标路径。
- 大括号：在 Flash 的 ActionScript 2.0 中，大括号“{}”用于将代码分成不同的块。
- 分号：在 Flash 的 ActionScript 2.0 中，分号“;”用于 ActionScript 语句的结束处，用来表示该语句的结束。如果省略分号，Flash CS4 仍然可以识别编辑的脚本，并对该脚本格式化并自动加上分号。
- 圆括号：在 Flash 的 ActionScript 2.0 中，圆括号“( )”用于放置使用动作时的参数，定义一个函数以及对函数进行调用等，还可用来改变 ActionScript 的优先级。
- 大写和小写字母：在 Flash 的 ActionScript 2.0 中，只有关键字才区分大小写，其余的 ActionScript 都可以不用区分大小写。
- 注释：在 Flash 的 ActionScript 脚本的编辑过程中，为了便于脚本的阅读和理解，一般使用 comment 命令为动作添加注释。其方法是直接在脚本中输入“//”，然后输入注释语句。

在 Actions 中注释内容以灰色显示且长度不受限制。

- 关键字：在 Flash 的 ActionScript 2.0 中，具有特殊含义可供 ActionScript 进行随意调用的单词，被称为“关键字”。在 ActionScript 中较为重要的关键字主要有 Break、Continue、Delete、Else、For、Function、If、In、New、Return、This、Typeof、Var、Void、While、With 等。

在编辑脚本时，系统不允许使用这些关键字作为变量、函数以及标签等的名字，以免发生脚本的混乱。

7.1.3 认识变量、表达式和函数

1. 变量

变量主要用于存储信息，它可以在保持原有名称的情况下，使其包含的值随特定的条件而改变。它可以存储数值、逻辑值、对象、字符串以及动画片段等任意数据类型的值。

在使用变量之前，由于类型值将对变量的值产生影响，因此首先应指定其存储数据的数据类型。在 Flash CS4 中的变量主要有以下 3 种类型。

- 逻辑变量：用于判定指定的条件是否成立，只有 True（真，表示条件成立）和 Flase（假，表示条件不成立）两种值。
- 数值型变量：用于存储特定的数值。
- 字符串变量：用于存储特定的文本信息。

在编辑脚本时，使用 Typeof 命令可以对表达式或变量的类型进行确定。

变量的作用范围是指该变量能够被识别和应用的区域。变量主要分为全局变量和局部变量两种，它们的区别如下。

- 全局变量：可以在所有引用到该变量的位置使用。
- 局部变量：只能在其所在的代码块中使用。

在使用变量之前，还应对其进行声明。在 ActionScript 2.0 中 Set variable 命令用于声明全局变量，var 命令用于声明局部变量，这两个命令都位于“语句”选项的“变量”选项中，如图 7-1 所示。

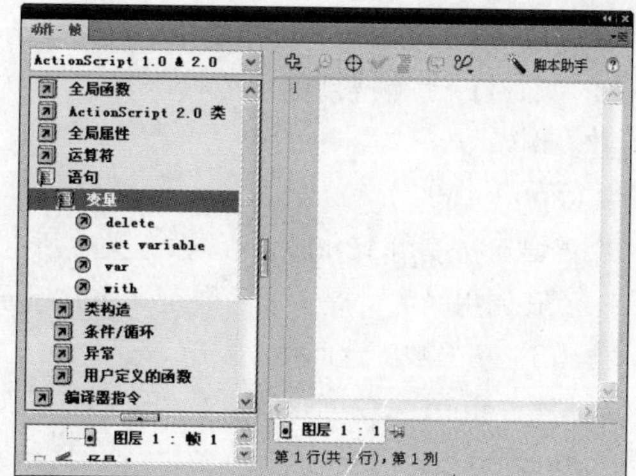

图 7-1 变量

2. 表达式

表达式用于为变量赋值，由操作符和变量值组成。常见的表达式有数值表达式、字符串表达式以及逻辑表达式 3 种。

（1）数值表达式

数值表达式用于为变量赋予数值，主要由数字、数值型变量和算术操作符组成。包括：+、−、*（乘）、/（除）、<>、<=、>=、=等操作符。其运算法则为：先乘除后加减，括号中的内容优先计算。

在使用算术运算符时，若表达式中含有字符串，则系统会将字符串转换为数值进行计算，如果该字符串不能转换为数值，则系统会将其赋值为 0 后再进行运算。

（2）字符串表达式

字符串表达式是一种由字符串和字符串变量通过字符串操作符连接后构成的表达式。在

Flash 中所有双引号括起来的字符都被视为字符串。主要包括：“”（字符串号）、&（合并）、==（等于）、===（严格等于）、!=（不等于）、!==（完全不等于）、>（大于）、>=（大于等于）、<（小于）和<=（小于等于）等字符串操作符。

在使用字符串操作符时，字符串中的数值将自动转换为字符并参与运算。

（3）逻辑表达式

逻辑表达式用于表示执行指定动作时所应具备的条件是否成立，主要由逻辑操作符和数值表达式组成，一般应用在 If 和 Loop 语句中。

主要包括：&&（与）、||（或）和!（非）等逻辑操作符。

3. 函数

函数是一种能够完成一定功能的代码块，可以在脚本中被事件或其他语句调用。在编写脚本时，常用一段函数来代替一个特定功能代码的方法来调用这段代码，可以重复使用。

（1）定义函数

在使用函数之前，需要在定义函数之后才能调用该函数。在 Flash 中可使用 Function 命令对函数进行定义。Function 命令位于“语句”选项的“用户定义的函数”选项中，如图 7-2 所示。

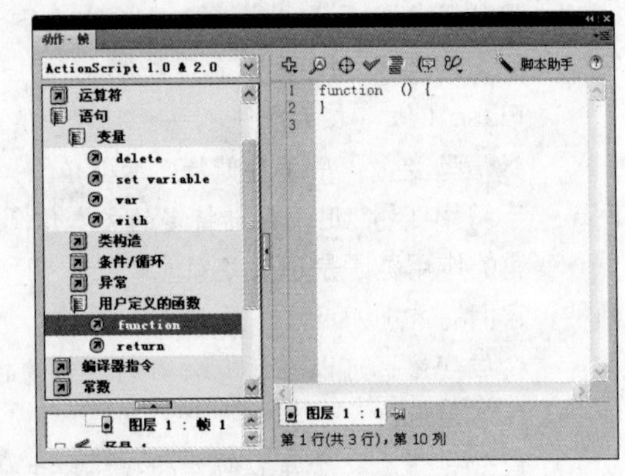

图 7-2 定义函数

（2）为函数传递参数

参数是函数代码所处理的元素。在调用函数时首先应将该函数所要求的参数传递给它，函数将使用通过传递所得到的值取代函数定义中的参数。例如：

```
kang（1880）;
```

该语句将使用 1880 取代函数定义中所定义的参数。

若在调用函数时提供了函数定义中并不要求的多余参数，这些参数将被忽略。

（3）从函数中返回值

使用 return 命令可以从函数中返回值，例如：

```
function sqr（mm）{
return mm*mm
}
```

上述语句的作用是使函数返回参数 mm 的平方值。

若系统在函数结束之前没有执行 return 命令，则函数将返回一个为空的字符串。

7.1.4 场景/帧控制语句

场景/帧控制语句是用于控制影片的播放。下面主要介绍几种比较常用的语句。

1. Play

Play 命令用于指定时间轴上的播放头从某帧开始播放。Play 语句的格式如下：

```
play（）;
```

例如以下的语句表示在单击按钮后，动画开始播放。

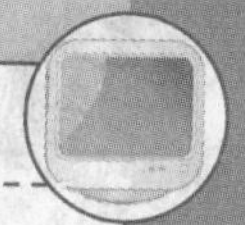

```
on ( release ) {
play ( );//单击按钮，动画开始播放
}
```

2. Stop

在默认情况下，Flash 动画将从第 1 帧开始播放，直到动画的最后一帧。该语句是 Flash 中最简单的 Actions，该语句的使用不需要其他附加的设置。如果希望将动画停止在某一帧处且不再向后继续播放，就可为停止位置对应的帧添加 Stop 命令。其格式如下：

```
Stop ( );
```

例如，下面语句表示，当鼠标移到按钮上，动画开始播放，再单击按钮，动画就会停止。

```
on ( rollOver ) {
play ( );//单击按钮，动画开始播放
}
on ( release ) {
stop ( );//再单击按钮，动画停止播放
}
```

3．gotoAndPlay

gotoAndPlay 用于指定时间轴上的播放头跳至特定场景的帧编号，并从该帧开始播放。其语法格式如下：

```
gotoAndPlay ( scene,frame );
```

该语法中各语句的含义如下。

- scene 是场景的名称，可以为空。
- frame 可以是帧编号、帧名称或是表达式。

例如，下面的语句表示当鼠标光标移动到按钮上方时出现跳动的球，而鼠标离开按钮后出现旋转的星星。

```
on  ( rollOver ) {
    gotoAndPlay ( "ball" )  //鼠标光标移动到按钮上方时出现跳动的球
}
on  ( rollOut ) {
    gotoAndPlay ( "star" )  //鼠标离开按钮后出现旋转的星星
}
```

4．nextFrame

nextFrame 用于指定时间轴上的播放头跳至下一帧，并停在该帧。其语法格式如下：

```
nextFrame ( );
```

nextFrame ( ) 里的参数可以填入数值，如 nextFrame (8)，表示停在从当前帧往下的第 8 帧。

例如，下面的语句表示单击按钮时，画面会自动停在从当前帧往下的第 33 帧。

```
on ( release ) {
nextFrame  ( 23 );//单击按钮，自动停在从当前帧往下的第 23 帧
}
```

7.1.5 属性设置语句

Action 语句中的属性设置语句主要用于设置透明效果、图形输出的品质、是否显示、所标对象的路径名称、所播放影片的高度和宽度以及旋转角度、影片的左右缩放比例、影片的上下缩放比例、影片的 x 和 y 坐标值、鼠标光标的 x 和 y 坐标值等，下面对其中较为重要的内容进行介绍。

1. _alpha

_alpha 用于设置影片剪辑的透明度属性，_alpha 值既可以在“属性”面板的“颜色”下拉列表框中选择“alpha”选项，在其后的数值框中进行设置，也可以使用 Actions 语句来设置，它的语法格式如下：

```
instanceName._alpha;
instanceName._alpha=value;
```

该语法中各语句的含义如下。

- instanceName 表示影片剪辑对象的名称。
- value 表示 alpha 透明度的数值，其取值范围在 0~80 之间，0 代表完全透明，80 表示不透明。

该语句有如下两种写法。

写法一：

```
setProperty（sun,_alpha,80）; //设置 sun 的 alpha 值为 80
```

写法二：

```
sun._alpha=80; //设置 sun 的 alpha 值为 80
```

若设置对象的 alpha 值为 0，该对象虽然看不到，但是对象还是有其作用。

2. _quality

_quality 用于以字符串设置或取得影片文件的图形输出品质，品质的好坏取决图形反锯齿的程度。其语法格式如下。

```
_quality;
_quality =x;
```

其中 x 表示图形品质的等级所使用的字符串，有“HIGH”、“BEST”、“MEDIUM”、“LOW” 4 种等级，其具体含义如下：

- HIGH：较高品质，以 4×4grid 执行图形反锯齿，位图在静止的时候平滑处理。
- BEST：最高品质，以 4×4grid 执行图形反锯齿，位图在任何时候都平滑处理。
- MEDIUM：普通品质，以 2×2grid 执行图形反锯齿，位图不做平滑处理。
- LOW：最低品质，不执行图形反锯齿，位图不做平滑处理。

例如，下面的语句表示将影片文件的图形输出品质设置为 HIGH。

```
on（release）{
_quality =" HIGH ";//单击按钮，出现较高品质的图形
}
```

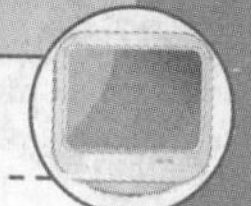

3．_visible

_visible 用于设置影片剪辑的可见性，其语法格式如下：

```
instanceName._visible;
instanceName._visible =Boolean;
```

其中 instanceName 的含义与_quality 中的相同，Boolean 表示布尔值，它只有："true"和"false"两个值。其默认值为"true"，表示显示对象；其值为"false"时，表示隐藏对象，这时影片剪辑将从舞台上消失，在它上面设置的动作也变得无效。

该语句也有如下两种写法。

写法一：

```
setProperty（sun,_visible,ture）; //设置显示 sun
```

写法二：

```
sun._visible =false; //设置隐藏 sun
```

4．_rotation

_rotation 用于设置或取得影片剪辑对象的旋转角度。其语法格式如下：

```
instanceName._rotation;
instanceName._rotation =integer;
```

该语法中各语句的含义如下。

- instanceName 表示影片剪辑对象的名称。
- integer 表示影片对象旋转的角度。取值范围为-80°～80°。如果将它的值设置在这个范围之外，系统会自动将其转换为这个范围之间的值。

该语句也有如下两种写法。

写法一：

```
setProperty（sun,_rotation,80）; //设置 sun 顺时针旋转 80°
```

写法二：

```
sun._rotation =-80; //设置 sun 逆时针旋转 80°
```

例如下面的语句就表示单击按钮后，猫会逆时针旋转 45°。

```
on（release）{
setProperty（cat,_rotation, -45）;//单击按钮，猫逆时针旋转 45°
}
```

7.1.6 影片剪辑控制语句

在 Flash 中的影片剪辑控制语句较多，下面主要讲述以下几个最常使用的语句。

1．duplicateMovieCilp

duplicateMovieCilp 用于复制影片对象，复制场景上指定 target 的 instance name，并给复制出来的 MovieCilp 一个新的 instance name 和 depth 值。duplicateMovieClip 动作位于"动作"面板中"全局函数"下的"影片剪辑控制"类中，双击 duplicateMovieClip 选项，在右边窗口中将自动出现 duplicateMovieClip 的语法格式（如图 7-3 所示）。

其语法格式如下：

```
duplicateMovieClip（target,newname,depth）;
```

该语法中各语句的含义如下。

- target表示要重制的影片剪辑所在的目标路径。
- newInstancename 表示已重制的影片剪辑的唯一标识符。
- depth 表示指定新影片对象在 Stage 的深度级别，深度级别是重制的影片剪辑的堆叠顺序。深度级别的概念与图层类似，较高深度级别中的图形会遮挡较低深度级别中的图形，影片剪辑所在的深度级别越高，就越接近用户。用户必须为每个重制的影片剪辑分配一个唯一的深度级别。

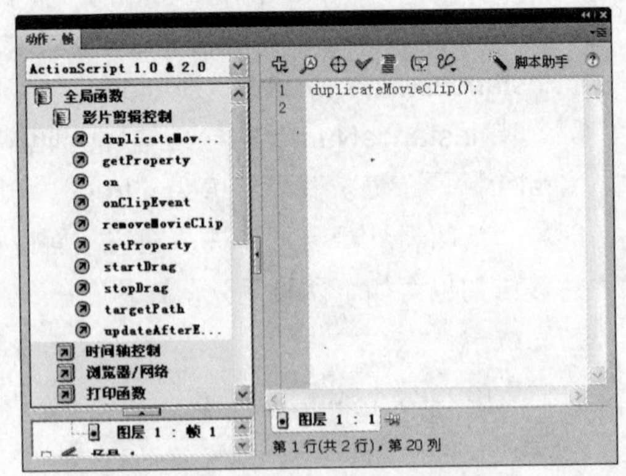

图 7-3　影片剪辑控制

提示

在复制之前，舞台上必须要有一个初始的 MovieClip，初始的 MovieClip 永远在 Stage 的第 0 层上。并且复制后的一个新的 MovieClip 必须被放在不同的层级，否则原有层级的 MovieClip 就会被置换成新的 MovieClip；播放影片剪辑时，一旦删除初始的 MovieClip，则所有已经复制的 MovieClip 就会同时全部从 Stage 上删除；MovieClip 对象上的变量值无法使用 duplicateMovieClip 复制到新的对象上。

例如下面的语句表示复制名为“sun”的影片剪辑：

```
on（release）{
duplicateMovieClip（"sun","sun" add i, i）;
}
```

2．loadMovie

loadMovie 用于加载外部的 swf 影片到当前正在播放的 swf 影片中。其好处在于不用打开一个 flash 播放器或跳至另一个新的网页，即可以同时使用一个 player 播放或切换影片文件。其语法格式如下：

```
anyMovieClip.loadMovie（url,target,method）
```

该语法中各语句的含义如下。

- url 表示为相对或绝对路径的 URL 地址。
- target 表示目标对象的路径。
- method 表示变量数据传送的方式，如有变量要跟着送出时，所使用方法有 GET 和 POST 供选择，该选项可以为空。

使用 target 的方式加载影片文件之前，舞台上一定要事先放置 target 所标识的对象。如果 target MovieClip 被旋转、缩放、变形，则加载后的电影文件也会跟着变动。加载的 target 路径如果相同，新加载的动画文件会取代之前记载的动画文件。

例如下面的语句就表示单击按钮后，程序会导入外部的 book.swf 影片文件，并显示当前的场景。

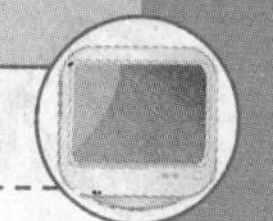

```
on（release）{
clipTarget.loadMovie（"book.swf",get）;//单击按钮，程序导入外部 book.swf 影片文件
}
```

3．startDrag

startDrag 用来拖曳场景上的影片剪辑，执行时，被拖曳的影片剪辑会跟着鼠标光标的位置移动。其语法格式如下：

```
startDrag （target）;
startDrag （target,[lock]）;
startDrag （target,[lock],[left,top,right,down]）;
```

该语法中各语句的含义如下。

- target 表示到要设置其属性的影片剪辑实例名称的路径。
- lock 表示以布尔值（true、false）判断对象是否锁定鼠标光标中心点，当布尔值为 true 时，影片剪辑的中心点锁定鼠标光标的中心点。
- left,top,right,down 表示对象在场景上可拖曳的上下左右边界，当 lock 为 true 时，才能设置边界的参数。

7.1.7 循环控制语句

循环控制语句是较常使用的 Actions 语句，下面对其进行详细介绍。

1. do…while

do…while 用来先处理一次{statement}里的程序，并判断是否满足条件，若符合条件则继续执行，若不符合条件，则跳出 do…while 循环，并执行循环外的下一行程序。

```
do{
statement;
}while （condition）;
```

该语法中各语句的含义如下。

- statement 表示如果 condition 的条件为真就处理该语句。
- condition 表示条件式语句，若符合条件则继续执行。

使用 do While 语句可创建与 While 语句相同的循环，其不同之处在于 do While 语句对表达式的判定是在其循环结束处，即使用该语句至少会执行一次循环。

2．while

While 语句在循环时会先计算一个表达式，只要表达式的值为真，就执行循环体中的代码，在执行完循环体中的每一个语句之后，While 语句会再次对该表达式进行计算，直到其值为假时。其语法格式如下：

```
while （condition）{
statement（s）;
}
```

该语法中各语句的含义如下。

- condition 为条件式语句，若符合条件则继续执行。
- statement 为处理语句，如果 condition 的条件为真，则处理该语句。

do…while、while 都是满足条件的重复{}程序处理，两者的差异为，do…while 就算是在没有满足条件的情况下，也会处理一次{}里的程序，也就是说先执行 statement 后判断 condition；While 若没有满足 condition 的条件，则不执行{}里的程序，也就是说先判断 condition 后执行 statement。

3．for

for 为指定次数的条件语句，先判断条件是否符合，符合则继续执行，执行完后更新条件为真，继续判断条件是否符合，符合则继续，否则跳出循环，并执行循环外的下一行程序。

其语法格式如下：

```
for （init;condition;next）{
statement;
}
```

该语法中各语句的含义如下。

- init 表示循环控制的变量初始值。
- condition 表示条件式，测试是否符合条件，其值为 true 或 false。
- next 表示循环控制的变量更新值，执行一次循环更新一次。

4．for…in

for…in 用于根据对象的所有属性或数组里的元素进行重复程序处理。其语法格式如下：

```
for （variable iterant in object）{
statement;
}
```

该语法中各语句的含义如下。

- variable 表示变量名称。
- object 表示被赋值的对象名称。
- statement 表示语句。

for…in、for 都是指定次数的重复{}程序处理，两者的差异为 for…in 只对复制对象所有的属性个数或数组里的数据个数执行重复{}程序处理。for 循环如果没有在一开始时就满足条件，就不会执行{}里的程序。

7.1.8 条件控制语句

下面介绍如下几种最常用的条件控制语句。

1．if

if 语句表示遇到 if 判断表达式时，若符合 if 判断表达式的条件，则返回 true 的值，程序就会执行 if 判断表达式里的程序，否则就返回 false 值，并跳开 if 判断表达式，继续执行后续的程序。其语法格式如下：

```
if （condition）{
statement（s）;
```

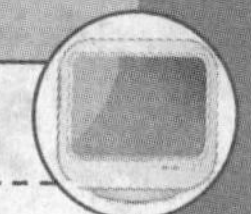

```
}
```

该语法中各语句的含义如下。

- condition 为 if 判断表达式的条件，若符合条件则执行 if 条件里的程序。
- statement 为语句，满足条件时所执行的程序。

2．else

else 语句表示当 if 判断表达式的条件分支之后，需要执行二选一的语句，可和 else 并用，若不符合 if 判断表达式的条件，就返回 false 值，程序就会执行 else 后的语句。

其语法格式如下：

```
else（statement（s））；
```

其中 statement 为语句，如果 if 的条件为假，则执行该语句。

例如下面的语句表示若鼠标的 x 坐标值等于 y 坐标值，则开始播放 sun 对象，否则就播放 mov 对象。

```
if （_xmouse==_ymouse）{
sun.play（）;
}else{
mov.play（）;
}
```

3．else…if

else…if 语句表示当 if 判断表达式由多种条件分支，可和 else if 并用，else if 等于是另一个条件分支的判断表达式，如不符合 if 判断表达式的条件，就返回 false 值，程序就会执行 else if 的程序。其语法格式如下：

```
else if （expression）{
statement（s）;
}
```

该语法中各语句的含义如下。

- expression 表示条件表达式，若符合条件则继续执行。
- statement 为语句，如果 expression 的条件为真，则处理该语句。

例如下面的语句就表示若鼠标的 x 坐标值等于 y 坐标值的 2 倍，就开始播放 mov 对象。

```
else if （_xmouse*2= =_ymouse）{
mov.play（）;
}
```

4．case

case 用于定义一个条件或赋一个值给 switch 语句，并进行分支判断。

其语法格式如下：

```
case expression:statement
```

该语法中各语句的含义如下。

- expression 为表达式。
- statement 为语句。

例如，下面的语句表示如果变量 x 等于 0，则出现“小孩”的信息字样，若等于 1 则出现“大人”的信息字样。

```
switch（_x）{
    case0:trace（“小孩”）;bresk;
    case1:trace（“大人”）;bresk;
}
```

7.1.9 声音控制语句

Flash 中最不可缺的是声音，下面介绍如下几种常见的声音控制语句。

1. stopAllSounds

stopAllSounds 用于关闭当前播放的影片里所有正在播放的声音。无论正在播放几个 Flash 影片，所有正在发出的声音，都会被停止。其语法格式如下：

```
stopAllSounds（）;
```

例如下面的语句表示执行程序后，每单击一个按钮，就会出现不同的背景音乐，但当单击 stopAllSounds 按钮时，就会停止所有的背景音乐。

```
on（release）{
ml.play（）;
}
on（release）{
stopAllSounds（）;
}
```

2. new Sound

new Sound 用于建立声音对象。其语法格式如下：

```
new Sound（）;
new Sound（target）;
```

其中 target 表示要加入声音的 MovieClip instance 名称。其写法如下：

```
mySound= new Sound（）;//建立名称为 mySound 的声音文件
```

3. Sound.setVolume

Sound.setVolume 用于设置声音的大小。其语法格式如下：

```
mySound.setVolume （volume）;
```

其中 volume 表示声音大小的值，最大是 80，最小是 0，默认值为 80。

4. Sound.start

Sound.start 用于开始播放声音对象。其语法格式如下：

```
mySound.start （）;
mySound.start （[secondOffset,loop]）;
```

该语法中各语句的含义如下。

- secondOffset 表示赋值要播放声音的开始位置，以秒为单位。
- loop 表示要重复播放的次数。

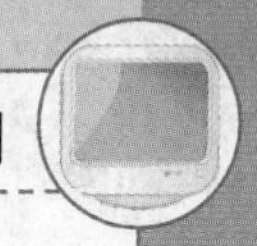

例如，下面的语句表示开始 mySound 声音对象播放，从第 5 秒的位置开始，并且播放 2 次。

```
on（release）{
mySound.start（5,2）;
}
```

5．Sound. stop

Sound.stop 用于停止播放声音对象。其语法格式如下：

```
mySound.stop （）;
mySound.stop （["id"]）;
```

其中 id 表示在“库”中为指定的声音所命名的代号，可在“库”中对指定的声音单击右键，选择“重命名”命令加以命名，此代号使用时必须要用""括起来。

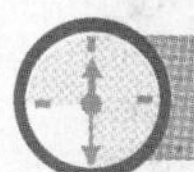

7.2 范例精讲

在 Flash CS4 中，使用 Action 语句可以创建丰富的动画效果，并且可以控制场景、帧实例等。下面以“打字机模拟动画”和“圣诞雪花动画”范例向用户介绍 Action 语句的具体应用方法。

7.2.1 打字机模拟动画

本范例通过创建“打字机模拟动画”向读者讲解利用动态文本和 Action 语句制作出一个模拟打字机打字的动画效果，如下图所示。

难度系数　☑ ☑ ☑

学习时间　30 分钟

学习目的　练习“文本工具”、动态文本、gotoAndPlay、if 语句、声音等应用。

制作步骤

01 选择“文件”|“打开”命令，打开素材文件夹中“打字机模拟素材.fla”文件，选择“文件”|“另存为”命令，将其保存为“打字机模拟动画”文件，如图7-4所示。

02 选择“图层1”，将“库”面板中的“图片”素材拖曳至舞台，在“变形”面板中设置其“宽度”和“高度”均为68.4%，在“属性”面板中设置其X和Y值均为0，效果如图7-5所示。

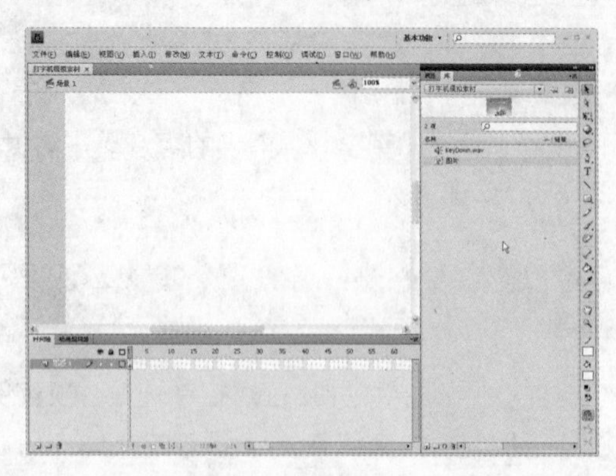
图7-4　打开的素材文件

图7-5　添加位图

03 选择“图层1”的第10帧，按F5键插入帧，新建“图层2”和“图层3”，选择“图层2”的第1帧，按F9键，在弹出的“动作”面板输入如下脚本：text = "　永不褪色的是对你默默的关怀，永不停息的是对你无尽的思念，永不改变的是对你深深的爱恋。"

04 选择“图层2”的第2帧，按F6键插入关键帧，使用“文本工具”，在“属性”面板的“文本类型”下拉列表框中选择“动态文本”，在舞台上创建一个文本框，并设置其“宽”、“高”、X和Y值分别为303.9、147.9、50和263.9，如图7-6所示。

05 保持动态文本框为选择状态，在“属性”面板中设置字体的“系列”、“大小”、“文本（填充）颜色”分别为“楷体_GB2312”、22和“白色”，在“行为”下拉列表框中选择“多行”选项、单击“可选”按钮，并在“变量”文本框中输入show，如图7-7所示。

图7-6　创建文本框

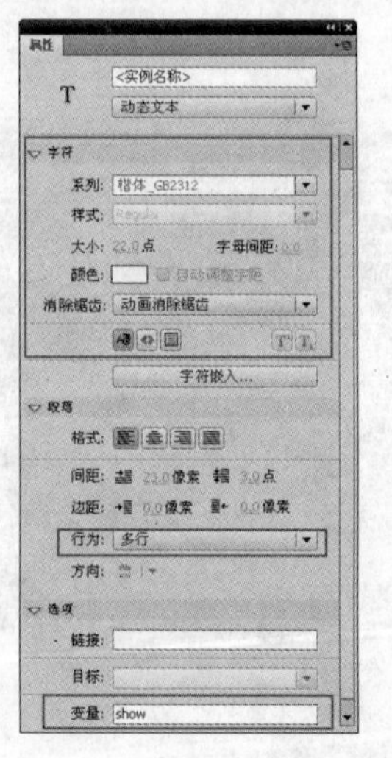

图7-7　设置文本属性

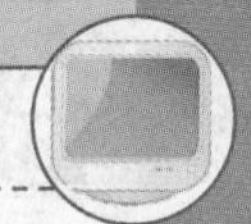

06 选择“图层 2”的第 2 帧，按 F9 键，在打开的“动作”面板输入如下脚本：

```
count=count+1;
show=mbsubstring（text,1,count）;
if（count>mblength（text））{
        stop（）
        };
```

07 选择“图层 2”的第 4 帧，按 F7 键插入空白关键帧，选择该帧，按 F9 键，在打开的“动作”面板中输入如下脚本：

```
gotoAndPlay（2）;
```

08 在“图层 3”的第 3 帧、第 6 帧、第 8 帧和第 10 帧插入空白关键帧，选择第 1 帧至第 3 帧之间的任意一帧，在“属性”面板的“声音名称”下拉列表框中选择 KeyDown.wav 声音素材，为其添加声音，并设置声音的其他属性，如图 7-8 所示。

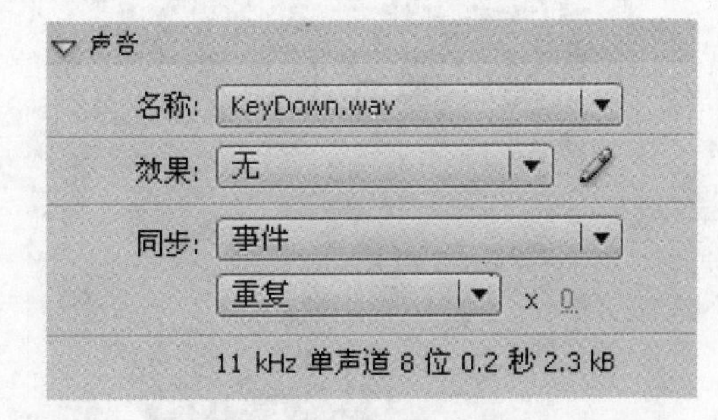

图 7-8　设置声音属性

09 参照第 1 帧至第 3 帧之间添加声音的操作，依次在第 3 帧至第 6 帧、第 6 帧至第 8 帧、第 8 帧至第 10 帧之间添加声音素材，如图 7-9 所示。

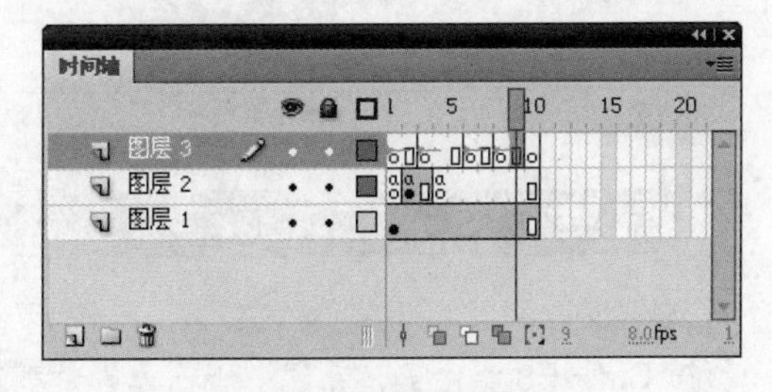

图 7-9　添加声音

10 选择“图层 3”的第 10 帧，按 F9 键，在打开的“动作”面板输入如下脚本：

```
gotoAndPlay（1）;
```

11 按 Ctrl＋S 组合键，保存文档。

12 按 Ctrl＋Enter 组合键，测试影片，效果如图 7-10 所示。

图 7-10　预览效果

7.2.2 圣诞雪花动画

本范例通过创建“圣诞雪花动画”向读者讲解如何利用运动引导层和 Action 语句制作出雪花飘落的动画效果，如下图所示。

难度系数 ☑ ☑ ☑

学习时间 45 分钟

学习目的 练习运动引导层、duplicateMovieClip 语句、gotoAndPlay 语句等。

制作步骤

01 选择“文件”|“打开”命令，打开一幅素材图形，如图 7-11 所示。

02 按 Ctrl + F8 组合键，新建“下雪”影片剪辑元件，进入该元件的编辑区。

03 选择“图层 1”并单击鼠标右键，在弹出的快捷菜单中选择“添加传统运动引导层”命令，在“图层 1”上方新建引导层：图层 1，如图 7-12 所示。

图 7-11　打开的素材文件

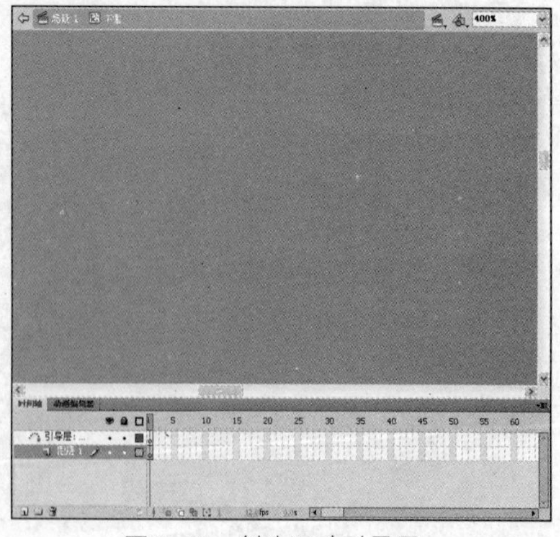

图 7-12　创建运动引导层

04 使用“钢笔工具”，设置“笔触颜色”为“白色”，在舞台上绘制一条曲线，作为运动路径，如图 7-13 所示。

05 选择“图层 1”，将“库”面板中的“雪花”元件添加至舞台，使用任意变形工具，调整注册点至变形框的左上角，并与线条的上端点重合，效果如图 7-14 所示。

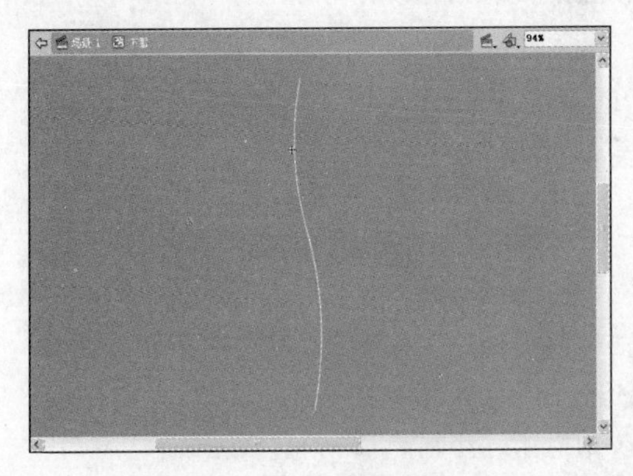

图 7-13　绘制曲线

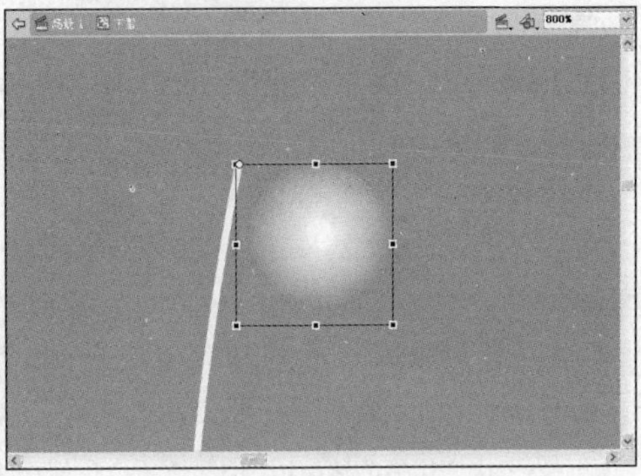

图 7-14　添加实例

06 在“引导层: 图层 1”的第 50 帧插入帧，在“图层 1”的第 50 帧插入关键帧，将“雪花”实例的注册点与线条的下端点重合，如图 7-15 所示。

07 在“图层 1”的第 1 帧至第 50 帧之间创建传统运动补间动画。

08 按 Ctrl + E 组合键，返回主场景。将“画面”元件拖曳至舞台，放置在舞台的正中央，如图 7-16 所示。

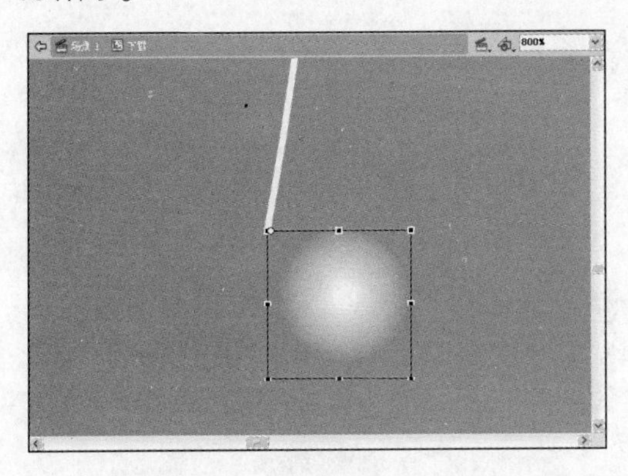

图 7-15　对齐下端点

图 7-16　添加画面实例

09 新建“图层 2”，将“下雪”元件添加至舞台，设置 X 和 Y 值分别为 32.4 和 57、“实例名称”为 flower，如图 7-17 所示。

10 分别在“图层 1”和“图层 2”中的第 3 帧插入帧。新建“图层 3”，选择第 1 帧，按 F9 键，在“动作”面板中添加如下脚本语言：

```
var flowerNum = 0;
//定义雪花的数量初始值为 0
flower._visible = false;
```

图 7-17　添加下雪实例

```
//场景中 flower 实例的为不可见
```

⑪在“图层 3”的第 2 插入空白关键帧，按 F9 键，在“动作”面板中添加如下脚本语言：

```
flower.duplicateMovieClip（"flower"+flowerNum, flowerNum）;
//复制 flower 实例
var newFlower = _root["flower"+flowerNum];
//把复制好的新 flowr 名称用 newFlowre 代替
newFlower._x = Math.random（）*550;
//新复制的 flower 实例的 x 坐标是 0~450 的一个随机值
newFlower._y = Math.random（）*300;
//新复制的 flower 实例的 y 坐标是 0~50 的一个随机值
newFlower._xscale =newFlower._yscale=Math.random（）*40+60;
//新复制的 flower 实例的水平宽度比例是 60~100 的一个随机值
newFlower._alpha = Math.random（）*30+50;
//新复制的 flower 实例的透明度是 70~100 的一个随机值
flowerNum++;
//雪花数量加上 1
```

⑫在“图层 3”的第 2 插入空白关键帧，按 F9 键，在“动作”面板中添加如下脚本语言：

```
if （flowerNum<120） {
//当雪花数小于 120 时候
  gotoAndPlay（2）;
//跳到第二帧
    } else {
      stop（）;
    //停止
}
```

⑬执行“另存为”命令，将其保存为“圣诞雪花动画”。按 Ctrl + Enter 组合键，测试影片，预览制作好的雪花飘落特效，效果如图 7-18 所示。

图 7-18　预览效果

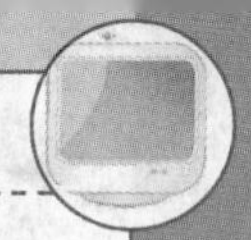

7.3 上机实战

通过上面两个手绘实例的练习，相信大家对使用 Flash 脚本有了一定的掌握，为了进一步巩固和掌握所有知识，请按步骤提示完成“新年贺卡动画”和“雨滴特效动画”范例的制作。

7.3.1 新年贺卡动画

最终效果	解题思路
本范例通过“新年贺卡动画”向读者讲解利用 Action 语句加载已有的新年贺卡动画，动画如下图所示。	首先新建空白影片剪辑元件，然后为实例添加 loadMovie 语句加载同文件夹中的“贺卡.swf”文件，制作新年贺卡动画效果。

步骤提示

01 依次执行“新建”和“保存”命令，新建并保存“新年贺卡动画.fla”文档，如图 7-19 所示。

02 按 Ctrl + F8 组合键，新建“调用”影片剪辑元件，进入该元件编辑区，如图 7-20 所示。

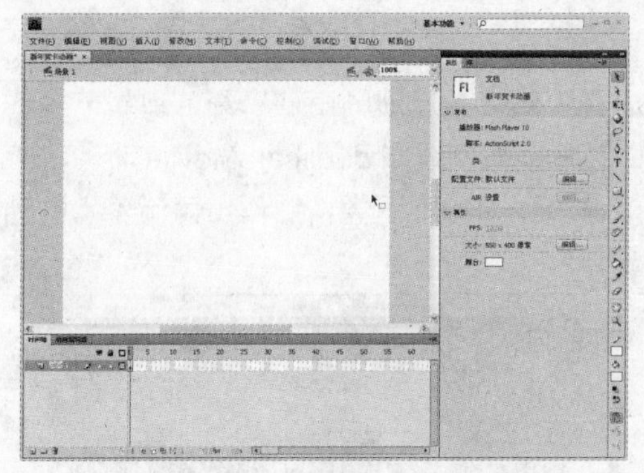

图 7-19　新建并保存文档

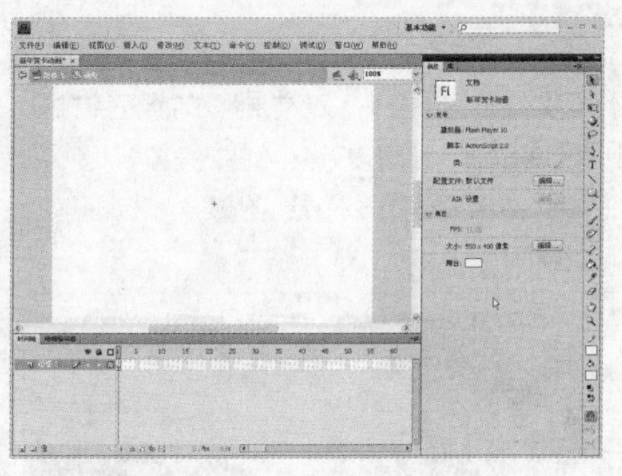

图 7-20　新建元件

03 按 Ctrl + E 组合键，返回主场景，将“库”面板中的“调用”元件拖曳至舞台放置在正中央，如图 7-21 所示。

04 选择舞台中的“调用”实例，按 F9 键，在弹出的“动作”面板输入脚本，如图 7-22 所示。

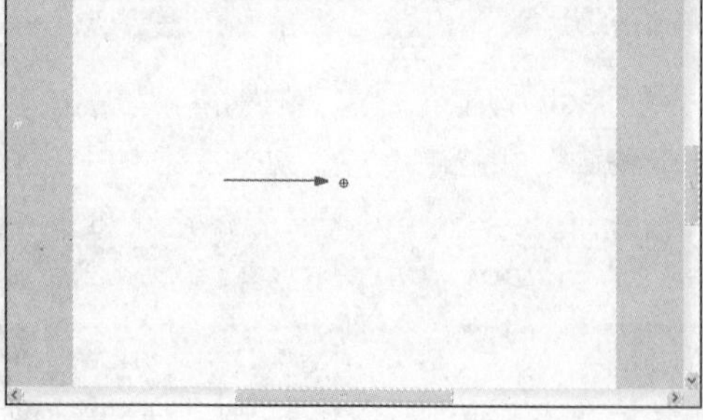

图 7-21　添加实例

```
onClipEvent (enterFrame) {
    //当加载至实例所在的帧时，触发事件
    loadMovieNum("贺卡.swf",0);
    //加载当前文件夹下素材中的动画文件贺卡.swf
}
```

图 7-22　输入脚本

05 执行“保存”命令，将文件保存。按 Ctrl + Enter 组合键，测试影片，预览加载的新年贺卡动画，效果如图 7-23 所示。

图 7-23　预览效果

7.3.2　雨滴特效动画

最终效果

本范例通过“雨滴特效动画”向读者讲解利用 Action 语句复制实例并更改实例属性，制作出雨滴落水的动画效果，动画如下图所示。

解题思路

首先新建“运动的雨滴”影片剪辑元件，然后为实例添加 duplicateMovieClip 语句，最后添加背景图像，制作出雨滴落水的动画效果。

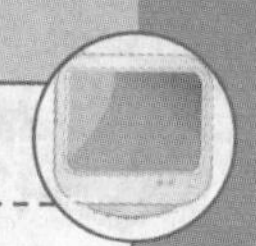

步骤提示

01 按 Ctrl + N 组合键，新建一个脚本为 ActionScript 2.0 版本的文档。

02 按 Ctrl + F8 组合键，新建“运动的雨滴”影片剪辑元件，并进入该元件的编辑区。

03 使用椭圆工具，设置“笔触颜色”和“填充颜色”分别为“白色”和“天蓝色”(#00CBFF)，在舞台上绘制一个椭圆，并设置其“宽度”和“高度”分别 3 和 20，X 和 Y 值分别为-80.7 和-12.9，如图 7-24 所示。

04 保持椭圆为选择状态，按 F8 键，将其转换为“椭圆”图形元件。

05 在“图层 1”的第 10 帧插入关键帧，选择该帧所对应的实例，设置其 X 和 Y 值分别为-36 和 327，并在第 1 帧至第 10 帧之间创建传统补间动画（制作雨滴下落动画），如图 7-25 所示。

> **提示**
> 创建雨滴下落时大概距离为 300 像素高度，如果太高就无法出现雨滴落水效果，只能有雨滴落下效果。如果缩短帧数可以提高雨滴的下落速度。

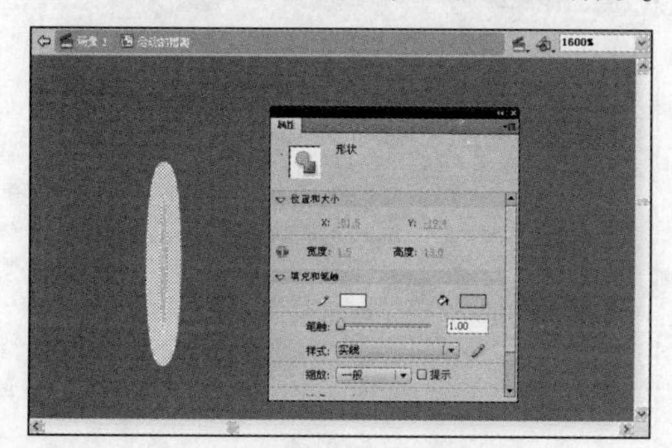

图 7-24 绘制椭圆

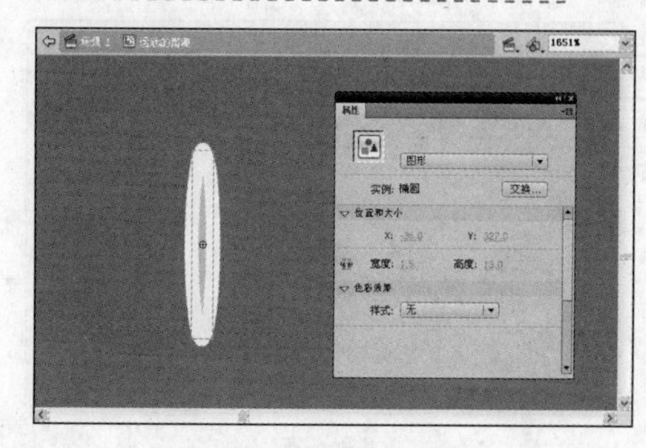

图 7-25 第 10 帧的实例

06 在“图层 1”的第 11 帧插入空白关键帧，使用“椭圆工具”，设置“填充颜色”为无，在舞台上绘制一个“宽度”和“高度”分别为 38.4 和 12.8 的椭圆轮廓，并设置 X 和 Y 值分别为-54.4 和 331.2，如图 7-26 所示。

07 保持椭圆轮廓为选择状态，按 F8 键，将其转换为“水波”图形元件。

08 在“图层 1”的第 20 帧插入关键帧，选择该帧所对应的实例，在“变形”面板中设置其“缩放宽度”和“缩放高度”均为 192%，“Alpha”值为 20%，并在第 11 帧至第 20 帧之间创建传统补间动画，如图 7-27 所示。

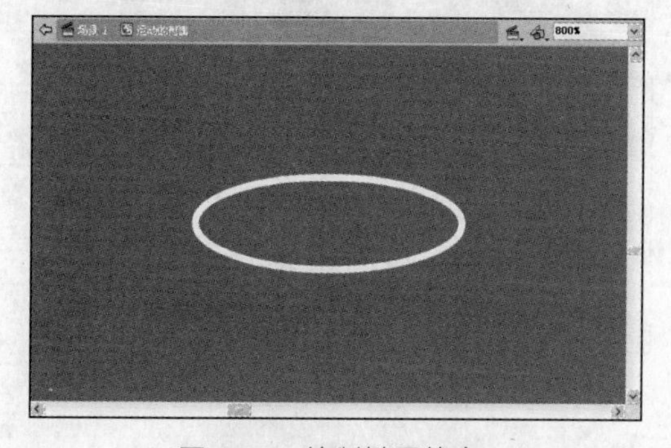

图 7-26 绘制椭圆轮廓

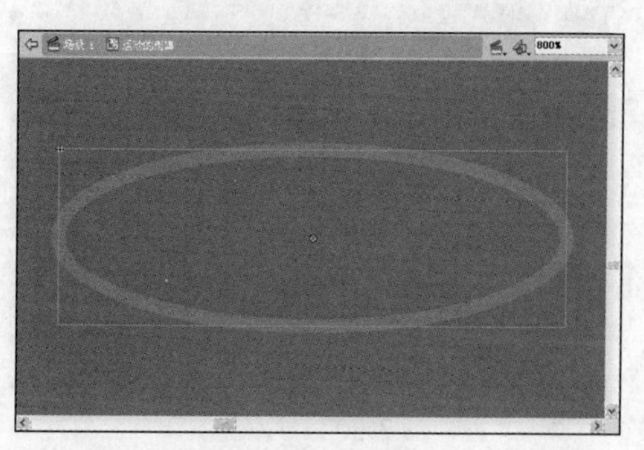

图 7-27 设置实例的属性

结合雨珠的大小来设置最后椭圆的大小，使它产生很自然的水波效果。读者可以在动画制作完成后回来编辑该元件以调整椭圆大小。

09 新建“图层 2”，在该图层的第 10 帧插入空白关键帧，使用“刷子工具”，绘制几个白色的小点，作为溅起的雨珠，并将其转换为“点”图形元件，如图 7-28 所示。

10 在“图层 2”的第 14 帧、第 17 帧和第 20 帧插入关键帧，并在该图层的关键帧之间创建传统补间动画。

11 根据水珠溅起然后落下的原理，使用“任意变形工具”来放大和缩小水珠的溅射，并适当调整水珠的“Alpha”值，如图 7-29 所示。

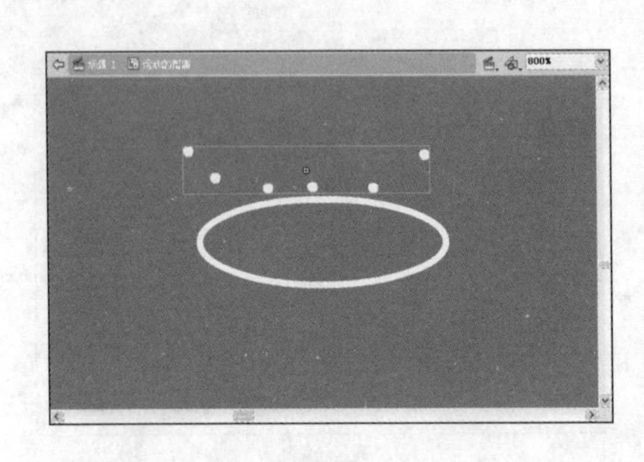

图 7-28 “点”元件

图 7-29 设置实例的属性

12 按 Ctrl + E 组合键，返回主场景；选择“文件”|“导入”|“导入到舞台”命令，将“背景.jpg”素材导入到舞台，调整其大小和位置，如图 7-30 所示。

13 新建“图层 2”，将制作好的“运动的雨滴”元件拖曳至舞台，并在“属性”面板中设置其“实例名称”为“yd_mc”，如图 7-31 所示。

图 7-30 导入位图

图 7-31 添加实例

14 新建“图层 3”，选择第 1 帧，按 F9 键，在“动作”面板中添加如下脚本语言：

```
c=1;
```

⑮在“图层 3”的第 2 帧插入空白关键帧，选择该帧，按 F9 键，在打开的“动作”面板中添加如下脚本语言：

```
function ee ( ) {
duplicateMovieClip ( "yd_mc", c, c ) ;
setProperty ( c, _x, random ( 650 )) ;
setProperty ( c, _y, random ( -450 ) +10 ) ;
setProperty ( c, _xscale, random ( 40 ) +60 ) ;
setProperty ( c, _yscale, random ( 40 ) +60 ) ;
setProperty ( c, _alpha, random ( 30 ) +50 ) ;
setProperty ( c, _rotation, randon ( 20 )) ;
c++;
if  ( c>1000 ) {
    clearInterval ( kk ) ;
    }
}
kk = setInterval ( ee,50 ) ;
```

提示

该段 AS 命令是用来复制影片剪辑“YD_MC”并将它粘贴到任意坐标的。读者可以根据个人喜好来调整雨滴的速度和覆盖范围，只需要修改复制 AS 动作命令里的 X 轴范围和 Y 轴范围即可。

⑯按住 Ctrl 键，选择所有图层的第 70 帧，按 F5 键插入帧。

⑰执行“保存”命令，将其保存为“雨滴特效动画”。按 Ctrl + Enter 组合键，测试影片，预览制作好的雨滴特效动画，效果如图 7-32 所示。

图 7-32　预览效果

7.4 巩固与练习

本章主要学习了 Action 语句的应用，其中包括 Action 概述、Action 语句的基本语法及添加方法等内容，并通过制作打字机模拟动画、圣诞雪花、新年贺卡以及雨滴特效动画，使读者对所学内容加深理解。在制作过程中读者应参照提供的语句注释，尽量理解实例中所添加语句的作用，并尝试对相关语句进行修改和优化，以加强自身对 Action 语句的理解和驾驭能力。

填空题

（1）__________用于为变量赋值的短语，由操作符和变量值组成。

（2）__________命令用于指定时间轴上的播放头从某帧开始播放。

（3）__________是一种能够完成一定功能的代码块，可以在脚本中被事件或其他语句调用。

选择题

（1）常见的表达式有（　）表达式、（　）表达式以及（　）表达式3种。

A．数值　　B．变量　　C．字符串　　D．逻辑

（2）（　）用于关闭当前播放的影片里所有正在播放的声音。

A．stopAllSounds　　B．new Sound　　C．Sound.start　　D．Sound. stop

上机题

练习制作“圣诞快乐动画.fla”。在制作过程中主要使用运动引导层、duplicateMovieClip语句、gotoAndPlay语句、变量，最终的动画效果如图7-33所示。

图7-33　最终效果

Chapter 08

Flash常用组件应用

学习内容

基础导读	90分钟
范例精讲	90分钟
上机实战	60分钟
巩固与练习	30分钟

学习重点

- 认识组件
- 常用组件简介
- 范例精讲1　制作读者调查问卷
- 范例精讲2　制作风景日历
- 上机实战1　制作个人爱好调查表
- 上机实战2　加载珠宝首饰广告动画

精彩实例效果展示

调查问卷

风景日历

珠宝广告

8.1 基础导读

前面学习了 Flash 脚本动画，本章学习 Flash 中的一种交互性动画——组件。使用组件，用户可以轻松地制作出用户控制界面，如单选按钮、流动窗口以及复杂的程序链接。其实，组件就是 Flash 中预设的动画，是带有参数的影片剪辑，这些参数可以修改组件的外观和行为，从而可以方便、快捷地创建功能强大的交互性动画。

8.1.1 认识组件

用户在浏览网页时，经常会见到 Flash 制作的单选按钮、复选框以及按钮等元素，这些元素便是 Flash 中的组件。

1. 组件的作用

Flash 中的组件是向 Flash 文档添加特定功能的可重用打包模块，可以包括图形以及代码，因此它们是用户可以轻松包括在 Flash 项目中的预置功能。例如，组件可以是单选按钮、对话框、预加载栏，甚至是根本没有图形的某个项。如定时器、服务器连接实用程序或自定义 XML 分析器。

首次将组件添加到文档时，Flash 会将其作为影片剪辑导入到“库”面板中。还可以将组件从“组件”面板直接拖到“库”面板中，然后将其实例添加到舞台上，其具体操作如下。

01 选择“窗口”|“组件”命令，打开“组件”面板，如图 8-1 所示。

02 在“组件”面板中选择组件类型，将其拖动至舞台或“库”面板中，如图 8-2 所示。

03 将组件添加到“库”面板中后，即可通过“库”面板在舞台上创建多个组件实例，如图 8-3 所示。

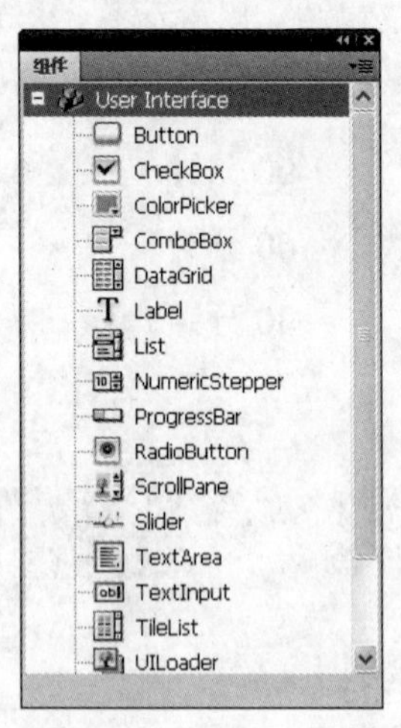

图 8-1 “组件”面板

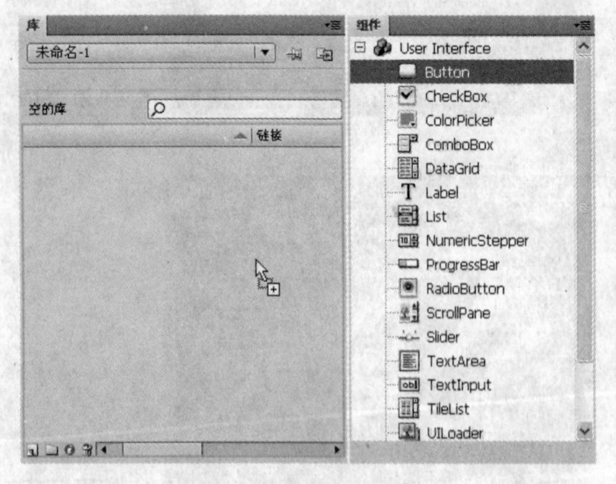

图 8-2 将组件类型拖曳至“库”面板

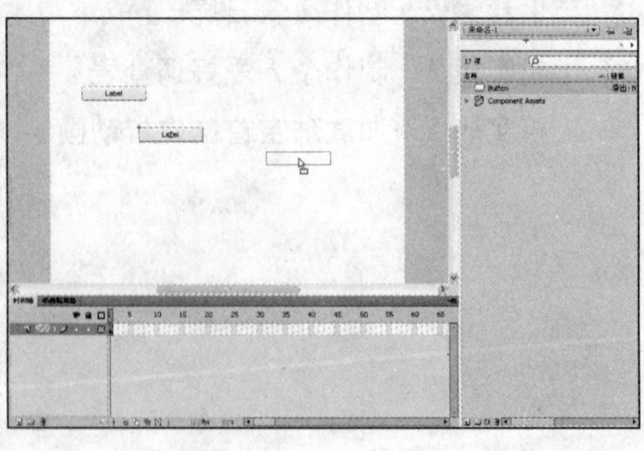

图 8-3 创建组件实例

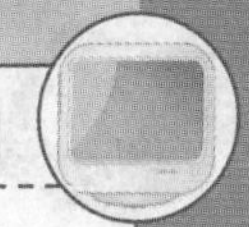

使用“组件检查器”面板，可以设置组件参数，其具体操作如下。

01 选择“窗口”|“组件检查器”命令，打开“组件检查器”面板，如图 8-4 所示。

02 使用“选择工具”选择舞台中的一个组件实例。

03 在“组件检查器”面板中的“参数”选项卡中设置组件参数，如图 8-5 所示。

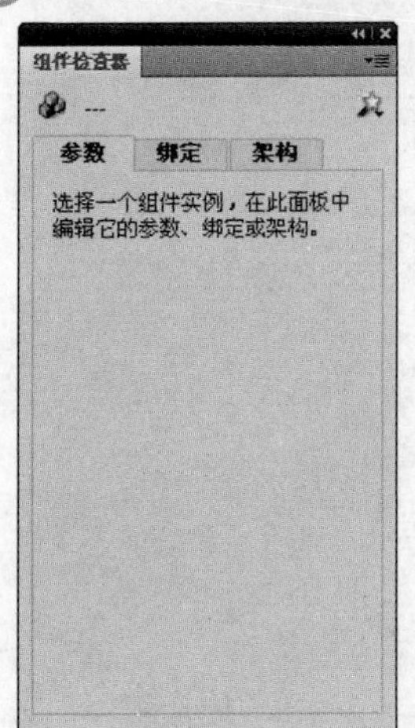

图 8-4 “组件检查器”面板

图 8-5 显示组件实例的参数

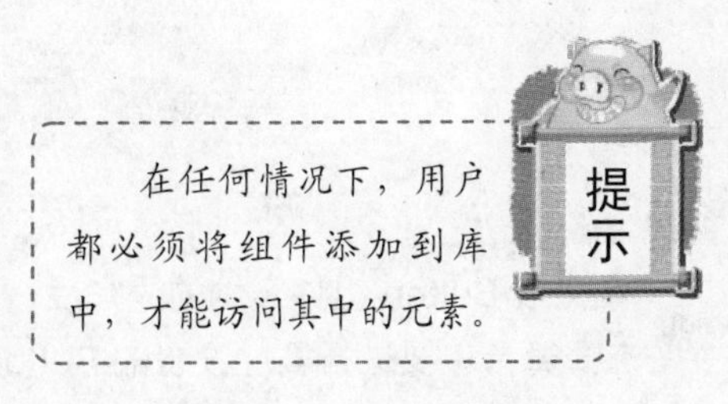

2. 组件的类型

在 Flash 中，常用的组件分为以下 5 种类型。

- 选择类组件：为了方便用户，在 Flash 中预置了 Button、CheckBox、RadioButton 和 NumerirStepper 4 种常用的选择类组件。
- 文本类组件：虽然 Flash 具有功能强大的“文本工具”，但是利用文本类组件可以更加快捷、方便地创建文本框，并且可以载入文档数据信息。在 Flash 中预置了 Lable、TextArea 和 TextInput 3 种常用的文本类组件。
- 列表类组件：为了直观地组织同类信息数据，方便用户选择，Flash 预置了 ComboBox、DataGrid 和 List 3 种列表类组件。
- 文件管理类组件：文件管理类组件可以对 Flash 中的多种信息数据进行有效的归类管理，其中包括 Accordion、Menu、MenuBar 和 Tree 4 种组件。
- 窗口类组件：使用窗口类组件可以制作类似于 Windows 操作系统的窗口界面，如带有标题栏和滚动条资源管理器和执行某一操作时弹出的警告提示对话框等。窗口类组件包括 Alert、Loader、ScrollPane、Windows、UIScrollBar 和 ProgressBar。

8.1.2 常用组件简介

在 Flash 中有，包含多种类型的组件。下面将介绍 Button、RaidoButton、CheckBox、List、ComboBox 和 ScrollPane 这 6 种常用组件的特点和具体应用。

1. Button 组件（按钮组件）：

按钮是 Flash 组件中常用的一个组件，可执行所有的鼠标和键盘交互事件。

打开“组件”面板下的 User Interface 类，在其中选择 Button，然后按住鼠标左键将其拖动到舞台上即可。例如，将 Button 按钮拖放到场景中，效果如图 8-6 所示。

图 8-6 添加 Button 组件实例

在完成 Button 组件实例的添加后，需要设置其属性，设置的方法如下。

01 选择舞台中要进行属性设置的 Button 组件实例。

02 选择“窗口”|“组件检查器”命令，打开“组件检查器”面板。

03 在“组件检查器”面板中单击“参数”标签，进入“参数”选项卡，如图 8-7 所示，在该选项卡中即可对 Button 组件实例进行属性设置。

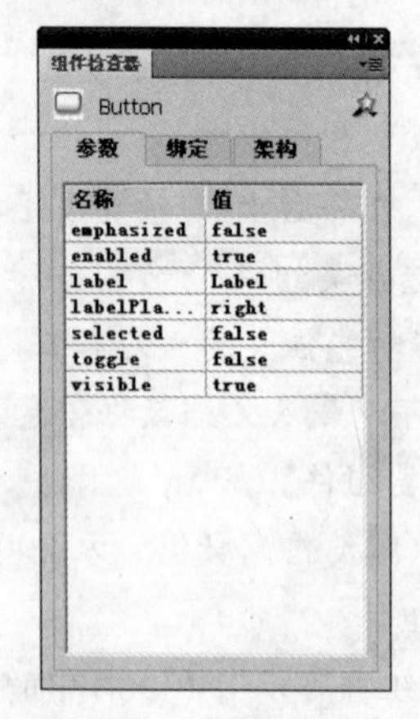

图 8-7 “参数”选项卡

为了便于用户的学习，下面详细介绍图 8-7 中各参数的具体含义和功能。

- emphasized：可以为按钮添加边框。默认值为“false”，当设置值为“true”时，显示边框效果，如图 8-8 所示。

（a）默认值为“false”

（b）设置值为“true”

图 8-8 边框显示效果

- enabled：用于控制按钮上显示内容的层次。默认值为“true”，文字显示在图标的上面，当设置值为“false”时，文字显示在图标的下面，如图 8-9 所示。

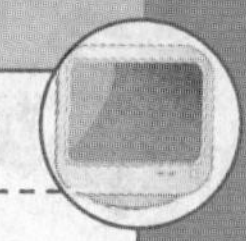

（a）默认值为“true”

（b）设置值为“false”

图 8-9 内容层次显示效果

- label：它决定按钮上的显示内容，默认值是 Label。例如，设置该按钮上的文本值为“Button”，效果如图 8-10 所示。

（a）默认的文本值

（b）改变后的文本值

图 8-10 按钮显示内容效果

- labelPlacement：确定按钮上的标签文本相对于图标的方向。其中包括 4 个选项：“left”、“right”、“top”和“bottom”，默认值是“right”。
- selected：如果“toggle”参数的值为“true”，则该参数指定是按下（true）还是释放（false）按钮，默认值为“false”。
- toggle：将按钮转变为切换开关。如果值为“true”，则按钮在单击后将保持按下状态，并在再次单击时返回到弹起状态；如果值为“false”，则按钮行为与一般按钮相同，该参数默认值为“false”。
- visible：该参数的值是一个布尔值，此值决定对象是否可见，默认值为“true”。

2．RaidoButton 组件（单选按钮组件）：

Flash 中的单选按钮组件类似于对话框中的单选按钮。利用 UI 组件中的 RadioButton 可以创建多个单选按钮，并为其设置相应的参数。

创建单选按钮的方法与创建按钮相同，只需打开“组件”面板下的 UI Components 类，在其中选择 RadioButton，然后按住鼠标左键将其拖动到舞台上即可。

在舞台中创建 RadioButton 组件实例，并设置其参数，其具体操作如下。

01 按 Ctrl＋O 组合键，打开素材文件，如图 8-11 所示。

02 使用“文本工具”，设置字体“系列”、“大小”和“文本填充颜色”分别为“黑体”、15 和“金黄色”（颜色值为#CC9900），在舞台上创建文本，如图 8-12 所示。

图 8-11 打开的素材

图 8-12 创建文本

1st Day
2nd Day
3rd Day
4th Day
5th Day
6th Day
7th Day

03 将“组件”面板中的 RadioButton 拖曳至舞台，并将 RadioButton 组件实例进行复制，放置在文字的下面，如图 8-13 所示。

04 选择第一个 RadioButton 组件实例，在“组件检查器”面板中单击“参数”标签，进入“参数”选项卡，如图 8-14 所示。

05 在“参数”选项卡中，修改 Label 中的文本参数为 SKINNER，并保持 Label Placement 中默认值“right”，在 selected 中选择“false”，如图 8-15 所示。

图 8-13　添加 RadioButton 组件实例

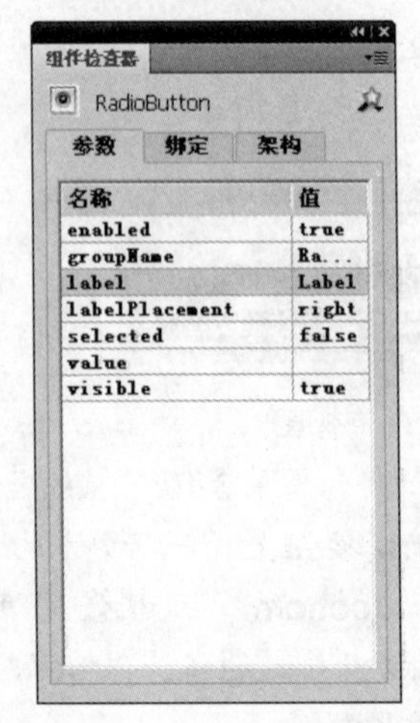

图 8-14　“组件检查器”面板

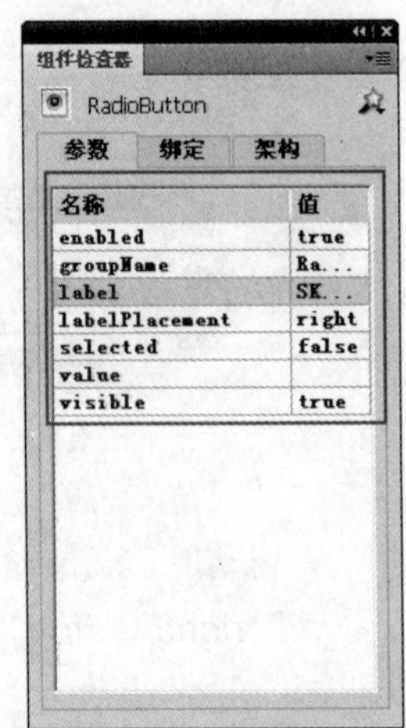

图 8-15　设置参数

06 用同样的方法设置其他 3 个单选项的属性并把修改“Lable”为需要的字符，设置后的效果如图 8-16 所示。

07 保存并测试单选按钮，效果如图 8-17 所示。

图 8-16　设置另 3 个实例的属性

图 8-17　测试的效果

在图 8-14 “组件检查器”面板中，“参数”选项卡中各主要参数的具体含义如下。

- data：它是一个文本字符串数组，为 Label 参数中的各项目指定相关联的值，它没有默认值。
- group Name：指定该单选项所属的单选按钮组，该参数相同的单选按钮是一组，而且在一组单选按钮中只能选择一个单选项。
- label：设置按钮上的文本值，默认值是“Radio Button”（单选按钮）。
- labelPlacement：确定单选项旁边标签文本的方向。其中包括 4 个选项：“left”、“right”、“top”或“bottom”，默认值为“right”。

- selected：确定单选项的初始状态为被选中（true）或取消选中（false），默认值为“false”。被选中的单选按钮中会显示一个圆点。一个组内只有一个单选项可以被选中。

3．CheckBox 组件（复选框组件）：

复选框是一个可以被选中或被取消的方框。在 Flash 系列选择项目中，利用复选框可以同时选取多个项目。

创建复选框的具体操作如下。

01 按 Ctrl+O 组合键，打开“8-11.fla”素材文件。

02 使用“文本工具”，在舞台上创建“请问下面哪些名字是《料理鼠王》剧中的主角？”文本，如图 8-18 所示。

03 将“组件”面板中的 CheckBox 拖曳至舞台，并将 CheckBox 组件实例进行复制，放置在文字的下面，如图 8-19 所示。

图 8-18　创建文本

图 8-19　添加 CheckBox 实例

复选框创建完成后所有复选框都是相同的，这并没有完全符合用户的要求，还需要对其属性进行设置才能成为真正有意义的复选框。其属性设置的方法如下。

04 选择第一个 CheckBox 组件实例，在“组件检查器”面板中单击“参数”标签，进入“参数”选项卡，如图 8-20 所示。

05 在“参数”选项卡中，修改 label 中的文本参数为 SKINNER，在在 Label Placement 中保持默认值“right”，在 selected 中选择“false”，设置完成后在面板空白处单击，完成第一个复选框的设置，如图 8-21 所示。

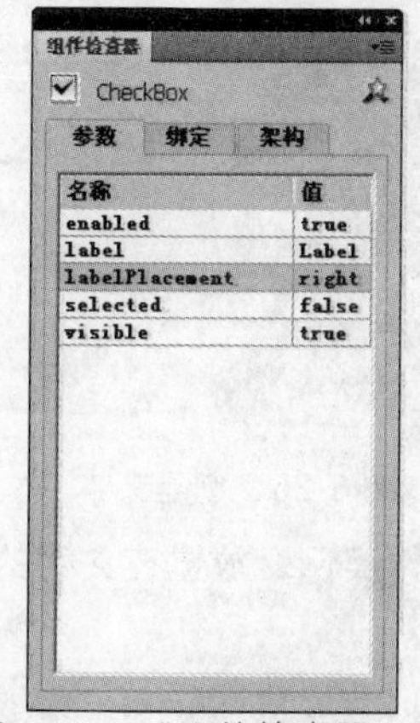

图 8-20　“组件检查器”面板

图 8-21　设置实例的属性

06 用同样的方法设置其他 3 个复选框实例的属性，设置后的效果如图 8-22 所示。

07 保存并测试复选框，效果如图 8-23 所示。

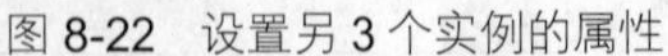
图 8-22 设置另 3 个实例的属性

图 8-23 测试效果

在图 8-20 “组件检查器”面板中，“参数”选项卡中各主要参数的具体含义如下：

- label：确定复选框旁边的显示内容。默认值是“Check Box”。
- label Placement：确定复选框上标签文本的方向。其中包括 4 个选项：“left”、“right”、“top”和“bottom”，默认值是“right”。
- selected：确定复选框的初始状态为选中（true）或取消选中（false）。被选中的复选框中会显示一个勾标记。

4. List 组件（列表框组件）：

列表框与下拉列表框类似，其属性设置也大致相同。列表框的作用是让用户在已有的选项列表中选择需要的选项。

创建列表框的具体操作如下。

01 按 Ctrl＋O 组合键，打开素材文件，如图 8-24 所示。

02 使用“文本工具”，设置字体“系列”、“大小”和“文本填充颜色”分别为“黑体”、20 和“金黄色”（颜色值为#CC9900），在舞台上创建文本，如图 8-25 所示。

图 8-24 打开的素材文件

图 8-25 创建文本

03 将“组件”面板中的 List 拖曳至舞台，创建一个 List 组件实例，放置在文字的下方，如图 8-26 所示。

04 保持 List 组件实例为选择状态，在“变形”面板中修改“缩放宽度”和“缩放高度”值均

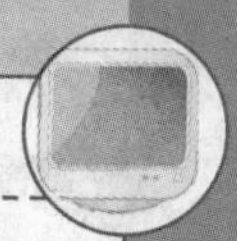

为 120%，效果如图 8-27 所示。

图 8-26　添加 List 组件实例

图 8-27　修改实例的大小

设置列表框的具体操作方法如下。

01 选择前面添加的 List 组件实例，在“组件检查器”面板中单击“参数”标签，进入“参数”选项卡，如图 8-28 所示。

02 在 dataProvider 参数上单击，并在“值”栏中单击按钮，如图 8-29 所示。

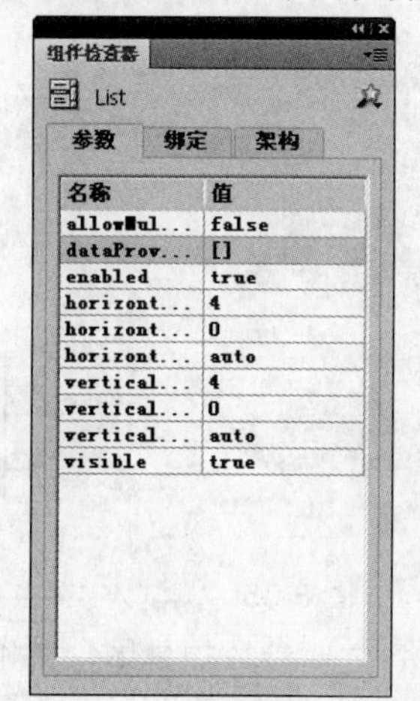

图 8-28　“组件检查器”面板

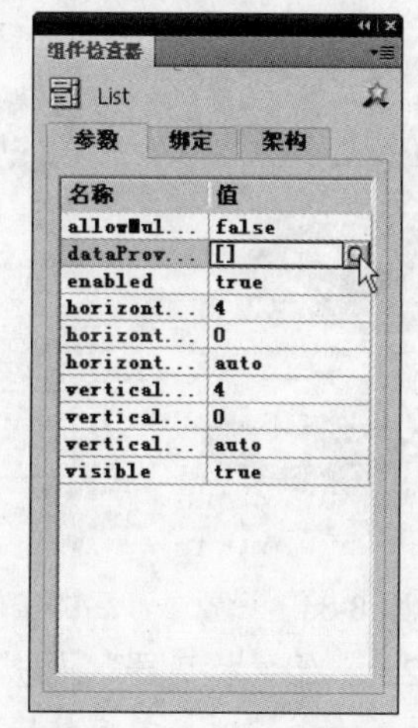

图 8-29　单击右侧的按钮

03 打开“值”对话框，并单击按钮，添加一个项目，如图 8-30 所示。

04 在“值”栏中单击，并输入“干锅青笋腊肉”文本，如图 8-31 所示。

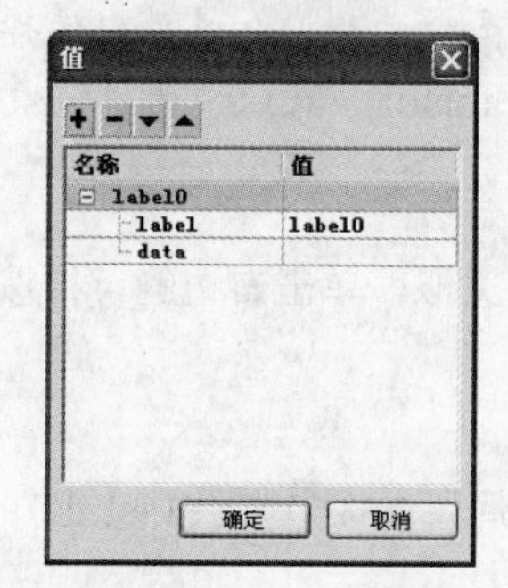

图 8-30　“值”对话框

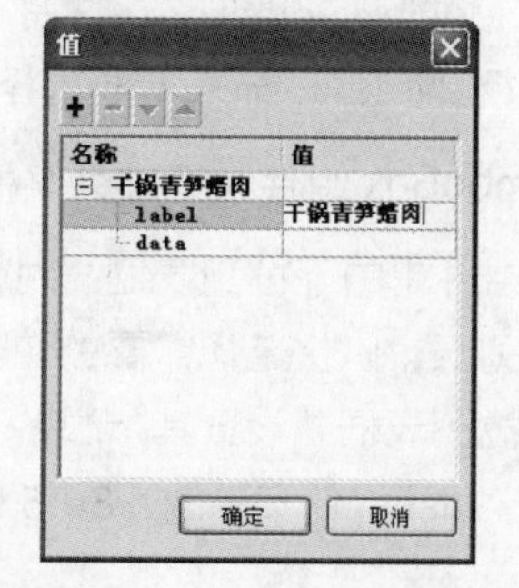

图 8-31　添加项目并输入名称

05 参照上一步的操作，依次添加其他的项目，如图 8-32 所示。

06 单击“确定”按钮，返回“组件检查器”面板，并在“参数”选项卡中设置其他参数，如图 8-33 所示。

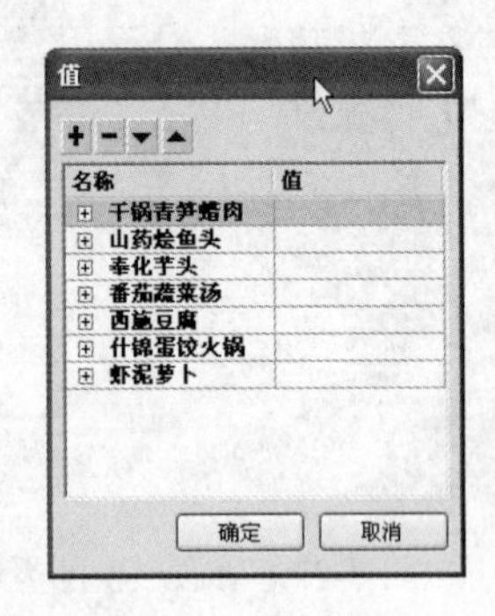

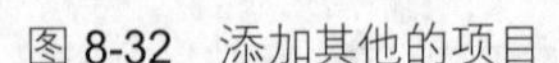
图 8-32　添加其他的项目

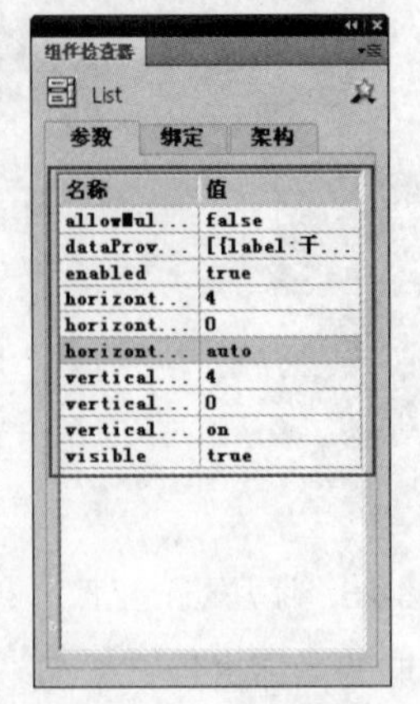

图 8-33　设置参数

07 完成参数设置后，舞台中的 List 组件实例效果如图 8-34 所示。

08 保存并测试列表框，效果如图 8-35 所示。

图 8-34　设置参数后的实例

图 8-35　测试效果

在图 8-28 “组件检查器”面板中，“参数”选项卡中各主要参数的具体含义如下。

- dataProvider：填充列表数据的值数组。它是一个文本字符串数组，为 label 参数中的各项目指定相关联的值。其内容应与 labels 完全相同，单击右边的 按钮将弹出“值”对话框。
- allowMultipleSelection：它用于确定是否可以选择多个选项。如果可以选择多个选项，则选择“true”，如果不能选择多个选项，则选择“false”。默认值为“false”。

5. ComboBox 组件（下拉列表框组件）：

Flash 组件中的下拉列表框与对话框中的下拉列表框类似，单击右边的下拉按钮即可弹出相应的下拉列表，以供选择需要的选项。

创建下拉列表框并设置其参数的具体操作如下。

01 将已创建 List 组件实例的“8-35.fla”文件打开，从“库”面板中删除 List 组件，如图 8-36 所示。

02 打开“组件”面板，在 UI 栏中双击 ComboBox，即可在舞台上创建一个下拉列表框组件实例，并将组件实例放置在文本的下方，如图 8-37 所示。

图 8-36　删除 List 组件

图 8-37　添加 ComboBox 组件实例

03 选择添加的 ComboBox 组件实例，在“组件检查器”面板中单击“参数”标签，进入“参数”选项卡，如图 8-38 所示。

04 在 dataProvider 参数上单击，在“值”栏中单击按钮，弹出“值”对话框，并单击按钮，添加一个项目，如图 8-39 所示。

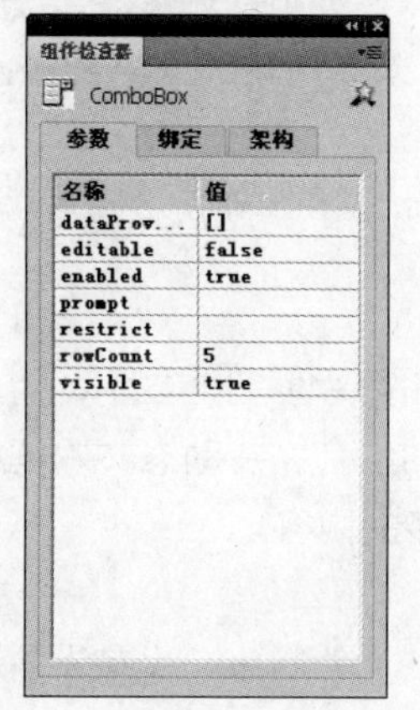

图 8-38　“组件检查器”面板

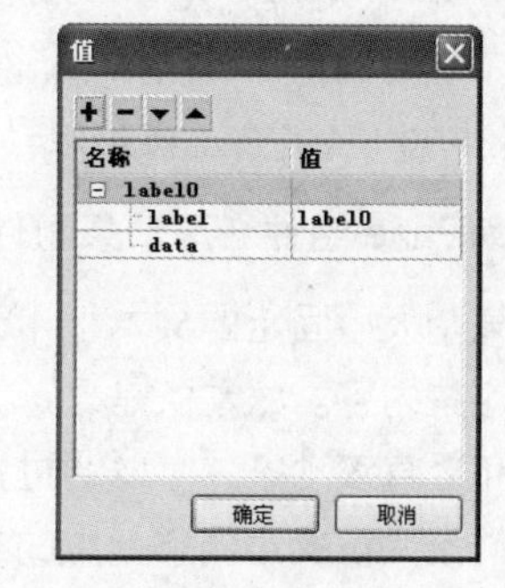

图 8-39　新建一个项目

05 在“值”栏中单击，并输入“干锅青笋腊肉”，如图 8-40 所示。

06 参照上一步的操作，依次添加其他的项目值，如图 8-41 所示。

07 单击“确定”按钮，返回“组件检查器”面板，并在“参数”选项卡中设置其他参数，如图 8-42 所示。

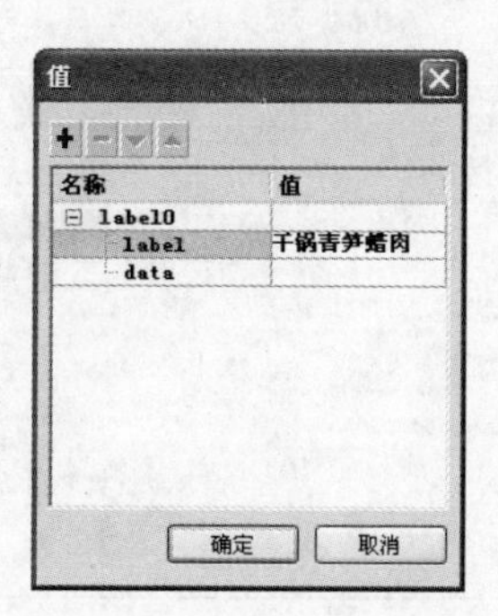

图 8-40　输入值的名称

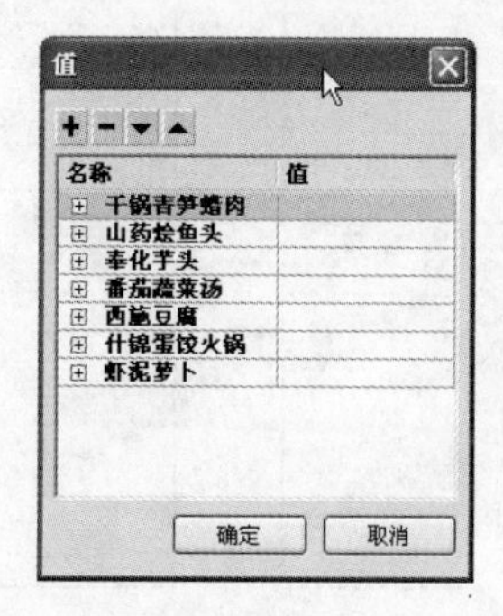

图 8-41　添加其他的项目值

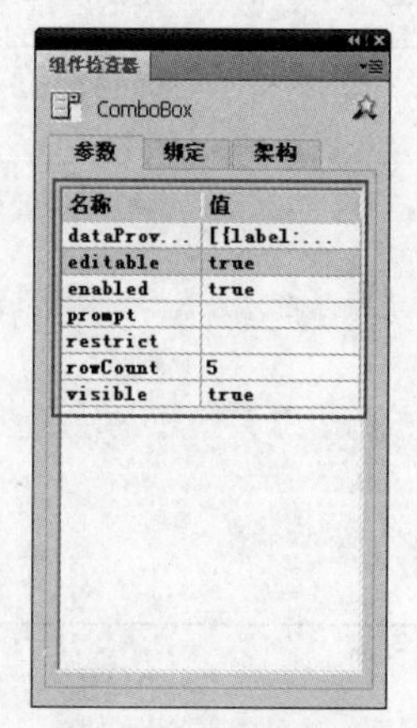

图 8-42　设置参数

08 完成参数设置后，舞台中的 ComboBox 组件实例效果如图 8-43 所示。

09 另存文件并测试下拉列表，效果如图 8-44 所示。

图 8-43　设置参数后的组件实例

图 8-44　测试下拉列表框

在图 8-38 “组件检查器”面板中，“参数”选项卡中各主要参数的具体含义如下。

- dataProvider：将一个数据值与 ComboBox 组件中的每个项目相关联。
- editable：决定用户是否可以在下拉列表框中输入文本。如果可以输入则选择“true”，如果不能输入则选择“false”，默认值为“false”。
- rowCount：确定在不使用滚动条时最多可以显示的项目数。默认值为 5。

6．ScrollPane 组件（滚动条组件）：

如果在某个大小固定的文本框中无法将所有内容（例如图片）完全显示，用户可以使用滚动条来显示这些内容。滚动条是动态文本框与输入文本框的组合，在动态文本框和输入文本框中添加水平和竖直滚动条，可以通过拖动滚动条来显示更多的内容。

创建滚动条并设置滚动条参数的具体操作方法如下。

01 执行“文件”→“新建”命令，新建空白文档。执行“文件”→“另存为”命令，将文档保存为“8-51”。

02 使用“文本工具”，设置字体“系列”、“大小”和“文本填充颜色”分别为“创艺简中圆”、30 和“橘红色”（颜色值为#FF6600），在舞台上方创建文本，如图 8-45 所示。

03 将“组件”面板中的 ScrollPane 拖曳至舞台，创建一个 ScrollPane 组件实例，如图 8-46 所示。

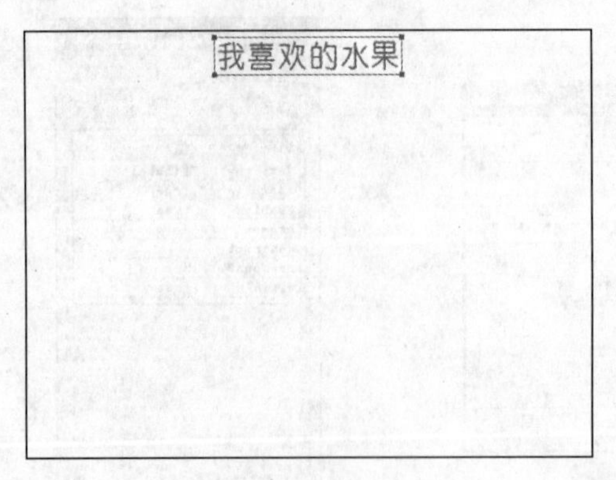

图 8-45　创建文本

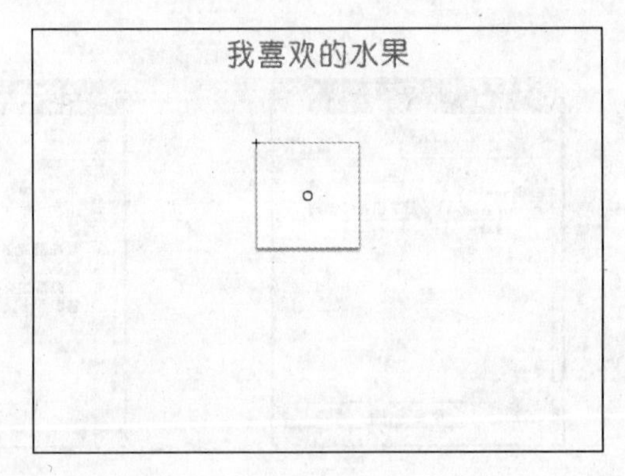

图 8-46　创建 ScrollPane 组件实例

04 保持 ScrollPane 组件实例为选择状态，在“属性”面板中设置其“宽”和“高”值分别为 550 和 350，并调整其位置，效果如图 8-47 所示。

05 选择 ScrollPane 组件实例，在“组件检查器”面板中单击“参数”标签，进入“参数”选项卡，如图 8-48 所示。

06 在“参数”选项卡中，修改 source 中的文本参数为“草莓.jpg”，并设置其他的参数，如图 8-49 所示。

图 8-47　修改组件实例的大小和位置

图 8-48　“组件检查器”面板

图 8-49　设置参数

07 完成参数设置后，舞台中的组件实例效果如图 8-50 所示。

08 保存文件并测试滚动条，效果如图 8-51 所示。

图 8-50　设置参数后的实例效果

图 8-51　预览滚动条效果

在制作该动画时，需要将素材文件（草莓.jpg）与源文件（8-51.fla）保存在同一个文件夹下，否则不能完成加载。此外，在设置 source 参数值时，需将素材文件的文件名及格式写完整。

在图 8-48　“组件检查器”面板中，“参数”选项卡中各主要参数的具体含义如下。

- enabled：用于设置滚动条中加载的内容是否呈半透明显示。
- contentPath：确定要加载到滚动条中的内容所在的位置。
- hLineScrollSize：确定每次按下滚动条两边的箭头按钮时水平滚动条移动多少个单位，默认值为 5。
- hPageScrollSize：指明每次按下轨道时水平滚动条移动多少个单位，默认值为 20。

- hScrollPolicy：确定是否显示水平滚动条。该值可以为“on”（显示）、“off”（不显示）或“auto”（自动），默认值为“auto”。
- scrollDrag：它是一个布尔值，它用于确定是否允许用户在滚动条中滚动内容，如果允许，选择“true”选项，如果不允许选择“false”选项，默认值为“false”。
- source：指示要加载到滚动条中的内容。该值可以是本地的 SWF 或 JPG 文件的相对路径，也可以是 Internet 上文件的相对或绝对路径，还可以是设置为“为 ActionScript 导出”库中影片剪辑元件的链接标识符。
- vLineScrollSize：指明每次按下滚动条两边的箭头按钮时垂直滚动条移动多少个单位，默认值为 5。
- vPageScrollSize：指明每次按下轨道时垂直滚动条移动多少个单位，默认值为 20。
- vScrollPolicy：确定是否显示垂直滚动条。该值可以为“on”（显示）、“off”（不显示）或“auto”（自动），默认值为“auto”。

8.2 范例精讲

在 Flash CS4 中，通过使用“组件”和“组件检查器”面板向舞台添加带有参数的影片剪辑，可以制作出富有交互性的特殊动画。下面以制作“读者调查问卷”和“风景日历”动画范例向用户介绍“组件”和“组件检查器”面板的功能以及各类组件的创建方法。

8.2.1 制作读者调查问卷

本范例通过创建“读者调查问卷”动画向读者讲解利用“组件”和“组件检查器”面板功能制作出富有交互性的特殊动画效果，如下图所示。

难度系数 ☑ ☑ ☑

学习时间 30 分钟

学习目的 练习“文本工具”、滤镜特效、RadioButton 组件、ComboBox 组件、CheckBox 组件和 Button 组件等。

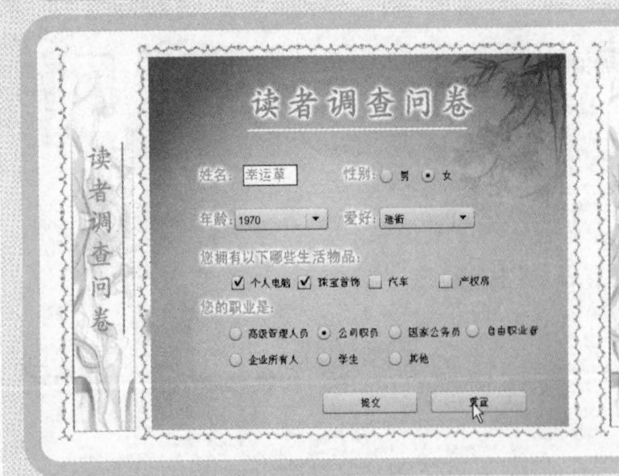

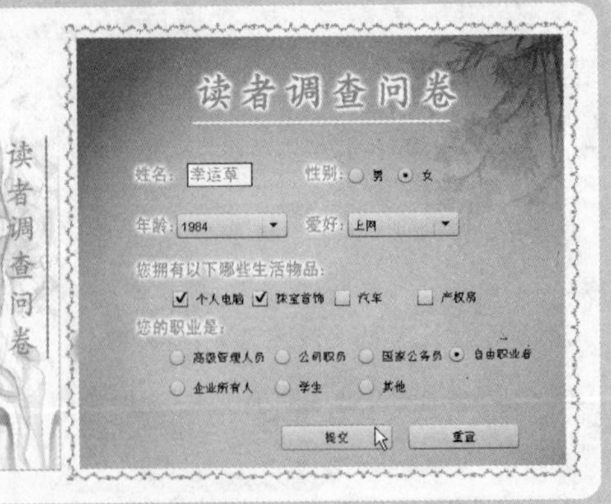

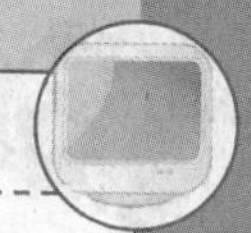

制作步骤

01 按 Ctrl + N 组合键，新建 Flash 文档。

02 选择“文件”|“导入”|“导入到舞台”命令，将素材文件夹中的“图框.jpg”素材导入到舞台，在宽度值与高度值锁定状态下，调整其“宽”为 550，效果如图 8-52 所示。

图 8-52　添加位图素材

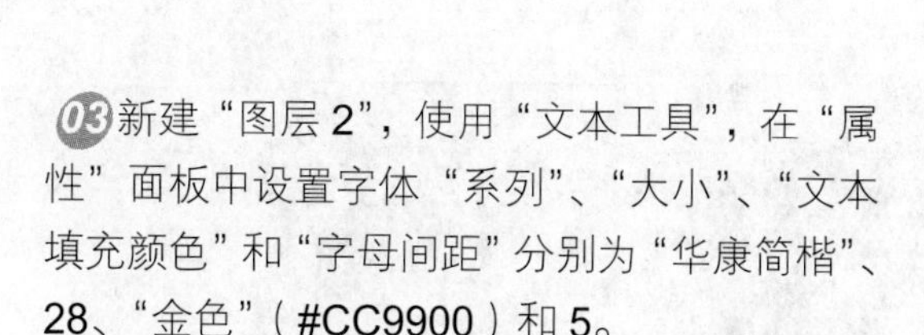

03 新建“图层 2”，使用“文本工具”，在“属性”面板中设置字体“系列”、“大小”、“文本填充颜色”和“字母间距”分别为“华康简楷”、28、“金色”（#CC9900）和 5。

04 在舞台的左侧创建“读者调查问卷”垂直文本，如图 8-53 所示。

图 8-53　创建垂直文本

05 在舞台的上方创建“读者调查问卷”水平文本，并修改其字体“大小”为 35，如图 8-54 所示。

06 使用“线条工具”，设置“笔触高度”为 2，在水平文本的下方绘制一条“白色”的水平直线，在垂直文本的右侧绘制一条“金色”（#CC9900）的垂直直线，如图 8-55 所示。

图 8-54　创建水平文本

图 8-55　绘制直线

07 使用“文本工具”，在“属性”面板中设置字体“系列”、“大小”和“字母间距”分别为“黑体”、15 和 0，创建其他水平文本，如图 8-56 所示。

08 选择所有的水平文本，为其添加“强度”为 500%的“发光”滤镜特效，效果如 8-57 所示。

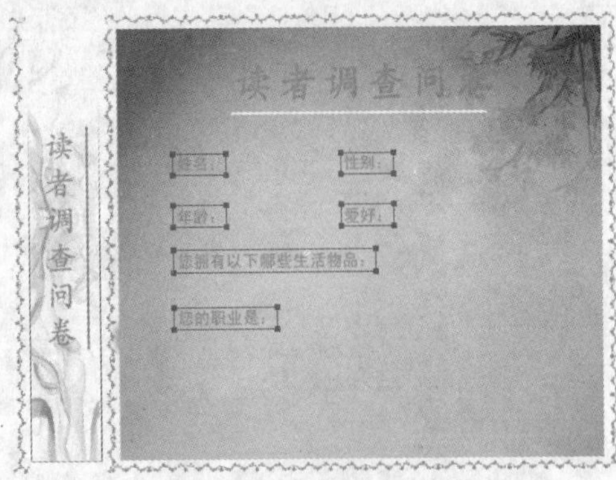

图 8-56　创建水平文本

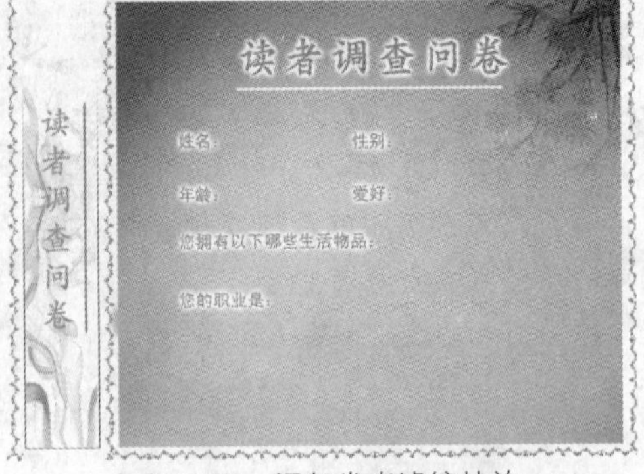

图 8-57　添加发光滤镜特效

09 使用“文本工具”，在“姓名:”的右侧创建一个输入文本框，在“属性”面板中设置各参数，如图 8-58 所示。

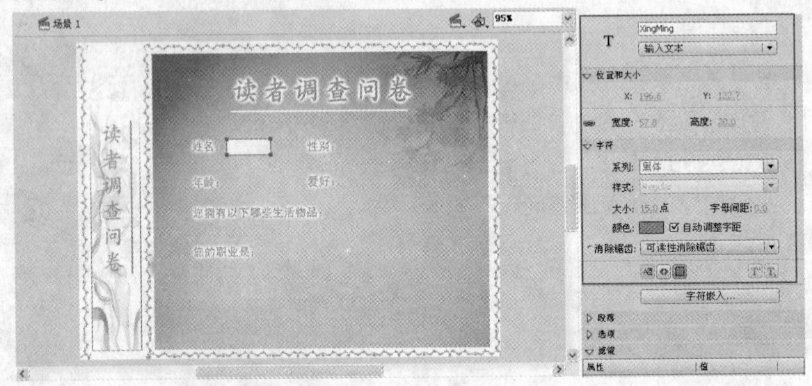

图 8-58　创建输入文本框

10 在“组件”面板中，选择 RadioButton 组件，将其添加至舞台并放置在“性别:”文本的右侧，如图 8-59 所示。

11 在“组件检查器”面板中单击“参数”标签，进入“参数”选项卡，在 label 右侧的文本框中输入“男”并按 Enter 键，效果如图 8-60 所示。

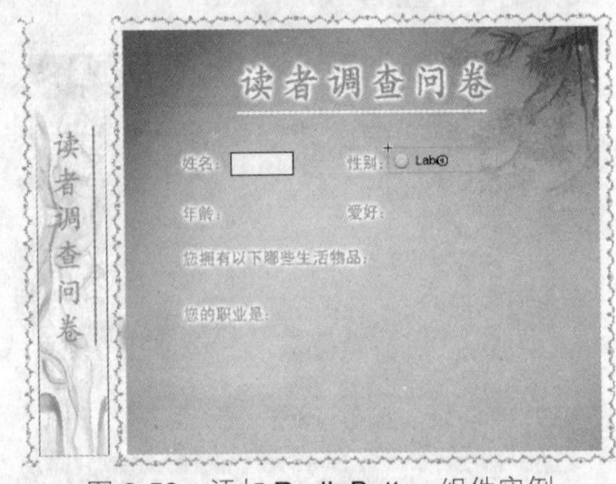

图 8-59　添加 RadioButton 组件实例

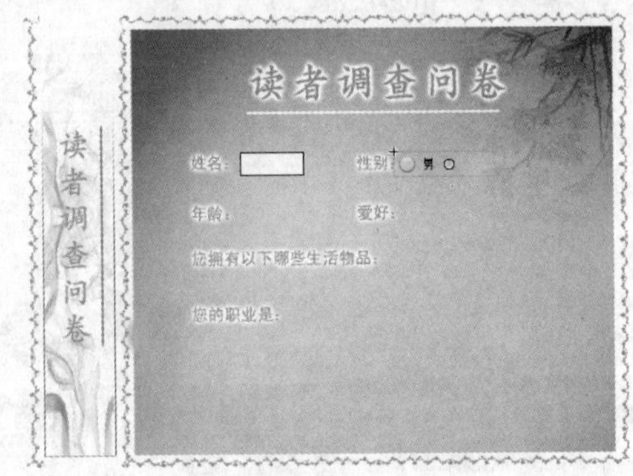

图 8-60　修改参数

12 使用“选择工具”，选择 RadioButton 实例，将其连续复制 8 次，放置在相应的位置，并修改各实例中的 label，效果如图 8-61 所示。

13 在“组件”面板中选择 ComboBox 组件，将其添加至舞台，放置在“年龄:”文本的右侧，效果如图 8-62 所示。

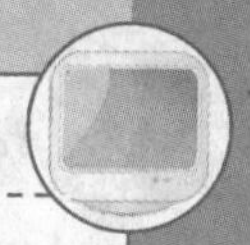

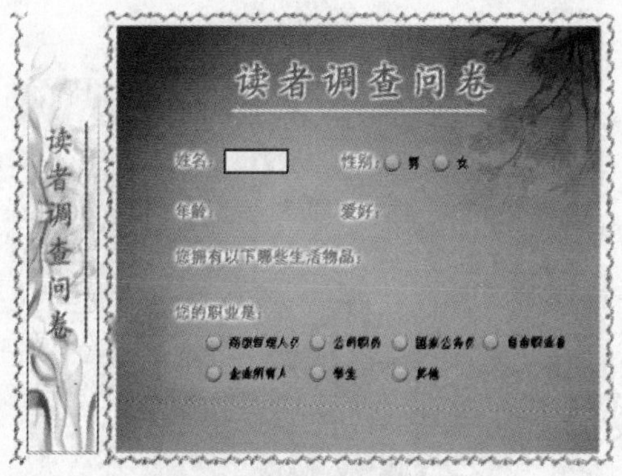

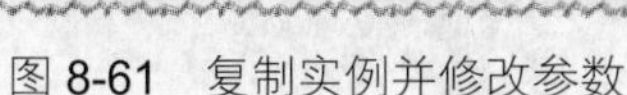

图 8-61　复制实例并修改参数

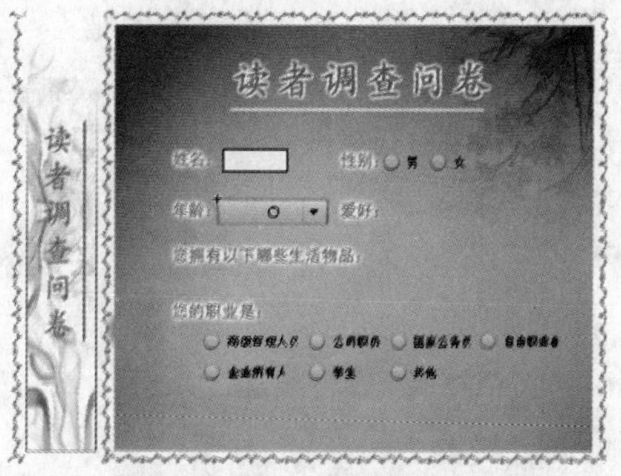

图 8-62　添加 ComboBox 组件实例

⑭保持 ComboBox 实例的选择状态，在“参数”选项卡中单击 dataProvider 右侧文本框中的按钮，在打开的“值”对话框中单击“添加”按钮✚，添加 1970～1990 共 21 个年份值，如图 8-63 所示。

⑮单击“确定”按钮，完成值的添加，如图 8-64 所示。

图 8-63　添加年份值

图 8-64　修改参数后的效果

⑯重复步骤(13)～(15)的操作，在“爱好：1”文本右侧再次创建 ComboBox 组件实例，并修改相应的参数，如图 8-65 所示。

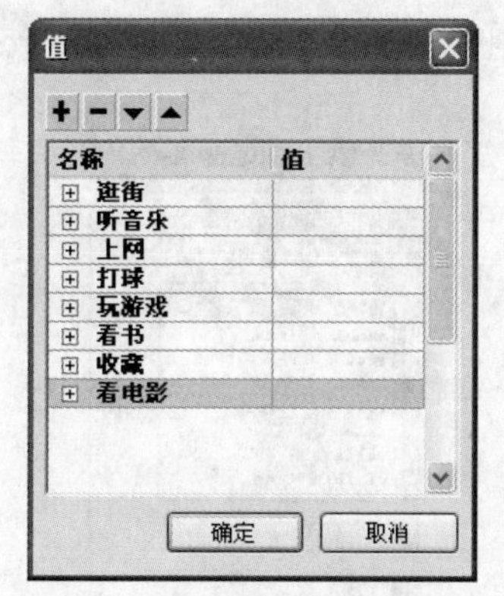

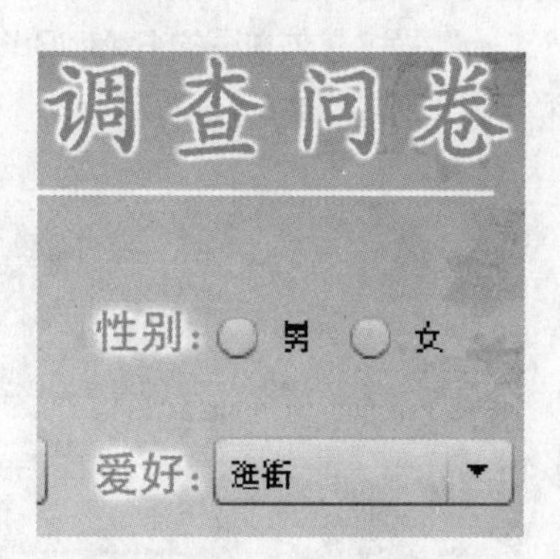

图 8-65　创建另一个 ComboBox 组件实例

⑰在“组件”面板中双击 CheckBox 组件选项，在舞台上创建 CheckBox 组件实例，将其放置在“您拥有以下哪些生活物品：”文本的下面，如图 8-66 所示。

18 在“参数”选项卡中，设置 label 值为“个人电脑”，效果如图 8-67 所示。

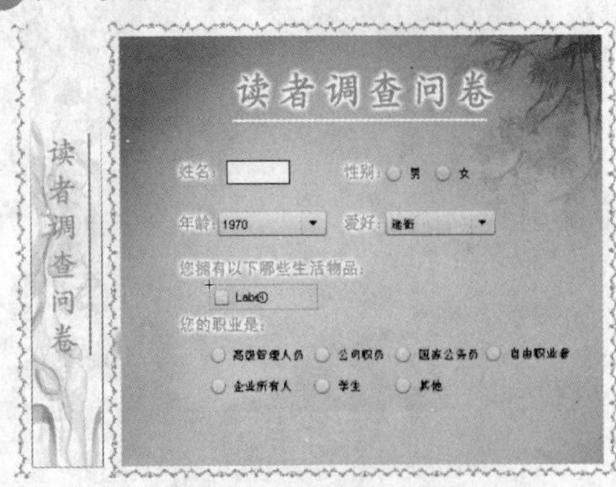

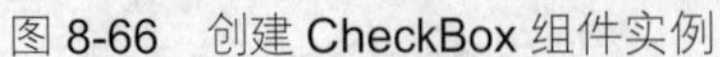
图 8-66 创建 CheckBox 组件实例

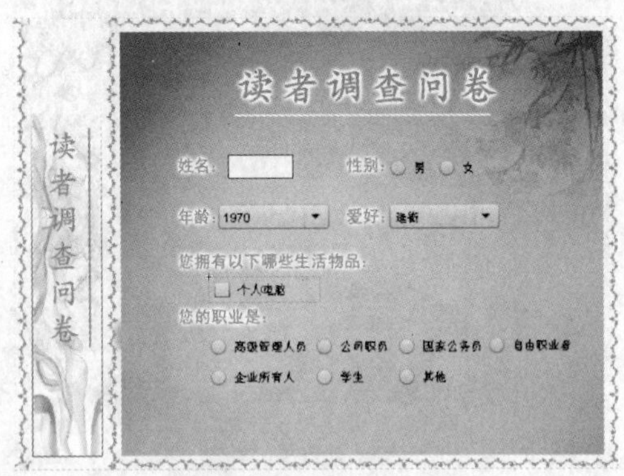

图 8-67 修改实例参数

19 使用“选择工具”，选择刚创建好的 CheckBox 组件实例，按住 Ctrl 键，将实例连续复制 3 次，并修改各实例的 label 值分别为“珠宝首饰”、“汽车”和“产权房”，效果如图 8-68 所示。

20 在“组件”面板中双击 Button 组件选项，在舞台上创建 Button 组件实例，并修改其 label 参数为“提交”，效果如图 8-69 所示。

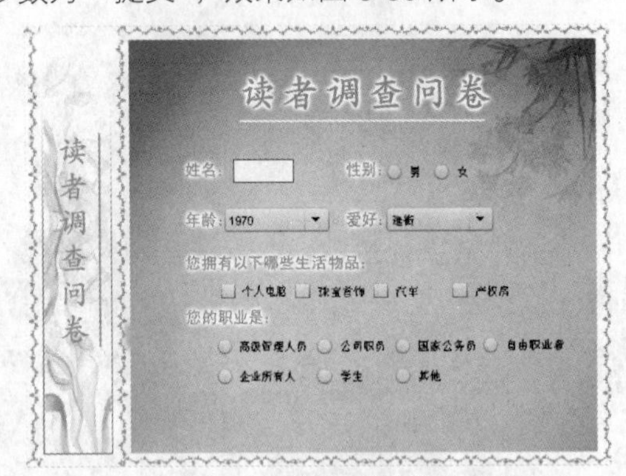

图 8-68 复制实例并修改参数

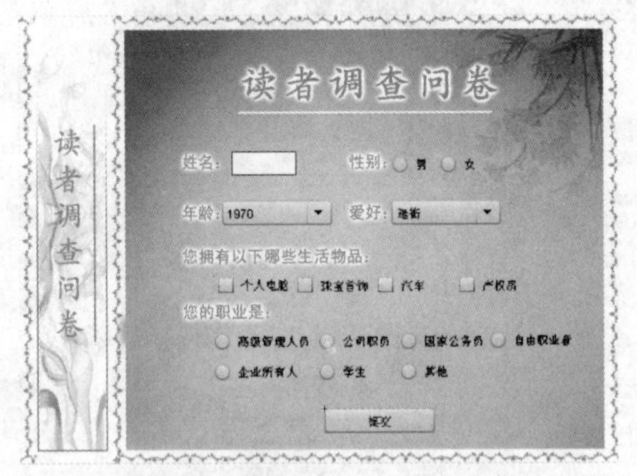

图 8-69 创建 Button 组件实例

21 使用“选择工具”，选择刚创建好的 Button 组件实例，按住 Ctrl 键拖曳鼠标，将实例复制，并修改实例的 label 值为“重置”，效果如图 8-70 所示。

22 分别选择“性别:”文本后的 RadioButton 实例，在“组件检查器”面板中修改其 groupName 参数均为“性别”，如图 8-71 所示。

图 8-70 创建另一个 Button 组件实例

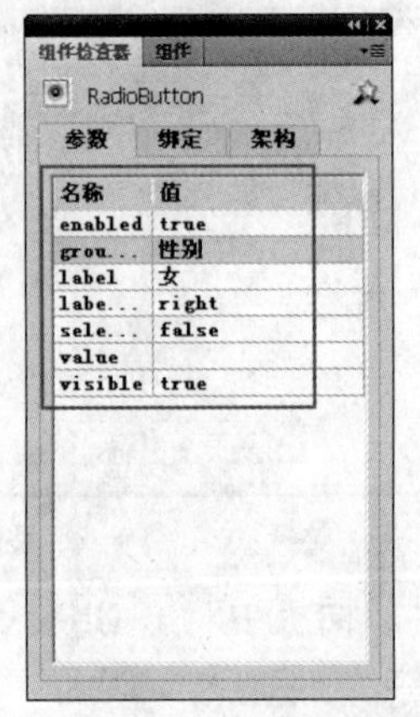

图 8-71 修改参数

23 分别选择“你的职业是：”文本下方的 RadioButton 实例，在“组件检查器”面板中修改其 groupName 参数均为“职业”，如图 8-72 所示。

24 另存并测试制作好的读者调查问卷，效果如图 8-73 所示。

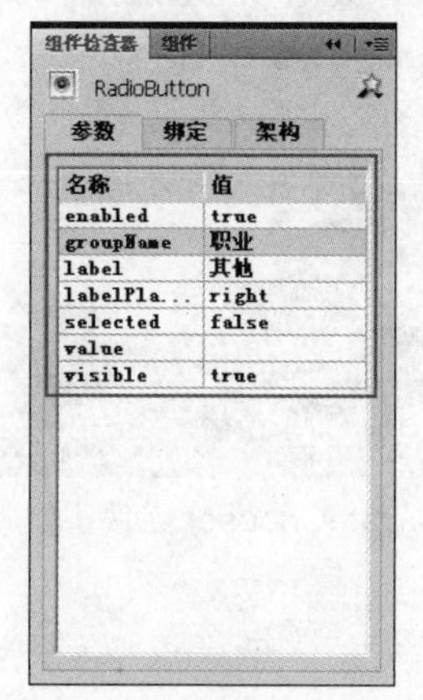

图 8-72　修改参数

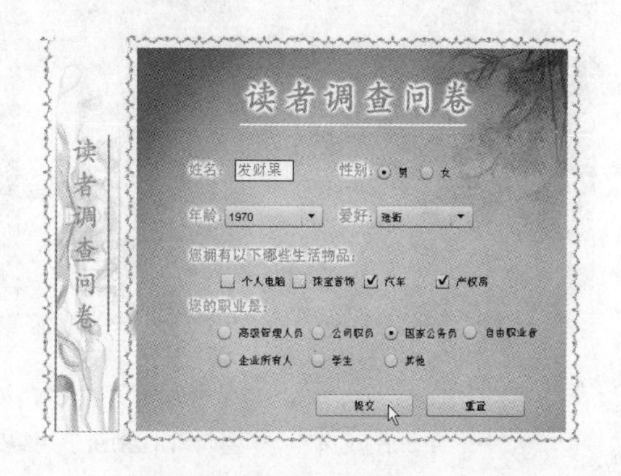

图 8-73　预览效果

8.2.2 制作风景日历

本范例通过创建“风景日历”动画向读者讲解如何利用“组件”和“组件检查器”面板功能制作出富有交互性的特殊动画效果，如下图所示。

难度系数 ☑ ☑ ☑

学习时间 30 分钟

学习目的 练习 DateChooser 组件、Label 组件、“属性”面板、“参数”选项卡、“绑定”选项卡等知识。

制作步骤

01 选择“文件”|“打开”命令，打开一幅素材图像，如图 8-74 所示。

02 新建“图层 2”，将“组件”面板中的 DateChooser 拖曳至舞台，创建一个日期组件实例，调整其位置，效果如图 8-75 所示。

图 8-74　打开的素材图像

图 8-75　添加 DateChooser 组件实例

03 在“属性”面板中，设置“实例名称”为 rl，如图 8-76 所示。

04 在“组件”面板的文本标签组件（Label）上双击鼠标左键，在舞台上创建一个文本标签组件实例，如图 8-77 所示。

图 8-76　设置实例名称

图 8-77　添加 Label 组件实例

05 保持文本标签组件实例的选择状态，在“组件检查器”面板的“参数”选项卡中设置 text 为“动态日期”，在“属性”面板中设置“实例名称”为 DTWB，如图 8-78 所示。

06 选择舞台中的日期组件实例，单击“组件检查器”面板中的“绑定”标签，在“绑定”选项卡中单击“添加绑定”按钮，弹出“添加绑定”对话框，如图 8-79 所示。

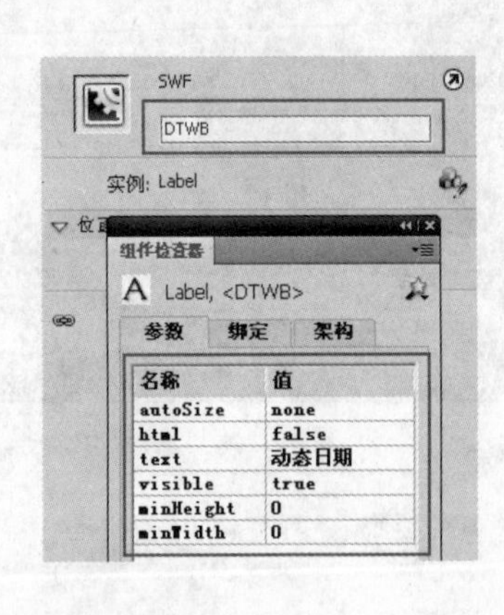

名称	值
autoSize	none
html	false
text	动态日期
visible	true
minHeight	0
minWidth	0

图 8-78　设置属性和参数

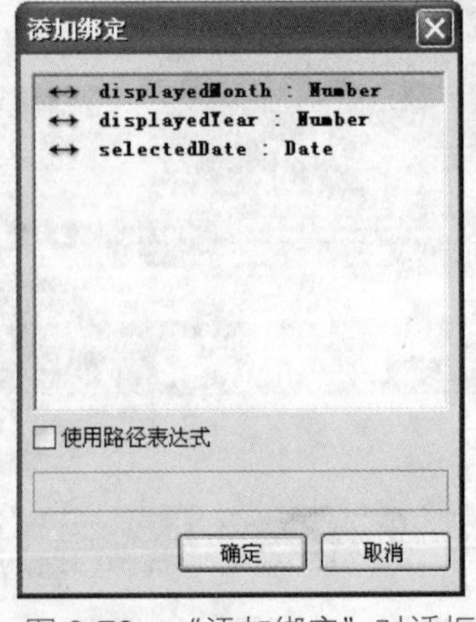

图 8-79　“添加绑定”对话框

07 在“添加绑定”对话框中选择 selectedDate：Date 选项，单击“确定”按钮，返回“绑定”

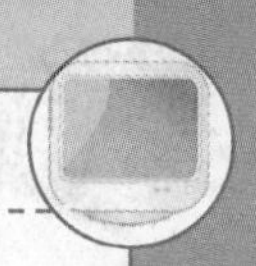

选项卡，如图 8-80 所示。

08 在“绑定”选项卡中单击 bound to 选项右侧的“搜索”按钮，弹出“绑定到”对话框，在“组件路径”列表框中选择 Label 选项，如图 8-81 所示。

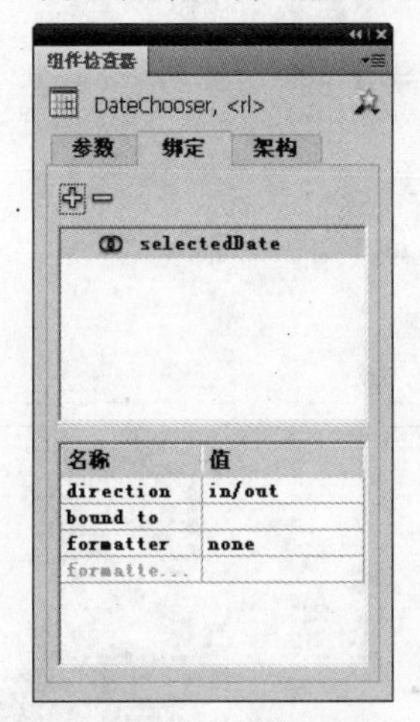

图 8-80　添加绑定

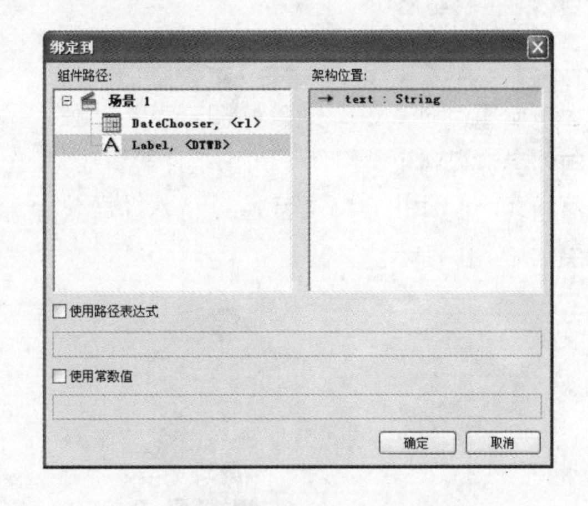

图 8-81　“绑定到”对话框

09 单击“确定”按钮，完成绑定。选择“图层 1”使用“矩形工具”，在 Label 组件实例的下方绘制一个“宽”、“高”和“填充颜色”分别为 120、20 和“白色”（Alpha 值为 50%）的矩形，如图 8-82 所示。

10 执行“另存为”命令，将文档另存。选择“控制”|“测试影片”命令，测试影片，在日期上单击鼠标，即可显示动态日期，效果如图 8-83 所示。

图 8-82　绘制半透明矩形

图 8-83　测试动态日期效果

使用 Label 组件，可以很方便地创建一个单行动态文本输入框。用户可以指定标签采用 HTML 格式，也可以控制标签的坐标和大小。Label 组件没有边框、不具有焦点，并且不能传送任何事件。

8.3 上机实战

通过上面两个实例的练习，相信大家对使用 Flash 组件有了一定的掌握，为了进一步巩固和掌握所学知识，请按步骤提示完成“个人爱好调查表”和“加载珠宝首饰广告动画”动画的制作。

8.3.1 制作个人爱好调查表

最终效果

本范例通过创建“个人爱好调查表”动画向读者讲解利用“组件”和“组件检查器”面板功能制作出富有交互性的特殊动画效果，如下图所示。

解题思路

首先导入美女背景、然后添加 CheckBox 组件和 Button 组件，制作出个人爱好调查表动画。

步骤提示

01 新建一个“宽”和“高”分别为 363 和 400 的 Flash 文件。

02 选择“文件” | “导入” | “导入到舞台”命令，将“美女.jpg”文件导入到舞台，并调整其大小和位置，效果如图 8-84 所示。

03 新建“图层 2”，使用“文本工具”，设置字体的“系列”、“大小”、“字母间距”和“文本填充颜色”分别为“华康简楷”、25、5 和“黄色”（#FDCA02），在舞台上创建“个人水果爱好”文本，如图 8-85 所示。

图 8-84 导入位图素材

图 8-85 创建文本

04 将“组件”面板中的 CheckBox 拖曳至舞台，并将 CheckBox 组件实例进行复制，放置在文字的下面，如图 8-86 所示。

05 选择第一个 CheckBox 组件实例，在“组件检查器”面板的“参数”选项卡中，修改 label 中的文本参数为 apple，如图 8-87 所示。

图 8-86　添加 CheckBox 组件实例

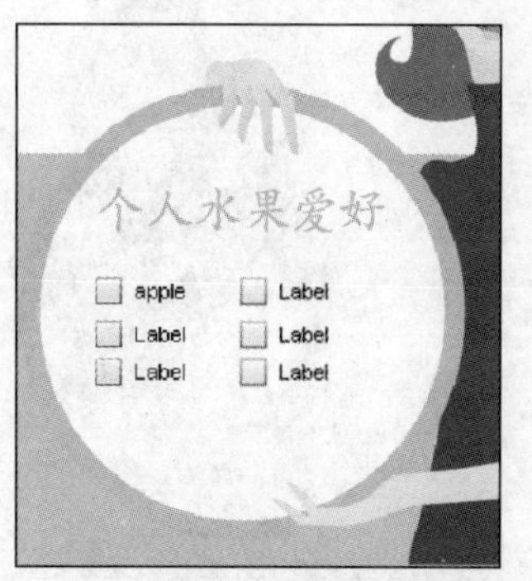

图 8-87　修改实例的属性

06 重复上一步的操作，依次修改其他实例的参数分别为 banana、cherry、fresh litchi、lemon 和 peach，效果如图 8-88 所示。

07 将“组件”面板中的 Button 拖曳至舞台，放置在 CheckBox 组件实例的下方，如图 8-89 所示。

图 8-88　修改实例的属性

图 8-89　添加 Button 组件实例

08 选择 Button 组件实例，在“组件检查器”面板的“参数”选项卡中，修改 label 中的文本参数为 Yes，并调整实例的“宽度”和“高度”分别为 50 和 22，效果如图 8-90 所示。

09 按 Ctrl＋D 组合键，将 Button 组件实例复制，放置在原实例的右侧，并修改其 label 中的文本参数为 No，效果如图 8-91 所示。

图 8-90　修改实例的属性

图 8-91　再制实例

10 保存并测试制作好的个人爱好调查表，效果如图8-92所示。

图8-92 测试效果

8.3.2 加载珠宝首饰广告动画

最终效果

本范例通过创建“加载珠宝首饰广告动画”动画向读者讲解利用“组件”和“组件检查器”面板功能制作出富有交互性的特殊动画效果，如下图所示。

解题思路

首先创建一个UILoader组件，然后修改UILoader组件的参娄设置，加载珠宝首饰广告动画。

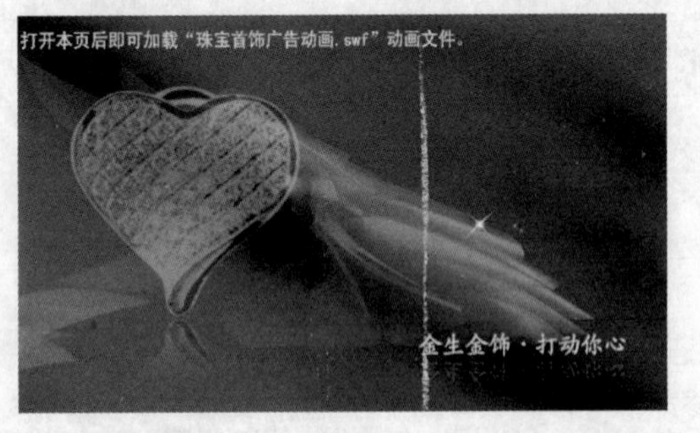

步骤提示

01 按Ctrl+N组合键，新建Flash文档，按Ctrl+J组合键，修改文档的“宽”和“高”分别为560和334。

02 将“组件”面板中的UILoader拖曳至舞台，创建一个UILoader组件实例，如图8-93所示。

03 保持UILoader组件实例为选择状态，在“属性”面板中设置其“宽”和“高”值分别为560和334，放置在舞台的正中央，效果如图8-94所示。

图8-93 创建UILoader组件实例

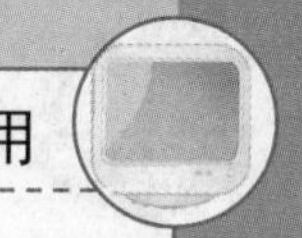

图 8-94　修改实例的大小和位置

04 选择 UILoader 组件实例，在“组件检查器”面板中单击“参数”标签，进入“参数”选项卡，如图 8-95 所示。

05 在“参数”选项卡中，修改 source 中的文本参数为“珠宝首饰广告动画.swf”，并设置其他的参数，如图 8-96 所示。

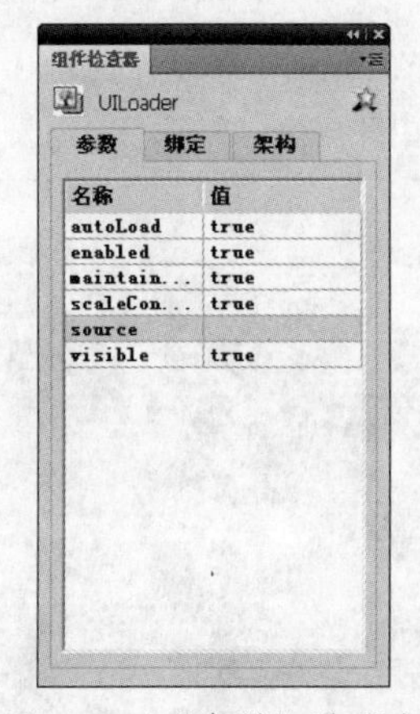

图 8-95　“参数”选项卡

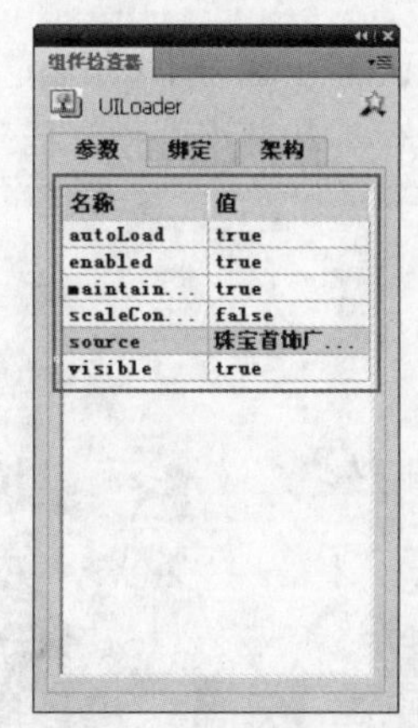

图 8-96　设置实例的参数

06 使用“文本工具”，设置字体“系列”、“大小”和“文本填充颜色”分别为“黑体”、15 和“黄色”，并单击“可选”按钮，在舞台右上角创建文本，如图 8-97 所示。

07 保存文件并测试加载的珠宝首饰广告动画，效果如图 8-98 所示。

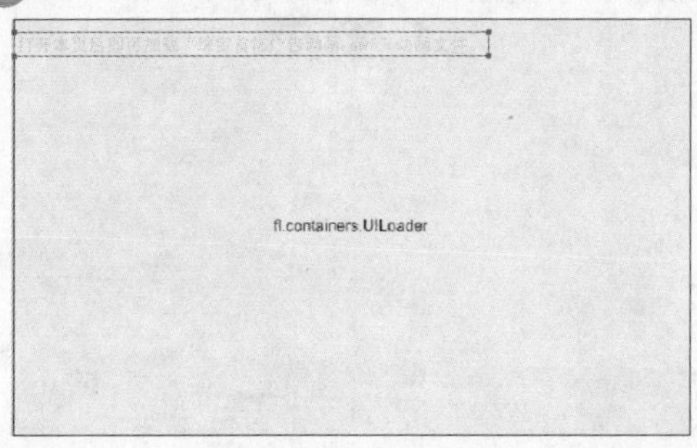

图 8-97　创建文本

图 8-98　测试加载的动画

8.4 巩固与练习

本章通过实例介绍了“组件”和“组件检查器”面板的功能，以及创建各类组件动画的基本操作方法和技巧。

填空题

（1）＿＿＿＿＿＿是Flash中预设的动画，是带有参数的影片剪辑。

（2）用户在浏览网页时，尤其是在填写注册表时，经常会见到Flash制作的＿＿＿、＿＿＿以及按钮等元素。

（3）＿＿＿＿＿＿是Flash组件中较简单、常用的一个组件。

选择题

（1）在Flash中预置了（　　）、（　　）、（　　）3种常用的文本类组件。

A．Lable　　B．TextArea　　C．TextInput　　D．Button

（2）（　　）是一个可以选中或取消选择的方框。

A．复选框　　B．按钮　　C．单选按钮　　D．下拉列表框

上机题

练习 ScrollPane 组件动画的创建，制作“夏日清凉.fla”动画。在制作过程中主要使用文本工具、“组件”和“组件检查器”面板，最终的动画效果如图8-99所示。

图8-99　最终效果

第5天

Chapter 09

特效文字动画

学习内容

基础导读 | 30分钟
范例精讲 | 30分钟
上机实战 | 30分钟
巩固与学习 | 30分钟

学习重点

- 输入文字
- 设置文字属性
- 范例精讲 1 描边文字效果
- 范例精讲 2 镂空发光字效果
- 上机实战 1 变色文字效果
- 上机实战 2 浮雕文字效果

精彩实例效果展示

描边文字

镂空发光字

变色文字

9.1 基础导读

在 Flash 动画制作中，一个完整而精彩的动画需要用文字进行修饰。文字的应用不再局限于静态的表现，在网络动画中它往往以多样的动态效果表现。使用 Flash 提供的“文本工具”可以在动画影片中添加各种类型的文字，并可以制作成非常丰富的特殊文字效果。

9.1.1 输入文字

在 Flash CS4 中，使用“文本工具”可以创建文本。在 Flash 中，可以创建 3 种类型的文本，分别为静态文本、动态文本和输入文本。这 3 种类型的文本在 Flash 中拥有不同的作用，其含义分别如下。

- 静态文本：静态文本是 Flash 中最普通的文本，主要起到说明对象的作用，和其他应用软件中的文本相同。
- 动态文本：用户可以为动态文本添加脚本动作，使其具有交互性，是 Flash 中较高级的文本类型。
- 输入文本：输入文本的功能很大，例如，在网页中注册用户时的文本框或游戏的登陆界面都可以使用输入文本来创建。

在 Flash CS4 中，选择“文本工具”后，在舞台上单击可以直接输入文字，也可以通过创建文本框再输入文字，其具体操作如下：

01 单击工具栏中的“文本工具”按钮 T 。

02 鼠标移至场景中，当鼠标变为十T形状时，按住鼠标左键在场景中拖动出一个可容纳要输入文本内容的虚线框，如图 9-1 所示。

03 释放鼠标左键，创建一个文本输入框，如图 9-2 所示。

图 9-1　拖曳出虚线框

图 9-2　创建文本输入框

04 直接在文本输入框中输入文字，如输入“自信有魔法”，如图 9-3 所示。

05 输入完成后，在文本输入框外单击鼠标左键，完成文字的输入，如图 9-4 所示。

06 将鼠标指针放置在文本框右上角的小方框上，当指针变为双向箭头时，左右拖动即可改变文本框的长度，如图 9-5 所示。

07 通过改变文本框的长度，可以将水平文本改变成垂直文本的表现形式，如图 9-6 所示。

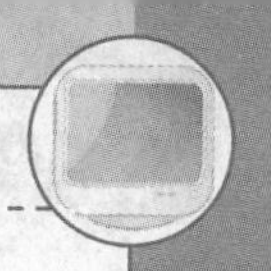

图 9-3　输入文字

图 9-4　完成文字的输入

图 9-5　改变文本框的长度

图 9-6　改变成垂直文本的表现形式

如果要添加文字，只需将指针移动到要添加的地方，然后输入要添加的文字即可；如果要删除不需要的文字，只需再次单击输入的文字，选中要删除的文字，然后按 Delete 键即可。

9.1.2　设置文字属性

为了让文本更加美观，在文本输入好后一般还需要对其进行设置，设置方法如下。

01 选中输入文本，选择“窗口”|“属性”命令，打开“属性”面板，如图 9-7 所示。

02 在该面板中对文本的高度、宽度、字体、字号、颜色、对齐方式等进行设置。

在图 9-7 所示的“属性”面板中，各主要选项的含义如下。

- 静态文本 |▼ 用于设置文本的类型。要设置不同的文本类型，只需单击右侧的小三角形按钮，在弹出的下拉列表框中选择一种需要的类型即可，分别是“静态文本”、“动态文本”和“输入文本”3 种类型。
- 位置和大小：用于设置文本的具体位置和大小。如果场景中文本的高度和宽度发生变化，该“属性”面板中的数值也将跟着改变。如果“属性”面板中

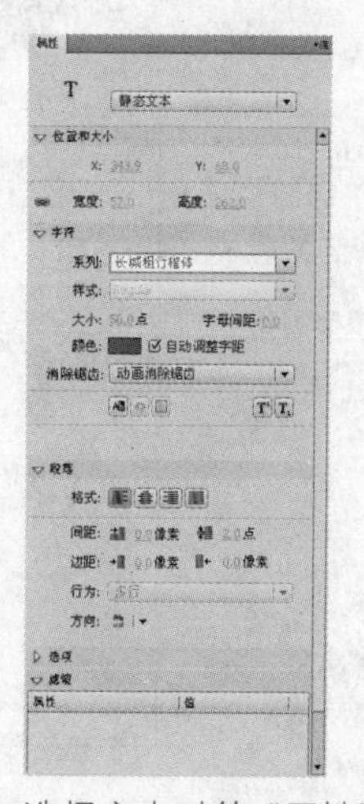

图 9-7　选择文本时的“属性”面板

的数值改变，其场景中文本的高度和宽度也相应更改。

- 系列：用于设置文本的字体系列，单击右侧的小三角形按钮▼，在弹出的列表框中选择所需字体。
- 样式：用于设置文本的粗体或斜体样式。

如果所选字体不包括粗体或斜体样式，则在菜单中将不显示该样式。可以从“文本”菜单中选择仿粗体或仿斜体样式（单击“文本”|“样式”|“仿粗体”或“仿斜体”命令）。操作系统已将仿粗体和仿斜体样式添加到常规样式。

- “大小”：用于设置文本的磅值。
- “字母间距”：用于在字符之间插入统一数量的空格。
- “颜色”：用于设置文本的颜色。
- “自动调整字距”：用于设置是否自动调整字距。
- “消除锯齿”：用于消除文本的锯齿，单击右侧的小三角形按钮▼，在弹出的列表框中选择所消除锯齿选项即可。
- “可选”按钮AB：用于让静态文本可以被选择复制。
- T^1 T_1：用于设置文本的上下标样式。
- “段落”栏：用于设置段落文本的格式、间距、边距、行为、方向。
- “选项”栏：用于设置文本的链接、目标和变量等。
- “滤镜”栏：用于为文本添加滤镜特效。

例如，将图 9-6 中的“自信有魔法”的“文本类型”、“字体”、“文本颜色”分别设置为“动态文本”、“黑体”和“金黄色”，并在“字符”栏中单击按钮，在文本周围显示边框，效果如图 9-8 所示。

图 9-8　修改文本属性

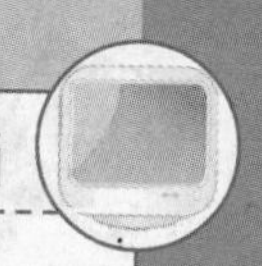

9.2 范例精讲

在 Flash CS4 中，使用“文本工具”、“属性”面板及其他编辑工具，可以创建非常丰富的文字效果。下面以“描边文字效果”和“镂空发光字效果”范例向用户介绍文本工具和滤镜特效知识的具体应用。

9.2.1 描边文字效果

本范例向读者讲解利用文本工具和墨水瓶工具等功能创建描边文字效果，如右图所示。

难度系数 ☑☑☑

学习时间 15 分钟

学习目的 练习“文本工具”、“属性”面板、“墨水瓶工具”的运用。

制作步骤

01 按 Ctrl + N 组合键，新建 Flash 文档。

02 选择“文件”|“导入”|“导入到舞台”命令，将素材文件夹中的“新娘背景.jpg”素材导入到舞台，在锁定状态下，调整其“宽”为 550，效果如图 9-9 所示。

03 在“时间轴”面板中单击“新建图层”按钮，新建“图层 2”。

04 单击工具栏中的“文本工具”按钮 T，单击“方向”右侧的按钮，在弹出的菜单中选择“垂直，从左向右”命令，如图 9-10 所示。

图 9-9　添加背景位图

图 9-10　设置文本输入的方向

05 在“属性”面板中设置字体“系列”、“大小”和“文本填充颜色”分别为“华文琥珀”、50 和“草绿色”（#97C82E）。

06 将鼠标移至舞台的右上方，单击鼠标左键确定文本的起始位置，然后输入“新娘百分百”，如图 9-11 所示。

07 保持文本为选择状态，连续两次按 Ctrl + B 组合键，将文本块打散为图形，如图 9-12 所示。

图 9-11　输入文本

图 9-12　打散文本

08 单击工具栏中的“墨水瓶工具”按钮，设置“笔触颜色”和“笔触高度”分别为“白色”和 2。

09 将“墨水瓶工具”移至舞台，在打散后的文本上依次单击鼠标左键，进行描边，如图 9-13 所示。

图 9-13　描边文本

> **提示**
>
> 在使用“墨水瓶工具”为文本描边时，对于文本图形中比较小的图块，可通过使用“缩放工具”，将其放大，然后再进行描边。

9.2.2　镂空发光字效果

本范例向读者讲解利用“文本工具”和滤镜特效等功能创建镂空发光字效果，如右图所示。

难度系数　☑ ☑ ☑

学习时间　15 分钟

学习目的　练习“文本工具”、滤镜使用。

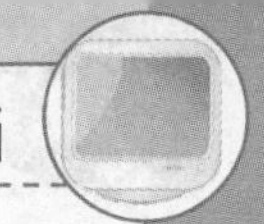

制作步骤

01 按 Ctrl + N 组合键，新建 Flash 文档。

02 选择“修改”|“文档”命令，打开“文档属性”对话框，修改文档的“宽”和“高”值分别为 550 和 345。

03 选择“文件”|“导入”|“导入到舞台”命令，将素材文件夹中的“爱心背景.jpg”素材导入到舞台，在锁定状态下，调整其“宽”为 550，效果如图 9-14 所示。

图 9-14　添加背景位图

04 单击工具栏中的“文本工具”按钮 T，单击“方向”右侧的按钮，在弹出的菜单中选择“水平”命令，并设置其他参数，如图 9-15 所示。

05 将鼠标移至舞台的右上方，单击鼠标左键确定文本的起始位置，然后输入文本“爱相随”，如图 9-16 所示。

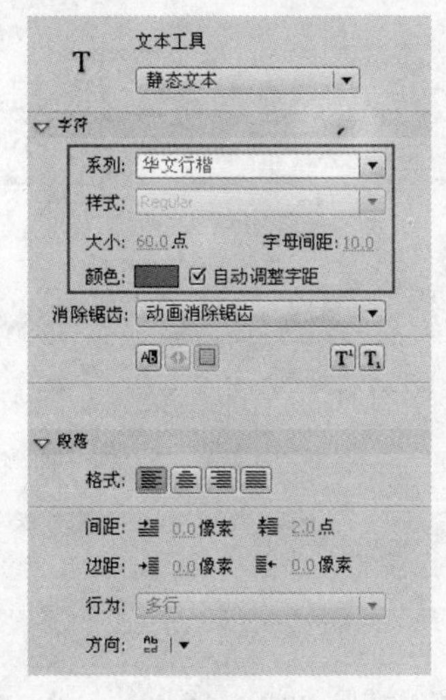

图 9-15　设置文本输入的方向

图 9-16　输入文本

06 保持文本为选择状态，在“滤镜”栏的底部单击“添加滤镜”按钮，在弹出的菜单中选择“发光”命令，如图 9-17 所示。

07 完成命令的选择，进入“发光”滤镜参数设置区，设置相应的参数，如图 9-18 所示。

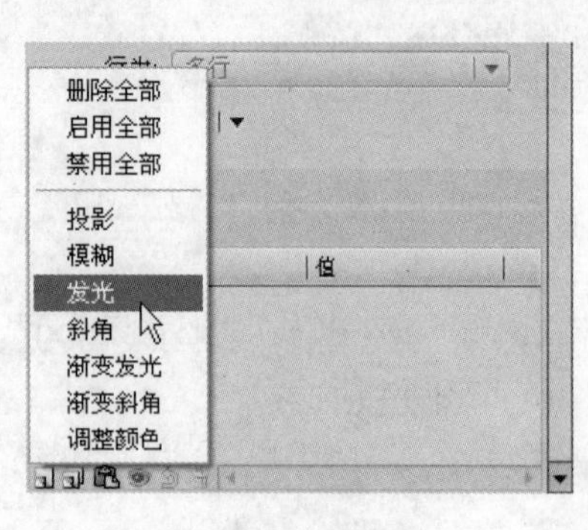

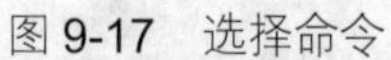

图 9-17　选择命令

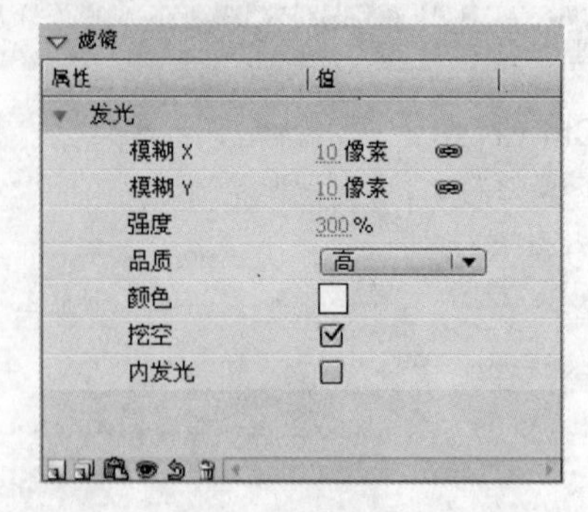

图 9-18　设置发光参数

08 完成参数的设置，此时舞台中的文本即显示发光滤镜特效，如图 9-19 所示。

图 9-19　添加发光特效

提示

在进行发光滤镜参数设置时，不选中“挖空”右侧的复选框，直接制作出发光特效，如勾选该复选框，则可制作出镂空发光的特效。

9.3　上机实战

通过上面两个实例的练习，相信大家对使用 Flash 文字有了一定的掌握，为了进一步巩固和掌握所学知识，请按步骤提示完成“变色文字效果”和“浮雕文字效果”范例制作。

9.3.1　变色文字效果

最终效果

本范例向读者讲解利用“文本工具”、颜色样式、传统补间动画、滤镜特效等功能创建变色文字效果，如下图所示。

解题思路

首先导入椭圆图框、输入并分离文字、通过颜色样式功能制作文字变色动画，然后为整个变色文字添加滤镜特效，制作变色文字动画特效。

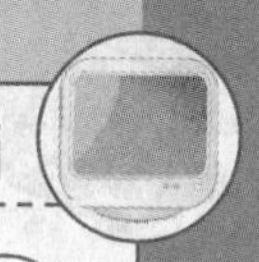

步骤提示

01 按 Ctrl + N 组合键，新建一个 Flash 文档；按 Ctrl + J 组合键，修改文档的“宽”和“高”分别为 550 和 378。

02 选择“文件”|“导入”|“导入到舞台”命令，导入“椭圆图框.jpg”位图素材至舞台，并调整其大小和位置，如图 9-20 所示。

03 按 Ctrl + F8 组合键，新建“变形文字”影片剪辑元件。

04 使用“文本工具”在舞台上创建“FUTURE”文本，并在“属性”面板中设置参数，如图 9-21 所示。

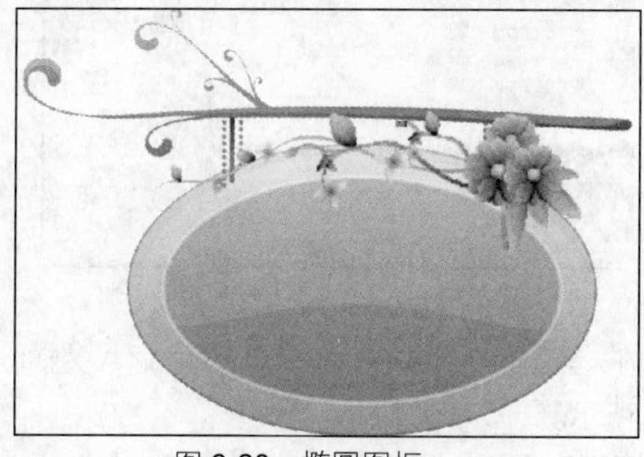

图 9-20　椭圆图框

图 9-21　输入文本

05 保持文本为选择状态，按 Ctrl + B 组合键，将文本块分离为单个文字，如图 9-22 所示。

06 选择第一个“U”文本，将其“填充颜色”修改为“金黄色”(#FFCC00)，效果如图 9-23 所示。

图 9-22　分离文本块

图 9-23　修改字母填充颜色

07 参照上一步的操作，依次修改其他字母的填充颜色，如图 9-24 所示。

08 选择“F”文本，按 F8 键将其转换为“F”图形元件，参照此操作，依次将其他文字转换为以相应文字命名的图形元件，如图 9-25 所示。

图 9-24　修改其他字母的填充颜

图 9-25　转换为图形元件

09 保持舞台中的实例为选择状态，单击鼠标右键，在弹出的快捷菜单中选择“分散到图层”命令，如图 9-26 所示。

10 完成命令的选择，将各实例分散到相应的图层中，如图 9-27 所示。

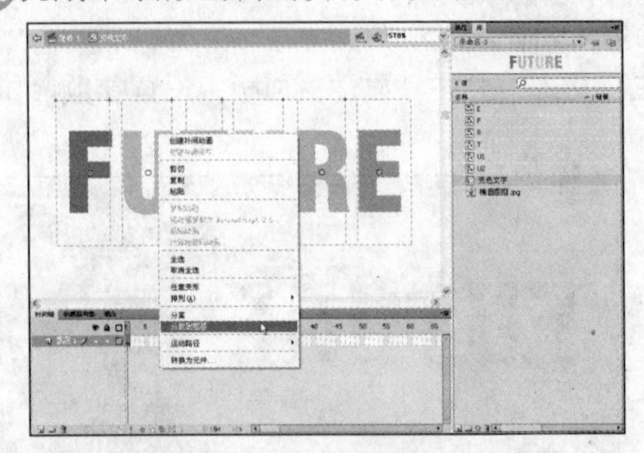

图 9-26　选择命令

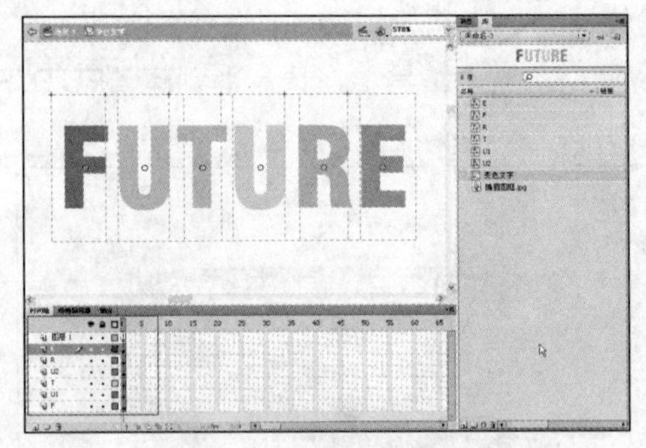

图 9-27　分散到图层

11 删除“图层 1”，在所有图层的第 5 帧、第 10 帧、第 15 帧、第 20 帧和第 25 帧插入关键帧，并在各关键帧之间创建传统补间动画，如图 9-28 所示。

12 选择“F”图层中第 5 帧所对应的实例，在“属性”面板中设置其“色彩效果”样式为“色调”，并调整色调颜色，更改实例的颜色，如图 9-29 所示。

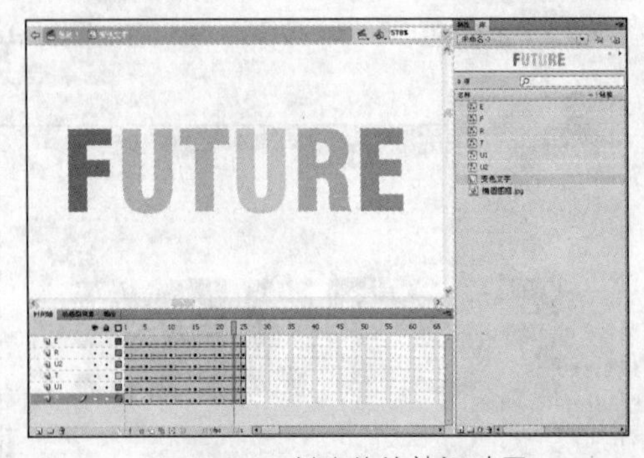

图 9-28　创建传统补间动画

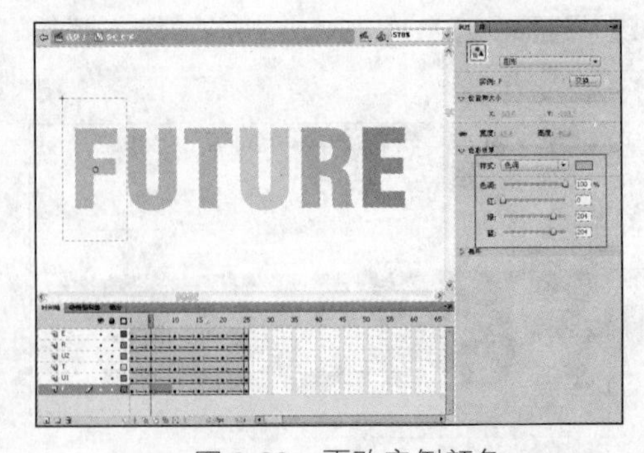

图 9-29　更改实例颜色

13 参照“F”实例颜色样式的修改，依次修改第 5 关键帧中其他实例的色彩效果样式，如图 9-30 所示。

⑭参照“F”实例颜色样式的修改，依次修改第 10 关键帧中其他实例的色彩效果样式，如图 9-31 所示。

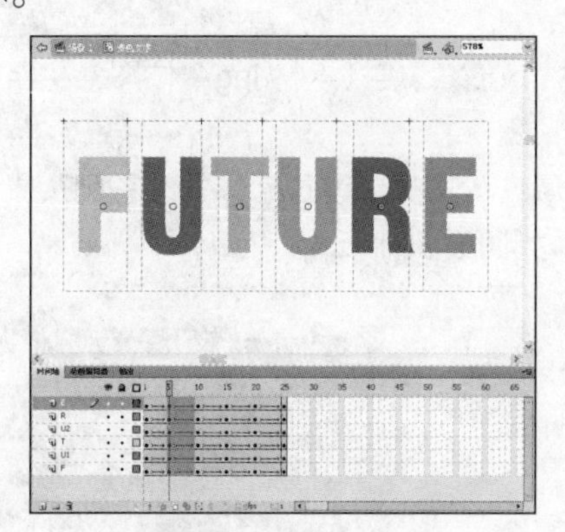

图 9-30　更改实例颜色

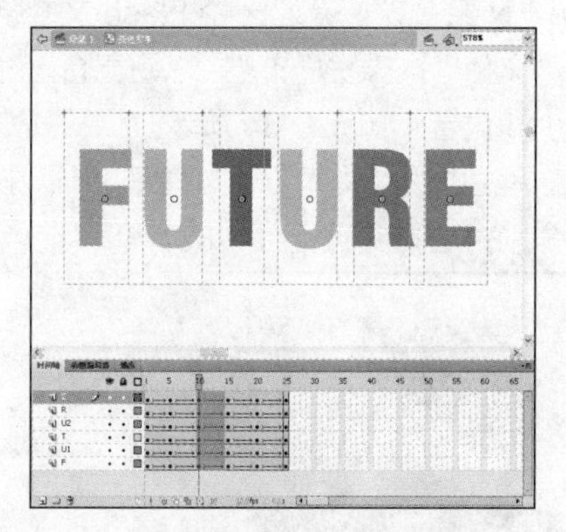

图 9-31　更改实例的颜色

⑮将各图层第 20 帧所对应的实例颜色修改成与第 10 帧所对应实例的颜色一样，第 25 帧实例的颜色修改成与第 15 帧所对应实例的一样。

⑯按 Ctrl + E 组合键，进入舞台主场景编辑区，将制作好的“变色文字”元件拖曳至舞台，并调整其大小，如图 9-32 所示。

⑰保持实例为选择状态，在“属性”面板的“滤镜”栏中为其添加“发光”滤镜特效，如图 9-33 所示。

图 9-32　添加实例

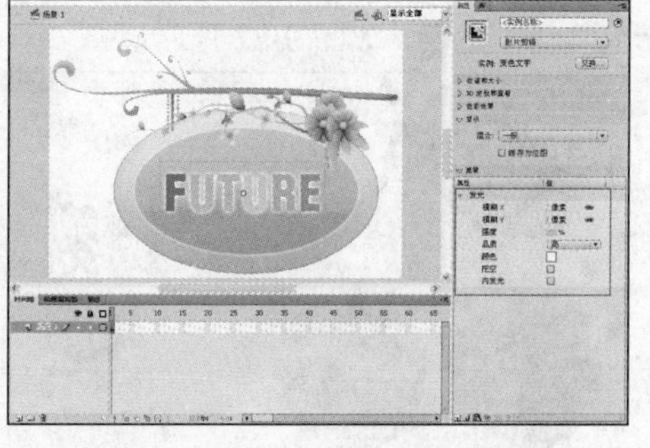

图 9-33　添加发光滤镜特效

9.3.2　浮雕文字效果

最终效果

本范例向读者讲解利用“文本工具”和滤镜渐变斜角功能创建浮雕文字效果，如右图所示。

解题思路

首先导入樱桃素材、输入文字，然后为文字添加滤镜特效，制作浮雕文字效果。

步骤提示

01 按 Ctrl + N 组合键，新建一个 Flash 文档。

02 选择“文件”|“导入”|“导入到舞台”命令，导入“樱桃素材.jpg”位图素材至舞台，并调整其大小和位置，如图 9-34 所示。

03 单击工具栏中的“文本工具”按钮T，在“属性”面板中设置字体的“系列”、“大小”和“颜色”分别为“华文行楷”、“60”和“红色”，如图 9-35 所示。

图 9-34　樱桃素材

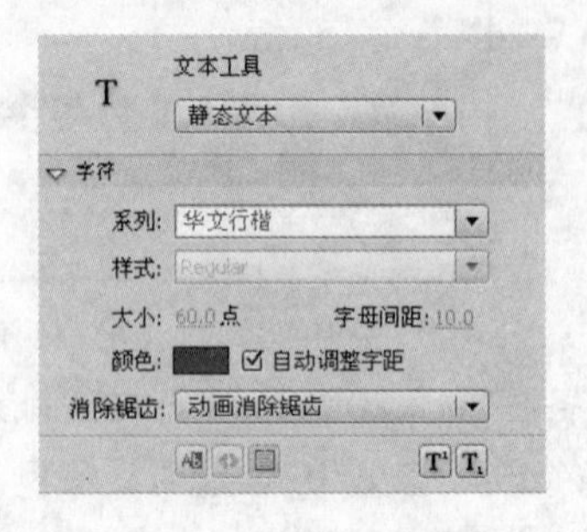

图 9-35　设置文本属性

04 在舞台右侧的空白区单击鼠标左键确定文本的起始位置，然后输入“樱桃”，如图 9-36 所示。

05 保持文本为选择状态，在“滤镜”栏的底部单击“添加滤镜”按钮，在弹出的菜单中选择“渐变斜角”命令，如图 9-37 所示。

图 9-36　输入文本

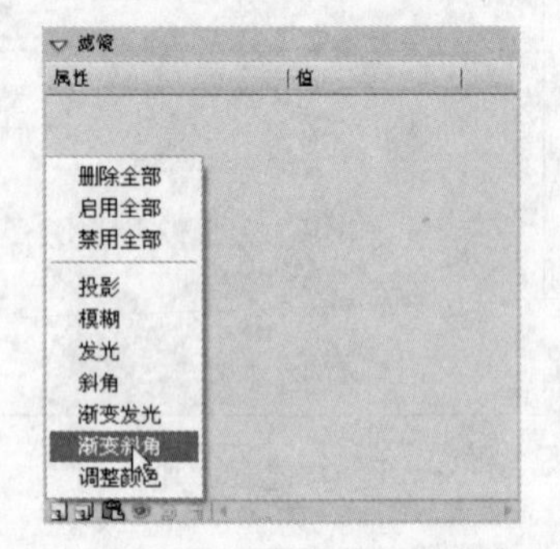

图 9-37　选择命令

06 完成命令的选择，进入“渐变斜角”滤镜参数设置区，设置相应的参数，如图 9-38 所示。

图 9-38　设置发光参数

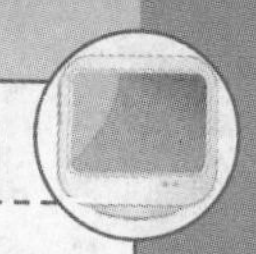

9.4 巩固与练习

本章通过实例介绍了输入文字和设置文字属性的基本操作方法和技巧。

填空题

（1）____________是 Flash 中最普通的文本，主要起到说明对象的作用。

（2）____________用于在字符之间插入统一数量的空格。

（3）Flash 中文字有____________、____________和____________3 种。

选择题

（1）可以为（　）添加脚本动作，使其具有交互性。

A．静态文本　　B．动态文本　　C．输入文本　　D．描边文本

（2）在设置文本属性时，（　）功能用于设置文本的粗体或斜体样式。

A．样式　　B．系列　　C．颜色　　D．消除锯齿

上机题

练习特效文字动画的创建，制作阴影模糊文字特效。在制作过程中主要使用“文本工具”、“模糊”和“投影”滤镜功能，最终的文字效果如图 9-39 所示。

图 9-39　春天的故事

学习心得 Study experience

Chapter 10

鼠标控制动画

学习内容

基础导读	30分钟
范例精讲	60分钟
上机实战	45分钟
巩固与练习	30分钟

学习重点

- 鼠标在动画中的应用
- 常用鼠标控制命令
- 范例精讲1 背景动画
- 范例精讲2 七夕情
- 上机实战1 啤酒广告
- 上机实战2 情人节贺卡

精彩实例效果展示

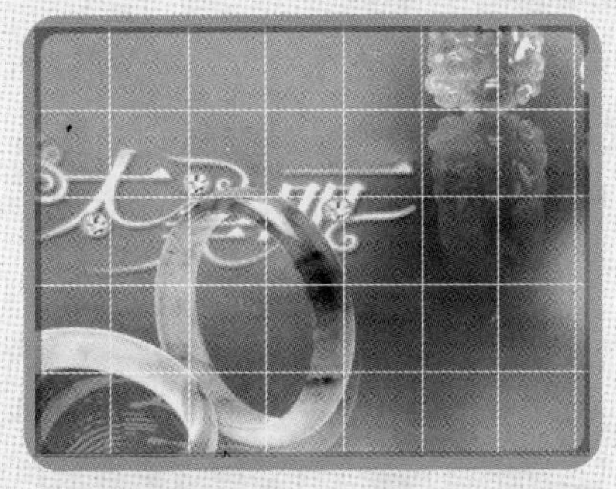

背景动画

七夕情

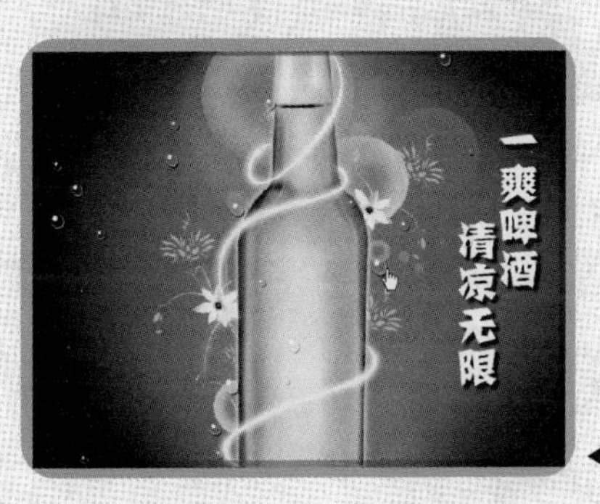

啤酒广告

10.1 基础导读

鼠标是用户在 Flash 动画中人机交互使用最频繁的工具，鼠标控制特效是指利用 AS 脚本语言或影片剪辑，使鼠标呈现某种特殊的动画效果，如鼠标变形、鼠标跟随、鼠标点击等特殊的动画效果。通过下面的学习，读者便可掌握 Flash 动画中常用鼠标的控制方法。

10.1.1 鼠标在动画中的应用

鼠标动画是制作 Flash 动画的一种基本的表现手法。在 Flash 中，可以通过鼠标事件来触发一系列其他事件，这样就增加了 Flash 动画的交互性，也可以根据场景的需要改变鼠标的形状或制作鼠标控制对象、复制对象、碰触以及拖动等效果。

在 Flash 中，应用最广泛的鼠标操作应该是游戏的控制和网页事件的触发。

10.1.2 常用鼠标控制命令

1．显示和隐藏鼠标命令

用法：Mouse.show（ ）或 Mouse.hide（ ）

功能：用于显示和隐藏鼠标，默认情况下，鼠标可见。

2．鼠标悬停命令

用法：on（rollOver）

功能：当鼠标指针在某个界面元素上面时，rollOver 事件就会发生。这个事件最典型的应用是用来制作鼠标指向某个按钮或者影片剪辑实例时产生的反馈效果，如按钮颜色变化、弹出菜单或者执行其他的一些操作。

3．鼠标移出命令

用法：on（rollOut）

功能：这个事件与 rollOver 相对，很显然，当鼠标指针在一个界面元素上运动时产生 rollOver 事件，那么鼠标指针移出这个界面对象的时候，就会产生 rollOut 事件。rollOut 事件的处理和 rollOver 事件的处理经常是成对出现的。比如说，用户在捕捉 rollOver 事件，在 on（rollOver）中弹出一个菜单，那么很显然还需要捕捉 rollOut 事件。在 on（rollOut）中添加适当的代码将弹出的菜单隐藏起来，否则菜单就会一直显示在界面上。

4．在外部释放鼠标命令

用法：on（releaseOutside）

功能：当用户在某个按钮或者影片剪辑实例上按下鼠标（注意是按下鼠标按钮不放），然后拖动鼠标指针，在这个按钮或者影片剪辑实例外面再释放鼠标，这时就会发生 releaseOutside 事件。用户可以在这个按钮或者影片剪辑实例的事件处理代码中添加 on（releaseOutside）来捕获并处理这个事件。

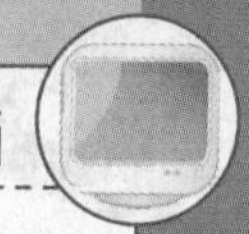

5．拖动掠过命令

用法：on（dragOver）

功能：拖动操作就是鼠标在某个对象上按下以后不释放，然后拖动鼠标。dragOver 事件就是当鼠标指针处于拖动状态时经过某个对象时发生的事件。在制作拖动效果时，用户经常要和这样的事件打交道。

6．鼠标按下命令

用法：on（press）

功能：如果某个界面元素（比如一个按钮或者一个影片剪辑的实例）的代码中含有 on（press）这样的事件处理代码，那么当用户在这个界面元素上按下鼠标时，on（press）后面的大括号的代码就会被执行。

7．鼠标释放命令

用法：on（release）

功能：这个事件在鼠标释放的时候发生，这个事件通常都是 on（press）之后发生的。

当需要处理用户单击某个按钮的事件时，就可以为这个按钮添加一个 on（release）事件处理。尽管在这种情况下 on（press）和 on（release）的作用是相似的，因为通过 press 之后总会 release，但是用户还是应当尽量使用 on（release）。因为如果使用 on（press）会让按钮过于敏感，只要轻轻一按，代码立即就被执行，如果用户发现自己按错了，可就没后悔药吃了。而当使用 on（release）时，一旦用户发现按错了，可以按住鼠标按钮不放，将鼠标指针移动到按钮之外释放，代码就不会被执行，这才是比较人性化的按钮行为。

10.2 范例精讲

在 Flash CS4 中，使用鼠标控制命令是 Action 语句中很重要的脚本语言。鼠标效果在动态交互网页设计中应用非常广泛，可以使用鼠标控制、复制以及拖动对象。下面以“背景动画”和“七夕情”动画范例向用户介绍鼠标控制命令的具体应用。

10.2.1 鼠标控制对象——背景动画

本范例通过创建“背景动画”动画向读者讲解 onClipEvent 脚本、网格功能制作出鼠标控制背景图像的效果，如下图所示。

难度系数　☑ ☑ ☑

学习时间　30 分钟

学习目的　练习“导入到库”命令、“网格”子菜单中的命令、onClipEvent 脚本。

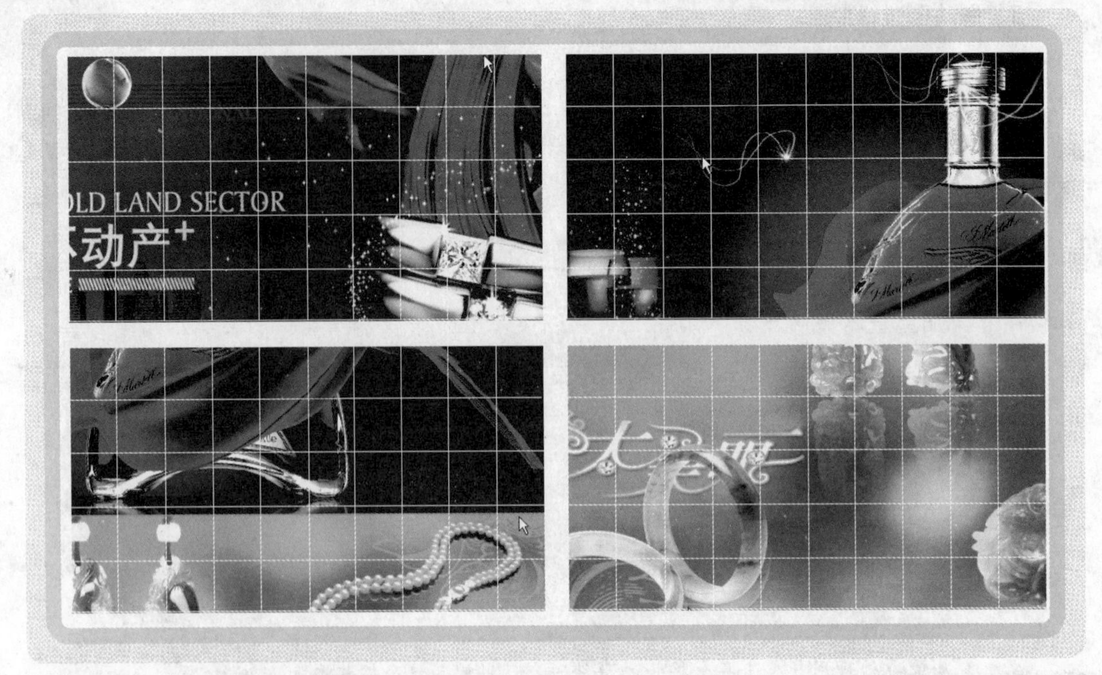

制作步骤

01 按 Ctrl + N 组合键，新建 Flash 文档；在“属性”面板中，修改文档的“宽”和“高”分别为 550 和 300。

02 选择“文件”|“导入”|“导入到库”命令，将素材文件夹中的“图片 1”、“图片 2”和“图片 3”素材导入到“库”面板，如图 10-1 所示。

03 按 Ctrl + F8 组合键，新建“图片组合”影片剪辑元件，将导入的位图素材依次拖曳至舞台，并按顺序进行排列，如图 10-2 所示。

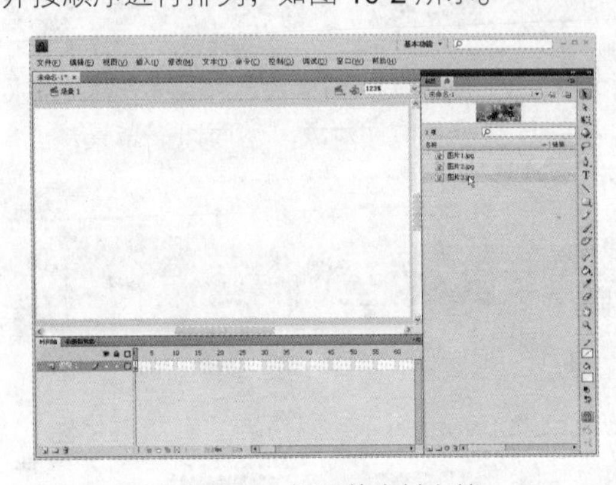

图 10-1　打开的素材文档

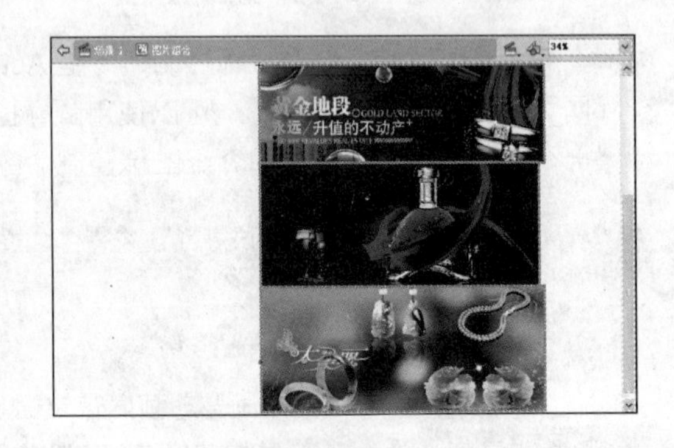

图 10-2　添加位图素材

04 按 Ctrl + F8 组合键，新建“矩形块”影片剪辑元件，使用“矩形工具”，绘制一个“宽”和“高”分别为 550 和 300 的“白色”矩形块，如图 10-3 所示（暂时将舞台的“背景颜色”改为“桃红色”，色值为#FF6599）。

05 按 Ctrl + E 组合键，返回主场景编辑区。选择“视图”|“网格”|“显示网格”命令，显示网格，如图 10-4 所示。

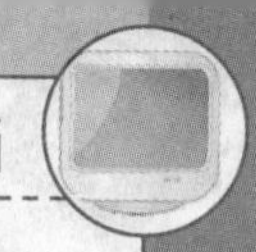

图 10-3 绘制白色矩形块

图 10-4 显示网格

06 选择“视图”|“网格”|“编辑网格”命令，在打开的“网格”对话框中修改网格线的颜色和间距，如图 10-5 所示。

07 选择“确定”按钮，完成网格的编辑，使用“线条工具”，设置“笔触颜色”、“笔触高度”分别为“白色”和 1，沿着网格线绘制相应的水平和垂直直线，如图 10-6 所示。

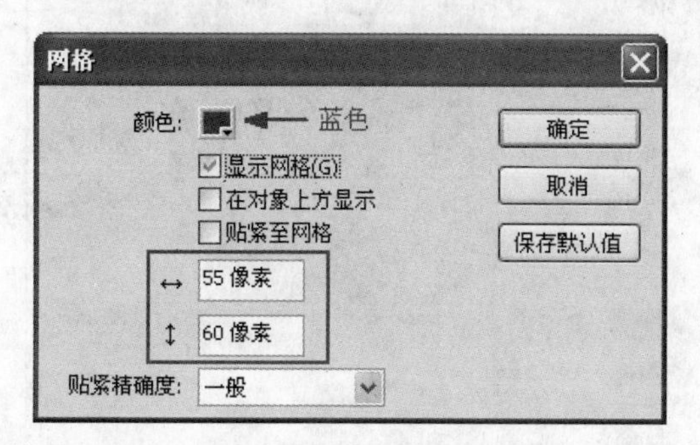

图 10-5 “网格”对话框

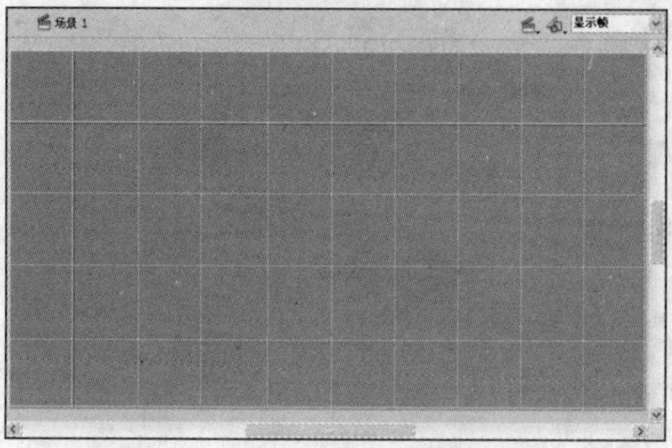

图 10-6 绘制水平和垂直直线

08 使用“选择工具”选择绘制的水平和垂直直线，按 F8 键，将其转换为“网格”影片剪辑元件；选择“视图”|“网格”|“显示网格”命令，隐藏网格，如图 10-7 所示。

09 单击“新建图层”按钮，新建“图层 2”、“图层 3”，将“图层 1”拖至“图层 3”的上方，从上往下依次修改图层的名称为“网格”、“遮罩”和“背景”，如图 10-8 所示。

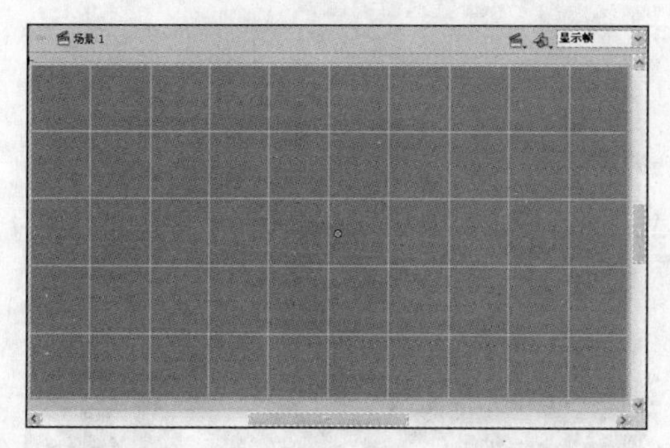

图 10-7 隐藏网格

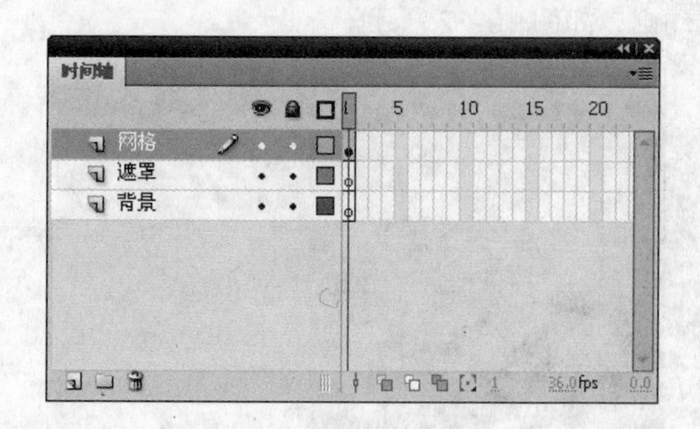

图 10-8 创建图层

10 选择“背景”图层，将“库”面板中的“图片组合”元件拖曳至舞台，在“对齐”面板中依次单击和按钮，将实例左上角对齐舞台，如图 10-9 所示。

11 保持“图片组合”实例为选择状态，按 F9 键，在弹出的“动作”面板输入脚本：

```
onClipEvent（load）{
speed=0.1
}
onClipEvent （enterFrame） {
this._x += speed*((_root._xmouse/(_root.mask._width/(this._width-_root.mask._width))*-1)-this._x);
this._y += speed*((_root._ymouse/(_root.mask._height/(this._height-_root.mask._height))*-1)-this._y);
}
```

12 选择“遮罩”图层，将“库”面板中的“矩形块”元件拖曳至舞台，将其放置在舞台的正中央，如图 10-10 所示。

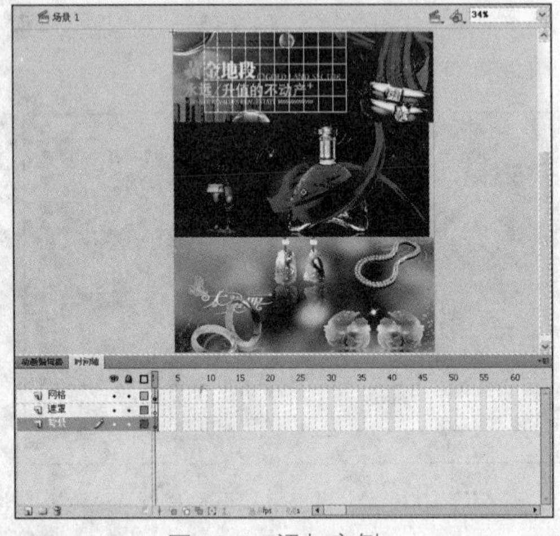

图 10-9 添加实例

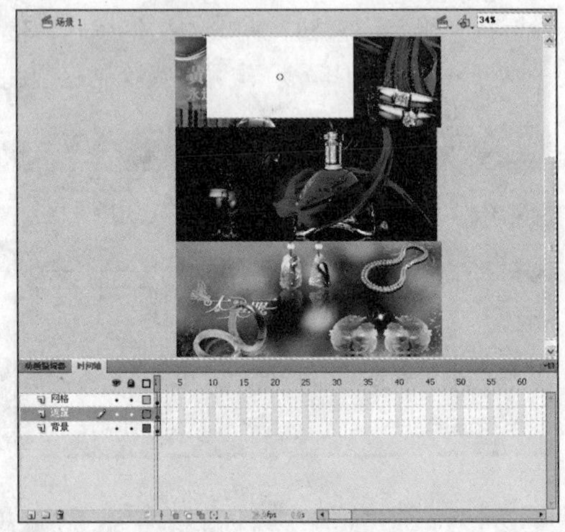

图 10-10 添加实例

13 保持“矩形块”实例为选择状态，在“属性”面板中设置其“实例名称”为“mask”、Alpha 值为 30%，如图 10-11 所示。

14 选择“遮罩”图层并单击鼠标右键，在弹出的快捷菜单中选择“遮罩层”命令，创建遮罩动画，如图 10-12 所示。

图 10-11 修改实例的 Alpha 值

图 10-12 创建遮罩动画

15 按 Ctrl＋S 组合键，将文档保存为“背景动画”。

16 按 Ctrl＋Enter 组合键，测试影片，移动鼠标即可预览动态的背景图片，效果如图 10-13 所示。

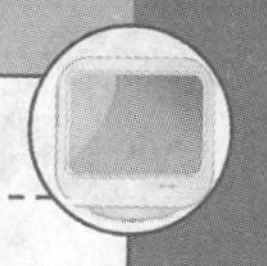

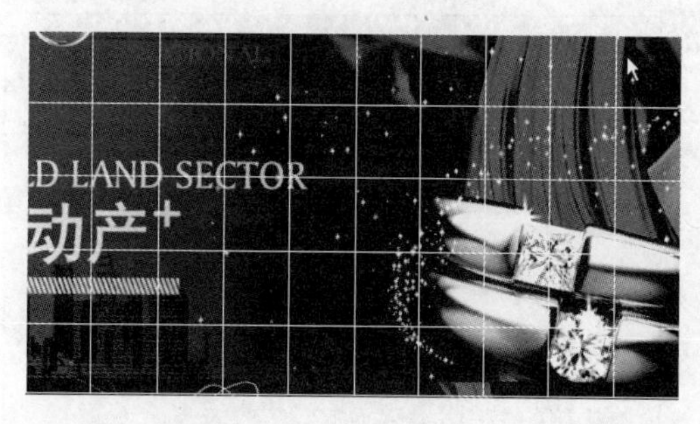

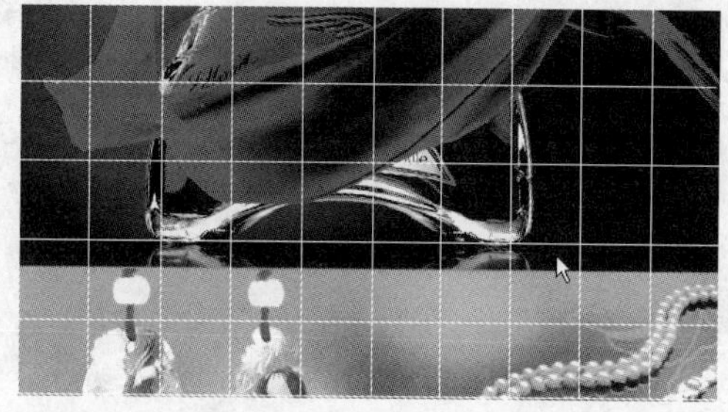

图 10-13　预览效果

10.2.2　鼠标复制效果——七夕情

本范例通过创建“七夕情”动画向读者讲解 Mouse.hide（ ）、startDrag 、setProperty 以及 duplicateMovieClip 脚本功能制作出鼠标拖动并复制心形图像的效果，如下图所示。

难度系数　☑ ☑ ☑

学习时间　30 分钟

学习目的　练习“引导层”命令、“水平翻转”命令、Mouse.hide（ ）、startDrag setProperty 以及 duplicateMovieClip 脚本等知识。

制作步骤

01 按 Ctrl + O 组合键，打开已有的“鼠标复制素材.fla”文档，如图 10-14 所示。

02 按 Ctrl + F8 组合键，新建“mc1”影片剪辑元件，选择“图层 1”并单击鼠标右键，在弹出的快捷菜单中选择“添加传统运动引导层”命令，如图 10-15 所示。

03 完成命令的选择后，新建“引导层：图层 1”，选择该图层的第 20 帧，按 F5 键插入帧。

04 单击工具栏上的“钢笔工具”按钮，设置“笔触颜色”和“笔触高度”分别为“蓝色”和 1，在舞台上绘制一条曲线，作为运动路径，如图 10-16 所示。

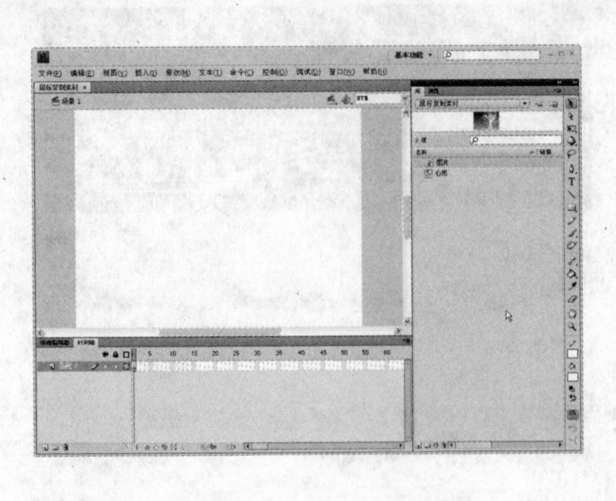
图 10-14　打开素材文档

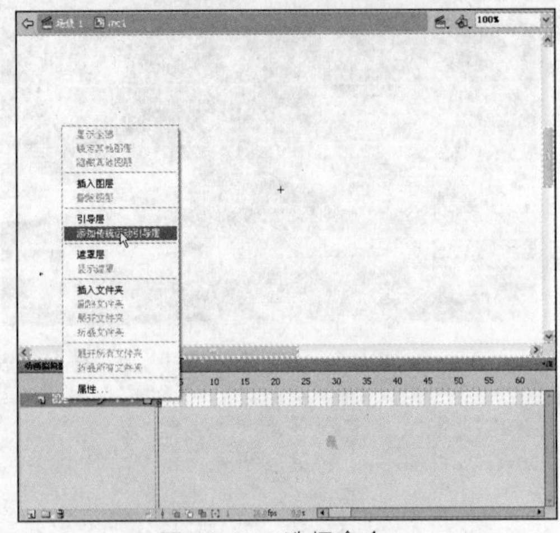
图 10-15　选择命令

05 选择“图层 1”，将“库”面板中的“心形”元件拖曳至舞台，将实例的中心点与曲线的上端点重合，如图 10-17 所示。

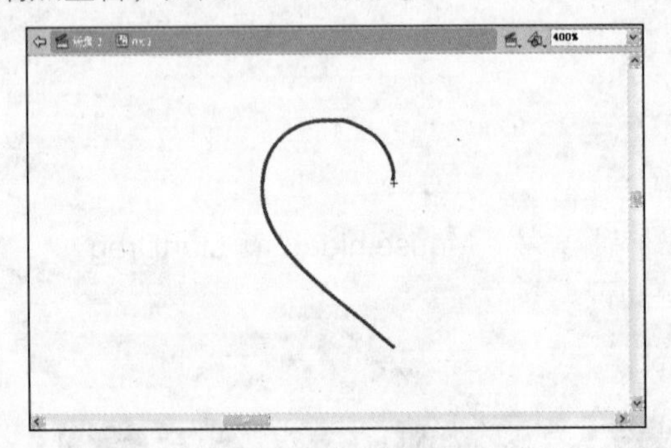
图 10-16　绘制曲线

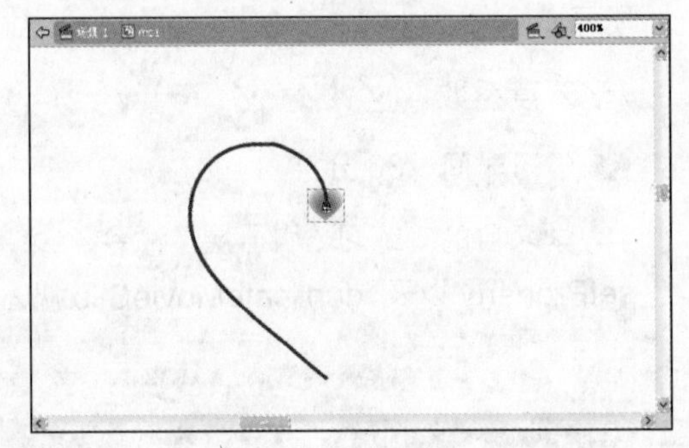
图 10-17　添加实例

06 选择“图层 1”的第 20 帧，按 F6 键插入关键帧，选择该帧所对应的实例，将实例的中心点与曲线的下端点对齐，如图 10-18 所示。

07 选择“图层 1”第 1 帧并单击鼠标右键，在弹出的快捷菜单中选择“创建传统补间”命令，创建传统补间动画。

08 按住 Ctrl 键选中“图层 1”和“引导层: 图层 1”，在帧区域单击鼠标右键，在弹出的快捷菜单中选择“复制帧”命令，如图 10-19 所示。

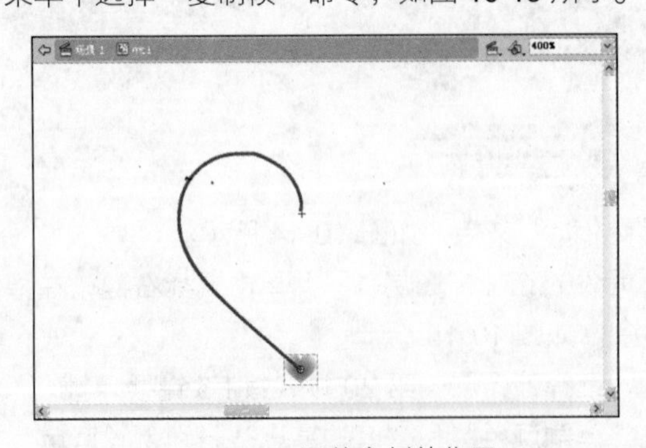
图 10-18　调整实例的位置

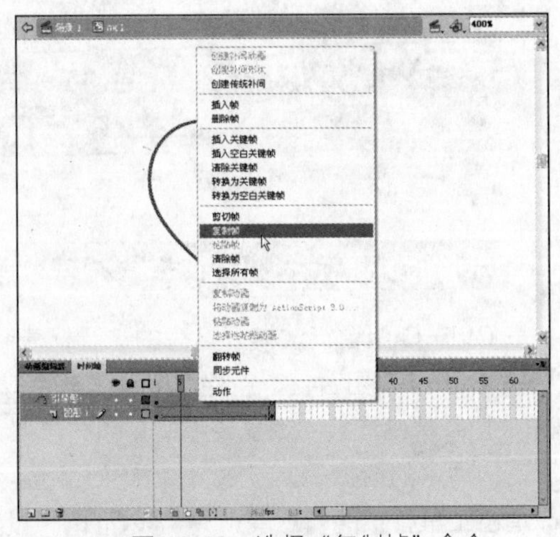
图 10-19　选择“复制帧”命令

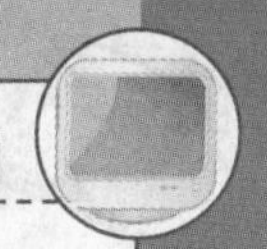

09 单击“新建图层”按钮，新建“图层 3”，选择该图层的第 1 帧并单击鼠标右键，在弹出的快捷菜单中选择“粘贴帧”命令，如图 10-20 所示。

10 选中最上面图层的第 21 帧至第 39 帧，单击鼠标右键，在弹出的快捷菜单中选择“删除帧”命令，如图 10-21 所示。

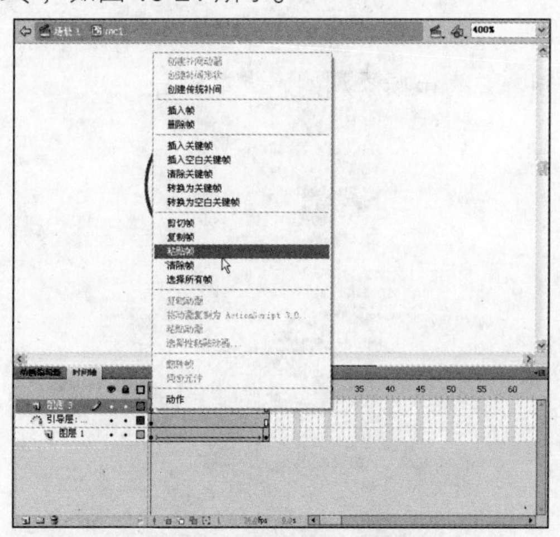

图 10-20　选择“粘贴帧”命令

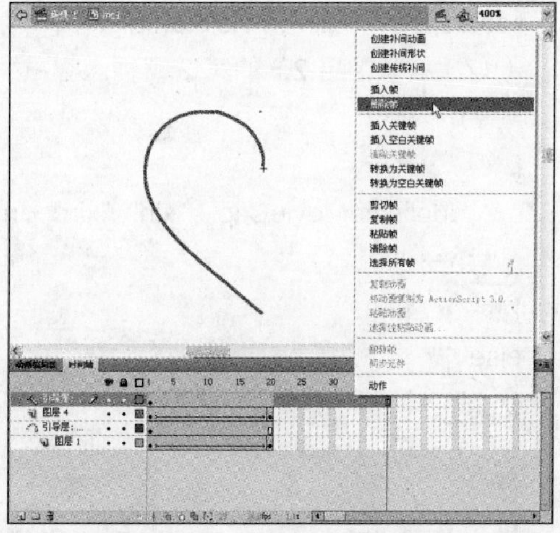

图 10-21　选择“删除帧”命令

11 新建“图层 4”并将其放置在最上面引导层的下面，创建运动引导图层。选择最上面引导层所对应的实例，选择“修改”|“变形”|“水平翻转”命令，如图 10-22 所示。

12 执行命令后，将曲线水平翻转，然后将翻转后的曲线水平向右移动，使其与原来的曲线形成心形，如图 10-23 所示。

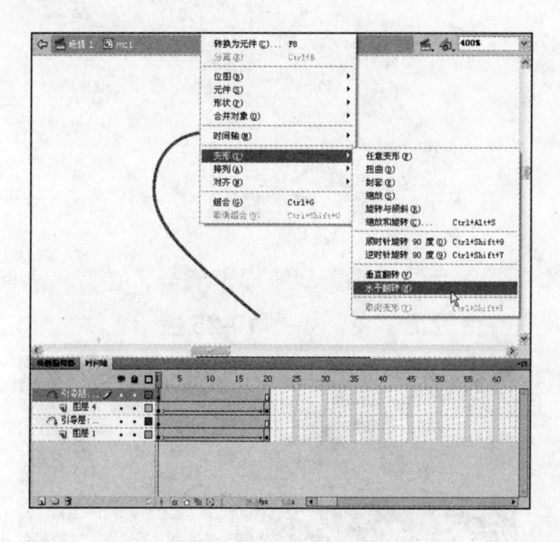

图 10-22　选择命令

图 10-23　水平翻转并移动实例

13 单击“新建图层”按钮，新建图层，并将图层重命名为“Action”。

14 选择“Action”图层的第 20 帧，按 F7 键插入空白关键帧，选择该帧，按 F9 键，在打开的“动作”面板中输入“stop ( );”，添加脚本。

15 按 Ctrl＋F8 组合键，新建“mc2”影片剪辑元件，将“mc1”元件拖曳至舞台，放置在舞台的正中央，并在“属性”面板中设置其“实例名称”为“xin”，如图 10-24 所示。

16 在“图层 1”的第 3 帧插入帧。单击“新建图层”按钮，新建“图层 2”，选择该图层的第 1 帧，按 F9 键，在打开的“动作”面板中输入如下脚本语言：

```
Mouse.hide ( ) ;
startDrag ( "xin", true ) ;
n = 0;
setProperty ( "xin", _visible, false ) ;
```

（17）在“图层 2”的第 2 帧插入空白关键帧，并为该帧添加如下脚本语言：

```
if （n < 20）
{
    duplicateMovieClip ( "xin", "xin" + n, n ) ;
    n++;
}
else
{
    n = 0;
}
```

（18）在“图层 2”的第 3 帧插入空白关键帧，并为该帧添加如下脚本语言：

```
if （n < 20）
{
    duplicateMovieClip ( "xin", "xin" + n, n ) ;
    n++;
}
else
{
    n = 0;
}
```

17 按 Ctrl + E 组合键，返回主场景编辑区。

18 选择“图层 1”的第 1 帧，将“库”面板中的“图片”位图素材拖曳至舞台，在宽和高值锁定状态下，修改“宽”值为 550，将图片放置在舞台的正中央，如图 10-25 所示。

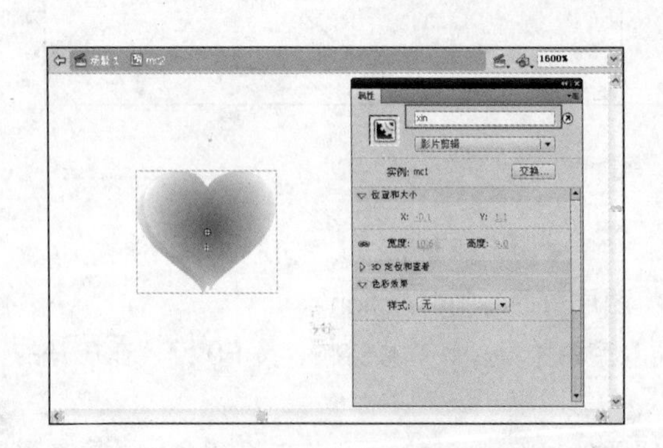

图 10-24　添加实例为其命名

图 10-25　添加图片素材

19 新建“图层 2”，使用“文本工具”，在“属性”面板中设置字体“系列”、“大小”、“文本（填充）颜色”分别为“迷你简黄草”、55 和“蓝色”（#0066CC），在舞台上创建“七夕情花瓣语”文本，如图 10-26 所示。

⑳选择文本，按 Ctrl＋C 组合键复制文本。新建“图层 3”图层，按 Ctrl＋Shift＋V 组合键将复制的文本在当前位置进行粘贴，并将“图层 3”拖曳至“图层 2”的下方，如图 10-27 所示。

图 10-26　创建文本

图 10-27　新建图层并粘贴文本

㉑锁定“图层 2”，选择“图层 3”中的文本，在“属性”面板中修改其“文本（填充）颜色”为“白色”，在“滤镜”选项卡中单击“添加滤镜”按钮，在弹出的菜单中选择“发光”命令，如图 10-28 所示。

㉒在右侧的参数设置区中设置“模糊 X”和“模糊 Y”值均为 10%、“强度”值为 500%、“阴影颜色”为“白色”，为文本添加发光滤镜，效果如图 10-29 所示。

图 10-28　选择“发光”命令

图 10-29　添加发光滤镜

㉓新建“图层 4”，将“mc2”元件拖曳至舞台，放置在适当位置，如图 10-30 所示。

㉔按 Ctrl＋Shift＋S 组合键，将文档另存为“七夕情”。

㉕按 Ctrl＋Enter 组合键，测试影片，移动鼠标即可控制心形的形状和数量，在某处停留一会，即可形成一个心形，效果如图 10-31 所示。

图 10-30　添加实例

图 10-31　预览效果

10.3 上机实战

通过上面两个实例的练习，相信大家对使用 Flash 鼠标控制动画制作有了一定的掌握，为了进一步巩固和掌握所学知识，请按步骤提示完成“啤酒广告”和“情人节贺卡”动画范例的制作与应用。

10.3.1 鼠标碰触效果——啤酒广告

最终效果

本范例通过“啤酒广告”动画向读者讲解利用 removeMovieClip、gotoAndPlay、duplicateMovieClip 脚本功能制作出水珠随机出现，鼠标碰触水珠即掉落的动画效果，如下图所示。

解题思路

首先制作水珠掉落的动画效果，然后通过添加相应的脚本，随机复制水珠实例，制作出水珠随机出现，鼠标碰触水珠即掉落的动画效果。

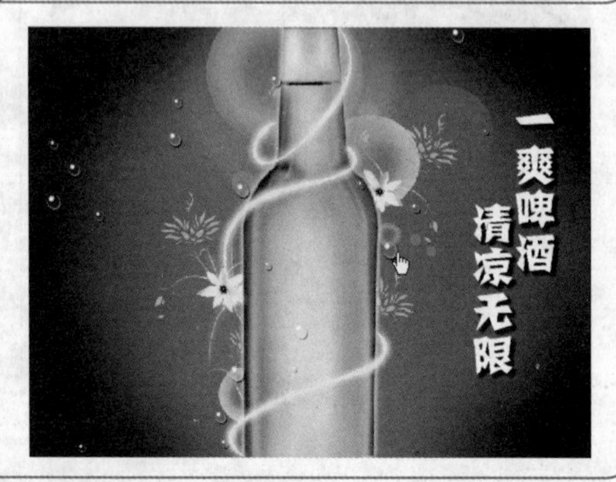

步骤提示

01 按 Ctrl + O 组合键，打开已有的“鼠标碰触素材.fla”文档，如图 10-32 所示。

02 按 Ctrl + F8 组合键，新建“mc1”影片剪辑元件，将“水”元件拖曳至舞台，放置在舞台的正中央，如图 10-33 所示。

03 在“图层 1”的第 30 帧、第 177 帧、第 179 帧、第 181 帧、第 183 帧、第 185 帧、第 187

帧、第 189 帧和第 200 帧插入关键帧。

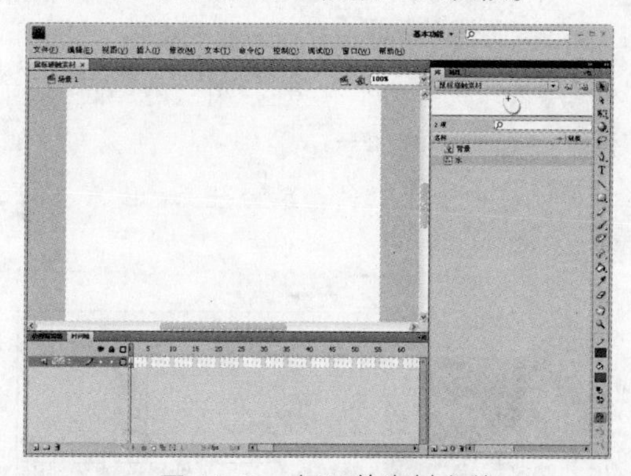

图 10-32　打开的素材文件　　　　图 10-33　添加实例

04 在“图层 1”的第 1 帧至第 30 帧、第 189 帧至第 200 帧之间创建传统补间动画。

05 选择“图层 1”第 1 帧的实例，在“变形”面板中修改其“缩放宽度”和“缩放高度”分别为 30%和 27%，在“属性”面板中设置其 X 和 Y 值分别为-6.9 和-8.4，如图 10-34 所示。

06 依次设置“图层 1”中第 179 帧、第 183 帧、第 187 帧所对应实例的“缩放宽度”和“缩放高度”分别为 88.8%和 95%，如图 10-35 所示。

图 10-34　调整实例的大小和位置　　　　图 10-35　缩小实例

07 选择“图层 1”第 200 帧的实例，在“属性”面板中设置 Y 值 163，如图 10-36 所示。

08 新建“图层 2”，在该图层的第 177 帧插入空白关键帧，选择第 177 帧，在“属性”面板的“标签”栏中设置“名称”为 bubble_go，如图 10-37 所示。

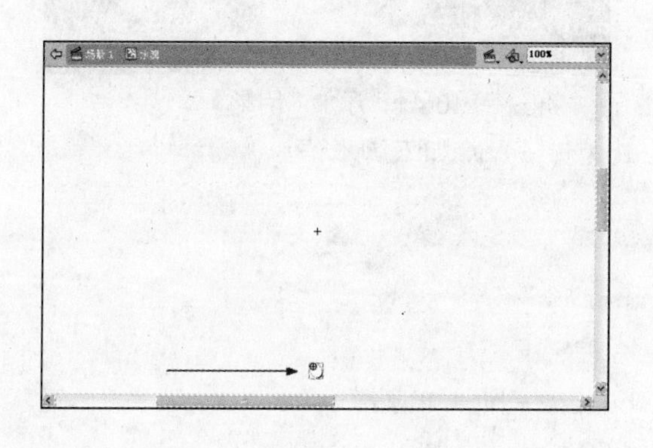

图 10-36　调整实例的 Y 值

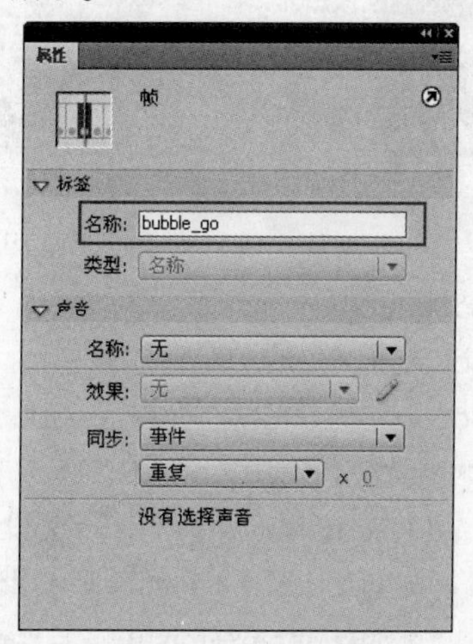

图 10-37　添加帧标签

09 在“图层 2”的第 200 帧插入空白关键帧，并为该帧添加如下脚本语言：

```
this.removeMovieClip ( );
```

10 按 Ctrl＋E 组合键，返回主场景编辑区。将“图层 1”更名为“背景”，将“库”面板中的“背景”位图拖曳至舞台，调整其大小与位置，效果如图 10-38 所示。

11 新建“水滴”图层，将“库”面板中的“水滴”元件拖曳至舞台，放置在舞台的左上角，并为实例命名为“bubble”，如图 10-39 所示。

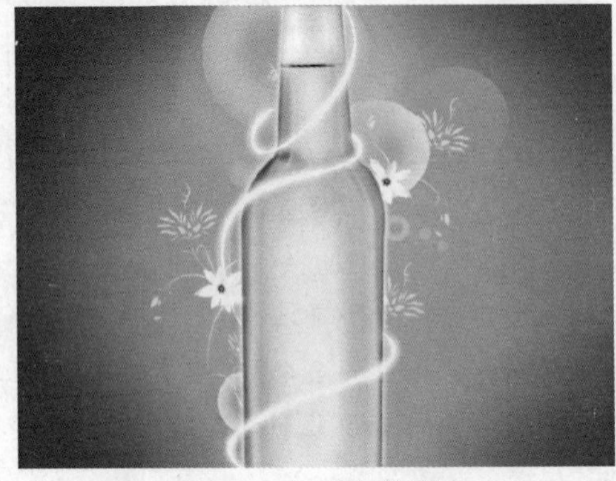

图 10-38　添加位图

图 10-39　添加实例并为其命名

12 新建“文本”图层，使用“文本工具”，在“属性”面板中设置字体“系列”、“大小”、“文本（填充）颜色”、“字母间距”分别为“方正剪纸简体”、40、“白色”和 2，在舞台上创建“一爽啤酒 清凉无限”垂直文本，如图 10-40 所示。

13 保持文本为选择状态，在“属性”面板的“滤镜”栏中为文本添加“阴影颜色”为“黑色”的“阴影”滤镜，效果如图 10-41 所示。

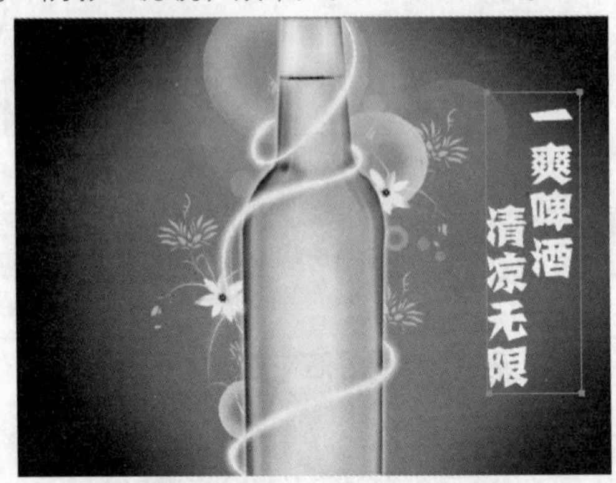

图 10-40　创建垂直文本

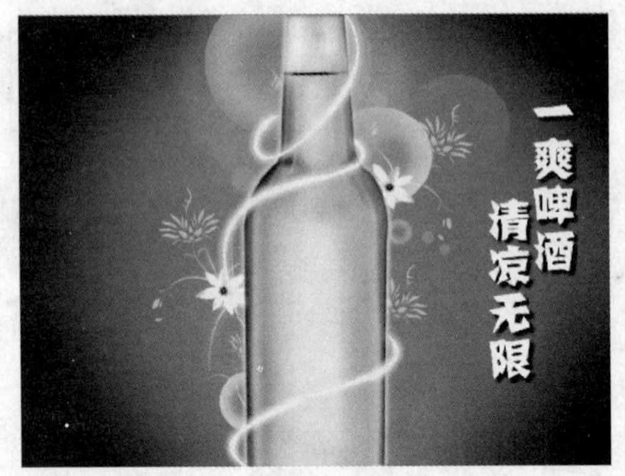

图 10-41　添加“阴影”滤镜

14 新建“Action”图层，选择该图层的第 1 帧，为该帧添加如下脚本语言：

```
_root.bubble.i = 1;
_root.bubble._visible = 0;
_root.bubble.onEnterFrame = function （ ） {
if （random （10） == 0） {
    duplicateMovieClip （_root.bubble, "bubble"+this.i, this.i）;
    _root["bubble"+this.i]._x = random （550）;
    _root["bubble"+this.i]._y = random （412）;
```

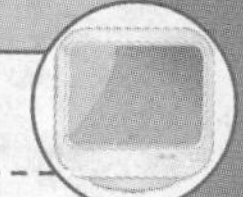

```
        _root["bubble"+this.i]._xscale = random （70）+50;
        _root["bubble"+this.i]._yscale = _root["bubble"+this.i]._xscale;
        _root["bubble"+this.i].onRollOver = function （）{
            this.gotoAndPlay （"bubble_go"）;
        };
        this.i++;
    }
};
```

15 按 Ctrl + Shift + S 组合键，将文档另存为“啤酒广告”。

16 按 Ctrl + Enter 组合键，测试影片，将鼠标移至随机出现的水珠上，水滴自动掉落，效果如图 10-42 所示。

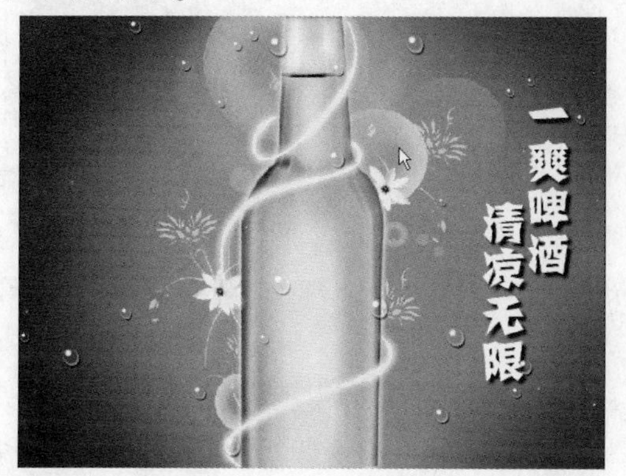

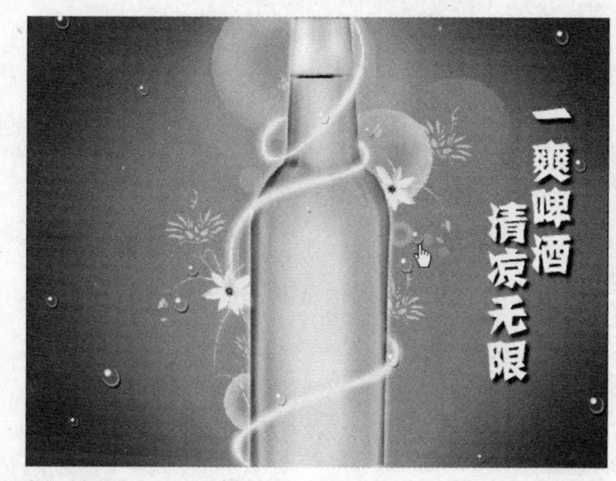

图 10-42　预览效果

10.3.2　鼠标拖动效果——情人节贺卡

最终效果	解题思路
本范例通过“情人节贺卡”动画向读者讲解利用 startDrag 脚本功能制作鼠标拖动文本和闪烁图形的动画效果，如下图所示。	首先制作闪烁的图形以及“I love you”发光文字，然后为实例添加 startDrag 脚本制作鼠标拖动文本和闪烁图形的动画效果。

步骤提示

01 按 Ctrl+O 组合键，打开已有的“鼠标拖动素材.fla”文档，如图 10-43 所示。

02 按 Ctrl+F8 组合键，新建“文本闪光”影片剪辑元件，将“闪光动”元件拖曳至舞台，如图 10-44 所示（暂时将舞台的“背景颜色”改为“粉红色”）。

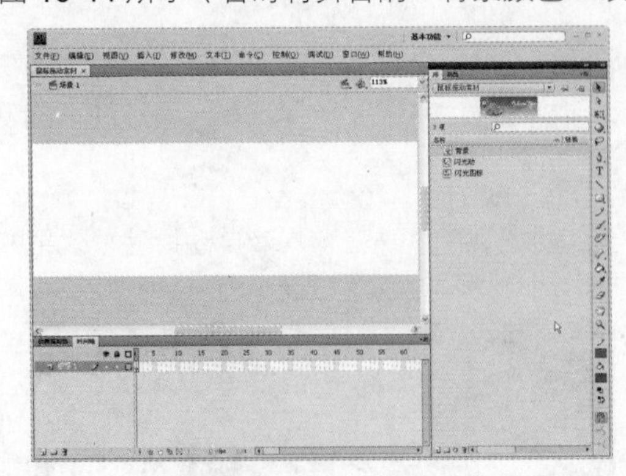

图 10-43　打开的素材文件

图 10-44　添加实例

03 新建“图层 2”，使用“文本工具”，在“属性”面板中设置字体“系列”、“大小”、“文本（填充）颜色”分别为“ScriptC”、20 和“紫色”（#841885），在舞台上创建“I love you”水平文本，如图 10-45 所示。

04 保持文本为选择状态，在“属性”面板的“滤镜”栏中为文本添加“阴影颜色”为“白色”、“模糊 X”和“模糊 Y”值为 10 像素、“强度”为 500%的“发光”滤镜，效果如图 10-46 所示。

图 10-45　创建水平文本

图 10-46　添加“发光”滤镜

05 按 Ctrl+E 组合键，返回主场景编辑区。将“库”面板中的“背景”位图拖曳至舞台，调整其大小与位置，效果如图 10-47 所示。

图 10-47　添加背景位图

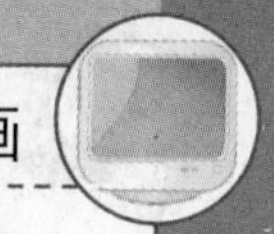

06 新建“图层 2”，将制作好的“闪光文本”元件拖曳至舞台，放置在舞台中，如图 10-48 所示。

图 10-48　添加实例

07 保持实例为选择状态，在“属性”面板中设置“实例名称”为 sou1，如图 10-49 所示。

图 10-49　为实例命名

08 新建“图层 3”，选择该图层的第 1 帧，为该帧添加如下脚本语言：

```
startDrag ("sou1", true);
```

09 按 Ctrl + Shift + S 组合键，将文档另存为“情人节贺卡”。

10 按 Ctrl + Enter 组合键，测试影片，移动鼠标即可改变文本和闪光的位置，效果如图 10-50 所示。

图 10-50　预览效果

10.4　巩固与练习

本章主要学习了常用鼠标控制命令，包括显示和隐藏鼠标命令、在外部释放鼠标命令、鼠

1st Day
2nd Day
3rd Day
4th Day
5th Day
6th Day
7th Day

标悬停、移动、掠过、按钮以及释放命令，并通过制作鼠标控制背景图像、鼠标复制心形、鼠标碰触水珠以及鼠标拖动对象等动画效果，使读者对本课所学内容巩固和练习。在制作过程中读者应参照提供的语句注释，尽量理解实例中所添加语句的作用，并尝试对相关语句进行修改和优化，以加强自身对鼠标控制命令的理解和驾驭能力。

填空题

（1）当鼠标指针在某个界面元素上面时，____________事件就会发生。

（2）____________事件就是当鼠标指针处于拖动状态时经过某个对象时发生的事件。

（3）____________事件在鼠标键释放的时候发生，这个事件通常都是 on（press）之后发生的。

选择题

（1）（　　）事件的处理和 rollOver 事件的处理经常是成对出现的。

A．Mouse.show　　B．rollOut　　C．on（press）　　D．dragOver

（2）在 Flash 中，应用最广泛的鼠标操作应该是（　　）的控制和（　　）的触发。

A．游戏　　B．MTV　　C．贺卡　　D．网页事件

上机题

练习制作“一碰就跑.fla”动画。在制作过程中主要使用 stop、gotoAndPlay、on (rollOver) 脚本，最终的动画效果如图 10-51 所示。

图 10-51　最终效果

Chapter 11

按钮和导航菜单控制

学习内容

基础导读	45 分钟
范例精讲	60 分钟
上机实战	60 分钟
巩固与练习	30 分钟

学习重点

- 按钮和菜单的应用
- 常用相关控制命令
- 范例精讲 1　公司导航按钮
- 范例精讲 2　左右晃动菜单
- 上机实战 1　展示按钮
- 上机实战 2　网站下拉菜单

精彩实例效果展示

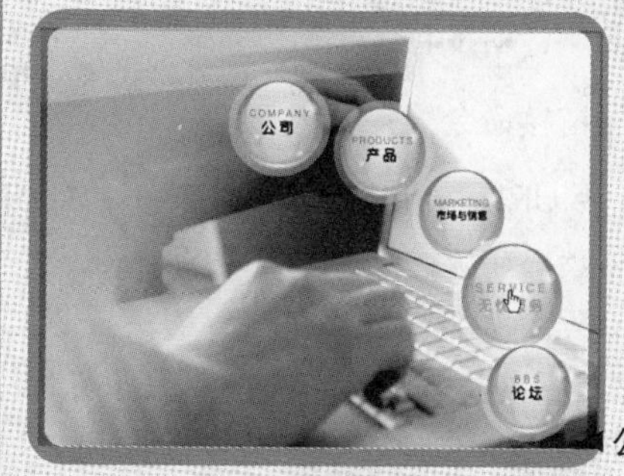

公司导航按钮

展示按钮

网站下拉菜单

11.1 基础导读

按钮和菜单导航是 Flash 动画实现交互的主要表现方式，通过按钮与菜单对鼠标的动作作出反应从而实现交互功能。这里我们将介绍 Flash 动画按钮和导航菜单的制作方法和技巧。

11.1.1 按钮和菜单的应用

按钮和菜单是网站导航的最主要的一部分。通过按钮和菜单进行交互性操作，方便用户浏览网站信息、获取网站服务，在发现问题时可以及时找到在线帮助。

网站菜单导航表现为网站的栏目菜单设置、辅助菜单、其他在线帮助等形式。网站菜单导航设置是在网站栏目结构的基础上，进一步为用户浏览网站提供的提示系统，但由于各个网站设计并没有统一的标准，所以菜单设置各不相同，打开网页的方式也会有区别，有些是在同一个窗口打开新网页，有些则新打开一个浏览器窗口。

11.1.2 常用相关控制命令

1. 添加链接命令

用法：getURL（url [,windows[,"variables"]]）

- url 参数：可从该处获取文档的 URL。
- Windows 参数：一个可选参数，指定文档应用加载到其中的窗口或 HTML 框架。可输入特定窗口的名称，或从下面的保留目标名称中选择。

  _self：指定当前窗口中的当前框架。

  _blank：指定一个新窗口。

  _parent：指定当前框架的父级框架。

  _top：指定当前窗口中的顶级框架。
- Variables 参数：用于发送变量的 GET 或 POST 方法。如果没有变量，则省略此参数。GET 方法将变量追加到 URL 的末尾，该方法用于发送少量变量。POST 方法在单独的 HTTP 标头中发送变量，该方法用于发送长的变量字符串。

2. 事件与摧毁此事件

onEnterFrame 是一个以影片剪辑当前帧的频率不断循环的动作，利用它可以不断地执行{ }中的命令，但是执行完毕后，应当将此事件摧毁，以释放脚本所用的内存。使用 onEnterFrame 命令需注意以下 4 点。

- 在使用 onEnterFrame 的时候，一定要考虑到 delete this.onEnterFrame，如果在同一个 SWF 文件中有比较多的 onEnterFrame 时候，会明显地感觉到电脑的负荷比较重。
- [ ]符号本身是数组操作符。使用数组操作符，可以对当前对象进行引用。
- random（）是内置类之核心对象中的数学类对象中的一个函数，例如，random（4）可能得到 0，1，2，3 中的任何一个。
- 利用 onEnterFrame 原则上是按照帧频率的速度读取的，即如果帧频率为 12 帧/秒，那

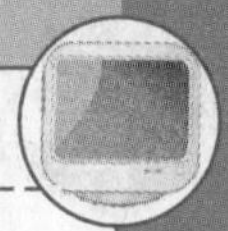

么每读取一次需要的时间是 1/12 秒，这只是原则上是这样的，但当 AS 脚本很多的时候，往往读取的速度要下降，因此此事件没有利用 setInterval 时隔时间调用函数好用。

3．this

在附加到按钮的 on 事件处理函数动作中，this 引用包含该按钮的时间轴。在附加到影片剪辑的 onClipEvent（ ）事件处理函数动作中，this 引用该影片剪辑自身的时间轴。

将 this 添加在帧上，如果不是句柄中的，那么就是当前时间轴的引用，如果是根时间轴的，那么就是根时间轴的引用。如果是舞台事例中的时间轴，那么就是该事例的时间轴。

写在按钮上的 this 与写在影片剪辑中的是不同的。

例如，在下面的语句中：

```
_root.mc.onPress=function{
this……
}
```

其中 this 的作用相当于附加到影片剪辑的 onClipEvent（ ）事件处理函数中，this 引用该影片剪辑自身的时间轴。

如果是在下面的语句中：

```
_root.botton.onPress=function{
this……
}
```

其中 this 的作用相当于在附加到按钮的 on 事件函数中，this 引用包含该按钮的时间轴。

4．MovieClip.onMouseMove

用法：myMovieClip.onMouseMove

功能：事件处理函数，当鼠标移动时调用。必须定义一个在调用该事件时执行的函数。

5．MovieClip.onEnterFrame

用法：my_mc.onEnterFrame=function（ ）{

```
//此处为用户输入的注释语句
}
```

功能：以 SWF 文件的帧频持续调用。首先处理与 enterFrame 剪辑事件关联的动作，然后才处理附加到受影响帧的所有帧动作。必须定义一个在调用事件处理函数时执行的函数。

11.2 范例精讲

在 Flash CS4 中，使用按钮和菜单控制命令是 Action 语句中很重要的脚本语言。使用 Action 语句可以制作出各式各样的菜单按钮。下面以“公司导航按钮”和“左右晃动菜单”动画范例向用户介绍按钮和菜单控制命令的具体应用。

11.2.1 公司导航按钮

本范例通过创建“公司导航按钮”动画向读者讲解利用按钮元件制作出公司导航按钮的动画效果，如下图所示。

难度系数 ☑ ☑ ☑

学习时间 30 分钟

学习目的 练习“文本工具”、按钮元件、“椭圆工具”、运动引导层等知识。

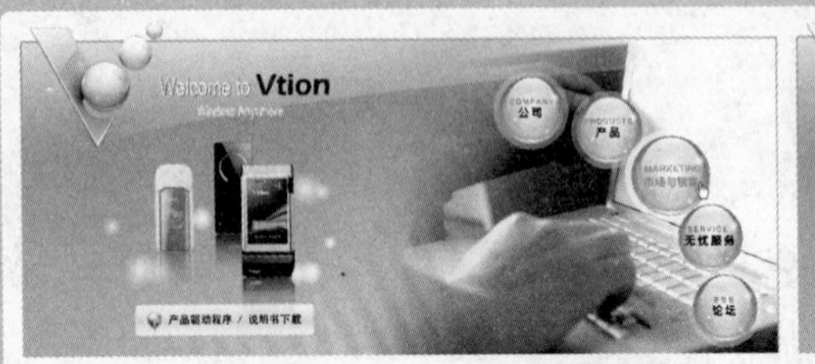

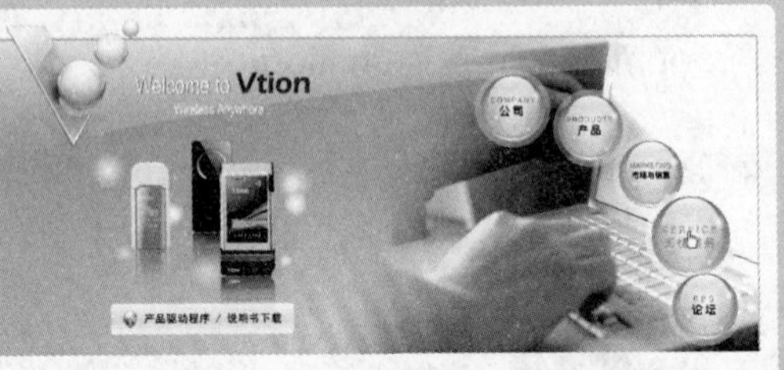

制作步骤

01 按 Ctrl + O 组合键，打开已有的“公司导航按钮素材.fla”文档，如图 11-1 所示。

02 按 Ctrl + F8 组合键，新建“产品”按钮元件，将“库”面板中的“图标 1”元件拖曳至舞台，放置在舞台的正中央，如图 11-2 所示。

03 选择“点击”帧，按 F5 键插入帧；选择“指针经过”帧，按 F7 键插入空白关键帧，将“库”面板中的“图标 2”元件拖曳至舞台，放置在舞台的正中央，如图 11-3 所示。

04 单击“新建图层”按钮，新建“图层 2”。

05 使用“文本工具”，在“属性”面板中设置字体的“系列”、“大小”、“文本（填充）颜色”、“字母间距”分别为“长城特粗圆体”、14、“黑色”和 3，在舞台上创建“产品”文本，如图 11-4 所示。

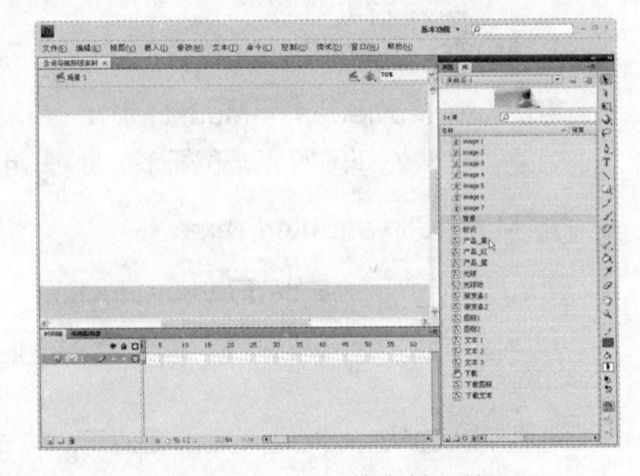

图 11-1 打开的素材文档

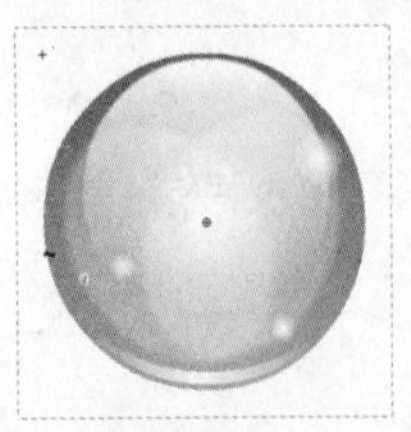

图 11-2 添加实例

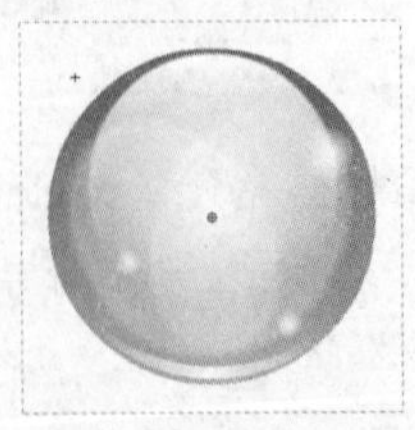

图 11-3 添加实例

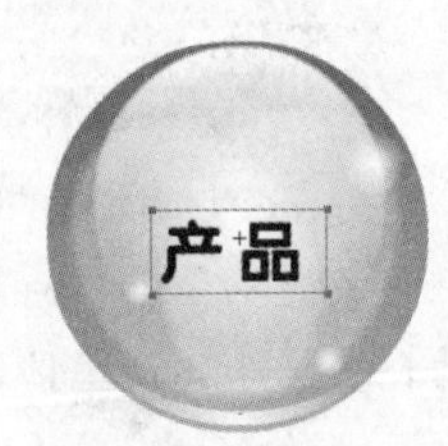

图 11-4 创建文字

06 使用“文本工具”，在“产品”文本的上方创建“PRODUCTS”字母，设置字体的“系列”、“大小”、“文本（填充）颜色”、“字母间距”分别为“创艺简中圆”、14、“灰色”和 2，效果

如图 11-5 所示。

07 选择“图层 2”的“指针经过”帧，按 F7 键插入空白关键帧，使用“文本工具”，在图标上创建“产品”文字，设置字体的“系列”、“大小”、“文本（填充）颜色”、“字母间距”分别为“长城特粗圆体”、14、“橘黄”（#FF9900）和 3，效果如图 11-6 所示。

图 11-5　创建字母

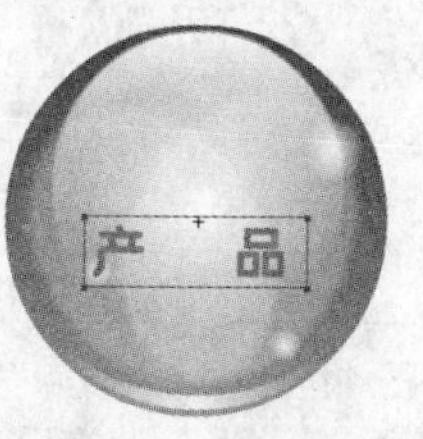

图 11-6　创建文字

08 使用“文本工具”，在“产品”文字上创建“PRODUCTS”字母，设置字体的“系列”、“大小”、“字母间距”分别为“创艺简粗黑”、12 和 0，效果如图 11-7 所示。

09 在“库”面板中选择创建好的“产品”按钮元件，单击鼠标右键，在弹出的快捷菜单中选择“直接复制”命令，如图 11-8 所示。

图 11-7　创建字母

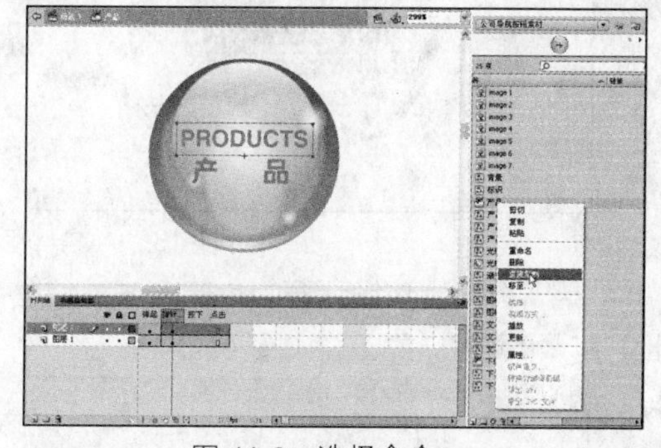

图 11-8　选择命令

10 完成命令的选择，打开“直接复制元件”对话框，在“名称”文本框中输入“公司”，如图 11-9 所示，单击“确定”按钮，直接复制元件。

11 在刚复制的“公司”元件图标上双击鼠标左键，进入该元件的编辑模式，如图 11-10 所示。

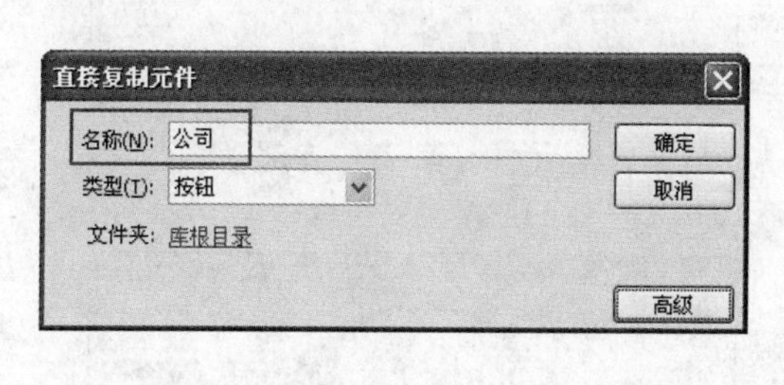

图 11-9　直接复制元件

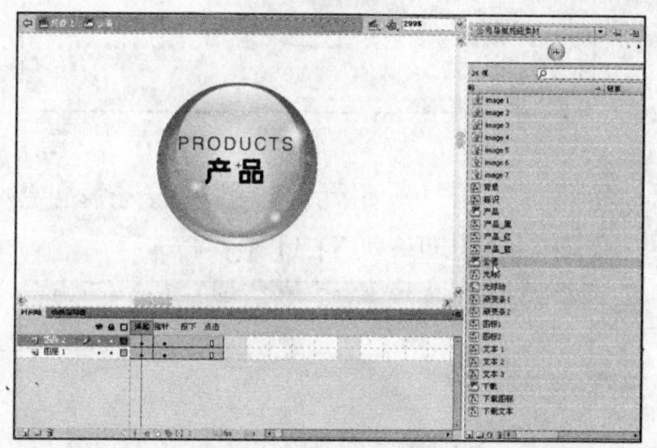

图 11-10　进行“公司”按钮元件编辑模式

12 选择“图层 2”中“弹起”帧，修改文本为“公司”以及对应的英文“COMPANY”，如图 11-11 所示。

13 选择“图层 2”中“指针经过”帧，修改文本为“公司”以及对应的英文“COMPANY”，如图 11-12 所示。

图 11-11　修改文字

图 11-12　修改文字

14 参照“公司”按钮元件的创建方法，创建“市场与销售”按钮元件，其中“弹起”帧和“指针经过”帧所对应的图像如图 11-13 所示。

图 11-13　创建“市场与销售”按钮元件

15 参照“公司”按钮元件的创建方法，创建“无忧服务”按钮元件，其中“弹起”帧和“指针经过”帧所对应的图像如图 11-14 所示。

图 11-14　创建“无忧服务”按钮元件

16 参照“公司”按钮元件的创建方法，创建“论坛”按钮元件，其中“弹起”帧和“指针经过”帧所对应的图像如图 11-15 所示。

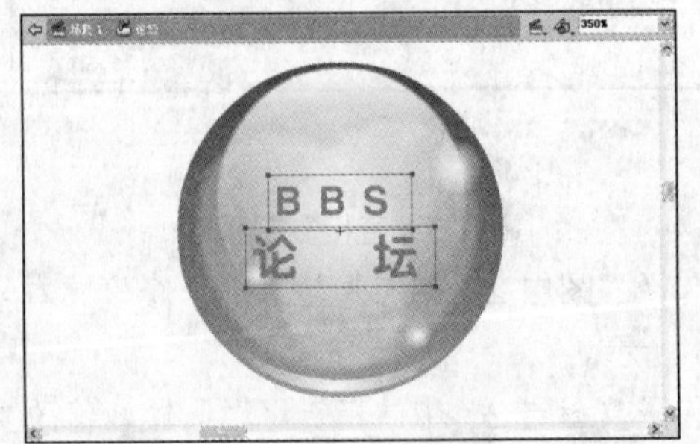

图 11-15　创建“论坛”按钮元件

17 按 Ctrl + E 组合键，返回主场景编辑区。将“库”面板中的“背景”元件拖曳至舞台，调整其大小，效果如图 11-16 所示。

18 依次将“库”面板中的“标识”、“文本 1”～“文本 3”、“光球动”、“产品_黑”、“产品_红”、“产品_蓝”以及“下载”元件拖曳至舞台，调整相应实例的大小，放置在适当的位置，如图 11-17 所示。

图 11-16　添加实例

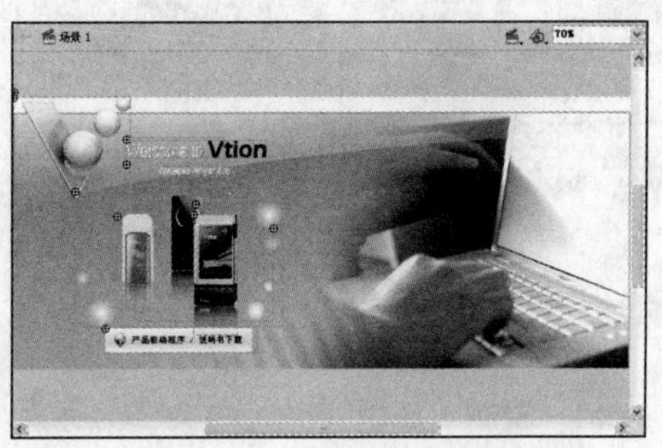

图 11-17　添加其他实例

19 新建“图层 2”，选择该图层并单击鼠标右键，在弹出的快捷菜单中选择“添加传统运动引导层”命令，如图 11-18 所示。

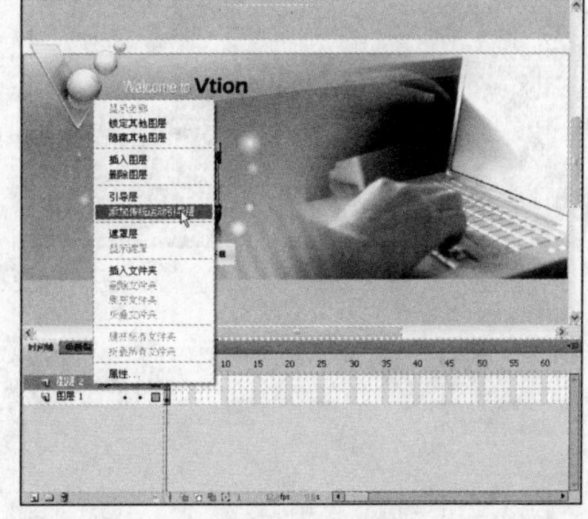

图 11-18　选择命令

20 完成命令的选择后，创建“引导层: 图层 2”，使用“椭圆工具”，在“属性”面板中设置“填充颜色”、“笔触颜色”和“笔触高度”值为无、“蓝色”和 1，在背景图像的右下方绘制一个“宽”和“高”均为 500 的圆，如图 11-19 所示。

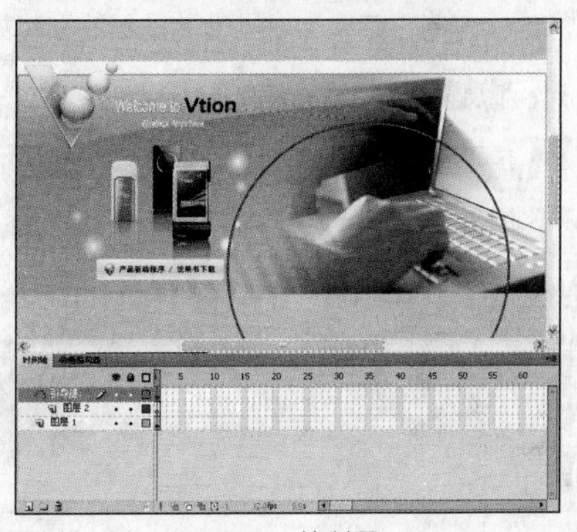

图 11-19　绘制圆

21 将“引导层: 图层 2”和“图层 1”锁定，选择“图层 2”，将“公司”元件拖曳至舞台，将其中心点放置在圆的曲线上，如图 11-20 所示。

22 依次将“库”面板中的“产品”、“市场与销售”、“无忧服务”和“论坛”按钮元件拖曳至舞台，调整各实例的位置，依次放置在圆的曲线上，如图 11-21 所示。

1st Day
2nd Day
3rd Day
4th Day
5th Day
6th Day
7th Day

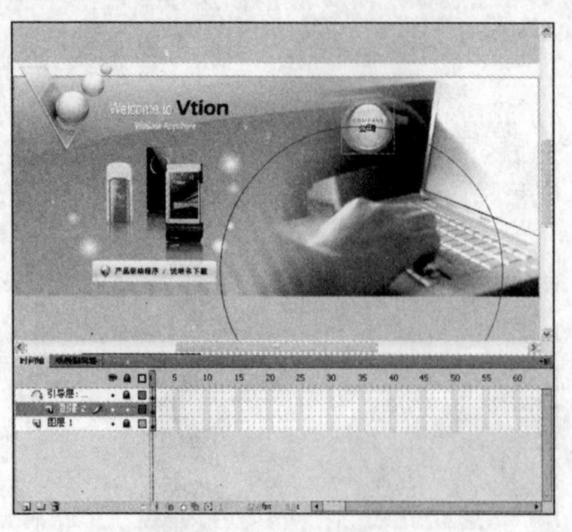
图 11-20 添加实例

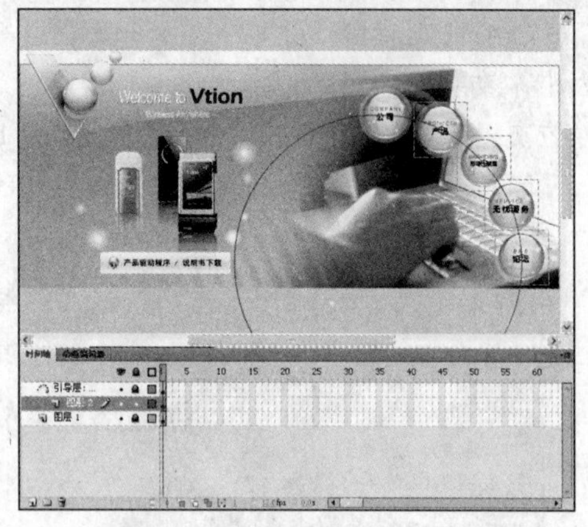
图 11-21 添加其他按钮实例

23 按 Ctrl + Shift + S 组合键，将文档另存为“公司导航按钮”。

24 按 Ctrl + Enter 组合键，测试影片，效果如图 11-22 所示。

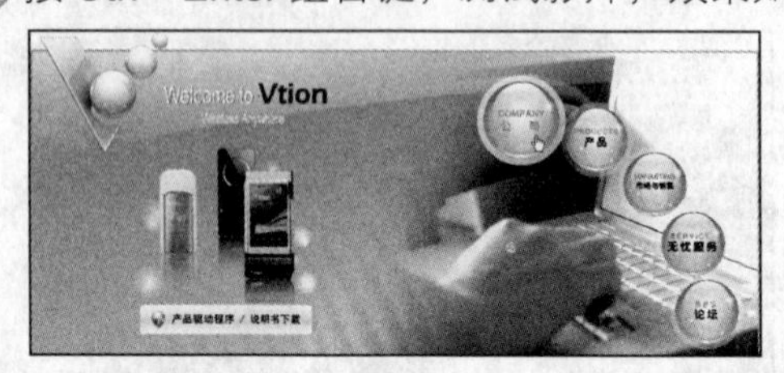

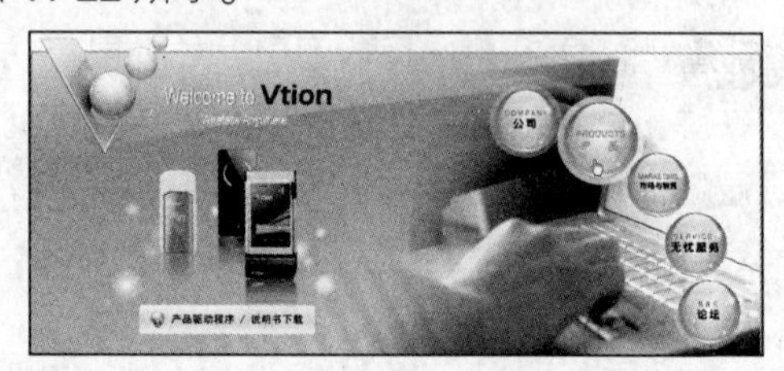
图 11-22 预览效果

11.2.2 左右晃动菜单

本范例通过创建“左右晃动菜单”动画向读者讲解利用遮罩层、onClipEvent 以及其他脚本语言制作菜单左右晃动的动画效果，如下图所示。

难度系数 ✓ ✓ ✓

学习时间 30 分钟

学习目的 练习“文本工具”、遮罩层、色彩颜色、onClipEvent 以及其他脚本语言

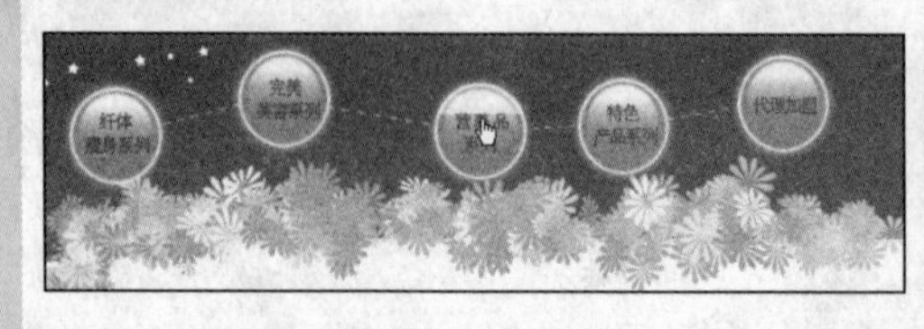

制作步骤

01 按 Ctrl + O 组合键，打开已有的“左右晃动按钮素材.fla”文档，如图 11-23 所示。

02 按 Ctrl + F8 组合键，新建“文本 1”图形元件，使用文本工具，在“属性”面板中设置字体的“系列”、“大小”、“文本（填充）颜色”分别为“华文细黑”、15 和“桃红”（#FF0066），在舞台上创建“纤体瘦身系列”文本，如图 11-24 所示。

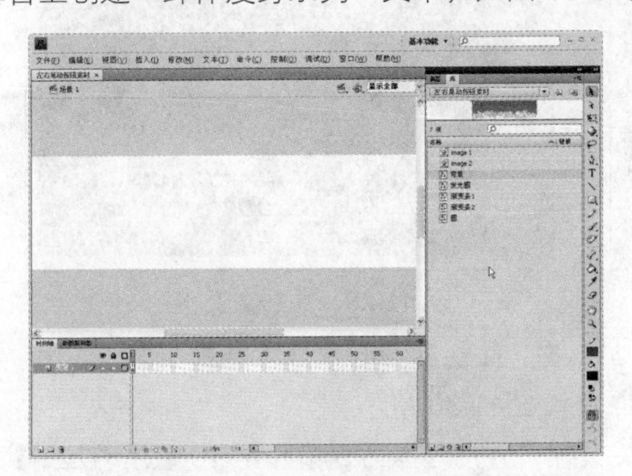

图 11-23　打开的素材文档

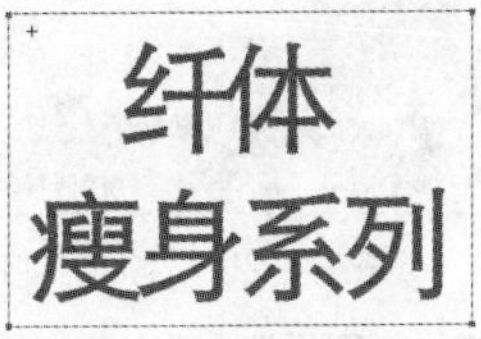

纤体
瘦身系列

图 11-24　创建文本

03 参照“文本 1”元件的创建，依次创建“文本 2”～“文本 5”图形元件，所对应的文本如图 11-25 所示。

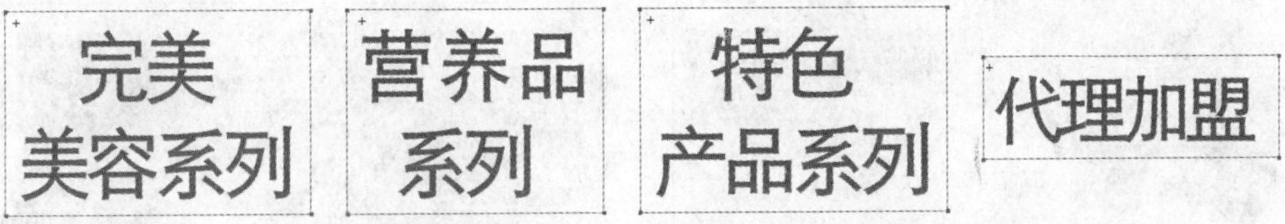

完美
美容系列

营养品
系列

特色
产品系列

代理加盟

图 11-25　创建“文本 2”～“文本 5”图形元件

04 按 Ctrl + F8 组合键，新建“线条”影片剪辑元件。

05 使用“线条工具”，设置“笔触颜色”、“笔触高度”为“白色”（Alpha 值为 80%）和 0.1，“样式”为“虚线”以中心点为起点，绘制一段斜线，如图 11-26 所示（暂时将舞台的“背景颜色”改为“桃红色”）。

06 按 Ctrl + F8 组合键，新建“产品系列”影片剪辑元件，将“发光圆”元件拖曳至舞台，放置在舞台的正中央，如图 11-27 所示。

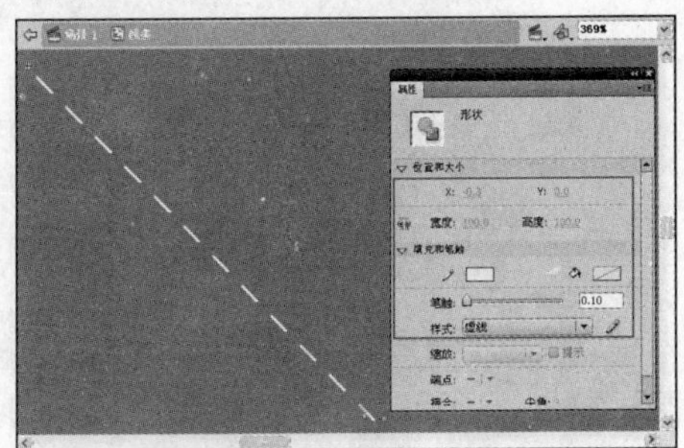

图 11-26　绘制斜线

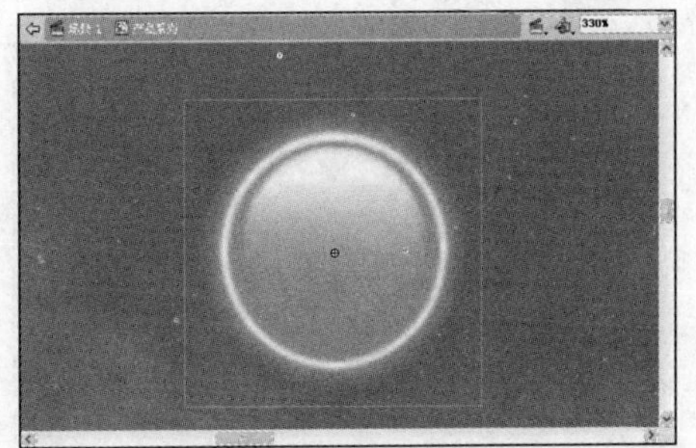

图 11-27　添加实例

07 在“图层 1”的第 2 帧、第 3 帧插入关键帧，在图层的第 12 帧插入帧。选择第 2 帧所对应的实例，在“属性”面板中的“色彩效果”栏中设置“样式”为“色调”、“着色”为“白色”，如图 11-28 所示。

08 单击“新建图层”按钮，新建“图层 2”。将“文本 4”元件拖曳至舞台，放置在发光圆的上面，如图 11-29 所示。

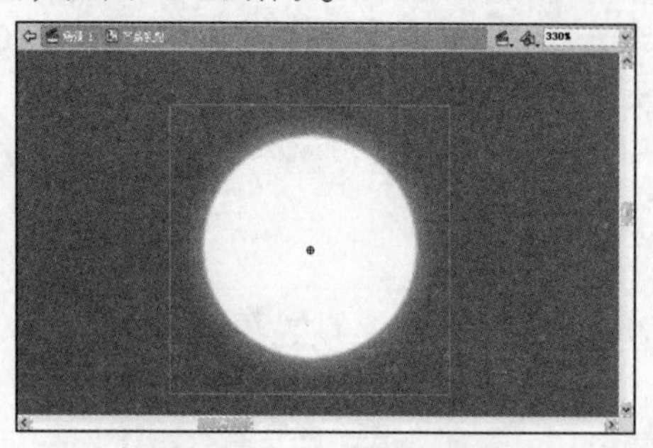
图 11-28 修改实例属性

图 11-29 添加文本实例

09 单击“新建图层”按钮，新建“图层 3”，在该图层的第 5 帧插入空白关键帧，将“渐变条 1”元件拖曳至舞台，放置在发光圆的上面，如图 11-30 所示。

10 在“图层 3”的第 10 帧、第 11 帧插入关键帧，分别选择第 5 帧和第 10 帧所对应的实例，按 Ctrl + B 组合键，将其分离，并在第 5 帧到第 10 帧之间创建补间形状动画。

11 选择“图层 3”第 5 帧所对应的渐变图形，修改其“宽度”和“高度”分别为 95 和 14，将其移至发光球实例的下方，如图 11-31 所示。

图 11-30 添加实例

图 11-31 修改图形的大小和位置

12 在“图层 3”的第 12 帧插入空白关键帧，将“库”面板中的“渐变条 2”元件拖曳至舞台，放置在发光球实例的上面，如图 11-32 所示。

13 新建“图层 4”，在该图层的第 5 帧插入空白关键帧，将“库”面板中的“圆”元件拖曳至舞台，放置在舞台的正中央，如图 11-33 所示。

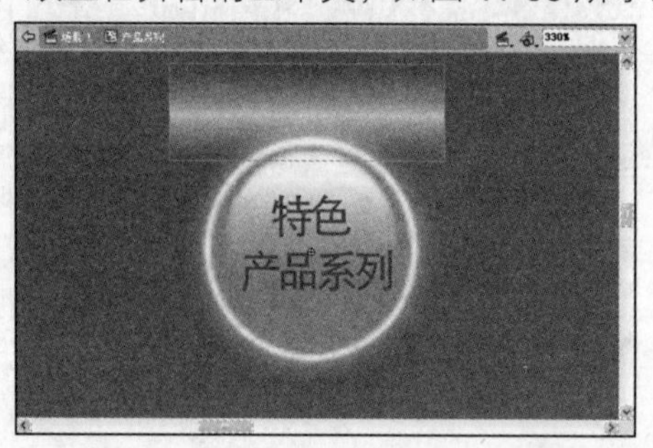

图 11-32 添加实例

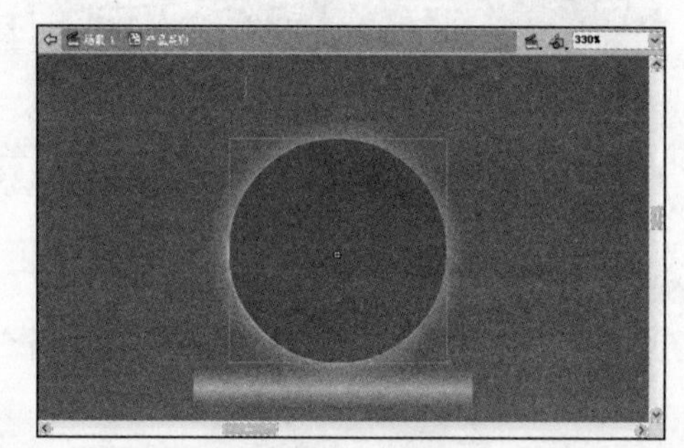
图 11-33 添加实例

14 选择“图层 4”并单击鼠标右键，在弹出的快捷菜单中选择“遮罩层”命令，创建遮罩动画。

15 新建“图层 5”，选择该图层的第 1 帧，为该帧添加如下脚本语言：

```
this.stop ( );
```

16 参照“产品系列”影片剪辑元件的创建方法，创建“代理加盟”影片剪辑元件，如图 11-34 所示。

17 参照“产品系列”影片剪辑元件的创建方法，创建“美容系列”影片剪辑元件，如图 11-35 所示。

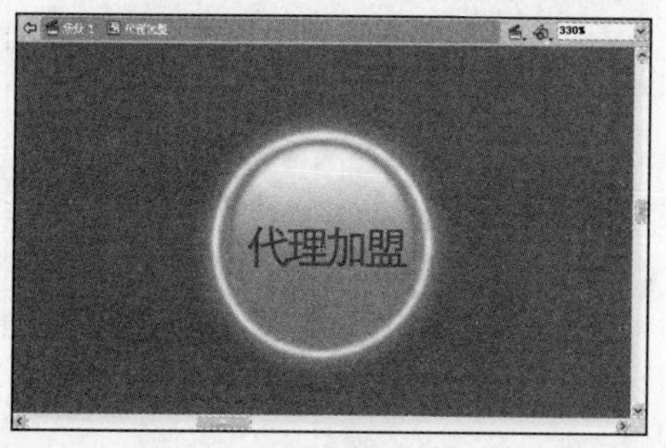

图 11-34　创建“代理加盟”影片剪辑元件

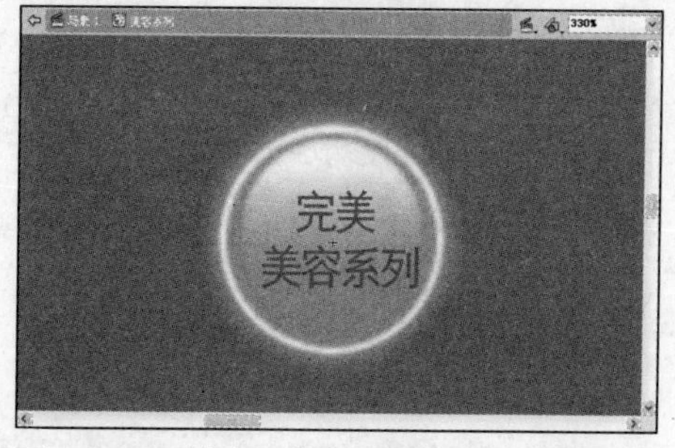

图 11-35　创建“美容系列”影片剪辑元件

18 参照“产品系列”影片剪辑元件的创建方法，创建“瘦身系列”影片剪辑元件，如图 11-36 所示。

19 参照“产品系列”影片剪辑元件的创建方法，创建“营养品系列”影片剪辑元件，如图 11-37 所示。

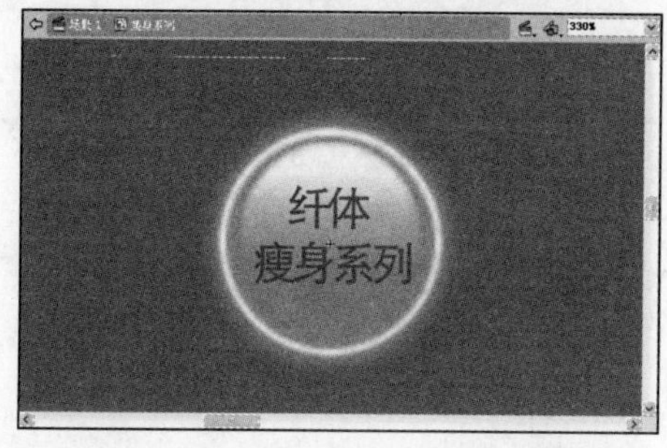

图 11-36　创建“瘦身系列”影片剪辑元件

图 11-37　创建“营养品系列”影片剪辑元件

20 按 Ctrl + E 组合键，返回主场景编辑区。将“图层 1”更名为“背景”图层。将“库”面板中的“背景”元件拖曳至舞台，效果如图 11-38 所示。

21 新建“线条”图层，将制作好的“线条”影片剪辑元件拖曳至舞台，将其放置在舞台的外左侧，如图 11-39 所示。

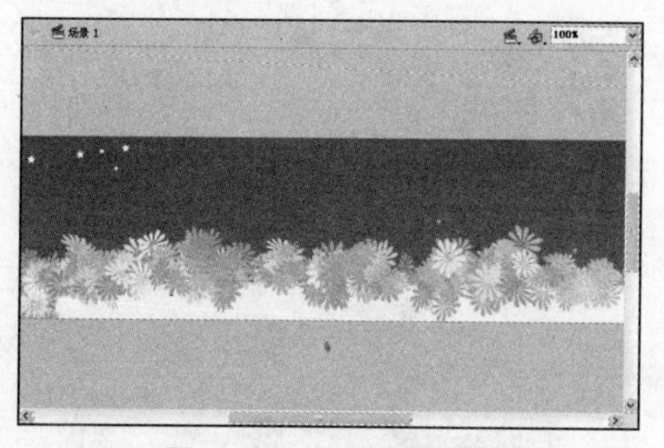

图 11-38　添加背景实例

图 11-39　添加线条实例

22 保持“线条”实例为选择状态，按 F9 键，在弹出的“动作”面板中输入如下脚本语言：

```
onClipEvent （ enterFrame ）
{
    _root.drawLine（this, _root.menu0, _root.menu1）;
}
```

㉓ 保持“线条”实例为选择状态，连续三次按 Ctrl + D 组合键，再制实例，并将实例依次向下排列，如图 11-40 所示。

㉔ 选择第二个“线条”实例，按 F9 键，在打开的“动作”面板中修改脚本语言：

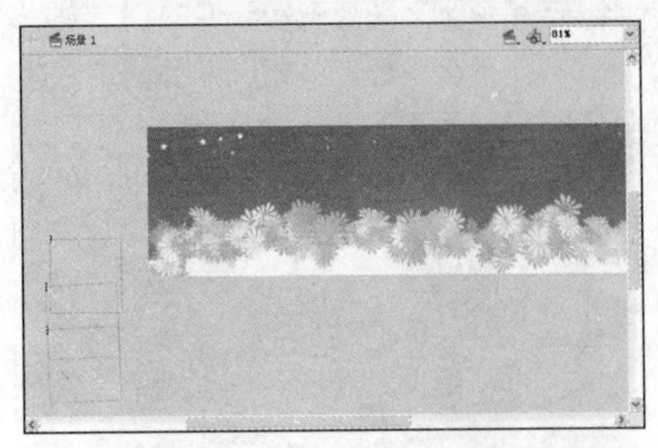

图 11-40　再制线条实例

```
onClipEvent (enterFrame)
{
    _root.drawLine(this, _root.menu1, _root.menu2);
}
```

㉕ 选择第三个“线条”实例，按 F9 键，在打开的“动作”面板中修改脚本语言：

```
onClipEvent (enterFrame)
{
    _root.drawLine(this, _root.menu2, _root.menu3);
}
```

㉖ 选择第四个“线条”实例，按 F9 键，在打开的“动作”面板中修改脚本语言：

```
onClipEvent (enterFrame)
{
    _root.drawLine(this, _root.menu3, _root.menu4);
}
```

㉗ 新建“菜单”图层，将制作好的“瘦身系列”影片剪辑元件拖曳至舞台，将其放置在背景的左侧，在“属性”面板中设置“实例名称”为“menu0”，如图 11-41 所示。

㉘ 依次将制作好的“美容系列”、“营养品系列”、“产品系列”和“代理加盟”影片剪辑元件拖曳至舞台，并调整各实例的位置，在“属性”面板中依次设置各实例的“实例名称”为“menu1” ~ “menu4”，如图 11-42 所示。

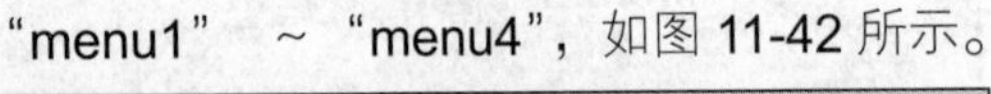

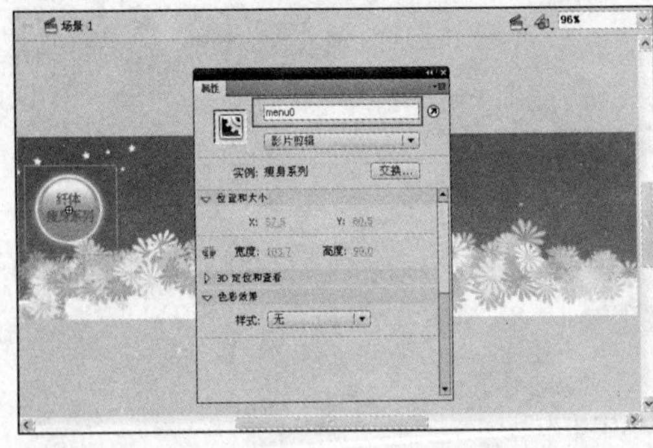

图 11-41　添加实例

图 11-42　添加实例

㉙打开素材文件夹中的“脚本.txt”文档，如图 11-43 所示，选择所有的脚本，按 Ctrl＋C 组合键，将其复制。

㉚在当前 Flash 文档窗口，新建“Action”图层，选择该图层的第 1 帧，按 F9 键，在打开的“动作”面板中将复制的脚本语言进行粘贴。

㉛按 Ctrl＋Shift＋S 组合键，将文档另存为“左右晃动菜单”。

㉜按 Ctrl＋Enter 组合键，测试影片，效果如图 11-44 所示。

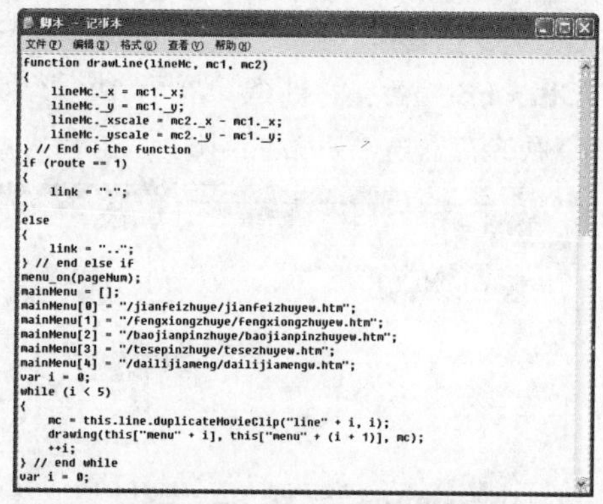


```
function drawLine(lineMc, mc1, mc2)
{
    lineMc._x = mc1._x;
    lineMc._y = mc1._y;
    lineMc._xscale = mc2._x - mc1._x;
    lineMc._yscale = mc2._y - mc1._y;
} // End of the function
if (route == 1)
{
    link = ".";
}
else
{
    link = "..";
} // end else if
menu_on(pageNum);
mainMenu = [];
mainMenu[0] = "/jianfeizhuye/jianfeizhuyew.htm";
mainMenu[1] = "/fengxiongzhuye/fengxiongzhuyew.htm";
mainMenu[2] = "/baojianpinzhuye/baojianpinzhuyew.htm";
mainMenu[3] = "/tesepinzhuye/tesezhuyew.htm";
mainMenu[4] = "/dailijiameng/dailijiamengw.htm";
var i = 0;
while (i < 5)
{
    mc = this.line.duplicateMovieClip("line" + i, i);
    drawing(this["menu" + i], this["menu" + (i + 1)], mc);
    ++i;
} // end while
var i = 0;
```

图 11-43　打开的脚本素材

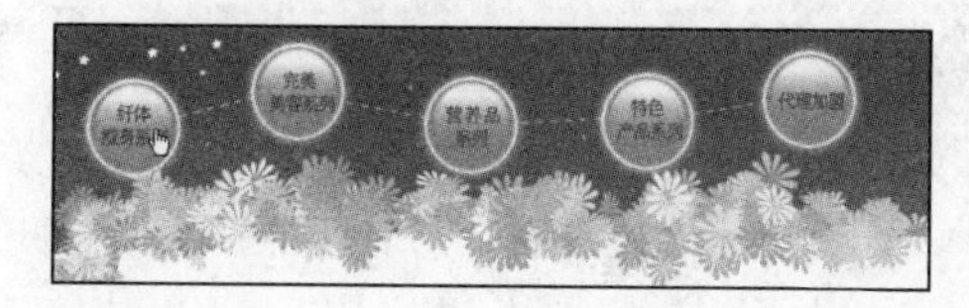

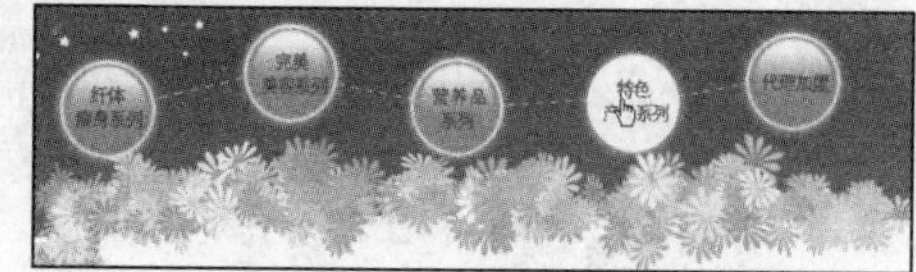

图 11-44　预览效果

11.3　上机实战

通过上面两个实例的练习，相信大家对使用 Flash 动画按钮和导航菜单的制作有了一定的掌握，为了进一步巩固和掌握所学知识，请按步骤提示完成“展示按钮”和“网站下拉菜单”的制作。

11.3.1　展示按钮

最终效果

本范例通过创建“展示按钮”动画向读者讲解了利用 rollOver、rollOut 、getURL 以及其他脚本语言制作菜单滑动的效果，如下图所示。

解题思路

通过调用已准备好的素材元件，依次制作各展示元件，通过添加 rollOver、rollOut 、getURL 以及其他脚本语言制作菜单滑动的效果。

步骤提示

01 按 Ctrl + O 组合键，打开已有的“展示按钮素材.fla”文档，如图 11-45 所示。

02 按 Ctrl + F8 组合键，新建“展示 1”影片剪辑元件，将“长城”元件拖曳至舞台，放置在舞台中心点的右下角，如图 11-46 所示。

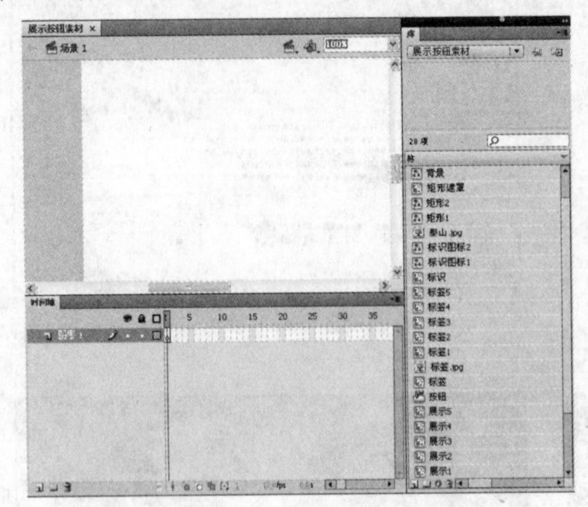

图 11-45　打开的素材文件

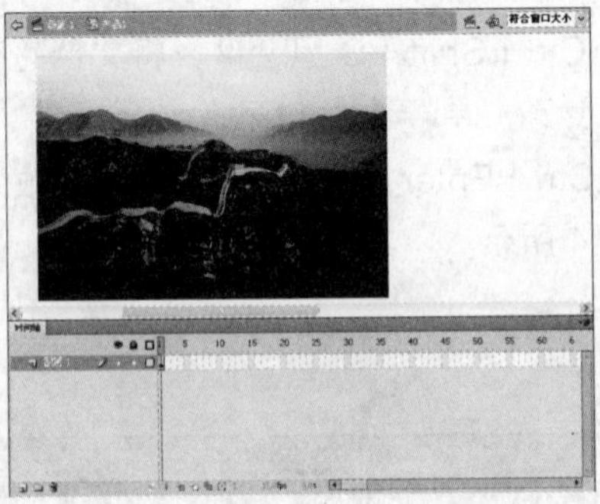

图 11-46　添加实例

03 新建“图层 2”，将“标签 1”元件拖曳至舞台，与图片 1 右侧居中对齐，如图 11-47 所示。

04 新建“图层 3”，将“按钮”元件拖曳至舞台，设置其“宽度”和“高度”分别为 465 和 297、X 和 Y 值均为 0。

05 保持“按钮”实例为选择状态，按 F9 键，在打开的“动作”面板中输入脚本语言，如图 11-48 所示。

图 11-47　将“标签 1”元件拖曳至舞台

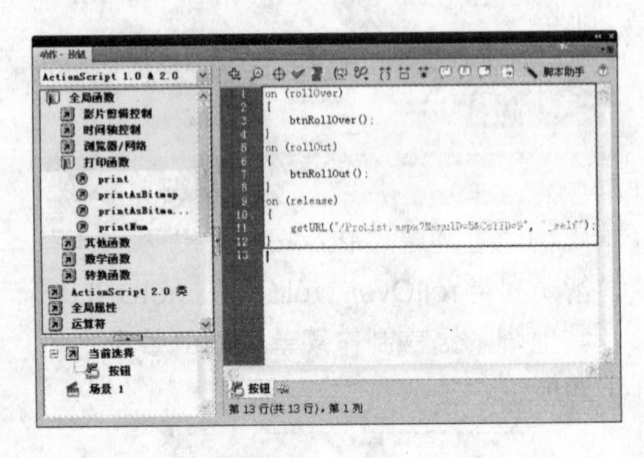

图 11-48　输入脚本语言

06 同时选择“图层 1”、“图层 2”和“图层 3”的第 15 帧，按 F5 键插入帧。

07 新建“图层 4”，选择该图层的第 1 帧，按 F9 键，在打开的“动作”面板中输入“stop ( );”脚本。

08 参照“展示 1”影片剪辑元件的创建，创建“展示 2”影片剪辑元件，将“图层 1”和“图层 2”中的实例改为“图 2”和“标签 2”，如图 11-49 所示。

09 选择“图层 3”中的“按钮”实例，按 F9 键，在打开的“动作”面板中修改脚本语言：

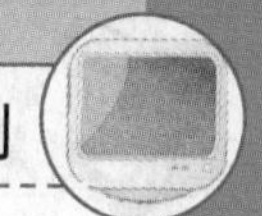

```
on （rollOver）
{
    btnRollOver（）;
}
on （rollOut）
{
    btnRollOut（）;
}
on （release）
```

10 参照“展示 1”影片剪辑元件的创建，创建“展示 3”影片剪辑元件，将“图层 1”和“图层 2”中的实例改为“图 3”和“标签 3”，如图 11-50 所示。

图 11-49　创建“展示 2”影片剪辑元件

图 11-50　创建“展示 3”影片剪辑元件

11 选择“图层 3”中的“按钮”实例，按 F9 键，在打开的“动作”面板中修改脚本语言：

```
on （rollOver）
{
    btnRollOver（）;
}
on （rollOut）
{
    btnRollOut（）;
}
```

12 参照“展示 1”影片剪辑元件的创建，创建“展示 4”影片剪辑元件，将“图层 1”和“图层 2”中的实例改为“图 4”和“标签 4”，如图 11-51 所示。

13 选择“图层 3”中的“按钮”实例，按 F9 键，在弹出的“动作”面板中修改脚本语言：

```
on （rollOver）
{
    btnRollOver（）;
}
on （rollOut）
{
```

```
    btnRollOut ( );
}
```

14 参照“展示 1”影片剪辑元件的创建，创建“展示 5”影片剪辑元件，将“图层 1”和“图层 2”中的实例改为“图 5”和“标签 5”，如图 11-52 所示。

图 11-51　创建“展示 4”影片剪辑元件

图 11-52　创建“展示 5”影片剪辑元件

15 选择“图层 3”中的“按钮”实例，按 F9 键，在打开的“动作”面板中修改脚本语言：

```
on (rollOver)
{
    btnRollOver ( );
}
on (rollOut)
{
    btnRollOut ( );
}
```

16 按 Ctrl + E 组合键，返回主场景编辑区。选择“图层 1”，将“库”面板中的“背景”元件拖曳至舞台，效果如图 11-53 所示。

17 新建“图层 2”，将“标识”元件拖曳至舞台，放置在舞台的正中央，如图 11-54 所示。

图 11-53　将“背景”元件拖曳至舞台

图 11-54　将“标识”元件拖曳至舞台

18 保持“标识”实例为选择状态，按 F9 键，在打开的“动作”面板中输入如下脚本语言：

```
onClipEvent (enterFrame)
{
    var _a = _root.getBytesLoaded ( );
    var _b = _root.getBytesTotal ( );
    var _c = int ( _a / _b * 100 );
    this.bar.gotoAndStop ( _c );
```

```
    if ( _c == 100 )
        {
            _root.gotoAndStop ( 3 ) ;
        } // end if
}
```

19在“图层 1”和“图层 2”的第 2 帧插入帧。

20新建“图层 3”，并在该图层的第 3 帧插入空白关键帧，将“展示 1”元件拖曳至舞台，设置“实例名称”、X 和 Y 值分别为 slideMc5、128 和 0，如图 11-55 所示。

21新建“图层 4”，并在该图层的第 3 帧插入空白关键帧，将“展示 2”元件拖曳至舞台，设置“实例名称”、X 和 Y 值分别为 slideMc4、96 和 0，如图 11-56 所示。

图 11-55 添加“展示 1”实例

图 11-56 添加“展示 2”实例

22新建“图层 5”，并在该图层的第 3 帧插入空白关键帧，将“展示 3”元件拖曳至舞台，设置“实例名称”、X 和 Y 值分别为 slideMc3、64 和 0，如图 11-57 所示。

23新建“图层 6”，并在该图层的第 3 帧插入空白关键帧，将“展示 4”元件拖曳至舞台，设置“实例名称”、X 和 Y 值分别为 slideMc2、32 和 0，如图 11-58 所示。

图 11-57 添加“展示 3”实例

图 11-58 添加“展示 4”实例

24新建“图层 7”，并在该图层的第 3 帧插入空白关键帧，将“展示 5”元件拖曳至舞台，设置“实例名称”、X 和 Y 值分别为 slideMc1、0 和 0，如图 11-59 所示。

25新建“图层 8”，选择该图层的第 1 帧，按 F9 键，在打开的“动作”面板中输入如下脚本语言：

```
stop ( ) ;
```

26 在“图层 8”的第 2 帧插入空白关键帧，选择该帧，按 F9 键，在打开的“动作”面板中输入如下脚本语言：

```
gotoAndStop（1）;
```

27 打开素材文件夹中的“脚本 2.txt”文档，如图 11-60 所示，选择所有的脚本，按 Ctrl+C 组合键，将其复制。

图 11-59　添加“展示 5”实例

脚本2 - 记事本

文件(F) 编辑(E) 格式(O) 查看(V) 帮助(H)

```
function slideMove(select)
{
    for (var _loc3 = 1; _loc3 <= slideNum; ++_loc3)
    {
        var _loc2 = this["slideMc" + _loc3];
        _loc2._x = _loc2._x + speed * (pos[select][_loc3 - 1] + startPos -
_loc2._x);
        if (select == _loc3)
        {
            _loc2.nextFrame();
            continue;
        } // end if
        _loc2.gotoAndStop(1);
    } // end of for
} // End of the function
var slideNum = 5;
var speed = 1.500000E-001;
var slideWidth = 465;
var btnSpace = 32;
var frameTime = 100;
var timer = 1;
var select = 1;
var slidebtn = false;
var i = 1;
while (i < slideNum)
{
    this["pos" + i] = btnSpace * i - slideWidth;
    ++i;
} // end while
var startPos = this.slideMc1._x;
```

图 11-60　打开的脚本素材

28 在当前 Flash 文档窗口，在“图层 8”的第 3 帧插入空白关键帧，选择该帧，按 F9 键，在弹出的“动作”面板中将复制的脚本语言进行粘贴。

29 按 Ctrl+Shift+S 组合键，将文档另存为“产品展示按钮”。

30 按 Ctrl+Enter 组合键，测试影片，效果如图 11-61 所示。

图 11-61　预览效果

11.3.2　网站下拉菜单

最终效果	解题思路
本范例通过创建“网站下拉菜单”动画向读者讲解利用 rollOver、rollouts 、getURL、gotoAndStop 、on (release)、以及其他脚本语言制作网站下拉菜单的效果，如下图所示。	通过制作相应的导航按钮，然后为按钮实例添加 rollOver 、rollouts 、getURL 、gotoAndStop 、on (release)、以及其他脚本语言，制作网站下拉菜单的效果。

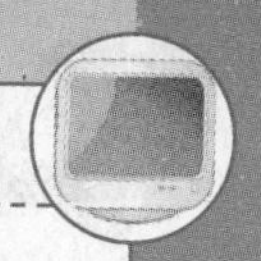

步骤提示

01 按 Ctrl＋O 组合键，打开已有的“网站下拉菜单素材.fla”文档，如图 11-62 所示。

02 按 Ctrl＋F8 组合键，新建“矩形色块”影片剪辑元件，将“矩形色块”元件拖曳至舞台，放置在舞台的正中心，如图 11-63 所示。

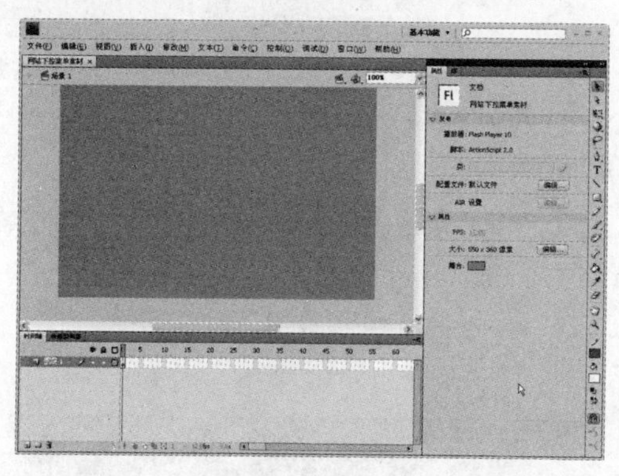

图 11-62　打开的素材文档

图 11-63　添加实例

03 在“图层 1”的第 2 帧、第 3 帧和第 5 帧插入关键帧，并在各关键帧之间创建传统补间动画。

04 选择“图层 1”第 1 帧的实例，在“属性”面板中的“色彩效果”栏中设置“样式”为“高级”，“红”、“绿”和“蓝”值均为 90%，效果如图 11-64 所示。

05 选择“图层 1”第 2 帧的实例，在“属性”面板中的“色彩效果”栏中设置“样式”为“高级”，“红”、“绿”和“蓝”值均为 23%，效果如图 11-65 所示。

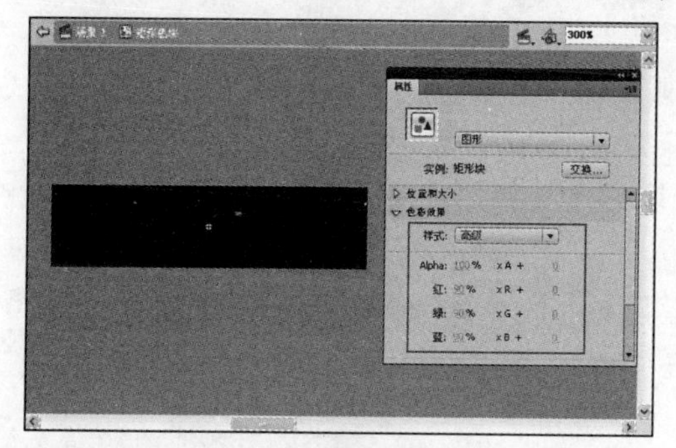

图 11-64　设置实例的色彩效果

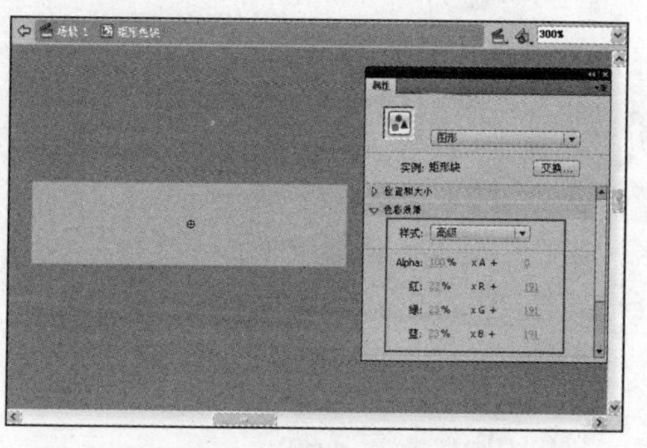

图 11-65　设置实例的色彩效果

06 选择“图层 1”第 3 帧的实例，在“属性”面板中的“色彩效果”栏中设置“样式”为“高级”，“红”、“绿”和“蓝”值均为 0%，R、G、B 值均为 255，效果如图 11-66 所示。

07 选择“图层 1”第 5 帧的实例，在“属性”面板中的“色彩效果”栏中设置“样式”为“高级”，并设置相应的参数，如图 11-67 所示。

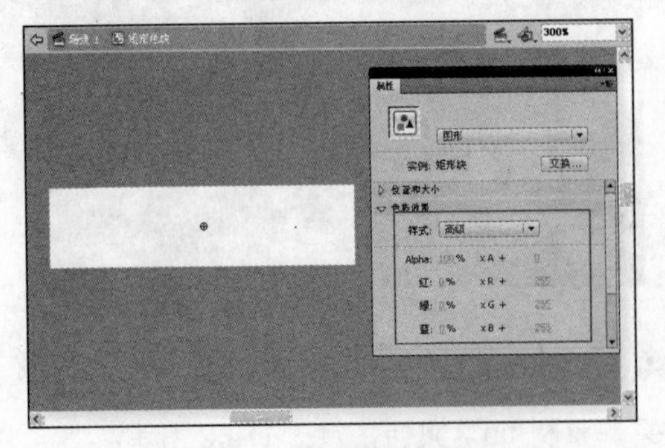

图 11-66　设置实例的色彩效果

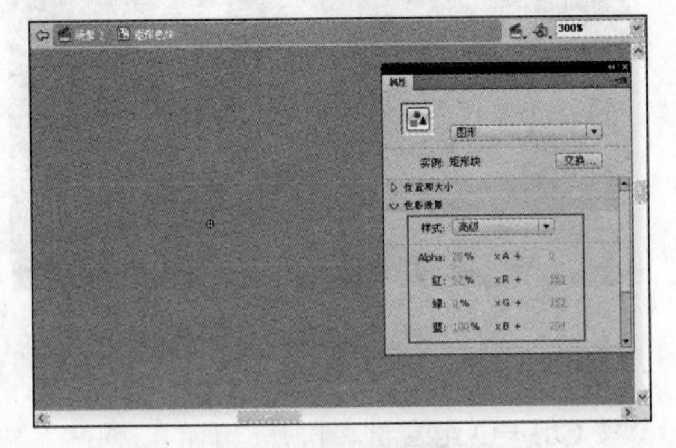

图 11-67　设置实例的色彩效果

08 新建“图层 2”，在第 5 帧插入空白关键帧，选择该帧，按 F9 键，在打开的“动作”面板中输入如“stop ();”脚本语言。

09 按 Ctrl + F8 组合键，新建“按钮”按钮元件，在“点击”帧插入空白关键帧，使用“矩形工具”，在舞台正中央绘制一个“宽度”和“高度”分别为 107 和 135 的“白色”矩形，如图 11-68 所示。

10 按 Ctrl + F8 组合键，新建“本站导航”按钮元件，将“矩形色块”元件拖曳至舞台，放置在舞台的正中央，并在“点击”帧插入关键帧。

11 选择“弹起”帧的“矩形色块”实例，在“属性”面板的“色彩效果”栏中设置“样式”为 Alpha、“Alpha 值”为 20%，如图 11-69 所示。

图 11-68　绘制矩形

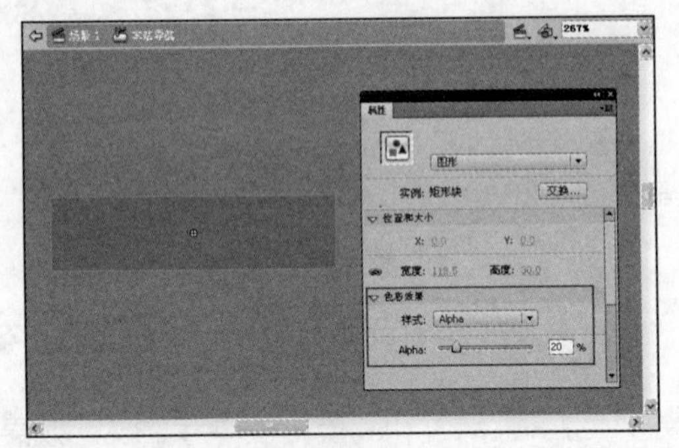

图 11-69　设置实例的 Alpha 值

12 选择“点击”帧的“矩形色块”实例，在“属性”面板中的“色彩效果”栏中设置“样式”为“高级”，“红”、“绿”和“蓝”值均为 90%，如图 11-70 所示。

13 在“图层 1”的“指针经过”帧插入空白关键帧，将“矩形色块”元件拖曳至舞台，放置在舞台的正中央，如图 11-71 所示。

14 新建“图层 2”，使用“矩形工具”，设置“笔触颜色”、“填充颜色”和“笔触高度”分别为“白色”、“白色”（Alpha 值为 50%）和 0.1，在舞台正中央绘制一个“宽度”和“高度”分别为 95 和 24 的矩形，如图 11-72 所示。

15 新建“图层 3”，使用“文本工具”，在“属性”面板中设置字体的“系列”、“大小”、“文本（填充）颜色”分别为“创艺简粗黑”、12 和“白色”，在舞台上创建“本站导航”文本，如图

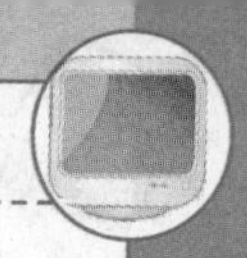

11-73 所示。

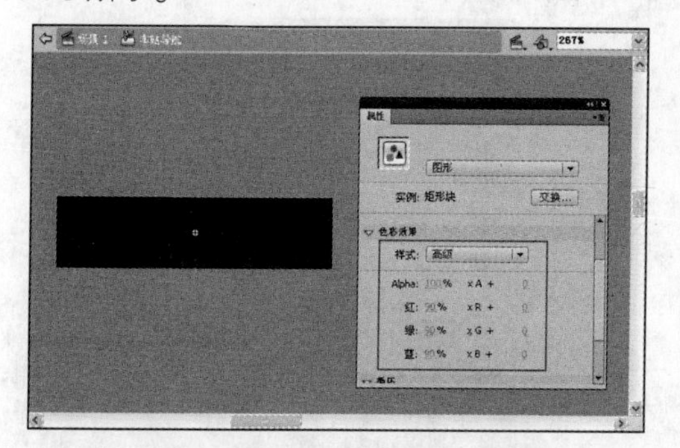

图 11-70　设置实例的色彩效果

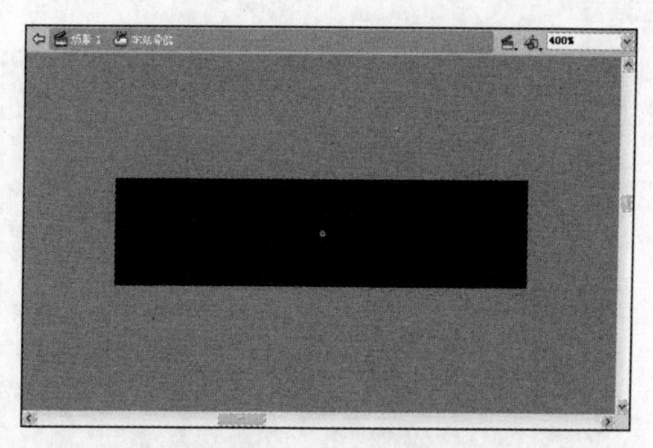

图 11-71　添加实例

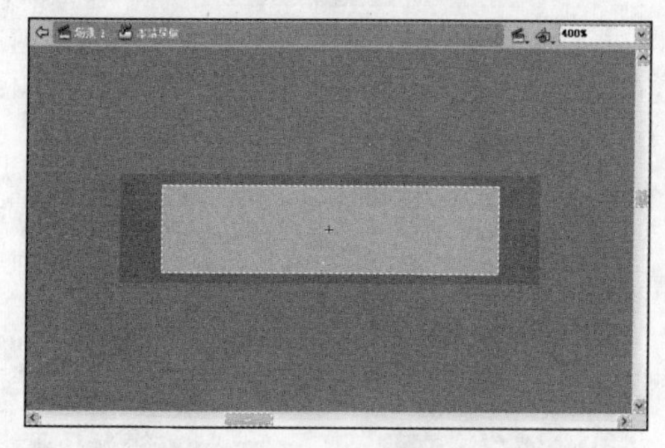

图 11-72　绘制半透明矩形

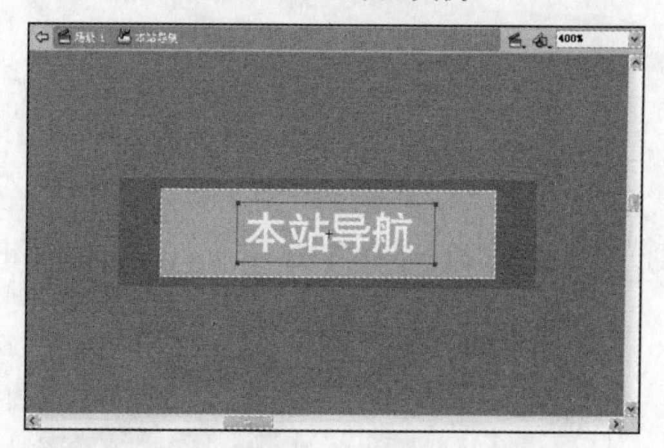

图 11-73　创建文本

16 选择“图层 2”和“图层 3”的“点击”帧，单击鼠标右键，在弹出的快捷菜单中选择“删除帧”命令，删除帧。

17 将“本站导航”按钮元件在“库”面板中直接复制为“个性婚喜”按钮元件，并进入该元件的编辑。

18 选择“图层 2”中的矩形，将其删除，然后将“矩形框”元件拖曳至舞台，放置在舞台的正中央，如图 11-74 所示。

19 选择“图层 3”中的文本，将其删除，然后使用“文本工具”，在“属性”面板中设置字体的“系列”为“幼圆”，在舞台上创建“个性婚喜”文本，并选择“文本”|“样式”|“仿粗体”和“仿斜体”命令，如图 11-75 所示。

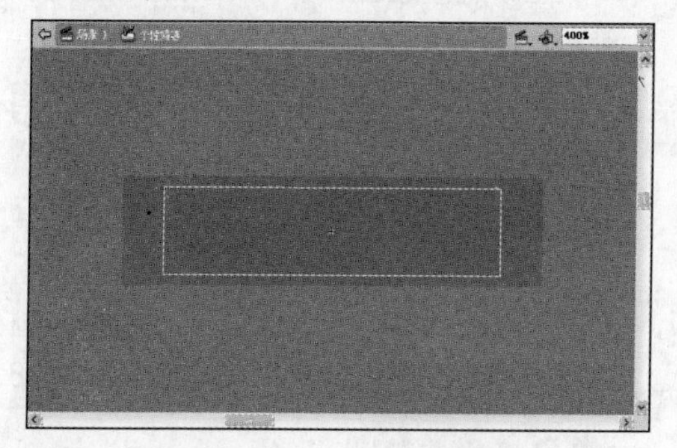

图 11-74　添加矩形框实例

图 11-75　创建文本

20 使用“选择工具”选择文本，按 F8 键，将其转换为“文本 1”图形元件，如图 11-76 所示。

21 参照“个性婚喜”按钮元件的创建，依次创建“量身订制”、“浪漫礼服”、“甜蜜婚纱”、“温馨贴士”、“网上专卖”、“访客留言”按钮元件，如图 11-77 所示。

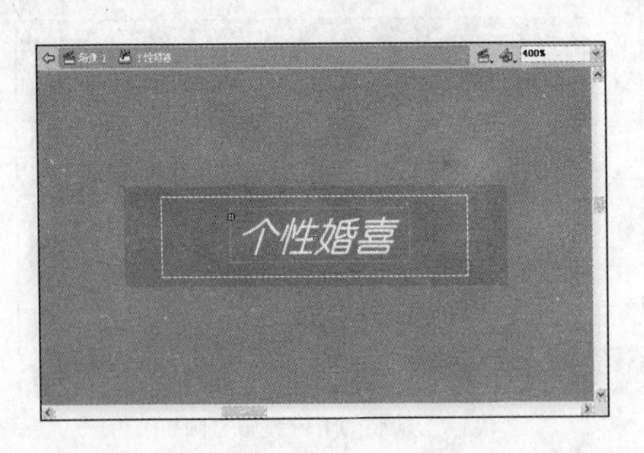

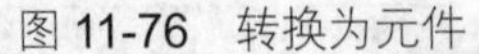

图 11-76 转换为元件

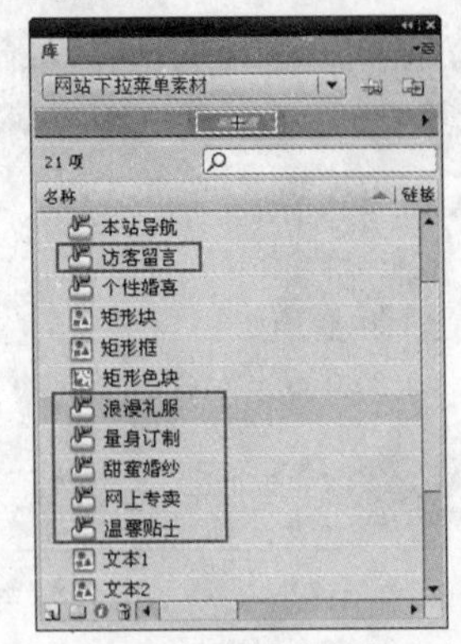

图 11-77 创建其他按钮元件

22 按 Ctrl+E 组合键，返回主场景编辑区。将“图层 1”更名为“背景”图层。将“库”面板中的“背景”元件拖曳至舞台，调整其大小与位置，效果如图 11-78 所示。

23 新建“按钮”图层，将制作好的“按钮”元件拖曳至舞台，设置其“宽度”和“高度”分别为 200 和 290，将其放置在舞台的左侧，如图 11-79 所示。

图 11-78 添加背景实例

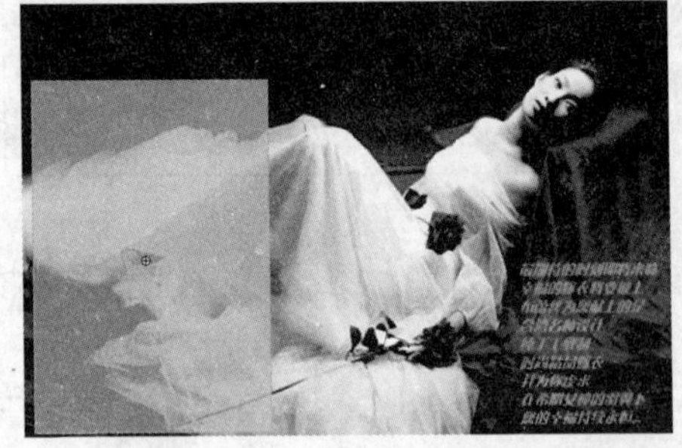

图 11-79 添加按钮实例

24 保持“按钮”实例为选择状态，按 F9 键，在打开的“动作”面板中输入如下脚本语言：

```
on (rollOver, rollOut) {
gotoAndStop(1);
}
```

25 新建“导航条”图层，将制作好的“本站导航”按钮元件拖曳至舞台，放置在按钮实例的上面，如图 11-80 所示。

26 保持“本站导航”实例为选择状态，按 F9 键，在打开的“动作”面板中输入如下脚本语言：

```
on (release) {
gotoAndStop(3);
}
```

27 在“背景”和“按钮”图层的第 3 帧插入帧，在“导航条”图层的第 3 帧插入关键帧，将制作好的“个性婚喜”按钮元件拖曳至舞台，放置在“本站导航”按钮实例的下方，如图 11-81 所示。

28 保持“个性婚喜”实例为选择状态，按 F9 键，在打开的“动作”面板中输入如下脚本语言：

```
on (release)
{
```

```
    getURL("plastic/index.htm", "_blank");
}
```

图 11-80　添加实例

图 11-81　添加实例

29 依次将制作好的“量身订制”“浪漫礼服”“甜蜜婚纱”“温馨贴士”“网上专卖”“访客留言”按钮元件拖曳至舞台，依次排列实例，并依次为实例添加相应的链接脚本，如图 11-82 所示。

30 新建“Action”图层，选择第 1 帧，按 F9 键，在打开的“动作”面板中输入如“stop ();”脚本语言。

31 按 Ctrl + Shift + S 组合键，将文档另存为“网站下拉菜单”。

32 按 Ctrl + Enter 组合键，测试影片，效果如图 11-83 所示。

图 11-82　添加其他实例

图 11-83　预览效果

11.4　巩固与练习

本章主要学习了常用菜单和按钮控制命令，并通过制作公司导航按钮、左右晃动菜单、产品展示按钮、网站下拉菜单等动画效果，使读者对本课所学内容得到巩固和练习。在制作过程中读者应参照提供的语句注释，尽量理解实例中所添加语句的作用，并尝试对相关语句进行修改和优化，以加强自身对菜单和按钮控制命令的理解和驾驭能力。

填空题

（1）＿＿＿＿＿和＿＿＿＿＿是网站导航的最主要的一部分。

（2）在附加到按钮的 on 事件处理函数动作中，＿＿＿＿＿引用包含该按钮的时间轴。

（3）＿＿＿＿＿是一个以影片剪辑帧频不断触发的动作。

选择题

（1）(　　) 参数，用于发送变量的 GET 或 POST 方法。

A. Windows　　B. Movie　　C. on（press）　　D. Variables

（2）在 Windows 参数中，可输入特定窗口的名称，可进行选择（　　）指定当前窗口中的当前框架。

A．_self　　B．_blank　　C．_parent　　D．_top

上机题

练习制作“特效导航菜单.fla”动画。在制作过程中主要使用 onClipEvent、this 以及其他脚本，最终的动画效果如图 11-84 所示。

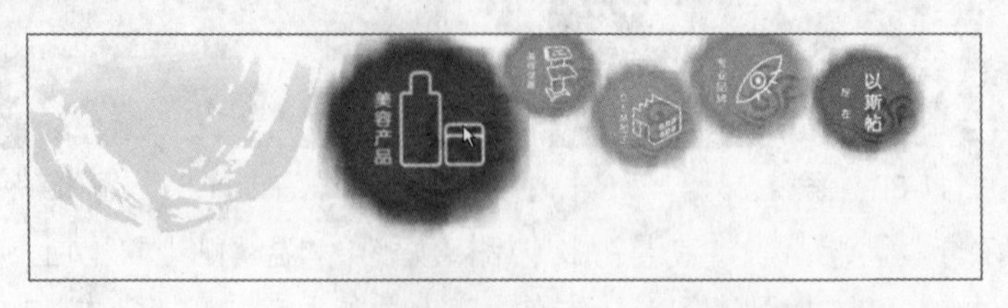

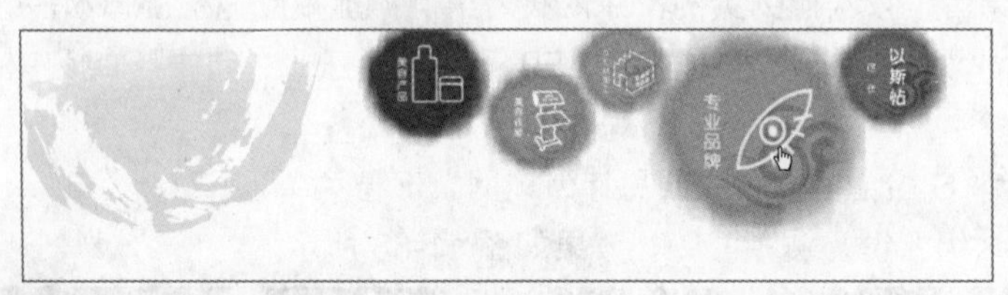

图 11-84　最终效果

第6天

Chapter 12

测试与发布动画

学习内容

基础导读	60分钟
范例精讲	60分钟
上机实战	45分钟
巩固与练习	30分钟

学习重点

- 测试 Flash 作品
- 导出 Flash 作品
- 发布 Flash 作品
- 范例精讲 1　创建自带播放器的影片
- 范例精讲 2　将动画发布为网页
- 上机实战 1　将作品导出成 AVI 格式
- 上机实战 2　将作品导出成 GIF 格式

精彩实例效果展示

▲ 将动画发布为网页

▲ 将作品输出成 AVI 格式

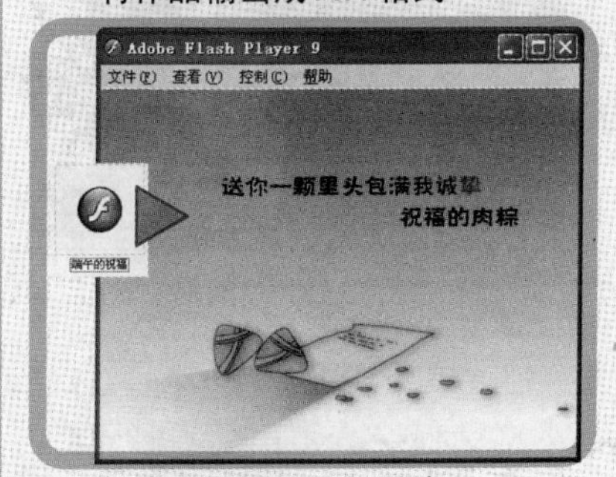

▲ 创建自带播放器的影片

12.1 基础导读

通常情况下，制作好 Flash 动画后就可以测试 Flash 作品了，并且可以使用播放器预览影片效果。如果测试没有问题，则可以按要求发布影片，或者将影片导出为可供其他应用程序处理的数据。

12.1.1 测试 Flash 作品

在 Flash 中，通过测试影片，可以将影片完整地播放一次，通过直观地观看影片的效果来检测动画是否达到了设计的要求。

测试动画文件的具体操作如下：

01 选择“文件”|“打开”命令，打开“情人节贺卡.fla”素材文件，如图 12-1 所示。

02 按 Ctrl＋Enter 组合键，或在菜单栏中选择“控制”|“测试影片”命令，如图 12-2 所示。

图 12-1　打开的素材文件

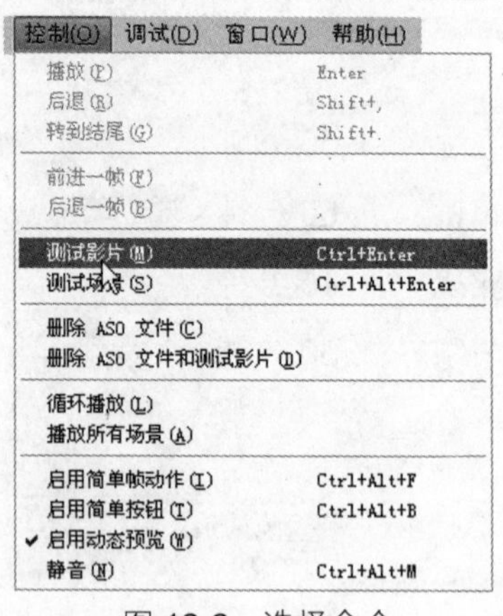

图 12-2　选择命令

03 进行影片测试，进入测试界面，如图 12-3 所示。

04 在测试界面中选择“视图”|“下载设置”子菜单中的命令，如图 12-4 所示，对下载的速度等进行设置。

图 12-3　测试界面

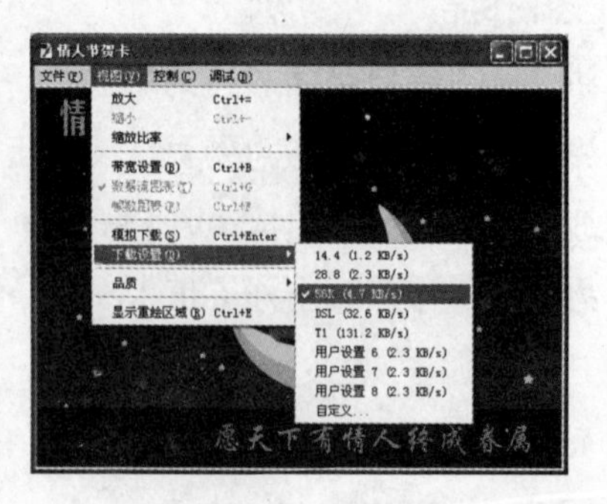

图 12-4　选择命令

05 如果需要自行设置测试速度，可选择“视图”|“下载设置”|“自定义”命令，在打开的“自定义下载设置”对话框中，对下载可进行自定义的设置，如图 12-5 所示。

06 选择“视图”|“带宽设置”命令，可打开如图 12-6 所示的带宽显示图，以此来查看动画的

下载性能。

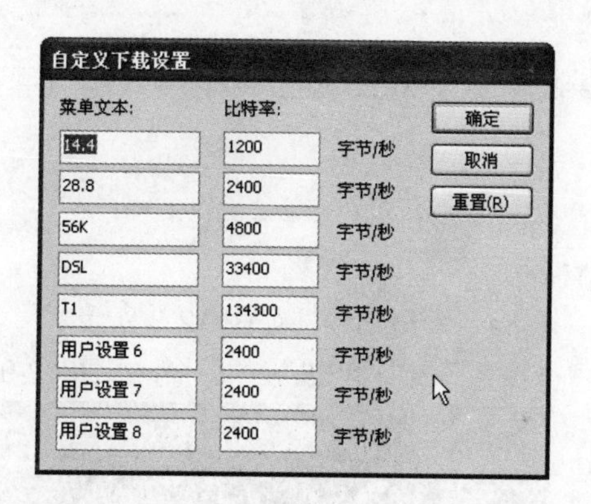

图 12-5 “自定义下载设置”对话框

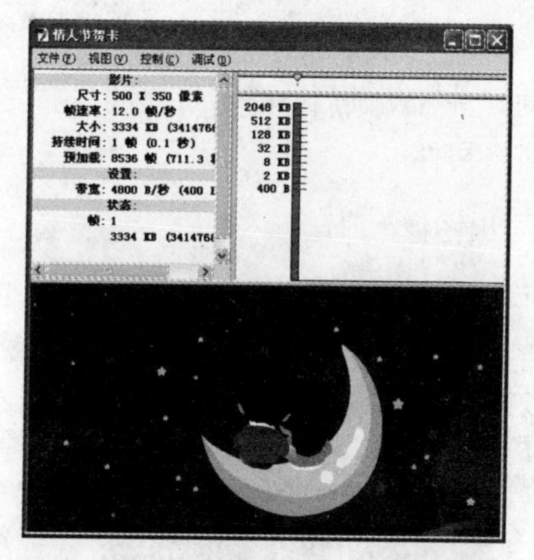

图 12-6 带宽显示图

07 选择“视图”|“数据流图表”命令，可以显示会导致暂停的帧，如图 12-7 所示。

08 经过测试后，单击测试界面右上角的关闭按钮，即可返回编辑窗口。

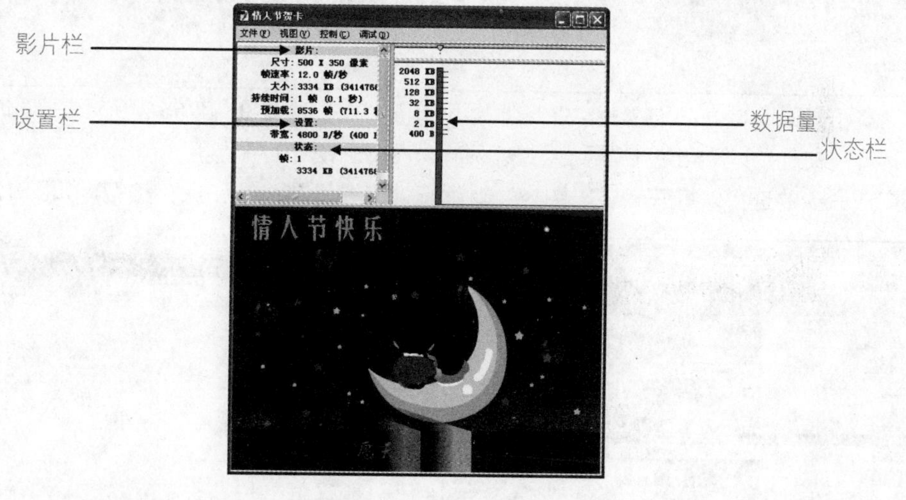

图 12-7 数据流图表

图 12-7 所示窗口中各选项的含义如下。

- 影片栏：用于显示动画的总体属性。包括动画的尺寸、帧频、文件大小、播放的持续时间和预先加载时间。
- 设置栏：用于显示当前使用的带宽。
- 状态栏：用于显示当前帧号、数据大小及已经载入的帧数和数据量。
- 数据量：在面板的右侧中，每个交错的浅色和深色的方块表示动画的帧。方块的大小表示该帧所含数据量的多少。如果方块超出了红线则表示该帧的数据量超出了限制，在播放时有可能在其对应帧的位置上产生停顿。在流式传输模式下，播放指针的移动表示当前帧的载入。

可以自动创建当前场景或整个动画的工作版本，并在一个窗口中将其打开，从而测试交互性、动画和功能等各方面的内容。

12.1.2 导出 Flash 作品

对动画进行测试后，即可导出动画。在 Flash 中既可以导出整个影片的内容，也可以导出图像、声音文件。

1. 导出图像

导出动画文件的具体操作如下：

01 选择“文件”|“打开”命令，打开“节日快乐.fla”素材文件，如图 12-8 所示。

02 选取某帧或场景中要导出的图形，例如，这里选择主场景中第 55 帧的图像，如图 12-9 所示。

图 12-8 打开的素材文件

图 12-9 第 55 帧所对应的图像

03 选择“文件”|“导出”|“导出图像”命令，如图 12-10 所示。

04 完成命令的选择，打开“导出图像”对话框，设置保存路径和保存类型，如图 12-11 所示。

图 12-10 选择命令

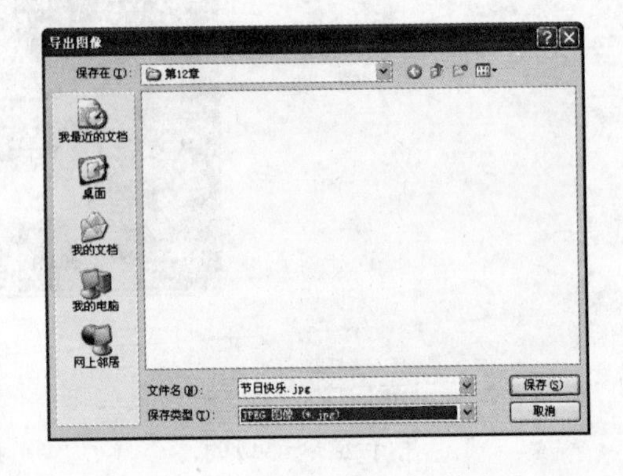

图 12-11 “导出图像”对话框

提示

在将 Flash 图像导出为矢量图形文件（Adobe Illustrator 格式）时，可以保留其矢量信息。也可以在其他基于矢量的绘画程序中编辑这些文件，但是不能将这些图像导入大多数的页面布局和字处理程序中。

05 单击“保存”按钮，打开“导出 JPEG”对话框，读者可以自行设置导出位图的尺寸、分辨率等参数，如图 12-12 所示。

06 在“包含”下拉列表框中选择“完整文档大小”选项，并设置其他参数，如图 12-13 所示。

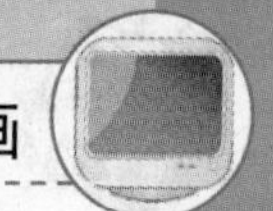

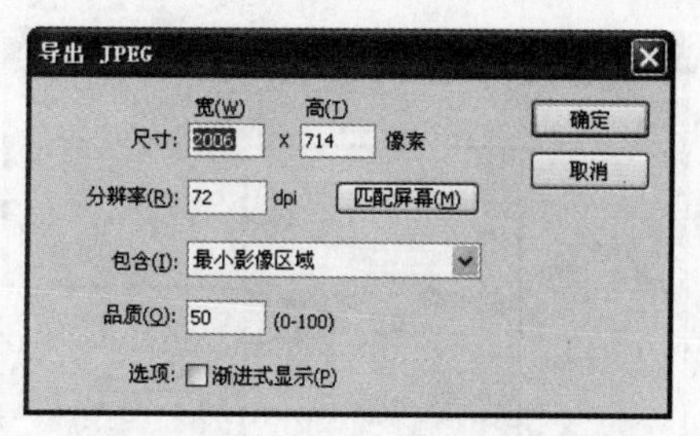

图 12-12　“导出 JPEG”对话框

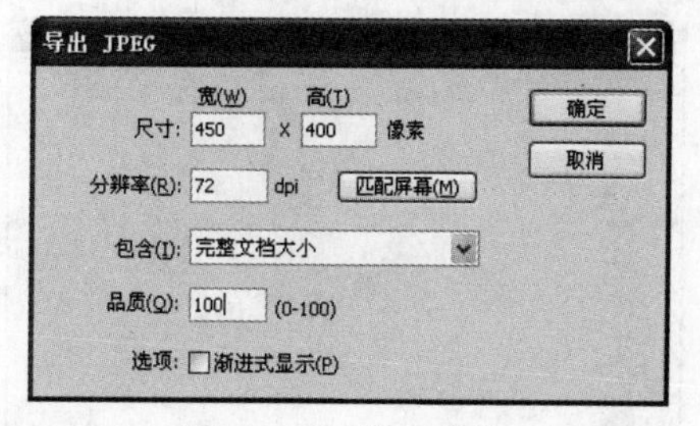

图 12-13　设置参数

07 单击“确定”按钮，即可完成动画图像的导出。此时，在设置的保存路径文件夹中即可打开导出的“节日快乐.jpg”文档，如图 12-14 所示。

图 12-14　打开的 JPEG 图像

将 Flash 图像保存为位图 GIF、JPEG、PICT（Macintosh）或 BMP（Windows）文件时，图像会丢失其矢量信息，仅以像素信息保存。可以在图像编辑器中编辑导出的位图，但是不能再在基于矢量的绘画程序中编辑它们了。

2. 导出声音

导出声音文件的具体操作如下：

选取某帧或场景中要导出的声音。

01 选择“文件”|“导出”|“导出影片”命令，如图 12-15 所示。

02 完成命令的选择，打开“导出影片”对话框，如图 12-16 所示。

图 12-15　选择命令

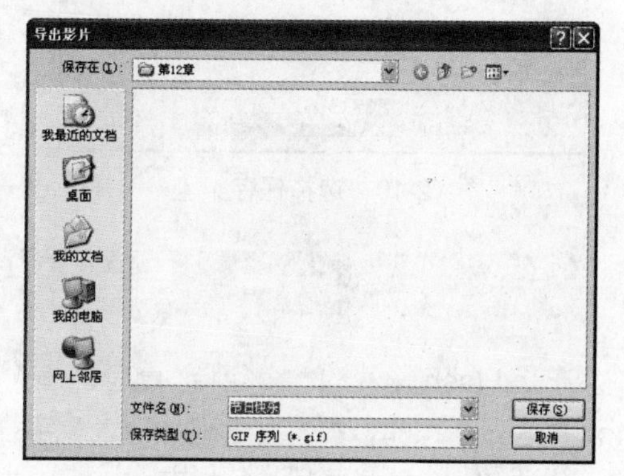

图 12-16　“导出影片”对话框

03 在该对话框的“保存在”下拉列表框中指定文件要导出的路径，在“文件名”文本框中输入文件名称，在“保存类型”下拉列表框中选择声音保存的类型，在此选择“WAV 音频(*wav)”，如图 12-17 所示。

04 单击“保存”按钮，打开“导出 Windows WAV”对话框，在“声音格式”下拉列表框中选择适当的格式类型，如图 12-18 所示。

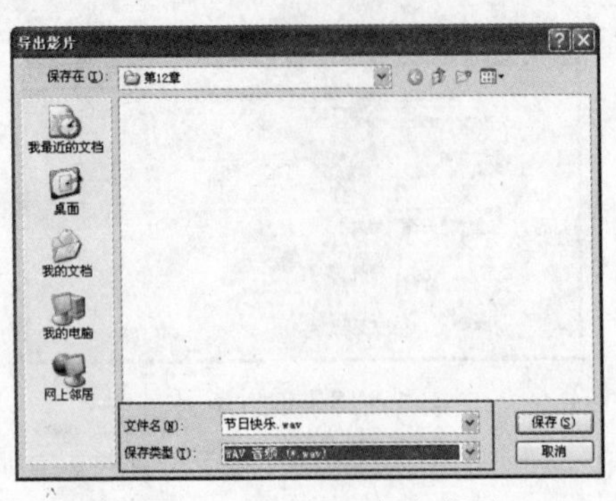

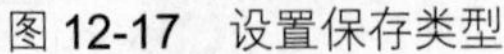
图 12-17 设置保存类型

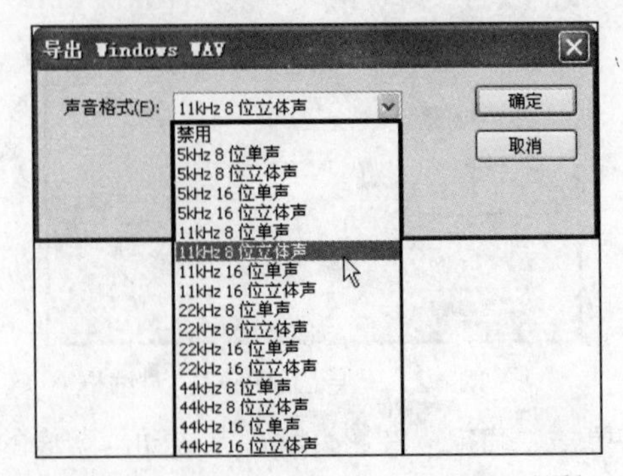

图 12-18 “导出 Windows WAV”对话框

05 单击“确定”按钮，完成“节日快乐.wav”声音文件的导出。

3. 导出影片

导出影片文件的具体操作如下：

01 选取某帧或场景中要导出的影片及其片断。

02 选择“文件”|“导出”|“导出影片”命令，打开“导出影片”对话框。

03 在该对话框的“保存在”下拉列表框中指定文件要导出的路径，在“文件名”文本框中输入文件名称，在“保存类型”下拉列表框中选择影片保存的类型，在此选择“Flash 影片(*.swf)”，如图 12-19 所示。

04 单击“保存”按钮，完成 SWF 影片的导出。

图 12-19 选择保存类型

> **提示**
>
> 导出影片时可将 Flash 文档导出为静止图像格式，而且可以为文档中的每一帧都创建一个带有编号的图像文件。

12.1.3 发布 Flash 作品

发布是 Flash 影片的一个独特功能。当一个影片文件被出版后，在网络上有了版权保护时，不论浏览者如何操作，都不会出现“下载”字样。因此，为了 Flash 作品的推广和传播，还需要将制作的 Flash 动画文件进行发布。

1. 设置发布格式

Flash 的“发布设置”菜单命令可以对动画发布格式等进行设置，还能将动画发布为其他的图形文件和视频文件格式。其具体的设置方法如下。

01 执行“文件”|“发布设置”命令，打开“发布设置”对话框，如图 12-20 所示。

02 单击“Flash”标签，进入该选项卡，可以对 Flash 格式文件进行设置，如图 12-21 所示。

03 对 Flash 格式进行设置后，在“发布设置”对话框中单击“HTML”标签，进入该选项卡，可以对 HTML 进行相应设置，如图 12-22 所示。

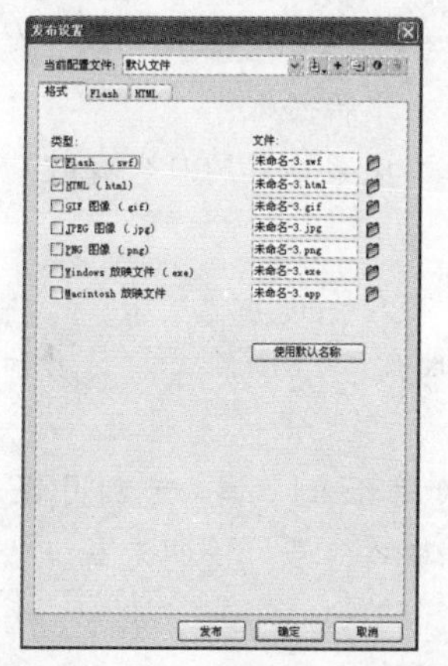

图 12-20　“发布设置”对话框

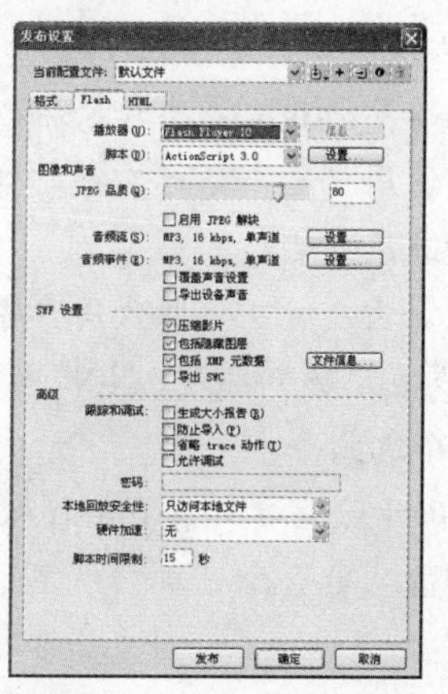

图 12-21　“Flash”选项卡

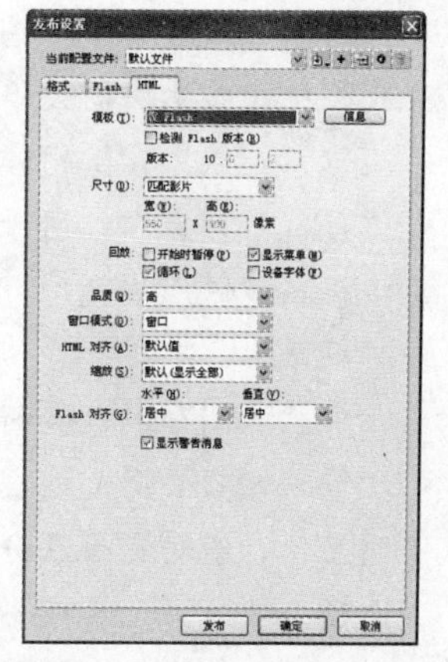

图 12-22　“HTML”标签

04 完成各个选项卡中的参数设置后，单击“确定”按钮，即可将当前 Flash 文件进行发布。

在“Flash”选项卡中，各主要选项的具体含义如下。

- “播放器”下拉列表框：用于选择发布的 Flash 动画的版本。
- “生成大小报告”复选框：创建一个文本文件，记录下最终导出动画文件的大小。
- “防止导入”复选框：用于防止发布的动画文件被他人下载到 Flash 程序中进行编辑。
- “省略 trace 动作”复选框：用于设定忽略当前动画中的跟踪命令。
- “允许调试”复选框：允许对动画进行调试。
- “密码”输入框：当选中“防止导入”或“允许调试”复选框后，可在密码框中输入密码。
- “JPEG 品质”：用于将动画中位图保存为一定压缩率的 JPEG 文件，拖动滑块可改变图像的压缩率，如果所导出的动画中不含位图，则该项设置无效。
- “音频流”：单击右侧的“设置”按钮，打开“声音设置”对话框，在其中可设定导出的流式音频的压缩格式、比特率和品质等，如图 12-23 所示。

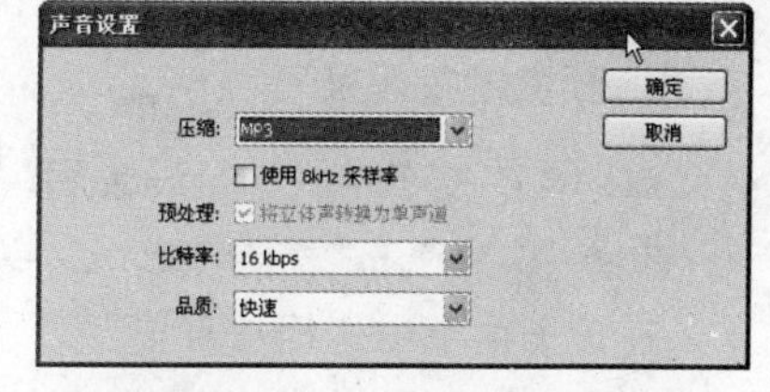

图 12-23　“声音设置”对话框

- “音频事件”：用于设定导出事件音频的压缩格式、比特率和品质等。

在“HTML”选项卡中，各主要选项的具体含义如下。

- “模板”下拉列表框：用于选择所使用的模板，单击右边的“信息”按钮，打开“HTML 模板信息”对话框，显示出该模板的有关信息，如图 12-24 所示。

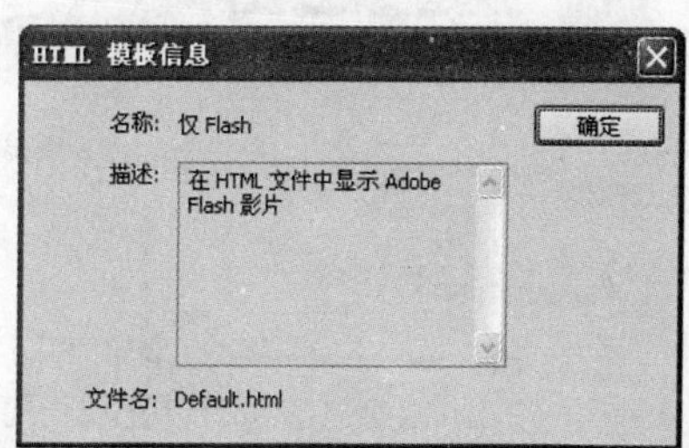

图 12-24　“HTML 模板信息”对话框

- “尺寸”下拉列表框：用于设置动画的宽度和高度值。主要包括“匹配影片”、“像素”、“百分比”3 种选项。“匹配影片”表示将发布的尺寸设置为动画的实际尺寸大小；“像素”表示用于设置影片的实际宽度和高度，选择该项后可在宽度和高度文本框中输入具体的像素值；“百分比”表示设置动画相对于浏览器窗口的尺寸大小。

- “开始时暂停”复选框：用于使动画一开始处于暂停状态，只有当用户单击动画中的“播放”按钮或从快捷菜单中选择“Play”菜单命令后，动画才开始播放。
- “显示菜单”复选框：用于使用户单击鼠标右键时弹出的快捷菜单中的命令有效。
- “循环”复选框：用于使动画反复进行播放。
- “设备字体”复选框：用反锯齿系统字体取代用户系统中未安装的字体。
- “品质”下拉列表框：用于设置动画的品质，其中包括：“低”、“自动减低”、“自动升高”、“中”、“高”和“最好”6个选项。
- “窗口模式”下拉列表框：用于设置安装有 Flash ActiveX 的 IE 浏览器，可利用 IE 的透明显示、绝对定位及分层功能。包含“窗口”、“不透明无窗口”和“透明无窗口”3个选项。
- “HTML 对齐”下拉列表框：用于设置动画窗口在浏览器窗口中的位置，主要有“左”、“右”、“顶”、“底部”及“默认”几个选项。
- “Flash 对齐”下拉列表框：用于定义动画在窗口中的位置及将动画裁剪到窗口尺寸。可在“水平”和“垂直”列表中选择需要的对齐方式。其中“水平”列表中主要有“左”、“居中”、“右”3个选项供选择；“垂直”列表中主要有“顶”、“居中”、“底部”3个选项供选择。
- “显示警告消息”：用于设置 Flash 是否要警示 HTML 标签代码中所出现的错误。

在“窗口模式”下拉列表框中，所包含的3个选项的含义如下。

- 窗口：在网页窗口中播放 Flash 动画。
- 不透明无窗口：可使 Flash 动画后面的元素移动，但不会在穿过动画时显示出来。
- 透明无窗口：使嵌有 Flash 动画的 HTML 页面背景从动画中所有透明的地方显示出来。

2. 预览发布效果

对动画的发布格式进行设置后，还需要对动画格式进行预览。其具体操作步骤如下：

01 选择“文件”|“发布预览”命令，弹出其子菜单，如图 12-25 所示。

02 在该子菜单中选择一种要预览的文件格式即可在动画预览界面中看到该动画发布后的效果。

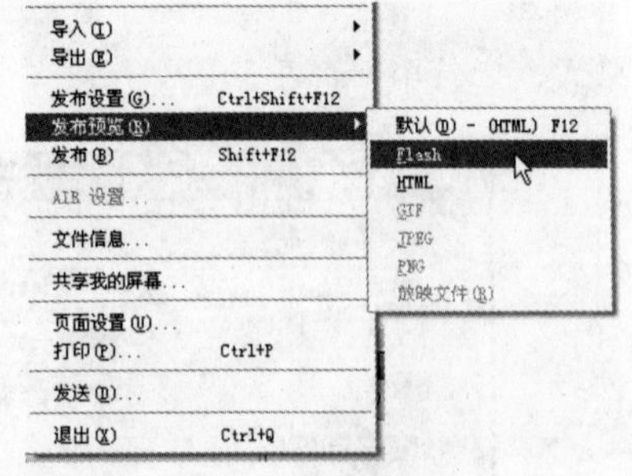

图 12-25 “发布预览”子菜单

利用当前发布设置，Flash 将在同一个位置上创建指定类型的文件，并且该文件将保留在原来的位置上。

3. 发布 Flash 作品

在 Flash CS4 中，发布动画的方法有以下两种：

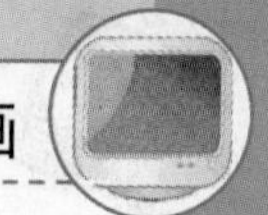

- 按 Shift + F12 组合键。
- 选择“文件” | “发布”命令。
- 执行“发布”命令，在发布设置完毕后，单击“发布”按钮即可完成动画的发布。

12.2 范例精讲

在 Flash CS4 中，对于制作好的动画作品可以进行测试，导出作品中的图像、声音或影片，也可以将动画作品进行发布。下面以“创建自带播放器的影片”和“将动画发布为网页”范例向用户介绍导出和发布动画作品的具体应用。

12.2.1 创建自带播放器的影片

本范例向读者讲解利用“创建播放器”功能创建自带播放器的影片，如右图所示。

难度系数 ☑ ☑ ☑

学习时间 5 分钟

学习目的 练习“创建播放器”命令、设置保存类型等知识。

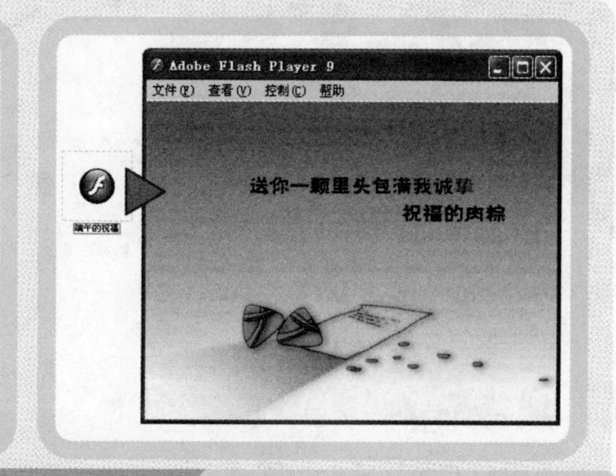

制作步骤

01 直接在资源管理器中打开“端午的祝福.swf”素材文件，作为要创建自带播放器的影片，如图 12-26 所示。

02 在影片播放界面中选择“文件” | “创建播放器”命令，如图 12-27 所示。

图 12-26　打开的影片素材

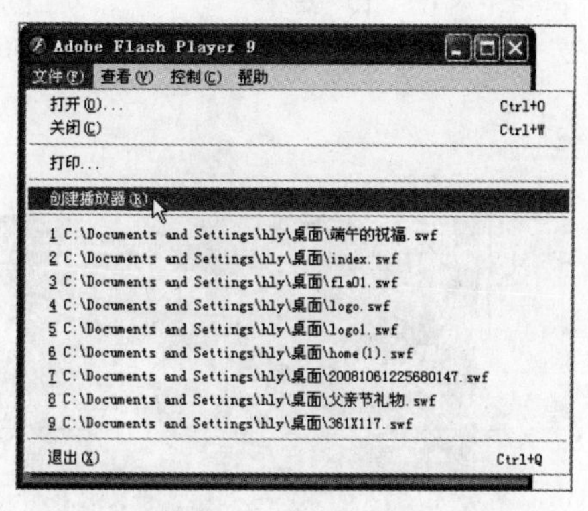

图 12-27　选择命令

03 完成命令的选择后，打开“另存为”对话框，设置文件的保存路径、文件名及保存类型，如图 12-28 所示。

04 单击“保存”按钮，即可在保存的路径中创建“端午的祝福”播放器，如图 12-29 所示。

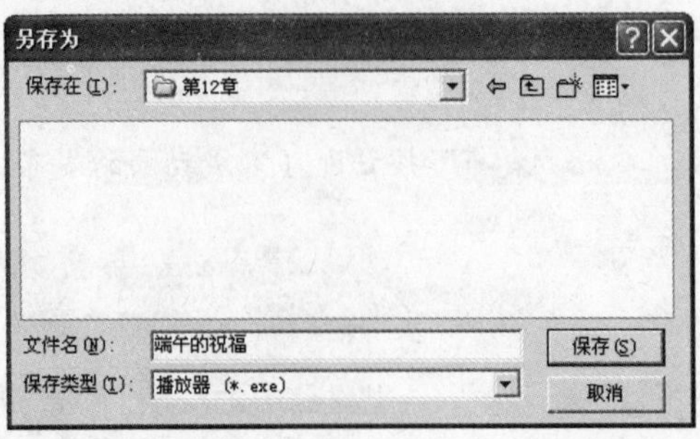

图 12-28 “另存为”对话框　　　　图 12-29 “端午的祝福”播放器

此时创建的播放器是不同于先前的播放器，用户可通过查看其属性的方法看到该文件比先前的播放器大很多。

12.2.2 将动画发布为网页

本范例向读者讲解利用“发布设置”和“发布”功能将 Flash 动画发布为网页，如图所示。

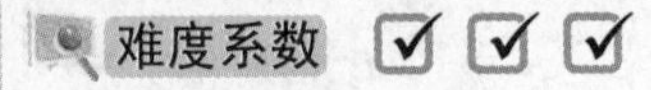

难度系数 ☑☑☑

学习时间 10 分钟

学习目的 练习“发布设置”命令、“发布”命令等。

制作步骤

01 选择“文件”|“打开”命令，打开“情人节贺卡.fla”素材文件，如图 12-30 所示。

02 选择“文件”|“发布设置”命令，打开“发布设置”对话框，如图 12-31 所示。

图 12-30 打开素材文件

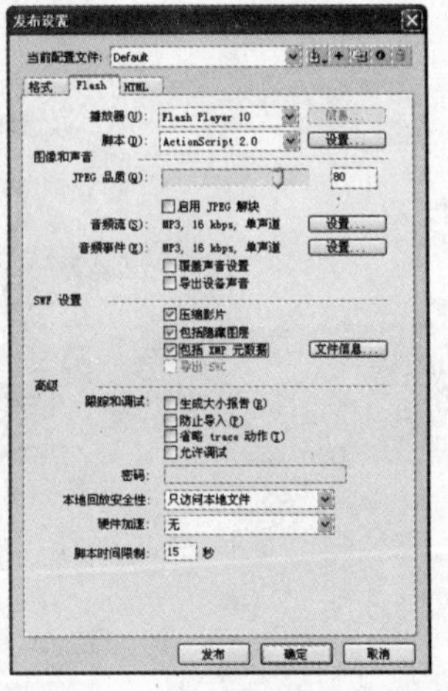

图 12-31 “发布设置”对话框

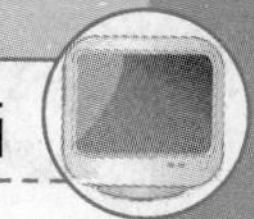

03 单击“格式”标签，进入该选项卡，在“类型”选项区中只保留选中前面两个复选框，如图 12-32 所示。

04 单击“HTML”标签，进入 HTML 选项卡，设置各参数，如图 12-33 所示。

05 在完成各项设置后，单击“发布”按钮，即可按照所设置的属性将影片发布出去。

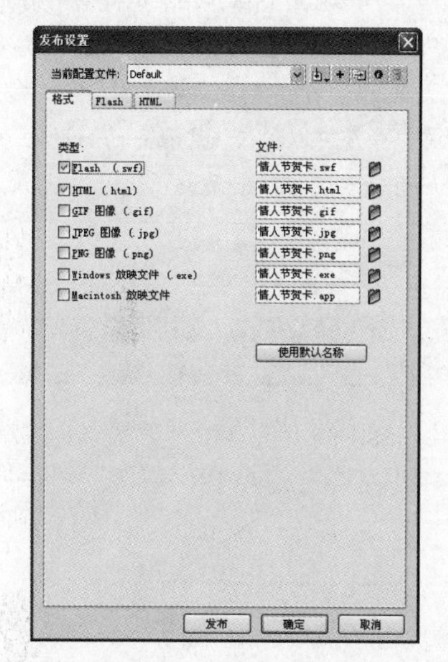

图 12-32　设置格式类型

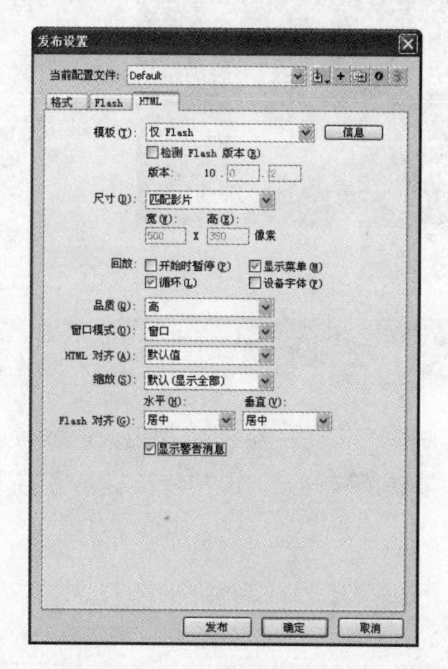

图 12-33　“HTML”选项卡

也可先单击“确定”按钮，关闭对话框，然后单击“文件”|“发布”命令，将文件进行发布。

06 在发布后的源文件文件夹中，选择 HTML 文件，双击鼠标左键，将文件打开，预览文件，效果如图 12-34 所示。

图 12-34　预览网页文件

07 选择 SWF 文件，单击鼠标右键，在弹出的快捷菜单中选择“打开”选项，预览 SWF 文件，效果如图 12-35 所示。

图 12-35　预览影片文件

提示

如果用户要在 Web 浏览器中播放 Flash 影片，就必须创建 HTML 格式的文档，激活影片和指定浏览器。执行“发布”命令可以按模板文档中的 HTML 参数自动生成 HTML 文档。

12.3 上机实战

通过上面两个实例的练习，相信大家对使用 Flash 的测试与发布有了一定的掌握，为了进一步巩固和掌握所学知识，请按步骤提示完成“将作品输出成 AVI 格式”和“将作品输出成 GIF 格式”范例的制作。

12.3.1 将作品导出成 AVI 格式

最终效果

本范例向读者讲解利用“导出影片”功能将“友情贺卡.fla”动画输出为 AVI 格式的动画，如图所示。

解题思路

通过打开素材文件，执行“导出影片”命令，并进行导出影片的参数设置，完成“友情贺卡.avi”文件的生成。

步骤提示

01 选择“文件”|“打开”命令，打开素材文件，如图 12-36 所示。

02 选择“文件”|“导出”|“导出影片”命令，如图 12-37 所示。

03 打开“导出影片”对话框，在“文件名”文本框中输入“友情贺卡”，在“保存类型”下拉列表框中选择要导出的文件格式，这里选择“Windows AVI (*.avi)”选项，如图 12-38 所示。

图 12-36　打开的素材文件

图 12-37　选择命令

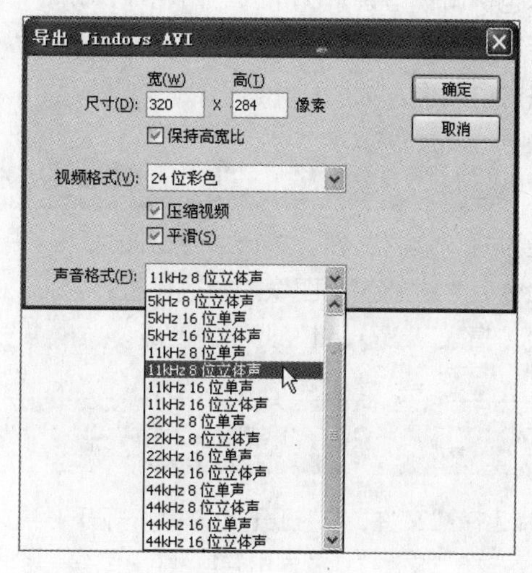

图 12-38　设置保存参数

04 完成各项设置，单击“保存”按钮，打开“导出 Windows AVI”对话框，如图 12-39 所示。

05 勾选“压缩视频”复选框，在“声音格式”下拉列表框中选择“11khz 8 位立体声”选项，如图 12-40 所示，其他设置保持默认。

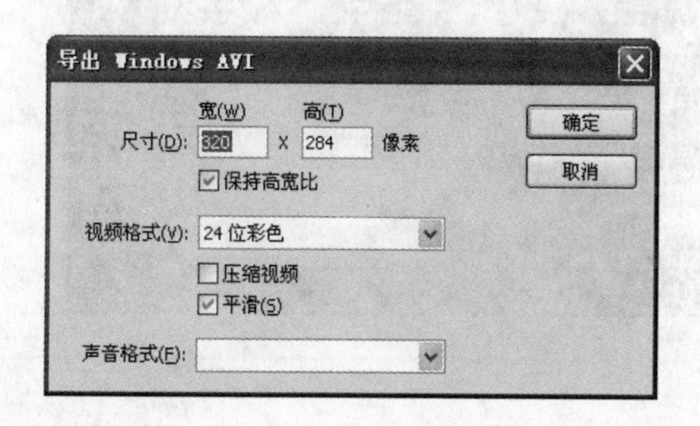

图 12-39　“导出 Windows AVI”对话框

图 12-40　设置声音格式

06 单击“确定”按钮，打开“视频压缩”对话框，如图 12-41 所示。

07 保持各选项的参数为默认，单击“确定”按钮，弹出导出文件进度条，显示导出影片的进度，如图 12-42 所示。

图 12-41　“视频压缩”对话框

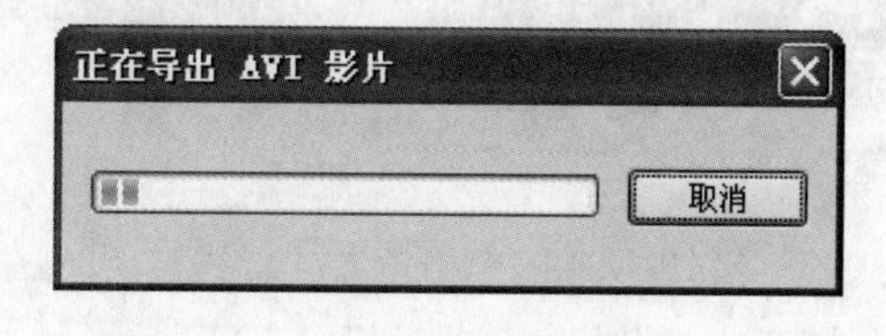

图 12-42　导出影片进度条

08 完成文件的导出后，即可在文件夹中打开 AVI 格式的文件，效果如图 12-43 所示。

图 12-43　预览视频文件

AVI 格式是微软定义的标准 Windows 视频文件格式。这种格式是基于位图格式的，所以体积比较庞大，但分辨率很高，图像清晰。导出其他格式的操作步骤与导出 AVI 格式基本相同，用户可以将动画导出为其他格式。

12.3.2　将作品导出成 GIF 格式

最终效果

本范例向读者讲解利用“导出图像”功能将“情人节贺卡.fla”动画导出为 GIF 格式的图像，如图所示。。

解题思路

通过打开素材文件，执行“导出图像”命令，并进行导出图像的参数设置，完成“情人节贺卡.gif”文件的生成。

步骤提示

01 选择“文件”|“打开”命令，打开“情人节贺卡.fla”素材文件，如图 12-44 所示。

02 选择“文件”|“导出”|“导出图像”命令，如图 12-45 所示。

图 12-44　打开的素材文件

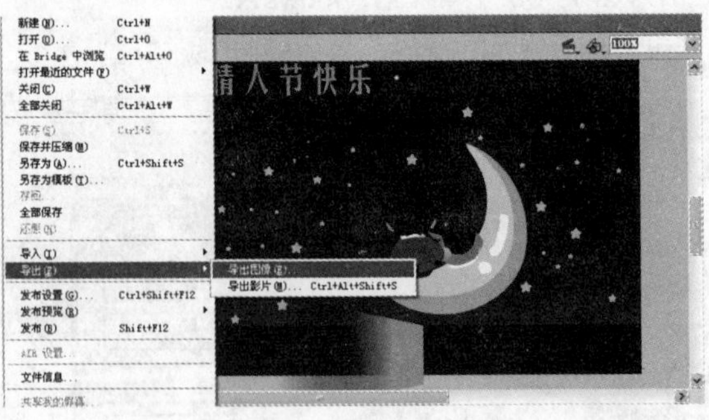

图 12-45　选择命令

03 打开“导出图像”对话框，在“文件名”文本框中输入“情人节贺卡”，在“保存类型”下拉列表框中选择要导出的文件格式，这里选择“GIF 图像（*.gif）”选项，如图 12-46 所示。

04 完成各项设置，单击“保存”按钮，打开“导出 GIF”对话框，设置“分辨率”值为 300，如图 12-47 所示。

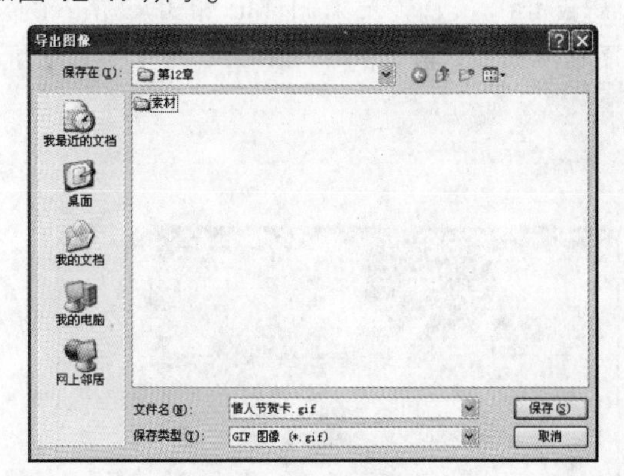

图 12-46　设置保存参数

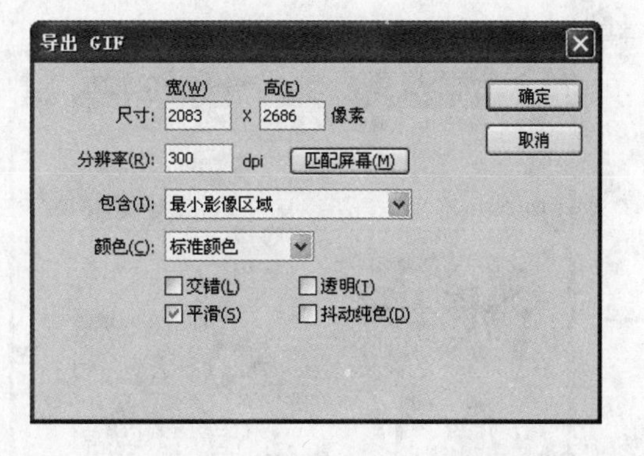

图 12-47　“导出 GIF”对话框

05 单击“确定”按钮，弹出导出文件进度条，显示导出图像的进度。完成文件的导出后，即可在文件夹中打开 GIF 格式的文件，效果如图 12-48 所示。

图 12-48　预览 GIF 格式的图像

12.4　巩固与练习

本章通过实例介绍了测试与发布动画的基本操作方法和技巧。

填空题

（1）在 Flash 中，通过＿＿＿＿＿＿，可以将影片完整地播放一次，以此来检测动画是否达到了设计的要求。

（2）Flash 的＿＿＿＿＿＿菜单命令可以对动画发布格式等进行设置。

（3）＿＿＿＿＿＿可以为文档中的每一帧都创建一个带有编号的图像文件。

选择题

（1）按（　　）键可采用系统默认的发布预览方式对动画进行预览。

A．F2　　B．F1　　C．F12　　D．Ctrl＋Enter

（2）执行（　　）功能可以创建自带播放器的影片。

A．创建播放器　　B．发布设置　　C．发布　　D．导出影片

上机题

练习导出和发布 Flash 动画，将“数码相机广告.fla”文件输出为 HTML 和 JPG 格式的文件。在制作过程中主要使用“发布设置”、“导出图像”命令，最终的动画效果如图 12-49 所示。

图 12-49　最终效果

第 7 天

Chapter 13

综合实例

学习内容

范例精讲	120 分钟
上机实战	45 分钟
巩固与练习	30 分钟

学习重点

- 星球运动
- 半透明变幻图
- 3D 粒子球
- 绚丽的 AS 滤镜特效
- 珠宝首饰广告动画

精彩实例效果展示

▲ 太阳系的制造

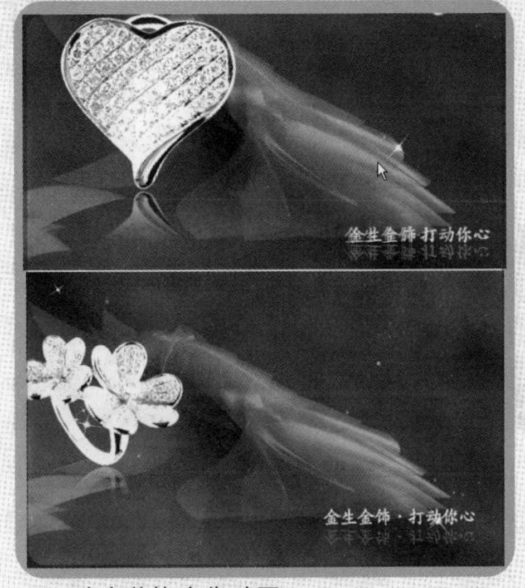

▲ 珠宝首饰广告动画

13.1 星球运动

本例将制作模拟宇宙中的太阳系各星球运动的动画效果。通过本例的学习，读者可掌握类似的宇宙星系运动动画的制作方法。

难度系数 ☑ ☑ ☑ ☑

学习时间 35 分钟

学习目的 （1）导入相符合的图片并将其制作成太阳、月亮等各个星球

（2）绘制几个椭圆圈作为各星球的运动轨迹

（3）利用宇宙中星球的大小运动速度等常识作为本例的理论进行制作

13.1.1 创建元件

创建元件的具体操作步骤如下。

01 新建一个 Flash 文档，在“属性”面板中将场景大小设置为“780×450 像素”，背景色设置为黑色，帧频设置为 50。

02 新建一个图形元件“Tween 1”，导入一幅如图 13-1 所示的图形。新建一个图形元件“Tween 2”，导入一幅如图 13-2 所示的图形。

图 13-1 元件“Tween 1”

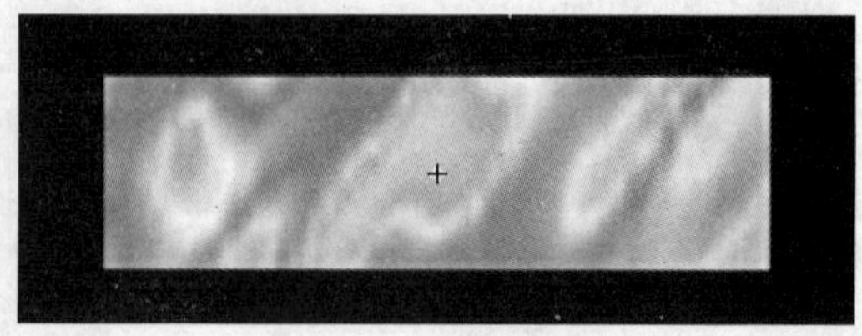
图 13-2 元件“Tween 2”

03 新建一个图形元件“Tween 3”，导入一幅如图 13-3 所示的图形。新建一个图形元件“Tween 4”，导入一幅如图 13-4 所示的图形。

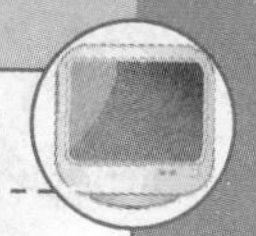

图 13-3　元件“Tween 3”

图 13-4　元件“Tween 4”

04 新建一个图形元件“Tween 5”，导入一幅如图 13-5 所示的图形。新建一个图形元件“Tween 6”，导入一幅如图 13-6 所示的图形。

图 13-5　元件“Tween 5”

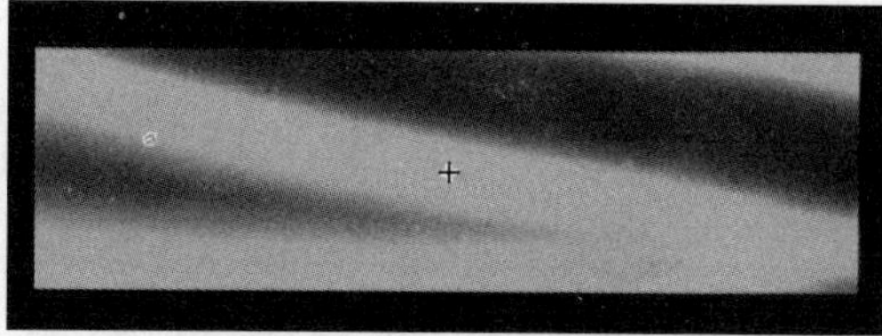

图 13-6　元件“Tween 6”

05 新建一个图形元件“Tween 7”，导入一幅如图 13-7 所示的图形。新建一个图形元件“Tween 8”，使用“椭圆工具”绘制一个椭圆，并进行如图 13-8 所示的填充。

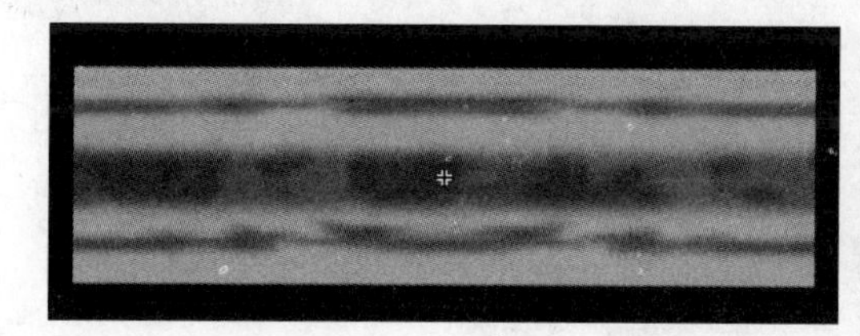

图 13-7　元件“Tween 7”

图 13-8　元件“Tween 8”

06 新建一个图形元件“Tween 9”，使用“矩形工具”绘制一个 783×451 大小白色矩形，如图 13-9 所示的填充。新建一个图形元件“Tween 10”，导入一幅如图 13-10 所示的图形。新建一个图形元件“Tween 11”，导入一幅如图 13-11 所示的图形。

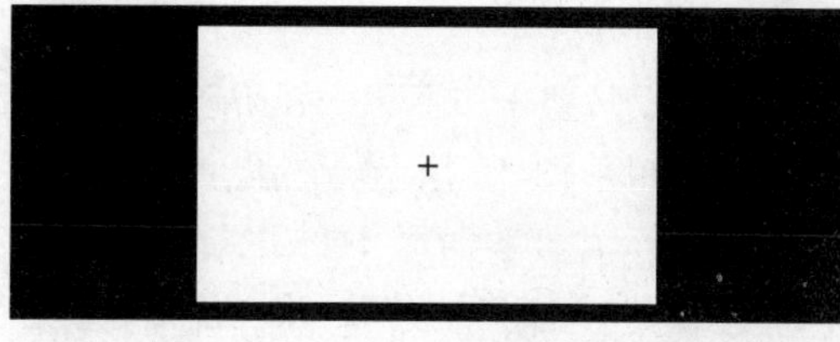

图 13-9　元件“Tween 9”

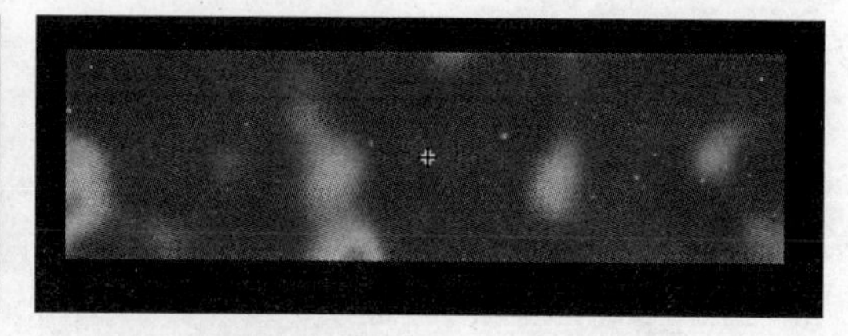

图 13-10　元件“Tween 10”

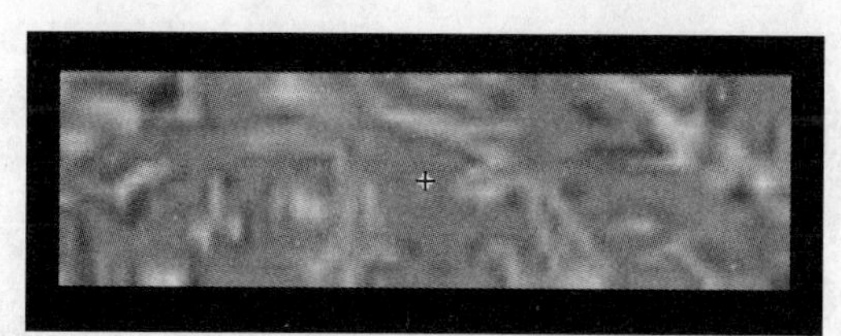

图 13-11　元件“Tween 11”

07 新建一个影片剪辑元件“Symbol 1”，设置“图层 1”的第 1 帧为关键帧，将库中元件“Tween

1”拖入工作区，如图13-12所示；设置第20帧为关键帧，将元件“Tween 1”向左移动，并缩小到如图13-13所示的状态；并创建动作补间。

图13-12 影片剪辑元件“Symbol 1”

图13-13 影片剪辑元件“Symbol 1”

08 增加“图层2”，设置“图层2”的第1帧为关键帧，使用“椭圆工具”在工作区绘制如图13-14所示的正圆，在第20帧处插入帧。制作“图层2”对“图层1”的遮罩效果，如图13-15所示。

图13-14 绘制的正圆

图13-15 遮罩效果

09 增加“图层3”，设置“图层3”的第1帧为关键帧，使用“椭圆工具”在工作区绘制一个正圆，并进行透明到白色的渐变填充，如图13-16所示；在第20帧处插入帧。

图13-16 透明到白色的渐变

10 新建一个影片剪辑元件“Symbol 2”，添加一个引导图层，在工作区绘制如图13-17所示的椭圆圈。

11 增加“图层2”，将库中元件“Symbol 1”拖如工作区，放置于如图13-18所示位置，在第68帧处插入关键帧，将元件“Symbol 1”移动到右边，如图13-19所示。在第110帧处插入关键帧，将元件“Symbol 1”移动到下边，如图13-20所示。

12 在第150帧处插入关键帧，将元件“Symbol 1”移动到第1帧的位置，并在各关键帧处创建动作补间动画。

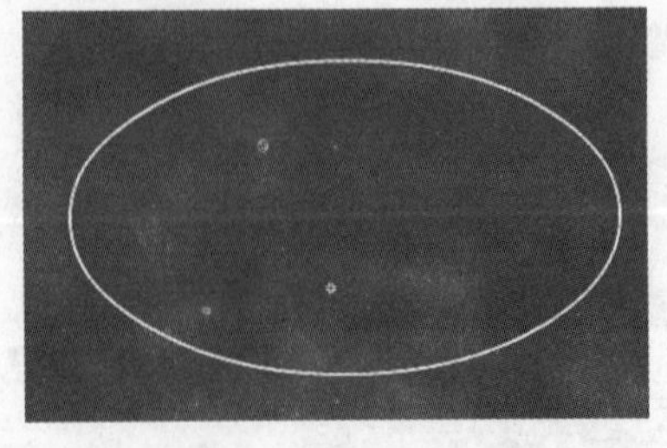

图13-17 影片剪辑元件“Symbol 2”

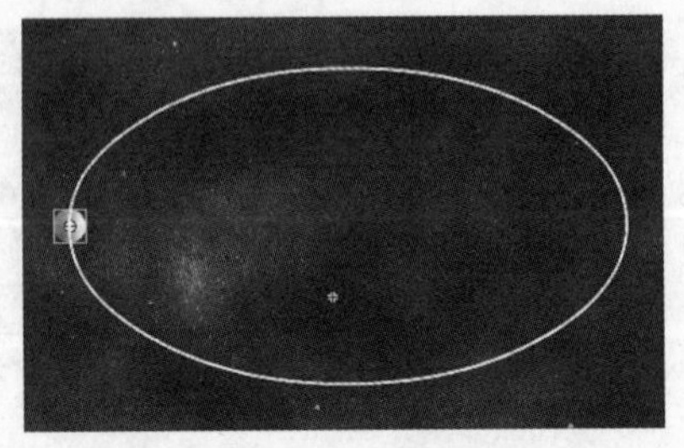

图13-18 元件“Symbol 1”

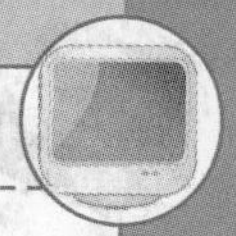

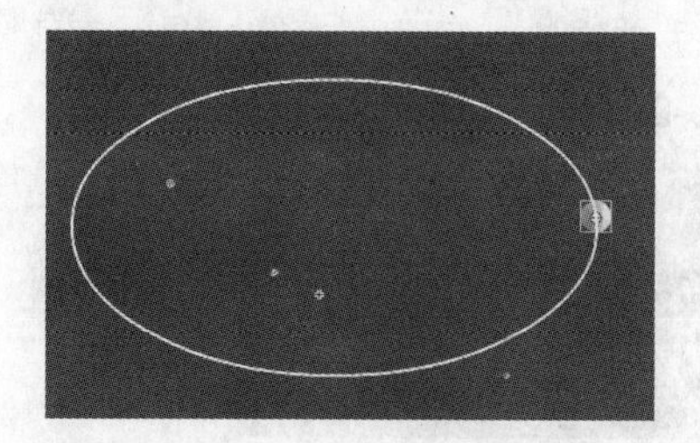

图 13-19　元件 “Symbol 1”　　图 13-20　元件 “Symbol 1”

⑬ 新建一个影片剪辑元件“Symbol 3”，设置“图层 1”的第 1 帧为关键帧，将库中元件“Tween 3”拖入工作区，如图 13-21 所示；设置第 20 帧为关键帧，将元件“Tween 3”向右移动到如图 13-22 所示的状态；并创建动作补间。

图 13-21　元件 “Tween 3”

图 13-22　元件 “Tween 3”

⑭ 增加“图层 2”，设置“图层 2”的第 1 帧为关键帧，使用“椭圆工具”在工作区绘制如图 13-23 所示的正圆，在第 20 帧处插入帧。制作“图层 2”对“图层 1”的遮罩效果，如图 13-24 所示。

图 13-23　绘制的正圆

图 13-24　遮罩效果

⑮ 新建一个影片剪辑元件“Symbol 20”，设置“图层 1”的第 1 帧为关键帧，将库中元件“Tween 12”拖入工作区，如图 13-25 所示；设置第 20 帧为关键帧，将元件“Tween 3”向右移动到如图 13-26 所示的状态；并创建动作补间。

图 13-25　元件 “Tween 12”

图 13-26　元件 “Tween 12”

⑯ 增加“图层 2”，设置“图层 2”的第 1 帧为关键帧，使用“椭圆工具”在工作区绘制如图 13-27 所示的正圆，在第 20 帧处插入帧。制作“图层 2”对“图层 1”的遮罩效果，如图 13-28 所示。

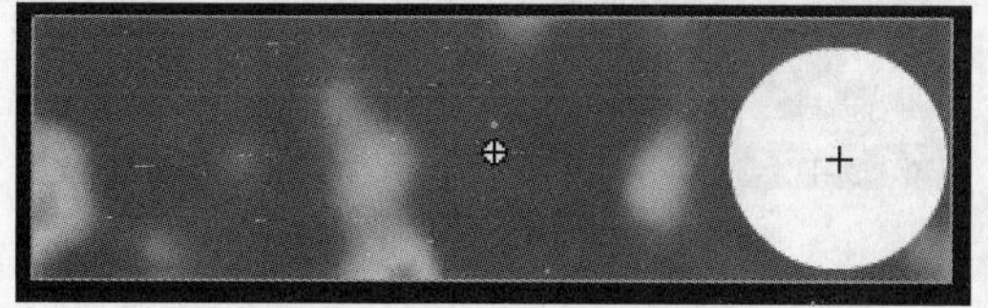

图 13-27　绘制的正圆

图 13-28　遮罩效果

⑰ 增加“图层 3”，设置“图层 3”的第 1 帧为关键帧，使用“椭圆工具”在工作区绘制一个正圆，并进行透明到白色的渐变填充，如图 13-29 所示；在第 20 帧处插入帧。

图 13-29 透明到白色的渐变填充

⑱ 新建一个影片剪辑元件“Symbol 2”，添加一个引导图层，在工作区绘制如图 13-30 所示的椭圆圈。

⑲ 增加“图层 1”，将库中元件“Symbol 20”拖如工作区，放置于如图 13-31 所示位置，在第 75 帧处插入关键帧，将元件“Symbol 20”移动到右上方，如图 13-32 所示。在第 115 帧处插入关键帧，将元件“Symbol 20”移动到右下方，如图 13-33 所示。

⑳ 在第 150 帧处插入关键帧，将元件“Symbol 1”移动到第 1 帧的位置，并在各关键帧处创建动作补间动画。

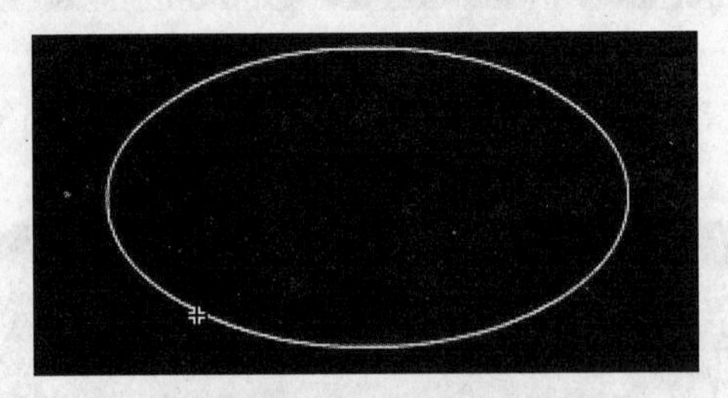

图 13-30 椭圆圈

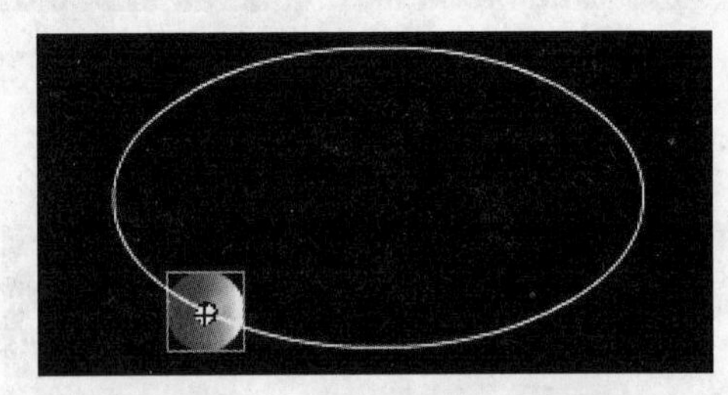

图 13-31 元件“Symbol 20”

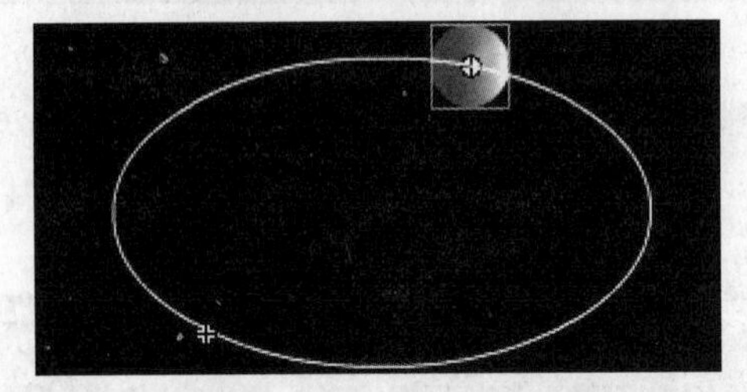

图 13-32 元件“Symbol 20”

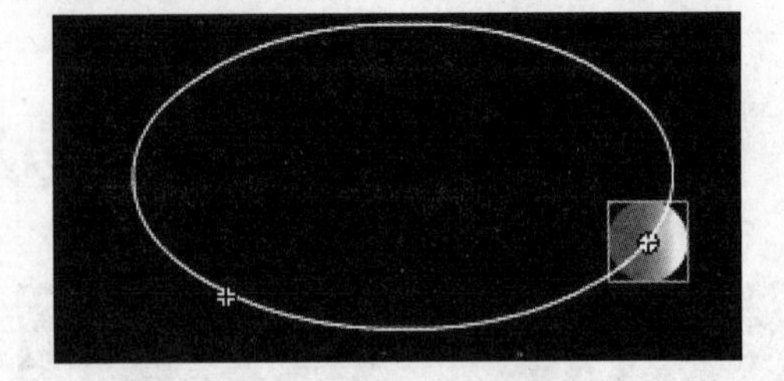

图 13-33 元件“Symbol 20”

㉑ 新建一个影片剪辑元件“Symbol 5”，设置“图层 1”的第 1 帧为关键帧，将库中元件“Tween 4”拖入工作区，如图 13-34 所示；设置第 30 帧为关键帧，将元件“Tween 4”向左移动到如图 13-35 所示的状态；复制第 1 帧粘贴到第 60 帧处；并创建动作补间。

图 13-34 元件“Tween 4”

图 13-35 元件“Tween 4”

㉒ 增加“图层 2”，设置“图层 2”的第 1 帧为关键帧，使用“椭圆工具”在工作区绘制如图

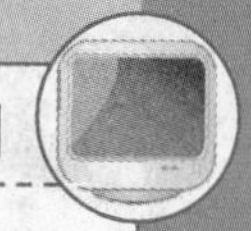

13-36 所示的正圆，在第 60 帧处插入帧。制作“图层 2”对“图层 1”的遮罩效果，如图 13-37 所示。

图 13-36　绘制的正圆

图 13-37　遮罩效果

23 增加“图层 3”，设置“图层 3”的第 1 帧为关键帧，使用“椭圆工具”在工作区绘制一个正圆，并进行透明到白色的渐变填充，如图 13-38 所示；在第 60 帧处插入帧。

图 13-38　透明到白色的渐变填充

24 新建一个影片剪辑元件“Symbol 6”，设置“图层 1”的第 1 帧为关键帧，将库中元件“Tween 5”拖入工作区，如图 13-39 所示；设置第 30 帧为关键帧，将元件“Tween 5”向左移动到如图 13-40 所示的状态；并创建动作补间。

图 13-39　元件“Tween 5”

图 13-40　元件“Tween 5”

25 增加“图层 2”，设置“图层 2”的第 1 帧为关键帧，使用“椭圆工具”在工作区绘制如图 13-41 所示的正圆，在第 60 帧处插入帧。制作“图层 2”对“图层 1”的遮罩效果，如图 13-42 所示。

图 13-41　绘制的正圆

图 13-42　遮罩效果

26 增加“图层 3”，设置“图层 3”的第 1 帧为关键帧，使用“椭圆工具”在工作区绘制一个正圆，并进行透明到白色的渐变填充，如图 13-43 所示；在第 60 帧处插入帧。

27 新建一个图形元件“Symbol 7”，在“图层 1”的第 1 帧设置为关键帧，将库中元件“Symbol 6”拖入工作区；增加“图层 2”，设置第 1 帧为关键帧，绘制如图 13-44 所示的图形。

图 13-43　透明到白色的渐变填充

图 13-44　元件"Symbol 7"

28 新建一个影片剪辑元件"Symbol 8"，设置"图层 1"的第 1 帧为关键帧，将库中元件"Tween 6"拖入工作区，如图 13-45 所示；设置第 15 帧为关键帧，将元件"Tween 6"向右移动到如图 13-46 所示的状态；设置第 30 帧为关键帧，将元件"Tween 6"向右移动到如图 13-47 所示的状态；复制第 15 帧粘贴到第 42 帧，复制第 1 帧粘贴到第 55 帧，并创建动作补间。

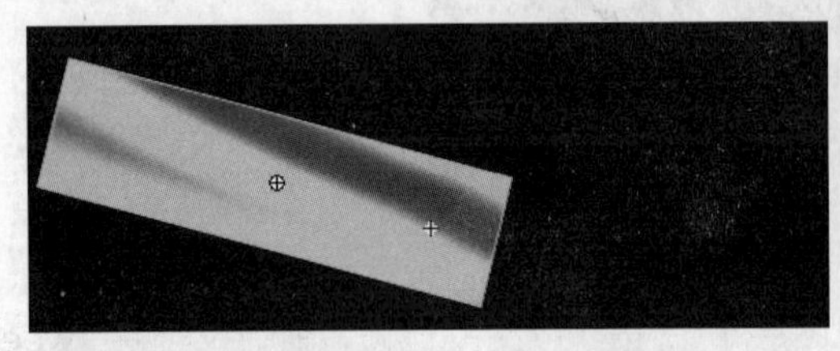

图 13-45　元件"Tween 6"

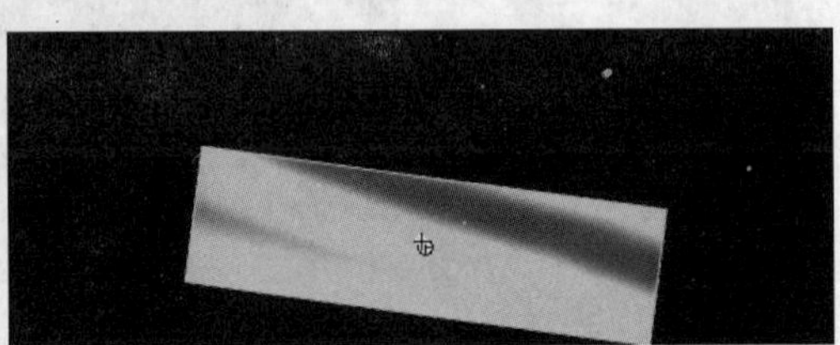

图 13-46　元件"Tween 6"

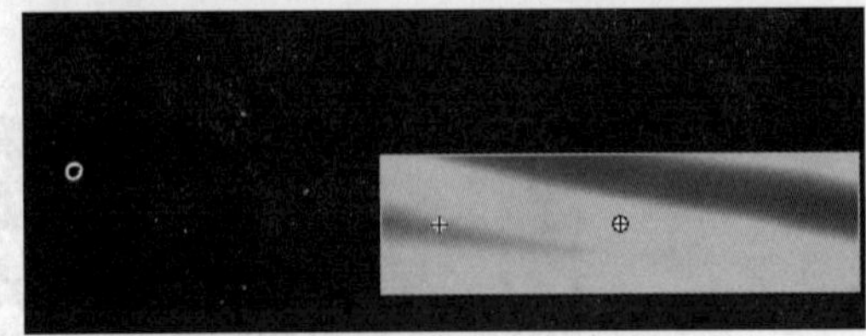

图 13-47　元件"Tween 6"

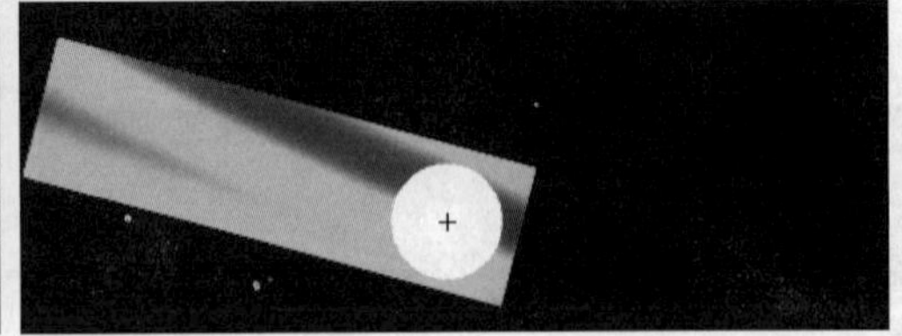

图 13-48　绘制的正圆

29 增加"图层 2"，设置"图层 2"的第 1 帧为关键帧，使用"椭圆工具"在工作区绘制如图 13-48 所示的正圆，在第 55 帧处插入帧。制作"图层 2"对"图层 1"的遮罩效果，如图 13-49 所示。

图 13-49　遮罩效果

图 13-50　透明到白色的渐变填充

30 增加"图层 3"，设置"图层 3"的第 1 帧为关键帧，使用"椭圆工具"在工作区绘制一个正圆，并进行透明到白色的渐变填充，如图 13-50 所示；在第 55 帧处插入帧。

31 新建一个影片剪辑元件"Symbol 9"，设置"图层 1"的第 1 帧为关键帧，将库中元件"Tween 7"拖入工作区，如图 13-51 所示；设置第 30 帧为关键帧，将元件"Tween 7"向左移动到如图 13-52 所示的状态；并创建动作补间。

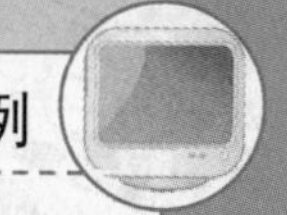

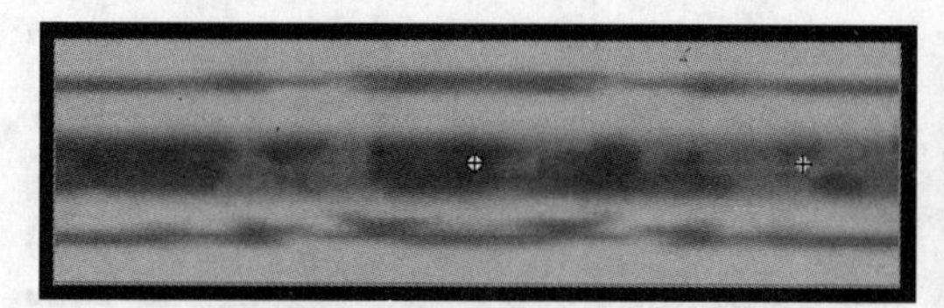

图 13-51　元件“Tween 7”

图 13-52　元件“Tween 7”

32 增加“图层 2”，设置“图层 2”的第 1 帧为关键帧，使用“椭圆工具”在工作区绘制如图 13-53 所示的正圆，在第 30 帧处插入帧。制作“图层 2”对“图层 1”的遮罩效果，如图 13-54 所示。

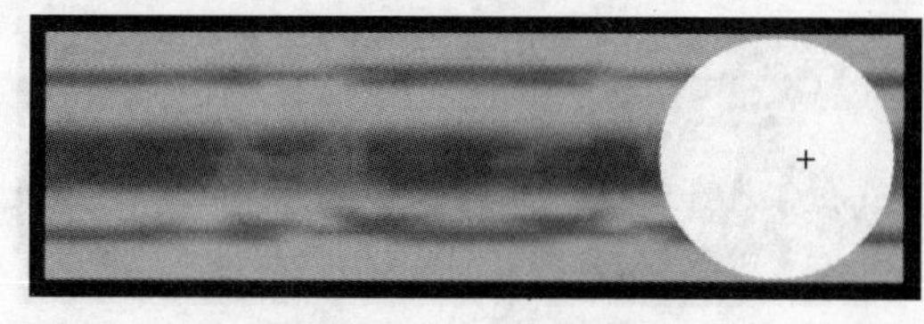

图 13-53　绘制的正圆

图 13-54　遮罩效果

33 增加“图层 3”，设置“图层 3”的第 1 帧为关键帧，使用“椭圆工具”在工作区绘制一个正圆，并进行透明到白色的渐变填充，如图 13-55 所示；在第 30 帧处插入帧。

34 新建一个影片剪辑元件“Symbol 2”，添加一个引导图层，在工作区绘制如图 13-56 所示的椭圆圈。在第 600 帧处插入帧。

图 13-55　透明到白色的渐变填充

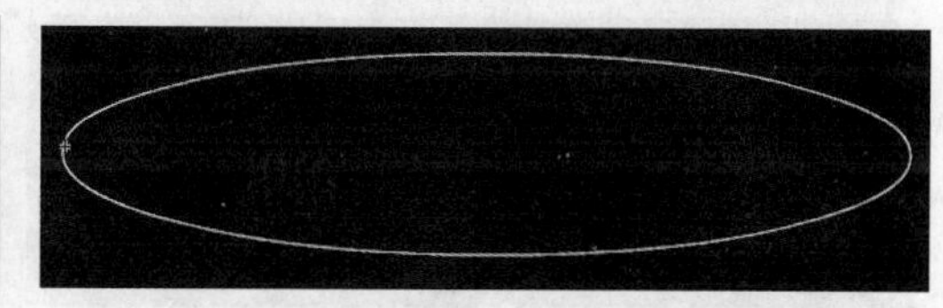

图 13-56　椭圆圈

35 增加“图层 1”，将库中元件“Symbol 1”拖如工作区，放置于如图 13-57 所示位置，在第 150 帧处插入关键帧，将元件“Symbol 1”移动到下方，如图 13-58 所示。在第 30 帧处插入关键帧，将元件“Symbol 1”移动到右方，如图 13-59 所示；复制第 1 帧粘贴到第 600 帧，并在各关键帧处创建动作补间动画。

图 13-57　元件“Symbol 1”

图 13-58　元件“Symbol 1”

图 13-59　元件“Symbol 1”

36 新建一个影片剪辑元件“Symbol 21”，设置“图层 1”的第 1 帧为关键帧，将库中元件“Tween 13”拖入工作区，如图 13-60 所示；设置第 30 帧为关键帧，将元件“Tween 13”向右移动到如图 13-61 所示的状态；并创建动作补间。

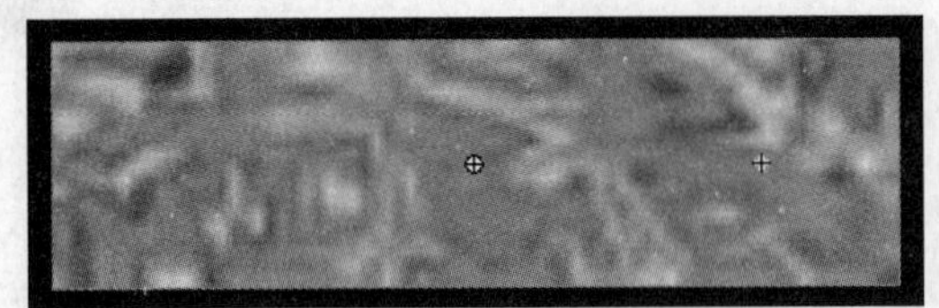

图 13-60 元件“Tween 13”

图 13-61 元件“Tween 13”

37 增加“图层 2”，设置“图层 2”的第 1 帧为关键帧，使用“椭圆工具”在工作区绘制如图 13-62 所示的正圆，在第 30 帧处插入帧。制作“图层 2”对“图层 1”的遮罩效果，如图 13-63 所示。

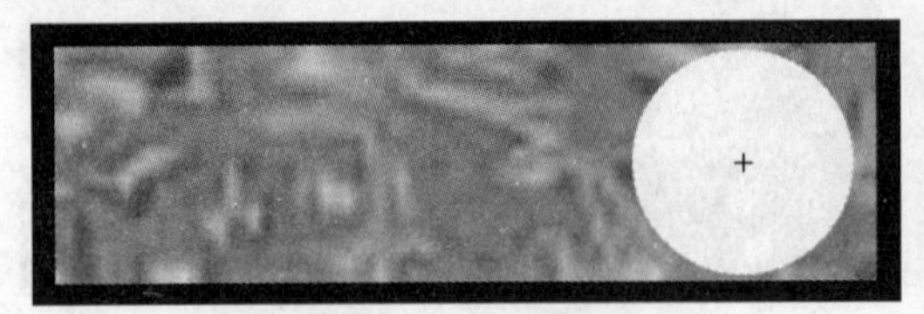

图 13-62 绘制的正圆

图 13-63 遮罩效果

38 增加“图层 3”，设置“图层 3”的第 1 帧为关键帧，使用“椭圆工具”在工作区绘制一个正圆，并进行透明到白色的渐变填充，如图 13-64 所示；在第 30 帧处插入帧。

39 新建一个影片剪辑元件“Symbol 11”，添加一个引导图层，在工作区绘制如图 13-65 所示的椭圆圈。在第 140 帧处插入帧。

图 13-64 透明到白色的渐变填充

图 13-65 椭圆圈

40 增加“图层 1”，将库中元件“Symbol 21”拖如工作区，放置于如图 13-66 所示位置，在第 63 帧处插入关键帧，将元件“Symbol 21”移动到右方，如图 13-67 所示。在第 98 帧处插入关键帧，将元件“Symbol 21”移动到下方，如图 13-68 所示；复制第 1 帧粘贴到第 140 帧，并在各关键帧处创建动作补间动画。

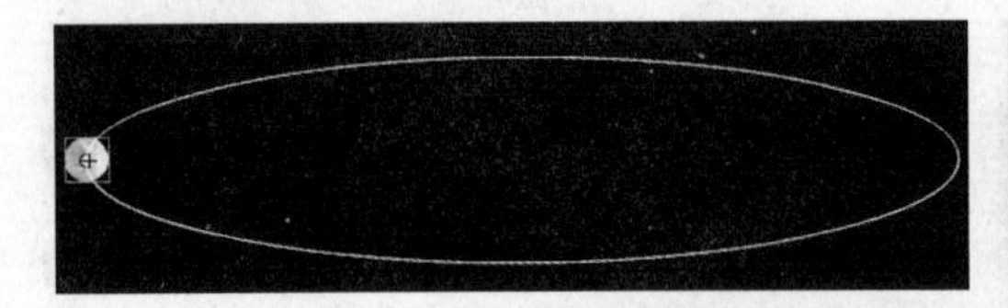

图 13-66 元件“Symbol 21”

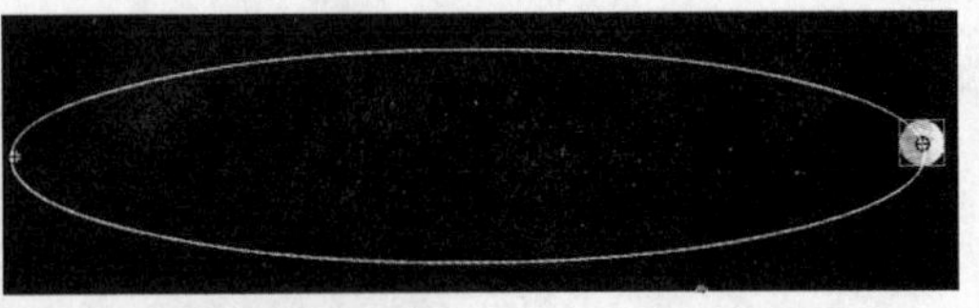

图 13-67 元件“Symbol 21”

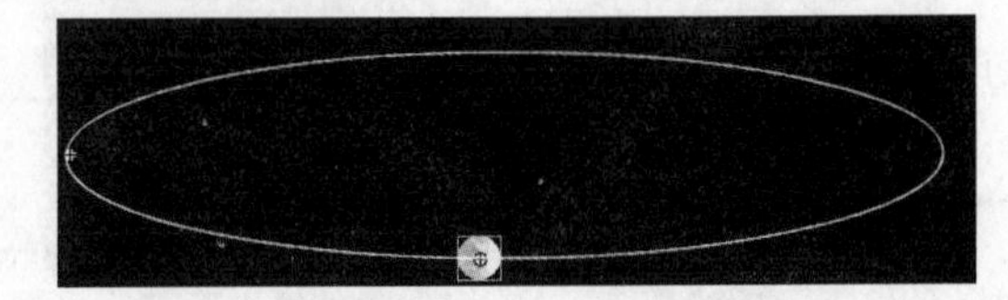

图 13-68 元件“Symbol 21”

41 新建一个影片剪辑元件“Symbol 20”，设置“图层 1”的第 1 帧为关键帧，将库中元件“Tween 12”拖入工作区，如图 13-69 所示；设置第 30 帧为关键帧，将元件“Tween 12”向右移动到如图 13-70 所示的状态；并创建动作补间。

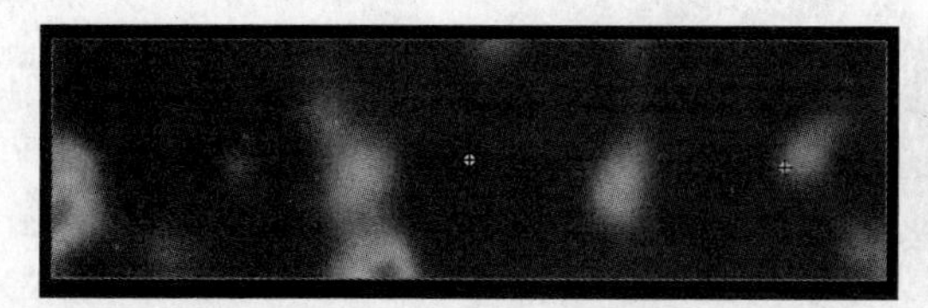

图 13-69　元件“Tween 12”

图 13-70　元件“Tween 12”

42 增加“图层 2”，设置“图层 2”的第 1 帧为关键帧，使用“椭圆工具”在工作区绘制如图 13-71 所示的正圆，在第 30 帧处插入帧。制作“图层 2”对“图层 1”的遮罩效果，如图 13-72 所示。

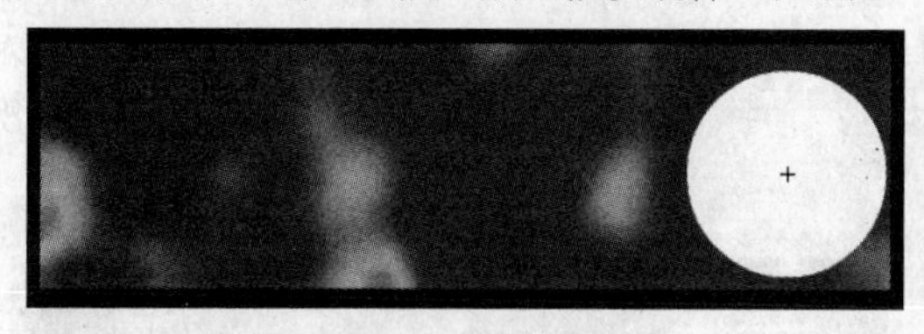

图 13-71　绘制的正圆

图 13-72　遮罩效果

43 增加“图层 3”，设置“图层 3”的第 1 帧为关键帧，使用“椭圆工具”在工作区绘制一个正圆，并进行透明到白色的渐变填充，如图 13-73 所示；在第 30 帧处插入帧。

44 新建一个影片剪辑元件“Symbol 12”，添加一个引导图层，在工作区绘制如图 13-74 所示的椭圆圈。在第 550 帧处插入帧。

图 13-73　透明到白色的渐变填充

图 13-74　椭圆圈

45 增加“图层 1”，将库中元件“Symbol 20”拖如工作区，放置于如图 13-75 所示位置，在第 138 帧处插入关键帧，将元件“Symbol 20”移动到下方，如图 13-76 所示。在第 275 帧处插入关键帧，将元件“Symbol 21”移动到右方，如图 13-77 所示；复制第 1 帧粘贴到第 550 帧，并在各关键帧处创建动作补间动画。

图 13-75　元件“Symbol 20”

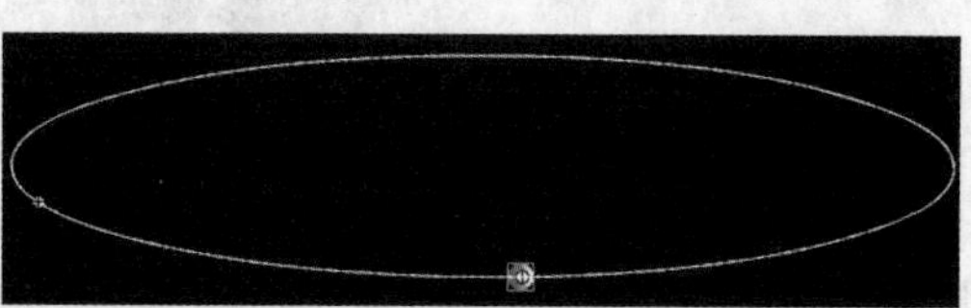

图 13-76　元件“Symbol 20”

图 13-77　元件“Symbol 20”

46 新建一个影片剪辑元件“Symbol 13”，添加一个引导图层，在工作区绘制如图 13-78 所示的椭圆圈。在第 510 帧处插入帧。

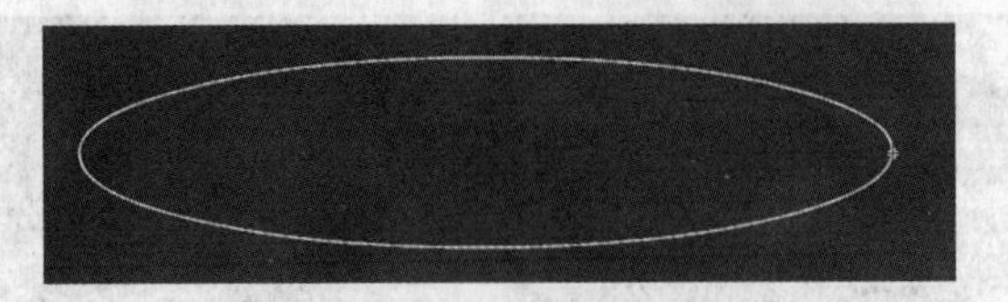

图 13-78 椭圆圈

47 增加“图层 1”，将库中元件“Symbol 5”拖如工作区，放置于如图 13-79 所示位置，在第 250 帧处插入关键帧，将元件“Symbol 20”移动到左方，如图 13-80 所示。在第 376 帧处插入关键帧，将元件“Symbol 21”移动到下方，如图 13-81 所示；复制第 1 帧粘贴到第 500 帧，将元件“Symbol 21”重制一个，在第 510 帧处插入关键帧，向上移动知道消失，如图 13-82 所示；并在各关键帧处创建动作补间动画。

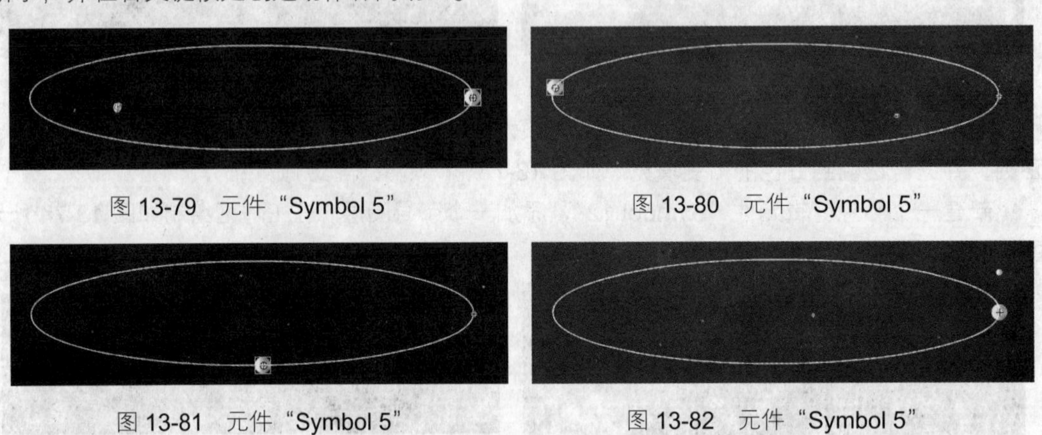

图 13-79 元件“Symbol 5” 图 13-80 元件“Symbol 5”

图 13-81 元件“Symbol 5” 图 13-82 元件“Symbol 5”

48 新建一个影片剪辑元件“Symbol 14”，添加一个引导图层，在工作区绘制如图 13-83 所示的椭圆圈。在第 450 帧处插入帧。

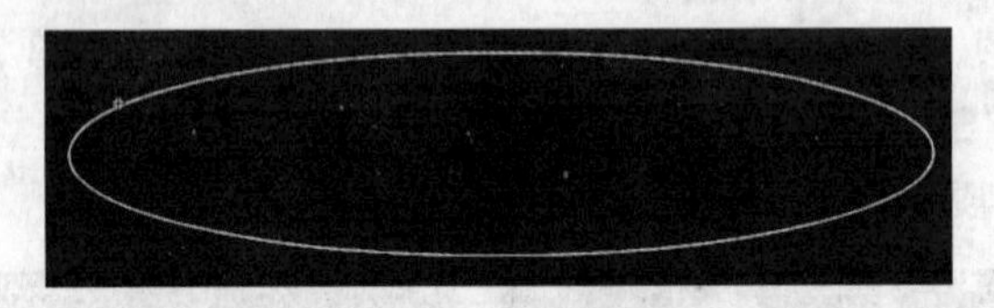

图 13-83 椭圆圈

49 增加“图层 1”，将库中元件“Symbol 7”拖如工作区，放置于如图 13-84 所示位置，在第 113 帧处插入关键帧，将元件“Symbol 7”移动到下方，如图 13-85 所示。在第 225 帧处插入关键帧，将元件“Symbol 7”移动到右方，如图 13-86 所示；复制第 1 帧粘贴到第 450 帧；并在各关键帧处创建动作补间动画。

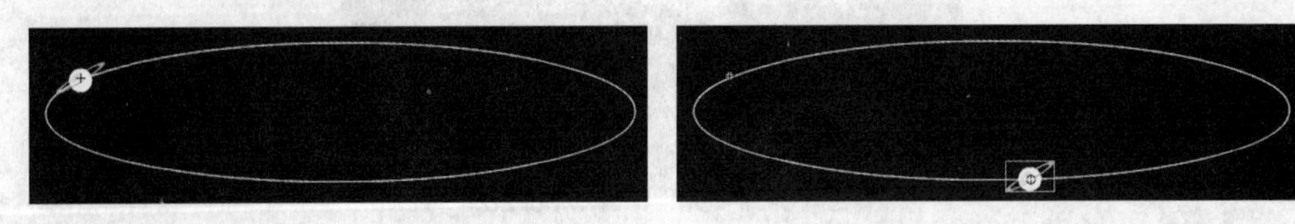

图 13-84 元件“Symbol 7” 图 13-85 元件“Symbol 7”

50 新建一个影片剪辑元件“Symbol 15”，添加一个引导图层，在工作区绘制如图 13-87 所示的椭圆圈。在第 400 帧处插入帧。

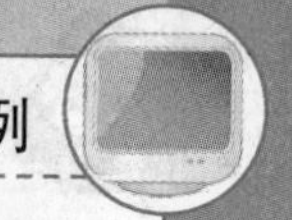

图 13-86　元件“Symbol 7”

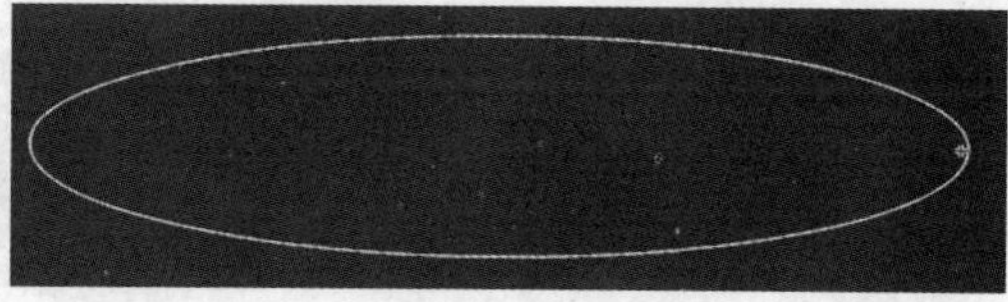

图 13-87　椭圆圈

51 增加“图层 1”，将库中元件“Symbol 9”拖如工作区，放置于如图 13-88 所示位置，在第 200 帧处插入关键帧，将元件“Symbol 9”移动到左方，如图 13-89 所示。在第 300 帧处插入关键帧，将元件“Symbol 9”移动到下方，如图 13-90 所示；复制第 1 帧粘贴到第 400 帧；并在各关键帧处创建动作补间动画。

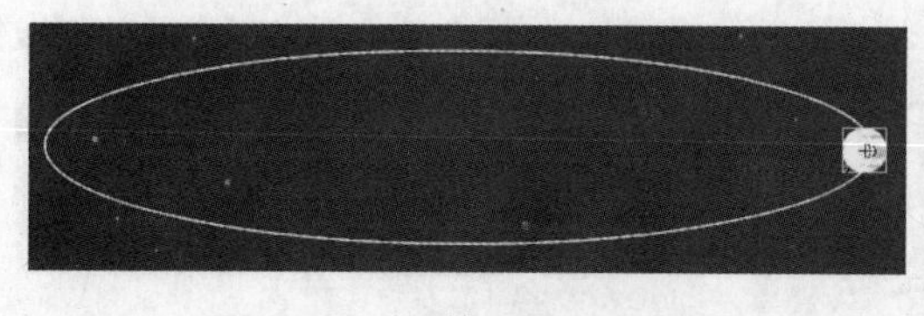

图 13-88　元件“Symbol 9”

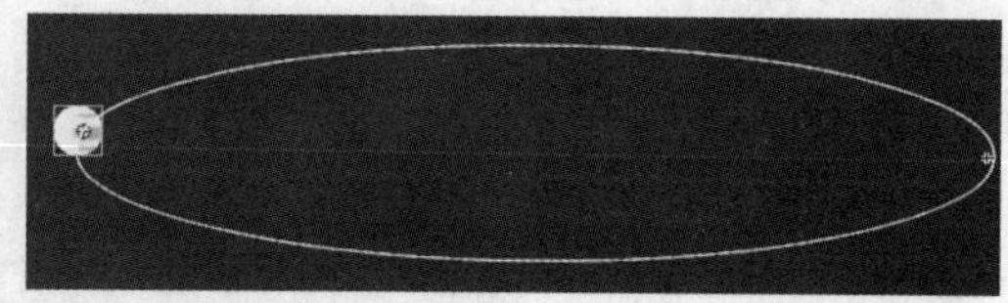

图 13-89　元件“Symbol 9”

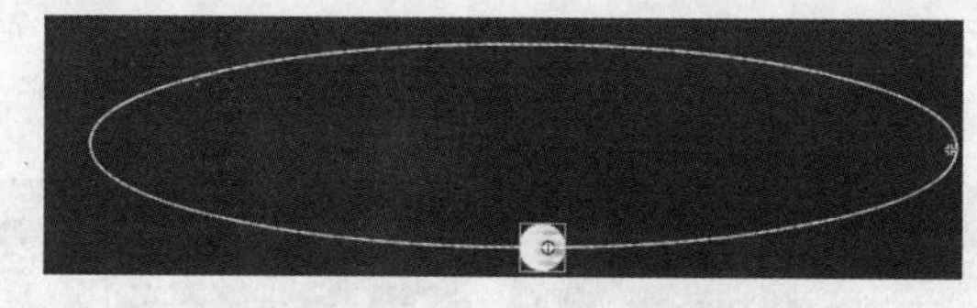

图 13-90　元件“Symbol 9”

52 新建一个影片剪辑元件“Symbol 16”，添加一个引导图层，在工作区绘制如图 13-91 所示的椭圆圈。在第 380 帧处插入帧。

53 增加“图层 1”，将库中元件“Symbol 3”拖如工作区，放置于如图 13-92 所示位置，在第 175 帧处插入关键帧，将元件“Symbol 3”移动到左方，如图 13-93 所示。在第 272 帧处插入关键帧，将元件“Symbol 3”移动到下方，如图 13-94 所示；复制第 1 帧粘贴到第 380 帧；并在各关键帧处创建动作补间动画。

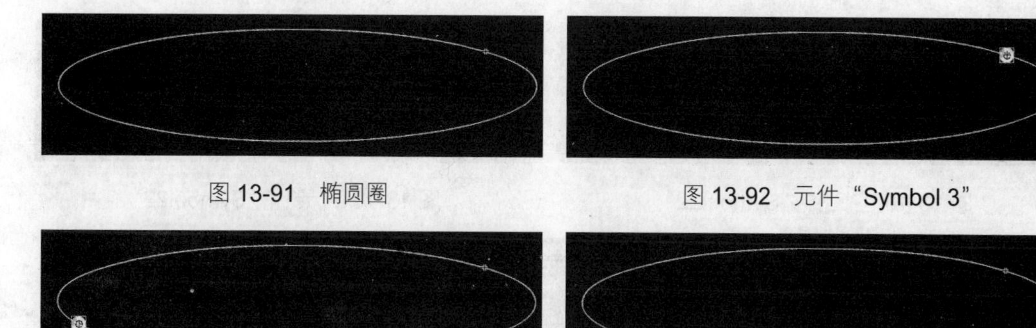

图 13-91　椭圆圈　　图 13-92　元件“Symbol 3”

图 13-93　元件“Symbol 3”　　图 13-94　元件“Symbol 3”

54 新建一个影片剪辑元件“Symbol 17”，添加一个引导图层，在工作区绘制如图 13-95 所示的椭圆圈。在第 300 帧处插入帧。

图 13-95　椭圆圈

55 增加“图层 1”，将库中元件“Symbol8”拖如工作区，放置于如图 13-96 所示位置，在第 150 帧处插入关键帧，将元件“Symbol 8”移动到上方，如图 13-97 所示。在第 225 帧处插入关键帧，将元件“Symbol 8”移动到左方，如图 13-98 所示；复制第 1 帧粘贴到第 300 帧；并在各关键帧处创建动作补间动画。

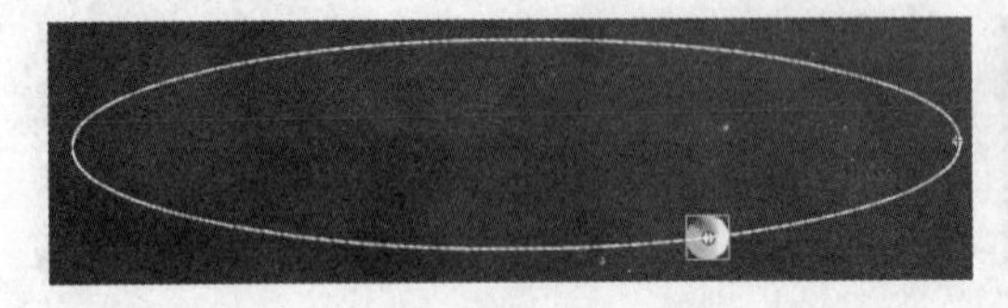

图 13-96　元件“Symbol8”

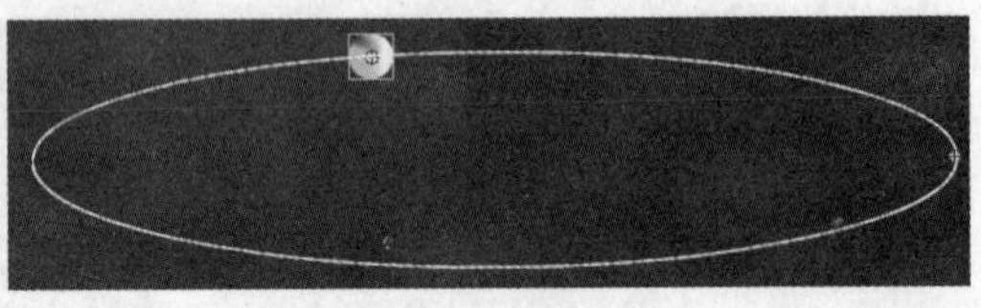

图 13-97　元件“Symbol8”

56 新建一个影片剪辑元件“Symbol 18”，添加一个引导图层，在工作区绘制如图 13-99 所示的椭圆圈。在第 250 帧处插入帧。

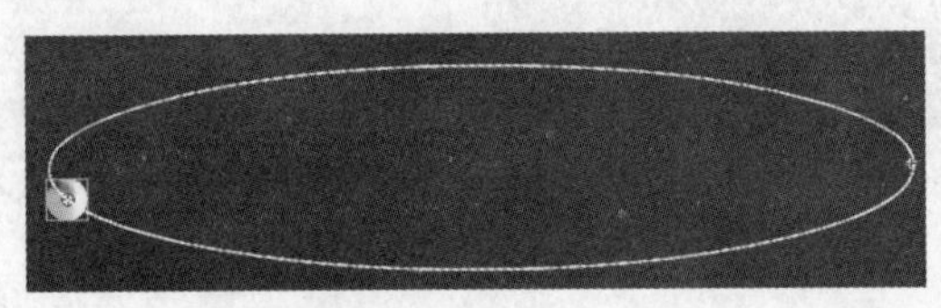

图 13-98　元件“Symbol8”

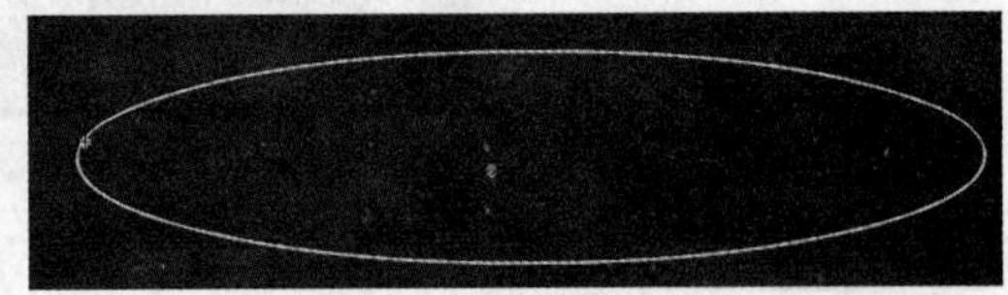

图 13-99　椭圆圈

57 增加“图层 1”，将库中元件“Symbol22”拖如工作区，放置于如图 13-100 所示位置，在第 62 帧处插入关键帧，将元件“Symbol 22”移动到下方，如图 13-101 所示。在第 125 帧处插入关键帧，将元件“Symbol 22”移动到右方，如图 13-102 所示；复制第 1 帧粘贴到第 250 帧；并在各关键帧处创建动作补间动画。

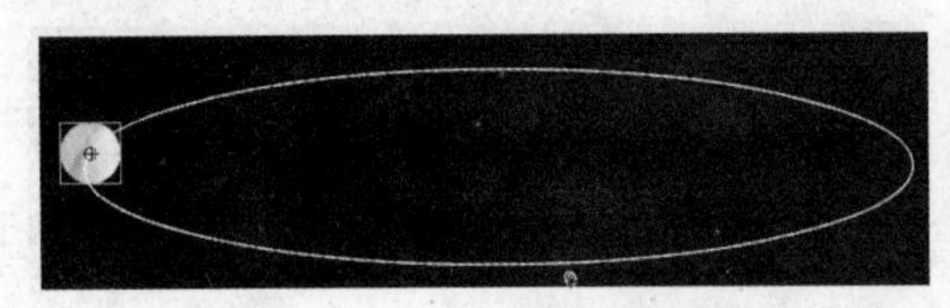

图 13-100　元件“Symbol22”

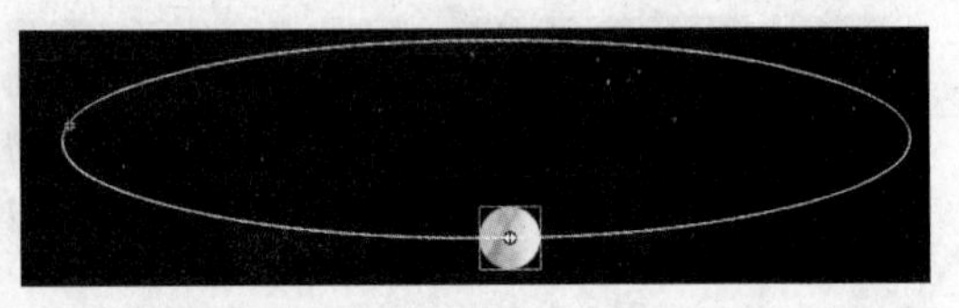

图 13-101　元件“Symbol22”

图 13-102　元件“Symbol22”

58 新建一个影片剪辑元件“Symbol 19”，添加一个引导图层，在工作区绘制如图 13-103 所示的椭圆圈。在第 220 帧处插入帧。

图 13-103　椭圆圈

59 增加"图层 1"，将库中元件"Symbol21"拖如工作区，放置于如图 13-104 所示位置，在第 100 帧处插入关键帧，将元件"Symbol 21"移动到下方，如图 13-105 所示。在第 150 帧处插入关键帧，将元件"Symbol 21"移动到右方，如图 13-106 所示；复制第 1 帧粘贴到第 220 帧；并在各关键帧处创建动作补间动画。

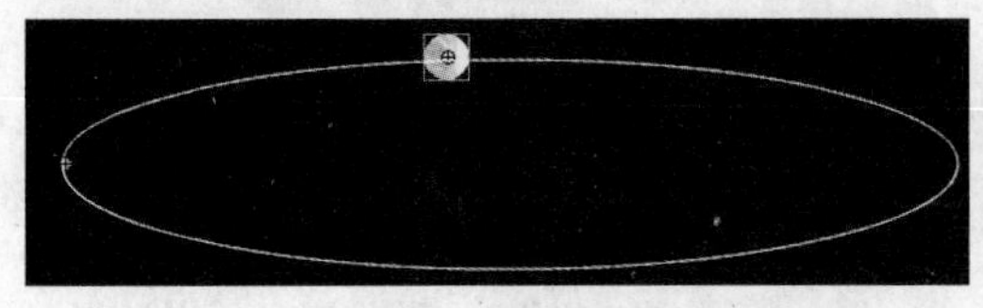

图 13-104　元件"Symbol21"

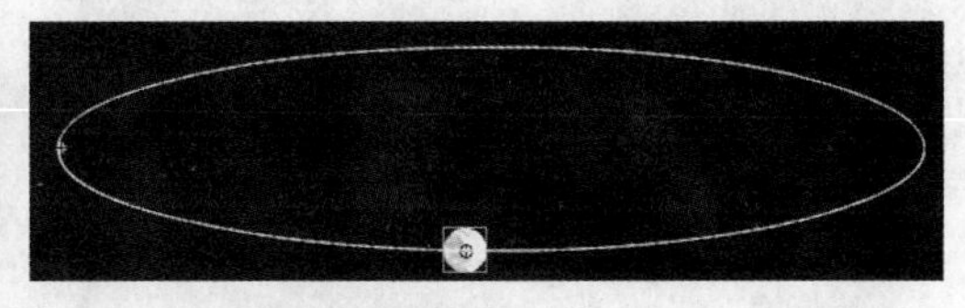

图 13-105　元件"Symbol21"

图 13-106　元件"Symbol21"

60 新建一个图形元件"Symbol 23"，在工作区绘制若干个椭圆，如图 13-107 所示。

61 新建一个图形元件"Symbol 24"，将库中元件"Symbol23"、"Symbol15"和"Symbol17"拖到工作区，排列成如图 13-108 所示。

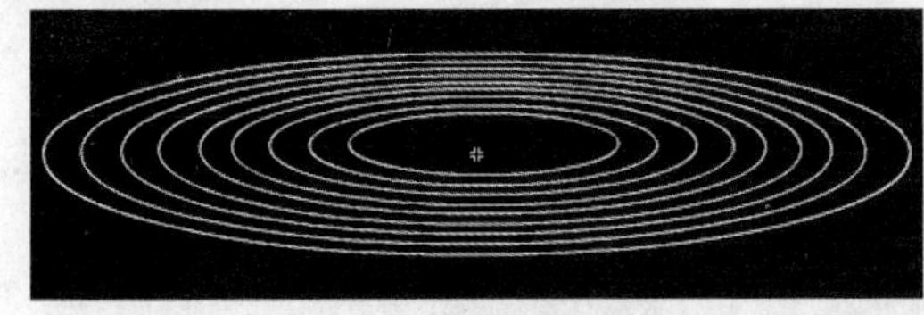

图 13-107　元件"Symbol 23"

图 13-108　元件"Symbol 24"

62 新建一个图形元件"Symbol 25"，将库中元件"Symbol 23"、"Symbol 13"、"Symbol 15"、"Symbol 16"、"Symbol 8"、"Symbol 18"、"Symbol 7"、"Symbol 10"、"Symbol 12"拖到工作区，排列成如图 13-109 所示。

图 13-109　元件"Symbol 25"

13.1.2 制作主场景

制作主场景的具体操作步骤如下。

01 回到主场景，设置“图层 1”的第 1 帧为关键帧，在工作区绘制若干点状图形，制作星空效果，如图 13-110 所示；在第 150 帧处插入帧。

02 增加“图层 2”，设置“图层 2”的第 1 帧为关键帧，将库中元件 “Symbol 25” 拖到工作区，排列成如图 13-111 所示，在第 150 帧处插入帧。

图 13-110 星空效果

图 13-111 星空和元件 “Symbol 25”

03 增加“图层 2”，设置“图层 2”的第 1 帧为关键帧，将库中元件“Tween 8”拖到工作区，缩小并设置其 Alpha 值为 0，如图 13-112 所示。在第 10 帧处插入关键帧，将元件“Tween 8”拖放大到如图 13-113 所示的形状。在第 40 帧处插入关键帧，将元件“Tween 8”拖放大到如图 13-114 所示的形状。在第 150 帧处插入帧。在各关键帧处创建动作补间动画。

图 13-112 Alpha 值为 0 的元件“Tween 8”

图 13-113 拖放大的元件“Tween 8”

图 13-114 拖放大的元件“Tween 8”

04 复制“图层 3”粘贴到“图层 4”，再做“图层 3”对“图层 2”的遮罩效果。

13.1.3 测试最终效果

选择菜单“控制”|“测试影片”或按 Ctrl+Enter 快捷键，进行太阳系效果的测试，效果如

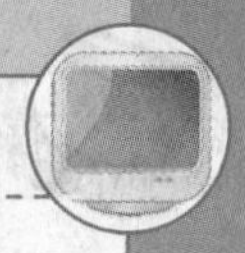

图 13-115 所示。

图 13-115　太阳系效果

13.2　半透明变幻效果

本例将制作如树叶形状的半透明图形不断交错重叠而组合成不同的变幻图效果。通过本例的学习制作，读者可对于类似效果的实例进行思考达到举一反三。

难度系数 ✓ ✓ ✓ ✓

学习时间　25 分钟

学习目的　（1）制作本例所需要的树叶状的元件

（2）编写树叶状的元件不断交错重叠的 AS

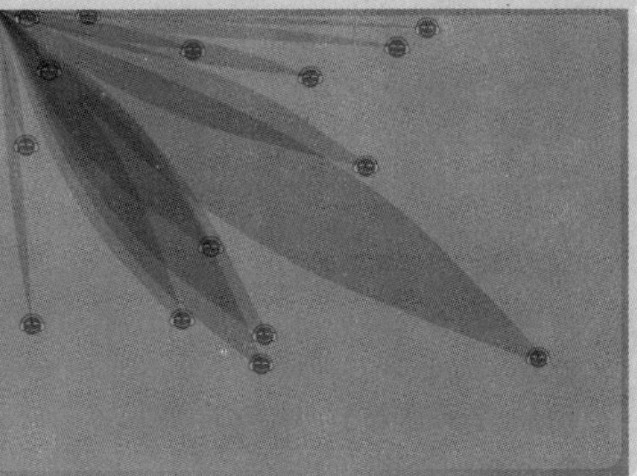

13.2.1　创建元件

创建元件的具体操作步骤如下。

01 新建一个 Flash 文档，在“属性”面板中将场景大小设置为“550×400 像素”，背景色设置为灰色，帧频设置为 12。

02 创建一个影片剪辑元件“kreis”，在工作区绘制一个如图 13-116 所示的图形。

03 创建一个影片剪辑元件“linie”，在工作区绘制一个如图 13-117 所示的图形。

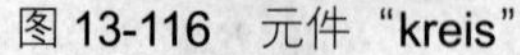

图 13-116　元件“kreis”

图 13-117　元件“linie”

04 创建一个影片剪辑元件“p1”，设置“图层 1”的第 1 帧为关键帧，将库中元件“kreis”和“linie”拖入到工作区，组合成如图 13-118 所示的图形，并在“属性”面板为元件“linie”命名为影片剪辑“linie”，并在第 4 帧处插入帧。

图 13-118　元件“p1”

05 增加“图层 2”，设置第 1 帧为空白关键帧，添加如下指令代码，在第 2 帧处插入帧。

```
mein_x = _x;
mein_y = _y;
x_dir = random(2);
y_dir = random(2);
if (x_dir == 0) {
 x_dir = -1;
}
if (y_dir == 0) {
 y_dir = -1;
}
x_rate = random(5)+1;
y_rate = random(5)+1;
mein_name = this._name;
mein_ancestor = mein_name-1;
if (mein_name<=1) {
 mein_ancestor = 0;
}
linie._xscale = 0;
linie._yscale = 0;
```

06 设置第 3 帧和第 4 帧为空白关键帧，分别添加如下指令代码：

第 3 帧指令代码：

```
new_x = mein_x+(x_dir*x_rate);
```

```
if ((new_x<0) || (new_x>500)) {
x_dir = x_dir*-1;
x_rate = random(3)+1;
} else {
_x = new_x;
mein_x = new_x;
}
new_y = mein_y+(y_dir*y_rate);
if ((new_y<0) || (new_y>300)) {
y_dir = y_dir*-1;
y_rate = random(3)+1;
} else {
_y = new_y;
mein_y = new_y;
}
linie._xscale = end_x-mein_x;
linie._yscale = end_y-mein_y;
```

第 4 帧指令代码:

```
gotoAndPlay(3);
```

07 创建一个影片剪辑元件“p2”，设置第 1 帧、第 2 帧、第 8 帧和第 11 帧为空白关键帧，并在第 8 帧和第 11 帧添加如下指令代码:

第 8 帧指令代码:

```
if (name<15) {gotoAndPlay(2);}
```

第 11 帧指令代码:

```
stop();
```

13.2.2 制作主场景

回到主场景，设置第 1 帧为关键帧，将库中元件“p2”和“p1”分别拖入工作区，并将其放置于工作区外和工作区的中下部位置，如图 13-119 所示

图 13-119　元件“p2”和“p1”

13.2.3 测试最终效果

选择菜单“控制”|“测试影片”或按 Ctrl+Enter 快捷键，进行构半透明变幻图效果的测试，如图 13-120 所示。

图 13-120 构半透明变幻图效果

13.3 3D 粒子球

本例利用 Action Script 对元件“shape 1”起作用而制作出不断旋转、不同角度展示不同效果的 3D 粒子球的效果。通过本例的练习，读者将加强制作类似效果的 AS 的运用。

难度系数 ☑☑☑☑

学习时间 25 分钟

学习目的 （1）制作一颗粒子效果的元件“shape 1”

（2）编写对元件“shape 1”构成 3D 球形的 ActionScript

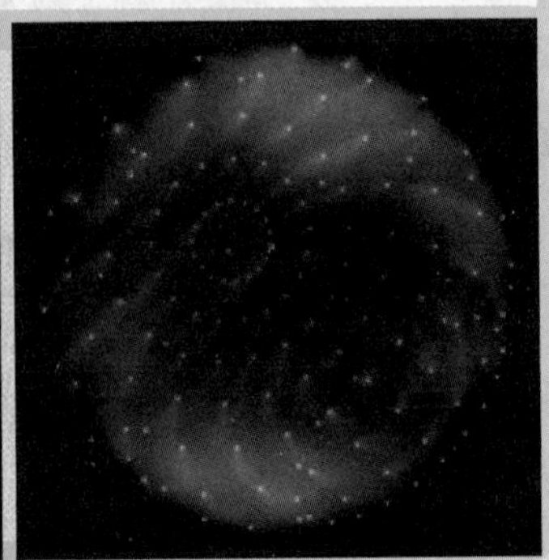

13.3.1 创建元件

创建元件的具体操作步骤如下。

01 新建一个 Flash 文档，在“属性”面板中将场景大小设置为“750×550 像素”，背景颜色设置为黑色，帧频设置为 30。

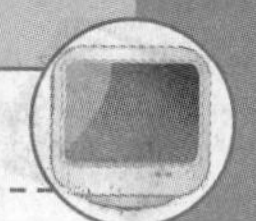

02 新建一个图形元件“shape 1”，在工作区绘制一个如图 13-121 所示的图形。

03 新建一个影片剪辑元件“sprite 2 (obj)”，设置“图层 1”的第 1 帧为关键帧，将库中元件“shape 1”拖入工作区；增加“图层 2”，设置第 1 帧为空白关键帧，添加 Action：this.cacheAsBitmap = true。

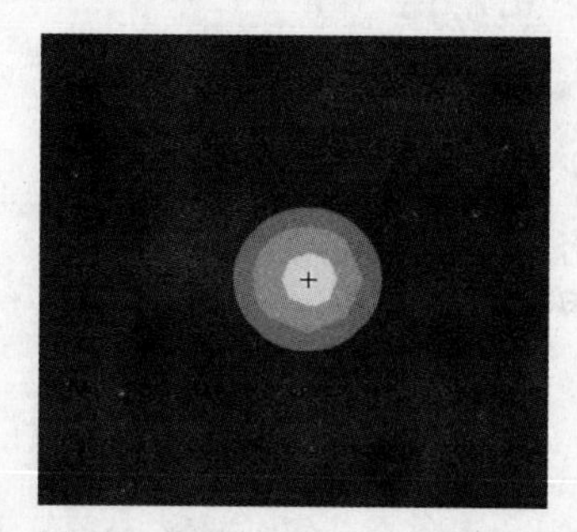

图 13-121　元件“shape 1”

13.3.2 制作主场景

回到主场景，设置“图层 1”的第 1 帧为空白关键帧，添加如下所示 ActionScript：

```
stop();
Stage.scaleMode = "noScale";
Stage.align = "CC";
container = this.createEmptyMovieClip("container", 999999);
bmp = new flash.display.BitmapData(750, 550, false, 1118481);
canvas = container.createEmptyMovieClip("canvas", 1);
canvas.bmp = canvas.createEmptyMovieClip("bmp", 1);
canvas.bmp.attachBitmap(bmp, 1, false, false);
var theScene = container.createEmptyMovieClip("theScene", 10000);
theScene.blendMode = "add";
theScene._x = 300;
theScene._y = 300;
var objectsInScene = new Array();
var focalLength = 300;
var cameraView = new Object();
cameraView.x = 0;
cameraView.y = 0;
cameraView.z = 0;
cameraView.rotation = 0;
cameraView.angle = 0;
displayObj = function () {
var _loc8;
var _loc7;
var _loc9;
var _loc6;
var _loc11;
var _loc10;
var _loc4;
```

```
var _loc3 = this.x-cameraView.x;
var _loc2 = this.y-cameraView.y;
var _loc5 = this.z-cameraView.z;
_loc8 = cx*_loc2-sx*_loc5;
_loc7 = sx*_loc2+cx*_loc5;
_loc6 = cy*_loc7-sy*_loc3;
_loc9 = sy*_loc7+cy*_loc3;
_loc11 = cz*_loc9-sz*_loc8;
_loc10 = sz*_loc9+cz*_loc8;
_loc4 = focalLength/(focalLength+_loc6);
_loc3 = _loc11*_loc4;
_loc2 = _loc10*_loc4;
_loc5 = _loc6;
this._x = _loc3;
this._y = _loc2;
if (scaling == true) {
        this._xscale = this._yscale=100*_loc4;
} else {
        this._xscale = this._yscale=100;
}
// end else if
};
var space = 20;
var step = 1.745329E-002;
var radius = 200;
var lvl = 500000;
var radian = 1.745329E-002;
var i = space;
while (i<180) {
var angle = 0;
while (angle<360) {
        ++lvl;
        . var attachedObj = theScene.attachMovie("obj", "obj"+lvl, lvl);
        var x = Math.sin(step*i)*radius;
        attachedObj.x = Math.cos(angle*radian)*x;
        attachedObj.y = Math.cos(step*i)*radius;
        attachedObj.z = Math.sin(angle*radian)*x;
        attachedObj.display = displayObj;
        objectsInScene.push(attachedObj);
        angle = angle+space;
}
// end while
i = i+space;
}
// end while
lookAround = function () {
```

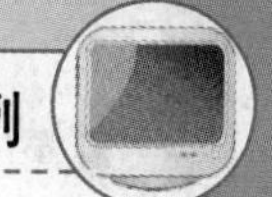

```
rotstep = this._xmouse/10000;
if (Math.abs(rotstep)<1.000000E-002) {
	if (rotstep<0) {
		rotstep = -1.000000E-002;
	} else {
		rotstep = 1.000000E-002;
	}
	// end if
}
// end else if
angstep = this._ymouse/10000;
if (Math.abs(angstep)<1.000000E-002) {
	if (angstep<0) {
		angstep = -1.000000E-002;
	} else {
		angstep = 1.000000E-002;
	}
	// end if
}
// end else if
cameraView.rotation = cameraView.rotation+rotstep;
cameraView.angle = cameraView.angle+angstep;
sx = Math.sin(cameraView.angle);
cx = Math.cos(cameraView.angle);
sy = Math.sin(cameraView.rotation);
cy = Math.cos(cameraView.rotation);
sz = 0;
cz = 1;
for (var _loc2 = 0; _loc2<objectsInScene.length; ++_loc2) {
	objectsInScene[_loc2].display();
}
// end of for
bmp.draw(container);
canvas.bmp.filters = [myBlur];
};
var myBlur = new flash.filters.BlurFilter();
myBlur.clone = false;
myBlur.blurX = 10;
myBlur.blurY = 10;
theScene.onEnterFrame = lookAround;
scaling = false;
this.onMouseDown = function() {
if (scaling == false) {
	scaling = true;
} else {
	scaling = false;
```

1st Day
2nd Day
3rd Day
4th Day
5th Day
6th Day
7th Day

```
}
// end else if
};
```

13.3.3 测试最终效果

选择菜单“控制”|“测试影片”或按 Ctrl+Enter 快捷键，进行 3D 粒子球效果的测试，如图 13-122 所示。

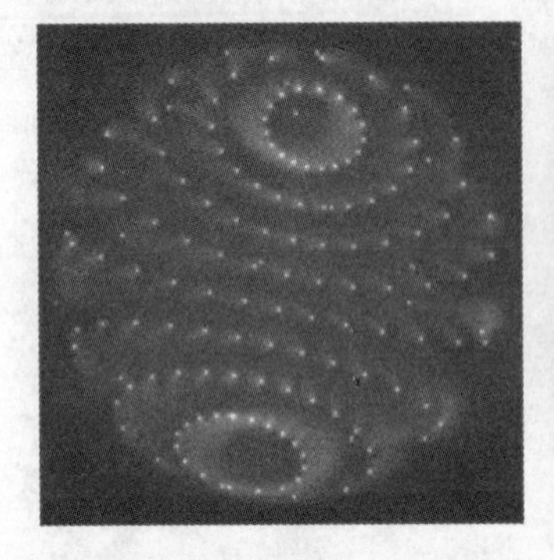 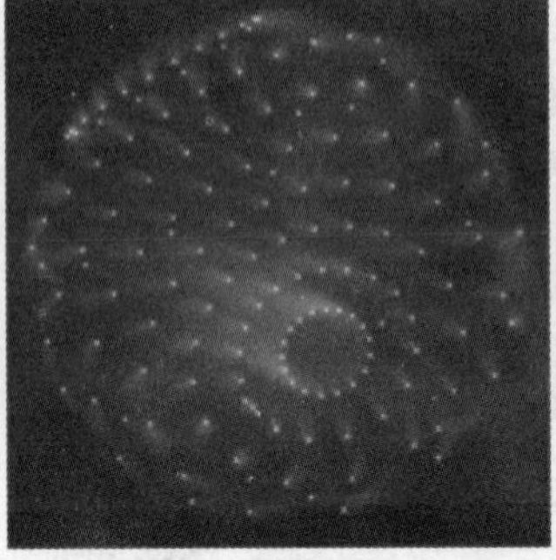 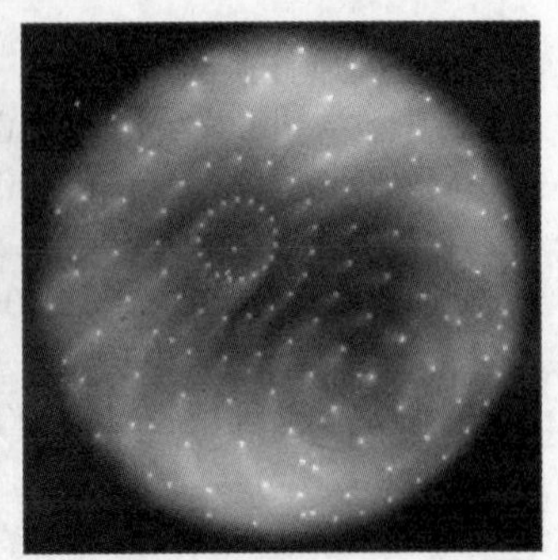

图 13-122 3D 粒子球效果

13.4 绚丽的 AS 滤镜特效

本例将制作由 A S 滤镜控制图象不同区域的高亮照射的效果实例。

难度系数 ☑ ☑ ☑ ☑

学习时间 35 分钟

学习目的 （1）制作有利于本实例的图片，有锯齿状效果最为理想

（2）编写 AS 滤镜的指令代码

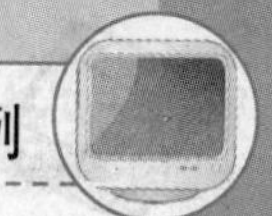

13.4.1 创建元件

创建元件的具体操作步骤如下。

01 新建一个 Flash 文档，在“属性”面板中将场景大小设置为“512×380 像素”，背景色设置为黑色，帧频设置为 100。

02 创建一个影片剪辑元件“picture”，导入一幅如图 13-123 所示的图片到工作区。

图 13-123 元件“picture”

03 创建一个影片剪辑元件“GBump”，设置“图层 1”的第 1 帧为关键帧，将库中元件“picture”拖入到工作区，在第 18 帧处插入关键帧，设置元件“GBump”的颜色如图 13-124 所示；在第 37 帧处插入关键帧，设置元件“GBump”的颜色如图 13-125 所示；复制第 1 帧粘贴到第 58 帧处，并在各个关键帧处创建动作补间动画。

04 增加“图层 2”，设置第 1 帧为关键帧，添加动作 stop()。

图 13-124 元件“GBump”

图 13-125 元件“GBump”

05 创建一个影片剪辑元件“Bumpped Map”，设置“图层 1”的第 1 帧为关键帧，将库中元件“GBump”拖入到工作区，在“属性”面板为其命名为影片剪辑“textureMap”。增加图层 2，设置第 1 帧为空白关键帧，添加如下所示的 ActionScript：

```
import flash.display.BitmapData;
this.textureMap=textureMap;
this.bumpMap = BitmapData.loadBitmap("bumpMap");
trace(bumpMap);
this.lightMap = "motionlight2";
this.lightDistance = 428;
this.startRender();
```

```
var auto_light:Boolean;
auto_light=false;
var cf:Number;
cf=0;
function onEnterFrame(){
 if(auto_light){
       this.lightClip._x = 250+150*Math.sin(cf*1.1+3);
       this.lightClip._y = 160+100*Math.sin(cf*1.3);
       cf+=0.15;
 }else{
       this.lightClip._x=_root._xmouse;
       this.lightClip._y=_root._ymouse;
 }

 //trace(__textureMap.__holderWindow.displaced_mc._x);
 }

 function onKeyDown(){
  trace(Key.getAscii());
  switch(Key.getAscii())
  {
       case 119:
       case 87:
             this.lightDistance=this.lightDistance+20;
             update();
             break;
       case 115:
       case 83:
             this.lightDistance=this.lightDistance-20;
             update();
             break;
       case 113:
       case 81:
             lightClip.play();
             break;
       case 32:
             auto_light=!auto_light;
             break;
       case 101:
             lightClip._fallOut++;
             if(lightClip._fallOut>100)
                   lightClip._fallOut=100;
```

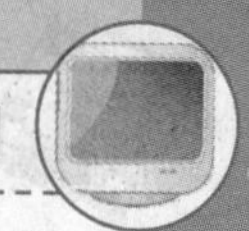

```
            break;
        case 100:
            lightClip._fallOut--;
            if(lightClip._fallOut<3)
                lightClip._fallOut=3;
            break;


    }



}
Key.addListener(this);
```

06 创建一个影片剪辑元件“whiteLight”，导入一幅如图 13-126 所示的图片到工作区。

07 创建一个影片剪辑元件“yellow_light_2”，导入一幅如图 13-127 所示的图片到工作区。

图 13-126　元件“whiteLight”

图 13-127　元件“yellow_light_2”

08 创建一个影片剪辑元件“yellowLight”，导入一幅如图 13-128 所示的图片到工作区。

09 创建一个影片剪辑元件“Blurer”，导入一幅如图 13-129 所示的图片到工作区。

图 13-128　元件“yellowLight”

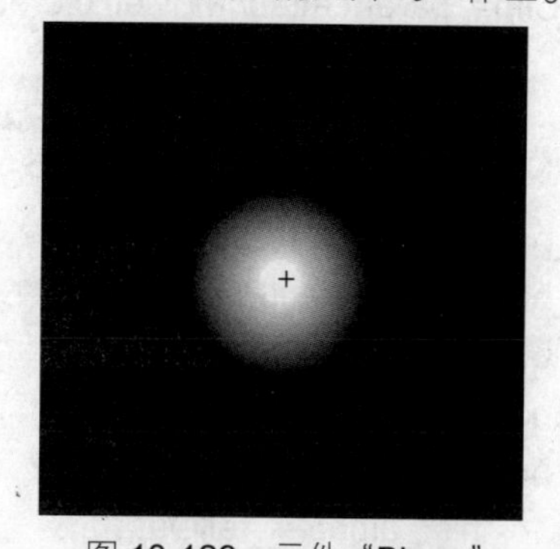

图 13-129　元件“Blurer”

10 创建一个影片剪辑元件“MotionBlur2”，设置“图层 1”的第 1 帧为关键帧，将库中元件“yellow_light_2”拖入到工作区，在属性面板为其命名为影片剪辑“blurFigure”。增加“图层 2”，设置第 1 帧为空白关键帧，添加如下所示的 ActionScript：

```
import flash.geom.Point;
var figure_number:Number = 100;
```

```
    var figure:Array = new Array(figure_number);
    var currentPoint:Point = new Point();
    var target_figure:MovieClip = blurFigure;
    var lastPoint:Point=new Point();
    var blurerCount:Number = 0;
    var _fallOut:Number = 10;
    target_figure.swapDepths(9999);
    target_figure.blendMode = "add";
    /*for(var i:Number=1;i<=figure_number;i++){
    figure[i-1] = {
        figure:target_figure.duplicateMovieClip("_f"+i,i),
        x:0,
        y:0
    };
    figure[i-1].figure._alpha = i*100/(figure_number+1);
    }*/

    function updateFigure(){

    }
    var bbc=0;
    function createBlurFigure(){
    if(currentPoint.x!=lastPoint.x||currentPoint.y!=lastPoint.y){
        if(bbc>100)
            return;
        var
_bo:MovieClip=_parent.attachMovie("blurer","_b"+blurerCount,_parent.getNextHighestDepth
()+1);
    //          _bo.__proto__.x = currentPoint.x;
    //          _bo.__proto__.y = currentPoint.y;
        _bo.blendMode = "add";
        _bo._x =   currentPoint.x;
        _bo._y = currentPoint.y;
        bbc++;
        _bo.onEnterFrame=function(){
            this._alpha-=_fallOut;;
            var _pt:Object = {x:x,y:y};
            globalToLocal(_pt);
            _x = _pt.x;
            _y = _pt.y;
            if(this._alpha<=0){
                this._parent.__lightClip.bbc--;
```

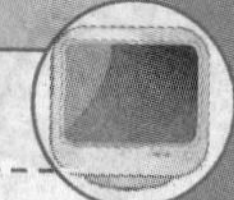

```
                this.removeMovieClip();
            }
        }

    }
    }

    function localToLocal(src:MovieClip,dst:MovieClip,pst:Object)
    {
    src.localToGlobal(pst);
    dst.globalToLocal(pst);
    }
    function updateTargetPoint(){
    lastPoint.x = currentPoint.x;
    lastPoint.y = currentPoint.y;
    }
    function onEnterFrame(){
    trace("Blur figure count:"+bbc+":"+_fallOut);
    currentPoint.x = _x;
    currentPoint.y = _y;
    //localToLocal(this,_parent,currentPoint);
    //localToGlobal(currentPoint);
    //trace("point:"+currentPoint.x+":"+currentPoint.y);
    //trace("_x"+_x);
    //trace("LastP:"+lastPoint.x+":"+lastPoint.y);
    //trace("this:"+this._x+":"+this._parent._y);
    createBlurFigure();
    updateFigure();
    updateTargetPoint();
    }
```

⑪ 创建一个影片剪辑元件“MotionBlurLight”，设置“图层 1”的第 1 帧为关键帧，将库中元件“yellowLight”拖入到工作区，在属性面板为其命名为影片剪辑“blurFigure”；增加“图层 2”，设置第 1 帧为空白关键帧，添加如下所示的 ActionScript：

```
    import flash.geom.Point;
    var figure_number:Number = 10;
    var figure:Array = new Array(figure_number);
    var current_point:Point = new Point();
    var target_figure:MovieClip = blurFigure;

    for(var i:Number=1;i<=figure_number;i++){
    figure[i-1] = {
        figure:target_figure.duplicateMovieClip("_f"+i,i),
```

```
        x:0,
        y:0
    };
    figure[i-1].figure._alpha = i*100/(figure_number+1);
    figure[i-1].figure.blendMode = "lighten";
    }

    function updateFigure(){
    for(var i:Number=0;i<figure_number-1;i++)
    {
        figure[i].x = figure[i+1].x;
        figure[i].y = figure[i+1].y;
        var position:Object={x:figure[i].x,y:figure[i].y};
        globalToLocal(position);
        figure[i].figure._x = position.x;
        figure[i].figure._y = position.y;
    }
    figure[figure_number-1].x= current_point.x;
    figure[figure_number-1].y= current_point.y;
    }
    function onEnterFrame(){
    current_point.x = target_figure._x;
    current_point.y = target_figure._y;
    localToGlobal(current_point);
    updateFigure();
    }
```

⑫ 创建一个影片剪辑元件“lightMC”，设置“图层 1”的第 1 帧为关键帧，将库中元件“whiteLight”拖入到工作区，如图 13-130 所示，在第 60 帧处插入帧。

⑬ 增加“图层 2”，设置第 1 帧为关键帧，将库中元件“whiteLight”拖入到工作区与“图层 1”中元件“whiteLight”几乎相重叠的位置，如图 13-131 所示，在第 29 帧处插入关键帧，设置其 Alpha 值为 0，在第 1 帧处创建动作补间动画。在第 30 帧处插入空白关键帧，在第 31 帧处插入关键帧，复制第 29 帧粘贴到第 41 帧，复制第 1 帧粘贴到第 60 帧，在第 31 帧处创建动作补间动画。

图 13-130 元件“whiteLight”

图 13-131 元件“whiteLight”

⑭ 增加“图层 3”，分别设置第 1 帧和第 30 帧为空白关键帧，并分别添加动作 stop()。

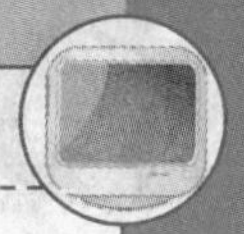

13.4.2　制作主场景

制作主场景的具体操作步骤如下。

01 回到主场景，设置“图层 1”的第 1 帧为关键帧，将库中元件“Bumpped Map”拖入工作区如图 13-132 所示的位置，在属性面板为其命名为影片剪辑“Sample”。

02 增加“图层 2”，设置第 1 帧为关键帧，使用“文本工具”在工作区输入文字和绘制两个动态文本框，分别设置动态文本框属性为 fps、Sample.__lightDistance，如图 13-133 所示。

图 13-132　元件“Bumpped Map”

图 13-133　文字和两个动态文本框

03 增加“图层 3”，设置第 1 帧为关键帧，使用“文本工具”在工作区输入如图 13-134 所示的文字。

图 13-134　输入的文字

04 增加“图层 4”，设置第 1 帧为空白关键帧，并添加如下所示的 ActionScript：

```
_root._quality="LOW";
var _fps:Number = 0;
var fps:Number;
var _last:Number = getMSecond();
function onEnterFrame(){
var _current:Number = getMSecond();
var _tfps = 1000/(_current-_last+1);
_fps = (_fps*19+_tfps)/20;
_last=_current;
fps = Math.round(_fps*10)/10;
}
function getMSecond():Number{
return (new Date()).getTime();
```

```
}
```

05 再在本 FLASH 文件的同级目录创建 3 个文件夹"org"\"guRuSoft"\"Bumper"，里面新建两个"BumpingClip.as"和"BumpMapper.as"的文件，"BumpingClip.as"和"BumpMapper.as"文件的 ActionScript 分别为：

BumpingClip.as 的代码：

```
import flash.display.BitmapData;
import flash.geom.Rectangle;
import flash.geom.*;
import org.guRuSoft.Bumper.BumpMapper;
class org.guRuSoft.Bumper.BumpingClip extends MovieClip{
private var __bumpMap :BitmapData;
private var __textureMap :MovieClip;
private var __lightMap :String;
private var __bumper: BumpMapper;
private var __holderWindow:MovieClip;
private var __width:Number;
private var __height:Number;
private var __lightClip:MovieClip;
private var __lightDistance:Number;
private var __ambientColor:Number;
private    var displaced_mc:MovieClip;
public function set lightDistance(distance:Number){
        __lightDistance = distance;
        if(__lightDistance<20)
                __lightDistance=20;
}
public function get lightDistance():Number{
        return __lightDistance;
}
public function get ambient():Number{
        return __ambientColor;
}
public function set ambient(amb:Number){
        __ambientColor=amb;
}
public function BumpingClip(){
        trace("constructor");
        lightDistance = 128;
        __ambientColor = 0xff0f0f0f;
}
public function update(){
        if(__bumper==null)
                return ;
```

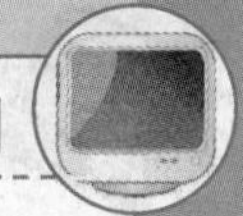

```
        __bumper.lightDistance = __lightDistance;
        __bumper.updateDisplaceMap();
        displaced_mc.filters=[__bumper];
    }
    public function startRender(){
        if(__bumper==null)
            __bumper = new BumpMapper();
        else{
            trace("Filter init twice");
            return ;
        }

        trace("Light distance:"+__lightDistance);
        __width = __textureMap._width;
        __height=__textureMap._height;
        __textureMap.cacheAsBitmap=true;
        __holderWindow = __textureMap.createEmptyMovieClip("__holderWindow",__tex
tureMap.getNextHighestDepth()+1);
        //__holderWindow.scrollRect = new Rectangle(0,0,__textureMap._width,__texture
Map._height);
        __holderWindow.blendMode="hardlight";

        var darken_mc:MovieClip = __holderWindow.createEmptyMovieClip("darken_mc",
1);
        darken_mc.beginFill(0,100);
        darken_mc.lineTo(__width,0);
        darken_mc.lineTo(__width,__height);
        darken_mc.lineTo(0,__height);
        darken_mc.lineTo(0,0);
        darken_mc.endFill();

        displaced_mc = __holderWindow.createEmptyMovieClip("displaced_mc",2);
        var mouse_mc:MovieClip = displaced_mc.createEmptyMovieClip("mouse_mc",1);
        __lightClip=mouse_mc.attachMovie(__lightMap,"__lightClip",2);
        displaced_mc.scrollRect = new Rectangle(0,0,__width-1,__height-1);
        trace(displaced_mc.scrollRect);
        trace("Light map:"+__lightMap);
        __bumper.bumpMap = __bumpMap;
        update();
        //__bumper.mapBitmap = __bumpMap;
        displaced_mc.filters=[__bumper];
        var ambient_mc:MovieClip = __holderWindow.createEmptyMovieClip("ambient_m
c",__textureMap.getNextHighestDepth()+1);
```

1st Day
2nd Day
3rd Day
4th Day
5th Day
6th Day
7th Day

```
        ambient_mc.blendMode="add";
        ambient_mc.beginFill(__ambientColor);
        //ambient_mc.beginFill(0xff000000);
        ambient_mc.lineTo(__width,0);
        ambient_mc.lineTo(__width,__height);
        ambient_mc.lineTo(0,__height);
        ambient_mc.lineTo(0,0);
        ambient_mc.endFill();
    }
    public function get bumpMap():BitmapData{
        return    __bumpMap;
    }
    public function get textureMap():MovieClip{
        return __textureMap;
    }
    public function set textureMap(textureMap:MovieClip){
        __textureMap = textureMap;

    }
    public function set bumpMap(bumpMap:BitmapData){
        __bumpMap =bumpMap;
    }
    public function set lightMap(lightMap:String){
        __lightMap = lightMap;
    }
    public function get lightMap():String{
        return __lightMap;
    }
    public function get lightClip():MovieClip{
        return __lightClip;
    }
    }
```

BumpMapper.as 的代码：

```
import flash.display.BitmapData;
import flash.filters.DisplacementMapFilter;
import flash.filters.ConvolutionFilter;
import flash.geom.Point;
class org.guRuSoft.Bumper.BumpMapper extends DisplacementMapFilter{
private var __bumpMap:BitmapData;
public static var COMPONENT_X:Number= 1;
public static var COMPONENT_Y:Number = 2;
private var __lightDistance:Number;
public function get lightDistance():Number{
```

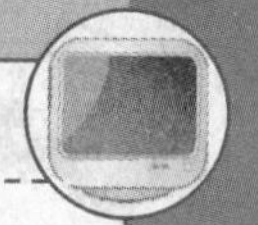

```
        return __lightDistance;
    }
    public function set lightDistance(d:Number){
        __lightDistance = d;
    }
    public function BumpMapper(){
        trace("Bump Mapper constructor");
        this.componentX = 1;
        this.componentY = 2;
        this.mapPoint = new Point(0,0);
        this.mode="clamp";
    }
    public function updateDisplaceMap(){
        this.scaleX = -__lightDistance;
        this.scaleY = -__lightDistance;
        var tempMap:BitmapData;
        var p:Point = new Point();
        var convolve:ConvolutionFilter = new ConvolutionFilter();
        convolve.matrixX = 3;
        convolve.matrixY = 3;
        convolve.divisor = 1;
        convolve.bias = 127;
        var __outputData:BitmapData;
        __outputData = __bumpMap.clone();

        //Calculate x normals, copy to outputData.
        convolve.matrix = new Array(0,0,0,-1,0,1,0,0,0);
        tempMap = __bumpMap.clone();
        tempMap.applyFilter(__bumpMap, __bumpMap.rectangle, p, convolve);
        __outputData.copyPixels(tempMap, tempMap.rectangle,p);

        //Calculate y normals, copy to outputData.
        convolve.matrix = new Array(0,-1,0,0,0,0,0,1,0);
        tempMap = bumpMap.clone();
        tempMap.applyFilter(__bumpMap, __bumpMap.rectangle, p, convolve);
        __outputData.copyChannel(tempMap, tempMap.rectangle, p, 1, 2);

        tempMap.dispose();

        //We have calculated the bumpped normal
        this.mapBitmap = __outputData;
        //this.mapPoint = p;
    }
```

1st Day
2nd Day
3rd Day
4th Day
5th Day
6th Day
7th Day

```
public function set bumpMap(bumpMap:BitmapData){
        __bumpMap = bumpMap;
}
public function get bumpMap():BitmapData{
        return __bumpMap;
}
}
```

13.4.3 测试最终效果

选择菜单“控制”|“测试影片”或按 Ctrl+Ender 快捷键，进行绚丽的 AS 滤镜特效的测试，如图 1–135 所示。

图 1–135 AS 滤镜特效

13.5 珠宝首饰广告动画

最终效果

本范例通过“珠宝首饰广告动画”动画向读者讲解了综合运用 Flash 中的动画制作工具，创建展示产品的广告动画。

解题思路

通过打开已准备好的素材文件、制作饰品动画和广告语动画，接着添加背景、已制作好的实例以及通过编写 ActionsScript，制作出珠宝首饰广告动画效果。

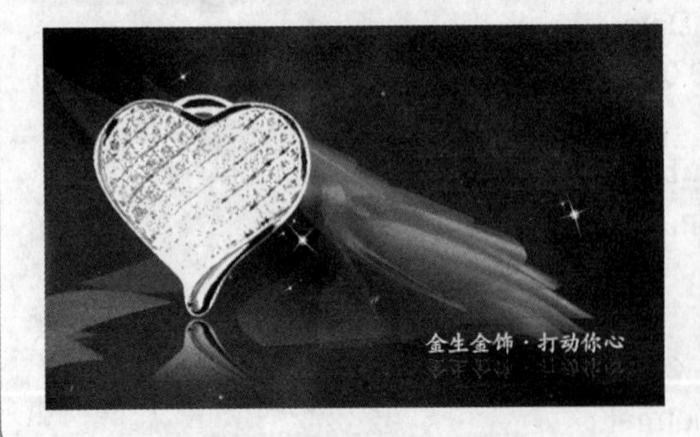

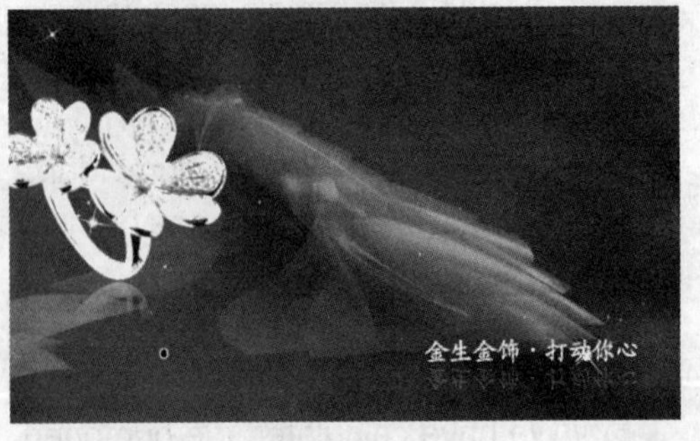

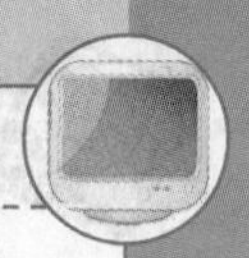

步骤提示

01 按 Ctrl + O 组合键，打开“珠宝广告素材.fla”文件，如图 13-136 所示。

02 单击“插入图层”按钮，新建图层。由上至下依次重命名图层为“动作”、“闪光”、“广告语”、“饰品 4”、“饰品 3”、“饰品 2”、“饰品 1”和“背景”，如图 13-137 所示。

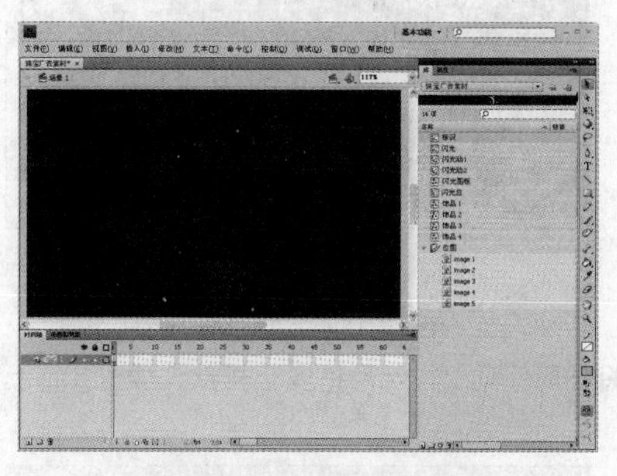

图 13-136　打开的素材文件

图 13-137　创建图层

03 新建“饰品 1 动”影片剪辑元件，进入元件编辑区。单击“插入图层”按钮，新建“图层 2”～“图层 5”，如图 13-138 所示。

04 选择“图层 2”的第 1 帧，将“库”面板中的“饰品 1”元件拖曳至舞台，设置其 X 和 Y 值分别为-126.6 和-2.65，如图 13-139 所示。

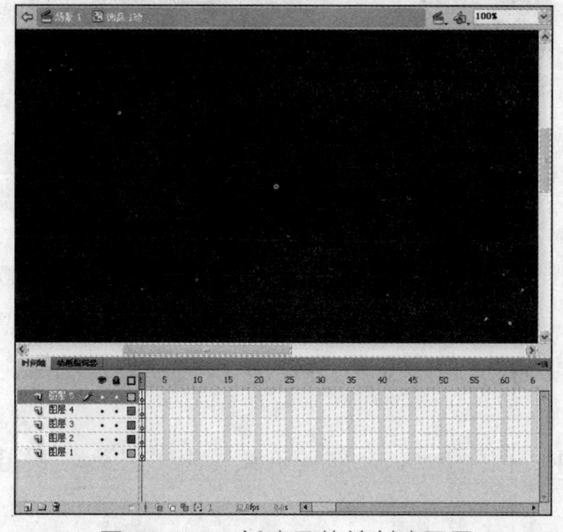

图 13-138　新建元件并创建图层

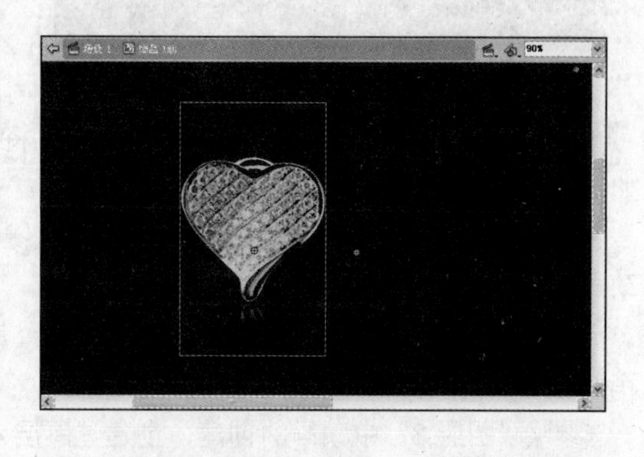

图 13-139　添加实例

05 在“图层 2”的第 13 帧、第 14 帧、第 50 帧和第 60 帧插入关键帧，并在关键帧之间创建传统补间动画，如图 13-140 所示。

06 选择“图层 2”中第 1 帧所对应的实例，设置其 X 值为-326.65、Alpha 值为 16%，如图 13-141 所示。

07 选择“图层 2”中第 14 帧所对应的实例，设置其 X 值为-142、Alpha 值为 90%，如图 13-142 所示。

08 选择“图层 2”中第 60 帧所对应的实例，设置其 Alpha 值为 0%。

09 选择“图层 1”“图层 3”“图层 4”和“图层 5”的第 50 帧，按 F5 键插入帧。

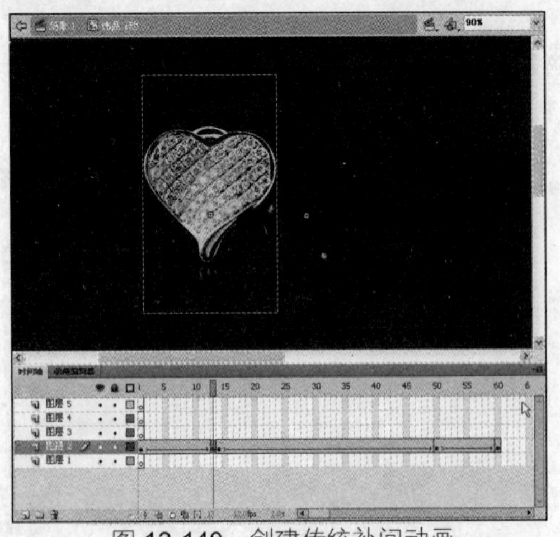

图 13-140　创建传统补间动画

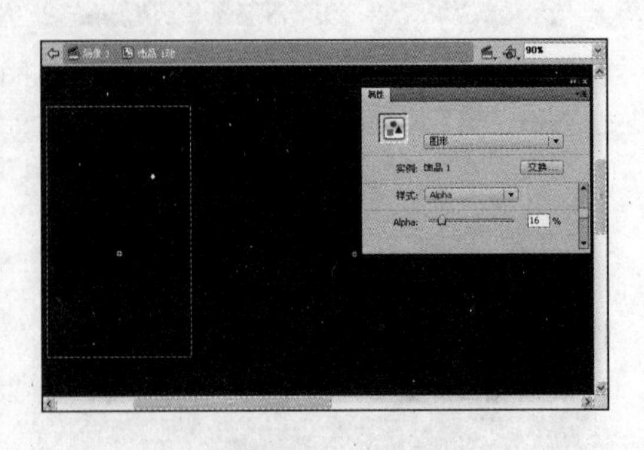

图 13-141　设置实例属性

10 在“图层 1”的第 15 帧插入空白关键帧，将“闪光动 2”元件拖曳至舞台，放置在饰品的下方，如图 13-143 所示。

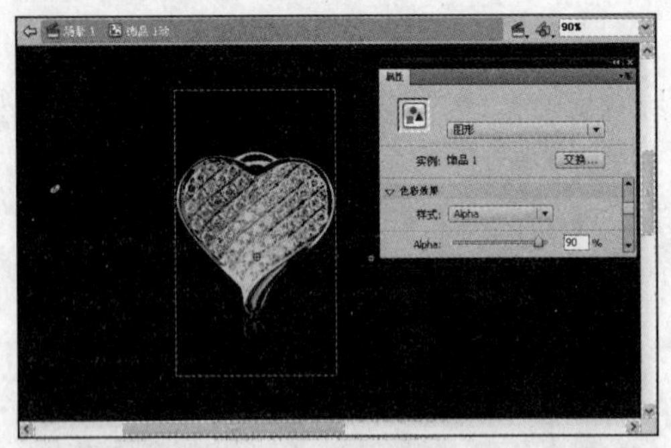

图 13-142　设置实例属性

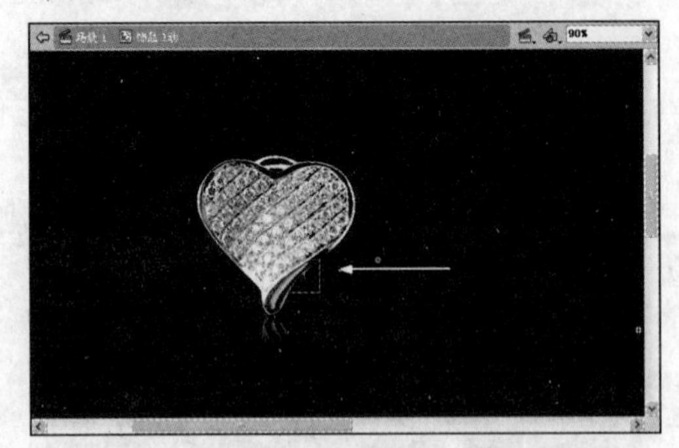

图 13-143　添加实例

11 在“图层 3”的第 14 帧插入空白关键帧，将“闪光”元件拖曳至舞台，放置在饰品的上方，如图 13-144 所示。

12 在“图层 3”的第 18 帧、第 19 帧插入关键帧，并在第 14 帧至第 18 帧之间创建传统补间动画。

13 选择“图层 3”第 14 帧所对应的实例，设置其 Alpha 值为 0%，选择第 19 帧所对应的实例，稍微移动实例的位置。

14 参照“图层 3”中动画的创建，创建“图层 4”中的动画，所对应的实例为“闪光动 1”实例，如图 13-145 所示。

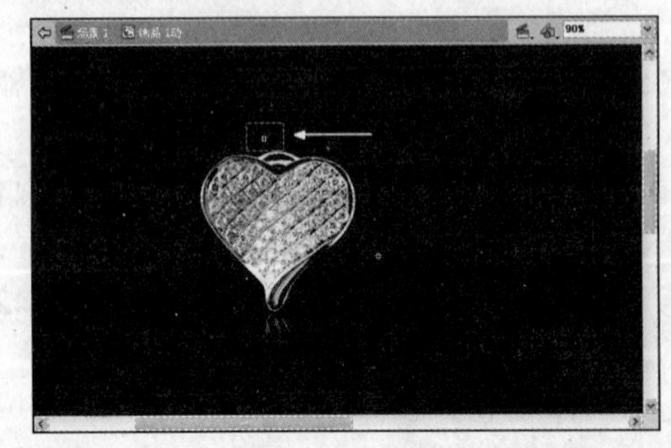

图 13-144　添加实例

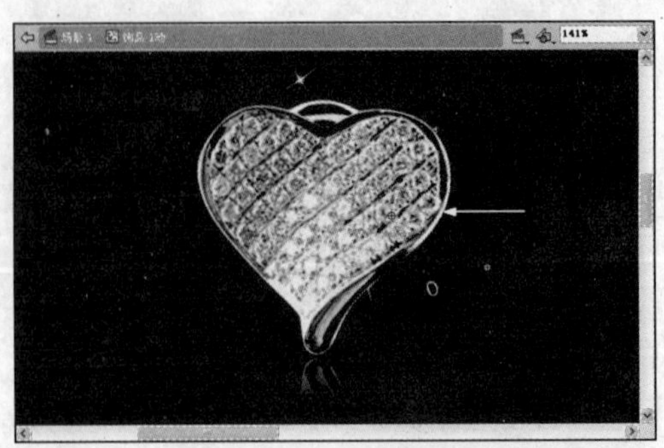

图 13-145　添加实例

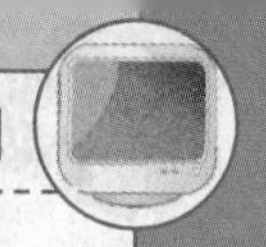

15 在“图层 5”的第 17 帧插入空白关键帧，将“闪光动 1”元件拖曳至舞台，将实例复制 3 次，分别调整实例的大小和位置，将“闪光动 1”实例布置在饰品 1 上，如图 13-146 所示。

16 参照“饰品 1 动”影片剪辑元件的创建，依次创建“饰品 2 动”、“饰品 3 动”和“饰品 4 动”影片剪辑元件。

17 新建“文本”图形元件，使用“文本工具”，设置“文本填充颜色”为“黄色”（#FFCC32）和其他参数，在舞台上创建“金生金饰.打动你心”文本，如图 13-147 所示。

图 13-146 添加实例

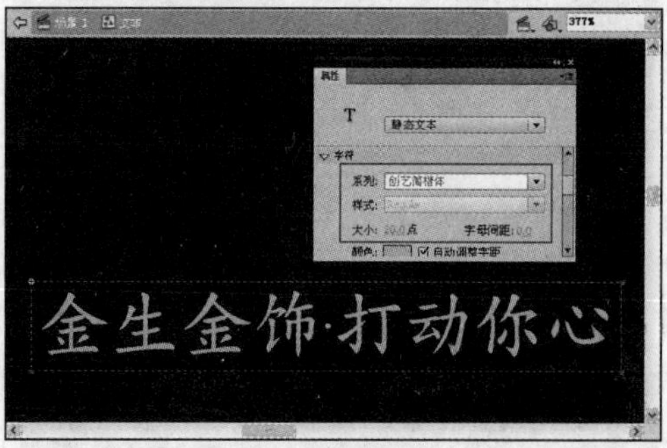

图 13-147 创建文本

18 新建“倒影文本”图形元件，将“文本”元件拖曳至舞台。

19 复制“文本”实例并在当前位置粘贴，选择粘贴后的实例，单击“修改”|“变形”|“垂直翻转”命令，并将翻转的实例向下移动，如图 13-148 所示。

20 选择翻转后的“文本”实例，在“属性”面板中设置其“颜色样式”为 Alpha、“Alpha 数量”为 20%，制作出倒影文字效果，如图 13-149 所示。

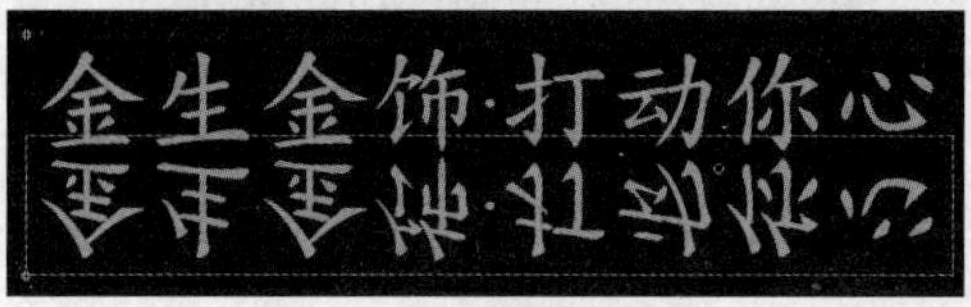

图 13-148 翻转移动实例

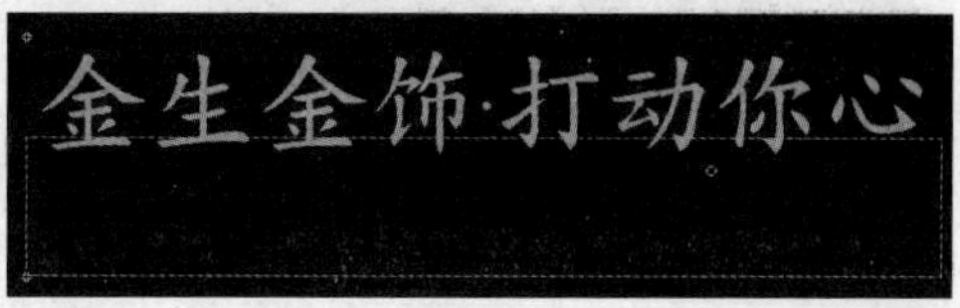

图 13-149 设置实例的属性

21 新建“广告语”影片剪辑元件，进入该元件的编辑区。

22 新建“图层 2”，在该图层的第 50 帧插入帧，将“合成倒影”元件拖曳至舞台，并复制该实例。

23 在“图层 1”的第 8 帧插入空白关键帧，将复制的“合成倒影”实例在当前位置进行粘贴，如图 13-150 所示。

24 在“图层 1”的第 23 帧插入关键帧，并在该图层的第 8 帧至第 23 帧创建传统补间动画，如图 13-151 所示。

25 选择“图层 1”中第 23 帧所对应的实例，设置 Alpha 值为 0%，在“变形”面板中修改其缩放“宽度”为 115.5%，此时第 15 帧的效果如图 13-152 所示。

26 按 Ctrl + E 组合键返回主场景编辑区，选择“背景”图层，将“库”面板中的“image 1”位图素材拖曳至舞台，设置其缩放“宽度”和“高度”均为 72%，放置在舞台的正中央，如图 13-153 所示。

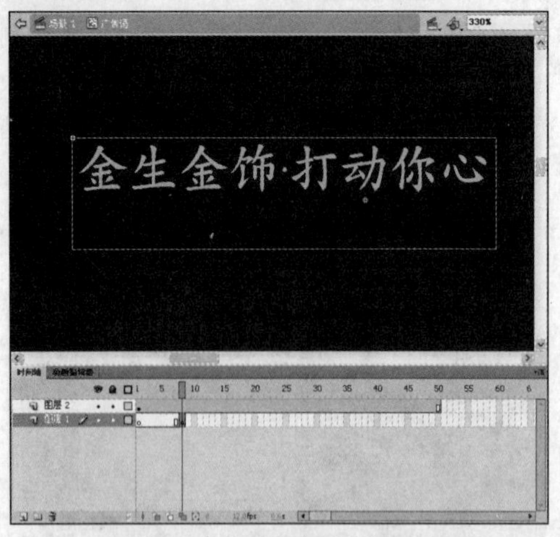

图 13-150　粘贴实例

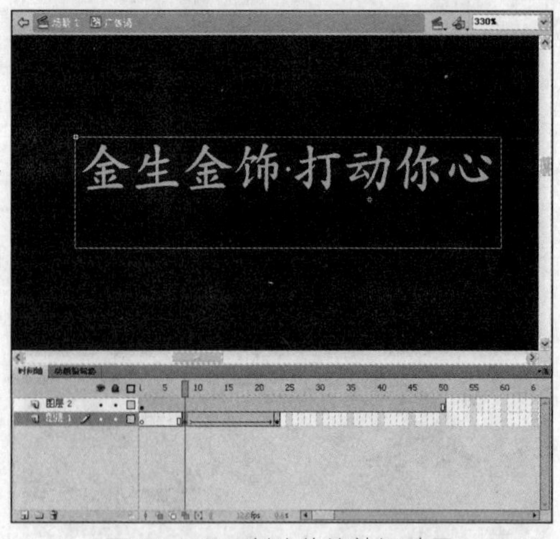

图 13-151　创建传统补间动画

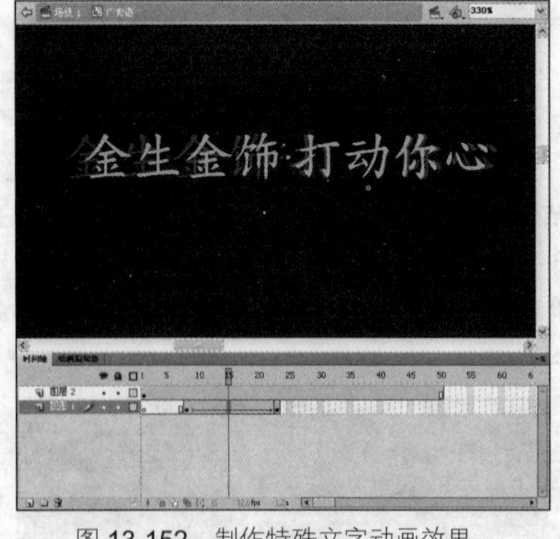

图 13-152　制作特殊文字动画效果

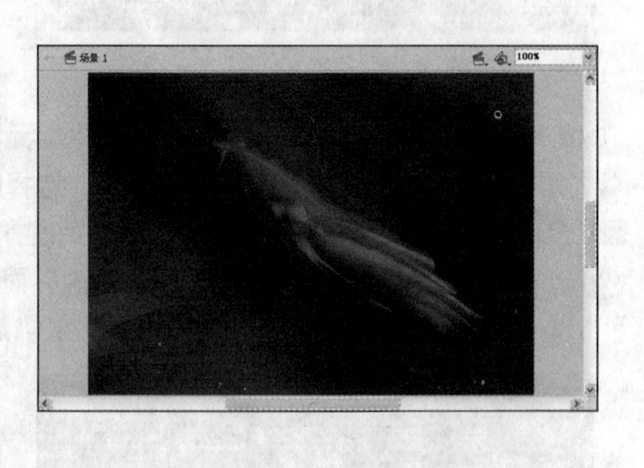
图 13-153　添加背景素材

27 在“背景”图层的第240帧插入帧。

28 在“饰品1”图层的第60帧插入帧，将“饰品1动”元件拖曳至舞台，设置其X和Y值分别为269.6和186.65，如图13-154所示。

29 在“饰品2”图层的第60帧插入空白关键帧，第120帧插入帧，添加“饰品2动”实例，其位置与“饰品1动”实例相同，如图13-155所示。

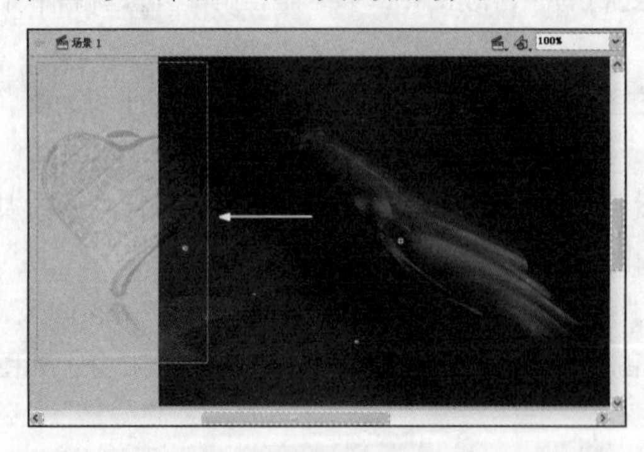
图 13-154　添加实例

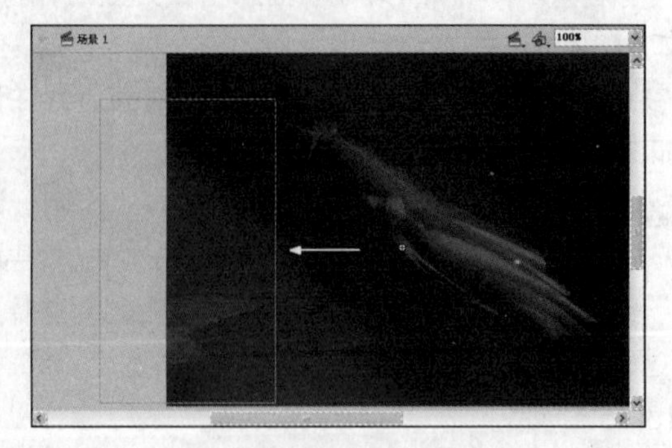
图 13-155　添加实例

30 在“饰品3”图层的第120帧插入空白关键帧，第180帧插入帧，添加“饰品3动”实例，放置在舞台的左侧，如图 13-156 所示。

31 在“饰品 4”图层的第 180 帧插入空白关键帧，第 240 帧插入帧，添加“饰品 4 动”实例，放置在舞台的左侧，如图 13-157 所示。

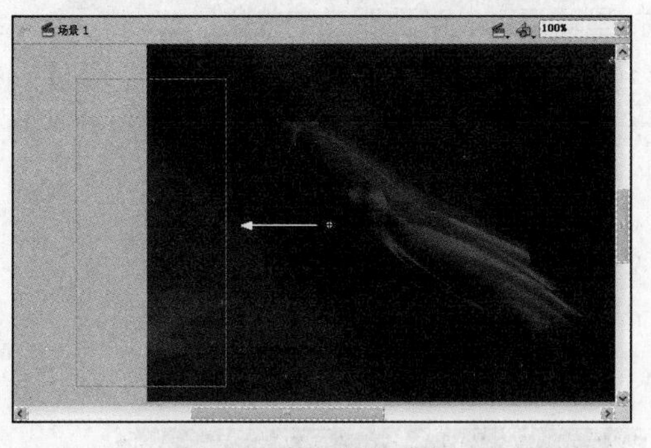

图 13-156　添加实例

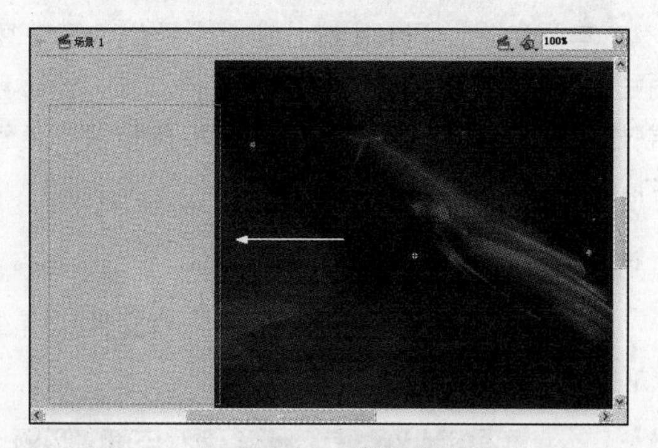

图 13-157　添加实例

32 将“广告语”元件拖曳至舞台，放置在相应的图层中，并调整其位置，如图 13-158 所示。

33 选择“闪光”图层，将“闪光总”元件拖曳至舞台，放置在舞台的正中心，在“属性”面板中设置“实例名称”为 sou1，如图 13-159 所示。

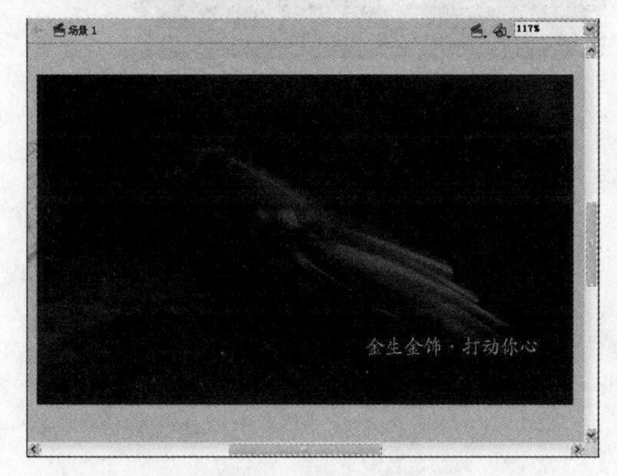

图 13-158　添加实例

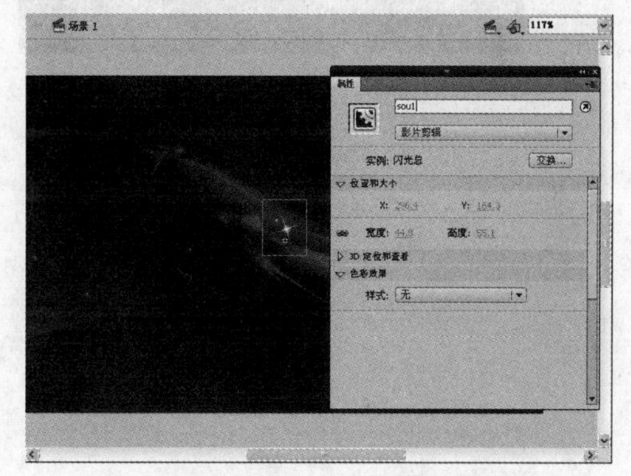

图 13-159　添加实例并设置属性

34 选择“广告语”和“闪光”图层的第 240 帧，按 F5 键插入帧。

35 选择“动作”图层的第 1 帧，按 F9 键，在弹出的“动作”面板中输入以下脚本：

```
startDrag ("sou1", true);
```

36 另存并测试制作好的珠宝首饰广告动画，如图 13-160 所示。

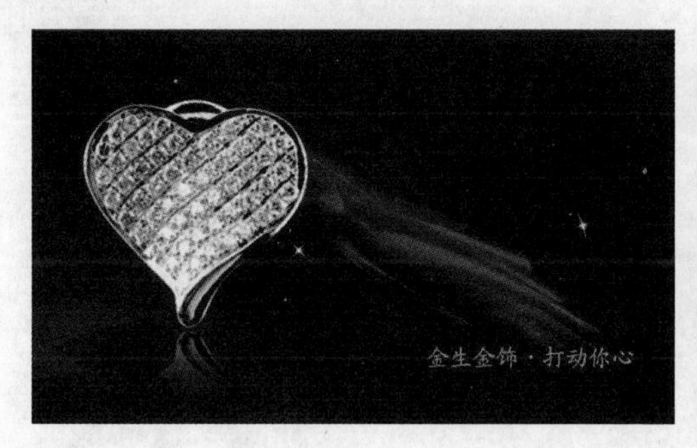

图 13-160　测试影片

13.6 巩固与练习

本章介绍了 Flash 的几个综合实例，其中包括星球运动、半透明变幻效果、3D 粒子球、绚丽的 AS 滤镜特效、珠宝首饰广告动画，通过综合实例对前面章节所学的内容进行了演练。在制作过程中，读者应尽可能理解操作步骤中关键步骤的作用，明确制作目的，为以后独立制作 Flash 动画打下基础。

上机题

练习广告动画的创建，打开素材文件“汽车广告.swf”，动画效果如图 13-161 所示。自己动手制作此广告动画。

图 13-161　汽车广告动画